로져 페더러

ROGER FEDERER

로저
페더러

가장 위대한
테니스 선수의
여정

크리스토퍼 클레리 지음
이문영 옮김

사람의집

언어와 테니스에 대한 사랑을 전해 준

눈부신 어머니를 위하여

**THE MASTER: THE LONG RUN AND BEAUTIFUL GAME OF
ROGER FEDERER
by CHRISTOPHER CLAREY**

사람의집은 열린책들의 브랜드입니다.
시대의 가치는 변해도 사람의 가치는 변하지 않습니다.
사람의집은 우리가 집중해야 할 사람의 가치를 담습니다.

일러두기
옮긴이 주는 각주로 표시하였습니다.

이 책은 실로 꿰매어 제본하는 정통적인 사철 방식으로 만들어졌습니다.
사철 방식으로 제본된 책은 오랫동안 보관해도 손상되지 않습니다.

차례

1
아르헨티나, 티그레

한밤중이 가까워졌을 때 로저 페더러가 다가왔다.

기자들은 기다릴 일이 많다. 이번에는 부에노스아이레스 교외에서 기사 달린 차 안에 앉아 라디오에서 흘러나오는 에릭 카먼의 구슬픈 발라드 「올 바이 마이셀프」를 들으면서 기다렸다. 내 상황에 딱 어울리는 노래였다. 인터뷰를 어떻게 할지 생각하며 노트를 들고 차 뒷좌석에 앉아 있었으니 말이다. 하지만 혼자 있는 일이 거의 없을 듯하고, 이런 행사에서는 특히 더 그럴 리 없는 페더러에게는 어울리지 않는 노래였다.

페더러가 윔블던 우승을 재탈환해 2년여 만에 첫 그랜드 슬램 타이틀을 따내며 부활한 2012년 끝자락인 12월 중순이었다. 그는 스위스에 있는 아내 미르카와 세 살 난 쌍둥이 딸들을 떠나 몇 분 만에 매진된 시범 경기 시리즈에서 뛰려고 남미의 이 지역을 처음으로 방문했다.

그는 돈을 벌기 위해 이곳에 왔다. 한 경기당 출전료가 200만 달러였다. 여섯 경기를 뛰면 2012년에 벌어들인 공식적인 상금

850만 달러를 뛰어넘는다. 하지만 페더러는 추억을 만들려는 목적도 있었다. 지난 11개월 동안 심신이 지쳐 부담이 무척 컸지만, 새로운 장소에서 새로운 관중과 교감할 기회였다.

이미 쌓아 놓은 부에 만족한 챔피언들은 이 투어와 시차로 인한 피로를 마다했을 것이다. 하지만 페더러와 그의 에이전트 토니 갓식은 큰 그림을 그리며 아직 페더러의 인기가 확산되지 않은 시장을 고려하고 있었다. 브라질을 거쳐 아르헨티나까지 이어 온 투어는 그들의 기대를 넘어섰다. 그날 저녁 간이 스타디움을 가득 메운 2만 명의 군중이 그것을 말해 주었다. 기예르모 빌라스, 가브리엘라 사바티니, 페더러의 적수이자 대척점에 있는 후안 마르틴 델 포트로 같은 자랑스러운 선수들을 배출한 테니스 강국 아르헨티나에서 열린 역대 테니스 경기 중 최다 관중이 모였다.

「굉장한 일이었지만, 후안 마르틴에게는 좀 이상한 상황이었죠. 사람들이 자기 나라인 아르헨티나에서 뛰는 그보다 페더러를 더 응원했거든요.」 당시 델 포트로의 코치였던 프랑코 다빈이 말했다.

그런데 많은 국가에서 그런 일이 벌어진다. 페더러는 거의 모든 지역에서 모국에서 경기하듯이 한다. 자정이 다 된 시간에도 스타디움 밖에 수백 명의 팬이 기다리고 있다. 어른들은 시야를 넓히기 위해 상자 위에 서 있고 아이들은 부모의 어깨 위에 올라타 있으며, 이 순간을 포착하려고 사람들이 디지털카메라의 버튼을 계속 눌러 대는 통에 여기저기서 플래시가 터진다.

그날 밤은 조용했고, 모두가 기대에 차 있었다. 그런데 델 포트로를 상대로 3세트 경기를 마친 뒤에도, 페더러가 경쾌한 발걸음으로 옆문으로 나와 차 뒷좌석으로 걸어가자 큰 소란이 일었다.

「안녕, 안녕, 안녕.」그가 노래를 부르듯 친근한 어조로 인사하고 나서 차 문을 열었다.

「잘돼 가요?」그가 차 문을 닫은 뒤 같은 어조로 나에게 물었다.

나는 『뉴욕 타임스 *The New York Times*』와 『인터내셔널 헤럴드 트리뷴 *International Herald Tribune*』의 기자로 일하면서 페더러를 따라 여섯 대륙을 다니며 20년간 스무 번 넘게 그를 인터뷰했다. 우리는 전용 비행기에서 윔블던의 백코트, 타임스 스퀘어, 스위스의 알파인 식당, 콩코르드 광장의 멋진 전망이 보이는 호텔 드 크리용의 스위트룸(그때 장래 그의 아내가 되는 미르카는 디자이너 옷을 입어 보고 있었다)에 이르기까지 어디서든 만나 이야기를 나누었다.

대부분의 정상급 운동선수들과 다른 페더러의 한 가지 습관은 상대의 안부를 먼저 묻고 형식적으로 말하지 않는다는 점이다. 그는 해당 지역에 온 소감이 어떤지, 토너먼트에 대해 어떻게 생각하는지, 그 나라와 그 나라 국민은 어떤지 등을 물어본다.

「로저가 매우 흥미로운 이유는 그 자신이 매우 흥미로워하기 때문입니다.」그의 전 코치 폴 아나콘이 내게 말했다.

2012년에 우리 가족 다섯 명이 세계 일주 여행을 떠났다. 우리는 페루, 칠레, 아르헨티나를 3개월간 여행한 다음 한 학년을 길에서 보낸다는 계획을 세웠다.

페더러는 여행에서 가장 흥미로웠던 이야기를 듣고 싶어 했지만, 세 아이의 학업과 그들이 어떻게 반응하고 뭘 배우는지에 가장 관심이 많았다. 이때 가족들과 무한정 여행하고 아이들과 일상을 공유하면서 세상을 많이 보여 주고 싶다는 그의 한 가지 계획을 엿볼 수 있었다.

「우리는 대부분 도시와 토너먼트를 다시 방문하는 손님이라고 할 수 있어요. 내 집 같은 느낌이죠. 이제는 그렇게 느껴져요. 특히 아이들과 함께 있으면요. 어딜 가든 아이들이 항상 편안한 느낌을 계속 유지하게 해주고 싶어요.」

페더러의 호기심 때문에 ― 예의상이건 진심이건 ― 계획된 인터뷰라기보다는 대화하는 느낌이 든다. 그의 의도는 아닐지라도 그것은 무장 해제시키는 효과가 있다. 무엇보다 그런 태도는 비범함 속의 평범함이라는 분위기를 자아낸다. 그것은 다분히 의도적이다. 그는 주목받는 일을 감당할 수 있지만(그는 연습을 많이 했다) 사람들을 직접 만나서 교감하는 일이 더 즐겁다고 종종 강조한다. 그의 어머니 리넷에게서 물려받은 특성인지도 모른다. 누군가 그녀의 성을 듣거나 가게 직원이 그녀의 신용 카드에 쓰인 성을 보고 〈그〉 페더러가 맞는지 물어보면, 그녀는 그렇다고 대답하지만 곧바로 화제를 돌려 상대에게 아이가 있는지 물어본다.

페더러는 자동차 창문 밖으로 손짓하며 특유의 비음 섞인 바리톤으로 말했다. 「이 사람들 좀 봐요. 이 소리를 들어 봐요. 우리가 마치 경찰의 보호를 받으며 군중 속을 헤치고 구불구불 기어가는 뱀 같아요. 보통은 이렇지 않거든요.」

「이상하네요. 당신에게는 흔한 일일 듯한데요.」

「감사하게도, 실은 그렇지 않아요. 나는 정말이지 나 자신을 테니스 선수로서 아주 흥미진진한 삶을 사는 평범한 사람이라고 생각해요. 왜냐하면 테니스 선수로서의 삶은 세간의 이목과 세계 여행, 눈앞에 보이는 관중 속에서 대부분 보내게 돼요. 곧바로 논평이 올라오죠. 내가 잘했는지 못했는지 알게 돼요. 약간 음악가 같은데, 기분이 괜찮아요. 잘못하더라도 그건 문제가 아니에요. 고치려고 노력하면 되니까요. 적어도 할 일이 있다는 걸 알죠. 잘했다면 자신감과 의욕이 생겨 힘을 얻습니다. 그래서 인정하건대, 멋진 인생이죠. 힘들 때도 있죠. 여행이 힘들 수 있으니까요. 당신도 아실 거예요. 하지만 얼마 전에 이런 생각을 했어요. 내가 10년 전 톱 10에 들었는데 아직도 이런 일을 경험하는구나. 그야말로 유체 이탈을 경험하는 것 같아요. 실제 상황인지 거의 믿기지 않을 만큼요. 나는 운이 아주 좋다고 느끼고, 그것이 더 오래 경기하고 싶은 이유 중 하나인 것 같아요. 은퇴하면 그런 일들을 더는 경험할 수 없을 테니까요.」

그는 자신도 놀랄 정도로 생각보다 오래 뛰고 있었다.

아르헨티나에서 경기한 그날 밤, 그는 벌써 서른한 살이었다. 그의 롤 모델 중 한 명인 피트 샘프러스가 2002 US 오픈에서 그랜드 슬램 단식 14회 우승 기록을 세운 나이와 같았다. 그 경기는 결국 샘프러스의 마지막 투어 매치가 되었다. 그가 공식적으로 은퇴를 선언하기 위해 한 해를 기다리지 않았다면 이 스포츠 분야에서 〈최고의〉 끝내기 홈런 중 하나가 되었을 것이다.

페더러의 소년 시절 또 다른 테니스 영웅인 스테판 에드베리는 서른다섯 살에 은퇴했다.

하지만 대부분의 테니스 전문가와 팬들이 응당 상상했듯이 페더러에게는 부에노스아이레스에서 열린 이 경기가 커리어의 말년이 아니었다. 동 세대 테니스 선수들이 사업과 경기 해설, 페더러의 어린 라이벌들의 코치로 거취를 옮겨 가는 와중에도 그는 2020년대까지 여전히 세차게 라켓을 날리며 가뿐히 현역으로 뛰었다.

2001년과 2002년 마지막 시즌에서 샘프러스를 쫓아갈 때 고됨과 압박감이 큰 타격을 준 건 분명했다. 「피트의 시대는 끝났지만, 로저는 전혀 다른 체질입니다. 피트는 세계를 여행하며 에너지가 고갈되었지만, 로저는 여행에서 에너지를 얻어요.」 두 선수를 모두 코치했던 아나콘이 말했다.

아나콘은 페더러와 함께 상하이에서 열린 ATP 토너먼트에 갔다. 상하이에 도착한 지 이틀째가 되는 날 아나콘과 나머지 페더러 팀이 페더러의 스위트룸 테이블에 앉아 있을 때, 노크 소리가 들렸다. 중국 여성이었다.

로저가 중국어 선생님이 오셨다고 밝혔다.

「로저가 〈선생님이 매일 와서 하루 30분씩 우리를 가르칠 겁니다. 우리는 단어들을 익히며 중국 표준어를 배울 거예요〉라고 말했어요. 아나콘은 〈이봐, 나는 영어도 간신히 하는데〉라고 말했지요. 그러니까 로저가 〈괜찮아요, 괜찮아요, 재미있을 거예요〉라고 하더군요. 그는 중국어 수업을 좋아했어요. 그는 몇 구절을 익혀서 팬들에게 중국어로 감사하다고 말하고 싶어 했어요. 하지만 어렵사리 내뱉은 우리의 발음을 듣고 그가 히스테리 반응을 보이기도 했죠. 로저는 다수의 다른 사람과 같지 않은 방식으로 여행의 다양한 측면을 받아들여요.」

그것은 스위스 출신 아버지와 남아프리카 공화국 출신 어머니에게서 영향을 받은 페더러의 자연스러운 특성이다. 그는 세 살 때 남아공에 처음 간 이후 어린 시절 동안 그곳을 자주 방문했다. 샘프러스는 영어밖에 할 줄 몰랐지만, 페더러는 프랑스어, 영어, 독일어, 스위스 독일어에다가 어머니 덕분에 아프리카어 몇 마디와 전 코치인 페테르 룬드그렌에게서 배운 스웨덴 욕설 몇 가지를 할 수 있었다.

스위스 국경 도시 바젤에서 자란 페더러는 어린 시절부터 문화 환경을 바꾸는 데 익숙했다. 하지만 어떤 생활 방식에 노출된다고 해서 반드시 그 생활 방식을 받아들이는 건 아니다. 페더러가 그것을 받아들인 이유는 한편으로 테니스 챔피언에게는 세계 여행이라는 목적이 있기 때문이다. 그리고 2012년에 아르헨티나의 차 안에서 그가 진정으로 들뜬 이유는 윔블던과 롤랑 가로스의 코트에서 이룬 성과가 그가 상상했던 것보다 더 널리 회자되고 영감을 줬다는 것을 깨달았기 때문이다.

「이 나라 사람들은 너무나 열정이 넘쳐요. 세계 어디에서도 남미처럼 많은 사람이 흥분하고 난리 피우는 걸 보지 못했어요. 그들은 울고 몸부림치고, 그러니까 경외감이라기보다는 나를 만난 게 믿기지 않아서 너무 행복해해요. 전에도 그런 일이 몇 번 있긴 했지만 아주 드물었죠. 여기서는 나를 껴안고 키스하고 나를 만질 기회를 얻었다는 것에 매우 즐거워한 사람이 적어도 스무 명은 될 겁니다.」페더러가 말했다.

아르헨티나 사람들이 소리를 지르며 자동차 쪽으로 몰려오자 그는 안쪽으로 몸을 피하지 않고 창문 쪽으로 더 다가갔다.

나는 페더러에게 〈진력나다jaded〉라는 영어 단어를 아느냐고 물었다.

「약간 알아요.」그는 머뭇거리는 듯한 목소리로 말했다.

「프랑스어로는 〈블라제blasé〉라고 하죠. 전에도 수없이 경험한 일 아닌가요? 더는 똑같은 흥분이 생기지 않잖아요. 말하자면 비에른 보리는 US 오픈 이후 복귀하지 않았잖아요.」내가 말했다.

보리는 당시 스물다섯 살이었다.

페더러는 잠시 그 일을 생각했다.

「그런 일은 정말로 빨리 일어나요. 당신 말은 그러니까 〈다 끝났어. 더는 하고 싶지 않아. 아주 신물 나〉이렇게 생각한다는 거죠. 그래서 적절한 일정과 적절한 재미와 적절한 변화를 주어 그렇게 되지 않으려고 노력해요. 당신 말대로 같은 일을 계속하면, 무슨 일이든 너무 많이, 항상, 너무 자주 하면 질리기 마련이죠. 아무리 특별한 삶이라도 마찬가지예요. 그럴 때 나는 이런 여행과 좋은 강화 훈련, 멋진 휴가, 계속되는 놀라운 대회, 참고 견디기 등을 생각해요. 그런 상황들에서 나는 더 많은 방책과 에너지를 찾아요. 정말로 어떤 면에서는 굉장히 단순해요.」

논리와 전례를 뒤엎고 30대 중후반에도 참신함과 열성을 유지하는 그의 모습을 보면, 순간에 머무는 그의 능력이 실은 흥미롭게도 사전에 숙고하는 능력에서 기인함을 깨닫는다. 심한 압박감을 감당해야 함에도 불구하고 그가 편안하면서도 협조적인 태도를 보이는 것은 점화용 불씨를 완전히 꺼뜨릴 위험을 피할 만큼 그가 자신과 자신의 상황을 잘 알기 때문이다.

그러한 의도는 그의 커리어와 전체적으로 잘 어우러진다.

수십 년간 그는 자주 경기를 놀랍도록 쉬워 보이게 만들었다. 볼을 명중시키고, 미끄러지듯이 포핸드*를 쳤으며, 중력을 거스르는 최고의 움직임 속에서 마땅히 우상 냉소주의로 가득한 세계에서 훌륭한 기량을 유지했다. 하지만 의아한 패션 감각을 지녔으며 금발로 탈색한 신경질적인 10대에서 가장 우아하고 침착하고 위대한 운동선수 중 한 명이 된 그의 여정은 운명이 아닌 오랜 기간 지속된 의지의 행위였다.

페더러는 타고난 사람으로 널리 인식되지만, 루틴과 극기, 일정을 시작하기 한참 전에 상당히 상세하게 일정을 짜는 법을 익힌 그는 세심하고 계획적인 사람이다.

「나는 보통 1년 반 후를 생각해요. 그리고 9개월 뒤 일은 구체

* 팔을 뻗은 채로 공을 치는 타구법.

적으로 생각해요. 나는 로테르담 전 월요일에 무엇을 할지, 인디언 웰스 전 토요일에 무엇을 할지 말할 수 있어요. 그러니까 시간 단위가 아니라 하루 단위로 계획을 이야기하죠.」아르헨티나에서 그가 말했다.

페더러가 땀 흘리는 모습을 보기는 힘들지만, 무대 뒤에서 그는 엄청 힘들게 노력하고 자기를 의심한다. 그는 우리 대부분이 깨닫는 것보다 훨씬 더 큰 고통 속에서 경기를 치른다. 세상의 이목 때문에 상처받는 일도 적지 않다. 혹자는 그가 출전한 최고의 경기 두 개가 라파엘 나달을 상대한 2008 윔블던 결승과 노바크 조코비치를 상대한 2019 윔블던 결승이라고 쉽게 말할 것이다. 두 경기 모두 연장전까지 간 박빙의 승부였지만, 5세트에서 페더러는 쓰라린 패배를 맛보았다.

그는 스물세 번 연속 그랜드 슬램 준결승에 오를 만큼 우승을 많이 했지만 패배도 많이 했다.

그의 패배는 그에게 인간미를 제공해 친근감을 주는 그의 매력에 확실히 이바지했다. 칭찬할 만하게도, 페더러는 공적, 사적인 충격을 흡수해, 긍정적 에너지와 롱런에 집중한 끝에 다시 튀어 올랐다.

그는 테니스를 더 높거나 더 멋진 명분을 위한 발판으로 이용하지 않고, 대체로 계속 경기를 함으로써 테니스를 초월했다. 이는 유럽과 북미에서 팬이 점점 줄어들고 팬층이 점점 노령화하는 이 스포츠에서 작은 성과가 아니다.

〈논란과 사생활 엿보기를 줄이고 친밀감과 코린트식 정신을 강화하기〉라는 그의 방식은 구식이다.

그는 따분할까? 거의 그렇지 않다. 분열된 세상에서 결속을 이
끄는 사람이 어떻게 따분할 수 있겠는가? 그는 오랫동안 경기에
서 아름다운 모습을 보여 줬다. 서브*나 그라운드 스트로크**를
치려고 뛰어오를 때 그는 우아한 자태로 종종 공중에 머문다.
30년 넘게 테니스 경기를 취재했지만, 나는 라켓과 공이 닿는
타점을 그보다 더 오래 바라보는 선수를 본 적이 없다. 마무리
하는, 진정으로 마무리하는 그 능력, 그 스트로크가 그를 태연
해 보이게 만들 수 있다. 하지만 그것은 타인의 눈길을 사로잡
는 필수 요소이기도 하다. 그것은 바스켓으로 날아오를 때 누구
보다 조금 더 오래 머무는 마이클 조던, 강조하기 위해 자세를
멈추는 댄서와 비슷하다.

「그는 내가 본 선수 중 가장 아름답고 우아하게 움직여요. 그
의 동작은 물 흐르듯 부드럽게 연결돼요. 거기에서 우아함이 생
겨나는 거죠.」 빌리 진 킹이 내게 말했다.

프로 테니스는 지난 반세기 동안 엄청난 속도로 발전했다. 더
강력한 라켓과 폴리에스터 스트링, 키가 더 크고 폭발적 힘을
지닌 선수들이 등장했다. 빨라진 속도에 대처하기 위해 스트로
크***와 풋워크****를 수정해야 했지만, 페더러는 그의 샷에 마지

---

* 공격하는 쪽이 상대편 코트에 공을 쳐 넣는 일.

** 상대편이 친 공이 한 번 땅에 튄 다음에 그 공을 받아 치는 일.

*** 라켓으로 공을 치는 일.

**** 발의 놀림 또는 발을 쓰는 기술.

막 덧칠을 할 시간이 여전히 있는 것 같다. 이런 식으로 플레이하면서 어떻게 우아한 다음 샷을 치기 전에 제자리를 잡을 수 있을까? 비범한 시력, 기동성, 민첩함, 상대적으로 간결한 샷, 그리고 다른 선수들이 계획하고 고달픈 노력을 하는 동안 달리거나 전력을 다하면서 그들이 도구 세트(또는 스위스 군용 칼)가 없어 만들지 못하는 해결책을 만들어 낼 수 있다는 자신감이 있기 때문이다.

페더러가 목표 기준을 높이기 전에 스위스 최고의 남자 선수였던 마르크 로세는 페더러의 〈처리 속도〉에 주목했다. 로세는 색깔이 다른 다섯 개의 공을 공중에 던지면 선수들이 색깔 순서대로 공을 모두 잡아야 했던 훈련을 회상한다. 「내가 잡을 수 있는 공은 최대 네 개였어요. 정말 힘들거든요. 로저는 말이죠, 다섯 개를 던지면 그걸 다 잡았어요.」

로세는 자신의 관점을 더 이야기한다. 「사람들은 재능을 타고난 선수의 손이나 발 같은 것에 관심이 많아요. 하지만 우리가 많이 이야기하지 않는 재능이 있어요. 바로 반응성이에요. 눈에 보이는 것을 해석하는 뇌의 능력이죠. 위대한 챔피언, 지단이나 마라도나 같은 축구 선수, 페더러나 조코비치, 나달 같은 테니스 선수들을 보면, 때로 그들이 매트릭스 안에 있다는 인상을 받아요. 모든 것이 정말 빨라요. 보통 사람에게는 너무 빠르죠. 그들은 정말 빠르게 상황을 이해해요. 마치 뇌가 그 모든 상황을 처리하는 시간이 더 많은 것 같아요. 지단은 드리블할 때 주위에 네 명이 있어도 침착했어요. 그에게는 모든 것이 느린 동작으로 보이는 거죠. 이런 위대한 챔피언들은 다른 사람들보다 먼저 1초를 쪼개요. 그래서 더 여유로울 수 있는 겁니다. 로저가 그동안 보여 준 믿기 힘든 샷들은 연습으로 되는 것이 아니에요.」

그의 기량이 더 훌륭했을 때 모습을 보면 동작의 흐름에 압도당할 뿐 아니라 요술 같은 손재주를 부린다는 느낌에 흥분된다. 그때 사람들은 홀린 듯 취하고 열광한다. 선수 생활 동안 그가 당면한 도전을 거의 피하지 않았다는 사실에 사람들은 더 열광한다. 그의 깊은 눈빛에는 장광설이나 정감 어린 농담은 없고 거의 보이지 않는 내면의 여정이 있다. 그래서 기술을 펼치는 그의 신체 행위에 계속 관심이 집중된다.

「그는 공을 치기도 하지만 공을 가지고도 놀아요.」그의 친구이자 오랜 코치인 제베린 뤼티가 언젠가 내게 말했다.

그것은 외부자들뿐만 아니라 내부자들의 마음마저 끄는 그의 특성이다. 페더러는 그 누구보다 다른 선수들을 놀라게 한다. 케빈 앤더슨과 1위에 올랐던 짐 쿠리어와 오래 일했던 코치 브래드 스틴은 이렇게 말했다.「사람들은 그를 보고 말하죠.〈저걸 어떻게 하지? 정말로 저걸 어떻게 치는 거지?〉」

존 매켄로 역시 라켓의 예술가였지만 고통받는 영혼이었다. 매켄로가 내적 몸부림을 표현하고자 물감을 튀기는 잭슨 폴록이라면, 페더러는 다작하고, 잘 적응하며, 잘 참고, 주류의 취향에 완벽히 다가가면서도 붓놀림과 구도 전문가들을 소름 돋게 하는 파울 루벤스에 훨씬 가까울 것이다.

그것은 행위 예술 수업과 같지만, 타인들이 그의 작품에서 자신만의 의미를 찾을 수 있게 캔버스에 여백을 충분히 남겨 놓는다. 페더러는 공식을 많이 생각하지 않는다. 그는 〈어떤 면에서는 굉장히 단순해요〉라고 말한다. 하지만 대학원 세미나에서 치밀한 분석 대상이 되는 소설의 저자처럼, 그는 타인들이 자신의 플레이를 파헤칠 거라는 점을 받아들인다.

2018년, 캘리포니아 사막에서 우리가 전용 비행기에 오르기 전에(내 인생에서 처음이자 아마도 마지막으로 전용 비행기에 탑승하는 경험일 것이다) 이에 관해 페더러와 이야기했던 기억이 난다. 그는 전날 BNP 파리바 오픈 결승에서 델 포트로를 상대로 자신의 서브에서 매치 포인트 3점을 놓쳐 3세트 타이 브레이크*에서 패배했다. 그 시즌에서 첫 패배였다. 점수 차가 아주 적었고, 그에게조차 반응 시간이 빠듯했다.

「전술요? 사람들은 전술을 이야기하죠. 하지만 이 단계에서는 결국 본능으로 귀결돼요. 상황이 너무 빨리 진행되기 때문에 거의 생각하지 않고 공을 쳐야 하니까요. 물론 운도 얼마간 작용하고요.」 페더러는 말했다.

운은 페더러에게 정말로 한몫했다. 평범한 호주 프로 테니스 선수 피터 카터가 스위스 바젤에 있는 작은 클럽의 코치 일을 수락하지 않았더라면 그는 챔피언, 적어도 테니스 챔피언이 되지 못했을지도 모른다. 지적이고 민감하며 재능을 타고난 피트

* 게임이 듀스일 때 주로 게임 카운트가 6 대 6일 때, 7포인트를 먼저 득점한 쪽을 승자로 하는 규정으로 듀스가 반복되어 시합이 길어지는 것을 막기 위한 것이다.

니스 트레이너 피에르 파가니니를 만나지 못했거나 후에 아내이자 언론 에이전트, 최고 조직책이 된 연상의 스위스 선수 미르카 바브리네크를 만나지 않았다면 특유의 지구력을 갖지 못했을지도 모른다. 미르카의 전폭적인 지원과 야망이 없었다면 그는 결코 오래, 사람들의 고개를 끄덕이게 하는 플레이를 하지 못했을 것이다.

「그녀는 페더러만큼 성공 욕구가 강해요. 어쩌면 더 강렬할 수도 있어요.」스위스에서 바브리네크와 페더러의 초창기 시절 트레이너였던 프랑스인 폴 도로센코가 말했다.

인생에서 그리고 확실히 프로 테니스에서는 행운을 어떻게 이용하는지, 기회를 어떻게 활용하는지가 정말 중요한데, 페더러는 그것을 낭비하지 않고 그것을 발판 삼아 일어섰다.

페더러는 마케터들이 연출하는 만큼 사근사근하지 않다. 지적이고 직관적이지만, 제임스 본드식의 기지 넘치는 말솜씨는 없다. 그는 어쨌든 열여섯 살에 학교 공부를 중단했고, 그다지 진지한 학생이 아니었다. 하지만 그는 성인기와 투어에 훨씬 더 엄격하게 접근했다.

「나는 테니스를 인생 학교라고 생각해요.」아르헨티나에서 그가 말했다.

페더러는 틀림없이 재능이 있지만, 같은 세대에 활동한 다른 위대한 재능 있는 선수들과 그를 구별 짓는 한 가지는 경기를 향한 변치 않는 애정과 자신을 더욱 몰아붙이려는 욕구를 모두 가지고 있다는 것이다. 그는 프로 테니스에서 같은 수준을 유지하는 것은 사실상 퇴보하는 것이라고 생각했는데, 이런 신념은 더 젊은 라이벌들에게 영향을 미쳤다.

「이 단계에서 성공의 첫 번째 조건은 모든 측면에서 숙달하고 개선하고 스스로 발전시키려는 지속적인 욕구와 열린 마음이라고 생각해요. 내가 알기로 로저도 이런 이야기를 많이 했어요. 모든 스포츠의 최상위 선수들이 이 점에 동의할 거예요. 정체는 후퇴입니다.」 조코비치가 최근에 내게 말했다.

페더러는 자신의 약점을 알았거나 알게 되었고, 분노 조절, 정신력, 집중력, 참을성, 만성 요통, 한 손 백핸드* 등을 고쳐 나갔다. 그는 전술을 바꿔 네트보다는 베이스라인에서 공격했다. 그는 긴 랠리에서 득점 기회를 늘리기 위해 헤드가 더 넓은 라켓으로 바꿨고, 신선한 관점을 얻기 위해 코치를 계속(하지만 충동적이지는 않게) 교체했으며, 때로는 코치 없이 경기를 치르기도 했다. 평생 그는 멘토가 될 만한 사람들, 다음 단계에서 롤모델이 될 만한 사람들도 찾았다. 샘프러스에서 타락하기 전 타이거 우즈, 더 최근에는 나중에 그가 닮고 싶은 박애주의적 행보를 보인 빌 게이츠까지.

테니스 기술은 그의 성공에서 주요 재료지만, 사람을 대하는 기술도 그 비결의 한 부분이다. 테니스 슈퍼스타는 타인의 처지에서 생각하기가 쉽지 않다. 하지만 페더러는 공감 능력이 뛰어나 스타디움과 거리, 방, 뒷좌석에서 감정과 에너지를 끊임없이 흡수한다.

* 한 손으로 공을 치는 손의 손등이 상대편을 향하도록 하는 타구법.

「그는 사회적 지능이 탁월해요. 그가 인기 높은 큰 이유는 그 때문이라고 생각해요. 그는 카멜레온 같아요. 어디에서나 잘 어울리죠. 그의 감정은 진짜입니다. 머리로 계산해서 자신을 끼워 맞추는 것과는 달라요.」페더러와 친구가 된 미국의 스타 앤디 로딕이 말했다.

*

티그레와 부에노스아이레스 중간쯤에서 차 한 대가 호위대를 피해 전속력으로 따라와 우리 차 쪽으로 잠시 방향을 틀었다. 추격의 스릴감과 아마도 다른 어떤 것에 흥분한 젊은 남자가 열린 차창으로 몸을 반쯤 내밀고는 RF 모노그램이 새겨진 캡 모자를 페더러에게 흔들었다.

「음, 적어도 당신의 상품이 움직인다는 건 알겠군요.」내가 말했다.

페더러는 낄낄 웃었고 창문을 통해 손을 흔들었다. 「저 사람이 모자를 잃어버리지 않았으면 좋겠네요. 안녕, 안녕, 안녕, 안녕.」그가 말했다.

페더러의 감수성은 경기 후 그가 흘리는 눈물을 어느 정도 설명한다. 지금은 눈물을 훨씬 덜 보이지만, 눈물은 여전히 그의 성격에서 떼어 놓을 수 없는 부분이다. 그 눈물은 단순히 기쁨이나 실망의 표현이 아니라, 코트에서 모든 걸 쏟은 뒤에 느끼는 해방감인 듯하다.

자신뿐 아니라 모든 사람이 경기나 토너먼트에 감정을 쏟았기에 눈물이 나오는 것이리라.

「음, 시간이 얼마 지나면 무덤덤해지나요?」 차가 달리면서 RF 모자를 든 팬이 시야에서 점점 멀어지자 내가 물었다.

「이런 일요? 전혀요, 전혀 무덤덤해지지 않아요. 이건 믿기지 않는 일이죠. 대개 행복한 사람들을 보는 건 좋은 일이에요. 그렇죠? 그리고 이곳은 또 다른 세상이에요. 내가 시범 경기를 하는 것도 그 때문이죠. 시범 경기는 다르니까요. 전에 가보지 못한 나라에 가거나 평소에 시간이 없어서 못 한 일을 할 수 있잖아요. 내가 항상 성취할 수 있는 일정한 수준이 있지만 플레이를 어떻게 할지 너무 걱정할 필요도 없고요. 하지만 중요한 건 뭐랄까, 시범 경기에서 많은 사람의 마음을 움직이고, 그들을 행복하게 하고, 그들이 나를 보러 오지 않고 내가 그들을 보러 간다는 점이죠.」 그는 목소리 톤을 높이며 말했다.

기자 회견에서 페더러는 일종의 자제심을 가지고 질문에 길게 대답한다. 그가 주제를 벗어나거나 정보를 발설하는 일은 드물고, 질문과 질문자를 존중한다. 그의 일부 선배(지미 코너스를 보라)나 동료(레이턴 휴잇과 애석하게도 후반기의 비너스 윌리엄스를 보라)와는 꽤 다르다. 좀 더 사적인 자리에서 페더러는 타고난 활기와 상냥함으로 팔을 흔들고 횡설수설하기 시작한다. 영어 — 그의 첫 번째 언어이지만 제일 잘하는 언어는 아닌 — 로 생각을 표현할 때는 말이 예상치 못한 방향으로 흘러가 몇 번씩 삼천포로 빠졌다가 다시 본론으로 돌아오곤 한다.

카메라 밖에서는 덜 세련되어 때로는 어수룩하기도 하다. 장난치고 놀라게 하는 일은 차 안의 기자가 아닌 친구와 동료들을 위해 남겨 두지만 말이다.

나는 수년간 꽤 여러 번 그와 함께 차를 탔고, 이 책에서 그런 경험의 프리즘을 통해 페더러의 커리어를 살펴볼 것이다. 이 책은 페더러의 백과사전이 되지 않을 것이다. 스코어와 경기 요약이 너무 많으면 어떤 테니스 이야기라도 답답해진다. 그는 전기 작가들에게 너무나 많은 자료를 제공했다. 7,000번 넘는 경기를 뛰고 경기 후에는 대부분 기자 회견을 했으니 말이다. 하지만 이 책은 가장 중요하거나 페더러에게 가장 상징적인 장소와 인물, 시합을 중심으로 단편적 사건을 묘사하고 이에 대해 해석하는 것을 목표로 한다. 그리하여 트로피를 들어 올리기 위한 노력과 상금, 새로운 경험, 성취에서 경기 시즌과 교류에 이르기까지 페더러의 이야기가 대부분을 차지한다.

아르헨티나는 예상치 않게 이 여정에서 의미 있는 도착지였다. 우리 차가 부에노스아이레스 시내에 있는 그의 호텔에 가까워졌을 때, 당시 그랜드 슬램 단식 17회 우승이라는 최고 기록을 달성한 페더러는 여전히 아주 많이 향상하고 싶다고 힘주어 말했다.

「이 경기 후에 휴가를 떠날 겁니다. 모든 일에서 떠나 쉬려고요. 지난 몇 년 동안 지나칠 정도로 치열하게 살았어요. 이 속도로 계속 밀어붙이면 당신이 말했듯이 흥미를 잃을 것 같아요. 진력이 나는 거죠.」

페더러가 웃었다.

「〈진력나다〉는 내가 새로 배운 단어예요. 정말로 일어나지 않기를 바라는 단어죠. 바라건대 내년은 미래에 올 여러 해의 발판이 될 거예요. 바로 내게 주고 싶은 기회죠.」그가 말했다.

2
스위스, 바젤

테니스는 많은 면에서 나를 구했다. 어린 시절 아버지는 ─ 그의 아버지처럼 ─ 미국의 해군 장성을 향한 승진 사다리를 열심히 오르고 있었다. 내가 대학에 들어가기 전에 우리 가족은 열 번 넘게 이사했다. 버지니아에서 하와이로, 캘리포니아로 이사 다니는 동안 테니스는 다음 공동체, 다음 학교, 다음 팀에 융화하기 위한 나의 여권 중 하나였다. 1980년대부터 나는 테니스 경기를 관람하고 평가하는 일을 멈춘 적이 없고, 비평적인 시각을 견지했을 뿐 아니라 대단히 즐겁게 취재했다. 나는 35년간 온갖 종류의 스포츠에 관한 글을 써왔지만, 테니스는 특별히 더 관심을 끌었다. 그 이유는 내가 테니스를 많이 쳤고, 고군분투했으며, 실패를 맛봤기 때문에 페더러 같은 거장들이 압박감 속에서 별일 아닌 것처럼 보이는 샷을 치는 일이 얼마나 어려운지 알기 때문이었다.

대학 테니스 팀에서 뛰었던 윌리엄스 칼리지를 졸업한 뒤, 나는 뉴욕주 이스트햄프턴의 고소득층 고객을 보유한 수수한 클럽에서 여름에 테니스를 가르쳤다. 내 학생 중에는 『롤링 스톤 *Rolling Stone*』의 창립자 잔 웨너와 패션 디자이너 글로리아 삭스도 있었다. 내 목표는 수업을 통해 대학교 룸메이트와 함께 저예산 세계 여행을 할 수 있도록 자금을 마련하는 것이었다. 나는 잔과 글로리아, 다른 고객들 덕분에 목표를 이룰 수 있었다. 하지만 테니스 경기에 굉장히 심취한 터라 여행 내내 요넥스 라켓을 백팩에 끈으로 묶어 가지고 다녔다. 테니스 코트라고는 보이지 않는 미얀마나 중국의 시골 같은 곳에서는 꽤 이상한 모습으로 보였을 것이다. 하지만 청소년 시절 내내 그랬듯이, 라켓은 미지의 곳에서 내게 안도감을 주는 물건이었다.

테니스 경기를 보는 일은 여전히 내게 수동적인 행위라기보다 신체 행위에 더 가깝다. 몸이 긴장되고 오른손을 자주 움켜쥐니까 말이다. 내가 처음으로 취재한 대회는 윔블던과 한참 거리가 멀었다. 1987년 당시 나의 최근 고향 도시였던 샌디에이고에서 열린, 미국 테니스 협회가 12세 이하 소년을 대상으로 주최한 국내 선수권 대회 — 쉽게 말해, 재능 있는 초등학생들의 토너먼트 — 였다.

나는 지역 신문사의 여름 인턴이었고, 당시는 사람들이 아직 뉴스를 대부분 신문으로 접하던 시절이었다. 먼 옛날 선수권 대회에서 내가 기억할 수 있는 것은 두 가지뿐이다. 훗날 톱 20위권 프로 선수가 된 빈스 스파디아의 아버지 빈센트 스파디아가 어린 아들의 매치 사이에 관중석에서 아리아를 불렀고, 여섯 살된 알렉산드라 스티븐슨이 어머니 서맨사와 함께 관람하러 와 잔디 위에서 옆으로 재주넘기를 했다. 그녀가 1999 윔블던 준결승에 진출하기 한참 전이었으며, 측근 외에는 그녀가 NBA 스타 줄리어스 어빙의 딸이기도 하다는 사실이 알려지기 훨씬 전이었다.

기억에 오래 남느냐 아니냐는 무작위로 보일 수 있다. 나는 확실히 이렇게 말할 수 있다. 내가 청소년 선수의 경기를 보며 뼛속 깊이 미래 일인자의 경기를 보고 있다고 확신한 것은 딱 두 번이다.

첫 번째는 열여덟 살의 마라트 사핀이 1998 프랑스 오픈 때 그의 처음 두 번의 그랜드 슬램 매치에서 앤드리 애거시와 디펜딩 챔피언 구스타부 키르텡을 뜻밖에 제패한 일이다. 사핀은 다혈질이었고, TV에 멋지게 나왔으며, 놀랍도록 탄탄한 몸을 가진 러시아 선수였다. 그는 거들먹거리고, 섹스어필하며, 폭발적이고, 종종 내가 본 적 없는 공중에 뜬 양손 백핸드*를 구사했다.

두 번째는 처음으로 바젤에 갔을 때다. 2001년 2월 내가 그곳에 간 이유는 패트릭 매켄로의 미국 데이비스 컵 감독 데뷔와 열여덟 살 앤디 로딕의 데뷔를 취재하기 위해서였다. 하지만 나는 스위스 10대 소년에 관해 아주 많은 글을 쓰고 말았다.

나는 1999 프랑스 오픈에서 페더러가 패트릭 래프터를 상대로 치른 — 그리고 진 — 그의 첫 그랜드 슬램 경기와 이듬해 시드니에서 열린 하계 올림픽에서 단식 4위에 그친 모습을 보았다. 어떤 올림픽에서든 4위는 가장 쓰라린 등수다. 당시 열아홉

---

* 두 손으로 공을 치는 손의 손등이 상대편을 향하도록 하는 타구법.

살이던 페더러는 재능 있는 유망주로 널리 인식되었지만, 그의 고향 도시에서 3일간 이어진 경기를 보기 전까지는 그가 얼마나 유망한지 몰랐다.

손꼽히는 테니스 팀 대회인 데이비스 컵은 그 당시 더욱 명망이 높았다. 이 대회는 5전 3선승제로 지구력의 한계를 시험하며, 일반적인 투어와 달리 종종 압박감이 극심해 선수의 패기와 기질을 알아볼 수 있었다.

아직 20위권 밖이었던 페더러는 열일곱 살에 처음 참여한 이 대회에서 전율과 참패를 이미 경험했다. 하지만 바젤에서 보낸 긴 주말 동안 그는 스위스 팀을 자신의 등 위에 올려 첫 라운드를 승리로 이끌었다. 그는 단식 경기와 로렌초 만타와 한 팀으로 나간 복식 경기에서 완승을 거두었다.

대회 첫날 페더러는 그랜드 슬램 결승전을 두 번 치른 베테랑 토드 마틴을 압도했다.

합성 재질의 실내 코트에서 치른 경기였지만 페더러가 백핸드 슬라이스를 치고, 뛰면서 포핸드 위너를 휙휙 넘기며, 베이스라인에서 네트까지 물 흐르듯 공을 보내고, 위닝 발리*와 스매시**를 짧고 세게 때릴 때, 나는 계속 그의 날렵한 발밑에 잔디가 있다고 상상했다. 샘프러스와 에드베리를 모두 닮은 그의 스트로크와 동작에는 우아함이 깃들어 있었다. 그것은 거의 애쓰지 않는 것처럼 보이면서 빠르게 큰 공간을 커버하는 능력이었

* 상대편이 친 공이 땅에 떨어지기 전에 받아 치는 기술.
** 전신의 힘을 다해 상대 코트에 직선으로 때려 넣는 파괴적인 스트로크.

다. 그는 이리저리 뛰어다니며 백핸드*를 치다가 내가 본 적 없는 속도와 우아함으로 포핸드를 세게 때렸다. 그의 서브는 빈틈이 없어 보이고, 읽기가 너무나 어려웠다. 윙스팬**이 크고 뛰어난 리터너였던 198센티미터의 마틴이 이 경지에 자주 도달하지 못했다는 점을 고려하면 말이다.

「이 선수는 윔블던에서 여러 번 우승할 겁니다.」 스포츠 기자가 트윗을 하는 대신 정감 어린 농담을 던지던 먼 옛날 기자석에 앉아서 내가 주위 사람들에게 말했다.

나는 그런 말을 잘하지 않는 성격이다. 태생적으로 나는 예언가가 아니라 관찰자다. 그런 예언은 기자의 권한일 수 있었다. 피트 샘프러스는 아직 20대였고 올 잉글랜드 클럽에서 여전히 불가항력이었다. 네트로 돌진하는 호주 선수 패트릭 래프터는 한창때여서 잔디 코트에서 날아다녔다. 하지만 정상급 테니스 경기를 많이 본 사람은 어린 선수의 게임에서 성공에 꼭 필요하며 장차 더 큰 경기에서 빛을 발할 패턴과 기술을 발견한다. 페더러의 공격 스타일, 모든 코트에 효과적인 도구들, 눈을 속이는 파워, 부드러운 풋워크가 확실히 눈에 보였다.

구사할 수 있는 전술이 가득한 그의 게임은 성숙했다. 스위스인들에게는 믿기 어려운 일이었고, 미국인들에게는 끔찍한 시간이었다.

「우리는 두드러진 선수를 만났어요. 페더러는 대단한 선수이

* 라켓을 들지 않은 쪽으로 공을 치는 타구법.
** 양팔을 벌려 한쪽 끝에서 다른 쪽 끝까지 잰 거리.

고, 이번 주에 자기 역량을 제대로 발휘했어요. 그의 실력이 너무 대단해서 우리는 그를 감당하지 못했죠. 그의 플레이는 적어도 10위권 내 수준에 해당했어요.」 매켄로가 3-2로 패한 뒤 말했다.

페더러는 이보다 한 주 전에 밀라노의 비슷한 실내 코트에서 생애 첫 ATP 타이틀을 따냈다. 이는 젊은 선수에게 분수령이 되는 순간이었다. 하지만 바젤에서 자국에 승리를 안긴 일은 차원이 더 높은 감정의 돌파구였다.

그는 이어 같은 경기장에서 열린 스위스 인도어스 대회에서 단식 타이틀을 10개 획득했다. 하지만 그런 초기 단계에서 그는 여전히 자기 능력을 확신하지 못했다. 그는 아직 팀을 이끌어 갈 짐을 질 자신이 없었다. 감독 야코프 흘라세크와의 관계가 불안할 때는 특히 더 그랬다. 과거 스위스 스타 선수였던 흘라세크는 지난해 페더러와 팀원들이 인정해 마지않던 클라우디오 메차드리를 쫓아내고 감독 자리를 꿰찼다.

「미국과 싸운 그 경기는 제 커리어에서 중요한 순간이었어요. 내 믿음에 도움을 주었죠.」 시간이 한참 흐른 뒤 페더러가 내게 말했다.

그 경기는 정말로 징후를 보였다. 승리한 뒤 페더러는 눈물을 흘렸고, 페더러의 기자 회견은 3개 국어로 중계되었다. 그의 머리칼은 길었고 얼굴은 아직 청소년티가 났으며 강한 이목구비와 우뚝 솟은 코는 권투 선수에 더 어울렸다. 그는 검은 표범처럼 우아하고 리듬감 있게 인터뷰 장소로 걸어왔지만, 집중적으로 관찰당한다는 사실에 아직 적응하는 중인 듯 타인의 시선을 의식하는 것 같았다.

미국 팀에는 미래의 스타 두 명이 속해 있었다. 전해 페더러의 능숙한 손 때문에 고통받은 앤디 로딕과 제임스 블레이크였다.

두뇌 회전이 빠르고 인기가 엄청났던 로딕은 ─ 페더러가 이미 얀마이클 갬빌을 꺾어 스위스 팀에 승리를 안겨 준 다음 ─ 일요일에 열린 데이비스 컵 데뷔전의 마지막 단식 경기에서 데드 러버*였으나 조지 바스틀을 물리쳤다.

로딕과 페더러가 처음으로 대화를 나눈 것은 그날 밤 두 팀이 바젤의 한 술집에서 마주치고 한참 지난 뒤였다.

「그런 사람이 자기 고향에서 데이비스 컵을 손에 쥔 상황에 어떻게 대처할지 궁금해지죠. 나는 그가 우리 팀 전체를 무장 해제하는 모습을 지켜보았어요. 내 생각에는 〈이 사람이 정말 잘할까?〉라고 생각하는 시기가 지난 뒤였죠. 그건 기정사실이었다고 생각해요. 문제는 그 사람이 로저가 될 것인가 ─ 무례한 뜻으로 하는 말은 아니지만 ─ 아니면 리샤르 가스케가 될 것인가였어요. 정말로, 정말로 잘하는 사람은 누굴까? 만약 그당시 사람들이 그 차이를 구별할 수 있다고 말했다면, 나는 거짓말이라고 말하겠어요. 아마도 그 차이는 내면의 문제 때문일 거예요. 로저가 톱 10, 톱 5가 될 거라는 점은 기정사실이었다고 생각해요. 하지만 1위가 되고, 그랜드 슬램 대회에서 우승하

* 승패가 이미 결정된 뒤 열리는 경기에 출전하는 선수.

고, 10년 동안 의미 있는 결과를 만들어 내는 것은 크게 다르죠. 사람들이 20년 후까지 내다보지는 못하니까요.」로딕이 최근에 내게 말했다.

투어에 전념하기 위해 하버드 대학교 2학년 때 자퇴한 블레이크는 바젤에서 연습 파트너였다. 즉, 그가 스위스 팀의 연습 파트너였던 미셸 크라토슈빌과 시간을 보냈다는 의미다.

「우리는 앤디가 정말 자랑스러웠어요. 〈이 아이는 정말 잘해, 너희는 그냥 기다려. 그는 정말 굉장한 선수가 될 거야. 그는 아주 오래 우리 팀에 있을 거야.〉이런 식이었죠. 내가 크라토슈빌과 얘기하고 있었는데, 그가 〈음, 우리 쪽 아이를 좀 봐. 그 아이도 아주 특별한 사람이 될 거야〉라고 말했어요.」블레이크가 내게 말했다.

블레이크는 페더러를 오랫동안 지켜보았다. 그의 첫 번째 깨달음은 페더러가 주도권을 잡으면 덜 위험한 그의 백핸드 쪽으로 공을 집어넣는 일이 무척 어렵다는 것이었다. 그만큼 빨랐다.

「그의 움직임이 너무 좋아서 그가 포핸드로 주도권을 잡으면 백핸드를 치게 할 수가 없어요. 그가 일단 포핸드를 치면 랠리를 완전히 장악해요. 정말 믿기지 않았어요.」블레이크가 말했다.

그의 두 번째 깨달음이 있었다.

「우리 모두 그를 지켜보고 있었는데, 그는 땀을 흘리지 않는 것 같았어요. 그의 심박수가 30 정도로 보였어요. 아무것도 그에게 영향을 미치지 않는 것 같았죠. 분명한 것은 브레이크 포인트*여서 관중이 좀 과하게 열중해도 그가 긴장해서 나쁜 결정을 내리지 않는다는 것이었어요.」

블레이크는 페더러가 청소년 시절 라켓을 내던지며 자신을 질책하던 사건들에서 그의 행동이 얼마나 많이 발전했는지 알지 못했다.

「마치 그가 경기를 철저히 준비해 어떤 상황이 닥쳐도 대처할 수 있을 것 같았어요. 그리고 경기가 끝나고 그가 무너져 내리는 것을 보며, 고향에서 열리는 데이비스 컵 대회에 대한 심적 부담이 너무 컸다는 것을 알았죠. 정말로 멋졌어요.」 블레이크가 말했다.

미국인들은 곧 돌아갔고, 나는 『인터내셔널 헤럴드 트리뷴』에 칼럼을 기고했다. 그러나 그가 여러 번 윔블던 챔피언이 될 재목이라고 쓸 용기가 없었다. 그래서 이렇게 썼다. 〈페더러는 특별한 선수다. 어른스럽고 침착하고 모든 것을 갖췄으며, 압박감 속에서 자신의 플레이 수준을 끌어올릴 수 있는 능력을 타고났고 모든 움직임이 매끄럽다. 그는 아주 강력한 서브를 넣을 수 있다. 또 끈적한 수비를 하고 로브 위너를 만들어 낼 수 있으며, 전통적인 칩 앤 차지 테니스를 하고 손목을 가파르게 세워 발리 위너를 후려칠 수 있다. 그는 포핸드로 플레이를 좌우할 수 있고 속도감 있는 한 손 백핸드 또는 덜 날렵한 상대가 헉헉

---

* 상대편의 서비스 게임을 이기게 되는 1점. 서브를 받는 선수가 40 또는 듀스 이후의 어드밴티지 상황에서, 상대편의 서비스 게임에서 이겼을 때 마지막으로 얻는 점수이다.

거리며 빠른 스피닝 볼을 깊이 파내야 하는 심술궂은, 매우 낮게 깔리는 슬라이스*를 칠 수 있다. 그럼에도 그가 많은 재능을 사용해 꾸준히 세계를 제패할지는 알 수 없다. 돈과 과찬, 부상은 가장 큰 욕구와 가장 날카로운 스트로크를 무디게 할 수 있지만, 마지막 2주를 마치고 스위스 선수 중에 미래의 챔피언이 있다는 데는 의심의 여지가 없다. 그리고 마르티나 힝기스와 달리 페더러는 실제로 플로리다에서보다 스위스에서 보내는 시간이 더 많다.〉

페더러의 테니스는 실제로 스위스에서 만들어졌다. 그는 1981년 8월 8일 바젤 대학교 병원에서 어머니 리넷과 아버지 로버트 페더러의 두 자녀 중 막내로 태어났다. 부모 둘 다 운동을 잘하고 운동에 열정이 많았다. 그는 적당한 키였고, 비교적 늦게 테니스를 치기 시작했다.

로저는 바젤에서 테니스 경기를 배웠고, 나중에 다른 스위스 도시들에서 실력을 갈고닦았다. 그러나 4개의 공식 언어를 가진 다양성의 나라에서 그는 어린 시절 외국의 영향을 많이 받았다.

리넷은 남아프리카 공화국 출신으로 열여덟 살에 로버트를 만났다. 둘 다 요하네스버그 근처에 있는 스위스 화학 회사 시바가이기에서 일할 때였다. 그녀의 모국어는 아프리카어였지만 아버지가 고집을 부려 영어 학교에 다녔다. 리넷과 로버트는

* 〈역회전 또는 횡회전을 거는 것〉 또는 〈역회전 또는 횡회전이 걸린 타구〉를 의미한다.

스위스로 이주한 뒤 나중에 가정을 꾸렸다. 어머니 리넷은 처음에 페더러와 그의 누나 다이애나에게 영어로 말했다.

「처음 몇 년 동안만 영어를 사용했어요. 그러다가 스위스 독일어로 바꿨어요. 스위스에서 오랫동안 살면서 아주 쉽게 배울 수 있었으니까요. 로저와 나는 여전히 영어를 많이 사용해요. 이야기 주제에 따라 조금 섞어서 말하기도 한답니다.」 그녀가 아들의 선수 생활 초기에 나와 인터뷰하면서 말했다.

그의 부모가 〈로저〉라는 이름을 선택한 이유는 발음상 페더러와 잘 어울렸기 때문이다(로저는 미들 네임이다). 그들은 로저가 영어로 발음하기 쉽다는 점도 마음에 들었다. 아들이 어릴 때는 발음이 프랑스어 〈로제〉가 아니라고 사람들에게 수없이 상기시켰지만 말이다.

페더러에게 의미 있는 첫 코치는 체코에서 스위스로 이민 온 아돌프 카코프스키였다. 초기에 페더러에게 가장 많은 영향을 미친 테니스 코치는 호주 출신 피터 카터였다. 수년 동안 페더러는 스위스인 코치들, 미국인 코치들, 범세계주의적인 크로아티아인이자 한때 전쟁 난민이었던 이반 류비치치에게서도 코치를 받았다.

하지만 페더러의 취향과 매력이 아무리 전 지구적이라 하더라도 그는 여전히 자신을 스위스 테니스 연맹의 산물이라고 여긴다. 근래에 활동했던 다른 스위스 최고 선수들은 그렇지 않다. 여자 단식과 복식에서 1위를 차지해 그보다 먼저 정상에 오른 힝기스, 페더러의 뒤를 이어 역대 스위스 남자 선수 2위가 된

슈타니슬라스 바브린카가 대표적이다.

「스위스 연맹을 통해 대선수가 된 사람은 로저뿐이에요.」 같은 스위스인으로 1992 바르셀로나 올림픽 단식에서 우승한 마르크 로세가 말했다.

독일과 프랑스 국경이 인접한 라인강 변의 범세계적 도시인 바젤은 페더러 스토리가 시작된 곳이다.

「로저가 아기였을 때는 나라 밖으로 쇼핑을 가곤 했어요.」 리넷이 말했다.

스위스에서 프랑스어를 쓰는 제네바 출신 로세가 볼 때 그가 스위스 사람이라는 건 행운이었다. 「양쪽으로 5킬로미터 거리죠. 그가 독일인 또는 설상가상으로 프랑스어로 말하는 스위스인일 수도 있었어요. 그가 프랑스인이라면 어떨지 상상할 수 있겠어요? 정말로 참기 힘들었겠죠.」 로세가 말했다.

페더러의 말을 빌리면 그는 〈과잉 행동 장애에 가까운〉 매우 활동적인 아이였다. 그는 바젤 교외의 조용한 거리에 있는 뮌헨슈타인의 중산층 가정에서 성장했다. 그곳에서 공부보다 스포츠에 훨씬 더 많은 열정을 보였다.

「나는 학교를 별로 좋아하지 않았어요. 부모님이 내 등을 세게 떠밀어야 했어요.」 페더러가 말했다.

탁구대 반대쪽이 보일까 말까 한 키의 그가 탁구 라켓을 들고 있는 사진이 있다. 그의 첫 테니스 라켓은 나무 재질이었기 때문에, 그가 나무 라켓으로 테니스를 시작한 마지막 위대한 선수가 될 가능성이 크다. 그는 세 살 때 테니스를 시작해 곧 벽, 차고, 캐비닛, 옷장을 향해 공을 치기 시작했다.

2008년 다큐멘터리 「로저 페더러: 챔피언의 정신Roger Federer: Spirit of a Champion」에서 로저 페더러가 공 치는 소리를 흉내 내며 말했다. 「붐, 붐, 붐!(쾅, 쾅, 쾅!) 나는 몇 시간이고 벽에 공을 치며 놀았어요.」

〈붐〉은 그 시기에 특히 적합한 음향 효과인 것 같다. 1980년대는 독일에 테니스 광풍이 분 때이다. 이는 1985년 열일곱 살 나이로 윔블던에서 우승한 보리스 베커*와 네 개의 그랜드 슬램 타이틀과 올림픽 우승을 기록해 1988년 첫 골든 그랜드 슬램을 완성한 슈테피 그라프가 불붙였다.

독일어 지역인 바젤의 국경 바로 맞은편에서 그의 친구들은 이를 눈여겨봤고, 베커는 그의 첫 테니스 우상이었다.

로저는 그의 부모들의 고용주 시바가 소유한 클럽의 붉은 클레이 코트에서 테니스를 시작했다. 클럽은 알슈빌에 있었다. 하지만 어릴 때 배운 테니스는 페더러의 많은 활동 중 하나였다. 그는 배드민턴, 스쿼시, 농구, 축구도 했다.

「달리기, 수영, 자전거는 별로 좋아하지 않았어요. 어딘가에 공이 있어야 했죠.」 그가 언젠가 말했다.

어린 시절 내내 그랬던 것은 아니다. 페더러는 알파인 스키에도 심취했다(어쨌든 그는 스위스이다). 부상 위험을 줄이기 위해 나중에는 스키 타는 시간을 줄여야 했다. 그는 가족과 함께 등산도 즐겼다.

* 강력한 서브를 선보이며 〈붐붐 베커〉라는 별명을 얻었다.

하지만 페더러가 선택한 스포츠 커리어는 구기 종목의 팀 스포츠 하나와 구기 종목의 개인 스포츠 하나로 좁혀졌다. 열두 살에 그는 축구 대신 테니스를 선택했다. 일부 테니스 천재들보다 늦은 시기였다. 애거시, 샘프러스, 윌리엄스 자매, 마리야 샤라포바는 그보다 훨씬 이른 나이에 테니스에 모든 걸 걸었다. 하지만 페더러의 일부 오랜 라이벌들보다 늦지는 않았다. 스페인의 마요르카섬에서 자란 나달 역시 열두 살에 축구를 포기하고 테니스를 선택했다. 대기만성형 테니스 선수로 여겨지는 바브린카는 열한 살까지 일주일에 한 번만 경기했다.

최근 몇 년간 전문 분야의 조기 교육에 대해 수긍할 만한 반발이 있었다. 조기 교육으로 부상과 탈진이 남용될 수 있다는 이유였다. 페더러는 장기적 이익을 위해 아이들이 다양한 스포츠를 탐험하도록 장려하는 본보기 중 하나가 되었다. 그의 롱런, 지구력, 지속적인 열정은 당연히 우리를 안심시킨다. 부상을 더 많이 겪어야 했지만 나달도 마찬가지다. 하지만 현실을 말하자면, 위대한 챔피언을 배출한다는 관점에서 극단적 방식과 더 균형 잡힌 방식이 모두 효과적일 수 있다.

결국 윌리엄스 자매는 아버지 리처드가 만든 훌륭한 테니스 계획이 있었지만 모든 예상을 뛰어넘고 롱런했다. 주목할 사항은 리처드가 세운 요람에서 위대함까지의 계획은 스포츠 이외 관심사를 탐구할 시간을 충분히 허용했다는 점이다.

손과 눈의 협응을 좀 더 빨리 개발하기 위해 아기 침대 위에 테니스공을 매달아 놓았던 애거시도 30대 중반까지 훌륭한 경기를 했으며(만성 요통에도 불구하고), 정상 자리를 길고 만족스럽게 유지할 수 있음을 페더러에게 보여 준 사람 중 한 명이었다.

세 아이의 아버지이자 오랜 유소년 축구 코치인 나는 어느 쪽이 더 건강할지 알지만, 터널 시야를 가진 젊은이가 — 또는 터널 시야를 가진 부모로 인해 — 그랜드 슬램 챔피언으로 성장할 수 있다는 점을 부정하는 일은 의미가 없다. 전문 분야의 조기 교육은 아동 놀이보다 아동 노동에 훨씬 더 가까워 보인다. 애거시나 윌리엄스 자매의 모델을 기반으로 테니스 선수로 성공하기 위해 키워진 재능 있는 주니어들의 감소율과 그들이 — 조금이라도 흥미가 있었다면 — 모두 흥미를 잃는다는 점을 생각하면 움찔해진다.

대체로 페더러의 부모는 페더러가 진로를 선택할 수 있도록 했다. 그는 축구 대신 테니스를 선택한 이유를 세 가지 들었다.

「나는 발보다 손에 재능이 더 많았어요.」그가 내게 말했다.

그러나 그는 또한 테니스를 선택한 많은 위대한 운동선수가 감지했던 것, 즉 통제 욕구, 다시 말해 기능에 대한 열망을 스스로 감지했다. 「다른 사람에게 의존하지 않고 내 손으로 이기거나 지고 싶었어요.」페더러가 설명했다.

그러나 몇 년 동안 지켜본 결과 그가 전형적인 테니스 개인주의자가 아니라는 것은 분명했다. 그는 사교적이고 외향적이어서 사람들과 어울리면 에너지를 뺏기기는커녕 오히려 얻는다. 그는 ATP 선수 평의회에서 오랜 기간 일하고 유아 교육에 중점을 둔 자선 재단을 시작하는 등 공익에 종종 관심을 보였다. 페더러와 그의 에이전트 토니 갓식은 페더러의 상당한 정치 자본을 활용해 2017년에 새로운 테니스 대회를 만들기로 결심하고, 과거 저평가된 테니스 위인들을 기리는 팀 대회 레이버 컵을 출범했다.

지미 코너스 같은 테니스 스타가 팀 스포츠 선수로서 성취감을 얻는다는 건 상상하기 어렵지만, 페더러의 경우에는 어렵지 않다. 하지만 페더러의 마음 한편에는 완전한 주인 의식, 즉 일종의 완벽주의가 도사리고 있었다. 그로 인해 그는 자기 단점을 받아들이기도 너무 힘든 마당에 다른 사람의 단점을 받아들이기는 더 힘들 것임을 깨달았다. 하지만 지역 클럽인 콩코르디아 바젤에서 다른 사고방식을 가진 축구 코치를 만났다면 그가 선택하는 데 훨씬 더 오랜 시간이 걸렸을지 모른다.

페더러는 빠르고 재능 있는 공격수였지만, 테니스 훈련과 축구 훈련을 병행했다. 페더러에 따르면, 그의 축구 코치는 주중 연습에 모두 참여하지 않는 그가 주말 경기를 뛴다면 팀 동료들 사이에 형평성 문제가 생긴다고 말했다.

페더러에게는 축구 경기도 중요했지만, 테니스를 포기할 수는 없었다. 결국 축구를 포기해야 했다.

「후회는 없어요.」그가 몇 년 지난 뒤 말했다. 이해할 만하다.

여덟 살 때, 페더러는 올드 보이스 바젤에서 테니스를 치기 시작했다. 일류였지만 시설이 평범한 올드 보이스는 잎이 무성한 도시 지역에 있었는데, 페더러의 집에서 자전거로 오갈 수 있는 거리였다. 이미 올드 보이스 여자 팀에서 뛰고 있던 어머니 리넷은 아이들을 그곳에 데려가기로 했다. 1959 윔블던 여자 대회에 출전할 만큼 뛰어났던 스위스인 마들렌 발로셔가 운영하는 주니어 프로그램이 좋았기 때문이다.

주니어 프로그램에는 130명에 가까운 청소년이 있었다.

「페더러에게 재능이 있다는 것을 알 수 있었지만, 나는 재능 있는 남자아이들이 많은 우수한 그룹을 가르쳤어요. 그래서 그가 지금처럼 되리라고는 상상도 못 했죠. 그런데 여덟 살 때도 로저는 자기는 1등이 될 거라고 친구들에게 농담 삼아 이야기했어요.」발로셔가 내게 말했다.

페더러는 처음에는 그룹 수업을 받았지만, 곧 〈세플리〉라는 별명을 가진 베테랑 코치 아돌프 카코프스키에게 개인 강습을 받기 시작했다. 그는 이 아이가 특별하다는 것을 금방 알아차렸다.

「어느 날 세플리가 내게 와서 자기 조언을 그렇게 빨리 적용할 수 있는 아이를 본 적이 없다고 말했어요. 배운 걸 시도해 보고 적용하는 데 한두 주 걸리는 학생들은 좀 있었지만, 로저는 그냥 할 수 있었어요.」발로셔가 말했다.

그것은 수십 년 동안 많은 코치가 관찰한 페더러의 특징이었다. 「로저는 흉내 내는 데 귀재였어요. 정말 놀라울 정도였죠.」 스위스 국립 테니스 센터에서 그를 코치한 네덜란드 출신 스번 흐루네벌트가 말했다.

하지만 페더러는 때로 어렵게 배워야 했다. 열 살 때 그는 초기 주니어 경기에서 스위스 국적의 레토 슈미들리에게 6-0, 6-0으로 졌다. 슈미들리는 그보다 세 살 더 많아 파워가 훨씬 좋았다. 슈미들리는 투어 프로 선수가 되지 못했지만, 거의 30년이 지난 지금까지도 당시의 경기와 최종 점수에 관해 인터뷰한다.

그러나 페더러의 주니어 성적은 올드 보이스에서 피터 카터와 열심히 훈련하면서 빠르게 향상되었다. 호주 출신의 젊은 피터는 아주 짧은 보브 커트 스타일에 직업 윤리가 강했으며, 여전히 국내 투어 토너먼트와 코칭 일을 병행하는 차분한 태도를 지닌 사람이었다.

「둘은 처음부터 아주 잘 맞았어요.」 발로셔가 말했다.

페더러가 영어를 할 줄 안다는 점은 확실히 해로울 게 없었다. 카터는 결국 바젤 여자와 결혼했지만, 스위스 독일어는 여전히 배워야 하는 상황이었다.

「카터는 좋은 사람이었고 로저에게 큰 힘이 되어 주었어요. 그는 로저를 정말 특별한 선수처럼 느끼게 해주었고, 기술뿐만 아니라 시합하는 방식에 대해서도 도움을 주었어요.」 발로셔가 말했다.

카터는 곡예 같은 발리, 부드러운 풋워크, 한 손 백핸드를 포함한 고전적인 공격형 게임을 했다.

이것이 익숙하게 들린다면 그럴 만도 하다.

「페더러에게 보이는 많은 것이 카터와 매우 비슷해요. 하지만 페더러는 엄청난 폭발력과 엄청난 스핀을 만들어 낼 수 있는 능력이 있고 움직임이 더 좋았어요. 카터는 모든 걸 아주 잘했어요. 그는 움직임이 좋았지만 굉장하지는 않았죠. 그는 양손을 다 잘 썼으나 양쪽 모두 대단하지는 않았어요. 그는 멋진 서브를 넣었지만 매 경기에 쉬운 포인트를 두세 개 따낼 만큼은 아니었어요.」 카터의 절친한 친구 중 한 명이자 수석 코치 겸 ESPN 분석가인 대런 케이힐이 말했다.

태즈메이니아 출신 호주인 데이비드 맥퍼슨은 카터와 같은 시기에 마이너 대회에 출전했다. 맥퍼슨은 이어 브라이언 형제와 존 이스너를 지도했다.

「로저의 스트로크가 카터의 스트로크와 너무 많이 닮아서 정말 놀랐어요. 아마 로저는 완전히 깨닫지도 못할 겁니다. 카터는 로저처럼 포핸드를 치곤 했어요. 공이 이미 스트링을 떠났는데 여전히 타점을 바라보던 카터의 모습이 아련하고 생생한 기억으로 남아 있어요. 아주 독특했어요. 그런데 갑자기 세계 최고 선수가 똑같이 하는 거예요. 마치 골퍼가 마무리 동작을 유지하는 것처럼 말이죠. 이건 우연이 아니에요. 확실해요. 서브도 아주 비슷해요. 느긋하고 유연하게 서브를 넣습니다. 카터는 전에 보지 못한 멋진 게임을 했지만 로저와 달리 공의 바운스가 많지 않았어요.」 맥퍼슨이 말했다.

〈카츠〉라는 별명을 가진 카터는 한때 호주를 대표하는 주니어 선수 중 한 명이었다. 그는 애들레이드에서 케이힐과 다른 많은 미래 스타를 지도한 피터 스미스의 코치를 받았다. 스미스의 제자 중에는 마크 우드퍼드와 존 피츠제럴드가 있었는데, 둘

다 복식에서 가장 높은 점수를 획득한 뛰어난 단식 선수였다. 피츠제럴드는 일곱 개의 그랜드 슬램 타이틀을 획득했다. 우드퍼드는 파트너인 토드 우드브리지와 함께 참여한 복식 경기 하나를 포함해 총 열두 개의 타이틀을 차지했다.

하지만 스미스의 가장 유명한 제자는 모자를 뒤로 쓰며 일찍 정점을 찍은, 발 빠르고 거침없는 베이스라이너 레이턴 휴잇이다. 휴잇은 스무 살에 세계 1위에 올랐고, 스물두 살이 되기 전에 그의 커리어에서 두 개밖에 없는 그랜드 슬램 단식 —US 오픈과 윔블던— 에서 우승했다.

카터는 펜폴즈과 피터 르만을 비롯해 세계적인 포도원이 있는 와인 생산 지역인 바로사 밸리의 시골 마을 누리우트파에서 자랐다. 카터는 테니스 훈련과 대회를 위해 애들레이드에 자주 갔지만, 긴 왕복 시간을 줄이기 위해 때때로 케이힐과 그의 가족이 사는 집에 머물렀다. 케이힐의 아버지 존은 대표적인 호주식 풋볼 코치였다.

「카츠는 스타일이 매우 좋은 선수였으며, 정말 정직하고, 단순하고, 현실적이고, 열심히 노력하는 사람이었어요. 축구 코치로서 어느 정도 성공을 거두신 아버지는 사람을 꽤 잘 봤어요. 그는 항상 이렇게 말했죠. 〈아들아, 네가 결국 친구를 어떻게 고르고 누구랑 어울리는지 드러날 거야. 피터 카터는 좋은 사람이야. 그러니까 그와는 얼마든지 어울려도 된다.〉」케이힐이 말했다.

카터는 결국 열다섯 살에 스미스가의 하숙생이 되었다. 주요 선수를 많이 배출하는 데 도움을 준 정부 지원 훈련 센터인 호주 스포츠 선수촌에서 살기 위해 그와 케이힐이 캔버라로 떠나기 전까지 그는 그곳에서 기숙했다.

「그는 정말로 좋은 아이였어요. 몇 년 동안 우리와 함께 산 사람이 꽤 있었지만, 보통 일정 기간이 지나면 관계가 시들해져요. 누군가와 함께 살면 많은 것을 알게 되니까요. 하지만 카츠와 함께 사는 동안에는 서로가 한 번도 뾰로통한 말을 한 적이 없었던 것 같아요.」 스미스가 말했다.

카터는 잔디 코트에서 열린 호주 오픈 준준결승에서 미래의 윔블던 챔피언 팻 캐시를 꺾을 만큼 재능이 출중했다. 그때 캐시는 주니어 세계 1위였다. 하지만 그가 가장 인상적인 퍼포먼스를 보여 준 것은 고등학생이던 열일곱 살 때였다. 그는 1982 사우스 호주 오픈에서 와일드카드를 받아 1회전에서 호주의 2번 시드 존 알렉산더와 맞붙었다.

당당한 성격으로 훗날 정치인이 된 알렉산더는 세계 34위였고, 시드니에서 열린 대회에서 막 우승한 뒤였다. 카터는 처음으로 ATP 투어 수준의 경기에 출전했으나, 세련된 경기를 펼치며 7-5, 6-7, 7-6이라는 결과로 알렉산더를 놀라게 했다. 그는 경기 후 인터뷰 시간이 되었을 때만 심연에서 밖을 내다보았으며, 인터뷰하는 동안 코트와 스포트라이트에서 한시라도 빨리 벗어나고 싶어 최대한 짧게 대답했다.

「카츠는 수줍음이 많고 조용한 아이였어요. 하지만 나는 그를 잘 알죠. 그는 목소리가 크고 또렷하고, 자신이 경기를 할 수 있다는 걸 알고 있었어요.」스미스가 말했다.

초기에 유망주였음에도 카터는 단식에서 최고 173위, 복식에서 최고 117위에 올라 투어에서 결코 돌파구를 찾지 못했다. 그의 원기 부족을 일부 원인으로 설명할 수 있지만, 부상도 영향을 미쳤다. 스미스가 말하길, 그는 체구가 크지 않았고 오른팔에 입은 스트레스성 골절상을 오랫동안 진단받지 못했다. 또한 허리 문제와 수상 스키 사고로 인한 고막 천공을 포함해 더 특이한 문제들도 있었다. 고막은 수술이 필요했고, 나중에 감염으로 이어졌다.

그는 중요한 경기를 연이어 놓쳤지만 계속 투어 경력을 쌓았다. 테니스 투어는 대부분 선수가 불리함을 무릅써야 하는 투쟁이지만, 집에서 멀리 떨어진 유럽과 북미 지역 투어에서 경쟁해야 하는 호주인은 심리적으로 더 힘들 수 있다.

최상급 선수가 되고 US 오픈 준결승까지 오른 케이힐에 따르면, 카터는 주요 무기가 부족하고 결단력을 저해하는 꾸물거림이 계속 발생해 고통을 겪었다.

「그것이 그가 몰락한 원인 중 하나였어요. 우리가 그를 힘들게 하긴 했지요. 자동차나 투자 부동산을 사는 일, 코칭 기회 같은 것 등이요. 하지만 미루는 습관이 테니스 코트에서도 나타났고, 그것이 그의 발목을 잡았어요. 결정을 내려 밀고 나가지 못했기 때문이죠. 그는 항상 무엇이 옳은 일인지 생각하고 있었어요. 그것이 그의 샷 선택에도 영향을 미쳤죠.」케이힐이 말했다.

재정적 압박도 한 요인이었다. 카터는 정상급이 아닌 많은 선수가 그렇듯이 유럽의 클럽 대항전에 참가해 빈약한 대회 수입을 보충하기로 했다. 그는 많은 나라의 여러 클럽에서 일할 수 있었지만, 인생의 룰렛 휠이 그를 바젤에 내려놓았다.

스위스에서 테니스 강습 일은 비교적 수입이 좋았다. 그리고 카터는 수입을 여행 자금으로 사용했다. 그러나 결국 그의 미래가 풀타임 코치와 바젤에 있다는 것이 분명해졌다.

「마침내 현실을 자각한 것 같아요. 우리 모두에게 좋은 점은 그가 코치가 된 일이 더 나은 상황으로 이끌었다는 거죠. 추측하건대 — 우리가 확신할 수는 없겠지만 — 카츠가 없었다면 우리가 알고 있는 로저는 없었을지 모르고 그에 대해 우리가 들어 보지도 못했을지도 몰라요.」평소에 그를 자주 만났던 스미스가 말했다.

로세는 페더러가 다른 길에서 위대해졌을 거라고 추측한다. 「모르죠, 로저가 태어났을 때 좋은 파동을 보내는 신들이 요람 주위에서 꽤 많이 서성거렸던 것 같아요.」

테니스 강사이자 학교 선생님인 스미스는 훌륭한 테니스 코치를 배출하는 재주가 있었다. 케이힐은 세 명의 최고 선수인 휴잇, 애거시, 시모나 할레프를 코치했다. 스미스의 또 한 명의 제자인 로저 래시드는 나중에 휴잇을 지도하고 프랑스 선수인 가엘 몽피스와 조윌프리드 총가를 이끌었다. 피츠제럴드는 호주의 데이비스 컵 감독이 되었다.

애석하게도 카터는 그의 코칭 재능을 오랫동안 탐구하지 못했다. 그는 2002년 남아프리카 공화국에서 신혼여행 중에 아주

기이한 지프 사고로 너무 이른 나이에 사망했다. 겨우 서른일곱 살이었다.

그러나 카터는 주의 깊게 페더러의 테니스와 정신을 형성함으로써 스포츠 분야에 귀중한 유산을 남겼다. 누가 그의 경기에 가장 큰 영향을 미쳤느냐는 질문에 페더러는 카코프스키를 거의 언급하지 않는다. 그는 항상 카터를 이야기한다.

「카터는 내게 많은 영향을 주었어요. 무엇보다 인간적인 면에서 그리고 당연히 테니스에서요. 사람들은 내 기술에 관해 이야기를 자주 해요. 내 기술이 매우 좋다면 카터의 공이 큽니다. 물론 다른 요인들도 도움을 주었지만요.」페더러가 말했다.

페더러의 기술에 비정통적인 것은 없다. 그의 포핸드 그립은 이스턴 그립*으로 알려진 고전적인 그립에 가깝다. 그의 경쟁자 중 많은 수가 손바닥을 그립 바닥에 더 가까이 가져가는 세미웨스턴 그립을 사용한다. 이 방식은 톱 스핀**을 더 쉽게 만들 수 있지만, 그립을 전환해서 낮게 튀는 공을 다루거나 효과적으로 발리를 하기가 더 어렵다.

백핸드의 경우, 1980년대와 1990년대에는 세계적으로 손꼽히는 주니어 선수들에게 이미 양손 백핸드가 가장 인기가 많았다. 베이스라인에서 더 강하게 칠 수 있고 리턴 시 안정성과 재량이 강화되기 때문이다. 그러나 페더러가 한 손 백핸드를 선택

* 라켓 면이 지면과 수직으로 향하도록 하여 악수하듯 라켓을 쥐는 방법.

** 공의 윗부분을 강하게 비틀듯 쳐서 공에 전방 회전을 가하는 기술. 바운드 후에 공이 진행 방향으로 빠르게 튀거나 굴러간다.

한 것은 우연이 아니었다.

그의 초기 롤 모델인 베커, 에드베리, 샘프러스는 모두 드라이브*로 때리고 슬라이스를 깎기 위해 한 손 백핸드를 사용했다. 카코프스키와 카터는 둘 다 한 손 스트로크 지지자여서 예전에 클럽에서 훈련한 다수의 소년도 이를 사용했다. 리넷 페더러도 마찬가지다.

한 손 백핸드의 장점 중 하나는 스트로크를 네트로 전환하고 백핸드 발리**를 성공시키기가 더 쉽다는 것이다. 카터가 고전적인 공격형 테니스에 집중했으므로, 그의 스타 제자가 같은 선택을 하기를 원한 것은 놀랄 일이 아니다. 설령 페더러가 발리 플레이에 적응하는 데 시간이 필요했더라도 말이다.

「카터에게서 훌륭한 한 손 백핸드를 배웠어요.」 페더러의 말투에서 자부심과 공손함이 동시에 묻어났다.

그 샷은 상대편보다 관중의 눈을 더 사로잡았다. 케이힐은 1995년 바젤에 있는 카터를 방문했다. 당시 페더러는 열세 살이었다. 케이힐은 아이들이 함께 테니스를 치는 모습을 보기 위해 올드 보이스 클럽에 왔다. 그가 페더러를 직접 본 것은 그때가 처음이었다.

「당시 로저가 코트를 걸어 다닐 때 약간 영화 〈토요일 밤의 열기Saturday Night Fever〉에 나오는 존 트라볼타처럼 걸었어요. 사실 지금보단 덜했지만 〈이봐요, 아저씨, 이 코트는 내 것이고 여기

* 공을 깎아서 세게 치는 일.
** 몸의 좌우로 날아오는 공을 백핸드로 바운드 없이 받아넘기는 발리 기술.

가 내가 있고 싶은 곳이에요〉라고 말하는 듯했어요. 그가 나를 알고 있었는지는 모르지만, 내가 카터의 친구라는 것은 알았어요. 그래서 로저는 내게 약간 뻐기고 있었죠. 그는 포핸드를 사방에 휙휙 날리고, 클레이 코트에서 성장한 덕분에 믿을 수 없을 정도로 편안하게 미끄러지듯 움직였죠.」 케이힐이 말했다.

빠른 속도의 랠리 이후에도 카터는 기대에 차서 그를 계속 쳐다봤다고 케이힐이 덧붙였다.

「나는 확실히 감탄했지만, 로저의 백핸드에는 그다지 감명받지 않았어요. 보폭이 컸기 때문이죠. 우리 코치들은 공을 칠 수 있는 최적의 영역으로 바로 들어갈 수 있도록 기본적으로 짧게 걸으라고 가르치거든요. 모든 것은 뒷발에서 시작돼요. 체중을 앞발로 옮기고 최대한 힘을 줘서 드라이브해요. 마치 주먹을 날리는 것과 같죠. 스텝이 클수록 펀치의 위력이 떨어져요. 그런데 로저는 큰 보폭으로 백핸드를 쳐요. 그는 당시 슬라이스가 좋았지만, 슬라이스를 시도하려고 할 때마다 백핸드의 절반이 프레임에 맞았어요.」 케이힐이 말했다.

코칭 세션이 끝난 뒤 카터는 친구에게 어떠냐고 물었다.

「나는 〈우선 애들레이드에 이 아이보다 조금 더 나은 아이가 있는 것 같아. 바로 레이턴 휴잇이야〉라고 대답했어요. 그리고 〈포핸드와 움직임은 인상적이지만, 백핸드는 좀 고쳐야겠는걸. 백핸드가 그를 방해할 수 있을 것 같아〉라고도 했죠.」 케이힐이 회상했다.

케이힐은 그의 코치 경력이 더 길었더라면 그 연습 세션을 다른 렌즈로 보았을 거라고 내게 말했다. 「이 부분에서 코치들이 실수를 많이 합니다. 나쁘거나 평범한 부분을 찾는 데 시간을 너무 많이 소모해요. 강점보다 그런 부분에 너무 집중하죠. 코치 초기 시절에는 나도 그랬어요. 그에게 방해가 되는 요소만 찾고 그를 위대하게 만들 요소들은 약간 무시했죠.」

위대한 선수가 되려면 포핸드, 풋워크, 서브, 타이밍, 코트 감각, 계획, 향상 욕구 등이 중요할 것이다. 그러나 페더러는 초기에 부인할 수 없는 또 다른 약점이 있었다. 바로 멘털이다.

「나는 정말 형편없는 패자였어요.」 페더러가 말했다.

발로셔는 그가 올드 보이스에서 열린 인터클럽 경기에서 진 뒤 모두가 코트를 나간 다음에도 심판 의자 밑에 앉아 오래도록 울었던 일을 기억한다.

「보통 팀 경기를 하면 회식을 해요. 우리가 이미 샌드위치를 먹고 있었는데도 그는 오지 않았어요. 그래서 30분 뒤 내가 심판 의자 밑에서 울고 있던 그를 데리러 가야 했죠.」 발로셔가 말했다.

그 눈물은 패배에 대한 페더러의 반사적 반응이었다. 그는 아버지에게 패한 뒤에도 체스 판을 몇 개 엎었다. 그의 경쟁심은 극단적이었다. 그리고 그의 감수성이 그를 자신과 다른 사람들의 기대에 취약하게 만들었다.

페더러가 자제력이 부족한 것은 사실이지만, 유독 그만 그런 것은 아니었다.

「그 나이 때는 그리 유별난 일이 아니었어요. 우는 아이도 있고 소리 지르는 아이도 있죠. 하지만 로저는 다른 사람들도 테니스를 잘 칠 수 있다는 것을 쉽게 깨닫지 못했어요. 우리는 그에게 그 사실을 상기시켜야 했어요.」발로셔가 말했다.

하지만 그는 재미있게 노는 법을 알고 있었다. 발로셔는 한 클럽 대항전을 하기 전에 그를 찾았던 일을 기억한다. 뛸 차례가 되었는데 그가 보이지 않았다. 알고 보니 나무 위에 숨어 있었다.

「그는 그런 종류의 장난을 좋아했어요.」

리넷과 로버트는 헬리콥터 부모가 아니었다. 아버지 로버트는 시바와 함께 출장을 자주 갔다.

「물론 그들은 시합 때는 왔지만 훈련할 때는 근무를 하고 있어서 전혀 보이지 않았어요. 또는 로저가 뭘 해야 하고, 어떻게 플레이하며, 어떻게 연습해야 한다고 내게 말하지 않았어요. 자식이 실제보다 훨씬 낫다고 생각하는 부모들이 있어요. 하지만 페더러 부모와는 아무 문제가 없었어요.」발로셔가 말했다.

그들은 페더러가 시합에서 졌을 때 아들의 저녁을 굶기는 타입은 아니었지만, 그가 냉정을 잃었을 때는 행동해야 한다고 느꼈다.

페더러는 그의 아버지가 타격 세션 동안 충분히 보고 듣고 나서 일어난 이야기를 들려주었다. 아버지 로버트는 난색을 표명하며 스위스 5프랑 동전을 벤치 위에 놓고 로저에게 혼자서 집에 오라고 말했다.

페더러가 그 시기에 경험한 일을 가장 잘 설명한 내용 중 하나는 『런던 타임스*The London Times*』와 인터뷰할 때 나왔다.

「나는 내가 무엇을 할 수 있는지 알고 있었고, 실패는 나를 화나게 했어요. 내 안에는 악마와 천사라는 두 개의 목소리가 있었는데, 하나는 다른 하나가 얼마나 멍청할 수 있는지 믿을 수 없었던 것 같아요. 〈어떻게 그걸 잘못 칠 수가 있어?〉라고 하나의 목소리가 말하곤 했어요. 그러면 나는 폭발했어요. 아빠는 대회 중에 너무 당황해서 코트 옆에서 내게 조용히 하라고 소리치곤 했어요. 그리고 나서 한 시간 반을 운전해 집에 돌아오는 동안 한마디도 하지 않았어요.」 페더러가 어린 시절을 이야기했다.

적어도 페더러는 집까지 차를 타고 갈 수 있었다. 그러나 페더러가 폭발하는 것을 본 사람들에게 그의 불같은 성격은 그가 틀림없는 유망주가 될 수 없는 가장 큰 이유였다. 그는 분명히 재능이 있었고 야망이 있는 것 같았지만, 멘털 게임이 종종 평범함과 훌륭함, 훌륭함과 위대함의 차이를 만들기 때문이다.

「로저는 기계가 아니었던 거죠. 로저는 신경질적인 성격이어서 단호한 누군가가 필요했어요. 대부분 사람은 그 누군가가 피터 카터는 아니라고 생각했겠지만, 나는 점점 그 사람이 카터 카터라고 생각했어요. 카터는 매우 절제된 방식으로 코치하는 법을 배운 것 같았어요.」 가끔 카터가 페더러의 행동을 상의했던 피터 스미스가 말했다.

페더러의 코트 매너를 바꾸는 일은 응급조치가 아닌 장기적 프로젝트로 판명되었지만, 그 행동을 고치는 일은 페더러의 발전과 매우 매력적이라고 입증될 코트에서의 모습에 매우 중요했다.

카터는 유머 감각이 뛰어난 코치이자 막역한 친구였다. 그는 호주 억양으로 테니스 역사를 알려 주었다. 그는 페더러와 과거 호주의 대가들, 즉 로드 레이버, 켄 로즈월, 존 뉴컴 같은 남자들 이야기를 들려주었다. 한편 페더러는 매년 현존하는 최고의 선수들을 가까이서 볼 기회를 얻었다.

남자 선수권 대회인 스위스 인도어스가 매년 가을 바젤에서 열렸다. 이 대회 창립자이자 감독인 로저 브렌발트는 ATP 투어의 가장 하위 그룹에 속했던 이 경기에 눈에 띄게 강력한 선수들을 유치하기 위해 높은 출전료와 유리한 일정을 제시했다.

1987년부터 1997년까지 우승자 명단에 야니크 노아, 에드베리, 쿠리어, 존 매켄로, 베커, 미하엘 슈티히, 샘프러스와 같은 그랜드 슬램 챔피언들이 포함되었다.

바젤 테니스계에 깊이 관여하고 있던 어머니 리넷은 이 대회의 승인 부서에 자원했다. 그녀의 아들은 1992년에 처음 볼 보이로 일하면서 자신에게 주어진 기회를 한껏 즐겼다. 그는 같은 해, 지역의 유망한 운동선수에게 주는 상을 받았다. 지미 코너스와 이란 선수 맨서 바라미는 어리고 머리털이 뻣뻣한 페더러와 샷을 몇 개 주고받고 네트에서 사진을 찍으려고 포즈를 취했다.

1993년 페더러는 여섯 번째 볼 키즈로서 슈티히와 악수했고, 슈티히는 결승에서 에드베리를 이겨 메달을 받았다. 1994년 페더러는 챔피언 웨인 페레이라를 맞이하기 위해 다시 줄을 섰다.

웨인 페레이라는 남아프리카 공화국 선수로 페더러의 지원을 받았다.

페더러는 그가 결국에 영위할 삶을 관찰했고, 소년 시절 바젤에서 그가 잠시 마주친 챔피언들은 나중에 훨씬 더 심오한 방식으로 그의 궤도에 다시 진입했다. 후에 에드베리는 그의 코치가 되었고, 페레이라는 그의 친구이자 때때로 복식 파트너가 되었다.

가장 중대한 스위스 대회를 개최한 도시에서 페더러가 성장한 점은 또 하나의 성공 요인이었다. 자란 곳이 반드시 운명이라고 할 수는 없지만 몇 가지 힌트는 줄 수 있을 것이다. 수년 동안 페더러는 프로 경기를 처음 경험하게 한 그 대회에 빚을 갚았다.

볼 보이로서 마지막 임무를 완수한 지 불과 4년 만에 페더러는 선수로서 스위스 인도어스에 직접 뛰게 되었다. 와일드카드로 1회전에 나가 앤드리 애거시에게 6-3, 6-2로 패한 것이다. 그리고 2년 뒤, 페더러는 결승에 진출해 토마스 엔크비스트에게 5세트 경기에서 패배했다.

페더러의 인기에 힘입어 스위스 인도어스는 2009년 상금이 두 배인 투어 부문으로 격상했다.

「우리는 35~36년 동안 이 대회를 조직했기에 앞일을 어느 정도 예상할 수 있었어요. 그런데 갑자기 우리가 경험으로 안다고 생각했던 것이 전부 바뀌는 일이 일어났어요. 페더러에게 쏠리는 관심이 그야말로 엄청났거든요.」 브렌발트가 스위스 기자

시몽 그라프와 마르코 켈러와의 인터뷰에서 말했다.

한때 스위스 테니스계에서 가장 영향력 있는 인물이었던 브렌발트는 페더러에게 왕좌를 뺏기는 일에 적응해야 했다. 그 일이 항상 매끄럽지는 않았다. 2012년, 페더러의 향후 출전료에 대한 논쟁이 불거졌다. 브렌발트는 페더러와 그의 에이전트인 토니 갓식이 수년간 출전료가 50만 달러로 뛰었는데도 탐욕을 부린다고 주장했다. 사실 이 금액은 보통 그가 받는 금액보다 낮은 액수였다. 페더러는 이 비난에 당황했지만, 자기 주장을 밀어붙이거나 대회에 불참하지 않기로 했다. 그는 2013년에 출전료를 전혀 받지 않고 스위스 인도어스에서 뛰었다. 말하자면 홍보 전쟁에서 능란한 행보를 보인 것이다.

「고향이라서 상처를 좀 받죠. 대회 전에 장기 계약을 체결하겠다는 목표가 있었기 때문에 그런 소란이 이상해 보였어요. 그래서 우리는 어리석은 이야기에 대해 대응하지 않기로 했어요. 대회를 성공시키고 재미있게 만들기 위해 모든 사람이 열심히 노력하는데도, 하지만 결국에는 그런 이야기가 언론을 지배하게 되죠.」그가 2012년에 열린 대회 직후 내게 말했다.

논란을 좋아하지 않는 페더러가 흔치 않은 논란의 한복판에 있었지만, 그는 소동이 지나가도록 하는 방식을 택했다.

「중요한 것은 앞으로 오해를 바로잡을 수 있다는 겁니다. 내가 하는 일이 옳고, 내가 결정을 내릴 때는 철저히 심사숙고하고, 내가 이런 일을 절대로 원하지 않는다는 것을 사람들이 믿는다고 생각해요. 그동안 부침이 심한 순간들이 있었지만, 그것들은 삶의 일부분이죠. 그런 것들이 사람을 성장시키고 더 강하게 만들어요. 솔직히 말해 결국 그런 것들을 모두 피해 갈 수도 없고요.」

페더러는 2014년 브렌발트와 새로운 계약을 맺고 이 대회에 전념했다. 2006년부터 2019년까지 그는 열 번의 우승을 차지했고 결승에서 세 번 패했다. 규모는 작지만 그에게 큰 기쁨과 의미를 안겨 준 대회였다. 그는 스위스 인도어스에서 윔블던에서만큼 열심히 뛰었다.

매년 바젤에서 뛰는 그의 모습은 스위스에서 최대 화젯거리였다. 2015년 그가 데이비스 컵 출전을 중단한 이후에는 더욱 그랬다. 그러나 스위스는 여전히 사리 분별을 중시하는 국가이며, 페더러를 향한 열정은 페더러가 브라질인이나 미국인이었다면 일어났을 일과 비교했을 때 확실히 낮은 수준이라고 할 수 있다.

그를 기리기 위해 세인트 야콥샬레 경기장의 이름을 바꾸려는 최근의 탄원서는 충분한 서명을 얻지 못해 시 당국이 공식적으로 고려하지 않았다. 이 결정은 물론 바뀔 수 있지만, 현재로서는 그의 업적과 위상의 징후를 바젤에서 보기 어렵다. 그의 고향에서 그의 이름을 딴 유일한 코트는 올드 보이스 클럽에 있다.

그곳은 쉽게 방문할 수 있다. 클럽 게이트를 통과해 방해받지 않고 거닐 수 있다. 경비원도 없다. 왼편에 있는 커다란 칠판에는 코트 아홉 개의 당일 예약 상황이 손 글씨로 쓰여 있다. 마르코 키우디넬리 코트와 인접한 로저 페더러 센터 코트 두 개만이 선수의 이름을 딴 것이다.

50위 안에 들지 못한 데다 투어 단식 기록이 통산 52승 98패인 키우디넬리가 이곳에서 역사상 가장 위대한 선수 중 한 명인 페더러와 본질상 동등하게 취급받는다는 점이 타지인의 눈에는 특히 스위스답다고 여겨진다.

하지만 이곳은 페더러가 도달한 눈 덮인 정상에 한참 못 미치는 곳에서 중단했더라도, 키우디넬리가 등반을 시작한 홈 시티이자 홈 클럽이었다.

「ATP 투어에서 세계적 선수와 겨룬 우리 클럽 선수는 로저 외에 마르코가 유일해요. 코트에 그의 이름을 넣으면 안 될까요?」 발로셔가 말했다.

키우디넬리는 페더러보다 한 달 정도 늦게 태어났다. 둘 다 뮌헨슈타인에서 자랐고, 키우디넬리는 처음에 바젤의 다른 클럽에서 뛰었지만 곧 올드 보이스로 옮겼다.

「두 아이는 항상 같이 다녔고 같이 놀았으며, 모든 것을 함께했어요. 마르코는 로저의 큰 후배이자 친구였죠.」 발로셔가 말했다.

둘 다 축구와 테니스를 좋아했고, 처음에는 축구로 경쟁했다. 그러나 그들은 결국 여덟 살 때 테니스 대회에서 맞붙었다. 이름도 걸맞게 밤비노 컵이라는 대회였는데, 페더러는 다큐멘터리 영화 「천재의 스트로크Strokes of Genius」에 나오는 인터뷰에서 이 경기를 묘사했다.

「9게임까지 갔어요. 내가 3-0으로 앞서면, 그는 〈아, 내가 너무 심하게 못 치고 있어〉라며 울기 시작했고, 나는 〈아, 괜찮아, 마르코. 넌 다시 잘하게 될 거야, 넌 좋은 선수잖아〉라고 말했죠. 그리고 그가 5-3으로 앞서면 내가 울고, 그가 〈걱정하지 마, 넌 괜찮을 거야. 내가 지난 몇 게임에서 정말 잘해서 그런 거야〉라고 말했어요. 그러고 나서 내가 7-5로 이기자 그가 다시 울기 시작했어요. 경기 내내 우리는 서로를 계속 위로했지요.」

키우디넬리는 계속 이겼지만, 그것은 장래에 일어날 일의 징후가 아니었다. 그러나 그와 페더러는 어린 시절부터 서로 테니스와 카드, 장난을 많이 쳤고, 페더러가 큰 부와 명성을 얻은 후에도 좋은 친구로 남아 있다.

「우리 둘 다 투어 선수가 되었을 때 동화 속 이야기 같았죠.」 페더러가 말했다.

그들은 2005년 자선 전시회를 위해 올드 보이스를 다시 방문해 얼굴을 마주했다. 페더러는 그 후 클럽에서 뛰지 않았지만, 여전히 회원이며 클럽의 영구적인 실내 시설 건축을 위한 기금에 기부했다.

내가 방문한 날, 바젤 출신의 두 젊은이, 즉 요나스 슈타인과 실비오 에스포지토가 1번 코트에서 햇빛을 받으며 훈련하고 있었다. 페더러가 심판 의자 밑에서 울었던 바로 그 코트였다.

「기대보다 좀 못하죠? 이곳은 바젤에서 페더러와 가장 관련이 깊은 곳이지만, 그가 이 클럽 출신이라는 것을 모두가 아는 것은 아니에요. 그가 바젤 출신이라는 것은 다들 알고 있지만, 이 클럽은 그렇게 유명하지 않아요. 10년 전 이곳 경영진이 클럽을 홍보할 기회를 놓쳤다고 생각해요. 관광 명소로 만들 수도 있었고, 중국인이 방문해 클럽 앞에서 사진을 찍을 수도 있었는데 말이죠. 하지만 스위스 사람들은 그렇게 하지 않는 것 같아요.」에스포지토와 연습을 끝낸 뒤 슈타인이 말했다.

클럽 안에 있는 페더러의 유일한 사진은 수수한 클럽 하우스 식당 안의 벽화다. 페더러가 윔블던에서 서브를 넣기 위해 높이 뛰어오르는 장면인데, 테니스 올드 보이스 바젤 클럽 로고 아래 〈전설의 고향〉이라고 쓰여 있다. 스위스에서는 이것이 과시에 가깝다.

에스포지토는 페더러 기념품을 소장하고 있다. 그는 페더러의 부모가 아들의 초기 라켓 중 하나를 에스포지토의 할아버지에게 주었고, 나중에 실비오가 그것을 선물로 받았다고 말했다.

「나는 그 라켓으로 테니스를 치기 시작했지만 그의 기운을 받지는 못했어요.」에스포지토가 웃으며 말했다.

페더러처럼 되려면 확실히 시간이 많이 걸린다. 뛰어난 재능과 추진력, 탄탄한 지원 체계, 많은 행운, 옳은 결정이 필요하다.

페더러의 가장 영리한 결정 중 하나는 잠시 바젤을 떠난 것이었다.

3
스위스, 에퀴블랑

「명령이야, 로저, 명령이라니까!」

스위스 국가 대표 선수촌의 프랑스인 코치 크리스토프 프레스의 목소리였다. 그는 로저 페더러에게 장비 컨테이너에 테니스공을 치지 말라고 말하고 있었다.

「소리가 너무 시끄러워서 모두가 집중하기 힘들었어요.」 프레스가 말했다.

태울 에너지가 많은 충동적인 10대였던 페더러는 그 요청에 귀를 기울였지만 오래가지 않았다.

「그는 아마 5분 정도 멈췄다가 라켓을 들고 다시 치기 시작했어요. 그래서 내가 〈로저, 당장 멈춰!〉라고 말했죠.」 프레스가 말했다.

당시 열네 살이던 페더러는 제네바 호수가 있는 로잔 교외인 에퀴블랑에서 기숙생으로 첫해를 보냈다. 그는 여전히 고국에 있었지만, 독일어를 사용하는 바젤 출신 청소년으로서 그야말로 외부인이었다. 로잔의 주 언어는 프랑스어였기에, 페더러는 한 가지 문제를 안고 1995년 8월 이곳에 도착했다.

「그는 안녕하세요, 감사합니다, 안녕히 가세요 정도 외에는 프랑스어를 전혀 몰랐어요.」동료 학생이자 미래의 데이비스컵 팀 동료인 이브 알레그로가 말했다.

페더러는 프랑스어를 사용하는 그 지역의 크리스티네 가정에서 민박하며 지역 중학교인 콜레주 드 라 플랑타에 다니고 있었는데, 학교에서도 프랑스어로 수업이 이루어졌다. 학습 환경이 급격히 바뀌자 그의 감정은 롤러코스터를 탔다.

페더러는 국립 센터에서 훈련하는 저학년 학생 중 한 명으로 오후에 연습했고, 고학년 학생들은 오전 10시부터 정오까지 훈련했다. 그러나 어느 날 페더러는 오전 11시경에 학교를 마쳤다. 그래서 고학년 그룹이 아직 경기하는 중에 테니스 센터에 도착하게 되었다.

「로저는 신경질적인 에너지로 꽉 차 있었고, 그것을 알고 나는 그에게 숙제부터 하라고 말했어요. 하지만 그런 말이 먹히지 않을 게 뻔했죠. 역시나 그가 와서 공을 치기 시작했어요.」프레스가 말했다.

그에게 두 번 경고한 뒤 프레스는 다른 선수들과 작전을 짰다. 만약 페더러가 세 번째로 돌아오면 따끔한 맛을 보여 주기로 말이다.

「그가 다시 올 건 불 보듯 뻔했죠. 그는 정말로 가만히 앉아 있지 못했어요.」

아니나 다를까 페더러는 돌아왔고, 이번에는 프레스와 선수들이 그에게 달려들어 라커 룸이 있는 위층으로 끌고 가서 옷을 입은 상태인 그를 샤워기 밑으로 밀어 넣을 참이었다.

「우리가 샤워기를 켜지 않으리라는 걸 알면서도 그가 우리에게 속길 바랐어요. 나는 샤워기까지 켰지만 거기서 멈췄어요. 항상 거기서 멈추니까요. 하지만 분명히 그는 그 순간을 잊지 못할 겁니다.」프레스가 말했다.

페더러는 확실히 기억했다. 격동과 시련의 시기에 일어난 일이었으니까.

「모두가 스위스 독일어를 사용하는 아이라고 나를 놀려 댔어요. 기차를 타고 바젤로 돌아갈 주말만 기다리며 살았죠.」

그러나 그의 부모님과 누나뿐 아니라 피터 카터, 올드 보이스 클럽 등 만만하고 편안한 환경을 떠나 에퀴블랑으로 가겠다는 결정은 테니스 실력을 끌어올리기 위해 그가 스스로 선택한 것이었다.

「우리는 로저가 결정하기를 원했어요. 우리는 서포트 역할을 주로 했고, 그것이 그가 그 계획을 포기하지 않고 인내한 이유 중 하나라고 생각해요. 그의 결정이었으니까요.」어머니 리넷 페더러가 내게 말했다.

지금 페더러에게 물어보면 후회하지 않는다고 말한다. 오히려 정반대다. 그는 에퀴블랑에서 보낸 2년이 자신의 성숙에 꼭 필요했으며 훗날의 성공에 중요한 자양분이 되었다고 생각한다.

「지금은 그 기간이 아마 내 인생에서 가장 영향을 많이 끼친

두 해였을 거라고 말하겠어요.」그가 말했다.

젊은 선수들에게 조언할 때, 그는 일정 기간 집을 떠날 기회를 얻으라고 권고한다. 종종 그들이 포핸드를 신뢰하는 것만큼이나 자신을 신뢰하는 것이 여러모로 중요할 수 있는, 잔인하리만치 경쟁이 치열한 개인 스포츠의 핵심 특성인 자립심을 키우기 위해서다.

페더러는 현대의 위대한 테니스 선수들이 직면하는 방해물을 마주하지 않았다. 그는 마리야 샤라포바처럼 여섯 살 때 아버지의 모험을 건 시도를 좇아 바다 건너 플로리다에 위치한 학교에 입학하지 않아도 되었다. 페더러는 노바크 조코비치처럼 전쟁 통에 훈련하고 발전할 방법을 찾지 않아도 되었다.

그러나 페더러의 안온한 중산층 생활의 프리즘을 통해 볼 때 에퀴블랑은 역경이었다. 자초한 고생이고 심각하지는 않았지만 역경은 역경이었다. 그 시기는 사람으로서 그리고 선수로서 그의 성장에 큰 부분을 차지한다.

「고향에서는 인기 많은 챔피언이었지만 에퀴블랑에서는 다른 챔피언들과 함께 있었죠. 내게는 감당하기 어려운 일이었어요. 민박집 가족은 아주 친절했지만 내 가족은 아니었죠. 3개월 후 계속 머무를지 정말로 망설였어요. 하지만 참고 버텨 옳은 일을 했어요.」페더러가 말했다.

에퀴블랑의 훈련 센터와 그에 기반한 작은 클럽은 오래전에 사라졌다. 20년이 지난 지금, 여덟 개의 코트와 작은 체육관, 달리기 트랙에는 아파트 건물이 들어섰다.

페더러의 커리어에서 사라진 시금석은 센터 건물만이 아니다. 그가 바젤에서 경기를 시작한 시바 클럽은 철거되어 노인 주택과 공공 공원으로 변했다. 페더러는 종종 동영상 메시지를 보낸다. 철거 직전이었던 2012년에 송별회를 앞둔 시바 클럽 회원들에게도 과거의 경기와 바비큐의 추억을 이야기하는 메시지를 보냈다.

에퀴블랑은 그에게 더 복잡한 감정을 불러일으키지만, 더 이상 존재하지 않는다고 생각하면 상실감을 가져온다.

「나에겐 달콤쌉쌀한 곳이에요. 내 인생에서 정말 중요한 곳이었죠.」페더러가 말했다.

그곳에서 훈련받은 다른 선수들도 비슷한 향수를 느낀다.

「아무것도 남지 않았어요. 마음이 아프네요.」세계 랭킹 3위에 오른 여자 스타 마누엘라 말레바가 말했다.

「항상 마음이 힘들죠. 1년에 한 번쯤 그 건물 앞을 지나가요. 그곳은 우리의 어린 시절 중 일부이기 때문에 지나가려고 해요. 테니스 센터가 사라진 그곳을 보면 여전히 마음이 아파요.」알레그로가 말했다.

건물의 자취는 없더라도 페더러에게는 에퀴블랑 시절의 풍부한 유산이 남아 있다.

그의 유창하고 종종 자연스러운 프랑스어가 그것이다. 프랑스어를 익힌 덕분에 그는 관점과 교류 범위를 넓히고 국제 사회나 여러 언어를 사용하는 고국에서 문화적 분열을 해소할 영향력을 높였다.

「프랑스어를 사용하는 스위스 사람들에게 그 점은 정말 중요하고 감사하다고 생각해요. 독일어를 쓰는 스위스 사람들은 프랑스어를 잘 모르기 때문이죠. 독일어를 사용하는 사람들은 보통 프랑스어보다 영어를 훨씬 더 잘 습득하기 때문에 로저가 귀에 거슬리지 않는 프랑스어를 구사할 수 있다는 점은 큰 가치가 있어요.」스위스 작가 마거릿 오어티그데이비슨이 내게 말했다.

에퀴블랑의 유산 중에는 페더러가 알레그로, 로렌초 만타, 이보 호이베르거, 알렉상드르 스트랑비니, 그리고 오랫동안 과소평가된 제베린 뤼티 같은 선수들과 맺은 우정도 포함된다.

에퀴블랑에서 페더러는 실내 테니스와 빠른 경기 조건에 익숙해졌다. 더 선선한 계절에 주로 사용했던 에퀴블랑의 실내 코트 네 개는 공이 낮게 튀어 오르고 빨랐다.

「번개처럼 빨랐죠.」페더러가 말했다.

또한 경쟁적인 테니스 대회에 나가 본 적은 없지만 페더러의 장기적 성공에 중요한, 어쩌면 결정적 역할을 한 훨씬 나이 많은 남자와의 깊은 인연도 에퀴블랑에서 쌓았다.

피에르 파가니니는 페더러의 피트니스 코치였다. 파가니니는 1995년에 에퀴블랑에서 페더러를 만났고, 2000년에 그의 개인 스태프로 합류해 지금까지 페더러와 가장 오래 일한 팀원이 되었다.

그는 페더러가 선수 생활 후반까지 크게 다치지 않도록 도와주었고, 혁신적인 프로그램으로 민첩성과 날렵함을 유지하도록 애썼다. 그러나 10종 경기 선수 출신으로서, 운동선수들과 함께 훈련하고 그들이 뛸 때 같이 뛰기를 좋아하는 파가니니는 영리한 데다 운동선수 버금가는 몸 상태를 지닌 감독 그 이상의 존재다. 그는 페더러의 자문, 때로는 영적 안내자, 그리고 일정에 관해 최종 조언을 하는 사람이다. 즉, 그는 헌신과 절제의 이점을 섬세하고도 설득력 있게 전달하는 로비스트다.

처음부터 파가니니는 페더러의 건강과 진로를 장기적 관점에서 생각했고, 그것을 실행하도록 도울 수 있다는 자신감과 믿음이 있었다.

그는 힘들고 일관된 훈련이 필요하지만, 휴식과 탈출도 필요하다고 강조했다. 반복적인 리듬과 패턴이 선수의 삶의 환희를 서둘러 앗아 갈 수 있는 스포츠 세계에서 페더러가 오래 운동하기를 원한다면 말이다. 신선한 다리는 매우 중요했지만, 머리의 신선함을 느끼는 것만큼 중요하지는 않았다.

「페더러의 커리어에서 가장 중요한 사람은 파가니니입니다.」 오스트리아의 베테랑 감독 귄터 브레스니크가 말했다.

이는 대담한 발언이지만, 파가니니를 손꼽는 사람은 브레스니크만이 아니다.

「제가 보기엔, 미르카가 첫 번째이고 파가니니가 두 번째입니다. 중요한 결정에는 피에르가 항상 관여했어요. 피에르는 항상 큰 그림을 염두에 두는 것 같아요. 로저는 그를 광적으로 신뢰해요.」 알레그로가 말했다.

10년 이상 파가니니와 함께 훈련해 온 또 다른 스위스 스타 슈타니슬라스 바브린카는 자신이 여기까지 온 데는 누구보다 파가니니에게 빚진 게 많다고 말한다.

그러나 페더러는 공개적으로 파가니니를 언급할 준비가 되어 있지 않다. 지금까지 그에게 영향을 끼친 사람이 너무 많아서 핵심 공헌자를 나머지 사람보다 추켜세우기가 곤란하다. 분명한 점은 파가니니가 그의 짧은 목록, 아주 짧은 목록에 올라 있다는 것이다.

「내가 지금 이 자리에 있는 건 분명히 피에르 때문이에요.」페더러가 커리어 후반에 내게 말했다.

두 사람의 긴밀한 협력 관계는 시들해지지 않고 점점 끈끈해졌다.

「그는 체력 훈련을 아주 즐겁게 하도록 했어요. 나는 그가 시키는 대로 해요. 그가 뭐라고 하든 그대로 해요. 그를 믿으니까요. 사람들이 나더러 아직도 신체검사를 하냐고 물어요. 피에르와 함께 운동하기 때문에 나는 어떤 검사도 할 필요가 없어요. 그는 내가 잘 움직이고 있는지, 느린지 빠른지 모두 알고 있죠. 그는 내 성공에 큰 역할을 했어요. 오래전에 그를 영입해서 다행이에요.」페더러가 말했다.

테니스의 심오한 사상가 중 한 명인 브레스니크는 30년 이상 코치를 해왔다. 그는 1990년대 중반부터 페더러를 알고 있었고, 그가 몇 년 전에 스위스 선수 야코프 흘라세크를 코치할 때 파가니니를 만났다.

브레스니크는 그의 스타 제자 도미니크 팀이 아직 10대 중반일 때 파가니니를 빈에 초청해 팀이 투어 성공에 필요한 속도와 신체적 능력을 갖추었는지 의견을 물어볼 정도로 파가니니를 신뢰했다.

대답은 〈그렇다〉였고, 팀은 페더러와 빅 3의 나머지 일원인 나달과 조코비치를 상대로 여러 차례 승리해 그랜드 슬램 챔피언이 되었다.

브레스니크는 파가니니의 헌신과 직관을 존경하며, 페더러를 포함한 선수들이 종종 자신들의 방법을 공개하기를 불안해하는 다원주의 세계에서 파가니니의 신중함 역시 높이 산다.

「파가니니는 과시하거나 주목받고 싶은 욕망이 없는 똑똑한 사람이에요. 그는 언제나 물러나 있을 겁니다. 페더러는 앞에 드러나는 사람이지만 지난 20년 동안 무대 뒤의 두뇌는 아마도 파가니니였을 겁니다.」 브레스니크가 말했다.

페더러는 신중함을 높이 평가하며 — 어쨌든 절반은 스위스인이니까 — 뤼티도 비슷하게 전면에 나서지 않는 방식을 취한다.

「그는 또한 매우 겸손하고, 절제력이 있으며, 앞에 나서는 걸 전혀 좋아하지 않아요.」 브레스니크가 말했다.

벗겨져 반짝이는 머리에 금속 테 안경을 쓰고 학구적인 분위기를 풍기는 파가니니는 운동선수 집안 출신이 아니다. 그의 부모는 둘 다 음악가이자 교육자였으며, 19세기에 〈악마의 바이올리니스트〉로 알려진 이탈리아의 거장 니콜로 파가니니와는 성만 같을 뿐 아무런 관련이 없다. 당시에 사람들은 파가니니가 그토록 숭고하게 연주하기 위해 틀림없이 영혼을 팔았을 거라고 말했다.

1957년 취리히에서 태어난 피에르 파가니니는 어린 시절 바이올린을 연주했지만 일찍부터 스포츠에 끌렸다.

「스포츠와 관련된 일을 하는 그가 가족 중에서 그다지 똑똑한 축에 끼이지 못한다고 우리는 종종 농담하곤 했어요.」 그의 오랜 고객 중 한 명인 마그달레나 말레바가 말했다.

파가니니는 축구와 육상 경기를 하면서 10종 경기에 끌렸다. 10종 경기는 스포츠 분야에서 가장 노동 집약적인 운동이다.

그러나 파가니니는 무엇보다 무대 뒤의 역할을 맡고 싶은 욕구를 꽤 일찍 깨달았다.

1966년에 열린 월드컵을 보면서 그는 경기장 밖에서보다는 선수들이 경기장 안에서 하는 일에 관심이 생겼다.

「여덟 살 때 나는 라커 룸에서 무슨 일이 벌어지는지, TV에 나오지 않을 때 매니저가 그들에게 무슨 말을 하는지 알고 싶었어요. 그 나이에 나는 모든 것의 숨은 이면에 매료되었죠. 우리 직업은 종종 보이지 않게 일하는데, 난 그게 정말 좋아요.」 그가 2011년 스위스 일간지 『24시간24 Heures』과의 인터뷰에서 말했다.

그는 오랫동안 피트니스 트레이너가 되고 싶었지만, 취업 시장이 불확실한 상황이어서 비즈니스 학위를 받고 스위스 호텔 학교에서 수업까지 듣는 등 대비책을 마련했다. 그는 결국 — 내면의 외침에 더 가까운 — 내면의 목소리를 듣고 스포츠 연구에만 전념하는 유일한 스위스 대학교인 스위스 연방 운동 연구소에서 코칭 학위를 받았다. 그는 스위스 출신 투포환 선수 장 피에르 에거에게서 수학했다. 에거는 베르너 귄퇴르와 발레리 애덤스를 지도해 투포환 세계 선수권 대회와 올림픽 경기에서 메달을 획득하도록 이끌었을 뿐 아니라, 레슬링, 요트, 알파인 스키 등 다른 스포츠에서도 활동했다. 2020년에 에거는 전국 스포츠상에서 지난 70년을 통틀어 최고의 스위스 코치로 선정되었다. 에거는 파가니니에게 피트니스 운동을 특정 스포츠의 특수한 요구에 접목하는 것이 중요하다고 가르쳤다.

1985년에 졸업한 파가니니는 축구 선수들을 훈련할 계획이었다. 하지만 에퀴블랑의 테니스 센터에서 — 테니스를 배운 적이 없는데도 — 일을 제의받았다. 처음에는 시간제 트레이너여서 인근 학교에서 교사로 일해야 생계를 유지할 수 있었지만, 그는 결국 스위스 테니스에서 중요한 일익을 담당하게 되었다.

가장 먼저 혜택을 받은 선수 두 명은 마르크 로세와 마누엘라 말레바였다.

로세는 아이러니한 재치와 복잡하고 때로는 반항적인 성격을 지닌 2미터가 넘는 장신에 호리호리하고 힘이 좋은 선수였다. 페더러가 등장했을 당시 그는 스위스 최고의 남자 선수였지만, 움직임은 로세의 타고난 강점이 아니었다.

「피에르를 처음 봤을 때 그는 10종 경기 선수 출신으로 테니스에 대해 아무것도 몰랐고, 그 후 세부 사항을 이해하기 위해 테니스 게임을 시작했어요.」로세가 말했다.

브레스니크는 파가니니가 그런 초기 시절에 죄책감을 느꼈다고 말했다.

「25년 전 테니스에 무엇이 필요한지 완전 깜깜했을 때, 그가 선수들에게 한 짓에 대해 벌금을 물어야 한다고 말한 적이 있어요. 그는 지금 알고 있는 걸 생각하면 부끄럽다고 했어요. 그러나 그는 결코 배우기를 멈추지 않았고, 선수들에게 적응했죠.」 브레스니크가 껄껄 웃으며 말했다.

페더러와 바브린카의 차이점을 생각해 보자. 페더러는 중간 체격에 발이 가볍고, 상황 대처가 빠르며, 공격하려는 경향이 있다. 바브린카는 가슴이 잘 발달하고 최고 속도에 도달하는 데 시간이 걸리기 때문에 〈디젤〉이라는 별명이 붙었다. 그는 황소 같은 힘과 지구력을 가지고 있다.

「전혀 다른 테니스 선수이자 운동선수인 페더러와 바브린카를 동시에 코치하는 것을 보면 피에르가 테니스 선수의 신체적 요구를 누구보다 잘 이해한다는 걸 알 수 있어요. 그가 뭐라고 하든 나는 그의 말을 보장해요. 다른 트레이너들은 여전히 어둠 속에서 헤매고 있죠.」 브레스니크가 말했다.

죄책감을 느낄지라도 파가니니가 초창기에 테니스 지식이 부족한 것은 장점이기도 했다. 마치 새로운 나라에 도착한 여행자처럼, 그는 오래 거주한 사람이 할 수 없는 방식으로 부조화에 적응했다. 그는 육상 경기에서 얻은 지식을 테니스에 적용했지만, 궁극적으로는 크게 기대지 않았다. 에거와의 훈련을 사후 관리하기 위해 그는 테니스 전용 피트니스 훈련을 만드는 데 중점을 두었다. 그것은 체육관 대신 코트에서 많이 운동하고, 무거운 역기와 장거리 달리기는 거의 쓸모없다는 의미였다.

「테니스에서는 강하고, 빠르고, 협응이 좋고, 지구력이 있어야 하며, 훈련해야 합니다. 하지만 도로나 수영장이 아니라 테니스 코트에서 이를 사용해야 한다는 것도 잊지 말아야 해요. 그래서 항상 속도와 속도가 코트에서 사용되는 운동 방식의 연결 고리를 만들어야 합니다. 코트에서 열 번 중 아홉 번은 첫 세 걸음에서 속도를 내고 그다음에 테니스공을 쳐요. 그래서 처음 세 걸음이 강하도록 훈련해야 합니다.」 파가니니가 내게 말했다.

그랜드 슬램 단식 경기는 세 시간 이상 펼쳐지는 일이 흔하므로 1세트뿐 아니라 5세트 초반 세 걸음도 강해지도록 훈련해야 한다.

여기서 필요한 것은 파가니니가 〈폭발적인 지구력〉이라고 부르는 것이다. 이것이 처음에는 모순 어법처럼 읽힐지도 모른다. 모순은 아니지만 확실히 피트니스 트레이너에게 힘든 일이다.

「육상에서 지구력이 있는 사람은 마라톤을 하고 폭발력이 있는 사람은 단거리 경기를 해요. 하지만 테니스에서는 지구력과 폭발력이 다 있어야 하는데, 이 두 가지는 상반되는 자질입니다. 그래서 테니스가 매력적이고, 그래서 사람들이 보통 상상하는 것보다 테니스가 훨씬 더 힘들다고 생각해요.」 파가니니가 말했다.

테니스에서는 때때로 시간을 끌어야 한다. 드롭 샷* 쫓기, 로

* 볼이나 셔틀콕에 역회전을 주어 상대편 코트의 네트 가까이 떨어뜨리는 타구법.

브*를 되받아 치려고 네트에서 후퇴하기, 베이스라인을 따라 코너에서 코너로 이동해 패싱샷**을 전력으로 치기 등이 그렇다.

그러나 단식에서 베이스라인의 길이는 약 8미터에 불과하고, 네트와 베이스라인 사이 거리는 약 12미터에 불과하다는 점을 기억해야 한다. 선수가 베이스라인 한참 뒤에서 달리기 시작하더라도 직선으로 16미터를 넘지 않는다.

「테니스에서는 100미터 달리기 선수처럼 전력 질주하지 않아요. 세 시간 이상 계속 멈추고 달리곤 하죠. 매우 힘든 일이지만 25초나 90초간 회복할 시간이 있어요. 선수가 어떻게 움직이든 본인이 계속 인식해야 해요. 우리는 속도를 경신하라고 요구하지 않아요. 오랫동안 반복해서 빠르게 뛰라고 요구하죠. 테니스가 흥미로운 건 이 때문이죠. 다섯 시간 동안 이어지는 경기에서 40킬로미터도 뛰지 않아요. 기껏해야 6킬로미터 정도 뛸 거예요.」 파가니니가 말했다.

폭발하듯 짧게 움직이는 것은 테니스 경기의 필수 요소이므로 파가니니는 마땅히 폭발력 훈련에 집중하기로 했고, 이와 함께 종종 페더러와 다른 선수들이 손과 눈의 협응이 필요한 복잡한 작업을 수행하도록 했다.

그들은 무거운 훈련용 공을 잡고 던지면서 강렬한 테니스 풋워크를 한 다음, 라켓을 잡고 테니스공을 치면서 같은 풋워크

* 공을 높이 쳐서 상대편 머리 위로 넘겨 코트의 후방으로 떨어뜨리는 기술.
** 네트 가까이 있거나 네트 쪽으로 다가오는 상대편 선수가 미치지 못하는 방향으로 공을 쳐서 보내는 기술.

절차를 수행한다.

파가니니는 정사각형의 모서리마다 번호가 매겨진 막대기를 놓고 중앙에 훈련용 공을 쥔 선수를 배치했다. 파가니니가 숫자를 부르면 선수는 그 숫자가 적힌 막대기를 향해 전속력으로 달린 뒤 훈련용 공을 높이 들어 올렸다.

이 훈련은 정신의 민첩성과 신체의 민첩성 강화가 주목적이었다. 그는 또한 선수들에게 코트에서, 때로는 고정 자전거에서 빠르고 강렬한 심장 강화 운동을 하게 하고, 곧바로 전면적인 2대 1 타격 훈련으로 전환하게 함으로써 압박감 속에서 기술의 통합성을 유지할 수 있는 능력을 시험했다.

그리고 달리기 선수들이 흔히 하는 인터벌 트레이닝을 선호했다. 30초 이하의 격렬한 운동 후 30초 이하의 휴식이 뒤따르는, 좀 더 짧은 인터벌 트레이닝이었다. 전통적인 지구력 척도인 최대 산소 섭취량뿐만 아니라 신속성을 높이는 것이 목표였다.

「내게 피에르는 세계 최고의 테니스 피트니스 트레이너예요. 왜냐하면 세부적인 풋워크까지 완벽하게 구체적인 훈련과 연습을 완벽하게 마련한 최초의 사람이기 때문이죠. 키가 큰 나도 큰 부상 없이 비교적 잘 움직였어요. 파가니니가 훈련시킨 선수는 모두 부상이 상대적으로 적었어요.」로세가 말했다.

선수들이 폭발력 있게 훈련하면 부상 위험이 더 크다는 점을 고려하면 이는 대단한 성과다. 설사 페더러와 바브린카 둘 다 결국 30대에 무릎 수술을 받았지만, 파가니니는 숨은 위험에 놀랍도록 잘 대처했다.

오래전에 은퇴했으나 해설자로서 여전히 테니스계에 몸담고 있는 로세는 토너먼트나 소셜 미디어 동영상에서 오늘날의 피트니스 트레이너가 선수와 함께 훈련하는 모습을 종종 본다.

로세가 프랑스어로 욕설을 내뱉으며 말했다. 「제기랄! 이건 25년 전에 내가 피에르와 했던 훈련과 거의 똑같아요. 물론 개선된 부분도 있지만 많은 피트니스 트레이너가 피에르의 영향을 받았어요. 그의 성공은 자명해요. 만약 내일 누군가가 내게 와서 지도해 달라고 부탁한다면, 나는 〈좋아요, 파가니니와 4개월 훈련하고 나서 얘기합시다〉라고 말할 겁니다.」

마누엘라 말레바는 불가리아 출신 세 자매 중 가장 나이가 많으며, 어머니인 율리아 베르베리안에게 테니스를 배웠다. 마누엘라, 카테리나, 마그달레나 세 자매는 공산 국가였던 불가리아의 체제가 바뀌면서 제한된 자금과 중대한 방해물에도 불구하고 10위권 선수가 되었다.

불가리아 밖에서는 거의 이름이 알려지지 않은 말레바 자매는 윌리엄스 자매에 앞서 가장 주목할 만한 테니스 성공 스토리 중 하나였다.

「음, 우리가 미국인이었다면 엄청나게 성공했을 거예요.」 율리아가 언젠가 『뉴요커 The New Yorker』를 통해 꽤 정확하게 말했다.

율리아의 딸 중 한 명은 스위스인이 되었다. 마누엘라는 겨우 스무 살이던 1987년 스위스 테니스 코치 프랑수아 프라니에르와 결혼해 에퀴블랑에서 훈련을 시작했고, 그곳에서 파가니니를 만났다.

「사실 그가 처음 관리하기 시작한 프로 테니스 선수가 나예요. 그는 나를 아주, 아주 심하게 밀어붙였지만, 그것 때문에 그를 미워하지는 않았어요. 다른 많은 코치와 다른 점이 그거죠.」 마누엘라가 내게 말했다.

마누엘라와 그녀의 남편이자 코치였던 프라니에르는 1980년대 후반에 슈테피 그라프, 마르티나 나브라틸로바, 가브리엘라 사바티니 같은 선수들을 이길 가능성을 높이기 위해 마누엘라의 신체 조건을 개선해야 한다고 판단했다.

파가니니의 최우선 과제는 그녀의 체력 수준을 평가하는 것이었다.

「내가 유일하게 그의 머리를 세게 때리고 싶었던 때는 아마 우리가 처음으로 달리기를 한 날일 거예요. 그는 내가 어떤 모습을 하는지, 나를 데리고 어디서부터 시작해야 할지 알고 싶어 했어요. 그래서 우리는 클럽 주위를 조깅하기 시작했어요.」 마누엘라가 웃으며 말했다.

말레바와 파가니니는 곧 근처 숲으로 가서 오솔길을 달렸다. 이미 지구력 훈련을 한 뒤여서 말레바는 구토가 나올 정도로 몸 상태가 말이 아니었다. 그러나 파가니니는 훨씬 더 낙관적인 분위기에 빠져 있었다. 그는 그녀와 얼굴을 마주 보며 이야기할 수 있도록 그녀 조금 앞에서 뒤로 뛰었다.

「나는 〈세상에, 내 혀가 튀어나와 땅바닥에 질질 끌리고 있는데, 이 남자는 뒤로 뛰면서 내게 말을 걸고 있다니〉라고 생각했어요. 그 일은 절대로 잊지 못할 거예요.」 말레바가 말했다.

그러나 그녀는 용서했고, 일본 오사카에서 열린 마지막 WTA 대회에서 우승한 직후인 1994년에 은퇴할 때까지 파가니니와 7년을 더 훈련했다. 그녀는 여전히 10위권 안에 있었다.

「그와 운동하면서 정말로 많이 발전했어요. 내가 3세트까지 가면 쥐가 자주 나서 항상 걱정이었는데, 피에르와 연습을 시작하고 나서 몸 상태가 조금씩 좋아졌죠. 그래서 코트에서 다섯 시간은 뛸 수 있을 것 같았고 두렵지 않았어요.」

마누엘라가 은퇴할 무렵에 파가니니는 이미 마누엘라보다 여덟 살 어리고 매기라는 별명을 가진, 마그달레나와 에퀴블랑에서 일하고 있었다.

「피에르에게 중요한 건 언제나 풋워크의 질이었어요. 발을 두는 위치가 아주 정확해야 했어요.」 마그달레나가 말했다.

열다섯 살에 프로로 전향한 마누엘라 말레바는 스물일곱 번째 생일 직전에 은퇴했다. 열네 살에 프로로 전향한 마그달레나는 서른 살에 은퇴했다. 두 자매는 코트에서 오래 뛰었고 여행에 지쳤다고 느꼈다. 하지만 그들은 당시에 파가니니가 다음 세대 투어 선수들은 훨씬 더 오래 뛰게 될 거라고 말한 사실을 기억하고 있었다.

「당시에는 아무도 그런 말을 하지 않았어요. 대부분 정반대로 말했죠. 테니스는 매우 힘든 운동이고, 몸에 큰 부담을 주며, 선수들은 비수기가 없어 점점 더 많이 다칠 거라고들 했어요.」 마그달레나가 말했다.

그러나 파가니니는 테니스에 특화된 훈련, 더 영리한 일정 관리, 더 나은 회복 방법, 더 훌륭하고 더 큰 지원 팀 덕분에 선수로 활동하는 기간이 길어질 거라고 믿었다. 30대 중반에도 여전히 투어에 참여하는 남녀 선수의 수와 심지어 순위가 향상하는 선수의 수를 보면 그의 선견지명을 알 수 있다.

「피에르는 서른이 넘으면 운동 능력이 떨어진다는 고정 관념을 믿지 않았어요. 그는 올바른 방식으로 운동하면 더 오래 뛸 수 있다고 정말로 믿었어요.」 마그달레나가 말했다.

열일곱 살에 피에르 파가니니와 운동을 시작한 마그달레나는 2005년에 은퇴할 때까지 그의 곁에 있었다. 파가니니와의 관계는 종종 그런 식으로 흘러간다. 일부 다른 피트니스 트레이너들이 그에게 한계가 있다고 생각할지라도 그는 눈물 어린 충성심을 불러일으킨다.

나중에 페더러를 비롯한 스위스 테니스 연맹의 주니어들과 일했던 프랑스 출신 폴 도로셴코는 파가니니를 묘사해 달라는 요청에 망설이다가 결국 〈별난〉이라는 단어를 사용했다.

그가 이 단어를 쓴 일부 이유는 파가니니가 운전면허를 따지 않고 기차와 택시, 자동차 서비스, 그의 두 번째 아내 이자벨의 운전 능력에 의존하기 때문이다.

「피에르는 생각이 매우 확고하고 융통성이 별로 없어 그와 이야기하기가 쉽지 않다고 말할 수 있어요. 그는 매우 내성적이지만, 내가 생각하기에 힘과 협응력을 키우는 능력이 뛰어난 사람 같아요. 피에르와 훈련할 때면 집중력이 엄청나게 좋아져 딴생각을 할 수가 없어요. 그는 집중력을 높이는 방법도 잘 알고 있어요. 또 관념적으로 생각하기보다 현장에서 일하는 사람이죠.」 도로셴코가 말했다.

선수들의 주의를 집중시키고 충성심을 유지시키는 파가니니의 능력은 고도로 개별화된 프로그램을 만드는 그의 창의성과 재능 덕분이다. 이때 융통성이 부족하다는 징후는 거의 찾아볼 수 없다.

20년 이상 틀에 박힌 훈련을 했다면, 삶의 여러 측면에서 다양성을 갈망하는 페더러가 분명 만족하지 못했을 것이다.

파가니니가 앞에 나서기를 꺼리고 천성적으로 수줍어하지만, 페더러와 다른 사람들은 그가 의사소통하기 쉬운 사람임을 알게 되었다.

「그가 피트니스 코치뿐만 아니라 약간의 멘토로서 내 커리어에 미친 영향을 상상할 수 있을 거예요. 솔직히 말해 우리는 훈련 외에도 많은 이야기를 나눴어요. 온갖 얘기를 하느라 항상 45분이 더 지나갔죠.」페더러가 언젠가 말했다.

파가니니를 인터뷰하는 일은 쉽지 않지만 대화를 시작하면 금방 빠져든다. 그는 강렬하고 긴 단락으로 말하고 은유법을 좋아한다. 우리는 2012년과 2017년에 프랑스어로 길게 이야기를 나눴다. 프랑스어는 그가 페더러와 훈련할 때 사용하는 언어다.

나는 파가니니에게 전통적인 통념이 맞는지, 즉 페더러의 골격 구조와 타고난 우아함 때문에 그가 건강을 더 쉽게 유지하는지 물었다.

「항상 그런 얘기를 들어요. 잠재력이 있는 것과 1년에 70경기를 뛰면서 그것을 표출하는 일은 달라요. 그가 뛰는 모든 경기와 그의 모든 훈련 세션에서 일관성을 유지하는 게 로저의 목표입니다. 로저가 기울이는 온갖 노력을 우리가 과소평가한다고 생각해요. 그가 지닌 훌륭한 난제죠. 우리가 로저를 과소평가하는 이유는, 로저가 경기하는 모습에서 자기를 표현하는 예술가를 볼 수 있기 때문이에요. 우리는 그 경지에 오르기 위해 그가 노력해야 한다는 사실을 거의 잊어버리죠. 발레 무용수를 볼 때처럼, 아름다움을 보지만 뒤에서 기울인 노력은 잊어버려요. 그렇게 아름다운 무용수가 되려면 아주, 아주 열심히 노력해야 합니다.」 파가니니가 대답했다.

근육과 근육의 기억을 얻는 데 시간이 걸리지만, 세련미와 침착성을 얻는 데도 시간이 필요하다. 페더러는 전 세계의 스포트라이트 속에서 수십 년을 보내며 테니스가 쉬워 보이게 했지만, 그는 훨씬 더 적은 수의 관중에게 이 경기가 얼마나 절망스러울 수 있는지 상기하며 어린 시절을 보냈다.

페더러가 열네 살이었을 때 에퀴블랑에서 마그달레나 말레바가 받은 첫인상은 어땠을까.

「그 당시 그는 어린 소년이었고 매우 화가 나 있다는 인상을 받았어요. 라켓을 꽤 많이 내던졌죠.」

여섯 살 더 많고 이미 WTA 대회 10위권이었던 말레바는 연습 경기에서 페더러를 상대로 한 세트를 이겼다.

「그는 약간 버릇없는 소년처럼 보였어요. 자주 화를 냈거든요. 짐작건대, 그가 상황에 만족하지 못했던 것 같아요.」 그녀가 말했다.

에퀴블랑 선수촌의 감독이자 스위스 남자 테니스 국가 대표의 기술 감독인 크리스토프 프레스는 페더러의 괴로움을 이해할 수 있었다. 그 역시 어렸을 때 아카데미를 다녔다. 1970년대 프랑스 테니스 연맹의 니스 선수촌에서 미래의 프랑스 오픈 챔피언 야니크 노아와 함께 기숙사 생활을 했다.

프레스는 투어를 계속했고 톱 100에 진입했다. 그는 주요 선수로 도약하지는 못했지만, 아서 애시, 안드레스 고메스, 마누엘 오란테스, 이반 렌들 등 네 명의 이전 또는 미래의 주요 챔피언을 물리쳤다.

나중에 프레스는 성공하기 위해서는 희생과 자기 수련이 얼마나 필요한지 날카롭게 인식하는 진지한 코치가 되었다. 많은 사람이 그랬듯이, 프레스는 페더러의 잠재력을 볼 수 있었다. 페더러는 빠른 포핸드, 민첩함, 타고난 감각을 지니고 있었다. 프레스는 에퀴블랑에서 멘토이자 전임자인 조르주 드니오에게 페더러가 특별한 재능을 지니고 있다고 말했다. 그는 또한 IMG의 테니스 에이전트인 그의 친구 레지 브뤼네에게도 페더러를 주시하라고 말했고, 브뤼네는 후에 페더러의 첫 매니지먼트 계약에 서명했다.

그러나 페더러의 내적 투쟁도 확연히 드러났다.

「정서적으로 로저는 백척간두에 있었어요. 우선 10대가 되는 일이 쉽지 않았고, 로저가 가족을 떠나 에퀴블랑으로 간 일은 이미 감당하기 힘든 변화였어요. 프랑스어를 배우고 프랑스 학교에 가야 하는 일도 복잡했고, 그다음에 테니스가 있었죠. 그에게는 여러 면에서 아주, 아주 힘든 시기였지만, 성격상 나는 그의 사정을 봐주지 않았어요. 나는 그를 다른 사람들처럼 대했죠. 나는 동년배 집단에서든 그 어떤 집단에서든 누가 1등인지 보지 않았어요. 그리고 이 어린 선수들에게도 숨 쉴 틈조차 주지 않았죠. 나는 그들이 훌륭한 테니스 선수를 닮아 가도록 만들고 싶었고, 그것에 내 마음과 영혼을 쏟아부었어요.」 프레스가 말했다.

프레스는 페더러를 매일 지도하지 않았다. 어린 선수들을 지도한 젊은 스위스인 알렉시 베르나르가 그 역할을 했다. 그러나 프레스는 그 과정을 감독했고, 종종 페더러의 기술과 전술, 태도를 직접 가르쳤다.

「내가 페더러를 올바르게 지도했는지 모르겠어요. 하지만 우리가 받아들일 수 있는 행동 방식에서 크게 벗어나지 않을 것임을 난 분명히 알고 있었어요. 우리는 충돌했지만, 그는 그것을 받아들이고 삼켰어요. 그는 많은 것을 감내해야 했는데, 그가 그 상황을 즐기지 않은 건 확실해요.」

페더러는 타고난 사교성과 공감력에도 불구하고 그 시기에는 의사소통이 쉽지 않았고, 프레스는 참아 줄 생각이 없었다.

「그에게는 대항할 여력이 없었어요. 그는 경기해야 했고, 그것이 그때 그가 자신을 표현하는 방식이었어요. 나는 그에게 이렇게 말하곤 했죠. 〈로저, 잘 들어. 내 눈을 똑바로 봐, 내가 무슨 말을 하려는지 네가 이해하는지 알아야겠어. 너는 여기저기로 걸어 다니고, 공을 치고, 두 다리 사이로 공을 튕기고 있어. 그러지 마.〉 그에게는 그마저 쉽지 않았어요. 감정과 힘이 넘치는 것 같았죠. 그는 경기해야 했고 움직여야 했어요. 무엇보다 그는 선수였으니까요.」프레스가 말했다.

파가니니는 연습 세션을 시작할 때 페더러가 계속 소리를 지르며 억눌린 에너지를 쏟아 냈던 것을 기억한다.

「그는 가장 막내였고, 내가 그를 보며 매우 즉흥적이라고 생각했던 기억이 나요. 몇 분 만에 웃었다 울었다 했죠.」파가니니가 내게 말했다.

감정과 기대감을 다스리느라 분투하던 미래의 1위는 페더러만이 아니었다. 1996년 9월, 페더러는 열다섯 살의 나이로 취리히에서 열린 세계 청소년 컵에서 스위스 선수로 뛰었다. 스위스의 1회전 상대는 호주였는데, 이는 페더러가 레이턴 휴잇과 맞붙었다는 의미다.

대런 케이힐이 호주 감독이었다. 스위스 감독은 과거에 25위 선수였던 스웨덴 출신의 페테르 룬드그렌이었다. 피터 카터도 참석했다.

「로저와 레이턴은 한 번도 맞대결한 적이 없지만 서로 명성을 알고 있었기 때문에 자존심 싸움이 치열했어요. 첫 번째 게임부터 그랬죠. 두 사람의 신경전이 장난 아니었어요. 더러운 수법, 라켓 튕기기, 욕설, 심판들에게 따지기 등 온갖 것이 난무했죠. 내가 레이턴이 경기하는 모습을 실제로 본 것은 그때가 처음이었고, 코트에 앉아 그의 경기를 관람한 것도 처음이어서 내 머릿속에 무엇이 떠올랐는지 몰랐어요. 그것은 마치 열다섯 살짜리 아이 두 명이 벌이는 매켄로와 코너스의 한판 대결 같았죠. 두 선수 모두 눈물을 흘리며 경기를 끝냈어요. 레이턴이 마지막에 뒤쪽 울타리에 라켓을 던졌을 거예요.」케이힐이 회상했다.

페더러가 3세트 타이 브레이크에서 승리하자, 휴잇이 손에서 피가 날 정도로 스트링을 세게 쳤던 것을 기억한다. 케이힐은 약간 얼떨떨한 채로 화가 나서 코트를 떠났다. 휴잇이 패해서가 아니라 젊은 전투원들의 행동거지 때문이었다. 케이힐은 페더러의 승리 때문이 아니라, 미래를 기대하며 웃고 있는 카터에게 걸어갔다.

「이봐, 두 아이 모두 위대한 선수가 될 걸세.」카터가 말했다.

케이힐이 대답했다. 「이 아이들은 엉덩이 뜸질을 좀 받아야겠어. 행동거지가 그게 뭔가?」

카터는 계속 미소를 지었다. 「그럼, 자네가 때려 보게나. 하지만 그들은 특별한 선수가 될 거야.」

이 경기는 페더러와 휴잇의 첫 만남이었다. 미래에는 이 경기만큼 격렬하지 않았지만 그들의 경쟁은 그때부터 시작된 셈이었다. 이 경기는 그들의 오랜 선수 생활에서 중요한 요인으로 판명되었다.

취리히에서 케이힐은 바젤에서 본 페더러의 경기보다 더 깊은 인상을 받았다. 페더러의 백핸드는 아직 보폭이 컸지만 발전해 있었다.

「그는 그때 더는 백핸드를 헛치거나 잘못 치지 않았어요. 손과 눈의 협응이 굉장하다고 생각했죠. 그는 백핸드를 성공시켰고, 그것이 오늘날 그의 백핸드 샷이 되었어요. 그는 잔걸음을 개선했지만 이따금 오른발을 백핸드 쪽으로 크게 내딛고 백핸드를 완전히 세게 쳐요. 그러면 〈저 힘은 어디서 나오는 거지? 아니, 저걸 어떻게 칠까?〉라고 생각하게 돼요.」

에퀴블랑 시절 코칭스태프들은 페더러의 기술을 놓고 자주 토론을 벌이곤 했다.

그는 카코프스키와 카터 덕분에 기초가 튼튼했지만 우려도 있었다. 포핸드는 걱정할 사항이 아니었다.

「그가 샷을 준비하고 라켓 헤드를 내려 손목으로 속도를 가하는 방식은 마법 같았어요. 그의 특징이죠. 그는 타고났어요. 우리가 한 일은 마무리 동작에 조금 집중한 것뿐이죠. 우리는 스트링과 공의 접촉 시간이 좀 더 길었으면 했어요.」 프레스가 말했다.

페더러는 백핸드에서 여전히 톱 스핀 드라이브에 숙달할 필요가 있었다.

「톱 스핀 드라이브에서 우리가 손볼 게 많았어요.」 프레스가 말했다.

프레스는 때로 손으로 공을 던져 주고, 결과가 만족스러울 경우에 그에게 방금 공중에서 라켓으로 만든 경로를 외우라고 요구했다.

프레스가 보기에 페더러는 스트로크가 충분히 안정되지 않아, 샷을 마치면서 왼쪽 어깨를 너무 빨리 앞으로 내밀었다. 「양 어깨 사이 길이를 더 길게 유지하는 것은 일관성을 위해 정말 중요하기 때문에, 우리는 그것을 고치려고 많이 노력했어요. 연습할 때 공이 중구난방으로 갈 때도 있었어요.」 프레스가 말했다.

백핸드 드라이브에서 또 하나 집중한 점은 공의 타점을 더 앞쪽으로 옮기는 것이었다. 그러나 페더러의 또 다른 강점이었던 한 손 백핸드 슬라이스 역시 미세한 조정이 필요했다.

「그는 슬라이스를 칠 때 머리가 약간 뒤로 갔어요. 우리는 그걸 고쳐야 했죠.」

서브에서는 어깨 회전을 더 많이 하고 토스의 일관성을 유지하는 것이 급선무이며, 같은 토스 위치에서 다양한 서브를 넣어서 가장하는 일이 중요하다고 강조했다.

「샘프러스는 하나의 토스로 다양한 서브를 모두 넣을 수 있었어요. 그래서 선수들은 그의 기술 중 일부를 혼합해 자기 것으로 만들려고 노력하죠. 나는 키커 토스로 반대로 칠 수 있는지, 플랫 토스로 키커를 칠 수 있는지 보며 항상 토스를 이리저리 시도했어요. 그러고는 실제로 내가 모두 할 수 있다는 것을 깨달았죠.」 페더러가 내게 말했다.

선수들의 교육 및 주거까지 담당했던 파가니니는 페더러가 지역의 크리스티네 가족, 즉 코르넬리아와 장프랑수아 부부와 그들의 세 아이와 함께 지내도록 주선했다. 페더러는 주중에는 크리스티네 가족과 지내다가 주말과 공휴일에는 기차를 타고 바젤로 가서 부모와 누나와 시간을 보냈다.

「그가 우승한다면 그건 콘플레이크 때문이에요. 그는 콘플레이크를 하루 내내 몇 사발이나 먹었답니다. 그는 고기나 생선을 좋아하지 않고 파스타만 좋아했어요.」 코르넬리아 크리스티네가 1999년 스위스 잡지 『일뤼스트레 *L'Illustré*』와의 인터뷰에서 말했다.

페더러는 잠에서 발딱 깨어나는 것도 좋아하지 않았다. 「알람이 울려도 내처 잘 때도 있었죠. 하지만 5분 안에 일어났어요. 그렇게 빨리 움직이는 사람을 본 적이 없어요.」 코르넬리아 크리스티네가 말했다.

학교 공부는 힘든 부분이었지만, 그가 프랑스어를 빨리 배운 것은 그가 말할 때 문법을 틀리는 것에 크게 신경 쓰지 않기 때문이다. 그 혼자만 그런 고투를 겪은 것은 아니다. 독일어를 사용하는 또 다른 스위스인 스벤 스비넨도 프랑스어 초보자여서, 페더러와 같은 수업을 듣고 지도 교사들도 같았다. 매우 유망한 선수였던 스비넨은 10대 초반에 페더러를 자주 물리치고 나중에 테니스 장학금을 받고 미국 오리건 대학교에 입학했다.

「처음에는 에퀴블랑에서 우리 둘 다 힘들었어요. 언어 때문에 둘 다 이방인이었죠. 〈여기서 내가 뭐 하는 거지?〉라는 생각이 들 정도였어요. 하지만 그런 환경은 우리에게 도움도 되었어요. 우리는 언어를 배워야 했고, 그것은 분명히 좋은 일이었어요. 확실히 로저가 많은 언어를 구사하는 사람이 되는 데 도움이 되었죠. 그의 인기에도 한몫했고요.」 스비넨이 내게 말했다.

플랑타 중학교에서 두 사람을 가르친 교사 필리프 바슈롱은 페더러를 잘 기억할 뿐 아니라 그와 한 번 연습했던 일까지 잊지 않고 있었다.

「그에게는 내가 본능적이라고 부를 만한 야생적인 면이 있었어요. 그는 수업 시간에 갑자기 큰 소리로 질문하곤 했어요. 〈바슈롱 선생님! 그게 무슨 뜻이죠?〉 그가 무언가를 이해하지 못했기 때문이죠. 어떤 선생님들은 그것을 허용하지 않았을 겁니다. 하지만 나는 그의 행동이 귀여워 보였어요. 그의 스위스 독일어 친구인 흐루네벌트는 좀 더 정석이었던 반면, 로저는 자기가 생각한 바를 말했어요. 그는 강한 반응을 보였지만 전혀 무례하지 않았어요. 정말 힘들 때는 극도로 민감하기도 했지만요. 집에서 멀리 떨어져 있다는 어려움에 이해할 수 없다는 답답함이 더해진 거였죠. 그가 챔피언이 되지 않았더라도 그를 기억했을 거예요. 하지만 내가 우리 학교에 들어온 모든 선수 중에서 끝까지 가야 한다고 생각한 사람은 그가 유일했어요. 끝까지 간 뒤에야 성패가 갈리니까요. 하지만 그는 정말 재능이 있었어요.」 바슈롱이 스위스 일간지 『르 탕Le Temps』과의 인터뷰에서 말했다.

의심의 여지가 없었다. 그는 균형과 자신감을 찾아 새로운 요소를 게임에 통합했고, 에퀴블랑에서 2학년이 되자 대회 결과가 향상되기 시작했다.

알레그로는 설문지를 받은 모든 선수가 자신의 목표를 써서 내야 했던 일을 기억하고 있었다. 알레그로는 세계 100위권에 들고 싶다고 적었다. 「로저는 우리 중 유일하게 1등이 되고 싶다고 썼어요. 그가 그걸 백 퍼센트 믿었는지는 모르지만, 설문지에 그렇게 적었죠.」알레그로가 말했다.

젊은 선수가 정상에 오르려고 할 때 많은 것이 잘못될 수 있다. 그러나 재능 있는 많은 선수를 상대로 경기하고 지도해 온 프레스는 페더러가 열여섯 살에 에퀴블랑을 영원히 떠날 때, 페더러의 성공 가능성을 보고 기뻐했다. 프레스가 보기에 페더러의 경기는 매우 안정되고 흐름이 매끄러웠기 때문에 특별히 유망했다.

「그가 경기할 때는 거치적거리는 것이 없었어요. 그는 베이스라인에서 2미터 뒤에 있을 수도 있고 코트 안에 있을 수도 있었어요. 그가 더 높은 기어로 변속하는 것을 막을 브레이크가 없었죠. 그는 못 할 게 없어 보였어요.」프레스가 말했다.

그러나 프레스는 2년 동안 페더러를 가까이서 지켜본 뒤 한 가지 문제를 보았다. 「그를 막을 수 있는 건 그의 마음과 신경뿐이었죠. 그래서 마지막에 그에게 한 말을 아주 잘 기억하고 있어요. 〈로저, 잘 들어. 너는 세상에서 가장 큰 트로피를 들어 올릴 수 있지만 너 자신의 적이 되지 않도록 노력해라. 그렇게 되면 일이 더 복잡해지니까.〉」

4
스위스, 비엘/비엔

알프스에서 점심을 먹는 동안 로저 페더러의 입에서 무심결에 그 자신의 이름이 나왔다.

그는 스위스에서 그에게 가장 의미 있는 장소들을 가보라고 내게 제안하고 있었다. 당연히 바젤과 에퀴블랑, 취리히와 호수, 그와 그의 아내 미르카가 발벨라에서 꿈꾸던 집을 지은 렌체르하이데와 장엄한 산과 스키 코스 등이었다.

그러고 나서 그는 비엘을 언급했다.

「거기에 내 이름을 딴 거리가 있어요. 로저 페더러 거리요.」 그는 별 감흥 없이 말했다.

경치 좋은 비엘행 기차를 타고 가서 자세히 살펴보니 우리 대부분이 상상할 법한 거리가 아니었다. 그 거리는 현대적인 지역의 아스팔트로 포장된 고속 도로에서 직선으로 뻗어 있으며, 누군가가 상상할 자갈이 깔린 스위스의 신교도적인 매력보다는 20세기 후반의 상업 지구와 훨씬 더 닮아 있었다.

하지만 스위스 지도에 사람 이름이 오르기는 어렵다. 당국은 공공장소나 주요 도로에 살아 있는 스위스인의 이름을 붙이는 것을 탐탁지 않게 생각한다. 스위스에서 가장 유명한 현존 인물인 페더러는 로비를 거의 하지 않았지만, 2016년에 예외로 둘 가치가 있다고 여겨졌다. 특색 없이 평범한 거리 풍경은 어떤 의미에서 확실히 적절하다. 이 거리는 〈테니스의 집〉으로 알려진 국립 훈련 센터 옆에 뻗어 있다. 센터가 개장한 뒤 페더러는 이곳에서 몇 년 보내며 실력을 갈고닦았다.

「내 성년기는 비엘에서 시작됐다고 할 수 있어요.」 페더러가 말했다.

그의 거리에는 실제로 〈로저페더더 알레Roger-Federer Allee〉와 〈알레 로저페더러Alée Roger-Federer〉라는 두 가지 표지판이 있다. 비엘이 이중 언어를 사용하기 때문이다. 이 도시는 스위스에서 독일어를 사용하는 지역과 프랑스어를 사용하는 지역을 연결한다.

비엘Biel은 독일식 이름이고 비엔Bienne은 프랑스식 이름이며, 비엘/비엔은 2005년에 공식 도시명이 되었다. 이 도시의 웹 사이트 주소는 〈www.biel-bienne.ch〉로 이중성을 반영하며, 페더러 역시 독일어나 영어로 말할 때는 〈비엘〉로, 프랑스어로 말할 때는 〈비엔〉으로 발음한다.

2개 국어 상용은 스위스 테니스 연맹이 1997년 9월 선수촌을 에퀴블랑에서 비엘/비엔으로 이전하기로 결정한 이유 중 하나다.

「정치적으로 아주 적절한 위치죠.」 1997년 코칭 프로그램 감독으로 고용된 네덜란드인 스번 흐루네벌트가 말했다.

프랑스어를 사용하는 에퀴블랑과 달리 비엘/비엔은 학령기 아이들이 자신이 선택한 언어로 교육받을 수 있도록 허용했다.

온갖 고생 끝에 프랑스어에 능숙해진 페더러는 새로운 훈련 기지에서 무슨 일이든 마주할 만반의 준비가 되어 있었다. 그 숙제 걱정을 더는 하지 않아도 되었다. 열여섯 살 때 법정 의무 교육을 마친 그는 정규 교육을 중단하고 테니스 전문가가 되는 데 전력을 쏟기로 했다.

스위스처럼 보수적이고 교육열이 높은 사회에서 이는 과감한 행보였다. 1990년대 후반까지도 스위스 사람들은 스포츠를 진지한 직업으로 여기지 않았다.

「사고방식은 진화했지만, 내 생각에 스위스는 진정한 스포츠 국가라고 하기 힘들어요. 여기는 미국이 아니고, 호주가 아니고, 이탈리아가 아닙니다. 때때로 스위스의 운동선수들에게 이 길은 정말 힘들어요.」 페더러가 등장할 무렵 스위스 최고의 테니스 선수였던 마르크 로세가 말했다.

로세가 기억하기로, 그는 열여덟 살에 스위스 주니어 선수권 대회에서 우승했지만 플로리다에서 열리는, 세계 최고 주니어 대회 중 하나인 1988년 오렌지 볼 대회에 스위스 연맹이 그를 참가시킬 생각이 없다는 것을 알게 되었다.

「내가 말했어요. 〈안 보내는 이유가 뭐죠? 보통 열여덟 살에 스위스 챔피언이 된 남자들은 오렌지 볼에서 경기하잖아요.〉 하지만 그들은 〈당신은 충분하지 않아요, 의미가 없어요〉라고 말했어요.」로세가 회상했다.

상처를 받았지만 결연했던 로세는 자신의 가족이 비용을 댈 테니 어쨌든 출전을 허락해 달라고 연맹에 요청했다. 그는 오렌 지 볼 18세 이하 소년 대회에서 우승을 차지한 최초의 스위스인 이 되었다(그다음에 페더러가 우승했다).

「그 일을 보면 스위스에서 어떤 일이 자주 벌어지는지 알 수 있죠. 그들이 내게 한 일은 좋지 않았지만, 다른 면에서 절치부 심하는 데 도움이 되기도 했어요. 말하자면 이런거죠. 〈그래, 나 를 원하지 않는다고? 내가 보여 주지.〉」로세가 말했다.

페더러는 학교를 그만두기로 한 직후 회의론에 직면했다. 그 가 바젤에 있는 단골 치과 의사를 방문했을 때, 치과 의사들과 의 대화가 보통 그렇듯이 스케일링하는 도중에 대화가 시작되 었다.

「그는 내 구강을 청소하는 중이었어요. 그가 〈그래, 무슨 일을 해요?〉라고 물었어요. 내가 〈테니스 쳐요〉라고 대답했어요. 그 랬더니 그가 〈좋아요, 그 밖에 다른 일은요?〉라고 말했죠. 내가 〈그게 다예요〉라고 했더니, 그가 나를 보며 〈그게 다라고요? 테 니스만 쳐요?〉라고 하더군요.」페더러가 회상했다.

페더러는 치과를 바꿔 버렸다.

「다시는 가지 않았어요. 그는 내가 여기서 뭘 하려는지 제대 로 이해하지 못하는 것 같았죠. 나는 꿈을 좇고 있고 대망을 위 해 노력하는데, 그는 나를 후퇴시키려 했어요. 난 그런 사람들 에게 둘러싸이고 싶지 않아요.」

그것은 페더러가 공적, 사적인 인맥을 만들 때 추구한 방식이었다. 그는 긍정적인 에너지와 그의 주도적인 판단을 존중하는 사람들을 소중하게 생각했다. 물론 이런 접근법은 아첨꾼들을 끌어들일 위험이 있다. 특히 그들이 고용된 사람이라면 말이다. 아첨꾼들은 상대에게 약이 되는 말을 하기보다 듣고 싶어 하는 말을 한다. 프로 테니스계에는 때로 완곡하게 〈팀〉으로 표현되는 측근이 넘쳐 난다. 랭킹 포인트와 우위를 추구하는 스타들이 많은 이 세계에는 아첨꾼이 부족하지 않다. 코치와 물리 치료사들도 결국 자기 삶을 원한다.

그와 긴밀히 협력해 온 사람들에 따르면, 페더러는 수년간 내부 토론과 건설적인 비판을 중시했다. 그러나 열여섯 살 때는 칭찬과 신뢰를 갈망하고 있었다.

「나는 〈끝내주는데, 로저, 정말 멋진 계획이야〉라는 말을 듣고 싶었어요. 나는 젊은이들에게 이렇게 말하면 정말로 그들을 도울 수 있다고 생각해요. 〈좋아, 해봐! 네가 어떤 길을 선택하든 너를 지지할 거야.〉 물론 현실적이어야겠죠. 쓸모없는 계획이라면 멈춰도 괜찮다는 것을 깨달아야 합니다. 너무 멀리 가버린 나머지 약점을 잡히는 사람도 있으니까요.」 그가 말했다.

이 시기에 가장 영향력 있는 이성의 목소리는 그의 부모였다. 그렇다, 그들은 아들이 상당한 잠재력을 지니고 있으며 에퀴블랑에서 경기에 열성을 다했다고 인식했다. 그러나 이때 페더러 부부는 다수의 유망한 주니어가 최고 수준에 결코 이르지 못한다는 것을 잘 알고 있었다. 그의 부모는 대비책을 원했다.

아버지 로버트 페더러는 로저에게 그의 선수 생활을 재정적으로 도울 것이라고 말했지만, 스무 살까지 상위 100위 안에 들지 않으면 학교로 돌아와서 학위를 받아야 한다고 말했다.

「나는 토를 달지 않았고, 그런 약속을 하는 데 아무런 문제가 없었어요. 내게 온 기회가 좋았지만, 나는 현실적이기도 했죠.」 로저가 내게 말했다.

스톱워치는 바젤에서 남쪽으로 차로 한 시간 남짓 떨어진 비엘/비엔에서 본격적으로 돌아가기 시작했다. 코트 안팎에서 자주 그랬듯이, 페더러의 타이밍은 훌륭했다.

테니스 연맹이 시설만 임대하고 사설 클럽의 코트를 사용하며 사용료를 지불하던 에퀴블랑의 센터와 달리 새로운 〈테니스의 집〉은 온전히 스위스 테니스 연맹에 속해 있었다. 이제 연맹은 처음으로 코칭과 행정 부서를 같은 장소에 두고 중앙 집권화할 수 있게 되었다.

스위스 테니스는 새로운 정점에 도달했다. 몇 달 전, 마르티나 힝기스가 열여섯 살에 여자 단식 랭킹 1위에 올라 역대 최연소 1위가 되면서 위대한 테니스 신동 중 한 명으로 자리를 굳혔다. 1997년 시즌은 호주 오픈, 윔블던, US 오픈에서 우승하면서 그녀의 가장 훌륭한 시즌이 되었고, 만약 그녀가 프랑스 오픈 결승전에서 크로아티아의 이바 마욜리라는 다른 청소년에게 패하지 않았다면 그랜드 슬램을 달성했을 것이다.

힝기스는 윌리엄스 자매가 테니스 경기를 새로운 수준으로 끌어올리기 전에 최고 자리에 가뿐히 올랐다. 세련된 기술과 예리한 코트 감각과 더불어 파워보다 술책에 능하고 자기 신념이 강한 그녀는 모든 면에서 위협적인 존재였다. 그녀는 예상할 수 있듯이 〈스위스 미스〉라는 별명이 있었는데, 기자들 사이에서는 씩 웃으며 어른들을 공포에 떨게 하는 공포 영화의 어린이 인형 이름을 따서 〈처키〉라는 별명으로 불렸다.

힝기스의 미소는 정말로 아리송했는데, 상황에 따라 성취감 또는 위협의 표시였다. 그러나 그녀의 테니스 재능에는 의심의 여지가 없었고, 페더러처럼 다국적 뿌리를 가지고 있었다. 그녀의 부모는 과거 체코슬로바키아의 일부였던 슬로바키아 출신이었다. 어머니 멜라니에 몰리토르의 빈틈없는 지도를 받은 힝기스는 페더러 이전에 존재한 대부분의 스위스 최고 선수처럼 독립 체제에서 나온 스타지만, 어린 나이에 큰 꿈을 꾸고 큰 꿈을 이루는 일이 가능하다는 것을 증명했다.

한때 바젤에서 힝기스의 볼 키즈였으며 야망과 신경질적인 에너지로 가득 찬 예민한 열여섯 살 페더러는 그녀를 눈여겨보며 영감을 얻었다. 남자 선수와 여자 선수의 투어가 매우 다른 영역으로 남아 있었지만 말이다.

「당신이 등산가인데 벽을 바라보며 〈이 벽에 오를 수 있을까?〉 하고 생각하는 것 같아요. 그런데 갑자기 누군가 그 벽을 기어올라요. 그러면 당신은 그 벽을 오르려고 더 노력할까요? 그래요, 물론이죠. 그리고 설사 두 번째, 세 번째, 네 번째에 실패하더라도 누군가 해냈기 때문에 위로 올라가는 길이 있다는 것을 알아요. 마르티나는 분명히 길을 열었어요. 적어도 정신적으로요. 그것이 가능하다는 것을 보여 준 사람이 있다는 건 확실히 그 시대에 내게 도움이 되었을 겁니다.」 윔블던 주니어 챔피언이자 1980년대 스위스 최고 남자 선수였던 하인츠 권타르트가 말했다.

윔블던과 US 오픈에서 단식 준준결승에 올랐지만, 슈테피 그라프를 지도한 것으로 가장 잘 알려진 권타르트는 스위스가 그랜드 슬램 대회에서 이기는 것은 고사하고 대회에 출전만 해도 성공으로 여길 때 대표 선수로 떠올랐다.

페더러는 스스로 기준을 더 높이 설정했다. 힝기스의 영향으로 기준이 더 높아졌다.

「나는 정말로 스타가 되는 일이 가능하다고 느꼈고, 고맙게도 이 나라에는 마르티나와 스포츠를 잘하는 다른 사람들이 있었어요. 미국 같은 나라에서는 뭐든 가능해요. 말하자면 꿈을 크게 꾸는 일이 더 쉬워요. 나는 때때로 우리가 교육과 직업, 안전, 안정에 갇혀 있어서 그걸 믿지 않는다고 느껴요. 나는 때때로 그것이 우리가 〈한번 해보자, 도전해 보자. 2~3년 동안 꿈을 좇으며 무슨 일이 일어나는지 보자〉라며 전력투구하는 것을 막을 수 있다고 느껴요. 하지만 얼치기로 해서는 안 돼요. 중국, 러시아, 미국, 아르헨티나든 어디서든 누군가는 다섯 시간 훈련하는데 나는 두 시간밖에 훈련하지 못한다면 어떻게 될까요? 최고가 된다는 건 현실적이지 않아요. 250위 안에 든다거나 윔블던에서 우승하는 건 꿈을 꾼다고 되는 일이 아니죠.」 페더러가 내게 말했다.

페더러는 운이 좋았다. 좋은 장비를 갖춘 비엘 선수촌이 때마침 문을 열어 매우 합리적인 비용으로 탄탄한 훈련 기반과 전문 고문단을 제공하며, 그의 발전에 중요한 역할을 했기 때문이다. 실제로 테니스 연맹이 훈련 비용의 많은 부분을 부담했다.

이 시기에 그의 부모는 그를 위해 연간 약 3만 스위스 프랑을 쓰고 있었다. 상당한 금액이지만 연방이나 정부의 지원이 부족한 나라의 다른 사람들에 비하면 거금이 아니었다.

비엘에서 페더러는 새로우면서도 아주 친숙한 유력자들에게 둘러싸여 있었다. 새로운 목소리 중 하나는 흐루네벌트였다. 그는 이미 메리 피어스를 코치해 1995 호주 오픈에서 우승을 따냈고, 미하엘 슈티히를 코치해 1996 프랑스 오픈 결승전으로 이끈 키 크고 잘생긴 젊은 네덜란드인이다. 그는 이어 아나 이바노비치와 마리야 샤라포바를 코치해 그랜드 슬램 대회의 우승도 이뤄 냈다.

흐루네벌트는 스위스 데이비스 컵 감독이자 새로운 선수촌을 관리했던 로세의 오랜 코치 슈테파네 오베러에게 고용되었다.

비엘에서 그들의 첫 번째 팀 구성원 중 한 명은 페테르 룬드그렌이었다. 한때 25위까지 올랐던 온화한 성격의 스웨덴인인 그는 코치로서 호전적이고 재능이 뛰어난 칠레 선수 마르셀로 리오스를 10위 안에 진입시켰다.

룬드그렌은 페더러에 관해 들은 이야기도 있어 그 일을 수락했다고 말했다.

「내 에이전트가 전화를 걸어 와서 스위스에 일자리가 있다고 했고, 젊고 유망한 로저 페더러를 코치하는 임무라고 했어요. 힘든 결정이었어요. 가족이 스웨덴에 살고 있었거든요. 딸이 막 태어난 직후라서 우선 나 혼자 그곳으로 갔는데, 도착해서 힘들었어요.」 룬드그렌이 말했다.

처음에는 그를 위한 숙소가 마련되어 있지 않았다. 흐루네벌트가 친구였지만, 언어 장벽은 종종 다른 도전이었다.

「그곳에 도착했을 때 느낌이 이상했어요. 그 느낌을 절대 잊지 못할 겁니다. 아주 어색한 느낌이었죠. 〈내가 옳은 일을 했나?〉 하는 생각이 들었어요.」

스위스 테니스는 곧 또 한 명의 피터를 고용했다. 그들은 바젤과 올드 보이스 클럽을 떠나 페더러를 다시 만나라며 그를 설득했다. 바젤에서 만족스러운 삶을 살고 있던 피터는 쉽게 결정을 내리지 못했다.

「카터는 정말 많이 망설였어요. 하지만 나는 그에게 나의 비전과 계획을 말하며 그가 선봉에서 로저의 발전을 이끌어 주면 좋겠다고 했어요.」 흐루네벌트가 말했다.

룬드그렌은 처음에 프로 투어에 이미 참가한 이보 호이베르거와 같이 더 나이 많은 선수에게 초점을 맞췄지만, 카터는 전환기에 있는 더 젊은 선수들에게 집중했다. 그들 중에는 페더러, 알레그로, 미하엘 라머, 그리고 어린 시절 바젤에서 페더러와 테니스를 함께 치며 장난에 가담했던 마르코 키우디넬리가 포함되어 있었다. 그는 비엘에서 페더러와 다시 합류했다.

그들은 유망한 그룹이었고, 페더러만 세계적인 현상이 되었지만, 다른 사람들도 비엘에서 훈련받았던 미셸 크라토슈빌처럼 프로 선수로서 적어도 어느 정도 성공을 경험했다.

실력을 쌓는 단계에서 그들은 서로를 독려했다. 이는 테니스에서 종종 안전지대를 만드는 열쇠다. 선수들은 고립된 상태에서 위대해질 수 없다. 1980년대 플로리다 브레이든턴의 볼레티에리 아카데미에서 1990년대 바르셀로나의 클레이 코트, 2000년대 모스크바의 클럽들에 이르기까지, 재능 있는 젊은이들을 모아 그들의 한계와 정신을 매일 시험할 수 있는 역량이 성공의 공식이라는 것이 입증되었다.

룬드그렌은 이 사실을 누구보다 잘 알고 있었다. 그는 연속 챔피언이 된 장발의 포커페이스이자 10대 아이돌 비에른 보리 이후 일어나기 시작한 스웨덴 물결의 일부였다. 보리는 청소년 시절 불같은 기질(친숙하게 들리는가?)을 표출했음에도 냉담한 북유럽인의 전형이며 오픈 시대의 첫 슈퍼스타 중 한 명이 되었다.

1965년에 태어난 룬드그렌은 1위에 오른 마츠 빌란데르와 스테판 에드베리와 같은 스웨덴 세대 출신이다. 10위 안에 든 안데르스 예뤼, 요아킴 뉘스트룀, 미카엘 페른포르스, 헨리크 순스트룀, 요나스 스벤손, 켄트 칼손과 함께 말이다(예리드는 복식에서도 1위였다).

1987 프랑스 오픈에서 보리는 이미 은퇴한 상태였고, 128강부터 시작하는 본선 대진표에 열여덟 명의 스웨덴 남자 선수가 참

가했다. 겨울이 길고 어두우며 실내 코트가 부족하고 인구가 900만 명밖에 안 되는 나라로서는 놀라운 일이었다.

「기껏 세계 25위에 올랐는데, 스웨덴에서는 7위에 그쳤어요. 이 사실이 많은 걸 말해 주죠.」 룬드그렌이 말했다.

비엘에 모인 스위스 선수들은 스웨덴의 단체 성적에 경쟁 상대가 되지 않았지만, 그들 역시 수가 많으면 든든하다는 점을 깨달았다.

「우리가 가졌던 동료 정신은 매우 중요했어요. 우리에게는 훌륭한 코치들이 있었어요. 편안한 분위기였지만 매일 다른 세대의 스위스 정상급 선수들이 연습하는 모습을 보는 것이 우리 젊은 선수들에게는 중요했어요. 그것이 큰 동기 부여가 되었다고 생각해요.」 미하엘 라머가 말했다.

페더러는 이제 민박집에서 함께 살지 않았다. 열여섯 살 때 그는 부모의 감사 기도와 재정적 지원을 받으며 〈테니스의 집〉 근처에 있는 작은 아파트로 이사했다. 그 집은 그보다 세 살 정도 많은 친구 알레그로가 임대한 것이었다.

그 아파트는 헨리두난트슈트라세(이중 언어를 사용하는 비엘/비엔 지도상에서는 뤼 앙리뒤낭)에 있었다. 두난트는 국제적십자사 스위스 공동 설립자이자 1901년 최초로 노벨 평화상을 공동 수상한 인물이다.

페더러가 자선가가 된 시점은 몇 년 후였기 때문에, 당시 같은 마을에 자기 이름을 딴 거리가 생길 거라고는 상상조차 하지 못했다.

그 시기에 그는 그저 제때 연습하고 방을 깨끗하게 유지하려 애쓰고 있었다.

「그는 정리를 잘하지 못했어요. 플레이스테이션이 많았죠.」 알레그로가 웃으며 말했다.

페더러와 함께 입촌한 지 20년이 지난 2019년에 알레그로는 선수촌에서 점심을 먹으며 나와 이야기를 나누었다.

그는 톱 스핀 레스토랑의 전망창으로 보이는 여섯 개의 야외 클레이 코트 중 하나를 가리켰다.

「로저와 내가 첫 번째로 저기에서 연습했죠. 1997년 8월 15일이었어요. 페테르 룬드그렌과 함께 저 코트에 있었어요.」

페더러 시대 이후 비엘의 〈테니스의 집〉에도 많은 변화가 있었다. 현재는 4층짜리 사무실 건물과 발코니에서 붉은 클레이 코트가 바로 내려다보이는 학교 기숙사가 들어서 있다. 2017년 완공된 경기장은 2,500여 명의 관중을 수용할 수 있어 스위스 데이비스 컵과 킹 컵 경기, 그리고 다른 경기에 사용된다.

건물을 확장한 데는 페더러의 성공과 존재감이 한몫했다. 그는 거의 여기에 오지 않지만 여전히 그의 모습을 볼 수 있다. 스위스의 주요 챔피언으로서 그의 뒤를 잇는 슈타니슬라스 바브린카와 페더러의 커다란 사진이 벽을 장식하고 있다.

페더러, 바브린카, 그리고 2014년에 우승한 데이비스 컵 동료들의 옥외 광고판 크기 사진이 테니스 홀 외부에 설치되어 있어, 로저 페더러 산책길에서도 보인다.

그 외 그의 이름을 딴 거리는 하나가 더 있다. 그 길은 그가

10년 넘게 잔디 코트 경기를 지배했던 독일의 할레에 있다.

「길이 100미터도 안 되는 아주 작은 거리예요. 하지만 독일은 스위스가 아닙니다. 독일에 그 거리가 있다는 게 감개무량해요. 휴일에 고향으로 돌아가고 큰 꿈을 꾸는 것을 두려워하지 않는 젊은 선수들이 이곳에서 항상 많이 행동하기를 바라요. 프로 선수가 되는 것(ATP 점수 1점만 따면 돼요)뿐만 아니라 윔블던이나 데이비스 컵 우승을 꿈꾸는 젊은 선수들도요. 자기 이름이 쓰인 거리가 있다면 어떨까요?」 페더러가 2016년 비엘에서 열린 리본 커팅 행사에서 말했다.

하지만 어느 단계에서는 제로부터 시작해야 한다. 알레그로와 페더러는 비엘에 도착한 지 2주도 채 안 돼 동거인이자 연습 파트너일 뿐 아니라 일련의 스위스 국내 대회에 함께 참가하는 라이벌이 되었다.

그 몇 년간 국내 대회는 대개 3주 동안 연속 세 개 대회가 열리는 미니 리그와 같았고, 그다음에는 최고 선수들을 위한 〈마스터스〉 경기가 이어졌다.

국내 경기 첫 단계는 8월 23일부터 9월 21일까지 비엘에 있는 작은 클럽의 붉은 클레이 코트에서 열렸다. 페더러는 스무 살에 이미 400위 안에 든 러시아의 이고리 첼리체프를 상대로 1회전에서 7-5, 7-5로 승리하며 프로 무대 첫 승을 기록했다.

「첼리체프는 키가 크고 튼튼하고 정말로 러시아 사람다웠어요. 그는 목소리가 굵었는데, 우리는 그걸 가지고 놀려 댔어요. 로저는 그 시합에서 이기면서 국내 경기의 발판을 마련한 것이

나 다름없었고, 그때부터 정말 잘 뛰기 시작했어요.」알레그로가 말했다.

페더러는 비엘에서 두 차례 더 이긴 뒤 스위스에서 치른 준결승에서 스물일곱 살 아르헨티나 선수 아구스틴 가리시오에게 패했다. 가리시오는 국내 대회, 특히 클레이 코트에서 공포의 대상이었다. 그는 1998년 ATP 랭킹 171위에 올랐다.

1번 시드인 가리시오는 이어 니옹에서 열린 국내 경기 다음 단계에서 2회전에서 페더러를 이겼다. 그러나 그는 여전히 상대편 젊은이에게 깊은 감명을 받았다. 두 경기 모두 가리시오가 첫 세트에서 패한 뒤 회복해 3세트까지 갔다.

「나는 니옹에서 관람 중이었는데, 경기 도중 이탈리아 친구에게 다가가 〈이 아이, 백핸드를 세게 칠 수 있는 날 세계 1위가 될 거야〉라고 말했어요. 나는 네트 건너편에서 춤추는 남자 역할을 하고 있었어요.」가리시오가 스위스 신문 『르 마탱 디망슈Le Matin Dimanche』와의 인터뷰에서 말했다.

페더러는 노에에서 열린 국내 경기 3단계에서 준결승에 올랐다. 그의 상대 중 한 명은 2라운드에서 페더러에게 3세트 6-3, 0-6, 6-4로 패한 젊은 스위스 선수 조엘 스피셔였다.

「결국 3세트에서 1~2점 차이가 되었어요. 나는 중요한 순간에 엄청난 위험을 무릅쓸 수 있는 그의 담력에 놀랐어요. 그는 내가 볼 때 승산이 별로 없는 샷을 날렸고, 결국 성공해 나를 미치게 했죠.」스피셔가 『르 마탱 디망슈』와의 인터뷰에서 말했다.

수년 동안 그걸 알아본 사람이 스피셔만은 아닐 것이다.

페더러는 로잔 인근 보소녠에서 열린 마지막 단계인 마스터스 대회에 출전할 자격을 얻었다. 알레그로 역시 자격을 얻었고, 두 동거인은 페테르 룬드그렌의 푸른색 푸조 306을 타고 그와 함께 비엘에서 매일 출퇴근했다.

「우리는 그 차를 〈푸른 화염〉이라고 불렀어요. 차가 힘없이 비실댔거든요. 우리는 그 일로 많이 웃기도 했어요.」 알레그로가 말했다.

알레그로와 페더러가 1회전에서 승리한 뒤 그들은 준준결승에서 다시 만났다. 그들은 함께 몸을 풀고 나서 실제 경기를 하기 위해 코트로 걸어갔다. 볼 보이는 없었다. 알레그로와 페더러는 공이 라인 안에 떨어졌는지 판정해 달라고 따져 댔고, 알레그로가 7-6, 4-6, 6-3으로 승리하면서 흡사 난투극으로 변했다.

알레그로는 페더러가 3세트 초반에 눈에 뭐가 들어가 리듬을 잃었고, 그것 때문에 열기가 식었다고 회상한다.

「경기가 끝나고 로저가 엄청나게 울었어요. 하지만 20분 정도 울고 나더니 말끔해졌어요. 그날 밤 우리는 함께 저녁을 먹었답니다.」 알레그로가 말했다.

알레그로가 말하길, 경기에 참석한 사람은 룬드그렌, 페더러의 아버지 로버트, 경기 심판인 클라우디오 그레터뿐이었다.

「클라우디오는 오랫동안 심판을 본 사람이었어요. 경기가 끝나고 그가 내게 와서 말했죠. 〈네가 페더러를 이기는 건 이게 마지막이야.〉 그 말이 맞았어요.」 알레그로가 말했다.

그때부터 알레그로는 페더러가 불가항력을 거의 내보이지 않는 연습 경기에서 이따금 그를 이기는 것에 만족해야 했다.

「로저가 세계 1위일 때도 연습 경기에서는 그를 이겼어요. 때로는 이기는 게 별로 어렵지 않았지만, 공식 경기에서는 얘기가 달랐죠.」

보소넨의 마스터스 대회 출전 자격을 얻는 것은 여러 측면에서 보상이었다. 무엇보다 선수가 ATP 랭킹 포인트를 획득하는 것이 보장되었다.

어떤 선수에게든 ATP 첫 포인트를 따는 것은 중요한 순간이다. 「처음으로 차를 가지는 것처럼요.」 미국의 스타 짐 쿠리어가 언젠가 내게 말했다.

열여섯 번째 생일을 불과 몇 주 앞두고 운전면허증조차 없던 페더러는 9월 22일 월요일에 첫 포인트를 얻었다. 정확히 말하면 12점이었다.

이로써 그는 ATP 순위 803위에 올라 체코의 다니엘 피알라, 코트디부아르의 클레망 느고랑, 모로코의 탈랄 우아하비와 동률이 되었다.

페더러는 ATP 웹 사이트에 들어가서 자신의 이름을 찾았던 일을 기억한다.

「이정표 같은 거죠. 세계 100위권, 세계 10위권, 세계 1위처럼 사람들이 열망하는 큰 사건 중 하나였어요.」 몇 년 뒤 페더러는 내게 그 첫 번째 포인트에 대해 말했다.

하지만 극소수만이 그 모든 이정표를 경험하게 된다. 피알라, 느고랑, 우아하비는 랭킹 250위권에 들지 못했다. 그러나 페더러는 비범한 테니스 여정의 출발점에 있었다. 그리고 그 주에 ATP 순위가 발표되었을 때 그는 더 이상 9페이지 목록에 실린 무명의 10대가 아니었다.

808위에는 또 다른 미래의 1위이자 US 오픈과 윔블던 챔피언 레이턴 휴잇이 올라 있었다.

휴잇은 라파엘 나달이 몇 년 후인 2001년에 그랬던 것처럼 열여섯 살에 첫 포인트를 획득했다. 하지만 페더러와 같은 나이에 포인트를 딴 선수는 여전히 많다. 노바크 조코비치, 앤디 머리, 바브린카도 열여섯 살에 첫 포인트를 획득했다.

그 국내 투어 이전에도 룬드그렌은 올바른 이유로 자신이 비엘/비엔에 왔다고 확신했다.

「로저를 처음 봤을 때 〈이 선수는 백 퍼센트 슈퍼스타가 되겠는걸〉이라고 생각했어요. 생각할 것도 없었어요. 그전에 재능 면에서는 조금 비슷했지만 성격이 다른 리오스와 일한 적이 있거든요.」 룬드그렌이 말했다.

나는 이 말을 듣고 웃었고 룬드그렌도 웃었다.

「말을 잘하려고 애쓰는 중이에요.」 그가 말했다.

룬드그렌도 첫 번째 연습에서 행동 문제로 페더러를 쫓아냈지만, 그가 탄력 있고 폭발적인 페더러의 포핸드를 알아챈 뒤 그랬다는 점에 주목할 필요가 있다.

「그는 게으르지만 놀라운 포핸드를 구사했어요. 그래서 내가 그의 포핸드는 더 나이 들고 더 강해지면 괴물이 될 거라고 말했죠.」룬드그렌이 말했다.

룬드그렌은 열여섯 살의 페더러가 경기에서 보여 준 다른 요소들에는 그다지 감명을 받지 않았다.

「그는 신체적으로 강하지 않았어요. 백핸드를 멋지게 스윙했지만 뻗어 나가지 못했어요, 전혀요.」룬드그렌이 말했다.

흐루네벌트는 스위스 테니스 일을 수락하기 전에 연맹의 훈련 캠프에 참석해 페더러를 오랫동안 지켜보기도 했다. 그는 재빨리 긍정적인 면과 어려운 면을 보았다.

「나는 그가 정말 고집이 세고 장난기가 아주 많다는 걸 알아챘어요. 정말, 정말, 정말 장난기가 심했거든요.」흐루네벌트가 내게 말했다.

〈장난기〉는 초창기 페더러를 묘사할 때 자주 사용하던 단어다. 그를 잘 알고, 문 뒤에 숨어 있다가 튀어나와서 놀라게 하는 그의 장난에 당했던 사람들은 페더러를 묘사할 때면 아직도 이 단어를 사용한다.

하지만 〈장난기〉가 흐루네벌트에게 정확히 무슨 의미였을까?

「경쟁적으로 장난을 친다는 말로, 그 시기의 그를 묘사할 수 있어요. 코트에서든 코트 밖에서든 대화에서든 모든 것이 게임이었어요. 그리고 지금까지도 그는 남자들과 가벼운 대화를 나눌 때면, 농담이든 진지한 대화든 항상 경쟁 요소가 있어요. 하지만 그 시절에 그는 장난기 때문에 집중력을 유지하고 한 가지에 진정으로 충실하기가 힘들었죠. 그는 많은 활동이 필요했고,

다양한 활동을 시키지 않으면 바로 골칫거리가 되었어요.」 흐루네벌트가 말했다.

해결책은 무엇이었을까? 모든 선수에게 다양한 훈련을 제공하는 것이었다.

「로저가 우리 팀 전체를 이끌었다고 말할 수는 없지만, 한 국가의 테니스 선수촌에 소속된 팀이었기 때문에 로저가 훼방꾼이 될 수도 있었어요. 그래서 우리는 그룹 전체에 맞춰 다양하게 훈련을 수정해야 했어요.」

피터 카터와 페테르 룬드그렌이 곧 알게 되면서 〈PC〉와 〈PL〉은 종종 창의적이고 빨리 바뀌는 훈련을 선택했고 여러 스포츠를 교차하여 훈련했다.

그들은 스쿼시, 배드민턴, 축구, 탁구, 심지어 플로어 하키까지 어떤 형태로든 훈련 일정에 통합해 신선함을 유지하고, 무엇보다 젊은 페더러의 집중력이 흐트러지는 것을 막았다.

흐루네벌트는 초창기 연습 세션에서 시큰둥한 표정을 짓고 있는 페더러의 모습이 담긴 폴라로이드 사진을 간직해 왔다. 페더러는 이 사진에 〈별로 내키지 않아요〉라고 쓴 뒤 서명했다.

「그는 지루함을 느꼈어요. 차라리 플레이스테이션 게임을 하거나 다른 일을 하고 싶어 했죠. 그가 지루해하거나 내키지 않으면, 모든 사람의 하루를 망칠 게 불 보듯 뻔해 그를 코트에 세우지 않는 편이 나았어요. 하지만 워낙 착한 아이라서 화를 낼 수가 없었답니다.」 흐루네벌트가 말했다.

그런데 그를 훈육할 기회가 있었다. 비엘에서 첫해에 선수들은 실내 코트에 새로 설치한 맞춤 커튼을 손상하지 말라는 경고를 들었다. 스위스 연맹 후원자들의 이름이 새겨진 무겁고 값비싼 소음 방지 커튼이었다.

30분간의 연습이 끝나고 페더러가 라켓을 팽개칠 때까지는 모든 것이 좋았다. 놀랍고 실망스럽게도 그는 자신이 던진 라켓이 커튼을 찢고 뚫고 나가 뒷벽에 우당탕 부딪히며 떨어지는 것을 지켜보았다. 적어도 페더러에게는 훨씬 튼튼하게 보였던 물건에 길게 찢긴 흔적이 남았다.

「뜨거운 칼이 버터를 뚫는 것 같았어요.」페더러가 회상했다.

그에게 떠오른 첫 번째 생각은 〈커튼이 아주 저질이군〉이었다. 그리고 두 번째로 큰 곤경에 처했다는 생각이 들었다.

페더러는 의자로 걸어가서 장비를 챙겼고, 고개를 절레절레 흔들며 약속은 약속이라고 상기시키는 룬드그렌과 함께 나갔다.

「이미 경고가 있었기 때문에 나는 쫓겨날 줄 알았어요.」페더러가 말했다.

호루네벌트는 젊은 선수를 정학하거나 퇴학하는 것을 싫어했지만 처벌해야 한다고 생각했다. 늦게 자고 늦게 일어나기로 유명한 페더러는 그해 겨울 일주일 동안 일찍 일어나 화장실을 포함해 코트와 시설을 청소하라는 명령을 받았다.

이 이야기는 페더러 스토리의 핵심 요소가 되었다. 적어도 스위스에서는 젊은 테니스 천재에게도 규칙이 적용된다는 것을 그에게 상기시키는 데 도움이 된 엄한 사랑 이야기다.

「10대 때 나는 항상 선을 넘나들었어요. 내 아이들이 지금 나와 그러고 있죠. 적응하는 과정일 뿐이에요.」 페더러가 거의 20년 뒤 비엘에서 말했다.

페더러의 행동을 넓은 시야에서 보는 것이 이 단계에서는 공평해 보인다. 그는 코트 밖에서 나쁜 아이가 아니었고, 완벽을 허용하지 않는 경기를 헤쳐 나가려고 애쓰는 완벽주의 성향을 지닌 많은 젊은이보다 코트에서 더 나쁘지도 않았다. 그의 폭발은 대부분 자신을 향한 것이었다. 포인트를 잃는 것에 대한 혐오감이 때때로 상대의 능력을 무시하는 것으로 해석될지라도 말이다.

소년 시절부터 페더러를 알고 시합도 했던 라머는 그에게 자제력 문제가 있었다고 인정하지만, 지금의 명성 때문에 그것이 과장되었다고 확신한다.

「페더러는 분명히 자신의 경력에서 큰 발전을 이루었는데, 매우 재능 있고 정말로 스포츠에 빠져 있고 뭔가 이루고자 하는 많은 젊은이가 매우 감정적이기도 합니다. 그들은 또한 자신들이 어떻게 졌는지, 왜 졌는지 받아들이지 못해요. 로저가 라켓을 던졌지만 다른 선수들도 마찬가지였어요. 그가 최악이었던 건 아니에요. 전혀 아니죠. 그가 완전히 이성을 잃었다는 건 과장이라고 말하고 싶어요.」 라머가 말했다.

그러나 페더러와 그의 가족, 그의 코치들이 우려한다는 것은 부인하기 힘들었다. 흐루네벌트는 자신과 카터, 룬드그렌, 페더러의 부모는 페더러가 스포츠 심리학자의 도움을 받아야 한다고 결론지었다고 말했다.

「나이가 너무 많지 않고, 같은 지역 출신이며, 로저와 관심사가 같은 사람, 즉 축구를 좋아하는 사람이면 좋겠다는 결론이 났어요. 그러면 서로 공감하고 통하는 영역이 아주아주 많을 거라고 생각했죠.」 흐루네벌트가 말했다.

1998년, 수소문 끝에 바젤에 사는 크리스티안 마르콜리를 찾았다. 스물다섯 살이던 그는 페더러가 가장 좋아하는 클럽인 FC 바젤에서 세 시즌을 뛰는 등 스위스에서 프로 축구 선수로 활약했지만 연이은 무릎 부상과 수술 탓에 20대 초반 선수 생활을 마감했다. 본인이 말했듯이, 마르콜리는 어쩔 수 없이 〈인생 계획을 통째로 재고해야 했다〉.

마르콜리는 스포츠 심리학으로 전향했다. 심리학이 스위스에 뿌리를 두고 있는 것으로 유명하지만(카를 융과 장 피아제가 있으니 말이다), 스포츠 심리학은 이 나라에서 비교적 새로운 분야였다.

페더러를 돕기 시작했을 때 그는 바젤 대학교에서 석사 과정을 밟고 있었다. 그는 나중에 취리히 대학교에서 응용 심리학 박사 학위를 받았다.

「선수 출신 중에서, 내가 FC 바젤 역사상 유일하게 박사 학위를 딴 사람이에요, 190년 동안에요.」 2021년에 우리가 〈줌〉을 통해 이야기할 때 마르콜리가 웃으며 말했다.

그는 스위스 축구 국가 대표 팀의 골키퍼 얀 조머와 알파인 스키 올림픽 금메달리스트 도미니크와 미셸 지생을 포함해 많은 저명한 선수를 계속 도왔다.

페더러와 카터는 마르콜리를 다룬 신문 기사를 읽은 뒤 그가 새로운 일을 한다는 사실을 알게 되었다. 페더러는 경기를 뛰던 시절의 마르콜리를 기억했다.

그는 마르콜리의 초기 고객 중 한 명이 되었다. 흐루네벌트에 따르면, 심리 상담의 목표는 페더러의 패턴을 바꾸고 무엇보다 경기가 막상막하일 때 감정을 더 체계적으로 관리할 수 있는 몇 가지 도구를 제공하는 것이었다.

페더러가 처음 시도한 것은 아니다. 티머시 갤웨이의 저서 『테니스의 내적 게임Ths Inner Game of Tennis』이 약 25년 전인 1974년에 출간되었다.

1980년대 1위를 향해 달리던 이반 렌들은 미국의 스포츠 심리학자 알렉시스 카스토리의 도움을 받았다. 렌들은 에드베리에게 패하고 기분이 침울한 어느 늦은 밤에 플로리다의 보카러톤에 있는 식당에서 그를 만났다. 렌들은 그 당시 전위적인 기법들을 수용했다. 경기 중에도 그는 시각화와 자기 대화를 사용해 집중력과 몰입감을 증진하는 능력을 심화했다(이반 렌들이 수건을 쥐고 있다. 이반 렌들이 얼굴을 닦고 있다. 이반 렌들이 공을 손에 들고 서브를 준비하고 있다).

마르콜리는 제2언어(또는 제3언어)인 영어를 사용할 때도 카리스마 넘치는 대담자이자 훌륭한 이야기꾼이다. 나는 그에게 스포츠 심리학의 관점에서 테니스가 다른 스포츠와 무엇이 다른지 물었다.

「테니스는 아마도 정신적으로 가장 힘든 스포츠일 겁니다. 골프와 함께요. 자신감이 있을 때는 모든 스포츠가 쉽지만, 자신감이 없을 때 테니스는 아주 외로워요. 테니스가 잔혹한 이유는 금방 끝나지 않기 때문이죠. 스키는 1분 안에 경기가 끝나 집에 갈 수 있지만, 끝나는 시간이라는 관점에서 테니스는 잔인해요.」 마르콜리가 말했다.

테니스가 어려운 또 한 가지 이유는, 은근슬쩍 많이 행해지고 있을지언정 남자 투어 경기 중에 공식적으로 코칭이 허용되지 않기 때문이다.

「다른 스포츠에서는 타임아웃을 요청하거나 소리를 질러 알려 줄 수 있어요. 물론 테니스에는 준비와 전략 등 모든 면에서 훌륭한 팀워크가 존재하지만, 경기 중에는 정말로 혼자 해야 합니다.」 마르콜리가 말했다.

또한 움직이는 시간보다 정적인 시간이 훨씬 더 많다. 포인트 하나를 획득하는 데 5~10초가 걸릴 수 있지만 포인트 사이에 20~25초의 시간이 있다. 5세트 경기에서는 이 때문에 암울한 생각을 할 시간이 훨씬 더 늘어난다.

「그 시간을 잘 사용하면 좋아요. 엄청난 기회죠. 그 시간에 큰 변화를 이끌 수 있다고 말하고 싶어요.」 마르콜리가 말했다.

마르콜리는 포인트 사이에 할 수 있는 의도적인 행위에 중점을 둔다. 그는 선수가 호흡 패턴을 관리하고 원하는 시점에 집중력을 최대로 끌어올리게 한다.

「내가 항상 가장 중요시하는 건 선수가 눈을 어떻게 사용하느냐입니다. 하지만 그 너머에 근본적인 요소가 또 하나 있어요. 이런 거죠. 당신은 평화로운가? 당신의 전반적인 인생 계획이 그 순간 여기에 있음으로써 근원적인 기쁨을 주고 있는가? 아니면 다른 곳으로 가서 문제를 해결하는 게 낫겠는가?」

페더러는 명예와 이익을 위해 꽤 어린 나이에 정신적 약점을 해결하기로 선택했다. 그는 열일곱 살이 채 되기 전에 마르콜리와 협업하기 시작했다.

10대 시절 마르콜리는 경쟁할 때 감정을 관리하려고 애썼다. 그는 자신의 2015년 저서 『더 많은 삶을 부탁해요! 더 나은 사람이 되는 수행력 경로More Life, Please! The Performance Pathway to a Better You』에서 이렇게 썼다. 〈나는 압박감 속에서 그러한 우아함을 배워야 했다. 열일곱 살 때 상황이 어려워지자 나는 아주 냉철해졌다. 나는 게임에 대한 열정이 있었지만, 그것을 통제된 방식으로 사용하고 있지 않았다.〉

그는 페더러에게서 바로 그것을 보았다.

「로저는 항상 승리에 대한 열정이 있었어요. 그는 커리어의 어느 시점에 이 에너지를 건설적인 방식으로 사용해 최대 잠재력에 도달하는 방법을 배우기로 했어요. 우리는 함께 그 목표에 초점을 맞췄어요.」 마르콜리는 프랑스 스포츠 신문 『레키프L'Équipe』와의 인터뷰에서 이렇게 설명했다.

그들의 협업은 약 2년 동안 지속되었고, 페더러의 문제를 완전히 해결하지는 못했지만 마르콜리와 함께 획득한 도구 덕분에 그는 더 높은 기어로 전환할 수 있었다.

「그것이 로저에게 열쇠를 주었어요. 나는 그가 아직도 코트에서 이런 과정을 사용한다고 생각해요. 그에게 물어본 적은 없지만요. 내 세계가 아니라 그의 세계지만, 내가 보기엔 분명해요.」 어머니 리넷 페더러가 2005년에 『레키프』와의 인터뷰에서 말했다.

흐루네벌트는 이에 동의한다. 「둘의 관계가 매우 끈끈해 진한 우정 못지않았어요. 그가 가져 본 적이 없는 형제처럼 지냈죠. 그는 정말로 그 관계를 받아들였어요.」 그가 페더러와 마르콜리의 관계에 대해 말했다.

페더러는 마르콜리를 공개적으로 언급한 적이 없으며 몇 년 동안 그에 대해 거의 말하지 않았지만, 초기 인터뷰 중 하나에서 이 점을 몇 가지 인정했다. 룬드그렌은 확실히 달라진 점을 알아차렸다.

「물론 도움이 되었어요. 도움이 되느냐 마느냐는 받아들이는 선수에게 달려 있어요. 믿든지 믿지 않든지 둘 중 하나죠. 솔직히 말해 로저는 그 작업을 별로 좋아하지 않는 것 같았지만, 그래도 해냈고, 최선을 다한 것 같았어요. 이런 말을 듣기가 그리 쉬운 일은 아니죠. 특히 그의 과거 또는 현재 성격을 생각해 보면 그렇게 어린 나이에는 더욱 그렇죠. 그에게는 힘든 일이었어요.」 룬드그렌이 말했다.

그때는 스포츠 심리학자와 상담하는 것이 여전히 취약하다는 표시로 여겨졌다. 그것은 성인이 되면 상당 기간 공식적인 코치나 에이전트 없이 지내겠다고 계획했던 그의 단호한 개인

주의와도 맞지 않았다.

「그건 약점처럼 보였어요. 우리는 코치로서 로저에게 필요한 것을 줄 수 없다는 걸 알았을 뿐이에요. 그의 부모도 마찬가지였고요. 우리는 개인 상담가가 필요했고, 그의 편에 선 누군가를 원했어요.」호루네벌트가 스포츠 심리학을 두고 말했다.

전임 스포츠 심리학자를 고용한 2020 프랑스 오픈 챔피언 이가 시비옹테크와 같은 선수에게서 스포츠와 테니스의 발달을 보는 것은 놀라운 일이다. 다리아 아브라모비치는 선수 좌석에 앉아 공개적으로 방법을 논의한다.

마르콜리는 그의 다른 스타 고객인 지생 자매 두 명과 함께 책을 썼다. 그러나 마르콜리와 페더러 모두 그들의 작업을 공개적으로 상세히 설명하지는 않았다. 페더러가 그것을 원했기 때문이다.

「우리는 비교적 일찍 그것에 합의했고, 시간이 흐르면서 다시 이야기하고 재확인했어요.」마르콜리가 내게 말했다.

분명한 것은 이미 성공한 주니어 선수 페더러가 곧 경이로운 선수가 되었다는 것이다.

그때까지 그는 유럽에서조차 가장 큰 타이틀을 따내지 못했다. 1995년 프랑스 타르브에서 열린 명성 있는 14세 이하 대회 레프티아스에서는 16강전에서 패했고, 1997년 16세 이하 유럽 주니어 선수권 대회에서도 준결승에서 패했다.

그러나 1998년 하반기에 그는 비상했다. 1월에 호주 오픈 주니어 챔피언십 준결승에서 패하고 실망스럽게도 6월에 프랑스 오픈 주니어 챔피언십 1회전에서 패한 뒤, 그는 윔블던에 도착해 처음으로 새로운 자신감과 평정심으로 주니어 대회에 출전했다.

잔디 코트에서 불가항력의 플레이와 서브를 선보인 그는 재능 있으면서도 즉흥적인 조지아의 왼손잡이 이라클리 라바체와 맞붙은 결승전까지 무실 세트를 기록했다.

결승전은 페더러가 유년 시절에 뛰었지만 지금은 없어진 2번 코트에서 치러졌다. 그 코트는 〈묘지〉라는 별명을 얻었다. 1979년에 존 매켄로가 팀 걸릭슨에게 패한 것을 비롯해 충격적인 일이 많았기 때문이다.

곧 열일곱 살이 되는 페더러는 햇볕 아래서 무서운 속도로 경기를 펼쳤고, 포인트 사이에 거의 멈추는 시간 없이 서둘러 거의 모든 서비스 게임을 끝내 버렸다. 그는 1분 만에 0-40에서 서브를 지킨 뒤 22분 만에 1세트를 6-4로 이겼다.

이 시기에 그의 갈색 머리는 짧았고 반다나가 없었다. 이미 계약을 맺고 있던 나이키 운동복을 헐렁하게 입은 그의 복장은 그의 테니스 우상 중 하나인 피트 샘프러스가 그해 착용한 의상과 비슷했다.

서브를 넣을 때 페더러는 때때로 그의 다른 우상 중 하나인 NBA 스타 마이클 조던처럼 입 가장자리로 혀를 삐죽 내밀었다. 그가 나중에 버린 습관이 또 하나 있었다. 포인트와 서브 사이에 라켓을 홱 움직여 다리 사이로 공을 튀긴 다음 몸 뒤에서 공을 잡아 다리 사이로 다시 튀기는 것이었다.

그것은 몸동작이 빨라 눈길을 끄는 묘기였는데, 경기만 하지 않고 공을 가지고 놀고 싶어 하는 페더러의 습관적인 행동이었다. 그가 이 재주를 전문가 수준으로 유지했다면 그의 트레이드마크가 되었을 테지만, 밝혀진바 그건 그저 젊은이 특유의 도락이었다.

페더러가 결승전에서 그의 롤 모델들이 그 단계에서 보였던 서브앤발리*를 하지 않은 것도 놀라웠다. 페더러와 라바체는 하드 코트에서 경기하는 편이 나았을지도 모른다. 이 경기는 그가 미래에 윔블던에서 어떻게 우승할지 암시했다.

페더러의 측면 민첩성은 이미 비범해서 랠리를 연장하거나 마지막에 손목을 휙휙 넘기며 랠리를 끝내 라바체를 놀라게 할 수 있었다. 그렇다 하더라도 그는 이후 전성기 때보다 풋워크가 더 뻣뻣했다. 샷 사이 스플릿 스텝**은 그다지 넓지 않았고, 유연성은 덜 두드러졌으며, 방향 전환은 덜 정확했다.

이미 그의 주 무기였던 서브도 눈에 띄게 달랐다. 2019년 조코비치와의 윔블던 결승전 때보다 동작이 더 빨라 시작부터 공이 닿는 임팩트 순간까지 1초가 채 안 걸렸다. 페더러는 2019 윔블던에 비해 앞발에 체중을 덜 오래 싣고, 테이크백***이 덜 낮고 몸 뒤로 많이 빼지 않으며, 무릎도 덜 깊게 구부리고, 공을 향해 폭발적으로 뛰어오르지 않았다.

---

* 선수가 서브를 넣고 순간적으로 네트로 향해 가는 기술.

** 두 발을 가볍게 점프하는 동작.

*** 공을 치기 위해 라켓을 뒤로 빼는 동작.

예상대로 그는 종종 백핸드 슬라이스를 구사했지만, 20년이 지나서도 놀라운 점은 이 초기 단계에서도 압박감 속에서 플랫* 또는 톱 스핀 백핸드를 이미 많이 치고 있었다는 것이다.

첫 세트에서 그의 유일한 서브 브레이크는 고전적인 페더러 패턴에서 벗어났다. 그의 미끄러지는 백핸드 슬라이스가 짧게 땅에 떨어져 라바체는 앞으로 나가 구부정한 자세로 애매한 어프로치 샷**을 칠 수밖에 없었다. 페더러는 백핸드 패싱샷을 쳐서 자신이 만든 기회를 잡았다.

TV에 가장 멋지게 나올 만한 최고의 샷, 즉 베이스라인 바로 안쪽에 떨어진, 방어 자세에서 친 포핸드 톱 스핀 로브*** 위너를 포함해 그는 곧 익숙해질 다른 화려한 몸짓을 선보였다.

유감스럽게도 그것을 음미한 사람은 많지 않았다. 200명이 채 안 되는 팬이 관람했는데, 관중석에서 중년의 입장객 한 명이 근처 좌석 위에 다리를 뻗어 맨발을 올려놓고 있었다. 이는 우리 대부분이 상상하는 품격 있는 올 잉글랜드 클럽의 이미지가 아니다. 이 모든 것은 샘프러스가 고란 이바니셰비치를 상대로 5세트 승리를 거두고 윔블던 단식 다섯 번째 우승을 기록하면서 비에른 보리의 현대 남자 기록과 동률을 이루었을 때 근처 센터 코트에 꽉 찼던 입장객과 상당히 음울한 대조를 이뤘다.

감정 기복이 심한 페더러의 기질은 라바체를 상대할 때 완전

* 라켓으로 공을 정확하게 맞히는 일.
** 선수가 네트를 향해 다가가면서 라켓을 휘두르는 샷.
*** 공을 깎아 올리듯이 때려 회전을 준 로브.

히는 아니더라도 대체로 억제되었다. 그는 스트링을 자꾸 만지 작거렸지만, 때때로 손을 흔들고 스위스 독일어로 중얼거리면 서 감정을 풀기도 했다.

〈멘붕〉의 징후는 일찌감치 두 번째 세트에서 나타났다. 1-1 듀스에서 라바체의 서브를 받아 친 백핸드가 실패하자 페더러 가 고함을 지르며 라켓을 날렸다. 그는 한 세트를 이기고 서브 를 넣을 차례여서 유리한 상황이었다. 그런데 왜 낙담하고 너무 익숙한 함정에 빠지는 위험을 무릅써야 할까?

그러나 페더러는 날카로운 신경과 리듬에 굴복하지 않고 자 신을 억제할 수 있었다. 이후 2세트 다섯 번째 게임에서 라켓을 던져 부순 뒤 행동 수칙 경고를 받은 사람은 페더러가 아닌 라 바체였다.

타이틀이 멀지 않았고, 페더러는 경기 막바지에 브레이크 포 인트 없이 6-4, 6-4로 승리를 거두며 타이틀을 낚아챘다.

그 경기는 인상적이었지만 회의론자들이 있었다. 그때 잔디 코트에서 벌어지는 테니스 경기에 어떤 일이 다가올지 알 수 있 는 사람은 거의 없었다.

「그래서 페더러가 미래의 윔블던 챔피언감이라고요? 아마도 그가 전술을 바꾸는 법을 배우지 않는다면 그렇게 되지 않을 겁 니다. 그는 클레이 코트에서 성장했고, 그래서 알다시피 그가 네트로 가는 횟수가 극히 드물어요.」영국의 신문『인디펜던트 *The Independent*』의 가이 호지슨이 물었다.

페더러의 어린 인생에서 가장 중요한 경기에 필요한 시간은 단 50분이었다. 우리가 지금 아는 내용을 고려하면, 아마도 가장 놀라운 사실은 그가 코트에서 눈물을 흘리지 않았다는 점일 것이다. 대신 그는 양팔을 들어 활짝 웃었고 나중에 센터 코트의 귀빈석에서 켄트 공작부인으로부터 트로피를 받았을 때 또 한 번 만족스러운 미소를 지었다.

BBC의 해설자 빌 스렐폴은 그 장면을 보고 시청자들에게 자신 있게 말했다. 「우리는 그를 다시 보게 될 것입니다.」

그의 말은 의심의 여지 없는 선견지명이었지만 위험하기도 했다. 그랜드 슬램 주니어 챔피언은 위대함으로 가는 안전한 통로를 거의 보장받지 못한다. 2020년까지 윔블던에는 다양한 소년 대회 단식 챔피언이 69명 있었다. 그들 중 단 6명만이 그랜드 슬램 단식 우승을 차지했고 4명만이 윔블던에서 우승했다. 보리, 팻 캐시, 스테판 에드베리, 페더러만이 지난 35년 동안 메이저 대회에서 우승한 윔블던 소년 챔피언이다.

우승은 정말로 하늘의 별 따기다. 테니스는 잔인하리만치 경쟁적인 스포츠다. 피라미드의 꼭대기가 너무 좁아졌고, 가장 빛나는 재능 있는 선수들이 주니어 대회를 반드시 우선시하는 것은 아니다. 그러나 1998년 올리비에 로쉬와 함께 윔블던 주니어 남자 복식 우승까지 차지한 페더러는 자기 능력에 대한 더 큰 인정과 신뢰를 얻고 스위스로 향했다.

그는 다음 도전에 바로 집중하기 위해 샘프러스와 다른 우승자들이 참석하는 공식 윔블던 챔피언 만찬에 가지 않고 런던을 떠났다. 그는 나중에 이를 후회한다.

그가 적시에 ATP 투어 데뷔전을 위한 본선에 참여할 와일드카드를 받은 곳은 스위스의 고급 알파인 리조트 크슈타트였다. 윔블던의 잔디 코트와 해수면 고도에서 경기한 직후 환경이 빠르게 바뀌어 클레이 코트와 높은 고도에서 경기하게 되었다. 페더러는 7월 7일 1회전에서 아르헨티나의 베테랑 루카스 아르놀드 케르와 맞붙었다.

랭킹 88위인 아르놀드 케르는 독일의 젊은 스타 토미 하스가 식중독으로 기권하는 바람에 운 좋게 본선에 진출했다.

「내 상대가 스위스의 주니어라고 그러더라고요. 운이 더 이상 좋을 수는 없었죠. 당시 스위스에는 마르크 로세 말고는 눈에 띄는 선수가 없었거든요. 만약 스페인 와일드카드였다면 〈좋아, 조심하자〉라고 생각했을 텐데, 스위스 선수는 걱정되지 않았어요.」 아르놀드 케르가 20년 후 아르헨티나 잡지 『라 나시온*La Nación*』에서 말했다.

발리를 잘했던 강력한 복식 선수 아르놀드 케르는 페더러의 약점을 이용했다. 공이 빠른 알프스 고산 지대 환경에서 그는 페더러의 백핸드에 킥 서브*를 높게 넣고 네트로 오는 데 성공했다. 아르놀드 케르가 1시간 20분 만에 6-4, 6-4로 이겼다.

「박빙이었지만, 경기가 끝났을 때 〈이 아이는 정말 위대한 선수가 될 거야〉라는 생각은 전혀 들지 않았어요. 이 주니어가 전설이 될 거라고는 꿈에도 몰랐죠.」 아르놀드 케르가 말했다.

* 서브를 넣을 때 공에 세로로 회전력을 주어 상대편이 낙하 지점을 포착하기 힘들게 하여 실수를 일으키는 기술.

페더러는 훗날 그의 가장 친한 친구 중 한 명이 된 떠오르는 스타 하스와 싸우기를 고대하고 있었다. 그러나 아르놀드 케르와의 시합이 두 번째로 큰 쇼 코트에서 열린 덕분에 스위스 팬과 뉴스 매체들의 관심이 쏠렸다.

젊은 영국인 데이비드 로는 그해에 ATP 투어 커뮤니케이션 매니저로 크슈타트에 파견되어 페더러의 언론 접촉을 도왔다.

당시 〈테니스 팟캐스트〉 진행자였던 로는 페더러와 마찬가지로 그런 일에 경험이 없었지만, 페더러의 데뷔가 그 주의 큰 화젯거리임을 금방 깨달았다.

「그들은 기본적으로 그가 도착한 순간부터 기자 회견을 하고 싶어 했어요. 그래서 나는 경기가 시작되기 전에 그를 만나 상황을 파악해야 했죠.. 내 기억에 그는 그런 일에 관해 눈곱만큼도 몰랐어요. 그는 내가 누군지, 내가 무엇을 위해 그곳에 왔는지 몰랐어요. 내가 기억하는 건 그가 그 모든 상황에 매우 즐거워했다는 거예요. 그는 그저 사람들이 자기에게 관심이 아주 많다는 사실에 즐거워했어요. 나는 그런 점이 금방 마음에 들었죠. 그의 장난기와 그런 상황을 너무 심각하게 받아들이지 않는다는 점이 좋았어요. 그는 그런 일에 스트레스를 받지 않았어요.」로가 말했다.

페더러는 곧 기자들에게 스위스 독일어와 프랑스어를 번갈아 사용했다. 그 후 수십 년 동안 그랬듯이 말이다.

「모든 게 아주 편해 보였어요. 가식도, 연기도, 어색함도 없었어요. 그는 흔히 볼 수 있는 10대 같지 않았어요.」로가 말했다.

마르크 로세는 열여섯 살의 페더러를 제네바로 초청해 함께 훈련할 때 같은 느낌을 받았다.

당시 스물일곱 살이었던 로세는 청소년일 때 프랑스 스타 앙리 르콩트가 자신에게 연습 상대를 해줄 수 있냐고 부탁했을 때처럼, 페더러가 선배에게 깊은 인상을 주기 위해 벽을 뚫고 나갈 준비가 되어 있다고 예상했다.

「로저는 매우 느긋하고, 아주 편안하고, 꽤 태연했어요. 그는 어머니에게서 남아프리카 기질을 약간 물려받은 것 같아요. 거기에 스위스적인 요소는 전혀 없었어요. 그때나 지금이나 로저가 나를 매료시킨 점은 그가 현재에 산다는 거예요. 그는 상황을 있는 그대로 받아들이는 대단한 능력을 지녔죠. 그는 지금 이 순간을 살고, 그것을 충분히 경험하고, 그것에 즐거움을 느끼고, 그것을 마무리하고, 다음 순간으로 나아가요. 그래서 그와 함께 있으면 일이 아주 자연스럽게 일어난다고 느껴져요. 그것은 재능이죠. 솔직히 말해 오늘날까지도 그의 테니스보다 나를 더 매료시키는 재능입니다.」로세가 내게 말했다.

마르콜리는 또한 그것이 결국 신뢰를 준다고 생각한다. 「현재 순간에 머무르는 법을 배울 수 있고, 그런 기법도 있어요. 하지만 또 다른 요소는 삶이 올바른 방향으로 가고 있고, 가까운 주변 사람들이 일을 잘하고 있으며, 그 외 다른 것을 걱정하거나 생각할 필요가 없다고 믿는 것입니다. 나는 로저가 항상 믿을 수 있고 완전히 신뢰할 수 있는 사람들을 주위에 배치하는 능력을 갖추고 있었다고 생각해요. 그러한 신뢰가 생기려면 시간이 좀 걸리지만, 일단 신뢰가 생기고 나면 이러쿵저러쿵 뒷말할 필요가 없죠.」

「〈당신이 하는 일에 확신이 있는가? 이게 올바른 기술인가?〉 나는 이런 질문을 한 적이 없어요.」

하지만 페더러에게는 여전히 10대의 특징이 많이 보였다. 크슈타트에서 경기를 끝낸 직후, 페더러는 로세와 스위스 데이비스 컵 팀에 합류했다. 7월 라코로뉴에서 열리는 스페인과의 경기 연습 파트너 자격이었다. 그가 선수단에 합류한 것은 이번이 처음이었다. 이는 윔블던 주니어 우승에 대한 보상이었다.

페더러가 앞으로 몇 년 동안 팀의 고정 선수가 될 가능성이 있다는 것을 잘 알고 있던 로세는 호텔에서 자신의 방과 문으로 연결되어 드나들 수 있는 옆 객실을 그의 숙소로 배정했다.

「나는 그를 내 휘하에 두고 싶었고, 그가 팀의 일원으로 느끼도록 하고 싶었어요.」 로세가 말했다.

로세는 그의 플레이스테이션을 가져왔는데, 물론 페더러에게는 매력적인 물건이었다. 금방 누구의 방이 누구의 방인지 알 수 없게 되었다.

「한번은 내가 훈련을 나갔어요. 돌아와 보니 그가 내 방에서 또 게임을 하고 있더군요. 그래서 내가 〈잠시 조용히 나가 줄 수 있겠니?〉라고 말했어요. 로저는 무아지경에서 깨어나 〈아, 미안해요〉라고 말하고는 옆방으로 갔어요. 그가 누구의 방인지 의식하지 못했을 수도 있지만, 그 또한 멋지고 재미있었어요. 그 일주일이 지나고 나는 항상 그를 남동생처럼 여겼어요.」 로세가 말했다.

프랑스의 피트니스 트레이너이자 물리 치료사인 폴 도로셴코는 1998년 8월 비엘에 도착했다. 〈테니스의 집〉에서 일하는 많은 사람처럼 그도 어느 정도는 페더러와 일할 기회를 얻으려고 스위스로 왔다.

알제리가 아직 프랑스령이었을 때 태어난 도로셴코는 마흔네 살이었고, 로세를 포함한 많은 주요 선수를 훈련했다. 가장 최근에 그는 스페인에 있었고, 2회 프랑스 오픈 챔피언인 세르지 브루게라와 브루게라의 아버지이자 코치인 루이스와 함께 투어에 동행했다.

도로셴코는 강한 성격의 소유자로, 그를 아는 사람들에 따르면 자기중심적이다. 그는 과학적인 성향도 가지고 있다. 최근에는 저주파 소리를 사용해 운동선수들이 서비스 토스*나 포핸드 와인드업**과 같이 오래 지속된 기술을 바꾸도록 돕는 데 초점을 맞추고 있다.

1990년대에 브루게라와 일하면서 그는 프로 선수의 세계를 깊이 이해하게 되었다.

페더러는 개선할 게 아주 많았다.

「있는 그대로 말해야겠죠. 로저는 감정적으로 무너지기 쉬웠어요. 그는 패배를 받아들일 수 없었고 훈련에서도 그저 그랬어요. 그는 열심히 훈련하는 선수가 아니었어요. 대부분 시간에

---

* 서비스를 하기 위해 볼에서 손을 떼는 동작.
** 팔이나 라켓을 크게 몇 바퀴 휘두르는 준비 동작.

빈둥거렸죠. 체력 면에서 나는 그에게 많은 것을 요구했어요. 솔직히 테니스에는 전혀 효용 가치가 없는 한 시간 달리기를 시켰지만, 정신적인 면에서는 도움이 되었어요. 그를 강하게 했으니까요.」도로셴코가 내게 말했다.

비엘의 다른 코치들처럼, 도로셴코는 페더러가 심취해서 즐거워할 만한 방법을 고안해 냈다.

「서커스 학교 출신을 고용해 선수들과 저글링을 하도록 했어요. 페더러는 즉흥적이고 재능이 뛰어났지만 연속성이 없었어요. 그가 가끔 잊어 먹고 체력 단련 훈련에 오지 않아 찾으러 가기도 했답니다. 그것도 힘든데, 그의 아파트는 재난 지역이 따로 없었어요. 상상도 못 할 거예요. 아침에 갔는데, 그가 안에 있는지 없는지조차 알 수 없었어요. 너무 지저분해서요.」도로셴코가 말했다.

한편 피터 카터와 비엘의 다른 코치들은 장기적으로 페더러의 경기를 체계화하는 데 주력했다. 즉, 그의 재능을 극대화할 수 있는 기술과 경기 스타일을 다듬었다.

흐루네벌트는 페더러가 그라운드 스트로크에서 실수할 여지가 있다고 우려해 네트 약 1미터 상공에 밧줄을 묶고 페더러가 공을 계속 치면서 샷으로 밧줄을 제거하도록 했다. 엄청난 톱스핀이 필요했다.

페더러는 이 메시지를 이해했지만 특유의 방식으로 엄청난 스핀과 속도를 결합하는 방법을 찾으면서 이 훈련을 다음 단계로 끌어올리기도 했다. 그가 전속력으로 치는 법을 배운 포핸드는 〈클리프행어〉*라고 불렀다.

「분당 회전수가 너무 높아서 더 뻗어 나갈 듯 보이지만 마지막 순간에 공이 베이스라인 위로 떨어졌어요. 우리가 항상 라파엘 나달의 라켓 헤드 속도를 거론하는 건 알지만, 로저는 엄청나게 빠른 팔을 가지고 있어요. 라파엘은 주로 그가 사용하는 라켓과 라켓 관련 기술로 라켓 헤드 속도를 발전시켰어요. 로저는 전통적인 프레임을 오랫동안 사용해, 클리프행어를 칠 때 생성되는 분당 회전수를 물리적으로 유지할 수 없었어요. 그랬다면 큰 부상을 입었을 겁니다.」흐루네벌트가 말했다.

페더러는 이 시기에 헤드가 약 548제곱센티미터인 윌슨 프로 스태프 오리지널을 사용했는데, 이는 그의 두 우상인 샘프러스와 에드베리가 사용하는 라켓과 같았다. 프레임이 28그램으로 비교적 무거웠으며, 빔**이 얇고 헤드가 작아 중심에서 벗어난 타격에서 불리했다.

하지만 페더러는 타이밍을 제대로 잡았을 때 이 라켓의 느낌을 좋아했다. 스위트 스폿***도 정말 달콤했다. 페더러는 결국 베이스라인에서 소모전을 오래 벌일 계획을 세우지 않았다. 그는 코트 여기저기에서 공격해 포인트를 비교적 짧게 유지하고 싶어 했다.

도로셴코는 피터 카터와 페더러의 경기에 관해 자주 이야기

* 손에 땀을 쥐게 하는 상황.
** 헤드의 가장자리 테.
*** 공을 치기에 가장 효율적인 위치.

했다고 말했다. 도로셴코의 관심 분야 중 하나는 뇌의 좌우 차이, 즉 뇌의 한쪽이 신체 기능을 지배적으로 제어하는 성향이었다. 그는 특히 어느 쪽 눈이 우세한가와 그것이 선수에게 어떤 영향을 미치는가에 초점을 맞췄다.

도로셴코는 오른손잡이인 페더러가 왼눈이 우세하다고 판단했는데, 이는 왼눈이 오른눈보다 뇌에 정보를 더 빠르고 정확하게 전달한다는 의미였다.

일반적으로 사람의 우세한 눈은 우세한 손과 일치한다. 페더러는 — 인구의 약 30퍼센트만 해당한다는 — 양 눈이 모두 우세한 사람이었다.

도로셴코에게 그것은 페더러의 가장 자연스러운 샷이 포핸드라는 것을 의미했다. 왜냐하면 그의 어깨가 돌아갈 때 우세한 왼쪽 눈이 먼저 공을 추적할 수 있었기 때문이다.

「오른눈이 우세한 오른손잡이라면 리샤르 가스케나 슈타니슬라스 바브린카처럼 백핸드가 자연스러운 샷이죠.」 도로셴코가 말했다.

프랑스의 강력한 클럽 수준 선수인 도로셴코는 주말에 비엘의 선수촌에서 페더러와 테니스를 칠 때 그가 왼손으로 치도록 해서 두 사람 모두 흥미를 느끼게 했다고 회상한다.

「나는 그와 왼손 훈련을 많이 했는데, 그러면 전반적인 협응이 향상되고 양쪽 뇌의 대칭이 더 좋아져요. 페더러는 창의적이어서 집중력이 떨어지고 기복이 심한 유형이었어요. 그는 라켓을 부수고 경기를 포기했어요. 그는 정신적으로 정말 좋지 않아서, 우리는 〈좋아, 페더러에게 맞는 테니스를 만들자〉라고 말했어요. 피터 카터는 정말 최고의 제작자였죠. 우리가 그를 위해 한 일을 페더러가 모두 알 것 같지는 않지만, 그런 노력 덕분에 온전히 그를 위한 기술이 개발되었어요. 아무도 페더러를 틀에 맞추려고 하지 않았어요. 페더러에게 맞는 틀이 만들어졌죠.」 도로셴코가 말했다.

공격적인 포핸드 중심의 테니스는 가능할 때마다 백핸드를 위해 이리저리 뛰고 공을 세게 치기 위해 뛰어난 기동성과 강력한 다리가 요구되었다. 페더러가 10대 후반이던 당시 그들은 그의 식단과 체력 증강에 공을 들였다. 도로셴코가 2000년 초 브루게라의 팀에 다시 합류하기 위해 스위스 연방을 떠날 무렵, 페더러는 두드러지지 않는 체격에도 불구하고 100킬로그램 이상 되는 벤치 프레스를 할 수 있었다.

그는 또한 젊은 테니스 선수로서는 최대 산소 섭취량이 충분했는데, 이는 그가 미래에 5세트를 뛸 좋은 징조였다.

「사람들은 그가 조금 약하다고 오해했어요. 하지만 그는 강했어요. 꽤 강했죠. 그 단계에서 최대 산소 섭취량이 62였는데, 공격형 선수에게는 높은 유산소 수치였어요. 비교하자면 마르크 로세는 50 전후였죠. 우수한 사이클 선수가 75나 80일 겁니다. 베이스라이너인 브루게라는 72였지만, 페더러는 전형적인 공격형 선수의 수준을 웃돌았어요. 그래서 사람들은 그가 긴 경기에서 살아남는 데 아무런 문제가 없을 것임을 알고 있었어요. 그가 선수 생활을 하면서 5세트 경기에서 얼마나 많이 이겼는지 알 수 있을 겁니다. 그는 절대 쓰러지지 않았어요.」도로셴코가 말했다.

그러나 도로셴코에게 운동선수로서 페더러의 가장 매력적인 면은 그가 매우 역동적이고 발이 무척 빠르다는 것이었다. 페더러는 박스 점프와 같은 반복적이고 폭발적인 연습에 초점을 맞춘 플라이오메트릭* 훈련에서 특별히 뛰어났다.

「그는 큰 차이로 기록을 깼어요. 다른 선수들은 30초 안에 점프를 55개 할 수 있지만 페더러는 70개를 할 수 있어요. 정말로 그는 뛰어난 운동선수였지만 정신적인 면이 약하고 백핸드가 무너지는 경향이 있어, 피터 카터는 랠리 시간을 줄이는 데 초점을 맞출 필요가 있다고 느꼈죠. 그에게 가장 잘 맞는 샷의 수를 찾는 것이 핵심이었어요. 브루게라 같은 선수에게 이상적인 랠리는 11샷 이상이었지만, 페더러에게는 3, 4, 5샷이었어요.」도로셴코가 말했다.

이것이 간단한 공식처럼 들릴 수도 있지만, 그렇지 않다. 흥분하기 쉬운 성격을 지니면서도 선택할 전술이 다양했던 페더러가 올바른 샷 선택을 하고 일관된 성공을 경험하는 법을 배우기 위해서는 동료들보다 시간이 더 필요했다.

피터 카터는 이 점을 완벽하게 이해했고, 스위스 연맹 회의에서 페더러의 발전이 너무 느리다고 생각하는 사람들과 가장 위대한 남자 테니스 챔피언들이 보통 스무 살 무렵 주요 타이틀을 획득했다고 지적하는 사람들에 맞서 페더러를 옹호하는 경우

* 근육의 수축과 이완을 빠르게 반복해 근력을 강화하는 운동.

가 많았다(샘프러스, 보리, 매켄로 등을 생각해 보면 된다). 카터는 페더러의 시간표는 다르며, 그는 두세 번의 큰 샷이 아니라 모든 샷에 집중하려 한다고 단호히 주장했다.

현대 가장 훌륭하고 직관적인 선수 중 한 명인 앤드리 애거시도 이를 감지했다. 애거시는 재기한 뒤 1998년 10월 10위권에 진입했고 바젤의 스위스 인도어스 1회전에서 페더러와 격돌했다. 페더러가 툴루즈에서 열린 ATP 대회 본선 진출 자격을 받아 프랑스의 투어 선수 기욤 라오와 호주의 리처드 프롬버그를 상대로 두 개 라운드를 이기고 네덜란드의 얀 시메링크에게 패한 지 일주일 뒤였다.

페더러의 생애 첫 10위권 상대인 애거시는 6-3, 6-2로 그를 물리쳤다. 경기가 끝난 뒤 애거시의 코치 브래드 길버트는 여러 면에서 평소의 승리처럼 보였던 경기를 마치고 라커 룸으로 갔다.

「앤드리는 〈젠장, 이 페더러라는 애는 실력이 꽤 좋아서 아주 빨리 잘하게 될 거예요〉라고 말했어요.」 길버트가 말했다.

다음 라운드에서 애거시는 페더러의 스물두 살짜리 스위스 동포 이보 호이베르거를 6-2, 6-2로 이겼다. ATP 대회를 운영하던 데이비드 로가 애거시를 기자 회견장으로 안내하던 중 애거시에게 스위스의 떠오르는 두 선수 페더러와 호이베르거가 싸운다면 누가 이길 것 같냐고 물었다.

「애거시는 〈음, 지금 붙는다면, 호이베르거가 이길 거예요. 하지만 커리어를 쌓을 아이는 페더러죠〉라고 말했어요.」 로가 내게 말했다.

그것은 아주 특별한, 확실히 애거시가 상상했던 것보다 더 위대한 커리어였다. 하지만 먼저 오스트리아 국경 근처의 그림 같은 스위스 산촌 퀴블리스 같은 굴곡이 많이 있을 터였다.

때는 바젤 대회가 끝난 다음 주였고, 페더러는 아직 고국에 있었지만 다른 세계에 있었고, 다시 적응하기 위해 고군분투 중이었다. 메인 투어에서 세계적 스포츠 명사 중 한 명인 애거시를 상대하는 대신, 그는 주민이 1,000명도 안 되는 마을에서 열린 국내 경기 1회전에서 잘 알려지지 않은 스물한 살의 랭킹 768위 스위스 선수 아르만도 브루놀트와 맞대결을 펼치고 있었다. 압박감은 오롯이 페더러의 몫이었다.

극소수의 참석자 중 한 명인 페테르 룬드그렌은 페더러가 그라운드 스트로크를 터무니없이 놓쳐 첫 세트 타이 브레이크 연장전에서 패한 후 경기를 포기하다시피 하는 모습을 보며 속을 끓이고 있었다.

「그는 포기하고 있었고, 속으로 나는 미칠 지경이었어요.」 룬드그렌이 말했다.

토너먼트 심판 클라우디오 그레터가 다가왔다. 그는 그해 초 알레그로에게 다시는 페더러를 이기지 못할 거라고 말한 사람이었다. 이번에 그레터는 페더러에게 노력 부족을 경고할 작정이라고 룬드그렌에게 말했다.

「나는 〈어서 해! 하라고!〉라고 외쳤어요.」 룬드그렌이 말했다.

그레터는 코트로 가서 경기를 중단시키고 경고를 선언했다.

잘못인 줄 알았지만, 여전히 컨디션이 좋지 않은 페더러는 연속해서 세트를 졌다.

우려 섞인 페더러 부모의 전화를 받아야 했던 룬드그렌은 페더러가 100달러의 벌금을 물어야 한다고 말했다. 그가 앞으로 벌어들일 1억 달러 이상의 상금을 생각하면 대수롭지 않은 금액이었지만, 그 시기에는 100달러가 1회전 패자가 받는 수표보다 더 큰 금액이었다. 무엇보다 창피한 일이었다. 툴루즈에서 펼친 페더러의 활약과 바젤에서 애거시와의 격돌을 막 보도했던 언론 매체들이 몇 가지 비판적인 헤드 라인과 기사를 내보내면서, 이는 스위스에서 조용히 지나갈 수 없는 사건이 되었다.

룬드그렌과 카터는 페더러에게 다음 대회에서도 그런 속임수를 쓰면 함께 투어하는 것은 끝이라고 말했다.

페더러는 이 최후통첩을 받아들였고, 국내 시리즈 다음 세 개의 토너먼트 중 두 경기에서 우승하고 다른 한 경기에서 결승에 진출했다. 그는 그 과정에서 그의 동거인이자 파트너인 알레그로를 두 번 이겼다.

「그게 바로 페더러죠. 코너에 몰렸다가 국내 경기에서 이겼어요.」 룬드그렌이 껄껄 웃으며 말했다.

그런 사건들에서 인간이자 선수로서 페더러의 커다란 가능성을 보지 않기는 어렵다.

성질을 부리다가 연습용 커튼을 찢었다면, 새벽녘에 코트와 화장실을 청소했다.

노력 부족으로 토너먼트와 스포츠에 불경했다면, 벌금과 반발에 직면했다.

하지만 이런 사건들은 전환점이 되었다. 아버지 로버트 페더러가 신경질적인 아들에게 바젤의 집까지 혼자 찾아오라고 한 일이나, 특정 문화권에서는 확실히 눈살을 찌푸리게 할 행동을 하고 혹은 경기 후 소리소리 지르고 시끄럽게 떠들면 차를 세우고 어린 로저의 머리를 눈 속에 문질러 열기를 식혔던 일처럼 말이다.

돈독한 가족과 공감을 잘하는 성격에도 불구하고, 페더러의 잠재력에 비추어 볼 때 그가 유년 시절 잠재력을 더 키웠다면 상당히 다른 선수가 될 수 있었을 것이다.

의심할 여지 없이 그는 특별 대우를 받았다. 비엘/비엔에서 그의 짧은 집중력을 고려해 서커스 공연자들을 고용한 일을 생각해 보라. 의심할 여지 없이 그는 현실과 완전히 접촉하지는 않았다. 10대 때 나이키와 계약을 맺고 세계 1위에 오를 만한 재능이 있다는 말을 누구이 듣는다면 그것이 힘들 수 있다.

「사람들은 항상 내게 그렇게 말했어요.」 페더러가 말했다.

그러나 페더러는 스위스 스타일뿐만 아니라 호주와 스웨덴 스타일의 코치들 때문에 콧대가 꺾이기도 했다.

세 국가 모두 최근 몇 년 동안 그 열기가 조금 식었을지 모르지만, 그들의 국가 정체성의 한 요소로 남아 있는 평등주의 성향을 지니고 있다. 호주인들은 여전히 〈키 큰 양귀비 증후군〉이라는 용어를 사용하는데, 이는 가장 큰 양귀비는 길이가 잘린다는 의미다. 스웨덴인들은 다른 스칸디나비아인들과 마찬가지로 평등을 옹호하는 사회 민주주의 이상인 〈얀테의 법칙〉을 자주 언급한다.

페더러는 적어도 그런 신호를 어느 정도 받아야 했다.

하지만 테니스에서 평등은 한계가 있다. 단 한 명의 선수만 단식 토너먼트에서 챔피언으로 떠오르고, 한 명의 소년만 세계 1위 주니어로 한 해를 마무리한다.

페더러는 1998년 오렌지 볼에서 라이몬즈 스프로가라는 라트비아 선수를 맞아 첫 라운드에서 탈락할 위기에 처했지만 결국 이겨 1위를 차지했다.

스프로가가 탁월해서가 아니었다. 대회 전에 페더러는 줄넘기하다가 발목을 심하게 삐었다.

「평소처럼 그가 장난을 쳤어요. 몇 초 만에 발목이 감자처럼 부어올랐어요. 그래서 내가 3일 동안 치료했고, 1라운드에서는 한 다리로 경기한 거나 다름없었지만 그래도 이겼어요. 그러고 나서 차츰 나아졌죠.」 그 여행에 동행한 도로셴코가 말했다.

천만다행으로 페더러는 2라운드에서 오스트리아의 위르겐 멜처를 꺾은 뒤 4강전에서 아르헨티나의 다비드 날반디안과 맞붙었다. 날반디안은 그해 US 오픈 보이스 결승전에서 페더러를 물리친 적이 있지만, 페더러는 이 시합에서 승리하고 결승전에서 또 다른 재능 있는 아르헨티나 선수 기예르모 코리아를 꺾었다.

그 경기는 대단한 볼거리였다. 그리고 몇 년 뒤 멜처가 ATP 단식 랭킹 8위에 오르고 날반디안과 코리아가 3위까지 올라 그랜드 슬램 단식 결승전에 출전하자 훨씬 더 대단하게 느껴졌다.

그러나 장래 프로 라이벌 중 한 명인 앤디 로딕이 멕시코에서 열린 그해 마지막 국제 테니스 연맹 토너먼트에서 프랑스의 쥘리앵 장피에르를 1위 싸움에서 제거한 뒤 페더러가 그 자리를 움켜쥐면서 최고 중의 최고의 성적으로 마무리했다.

페더러는 이내 스위스로 돌아왔다. 그의 주니어 경력은 끝났고 프로 경력이 본격적으로 시작될 터였다. 스물일곱이라는 젊은 나이에 은퇴한 코리아는 여러 해가 지난 뒤에도 어떻게 그런 일이 벌어졌는지 놀라움을 금치 못했다.

「가슴에 손을 얹고, 페더러가 그런 사람이 될 줄 상상도 못 했다고 말할 수 있어요. 그와 가까운 사람들이 한 일, 무엇보다 페더러의 〈머리〉를 연구한 사람들의 업적은 노벨상감이죠. 그는 미친 사람 같았어요. 헤드폰을 끼고 헤비메탈을 최대 볼륨으로 들었어요. 머리를 금발로 염색하고 다녔죠. 그는 개성이 강했어요. 지금의 그와는 전혀 달랐죠.」코리아는 2019년 아르헨티나 라디오 프로그램 「캄비오 데 라도」에서 말했다.

우리 중 많은 사람이 기록 보관소에 깊숙이 묻어 두고 싶은 젊은 시절의 흑역사를 갖고 있다. 페더러도 그런 경우다. 그는 여드름이 있었다. 그는 패션 감각이 심하게 엉망이었고, 코리아가 정확하게 기억하듯이 오렌지 볼 대회 중에는 과산화 수소로 탈색한 금발 머리를 하고 있었다. 그는 또한 아버지로부터 물려받은 두드러진 코를 가지고 있었다. 도로셴코의 기억에 따르면 초기 시절에 그는 〈코가 크긴 하지. 하지만 내가 1위가 되면 사람들은 이걸 더 이상 눈치채지 못할 거야〉라고 말했다.

　20년 후, 페더러는 해시 태그를 붙인 〈10대〉, 〈미르카를 만나기 전premirka〉과 같은 키워드와 〈더 나은 앞날이 있음을 모두에게 상기하며〉라는 글과 함께 자의식이 강했던 그 시절 사진을 인스타그램에 올렸다.

　그의 경우 그 말이 확실히 실현되었지만, 그가 자기 수용과 자기 계발에 집중했기 때문이기도 하다. 카터와 함께, 마르콜리와 함께, 무엇보다 조용히 혼자 있는 순간에 말이다.

　그것은 장기 프로젝트였다. 지금까지 노벨상은 나오지 않았지만, 페더러는 모종의 평화를 찾았다.

　「오늘날 로저를 만나면 나는 항상 이렇게 말해요. 〈당신이 코트에서 하는 일은 특별하지만 내게, 당신이 삶을 다루는 방식은 그 세계 밖이에요.〉 사방에 최고급 이상의 사치품이 널려 있고 당신의 눈을 들여다보며 주문하지도 않은 물건을 가져다주는 사람들이 있어요. 그때 당신은 코트로 가고 게임은 그것을 상관하지 않아요. 게임은 당신이 어디서 잤는지, 무엇을 했는지, 얼마나 많은 사람을 만났는지 상관하지 않아요. 게임은 순수하죠. 그는 20년 넘게 코트에 나와서 겸손함과 그만큼의 친밀감을 가지고 플레이해 경기에서 계속 이길 수 있었어요. 그가 일에 접근하는 방식이죠. 맞아요, 우리는 그걸 일이라고 부를 수 있어요. 품위, 집중력의 수준이죠. 그런 관점에서 그는 내게 하나의 롤 모델입니다.」 마르콜리가 말했다.

5
호주, 시드니

모든 재능, 모든 노력에도 불구하고 위대함을 성취하고 유지하는 것은 운일 수 있다.

2000년 1월 페더러와 함께 갔던 스키 여행을 생각하면 마르크 로세는 아직도 심장이 떨린다. 페더러는 호주 오픈에서 프랑스 선수 아르노 클레망에게 세트를 연속으로 패한 후 곧바로 스위스로 돌아왔다. 다음은 취리히에서 열리는 데이비스 컵 대회에서 호주를 상대로 싸워야 했지만, 그 도전과 마주하기 전에 페더러는 스위스의 겨울을 즐기기로 했다. 그는 크랑몬타나의 산악 리조트에서 로세 및 그의 형제와 합류했다.

날이 저물고 있었다. 그들은 매년 여자 월드컵이 열리는 비탈 코스에서 스키를 타고 있었다.

「같은 비탈길을 여러 번 타다 보면 그렇게 되잖아요. 처음에는 조심하다가 점점 더 빨리 달리기 시작하다가 너무 빨리 달리는 순간이 오죠.」로세가 기억했다.

연속 점프도 했는데, 페더러는 첫 번째 점프에서는 끄떡없었지만 두 번째 점프에서 계산을 잘못하는 바람에 속도를 너무 냈다. 그는 지구 저궤도와 비슷한 구간으로 진입했다. 로세는 테니스의 미래가 시야에서 사라지는 것을 보며 공포에 질렸다.

「그는 통제력을 잃고 정말 높이 점프했어요. 그가 착지하는 모습을 보지 못했죠. 그는 언덕 아래로 한참 내려가 있었고 스키는 전부 벗겨져 있었어요. 당시는 아무도 헬멧을 쓰지 않을 때라 무서웠어요, 정말 무서웠어요.」로세가 말했다.

그런 순간 커리어가 방향을 틀거나 잠시 멈출 수 있다. 페더러는 최소 무릎이 찢길 수 있었고 투어에 몇 달 참여하지 못하거나 더 나쁠 수도 있었다. 하지만 그는 눈과 공포를 툭툭 털어내더니 눈이 휘둥그레진 로세에게 괜찮다며 안심시켰다.

취리히에서 페더러는 세 경기 중 두 경기에서 이겼지만, 마크 필리포시스와 — 또다시 — 레이턴 휴잇이 출전한 호주 팀에 스위스 팀이 3−2로 패하는 것을 막을 수는 없었다. 그들은 마지막 날 4세트 끝에 페더러를 꺾었다.

지구 반대편 애들레이드에 있던 대런 케이힐은 결혼식 전날 의자를 끌어당겨 피터 카터와 함께 경기를 관람했다. 피터 카터는 신랑 케이힐의 들러리를 해주기 위해 먼 호주에 와 있었다.

「우리는 자세를 바로 하고 맥주를 두어 잔 마시면서 그들이 뛰는 모습을 지켜봤어요. 우리에게는 누가 이기든 상관없었어요. 마치 우리의 두 아이가 뛰어노는 것 같아 흐뭇하게 바라봤죠.」케이힐이 말했다.

카터는 케이힐과 함께 언젠가 그랜드 슬램 결승전에서 그들의 10대 제자들이 만나는 모습을 상상했다. 그 꿈이 실현되기까지 그리 오래 걸리지 않았지만, 그때는 상금이나 후원사 금액이 아직 낮았고 갈 길이 멀었다.

페더러는 마르세유가 있는 남쪽으로 향했다. 그는 그곳에서 첫 ATP 단식 결승에 진출해, 최근 세계 1위에 오른 스위스 선수 로세와 맞붙었다.

「마르크는 진정한 친구예요. 그는 연맹전에 속한 선수들을 모두 알기 때문에 소중한 조언을 해줘요. 하지만 이번에는 내가 알아서 할 거예요.」 페더러가 결승전 전날 말했다.

스위스 남자들이 처음으로 맞대결한 ATP 단식 결승전은 세대 싸움이었지만, 스타일 역시 대조적이었다. 고작 열여덟 살인 페더러는 목에 구슬을 달고 검은색 긴 머리를 사무라이 스타일로 묶고 있었다. 수염이 듬성듬성 있는 스물아홉 살 로세는 우아하다기보다 힘든 노동처럼 보이는 거친 게임을 했다.

그러나 둘 다 파워 테니스를 쳤기 때문에 포핸드를 세게 때리고 빠른 실내 코트 위에서 네트를 공격하는 데 열을 올렸다. 로세가 3세트 5-4에서 서브를 넣은 뒤 페더러가 3포인트를 땄는데, 그중 2포인트는 과감한 백핸드 패싱샷으로 득점한 것이었다. 3세트에서 타이 브레이크를 만났고, 5-6에서 페더러는 여기저기 달려가 백핸드를 치다가 네트 테이프에 맞고 떨어지는 인사이드 아웃 포핸드*를 휘둘렀다.

로세가 2-6, 6-3, 7-6(7-5)으로 승리했다.

* 백핸드 코스로 날아오는 공을 몸을 움직여 포핸드로 받아 치는 기술.

두 친구는 네트에서 만났고 — 이보 카를로비치와 존 이스너 같은 진짜 거인들이 등장하기 전까지는 — 정상급 테니스 선수 중에서 최장신이었던 201센티미터의 로세가 몸을 구부려 페더러의 정수리에 가볍게 키스했다.

곧 페더러는 페더러답게 또다시 눈물을 흘렸다.

「그는 그 경기가 ATP 대회에서 우승할 유일한 기회일지 모른다고 생각했어요. 그때 나는 그에게 〈진정해〉라고 말했죠.」로세가 말했다.

당시 투어 단식 우승을 14회 차지한 로세는 페더러가 앞으로 충분히 우승할 거라고 확신했고, 경기 후 시상식에서 그렇게 말하며 이번 대회에서 우승하게 해준 페더러에게 감사를 표했다.

로세는 페더러가 그랜드 슬램 타이틀을 차지할 거라는 믿음을 입 밖에 내지는 않았다.

「그때는 말할 수 없었어요. 다들 내가 미쳤다고 생각할 테니까요. 나는 그가 우승할 거라고 확신했지만, 재능이 아무리 출중해도 정말 노력을 많이 해야 하잖아요.」

오래된 논쟁이 있다. 챔피언은 타고나는가, 만들어지는가, 아니면 좀 더 논리적으로 둘 다인가?

테니스에 관한 한 나는 마르티나 나브라틸로바의 혼합 공식을 선호한다. 「챔피언은 타고나지만, 챔피언이 만들어질 적절한 환경이 필요하다.」

아무리 계획이 탄탄하고, 훈련을 많이 하고, 부모가 부유해도, 키가 작고 손과 눈의 협응과 민첩성이 평균 이하라면 그랜드 슬램 트로피를 들어 올리지 못할 것이다.

아무리 기민하고 능란하고 의욕이 넘치더라도 훌륭한 지도와 기회를 얻지 못하는 선수는 자신의 운명처럼 보이는 것을 성취하지 못할 것이다.

「마을 하나가 필요하죠. 그리고 너무나 많은 일이 일어나야 해요. 모든 것이 갖춰져야 하며, 그런 환경에서 선수가 챔피언으로 성장하죠.」 나브라틸로바가 내게 말했다.

「로저와 비에른을 보세요. 그들은 젊었을 때 성질이 불같았고, 그러다가 깨달음의 순간이 왔고, 남은 커리어 동안 감정을 완전히 통제했어요.」 그녀가 페더러와 보리를 두고 말했다.

필요한 능력과 회복력을 지녔음에도 이 스포츠를 할 기회조차 얻지 못하는 예비 테니스 챔피언이 얼마나 많은가? 다른 게임, 다른 열정에 끌리는 사람이 얼마나 많은가!

몇 년 동안 나는 마이클 조던이나 르브론 제임스가 테니스를 선택했더라면 남자 테니스 경기를 어떻게 변화시켰을지 공공연히 궁금해하는 프로 테니스 코치들의 말을 들었다.

페더러는 확실히 다른 길을 선택할 수도 있었다. 축구는 그의 첫 번째 열정이었고 오랫동안 그의 제2안이었다. 아마도 그가 지금 시대에 성년이 되었다면 e스포츠 스타를 노렸을 것이다.

「로저는 달인이에요. 그가 제임스 본드가 나오는 닌텐도 게임을 샀을 때를 결코 잊지 못해요. 그때 우리는 어떤 투어에 갔는데, 그는 게임 속의 문을 통과해야 했죠. 그가 내게 전화를 걸어 〈피터, 이 멍청한 문을 통과할 수가 없어요!〉라고 말했어요. 그래서 내가 〈왜 나한테 물어봐요? 나도 모르겠는데〉라고 했고, 한 시간 뒤 그가 전화를 걸어 〈찾았어요! 내가 해냈어요!〉라고 말하더군요. 그는 하루 만에 모든 게임을 끝냈는데, 보통 사람이라면 한 달은 걸렸을 겁니다. 게임에 관해서라면 로저는 무시무시해요. 그런 건 타고나요. 문제를 해결하는 능력 말이에요. 그가 경기에서 압박감을 느낄 때, 그가 쥐이고 상대가 고양이일 때, 그는 매우 자주 탈출해서 살아남을 구멍을 찾았죠.」 페테르 룬드그렌이 말했다.

21세기 유럽의 젊은이들에게 미치는 영향력이 줄고 있는 19세기 경기인 테니스계에는 다행스럽게도, 페더러가 다른 곳이 아닌 손에 라켓을 들고 이곳에서 추구하던 것을 찾았다. 그는 열정과 점점 뚜렷해지는 매일의 목적의식을 가지고 목표를 추구했지만, 행운이 결정적 역할을 하는 순간이 있었다.

크랑몬타나에서의 사고도 하나의 예였지만, 그해 말 그의 첫 올림픽 개최지인 시드니에서 일어난 일은 아마도 정상 자리를 오래 유지하는 그의 끈기에 가장 큰 영향을 미쳤을 것이다.

시드니 올림픽은 기억에 남는 하계 올림픽이었고, 내가 취재한 많은 올림픽 중 최고였다. 호주인들은 스포츠를 좋아했고, 바닷물이 아련히 반짝이는 항구 도시 시드니는 9월 말에 장대한 배경을 제공했다.

호주에서 테니스는 대체로 관심을 끄는 스포츠이지만, 제일 먼저 떠오르는 운동은 아니었다. 열일곱 살 호주 수영 선수 이언 소프가 오픈 레이스에서 세계 신기록을 세우면서 이 나라의 관심은 수영에 집중되었다. 그러나 무엇보다 호주인들은 육상과 호주 원주민 출신 단거리 선수 캐시 프리먼을 주시했다. 프리먼은 고국에서 진정한 아이콘이 되었고 400미터 경기에서 금메달을 가장 많이 땄다.

시드니 올림픽 이전 몇 년 동안『뉴욕 타임스』기사를 쓰기 위해 프리먼을 두 번 인터뷰했는데, 한 번은 멜버른의 커피숍에서였다. 기대가 컸던 만큼 그녀는 솔직했다. 그녀는 특별한 위치에 있었지만 부드러웠다. 그녀는 자신이 상징적인 인물이 되고, 호주와 원주민 깃발로 자신의 승리를 축하함으로써 화합을 이끈 이유를 알고 있었다. 그러나 올림픽이 다가오면서 그 열기를 일축하기에는 너무 늦었다 하더라도, 자신의 업적을 정치 이슈화하는 것에 반대했다.

「나는 그저 즐겁게 지내고 싶고, 이 시간을 최대한 활용하고 싶어요. 내가 정치와 원주민 문제에 더 도움이 될 때가 올 겁니다. 하지만 지금은 내 일을 하는 것만으로도 큰 역할을 한다고 생각해요.」그녀가 내게 말했다.

프리먼은 개막식에서 올림픽 성화대에 불을 붙였고, 400미터 결승전이 있던 날 밤에 공기 역학적으로 고안된 두건이 달린 녹색과 금색 보디 슈트를 입었다. 거대한 올림픽 경기장의 모든 전기와 기대감을 차단하는 보호복처럼 보이기까지 했다.

높은 관중석에서 내려다보니 수많은 사람 속에서 그녀가 아주 작아 보였지만, 그녀는 함성을 지르는 11만 2524명의 기록적인 관중 앞에서 단단히 버티고 있었다. 그것은 내가 경험한 가장 시끄러운 49.11초였고, 그 소음이 그녀를 고양하거나 짓눌렀을 수도 있다. 어쩌면 둘 다였을지도 모른다. 금메달을 확정하고 결승선을 통과해 트랙에서 벗어났을 때, 그녀는 의기양양하기보다 혼란스러워 보였다. 수심과 한계에 수직으로 뛰어든 뒤 눈을 깜박이며 신선한 공기로 다시 모습을 드러낸 프리 다이버처럼.

홈부시만 근처의 테니스 경기장에서 일어난 어떤 일도 그것과 겨룰 수 없었지만, 이번 대회는 페더러가 아직 스포트라이트를 받지 못할 때 올림픽을 경험할 수 있는 기회였다.

그 후 2004 아테네 올림픽과 2008 베이징 올림픽 개막식에서 그는 맨 앞줄 중앙에서 스위스 깃발을 들고 걸었다. 그는 2012년에 런던 올 잉글랜드 클럽의 친숙한 잔디 코트로 돌아와 만인의 관심을 받았다. 그러나 시드니에서는 올림픽 마을의 평민, 즉 선망의 대상이 아니라 선망의 눈길로 스타들을 바라보는 입장이었다.

비너스와 세리나 윌리엄스는 첫 올림픽에서 시드니 시내 호텔로 피신해야 한다고 느꼈지만, 페더러와 룬드그렌을 포함한 나머지 스위스 테니스 선수와 관계자들은 홈부시만 마을의 집에서 다른 스위스 올림픽 선수들과 함께 지냈다.

「다행히 나는 2층에 묵었고 레슬링 선수들이 1층에 묵어서 안전했어요. 아주 재미있었죠. 경기할 때 내가 얼마나 재미있었는지는 설명하기 힘들어요.」 페더러는 『레키프』와의 인터뷰에서 농담을 했다.

올림픽 경기를 보면서 자란 NBA의 열렬한 팬인 페더러는 웬일인지 농구 경기는 관람하지 않았지만, 수영 경기와 배드민턴 경기에는 참석할 수 있었다. 그는 또한 다른 스위스 올림픽 신인 선수인 스물두 살의 미로슬라바 바브리네크를 포함해 테니스 팀 동료들과 즐겁고 값진 시간을 보냈다.

미르카라는 별명을 가진 바브리네크는 그해 초 100위 안에 진입했다. 하지만 그녀는 스위스의 대표적인 여자 선수인 마르티나 힝기스와 패티 슈니더가 기권한 덕분에 올림픽에 참가했다. 자동 출전권을 획득할 수 있는 범위 밖의 순위였지만, 바브리네크는 국제 테니스 연맹으로부터 와일드카드를 받아 출전하게 되었다.

그녀는 결국 은메달을 딴 엘레나 데멘티예바에게 1회전에서 6-1, 6-1로 패했고, 파트너 에마뉘엘 가글리아르디와 함께 뛴 복식 1회전에서도 패했다. 하지만 적어도 바브리네크는 복식을 뛰었다. 로세와 힘을 합칠 계획이었던 페더러는 막판에 로세가 기권하는 바람에 파트너가 없어졌다.

그로 인해 페더러는 메달 가능성이 가장 큰 기회를 빼앗겼고, 결정이 늦어져 로렌초 만타나 미셸 크라토슈빌 같은 다른 스위스 남자 선수가 로세를 대체할 기회마저 잃었다.

「그런 일이 생길 줄은 몰랐어요.」 페더러는 시드니에 도착하자마자 로세와의 우정에도 불구하고 곤혹스러운 상황에 화가 나서 말했다.

페더러가 잘 알듯이 올림픽은 로세의 커리어에서 중심적 역할을 했다. 그는 1992년 단식에서 금메달을 땄다. 그러나 그와 힝기스의 불참은 일정이 빡빡하고 큰 경기와 수입 역시 부족하지 않은 이 스포츠에서는 많은 테니스 선수에게 여전히 올림픽이 1차적 목표가 아님을 상기해 주었다.

오랫동안 남자 경기를 장악했던 피트 샘프러스와 앤드리 애거시는 모두 시드니 올림픽에 불참했다. 애거시는 가족이 이유였고, 샘프러스는 정규 투어에 집중하기를 원했으며 그의 목표 목록에 올림픽 메달이 없었기 때문이다.

테니스는 1896년 아테네에서 시작한 현대 올림픽 종목이었지만, 1928년부터 1984년까지 로스앤젤레스에서 시범 종목이었다가 1988년에 다시 완전히 정규 종목이 되었다. 테니스의 부활은 국제 테니스 연맹과 프랑스 오픈의 르네상스에도 큰 역할을 한 영리한 언론인이자 행정가인 필리프 샤트리에 프랑스 대통령의 성공적인 로비 결과였다.

올림픽이 테니스의 최고 실력자를 가리는 대회가 되지 못했다는 것은 부인할 수 없었다. 네 개의 그랜드 슬램 대회가 가장 큰 상으로 남아 있는 스포츠에서 올림픽 금메달은 궁극의 성과가 아니었다. 한편 농구에서도 올림픽 금메달은 최고의 NBA 선수들에게 결코 정점이 아니었지만, 그들은 1992년에도 올림픽에 합류했다.

올림픽은 더 상업화되어 최대한 많은 세계적 스포츠 스타를 모으는 데 점점 더 집중하면서 변화하고 있었다. 럭비와 골프, 서핑도 결국 4년마다 열리는 여름 볼거리에 참여했다.

샘프러스나 그의 세대와 달리 1981년에 태어난 페더러는 테니스 없는 올림픽을 전혀 알지 못했다.

「내가 자랄 때는 테니스가 올림픽 종목이었어요. 올림픽은 항상 내 목표였어요. 언제나 나를 매혹시킨 행사였죠.」 페더러가 말했다.

또 다른 이유는 1995년 에퀴블랑의 스위스 국립 선수촌에 합류하기 직전, 그가 가족과 함께 방문한 호주와 시드니에 친근함을 느꼈기 때문이기도 했다. 그의 아버지 로버트는 호주에서 일자리를 얻을까 잠시 고려했지만 생각을 접었다.

호주 문화는 페더러의 외향적인 성격, 즉 어린 시절 남아프리카 공화국을 방문했을 때 받아들인 해변과 태양, 열린 공간에 대한 선호도와 잘 맞았다.

그러나 그가 테니스에 대한 야망 없이 시드니에 왔다는 의미는 아니었다.

「나는 메달, 되도록 금메달을 목에 걸고 돌아오고 싶어요.」 그가 호주로 떠나기 전에 말했다. 43위에 올랐지만, 아직 ATP 투어 타이틀을 획득하지 못한 열아홉 살 소년의 독한 말이었다.

페더러와 바브리네크는 올림픽에서 만난 것으로 종종 보도되지만, 그들은 이미 대회와 비엘/비엔의 선수촌에서 마주친 뒤 서로를 알고 있었다. 바브리네크는 선수촌에서 때때로 캠프에 참석하거나 개인 코치들과 훈련했다.

침착하고 페더러보다 세 살 이상 많은 바브리네크는 처음에는 이 10대에게 특별히 감명받은 것 같지 않았다.

「나는 다소 차분하고 훈련이 잘되어 있었어요. 로저는 시끄러웠죠. 그는 백스트리트 보이스 노래를 목청껏 불렀어요.」 그녀는 드물게 했던 인터뷰 중 하나인 스위스 신문『르 마탱 디망슈』와의 인터뷰에서 말했다.

그러나 성격이 아주 달랐는데도 그녀는 그가 재미있다고 생각했다.

「그는 재미있었고, 활기에 가득 차 있었고, 나를 웃게 했어요. 코치들은 때때로 그를 코트 밖으로 쫓아내야만 평정심을 얻을 수 있었죠.」

그 시기에 그들은 훈련에 대한 접근 방식이 정반대였다. 바브리네크는 결코 광대가 아니었고 전혀 성미가 급하지 않았다. 하지만 두 사람 모두 원대한 꿈과 이민자의 뿌리를 가지고 있었다. 페더러의 어머니는 남아프리카 공화국 출신이었고 바브리네크의 부모는 체코슬로바키아 출신이었다.

외동딸인 그녀는 1978년 만우절에 보이니체에서 태어났다. 보이니체는 현재 독립한 슬로바키아에서 역사적인 성으로 알려진 작은 마을이다. 주민이 고작 5,000명인 도시치고는 테니스에 미친 영향이 굉장하다. 1980년대 후반 최고의 남자 선수 중 한 명인 밀로슬라프 메치르시가 이곳에서 태어났다. 그는 나중에 US 오픈과 호주 오픈 결승에 진출했으며, 1988 서울 올림픽에서 단식 금메달을 땄다. 고양이 같은 우아함으로 〈빅 캣〉이라는 별명이 붙은 그는 능숙한 터치와 깃털 같은 풋워크, 플레이의 흐름을 읽고 헛된 노력을 피할 수 있는 묘한 능력을 지닌 매혹적인 선수였다. 한번은 100미터를 몇 초에 뛰느냐는 질문에 100미터를 뛴 적이 없어서 모른다고 농담을 했다. 1997년 여자 투어 10위에 오른 카리나 하브슈도바 역시 보이니체 출신이다.

그러나 바브리네크는 그 도시에서 오래 살지 않았다. 그녀가 두 살 때 부모님이 스위스로 이민을 가서 콘스탄스 호수 기슭의 작은 도시인 크로이츨링겐에 정착했다. 그곳에서 그녀의 아버지는 계속 금세공인이자 보석상으로 일하면서 〈미로르〉라는 회사를 설립했다.

1980년대 후반 체코 태생의 슈퍼스타 마르티나 나브라틸로바와 그녀의 의붓아버지 미로슬라프 나브라틸을 찾아 조언을 구하면서 그녀는 본격적으로 테니스 선수가 됐다. 나브라틸로바 역시 체코슬로바키아 출신 이민자로 공산 정권을 탈출해 미국으로 왔다.

아홉 살이었던 바브리네크와 나브라틸로바의 팬이었던 그녀의 아버지가 1987년 독일의 필더슈타트에서 열린 WTA 경기에 예고도 없이 나타나서 경비원을 통과한 뒤, 그의 딸이 만든 귀걸이를 나브라틸로바에게 생일 선물로 주겠다고 말해 청중의 시선을 끄는 데 성공했다는 이야기는 자주 보도되었다.

소문에 의하면, 나브라틸로바는 바브리네크를 보고 운동하기에 좋은 몸이라며 훌륭한 테니스 선수가 될 수 있다고 말했다. 그녀는 그들을 스위스에 있는 체코 출신 코치이자 주니어 시절 함께 경기했던 이르지 그라나트와 연결해 주었다.

추측건대 모든 것이 그렇게 시작되었다.

그러나 그들이 처음 만난 이 놀라운 이야기는 충분히 주목할 만하다. 10년이 넘도록 공식적인 인터뷰를 하지 않은 바브리네 크는 사실을 확인해 주지 않았지만, 나브라틸로바는 바브리네 크의 아버지가 체코슬로바키아에서 자신의 계부에게 딸이 잠재력이 있는지 전문적인 의견을 물어본 적이 있다고 말했다.

「아빠가 그녀와 상담하더니 그녀에게 투어 선수가 될 잠재력이 있다고 말했어요. 아빠가 긍정적인 의견을 밝혔고 그녀가 잘할 거라고 말했다는 것만 알아요. 나는 그렇게 알고 있고, 확실해요. 그래서 그렇게 된 거죠. 그러고 나서 내가 대회에 참가한 그녀 가족들을 만나게 되었어요. 우리 부모님도 거기 계셨고요. 그때는 부모님이 여행을 할 수 있었으니까요. 우리 모두 점심인가, 저녁을 먹고 놀았는데 그게 1년 정도 후였어요.」 나브라틸로바가 말했다.

나브라틸로바의 부모는 그녀가 네 살 때 이혼했는데, 나중에 자살로 사망한 그녀의 친부는 계부만큼 큰 역할을 하지 않았다. 그는 테니스를 통해 나브라틸로바의 어머니를 만났고, 어린 마르티나를 이 스포츠에 입문시킨 첫 번째 코치이자 강력한 아버지가 되었다. 그는 2001년에 사망했다.

「나는 그를 혈육이 아니라고 생각하지 않아요. 내 생각에 미르카의 아버지는 우리 아버지가 보이는 그대로 말하는 사람이라는 걸 알았던 것 같아요. 나에겐 그의 DNA가 없지만 나도 똑같아요. 그는 거짓말하지 않아요. 그는 그들에게 시간을 낭비하고 있다, 아니면 가능하다고 말했을 거예요. 그래서 그런 일이 벌어진 거고요. 우리 아버지는 정직한 사람이고, 재능을 알아챌 수 있어요. 아이에게 뭔가 있다면 일찍부터 싹이 보이죠. 그게 어디까지 갈지 모를 뿐이에요.」 나브라틸로바가 말했다.

나브라틸로바는 걸음걸이만 봐도 어린아이가 좋은 운동선수인지 알 수 있다고 주장한다. 어릴 때 무용을 한 바브리네크는 자연스럽고 리듬감 있는 우아한 걸음걸이를 지녔으며, 곧 뛰어난 주니어 선수로 성장해 열다섯 살에 스위스 18세 이하 여자 선수 타이틀을 거머쥐었다.

당시 스위스 이민은 장벽이 무척 높았다. 어린 시절 슬로바키아에서 이민 온 힝기스는 바브리네크보다 두 살 어렸고, 이미 세계 1위를 차지했으며 여러 주요 단식 타이틀을 획득했다. 바브리네크는 페더러의 초기 주니어 라이벌 중 한 명인 슈니더와 동갑이었다.

그러나 바브리네크는 열심히 노력해 결국 스위스 여권과 그녀의 성공에 투자한 스위스 사업가 발터 루프의 귀중한 후원을 확보했다. 재능 있는 주니어들과 그 가족들은 코칭과 여행 비용을 후원할 자금을 찾기 때문에 그러한 합의는 드문 일이 아니었다.

바브리네크는 견실한 프로 선수로 발전했지만, 그녀의 경기에는 한계가 있었다.

「그녀는 최고 선수가 될 자질은 없었지만, 확실히 50위권에는 들 수 있었어요.」 그랜드 슬램 우승자인 아란차 산체스 비카리오와 콘치타 마르티네스를 지도한 에릭 판 하르펀이 말했다.

「그녀는 훌륭한 베이스라이너이고, 몸이 아주 탄탄하고, 힘이 좋고, 매우 강하지만, 개성이 좀 없었어요. 그녀는 주요 무기가 없었지만, 공을 계속 치고 온종일 달리는 능력으로 메우고 있었어요. 그녀는 경기를 덥석 물고 싸웠죠.」흐루네벌트가 말했다.

나브라틸로바가 어린 선수의 입신에 도움을 준 것은 어린 바브리네크와 만난 일에서 그치지 않았다. 1993년 모스크바의 한 강습에서 그녀는 여섯 살짜리 마리야 샤라포바의 재능을 발견하고 샤라포바의 아버지 유리에게 해외에서 훈련할 것을 권유했다. 그들은 1,000달러도 안 되는 돈을 들고 플로리다로 이주해 마리야가 프로 선수가 되는 일에 모험을 걸었다. 결국 그녀는 프로 선수가 되었고 훨씬 더 많은 것을 이루었다. 열일곱 살에 윔블던에서 우승했고, 1위에 올라 수년 동안 세계 최고의 수입을 올리는 여성 운동선수가 되었다.

나브라틸로바에게 이런 일이 자주 일어났을까? 짧은 만남을 통해 인생 행로와 테니스 역사를 바꾸는 일 말이다.

「그렇지 않아요. 마리야와 미르카밖에 없는 것 같아요.」그녀는 웃으며 말했다.

바브리네크는 선수로서 샤라포바와 같은 위치에 결코 도달하지 못했다. 그녀는 만성적인 발 문제로 2002년에 사실상 은퇴했다. 그러나 2년 전 시드니에서 그녀와 페더러가 첫 올림픽을 한껏 즐길 때는 앞으로 둘 다 선수 생활을 오래 할 것처럼 보였다.

페더러에게 2000년은 좌절과 1회전 패배, 몇 가지 중대한 결정으로 가득 찬 힘든 시간이었다.

그는 연초에 스위스 연맹을 탈퇴하고 올림픽 이후 자신만의 개인 팀을 만들기로 결심했다. 문제는 코치를 선택하는 것이었다. 그의 오랜 멘토인 카터를 선택할까, 아니면 카터와 달리 주요 투어에서 자주 뛰며 30위 안에 든 룬드그렌을 선택할까?

「문제는 내가 두 사람 모두와 일하길 좋아한다는 것이었어요.」 페더러가 설명했다.

어느 피터도 선택하지 않을 수도 있었다.

흐루네벌트는 2000년 페더러와 그의 가족이 이 역할을 맡아 달라고 이야기했다고 말했다. 그는 거절했다.

「로저의 아빠 로버트는 로저와 함께 일하는 걸 거절한 사람은 나밖에 없다며 항상 놀리죠.」 흐루네벌트가 말했다.

흐루네벌트는 불과 1년 만인 1998년에 비엘/비엔의 관리직을 사임하고 영국 스타 그렉 루세드스키를 코치했다. 흐루네벌트는 페더러 부부에게 카터나 룬드그렌에게 기회가 가야 한다고 말했다.

「두 피터는 모두 로저에게 많은 시간을 투자했고, 나는 두 사람과 좋은 관계를 유지하고 있었어요. 두 사람이 그 일을 맡을 자격이 있으니, 내가 맡을 수 없다고 느꼈어요.」 흐루네벌트가 말했다.

그리고 나서 페더러 부부는 흐루네벌트에게 어느 피터를 선택하면 좋겠냐고 물었다.

「로저가 처음 시작할 때 아주 많은 비판에 직면할 것이 분명해 보였어요. 나는 페테르 룬드그렌이 국제적으로 명망이 더 높았기 때문에 스위스 언론이 그를 무너뜨릴 수 없을 거라고 느꼈어요. 피터 카터는 50위 안에 들지 못했기 때문에 그들은 그를 더 쉽게 무너뜨릴 수 있었죠. 그는 ATP 토너먼트에서 우승한 적이 없고 호주의 작은 마을 출신이에요. 그에게는 룬드그렌이 지닌 지위도 없었어요. 그러한 배경과 마르셀로 리오스를 지도한 룬드그렌의 경험과 그 자신의 경기 경험, 그리고 스웨덴 선수단과의 인맥 때문에 나는 룬드그렌을 선택했어요. 그 일이 매우 힘들 거라는 걸 알았으니까요. 그리고 밝혀진바 그 3년은 정말, 정말 힘들었죠.」 흐루네벌트가 말했다.

흐루네벌트에게만 조언을 구한 건 아니었다. 2000년 초 스위스 연맹을 떠나기 전에 페더러와 자주 일하고 여행했으며 거침없이 말하는 프랑스의 피트니스 트레이너이자 물리 치료사인 폴 도로셴코도 있었다.

「어느 날 로저가 나를 찾아와서 물었어요. 〈폴, 어떻게 생각해요? 누구와 함께 투어를 다녀야 할까요?〉 나는 진심으로 카터보다는 룬드그렌이 훨씬 나을 거라고 말했어요. 내가 보기에 룬드그렌은 경험 수준이 높고, 항상 기분이 좋고, 유쾌하고, 매우 상냥한 사람이었어요. 피터 카터처럼 기술자는 아니지만, 그는 동기 부여 방법을 아는 코치였죠.」 도로셴코가 기억했다.

4월 23일 부활절 일요일, 그의 아버지가 스위스 언론에 팩스로 보낸 성명을 통해 페더러는 자신의 선택을 알렸다. 숙고 끝에 룬드그렌에게 일을 맡기기로 했다.

「50대 50이었어요. 피터 카터는 내가 여덟 살 때부터 알고 지냈어요. 내 인생에서 가장 힘든 결정이었고, 결국엔 정말로 직감이 왔어요.」페더러가 나중에 설명했다.

페더러의 경기를 총괄하는 설계자 카터는 실망감을 표시했지만, 공개적으로 그 결정을 대체로 지지했다. 그를 잘 아는 사람들에 따르면, 그는 망연자실했다.

카터의 소년 시절 코치이자 절친한 친구인 피터 스미스가 말하기를, 발표를 훨씬 앞둔 3월에 감정적인 페더러가 카터에게 결정을 통보한 후 호주에서 카터가 그에게 전화를 걸었다. 「우리는 정말 오래 이야기했는데, 그는 처참한 기분이었어요. 그는 인생의 상당 부분을 로저와 함께 일하면서 보냈어요. 그가 로저를 예뻐했던 것 같아요.」피터 스미스가 카터를 두고 말했다.

카터는 자신이 페더러에게 더 좋은 영향을 줄 거라고 확신했지만, 비엘/비엔에 기반을 둔 거의 3년 동안 룬드그렌과 많은 시간을 보낸 페더러는 다른, 더 든든한 면을 분명히 보았다.

룬드그렌은 이번 결정으로 친구 사이가 된 카터와 긴장감이 생기지는 않았다고 말했다. 그러나 룬드그렌은 카터의 실망감을 확실히 감지할 수 있었고, 그가 그것을 다루는 방식에 감사했다. 페더러도 마찬가지였다.

「로저가 나를 선택하자 피터가 이렇게 말했어요. 〈내 도움이 필요하면 언제든 말해. 난 백 퍼센트 네 편이야.〉」룬드그렌이 말했다.

그러나 스미스는 카터가 진정 쓰라림을 느꼈다고 말했고, 그 시기에 카터와 긴밀히 협력했던 도로셴코 역시 그 사실을 확인했다.

「그 후로는 예전의 피터 카터가 아니었어요. 그는 그 결정을 받아들이기를 정말 힘들어했어요.」 도로셴코가 말했다.

페더러가 카터의 궤도를 벗어난 것은 이번이 처음 아니었다. 그는 열네 살에 바젤에서 에퀴블랑으로 이사했다. 그러나 카터가 이 결정을 받아들이기 훨씬 더 어려운 이유는 페더러가 세계 최고 선수 중 한 명이 되는 일이 코앞에 다가왔기 때문이었다.

카터는 스위스 테니스에 임금 인상과 승진을 요청하고 국립 선수촌에서 젊은 선수들을 계속 코치하면서 마음을 정리했다. 한편 페더러는 그의 팀을 꾸렸다. 팀에는 스위스의 피트니스 트레이너인 피에르 파가니니도 포함되었다. 엄격함과 창의성, 동정심이 어우러진 흔하지 않은 그의 방식은 에퀴블랑에서 페더러에게 깊은 인상을 주었다.

올림픽이 끝나면 팀으로서 일을 시작할 계획이었다. 한편 패배가 줄을 이었다. 페더러는 연맹을 탈퇴하겠다는 결정으로 자신을 향한 기대감이 더 커져 압박감에 시달리고 있음을 인정했다.

그는 또한 2000년 초 심리학자 크리스티안 마르콜리와의 상담을 중단했다.

「내가 하는 모든 작업은 언젠가 내담자에게 내가 필요하지 않은 날이 올 거라는 전제에서 이루어져요. 절대로 의존하게 만들고 싶지 않아요. 당신 옆에 내가 있어야만 내가 유용한 관계를 만들고 싶지 않아요. 솔직히 말하자면, 나의 진언은 언젠가 당신이 내게 〈고마워요, 이제 알겠어요. 당신 없이도 할 수 있어요〉라고 말하는 거예요. 물론 그날은 감정이 격해지겠지만, 나는 그것이 나의 궁극적인 책임이라고 봅니다.」 마르콜리가 내게 말했다.

하지만 페더러는 거의 이기지 못했다. 4월 이후 바르셀로나에서 세르지 브루게라에게 6-1, 6-1로 패하는 등 다섯 개 대회 연속 클레이 코트 1회전에서 패했다. 도로셴코는 스위스 연맹을 떠난 지 겨우 2주 만에 브루게라와 함께 돌아왔다.

「나는 세르지에게 〈자, 자네는 로저의 백핸드에 높은 톱 스핀을 치고 아무것도 걱정하지 말게나〉라고 말했어요. 브루게라는 어깨 수술에서 회복 중이었고 첫 경기였지만, 클레이 코트에서 경기할 때 페더러의 백핸드에 높은 톱 스핀을 치는 방법을 안다면 이길 수 있었어요. 하지만 솔직히 그렇게 잘하는 선수는 많지 않아요. 페더러의 샷이 너무 빨라 준비할 시간이 남지 않기 때문이죠.」 도로셴코가 말했다.

당시 아직 10대 초반이었던 라파엘 나달은 이후 몇 년 동안과 다가올 프랑스 오픈 결승전에서 페더러의 백핸드를 공격해 파괴력을 발휘했다.

그러나 당시 페더러에게는 다른 걱정거리가 있었다.

「그냥 이기지 못하더라고요. 그는 몬테카를로에서 이르지 노바크에게 3회전에서 졌는데, 기자 회견장에 가는 도중 로저가 〈아슬아슬한 시합에서 나는 왜 다 지는 거죠?〉라고 말했던 것이 생각나요.」당시 ATP 통신 관리자인 데이비드 로가 말했다.

페더러는 2000 프랑스 오픈에서 톱 스핀이 뛰어난 스페인의 클레이 코트 선수 알렉스 코레트하에게 패하기 전까지 3라운드를 승리하며 좋은 성과를 냈다. 그러나 노팅엄, 윔블던, 크슈타트, 캐나다, 신시내티, 인디애나폴리스의 1회전에서 모두 패하면서 다시 우울해졌다.

로는 페더러가 갈림길에 있다는 것을 감지할 수 있었다. 그의 테니스 잠재력을 꽃피우는 일이 위험에 처해 있었다.

「그가 반대 방향으로 갈 수도 있었다고 말해야겠네요. 그는 테니스 프로 선수로 여기저기 여행하며 즐겁게 사는 삶을 정말 좋아했으니까요. 라커 룸에 있을 때 그는 장난을 아주 멋지게 쳤지만 에너지가 넘쳤어요. 〈저 에너지를 어디에 쓸까? 어떻게 다 쓸까?〉라는 질문을 하지 않을 수 없었죠.」

빈스 스파디아와 밥과 마이크 브라이언, 그리고 다른 선수들을 코치한 미국인 존 스켈리는 그 시기에 모임에서 페더러와 룬드그렌을 만났던 일을 기억한다.

「그때 페더러는 꽤 느긋했어요. 그는 분명히 파티를 즐겼고, 그의 코치와 마찬가지로 맥주를 좋아했어요. 2000년 윔블던 마을의 한 술집에서 고주망태가 된 페더러의 모습이 기억나요. 그는 분명히 행복한 술주정뱅이였고, 젊은 시절에는 파티를 좋아했어요.」스켈리가 말했다.

페더러는 한때 자신도 모르게 스켈리의 실직을 거든 적이 있었다. 스파디아는 1999년 초 몬테카를로에서 페더러를 설득력 있게 이겼지만, 시즌 후반 빈에서 그에게 빨리 패했다. 스켈리는 스파디아의 아버지 빈센트 경이 화가 난 나머지 테니스 역사상 가장 형편없는 예측 중 하나를 했다고 말했다.

「아버지 스파디아는 경기가 끝난 직후 이렇게 말했어요. 〈당신 해고야. 이 작자, 밥맛 떨어져. 그는 절대 아무것도 될 수 없어!〉」스켈리가 말했다.

나중에 스파디아와 재회한 스켈리는 확실히 페더러에게 반감이 없었다.

「페더러는 정말 품위 있는 사람이죠. 그는 걸출한 업적을 쌓았지만 조금도 변하지 않았어요. 그는 항상 나를 잘 대해 줬고 존중했고 마주칠 때마다 큰 미소를 지었어요.」스켈리가 말했다.

올림픽에서 페더러는 다비드 프리노실, 카롤 쿠체라, 미카엘 틸스트룀, 카림 알라미를 제치고 4연승을 거두며 준결승에 올라 그 미소를 되찾았다.

움직임이 유연한 슬로바키아인 쿠체라는 한때 10위 안에 들었지만, 이 네 명 중에는 진정한 테니스 거장이 없었다. 그러나 입지를 재확인하는 시간이었다. 페더러는 새롭게 자신감을 느끼며 한 손 백핸드와 흐르는 듯한 올코트 게임*을 펼치는 독일인 토미 하스를 상대로 메달 라운드에 진출했다. 하스는 페더러와 달리 어렸을 때 유럽을 떠나 플로리다주 브레이든턴에 있는 볼리티에리 아카데미에서 훈련받았다. 이 아카데미의 설립자 닉 볼리티에리는 구릿빛 피부에 사교적이며 강력한 기를 타고

---

* 다양한 스트로크로 코트 전체를 이용하는 기술.

난 사람으로 여덟 번 결혼했지만, 무엇보다도 일과 결혼했다. 볼리티에리는 자기 과시욕이 무한했을 뿐만 아니라 자신이 뛰는 경기보다 자신이 코치한 경기를 훨씬 더 사랑했다.

당시 스물두 살이던 하스는 1999 호주 오픈에서 이미 그랜드 슬램 준결승에 진출했고, 2002년에는 세계 2위를 했지만 큰 부상으로 더는 올라가지 못했다. 그러나 하스는 페더러와 마찬가지로 2000년에 실망스러운 시즌을 보내다가 올림픽에 출전했다.

페더러가 내내 고군분투하는 가운데 하스가 6-3, 6-2로 비교적 쉽게 이겼다. 페더러는 하스가 마지막 게임에서 서비스 득점으로 승리를 거두어 올림픽 결승 진출과 메달을 확보하자 좌절감에 휩싸여 라켓을 공중으로 걷어찼다.

경기 초반에 룬드그렌이 했던 말이 쉽게 떠올랐다. 「지고 있을 때 로저는 여전히 싸우는 데 어려움을 겪어요.」

그러나 페더러는 특이한 테니스 형식 때문에 여전히 올림픽 메달을 딸 기회가 있었다. 그는 동메달 결정전에서 또 한 명의 놀라운 선수, 즉 스물한 살의 프랑스 선수 아르노 디 파스칼과 맞붙었다.

62위에 불과한 디 파스칼과 페더러는 우호적인 관계였지만 시드니에서의 예상치 못한 격돌은 시작부터 팽팽했다. 디 파스칼이 7-6(7-5), 6-7(7-9), 6-3으로 이겼다. 그는 2세트 타이브레이크에서 매치 포인트로 마무리하는 데 실패했지만, 3세트 초반 서브 브레이크로 만회하며 세트를 따내 승리했다.

「나는 두려웠어요. 무척 두려웠지만 패자로 코트를 나갈 수는 없다고 생각했어요. 내 커리어에서 가장 중요한 순간이었죠.」 디 파스칼이 말했다.

그때는 예상할 수 없었지만, 이 승부는 그의 커리어에서 가장 중요한 순간으로 남았다. 디 파스칼은 2007년 단식 투어에서 좋지 못한 기록으로 은퇴했다.

페더러는 시상대에 오르지 못한 채 — 어느 올림픽에서도 좌절감이 가장 큰 — 4위로 마무리한 것에 만족해야 했다. 그는 하스에게 패한 마음의 상처를 회복하기 위해 애썼고 디 파스칼과의 경기에도 회한이 많았다.

그는 경기 후 인터뷰에서 눈을 가릴 만큼 야구 모자를 푹 눌러썼다. 「솔직히 너무 절망스러웠어요. 토미 하스와의 준결승전에서 아주 형편없는 플레이를 했어요. 오늘은 더 잘 뛰었어요. 문제는 세부적인 것들, 하찮은 것들이었죠. 메달이 눈앞에 있는데 지면 정말로 마음이 아파요.」

하지만 페더러의 첫 올림픽은 사실 더 행복한 분위기로 끝났다. 시드니에서의 마지막 날 저녁, 그는 처음으로 바브리네크에게 키스했다.

그들이 그렇게 많은 시간을 함께 보낼 기회는 쉽게 오지 않았다. 바브리네크는 올림픽에 아예 출전하지 못할 뻔했다.

그들은 전화로 연락하면서 12월이 되어서야 다시 만날 수 있었지만, 서로에게서 특별함을 발견했다. 페더러가 그렇게 오랫동안 탁월한 테니스 기술을 한껏 발휘하는 데 더 큰 역할을 한 사람은 없었다.

「그녀는 임무를 띠고 있었어요.」흐루네벌트가 말했다.

처음에는 확실히 행운이 하나의 요인이었다. 스위스 언론인 로랑 파브르가 솜씨 있게 표현했듯이, 로저가 〈페더러〉가 되기 위해서는 굉장한 노력과 현명한 선택이 필요했다.

페더러는 몇 년 후 내게 이렇게 말했다. 「미르카는 내가 어떤 재능도 낭비하지 않을 거라고 굳게 믿었어요. 왜냐하면 그녀는 자신의 한계를 어느 정도 알고 있었어요. 그녀는 정말로 열심히 노력했지만, 내 재능으로 내가 더 많은 것을 이룰 수 있다는 걸 알았고 그 믿음이 큰 영향을 미쳤어요.」

6
영국, 윔블던

「센터 코트의 전통을 잘 아시나요?」로저 페더러가 윔블던 테니스 사원에 들어가려고 하자 관리원이 물었다.

페더러는 텔레비전에서 센터 코트 경기를 여러 번 봤지만 경기를 해본 적은 없다고 말했다. 그러자 관리원은 선수들이 함께 걸어와 귀빈석에 예를 표하는 관습 등 불문율을 자세히 알려 주었다(2001년에도 이런 일이 일어났다).

열아홉 살의 페더러는 기꺼이 의례를 존중했지만, 극적인 방식으로 전통과 결별할 참이었다. 그의 4회전은 8년 동안 윔블던에서 단 한 번 패한, 강력하고 과묵한 캘리포니아인 피트 샘프러스와의 경기였다. 1996년에 샘프러스를 이긴 선수는 리카르트 크라이체크였다.

이 시기에 센터 코트는 올 잉글랜드 클럽이 그렇듯이 샘프러스의 것이나 다름없었다. 그러나 몇 년 동안 멀리서 관찰한 끝에, 전 세계 청중에게 압박감 속에서 현란한 테니스 기술과 새로 얻은 냉철함을 보여 줄 준비를 마친 페더러는 이제 샘프러스의 아성을 침범하려 하고 있었다.

1년 내내 이 스포츠를 계속 지켜본 사람들은 그 위협을 알고 있었다. 우리는 2001년 시즌 내내 샘프러스가 타이틀을 따내지 못하고 평소와 다르게 고군분투하는 모습을 보아 왔다.

「그가 여전히 열심히 노력하고 있는지 궁금해요. 그는 예전 같지 않아요.」 아홉 개의 단식 타이틀을 거머쥔 장본인으로서 샘프러스의 윔블던 연승에 공감하는 몇 안 되는 선수 중 한 명인 마르티나 나브라틸로바가 말했다.

우리는 또한 밀라노에서 첫 ATP 타이틀을 따고, 데이비스 컵에서 뛰어났으며, 클레이 코트인 프랑스 오픈에서 준준결승에 진출하고, 스헤르토헨보스의 잔디 코트에서 준결승에 진출하는 등 좀 더 확실한 영향력을 지닌 선수로 발전하는 페더러의 모습을 보았다. 1998년 소년 단식과 복식 타이틀을 가져간 이후 한 번도 승리하지 못했던 윔블던에서 그는 질주했다. 2회전에서 그자비에 말리스를 5세트에서 꺾은 뒤, 만만치 않은 리턴으로 잔디 코트 경기를 즐기는 스웨덴의 베테랑 요나스 비에르크만을 상대로 연달아 세트를 따내며 더 강력한 신호를 보내고 있었다.

영국 테니스 팬들은 샘프러스가 영국의 영원한 노력파 선수 팀 헨먼과 준준결승을 치를 것으로 내다보고 있었다. 그러나 전문가들은 우수한 선수와 위대한 선수를 가르는 직사각형의 잔디로 걸어가는 페더러를 예의 주시하고 있었다.

「드디어 내가 원하던 곳에 왔어요. 처음으로 윔블던의 센터 코트에서 피트와 맞붙는 거죠. 한 세트만 이기려고 온 게 아니라 승리하기 위해서 온 겁니다.」 페더러가 스위스 언론과의 인터뷰에서 말했다.

윔블던은 정말 광채를 잃었다. 시대에 뒤떨어졌다. 요즘 누가 잔디밭에서 테니스를 칠까? 한때 호주 오픈과 US 오픈 역시 잔디 코트에서 열리면서 잔디 바닥은 테니스의 뛰어난 코트 유형이었다. 하지만 이제는 잔디 코트 테니스가 투어 일정에서 5주밖에 차지하지 않는다. 합성 재질의 바닥이 대세지만 윔블던은 여전히 잔디 코트만 사용한다. 그래서 선수들은 스타가 되는 동안 이 스포츠의 과거와 흰색 복장과 다시 만난다.

윔블던은 네 개의 주요 대회 중 유일하게 사설 클럽에서 경기하지만, 올 잉글랜드 잔디 테니스 앤 크로켓 클럽은 정규 윔블던 대회가 열리는 동안에는 사설 클럽과 거리가 멀다. 오거스타 내셔널이 정규 마스터스 대회가 열리는 동안 사설 클럽과 거리가 먼 것처럼 말이다.

윔블던의 통로와 매점은 대회 기간에 너무나 붐비지만, 토너먼트는 좀처럼 실망을 안기지 않는다. 이 클럽은 대부분의 사람이 상상하는 것보다 언덕이 더 많고 대부분의 사람이 상상하는 것보다 더 현대적이지만, 센터 코트는 상상한 바와 비슷하다. 콘서트홀의 음향과 적은 광고 덕분에 경기장보다는 극장처럼 느껴진다.

2009년에 인상적인 개폐식 지붕이 설치되면서 좌우 대칭 구조가 다소 사라졌지만, 페더러가 처음 잔디 코트에 발을 디뎠을 때는 아직 예전 그대로였다.

그는 샘프러스와 초면이 아니었다. 페더러는 바젤에서 열린 ATP 대회 기간에 샘프러스의 볼 보이였다. 지난 2월 페더러가 미국 데이비스 컵 팀을 거의 한 손으로 박살 내는 모습을 샘프러스는 눈여겨보았고, 그들은 나중에 투어에서 만나 함께 연습했다.

하지만 샘프러스는 여전히 1번 시드였고, 여전히 잔디 코트에서 오픈 시대의 가장 성공적인 남자 선수였으며, 여전히 윔블던 남자 단식 8연속 우승을 이룬 첫 번째 선수가 되기를 열망했다.

그러나 샘프러스가 2회전에서 겨우 랭킹 265위밖에 안 되는 상냥한 영국인 배리 카원을 상대로 5세트까지 끌면서 경고 등이 깜박였다.

「사실 정상적인 피트 샘프러스라면 3세트 안에 이겼을 겁니다.」 페더러가 말했다.

정상이든 아니든 샘프러스는 3회전에서 재빨리 활력을 되찾아 사르기스 사르그시안을 물리쳤고, 페더러를 상대로도 응당 자신감이 있었다.

「기분이 괜찮았어요. 나는 로저와 조금 안면이 있었고 그가 유망한 선수라는 것도 알고 있었기 때문에 거저먹는 상대라고는 생각하지 않았어요. 하지만 내가 이길 시합이라고 느꼈는데 약간 허를 찔린 거죠.」 샘프러스가 20년 후에 내게 말했다.

페더러는 경기 전에 느낌이 좋았지만, 그의 몸은 이것이 보통 경기가 아니라는 신호를 보내고 있었다. 센터 코트에서 5분간 워밍업 동안 손이 〈얼음처럼 차가웠다〉고 그는 말했다. 그러나 그는 오프닝 포인트에서 슬라이스 서브 에이스*로 득점했고 이후 1분여 만에 0-40에서 또 다른 서브 에이스로 멋지게 경기를 시작했다.

시합이 진행되면서 그는 샘프러스처럼 실수를 되풀이하는 대신 포인트 사이에 스트링을 만지작거리며 마음속의 대화를 거의 드러내지 않았다.

이렇게 되기까지 진정 오랜 시간이 걸렸다. 수년간 본인이 노력하고 부모님을 비롯해 스포츠 심리학자 크리스티안 마르콜리, 코치, 센터 코트의 선수석에 앉아 있던 여자 친구 미르카까지 모든 사람이 건설적인 비판을 내놓은 결과였다.

페테르 룬드그렌이 페더러에게 이렇게 경고한 적이 있다. 「모두 네가 최고의 테니스 선수라는 걸 알고 있어. 하지만 그들이 싸우는 이유는 그래야만 네가 정신을 놓아 버렸을 때 너를 잡을 수 있기 때문이야.」

페더러가 포커페이스로 일관하는 이유도 그가 점점 더 두각을 나타낼수록 코트에서 보이는 그의 익살맞은 행동과 부정적인 태도가 그의 이미지로 굳을 위험이 있다는 걸 깨달았기 때문이다.

5월 로마에서 열린 이탈리아 오픈에서 그는 불같은 성격의 러시아 스타 마라트 사핀을 3세트 만에 제패했다. 그는 수시로

* 서브한 공을 상대편이 받지 못해 득점하는 경우.

고함을 지르고 고통스러운 표정을 지었으며 라켓을 내동댕이 쳤다. 그중 많은 장면이 유럽 스포츠 하이라이트 프로그램을 통해 방영되었다. 페더러는 그 장면들을 좋아하지 않았다.

사핀과 싸운 지 일주일 뒤, 페더러는 함부르크 경기 1회전에서 아르헨티나의 베테랑 프랑코 스킬라리를 맞아 또 한 번 나쁜 성질을 보여 주었다. 서브에서 매치 포인트를 얻은 그는 발리 샷을 잘못 판단한 뒤 넌더리를 내며 라켓을 부러뜨렸다.

「있는 힘껏 때려 부쉈어요.」페더러가 말했다.

그러나 이번에는 단순히 초반에 패해서 실망했다기보다 자기 행동에 화가 나서 코트를 떠났다. 그는 이제 진지하게 변해야 할 때라고, 공공의 이익을 위해, 무엇보다 자신의 이익을 위해 재갈을 물어야겠다고 속으로 생각했다. 그와 가장 가까운 사람들이 강력하게 압력을 넣었지만 그 결정은 그에게서 나와야 했다.

「그때가 내 커리어를 결정짓는 순간이었어요. 얼마 후 텔레비전에서 내 모습을 보고 불편해지기 시작했어요. 내가 라켓을 구석에 던지고 〈이런, 맙소사〉라고 내뱉었어요. 그러고는 주위를 둘러봤어요. 너무 좌절하고 실망한 표정이었어요. 그때 생각했죠. 〈멍청하고 어리석어 보여. 정신을 좀 차려야겠어.〉 시간이 오래 걸렸어요.」여러 해가 지난 뒤 페더러가 내게 말했다.

페더러는 점점 더 큰 대회에 나갈수록 경외감을 느꼈지만, 대진표 순위가 올라갈수록 그의 감정이 자신의 퍼포먼스에 영향을 미친다는 것도 인식했다.

「내 행동 때문에 스스로 지쳐 간다는 걸 알았어요. 경기 때문이 아니라 경기 중에 느끼는 감정 때문에요. 나는 매우 감정적이었어요. 재미있는 건 내가 열두 살이나 열세 살 때 모든 선수가 나처럼 행동했다는 거예요. 마르코 키우디넬리와 미하엘 라머 등 모두 그랬죠. 우리는 모두 툴툴거리며 서로 화를 돋우려 했는데, 솔직히 왜 그랬는지 모르겠어요. 아무렇지 않게 그런 행동을 했는데, 갑자기 하나의 일이 다른 일로 이어져 큰 무대에 서게 된 거예요. 이제 패트릭 래프터나 피트 샘프러스, 또는 실제로 존경하는 사람과 경기하기 때문에 더는 그렇게 행동할 수가 없어요. 무슨 뜻인지 아시겠어요? 똑같을 수가 없는 거죠.」 페더러가 말했다.

사실, 똑같을 수 있다. 큰 무대로 진출한 다른 테니스 스타들은 짜증을 내고 라켓이나 의자를 던지는 행동을 거의 멈추지 못했다. 존 매켄로, 사핀, 닉 키리오스를 보면 알 수 있다.

그러나 그런 상황은 적어도 겉으로는 페더러를 마침내 진정시키기에 충분했다.

내면에서는 여전히 피가 끓고 있었지만 말이다.

「맞아요, 그렇게 말할 수 있어요.」 페더러가 수긍했다.

불을 끄는 대신 조절하는 법을 배우는 일, 머리를 어지럽히는 화톳불 대신에 천천히 타는 연료로 바꾸는 일이 중요했다.

그는 때때로 유체가 이탈하는 느낌이 들기도 했지만 샘프러스를 상대로 상당한 지구력을 보여 주었다.

페더러는 소년 시절 또 다른 우상인 보리스 베커와 스테판 에드베리와 경기한 적이 없고 마르셀로 리오스와도 아직 대면하지 않았다. 그러나 지금 센터 코트에는 페더러 쪽으로 무시무시한 서브를 노리고 있는, 그가 멀리서 응원하곤 했던 미국 스타 샘프러스가 있었다.

「처음에는 그렇게 시작하죠. 텔레비전에서 본 내 영웅들을 상대로 경기하는 겁니다. 어쨌든 헤쳐 나가야죠.」 페더러가 내게 말했다.

샘프러스는 열아홉 살에 이반 렌들과 매켄로를 연달아 물리치고 1990 US 오픈 우승을 차지하면서 그것을 해냈다. 그는 2회전에서 나중에 페더러의 코치가 된 페테르 룬드그렌도 꺾었다.

그 경기는 내가 처음 취재한 US 오픈이었다. 시험을 보기 전 문제지를 건네받고 합격을 예감한 아이처럼 샘프러스가 그 이변의 후반부에 자주 보였던 자의식 강한 모습을 나는 항상 기억할 것이다.

당시 샘프러스는 페더러보다 정확히 열 살 위인 베테랑 챔피언이었다. 페더러의 경기는 여러 면에서 한 손 백핸드에서 파괴적인 러닝 포핸드*와 곡예와도 같은 즉흥 동작에 이르기까지 샘프러스의 성공에 대한 경의의 표시였다.

둘 다 공을 던질 때 발을 벌리고 있다가 서브를 토스하면서 무릎을 구부리고 뛰어오르는 리듬감 있는 〈노스텝〉 서비스를 구사했다. 라파엘 나달과 앤디 머리를 포함한 많은 선수는 토스 후 뒷발로 한 걸음 내디딘다.

샘프러스와 페더러는 키(185센티미터)와 몸무게(80킬로그

* 옆으로 빠지는 공을 향해 달려가며 치는 샷.

램)가 같았다. 그들은 심지어 사용하는 라켓도 같았다. 비교적 작은 약 548제곱센티미터 헤드의 윌슨 프로 스태프 85는 타이밍이 잘 맞는 샷을 치기에 아주 유리하다. 나는 여러 해 동안 취미 삼아 이 라켓으로 테니스를 쳤는데, 발리 샷을 칠 때마다 〈버터를 바른 듯이〉라는 표현이 딱 들어맞는다고 느꼈다.

샘프러스의 감독이었던 고(故) 팀 걸릭슨의 쌍둥이 동생인 톰 걸릭슨은 관중석에서 샘프러스와 페더러를 지켜보며 두 사람의 유사성에 큰 충격을 받았다.

「눈을 비비고 봤다니까요.」 그때 그가 내게 말했다.

두 사람이 완전 판박이는 아니었다. 페더러의 꼿꼿한 자세는 샘프러스의 약간 구부러진 자세와 대조를 이뤘다. 페더러는 더 부드럽게 움직였다. 샘프러스는 탁월한 서비스 파워와 포 코트에서 더 폭발적인 움직임, 첫 서브 속도로 거리낌 없이 때리는 두 번째 서브를 소유한 더 위협적인 존재였다. 그러나 비슷하다는 사실은 틀림없었고, 보통은 테니스 스타일이 달라야 경기가 볼만하지만, 닮은 꼴들이 벌인 이 윔블던 맞대결은 실제로 뛰어난 기량과 샷 메이킹의 다양성, 순수한 운동성, 빠른 페이스, 막상막하의 점수 결과 때문에 예외로 판명되었다.

샘프러스 시대와 그 이전에는 잔디 코트에서 연달아 테니스를 치고 패턴이 너무 짧아 빤하다는 불만이 많았다. 그러나 수년 뒤 베이스라인이 우세한 시대가 오래 지속되는 가운데 샘프러스와 페더러의 경기를 지켜보면, 최고의 두 선수가 에이스*와

* 상대의 실수 등에 의하지 않고 자신의 샷으로 얻은 득점.

빠른 타격을 주고받을 때 빠른 포인트와 스타카토 리듬을 지닌 순수한 공격형 테니스가 여전히 매력 있다는 사실이 달콤쌉쌀하게 다가온다.

「구식 테니스 같았어요. 지금은 그렇지 않죠. 이제 윔블던 코트는 베이스라인 근처에 아무도 없어요. 그 시합은 예전 스타일처럼 보였어요. 베이스라인에서 네트까지 휑하니 T 자만 보였어요. 정말 재미있게 봤고, 지금 봐도 재미있어요. 그 방송이 나올 때마다 재미있게 보고 있죠.」 페더러의 코치 페테르 룬드그렌이 최근 내게 말했다.

샘프러스는 서브를 넣기 전 네 번째 게임 0-40에서 세 개의 브레이크 포인트를 방어해야 했다. 그는 압박감 속에서 특유의 성격대로 대담했지만, 경기가 진행되면서 그답지 않은 실수도 있었다. 간단한 백핸드 패싱샷들이 네트에 떨어졌고, 발리를 늦게 감지한 것 같았으며, 심지어 그의 트레이드마크 중 하나인 앞으로 뛰어나가며 치는 오버헤드 〈슬램 덩크〉를 잘못 쳤다.

안타깝게도 이것이 그들의 유일한 공식 경기가 되었다. 그 경기는 단 몇 개의 샷이 좌우하는 고전적인 시합이었다. 길어 보였지만 샘프러스를 당황하게 하기에 충분했던 1세트 타이 브레이크 5-6 상황에서 페더러가 처음 서브를 넣었을 때처럼 말이다. 그는 자신의 유일한 세트 포인트에서 이 리턴을 놓친 후 당연하게 회의감을 내비쳤다. 그가 높은 포핸드 발리*를 때리자

* 오른손잡이의 경우는 몸의 오른쪽, 왼손잡이의 경우는 몸의 왼쪽에서 공을 받아 넘기는 타구법.

페더러가 신경질적으로 후려치며 서브와 2세트를 내줄 때도 그랬다. 그가 몸 쪽으로 위협적인 서브를 넣자 놀란 페더러가 라켓의 헤드를 잔디 쪽으로 향하게 해서 마법처럼 리턴할 방법을 찾아냈을 때도 마찬가지다. 이때 샘프러스는 또 다른 오버헤드를 못 받아쳐 3세트를 내줄 기회를 허용했다.

그러나 샘프러스는 4세트 타이 브레이크를 압도해 5세트까지 끈 뒤 〈화장실 휴식〉을 위해 코트를 떠났다. 페더러는 새로운 반다나를 접어 머리에 감으면서 의자에 앉아 충분한 시간 동안 이 상황에 대해 생각했다.

센터 코트의 기자석에 앉아서 지켜보던 나는 샘프러스가 이기는 줄 알았다. 그 미국인은 절정기는 아니었지만 여전히 상당한 위력이 있었고, 이 경기에서 탄력을 받았으며, 그를 상대한다는 압박감 때문에 많은 윔블던 도전자가 실력을 발휘하지 못하는 모습을 봐왔기에, 깊은 믿음을 가지고 있었다.

그때 우리는 샘프러스의 실력을 이미 알고 있었다. 그것을 상상하거나 창의력을 발휘해 생각할 필요가 없었다. 그는 몇 년 동안 그것을 증명해 왔다. 반면 페더러는 미지의 인물이었다.

샘프러스는 윔블던에서 5세트를 패한 적이 없었다. 페더러는 아마 다행히도 그 통계를 알지 못했을 것이다. 왼쪽 다리의 내전근이 계속 당겨 왔지만 그는 신선한 기분과 함께 그만큼 중요한 침착함을 느꼈다.

경기가 재개되자 그는 재빨리 서브를 넣어 득점했고, 페더러가 4-4에서 서브를 넣을 때까지 두 사람 모두 마지막 세트에서 브레이크 포인트를 내주지 않았다.

샘프러스는 보통 리턴을 오래 끌지 않지만, 이번에는 체력을 아끼기 위해 상대편의 서비스 게임을 힘들이지 않고 오래 따라간 뒤 빠르게 좋은 리턴을 해서 하나의 서브 브레이크를 획득하려고 했다. 그렇게 해야만 그의 엄청난 서브로 세트를 따낼 수 있었기 때문이다.

이 4-4 게임은 그런 순간 중 하나처럼 느껴졌고, 샘프러스는 정말로 브레이크 포인트 2점을 얻어 승리에 가까워졌다. 그러나 이상하게도 그는 두 포인트를 모두 낭비했다. 30-40에서 샘프러스는 평범한 백핸드 패스를 쳤고 페더러는 재빨리 발리로 위너를 때렸다. 어드밴티지를 잡은 샘프러스는 러닝 포핸드를 치면서 네트로 붙었지만 실패하고 말았다. 이는 쉽지는 않지만 그의 파워가 최고조라면 리턴할 방법을 찾았을 샷이었다.

「그런 상황에서는 보통 내가 이길 것 같았어요. 하나의 브레이크 포인트는 내 머릿속에서 매치 포인트입니다. 내가 브레이크 포인트 하나를 얻으면 나한테 그 매치는 내 것이지만, 그때는 그럴 운명이 아니었던 거죠.」샘프러스가 내게 말했다.

페더러는 서브 득점으로 5-4로 만들었고 다시 서브 득점으로 6-5로 만든 뒤, 백핸드 리턴 위너로 샘프러스의 다음 서비스 게임을 재빨리 주도했다.

다음 포인트에서 샘프러스는 약간 뻣뻣하게 움직이며 낮은 포핸드 발리를 길게 쳐 0-30으로 지고 있는 상황에서 15-30으로 만회했으나, 포핸드 발리를 또 한 번 실패해 다음 포인트를 잃었다. 이번에는 공이 테이프에 걸렸다.

15-40이었다. 10대의 매치 포인트였다. 센터 코트에서의 습관대로 샘프러스는 집게손가락으로 이마에 흐르는 땀을 튀기며 첫 서브를 넣었다. 그것은 넓은 슬라이스였지만 페더러를 피할 만큼 넓지는 않았다.

「피트의 강점은 서브로 모든 지점을 공략할 수 있다는 겁니다. 크게 이기는 순간 그것이 그를 매우 훌륭한 선수로 만들었죠. 피트가 서브를 넣자마자 20센티미터 정도 빗나갔고, 그 순간 피트는 〈저게 아닌데〉라고 생각했던 기억이 나요.」 당시 샘프러스의 코치였던 폴 아나콘이 말했다.

페더러는 오른쪽으로 걸어가서 돌진하는 샘프러스가 다가갈 수 없는 다운 더 라인*으로 포핸드 리턴 위너를 때렸다. 샘프러스의 윔블던 경기 31연승은 끝나게 되었다. 페더러는 무릎을 꿇고 두 손으로 얼굴을 가린 채 등으로 구른 뒤 눈물을 흘렸고, 곧 악수하려고 벌떡 일어섰다.

「정말 그를 이길 수 있을 것 같다는 느낌이 들었어요. 줄곧 그런 느낌을 받았죠. 그래서 내가 이긴 겁니다.」 페더러가 우리에게 말했다.

그는 센터 코트의 단골 선수처럼 경기했다.

「승리의 순간이 로저에게 조금 더 가까워 보였고, 피트에게는 그 순간이 찾아올 것 같지 않았어요. 이상하게 어느 쪽도 그 순간을 맛볼 것 같지 않았죠. 로저가 조금 더 잘했을 뿐이고, 그것

---

* 상대편 코트의 사이드 선과 평행하게 직선으로 공을 보내는 기술.

은 놀라운 일이었어요. 그의 성공 가도가 시작되는 순간이었죠.」아나콘이 말했다.

경기가 끝나고 나서야 페더러가 다시 신인처럼 보였다. 샘프러스가 멈춰서 전통에 따라 몸을 숙여 예를 표하는 동안 페더러는 출구 쪽으로 계속 걸어갔다. 싱긋 웃으며 수줍어하던 페더러는 재빨리 방향을 바꿔 7회 우승자 옆으로 가서 급하게 예를 표했다.

그는 룬드그렌의 스웨덴 롤 모델이자 절친한 친구인 비에른 보리에게 승리를 헌정했다. 룬드그렌은 보리의 성대모사를 놀랄 만큼 잘 할 수 있었다. 발신자 ID가 나오기 전에는 룬드그렌이 장난 전화로 동료 스웨덴 선수들을 속일 수도 있었다. 그는 요나스 비에르크만을 속여 보리가 그를 저녁 식사에 초대했다고 믿게 한 적이 있다. 비에르크만은 룬드그렌이 예약한 멋진 몬테카를로 레스토랑에 도착해서야 진실을 알게 되었다.

「그는 보리보다 더 보리 같았어요.」비에르크만이 말했다.

페더러는 그 목소리에 너무나 익숙해 2001년 초 몬테카를로에서 마침내 진짜 보리를 만났을 때 무표정한 얼굴을 하기가 어려웠다.

가장 위대한 테니스 선수 중 한 명인 보리는 윔블던에서 단식 경기 41회 연속 우승과 5회 연속 타이틀을 획득했다. 샘프러스가 그 기록을 쫓고 있었다.

페더러는 그를 잠깐 본 적이 있지만 이제 보리와 직접 이야기하고 싶었다. 전화가 재빨리 연결되었다. 페더러의 에이전트 빌

라이언은 보리의 오랜 에이전트이기도 했다.

「보리와 이야기할 때 로저는 사탕 가게에 간 어린아이 같았어요. 그의 눈이 접시 같았죠.」 라이언이 내게 말했다.

페더러는 샘프러스와 같은 수의 에이스(25개)를 치고, 더 지속해서 리턴하고, 중요한 세컨드 서브를 연속해서 넣고, 심지어 더 위압적으로 공을 치며, 패싱샷의 속도로 샘프러스를 자주 놀라게 하여 그를 이겼다.

「사실입니다. 내가 압도당했다고 말하고 싶지는 않지만, 분명히 내게 익숙하지 않은 압박감이 좀 있었어요. 그를 상대한 게 처음이었잖아요. 그다음 날 그와 경기했다면 마음의 준비가 좀 더 되었겠지만, 나는 조금 불안했어요. 그때 그는 매우 잘했어요. 몇 년 후에는 위대해졌죠. 나는 그가 재능 있고 얼마간 주위에 있을 거라고 생각했지만, 그 후 20년간 그가 테니스계를 휩쓸고 그토록 많은 것을 이루리라고는 누구도 예측하지 못했을 겁니다. 타이거 우즈나 르브론 제임스와는 달라요. 그들은 열두 살 때부터 슈퍼스타가 될 거라고 예견되었죠. 나와 로저의 경우는 사람들이 잘 알지 못했어요. 테니스에서는 명확하지 않아요. 발전하는 데 시간이 걸리거든요.」 샘프러스가 내게 말했다.

그의 말에 페더러가 이틀 뒤 8강전에서 헨먼에게 4세트 끝에 7-5, 7-6(6), 2-6, 7-6(6)으로 패한 일이 생각났다.

페더러는 열아홉 살에 첫 메이저 타이틀을 따내 제2의 샘프러스가 되지는 못했다. 다리 부상으로 그는 진통제를 먹어야 경기할 수 있었다. 잔디 코트에서조차 — 상대 선수와 차이가 아주 뚜렷하지 않았지만 — 그는 꽤 인상적이었다. 가장 중요한 경기 중 하나에서 슈퍼스타를 이기는 일만큼 젊은 선수의 위상을 높이는 것은 없다. 떠들썩했던 2018 US 오픈 결승전에서 오사카 나오미가 세리나 윌리엄스를 물리쳤을 때 그랬다. 윔블던에서 페더러도 확실히 그랬다.

「피트와 샘프러스의 경기가 모든 걸 바꿨다고 생각해요. 그때 그가 누군지 모두 알았으니까요. 윔블던의 센터 코트에서 피트 샘프러스를 이겼다면 자기 실력을 알 것이고, 한마디로 그 후 유명해졌죠. 그 전에도 그가 결과를 냈지만 매니저들과 주변 사람들은 〈뭐가 문제야? 그가 왜 이젠 이기지 못하는 거지?〉라고 말했어요. 그래서 내가 이렇게 말했죠. 〈그는 아직 준비가 안 됐어. 그의 게임은 엄청나. 적절한 샷에 적절한 무기를 선택하는 데는 시간이 걸려. 그의 가방에는 도구가 아주 많아. 한 샷에 열다섯 개는 될 거야.〉」 룬드그렌이 말했다.

페더러가 샘프러스를 이기자 피터 카터뿐만 아니라 룬드그렌의 믿음이 정당화되었고, 에이전트와 후원자들이 조용해졌다. 새로운 스타 탄생의 순간이었지만, 아직 진정한 세대교체를 의미하지는 않았다.

「흥분하지 않았으면 좋겠어요. 그러니까 나는 그냥 진 거예요. 나는 오랫동안 뛸 계획입니다. 윔블던은 내가 경기하는 이유예요. 이런 대회를 위해서 뛰는 거죠. 내가 그만둔다면, 그건 내 능력 때문이 아니라 더는 하고 싶지 않기 때문일 겁니다. 겁을 먹고 내가 여기서 다시는 이기지 못할 거라고 생각할 이유는 없어요. 여기서는 항상 이길 수 있을 것 같아요.」 샘프러스는 패배한 날 이렇게 말했다.

샘프러스는 윔블던에서 다시 우승하지 못했지만, 2002 US 오픈에서 14번째 그랜드 슬램 단식 우승으로 자기 의심을 가라앉혔다. 페더러는 곧장 정상에 오르지 못했다. 2001년 올 잉글랜드 클럽에서 침착하고 탁월하게 올코트 게임을 펼쳤지만, 그는 아직 우뚝 솟을 준비, 그리고 샘프러스와의 경기에서 얻은 승리로 인한 기대감 속에서 편안하게 살 준비가 되어 있지 않다. 그 시기에 부상을 입은 그는 크슈타트에서 잠시 모습을 보였다. 그는 1회전에서 미래의 코치인 이반 류비치치에게 패한 뒤, 치유하기 위해 비엘/비엔에서 6주간 휴식을 취해야 했다.

운동을 쉬는 동안 그는 운전기사가 되었다. 이브 알레그로와 스벤 스비넨이 차례로 집을 옮긴 뒤 미하엘 라머가 페더러의 동거인이 되었다. 라머는 발목 부상에 대한 재활 치료를 하려고 했지만, 여전히 고등학교 수업에 가야 했다.

당시 운전면허증이 있었던 페더러는 운전기사를 자청했다.

「로저가 이렇게 말했어요. 〈좋아, 내가 등하교를 맡아 줄게. 내가 부상 때문에 일정이 자유로우니까 택시 운전사 노릇을 해 줄게.〉」라머가 회상했다.

역시 부상을 회복하기 위해 비엘에 있던 미르카 바브리네크도 라머와 페더러와 상당히 많은 시간을 보내고 있었다.

「미르카가 고맙게도 우리 대신 아파트를 관리하기 시작했어요. 운이 좋았죠. 미하엘과 나는 아직도 그 이야기를 하며 웃어요. 미하엘이 나를 방문한 날 저녁을 같이 먹으며 우리는 또 그 이야기를 했답니다. 우리 삶에 미르카가 있어서 얼마나 좋은가에 대해 말이죠. 마침내 우리는 물건을 찾을 수 있었고, 마침내 먼지가 다 사라져 다시 정상적으로 숨을 쉴 수 있었어요.」 페더러가 껄껄 웃으며 내게 말했다.

탁월함이 지속될지는 아직 알기 어려웠다. 페더러는 2000년에 13위를 차지했지만 레이턴 휴잇이 우승한 호주 시드니에서 열린 최고 8인 투어 결승전에 진출하기에는 역부족이었다.

2002년 시즌은 페더러에게 상서롭게 시작되었다. 그는 시드니에서 우승했고, 모스크바 데이비스 컵에서 탁월함이 더 돋보였으며, 밀라노와 마이애미에서 결승전을 치렀고, 클레이 코트의 거장 구스타부 키르텡과 사핀을 이긴 뒤 함부르크에서 또 다른 클레이 타이틀을 따냈다. 그러나 페더러는 프랑스 오픈 1회전에서 히샴 아라지에게 패한 뒤 전년도 퍼포먼스 이후 우승 후보 중 한 명으로 7번 시드를 받고 윔블던에 돌아왔다.

현역 시절 공격형 선수이자 대담했던 존 매켄로는 우승 후보로 페더러를 꼽았다. 그의 스타일과 가망성을 믿는 올 잉글랜드 클럽의 센터 코트에 돌아온 페더러는 크로아티아의 예선 통과자 마리오 안치치를 상대로 경기를 치렀다. 마리오 안치치는 키가 크고 마른 체형에 지적이었으며 고란 이바니셰비치처럼 아름다운 해안 도시 스플리트 출신이었다. 열여덟 살의 안치치는 페더러보다 두 살 어렸고 그랜드 슬램 대회에 처음으로 출전한 것이었다. 확신에 찬 상태로 공격한 안치치는 페더러를 6-3,

7-6(2), 6-3으로 제압해 센터 코트에서의 경험이 센터 코트에서의 탁월함의 전제 조건이 아님을 다시 한번 입증했다.

이 시합은 그때까지 페더러의 선수 생활에서 가장 실망스러운 패배였다. 이 시기에 그는 나이키와 맺은 계약의 갱신을 고려 중이었고, IMG의 매니지먼트 계약 세부 사항에 분쟁이 발생해 가변적이고 민감한 상황에 놓여 있었다.

테니스는 코트 밖 수입이 최고 스타들의 상금을 시시하게 만드는 스포츠이다. 종종 선물 시장과 다를 바 없는 이 스포츠 비즈니스 세계에서는 페더러가 다음번 1위 선수인지 아니면 젊고 재능 있는 경쟁자 중 하나일 뿐인지 진정으로 의구심이 들었다.

같은 또래 레이턴 휴잇은 이미 세계 최고 선수였고, 2002년 서브앤발리 없는 상전벽해의 윔블던 결승전에서 페더러의 또 다른 주니어 라이벌인 아르헨티나의 다비드 날반디안을 물리쳐 타이틀을 따냈다(적어도 전통주의자들은 우천으로 한 번 연기되었다는 사실로 위안 삼을 수 있었다). 페더러보다 훨씬 중요한 상업적 시장에서 온, 서브가 빠르고 재치 넘치는 미국의 10대 앤디 로딕도 톱 10의 문을 두드리고 있었다.

페더러에게는 불안하고 불확실한 시기였고 점점 더, 훨씬 더 나빠질 참이었다.

*

8월 초, 페더러와 룬드그렌은 마스터스 시리즈 대회와 여름 하드 코트 시즌을 시작하기 위해 토론토로 갔다.

8월 1일 밤늦게 룬드그렌의 전화벨이 울렸다. 앤드리 애거시를 지도하던 대런 케이힐이었다.

「애거시가 로저와 경기하고 싶어 해서 대런이 전화한 줄 알았어요. 대런이 〈들어 봐〉라고 했어요.」 룬드그렌이 말했다.

케이힐은 룬드그렌에게 피터 카터가 신혼여행 중에 남아프리카 공화국의 크루거 국립 공원으로 가다가 자동차 사고로 사망했다고 말했다. 카터는 겨우 서른일곱 살이었다.

페더러의 어머니 리넷은 여행을 준비하는 데 도움을 주었고 페더러는 종종 카터와 그의 스위스인 아내 실비아에게 남아프리카 공화국 여행을 강력히 추천했다. 그러나 남아공은 수많은 매력과 자연경관에도 불구하고 여전히 지구상에서 운전하기에 가장 위험한 곳 중 하나다. 8월 1일, 카터는 친구가 운전하는 랜드로버를 타고 있었다. 그 친구가 다가오는 다른 차를 피하려고 방향을 틀었는데, 바로 앞에 다리가 있었다. 운전자가 제때 통제력을 회복하지 못해, 랜드로버는 다리 옆으로 추락해 떨어졌고 카터와 그의 친구는 차 안에서 사망했다.

실비아는 다른 차에 타고 있어 무사했다. 신혼여행은 그녀의 건강 회복을 축하하기 위한 것이었다. 그녀는 2001년 결혼식 직후 호지킨 림프종 진단을 받았는데, 2002년 여름 치료에 성공했다고 판단해, 그제야 여행을 갈 수 있었던 것이었다.

여행은 비극으로 끝났고, 페더러에게 비보를 전하는 일은 룬드그렌의 몫이었다.

그는 로저에게 전화 메시지를 남겼고, 마침내 답신을 받았다. 이미 단식 경기에서 탈락한 페더러는 시내에 나와 곧바로 울면서 낯선 거리를 질주하며 룬드그렌이 방금 한 말을 이해하려 하고 있었다.

〈그는 엄청나고 암울한 상황에 부닥쳤을 때 어린 소년들이 하는 행동을 했다. 즉, 그는 달렸다.〉직관적인 미국 스포츠 저널리스트 S. L. 프라이스는『스포츠 일러스트레이티드 *Sports Illustrated*』에 이렇게 썼다.

페더러는 결국 룬드그렌의 호텔방으로 들어섰다.

「그가 들어와서 나를 봤는데, 내 표정은 말이 아니었어요. 그 상황에서는 당연한 일이었지만요. 나는 망연자실했어요. 나와 로저 모두에게 너무 힘들었어요. 카터와 나는 정말 친했거든요. 우리는 많은 시간을 함께 보냈어요. 로저는 전 코치와 친구, 모든 것을 잃었어요. 카터가 로저에게 얼마나 소중한 사람인지 알고 있었죠. 우리 둘 다 그런 일을 겪은 건 처음이었어요.」룬드그렌이 말했다.

토론토에서 그렉 루세드스키를 지도하던 스번 흐루네벌트도 호텔방으로 와달라는 룬드그렌의 전화를 받았다.

페더러가 아니라 룬드그렌이 카터의 소식을 전했다.「로저는 엄청나게 충격을 받았어요. 그는 말조차 할 수 없었어요. 완전히 정신이 나간 상태였거든요.」흐루네벌트가 회상했다.

스물한 번째 생일이 일주일도 남지 않은 페더러에게는, 그와 그의 가족이 카터에게 여행을 적극적으로 추천했기 때문에 더욱 강렬한 감정이 복합적으로 작용했다. 슬픔과 죄책감이 뒤섞여 있었다.

「그게 가장 마음 아팠을 겁니다.」흐루네벌트가 말했다.

페더러는 그날 밤 거의 잠을 자지 못했지만, 다음 날 웨인 페레이라와 함께 복식 8강전을 치렀다. 그들은 세 번째 세트 타이브레이크에서 샌던 스톨과 조슈아 이글에게 패했고, 둘 다 호주인이어서 카터가 더욱 생각났다.

슬픈 우연의 일치로 페더러의 아버지 로버트는 사고 당시 업무차 남아공에 있었다.

「카터는 우리 삶에서 특별한 사람이었어요. 그가 우리 모두와 얼마나 가까웠는지 깨닫는 순간이었죠.」카터가 사망한 그 주에 그가 바젤 신문『바슬러 차이퉁*Basler Zeitung*』과의 인터뷰에서 말했다.

페더러가 룬드그렌을 투어 코치로 임용한 뒤에도 페더러와 카터는 좋은 관계를 유지했다.

페더러가 반란을 일으켜 전 감독 야코프 흘라세크를 몰아낸 뒤, 2001년 여름 그가 밀어붙인 덕분에 카터가 스위스 데이비스 컵 팀을 이끌게 되었다. 아직 스위스 시민권이 없던 카터는 국제 테니스 연맹으로부터 정식으로 감독직을 승인받을 수 없었지만, 2002년 2월 1회전에서 러시아와 맞붙은 스위스 팀을 감독했다.

「나는 데이비스 컵을 좋아하지만, 호주에서는 이런 역할을 절대 맡을 수 없었을 겁니다. 스위스의 주요 선수들이 건강을 유지할 수 있다면 앞으로 5년 안에 데이비스 컵에서 우승할 거라고 믿어요.」그가 스위스 언론과의 인터뷰에서 말했다.

모스크바의 실내 클레이 코트에서, 영감에 찬 페더러는 단식에서 세트 연속으로 전 1위 선수인 마라트 사핀과 예브게니 카펠니코프를 제패했다. 하지만 페더러와 로세 복식 팀은 이 러시아 스타들을 상대로 승리하지 못했다. 스위스 팀은 2-2 동점에서 3-2로 패했다.

데이비스 컵 대회 감독을 맡으며 카터는 투어 수준의 경기에 전보다 더 자주 참여했기 때문에 남아공으로 떠나기 전 윔블던과 크슈타트에서 페더러를 봤다.

「카터가 내게 준 것을 항상 기억할 거예요. 그가 가르쳐 준 많은 것이 아직 내 안에 있어요.」카터가 죽은 직후 페더러가 말했다.

페더러는 계속 뛰기로 결정했지만, 신시내티에서 열린 1회전에서 이반 류비치치에게 패했다.

「절대 잊지 못할 겁니다. 정말 찜통이었어요. 미치도록 더워서 룬드그렌과 내가 로저와 함께 선수 휴게실 밖 나무 그늘에 앉아 있었는데, 로저가 〈더는 치고 싶지 않아요〉라고 말했어요.」당시 페더러의 에이전트인 빌 라이언이 말했다.

그는 워싱턴 경기를 취소하고 장례식에 참석하기 위해 스위스로 귀국했다. 그에게 장례식은 처음이었다.

「다시 돌아와야 한다는 걸 알았어요. 당시 미국은 너무 멀리 떨어져 있었어요. 내가 큰 도움이 될 수는 없었지만 친구들과 함께 있고 싶었죠. 나는 항상 피터 카터를 그리워할 거고, 그는 테니스 코트에서 나와 평생 함께할 거예요.」 그가 나중에 설명했다.

페더러와 이브 알레그로를 비롯한 스위스의 많은 주요 선수와 200명이 넘는 조문객이 참석한, 바젤 중심부의 성 레온하르트 성당에서 열린 장례식에는 침통함이 가득했다.

「로저는 송두리째 무너졌어요. 그의 몸짓을 보면 알 수 있었죠. 그는 울음을 멈추지 못했어요. 장례식이 진행되는 한 시간 반 내내 울었던 것 같아요. 그렇게 슬퍼하는 모습을 보기가 힘들었어요. 하지만 나는 카터가 죽었을 때 로저가 비로소 남자가 되었다고 생각해요. 그가 진정으로 힘들거나 끔찍한 일을 겪은 게 처음이었으니까요. 그는 빠르게 100위 안에 들었고 빠르게 큰돈을 벌었어요. 그의 가족은 건강했고 부모님이 곁에 있었죠. 물론 누나가 남동생만큼 돈을 많이 벌지 못한다는 이유로 두 남매가 싸우기도 했지만 큰 문제는 아니었어요. 그는 미르카를 만났고 행복하게 연애했어요. 모든 게 순풍에 돛을 단 듯했어요, 그렇지 않나요? 그러다가 인생에서 가장 중요한 사람 중 하나를 잃은 거죠.」 알레그로가 말했다.

소년 시절부터 카터와 매우 친했던 케이힐도 바젤에 왔다. 예배가 끝나고 실비아 카터와 다른 사람들이 입을 열었을 때, 케이힐은 눈시울이 붉은 페더러에게 다가가서 이렇게 말했다. 「이제 네가 유일하게 할 일은 그를 계속 자랑스럽게 만드는 거야.」

「정말 그 말밖에 할 말이 없었어요. 로저는 정말 부끄럽지 않게 살았죠. 카터는 매일 하늘에서 로저가 이룬 성과에 웃고 있을 것이고, 카터의 친구였던 우리가 한 발 뒤에서 로저와 그의 성취를 지켜볼 수 있어서 자랑스러워요. 그건 우리에게도 의미가 크니까요.」 케이힐이 몇 년 후 내게 말했다.

페더러에게 장례식은 깨달음의 시간이었다. 재능 있는 유망주에서 역사상 가장 위대한 선수 중 한 명으로 성장하기까지 그에게 많은 요인이 작용했지만, 카터의 죽음은 주요 요인, 아마도 결정적 요인이었을 것이다. 그 시점부터 페더러는 자신이 성공하면 카터의 노력이 입증되고 자신이 명예를 얻는다는 것을 알았다. 카터의 삶은 너무 짧았지만, 적어도 그가 코트에서 꿈꾸었던 비전을 페더러가 이룰 수 있다면 그는 삶의 목적을 일부 달성한 것이리라.

「나는 새로운 동기를 찾았어요.」 페더러가 내게 말했다.

페더러는 자신보다 카터에게서 더 큰 명분을 얻었다. 명확한 결승선이 없는 명분이었다.

「그때가 전환점이었어요. 말하기 좀 그렇지만, 카터가 살아 있었다면 로저가 지금처럼 되었을지 모르겠어요. 하지만 그가 훨씬 더 나은 선수가 되었을 가능성도 있습니다. 어느 시점에 그가 카터에게 코치를 맡길 게 분명했으니까요.」 알레그로가 말했다.

알레그로는 페더러가 프로 생활 초기에 경험이 풍부한 룬드그렌을 선택했지만 자리를 잡고 난 후에는 카터에게 돌아갔을 거라고 믿는다.

페더러가 이 말을 확인해 준 적은 없지만, 그는 확실히 카터가 데이비스 컵 감독을 맡도록 도와 그를 훨씬 더 많이 볼 기회를 만들었다.

기본부터 높은 단계의 세부 사항까지 그의 경기를 카터보다더 잘 아는 사람은 없었다. 이제 페더러는 과거와 연결할 안전장치 없이 앞으로 나아가야 했다. 그가 소년 시절에 뛰던 코트는 많이 사라졌고, 그의 소년 시절 코치도 사라졌다.

「계속 파도에 부딪히는 기분이에요. 처음으로 친한 친구의 죽음을 경험하게 되었죠. 그에게 하고 싶은 말이 너무 많지만, 더는 그럴 수 없잖아요. 무엇보다 나도 잘 아는 그의 아내 실비아와 그의 가족과 친구들이 가여워요.」 페더러가 장례식을 마치고뉴욕 코맥에서 열린 ATP 롱아일랜드 경기에 복귀했을 때, 스위스 언론과의 인터뷰에서 말했다.

페더러는 뉴욕 코맥에서 치른 1회전에서 니콜라스 마수에게졌다. 그러나 그다음 주 US 오픈에서 세 라운드를 이기며 침체에서 벗어난 뒤 막스 미르니에게 세트 연속으로 패했다. 페더러는 2회전에서 서른 살의 미국 스타 마이클 창을 이긴 뒤, 감정적으로 힘겨운 시기를 헤쳐 나가기 위해 치료사와 상담을 다시 시작하는 것이 현명한 생각일지에 관한 질문을 받았다. 그것은 합리적인 생각이었다. 게다가 10대 때 페더러를 도왔던 스포츠 심리학자 마르콜리는 피터 카터를 잘 알고 있었다.

「이제 아무도 필요하지 않아요. 이런 인생의 시련은 스스로감내해야 해요.」 뉴욕에서 페더러가 말했다.

카사블랑카에서는 더 복잡한 감정이 그를 기다리고 있었다. 2003년 상위 부문에 참가할 국가를 결정하는 클레이 코트 월드 그룹 예선전에서 스위스 데이비스 컵 선수단은 강력한 모로코 팀과 싸우기 위해 카사블랑카에 갔다.

카터는 사망하기 전 이 시합의 세부 사항을 계획하는 일을 도왔다. 룬드그렌은 선수와 스위스 테니스 관계자들의 요청에 따라 카터를 선수단 리더로 바꾸는 데 동의했다. 스웨덴 국적인 그 역시 공식 감독이 될 수 없었고, 당뇨병 진단을 받은 딸 줄리아와 함께 있기 위해 고국을 방문한 뒤 선수들보다 늦게 도착했다.

스위스 팀에는 페더러, 마르크 로세, 미셸 크라토슈빌, 조지 바스틀이 포함되었다.

바스틀은 그해 초 샘프러스의 마지막 윔블던 경기가 되어 버린 2회전에서 그를 이겼다. 룬드그렌은 제베린 뤼티에게 보조 코치로 와달라고 요청했고, 노장 로세를 주장으로 임명했다. 룬드그렌은 시합의 목적을 아주 분명히 했다.

「우리는 이길 수 있어요. 피터 카터를 위해서.」 그가 말했다.

페더러는 세 경기에서 한 세트도 내주지 않았다. 그는 그해 프랑스 오픈 클레이 코트에서 패했던 히샴 아라지를 물리치고 바스틀과 함께한 복식에서 우승한 후, 마지막 날 유네스 엘에나우이를 꺾어 3-1 승리를 거뒀다.

페더러는 카터에게 승리를 헌정했다. 「그를 자주 생각했어요. 심지어 매치 포인트 상황에서도 그를 생각했어요.」

로세는 페더러의 변화를 감지할 수 있었다. 그는 대략 〈유레카 모먼트〉*로 번역되는 프랑스어 〈데클릭〉이라는 단어를 사용했다.

「피터의 죽음이 그를 아주 빨리 성장시켰다고 생각해요. 그는 마치 임무를 수행하는 느낌이었어요.」로세가 말했다.

한 달도 채 지나지 않아 페더러는 전 코치에게 또 한 번의 승리를 안겨 주었다. 그는 빈에서 열린 ATP 경기의 준결승에서 카를로스 모야를, 결승전에서 이르지 노바크를 이겼다.

모야와 노바크는 모두 10위권 선수여서 이 타이틀은 페더러가 처음으로 연말 우승자 자격을 얻는 데 결정적 역할을 했다. 상위 여덟 명의 단식 선수에게 이 자격이 주어졌다. 당시 명칭이 테니스 마스터스 컵이었던 이 대회는 중국 상하이의 박람회장에서 처음 열렸다. 이 스포츠를 처음 접하는 중국 팬들이 규정을 이해하지 못할 우려가 있어, 관중에게 기본 규칙을 설명하는 팸플릿이 배부되었다.

그러나 레이턴 휴잇과 페더러의 준결승이 내뿜는 상상 초월의 격렬함을 감지하는 데는 안내 책자가 필요하지 않았다.

2001년 시드니 대회에서 우승한 휴잇은 디펜딩 챔피언이었다. 페더러는 그 시즌 초 마이애미에서 그를 이겼지만, 이 경기는 그들에게 가장 중요한 시합이었다.

휴잇은 페더러와 맞붙기 전에 이미 두 시즌 연속으로 연말 랭킹 1위를 따냈지만 경기 때마다 강철 같은 몸을 내던졌다. 스물

* 〈아하!〉하고 깨닫는 순간.

한 살의 동갑인 두 사람의 코트 커버리지는 대체로 특출했고 길게 뻗는 샷은 종종 구경거리였다. 테니스에는 최신 편향이 있다. 새로운 재료가 최고로 보이는 것이 인지상정이지만, 페더러와 휴잇이 이 고전적인 3세트 경기에서 접전을 펼치며 함께 따낸 일부 올코트 포인트는 그들이 뛴 어떤 경기 못지않았다.

페더러는 첫 세트 마지막에서 서브 득점에 실패해 1세트를 내줬다. 휴잇은 2세트에서 매치 포인트를 마무리하지 못해 패한 뒤 3세트 5-4에서 마지막 서브 포인트를 놓쳤다. 그러나 당시 돌풍의 주인공이었던 페더러는 마지막 2포인트에서 더블 폴트*를 해 0-40에서 또다시 서브를 잃었다.

처음부터 매우 끈질기고 변함없던 휴잇은 다음 게임에서 이겨 7-5, 5-7, 7-5로 승리를 거두고, 이어 상하이에서 대회 우승을 차지했다.

이 시기에 휴잇은 투어 경기 상대 전적에서 페더러를 6승 2패로 앞섰다. 2001년 말까지 휴잇을 지도한 케이힐은 그가 초기 지배력을 확고히 굳히는 데 도움을 주었다. 젊은 페더러에게는 없지만 젊은 휴잇에게 있던 것은 무엇일까?

「두 사람 모두 아주 많은 걸 갖고 있었어요. 하지만 레이턴은 분명히 페더러보다 훨씬 좋은 플레이를 할 능력이 있었어요. 그는 기회를 감지했고, 그걸 꽉 쥐고 놓지 않았어요. 그것이 브레이크 포인트 기회든 더블 브레이크 기회든, 아니면 첫 세트에서 3-2로 앞선 상황에서 15-30 포인트든 뭐든요. 일부 젊은 선수

* 두 번 연속으로 서브를 실패해서 점수를 잃는 경우.

들은 2포인트를 안이하게 플레이해서 빠른 서비스 게임을 날려보냈어요. 레이턴은 15-30 포인트가 경기에서 엄청나다는 걸 감지했죠. 그래서 첫 서브에서 그 포인트를 절대 놓치지 않으려고 30-30으로 돌려놓은 다음, 슬쩍 포인트를 따서 40-30을 만들었어요. 그러면 문제가 해결되는 거죠.」케이힐이 말했다.

늘 네트를 공격하는 페더러의 방식 역시 그 시기에 휴잇의 능숙한 손에 놀아났다. 이는 어느 정도 선수들이 전력을 다해 스윙할 때 스핀과 정밀도를 더 높이는 스트링 기술의 혁명 덕분이었다.

「레이턴은 목표를 좋아했어요. 하지만 그 당시에는 경쟁해서 위대해지고 싶은 욕망도 불타고 있었죠. 그 욕망은 사그라드는 법이 없었는데, 그건 정말 흔치 않은 일이라고 생각해요. 내 생각에 비교할 만한 선수는 오직 라파 나달 같은 사람일 겁니다. 라파가 무대에 등장하기 전에 레이턴은 그런 욕망이 있었고, 그걸 버린 적이 없었어요. 열일곱 살, 열여덟 살, 열아홉 살 때도 코트 밖 주변에서 제3차 대전이 일어날 수 있었어요. ATP에 문제가 생길 수도 있고, 그의 집에 문제가 있을 수도 있고, 여자 친구 문제일 수도 있죠. 하지만 일단 코트에 발을 들여놓으면 그에게 안전한 장소가 되었어요. 거기가 곧 그의 집이었죠. 코트는 그가 나머지 세상을 잊어버릴 수 있는 곳이었어요. 그가 원한 건 승리뿐이었어요. 그것이 참 드문 특성이라고 생각하는 이유는 많은 테니스 선수가 인생에서 행복하지 않거나 밖에서 문제가 있으면 경쟁할 때 집중하기 어렵기 때문이죠. 레이턴은 결코 그런 문제가 없었어요.」케이힐이 말했다.

추진력과 정확성, 조숙함을 장착한 휴잇은 페더러의 프로 경력에서 첫 번째로 꼽히는 위대한 라이벌이었다. 즉, 페더러의 결점을 계속해서 분명히 보여 준 최초의 동료였다. 둘 다 감독의 눈을 통해서뿐만 아니라 자기 눈을 통해서도 상대방의 성공을 예견하고 있었다. 격렬했던 취리히 주니어 시합 때부터 말이다.

휴잇은 햇볕이 내리쬐는 정상에 먼저 도착했지만, 페더러가 안갯속에서 서둘러 기어오르는 중임을 감지할 수 있었다. 상하이에서도 페더러가 그랜드 슬램 타이틀을 차지할 것으로 믿는다고 분명히 말했다.

불과 몇 달 먼저 태어난 휴잇이 이미 두 개의 타이틀을 가지고 있던 터라, 페더러는 점점 더 조급해졌다. 2003년 시즌이 전개되면서 그는 더욱 조급해 보였다.

＊

페더러는 팀 동료들과 뛰는 데이비스 컵과 정규 3세트 투어 경기들에서 열심히 자신의 위상을 끌어올렸다. 그는 마르세유의 실내 코트, 두바이의 야외 하드 코트, 뮌헨의 클레이 코트에서 우승한 뒤, 로마에서 결승에 진출해 펠릭스 만티야에게 패했다.

페더러는 파리와 롤랑 가로스로 돌아와 5번 시드를 받고 큰 일을 계획했지만, 다시 그랜드 슬램의 압박감에 주저앉았다.

야니크 노아 이후 프랑스 오픈에서 우승한 첫 공격형 선수가 되는 대신, 그는 필리프샤트리에 메인 코트에서 페루의 루이스 오르나에 1라운드에서 3세트 내리 패해 7-6(6), 6-2, 7-6(3)으로 졌다.

페더러가 테니스 게임의 주요 무대 중 하나에서 또 한 번 기가 꺾이는 순간이었다. 그리고 2002년 히샴 아라지에게 패한 데 이어 롤랑 가로스 1회전에서 2년 연속으로 패한 것이었다.

오르나는 건장하고 열심히 뛰는 클레이 코트 선수이자 전 프랑스 오픈 주니어 챔피언이었지만 세계 88위였으며 그랜드 슬램 본선 단식 경기에서 우승한 적이 없었다.

상태가 괜찮았다면, 페더러는 분명 승리했을 것이다. 하지만 그는 갈팡질팡하는 것 같았다. 전술이 헷갈리고 프레임으로 백핸드를 후려치는가 하면, 상처받은 표정으로 관중석의 룬드그렌을 쳐다보았다.

그는 처음 세 게임에서 패한 후 다섯 게임이 계속 잘 풀렸다. 그러나 6-5 타이 브레이크의 유일한 세트 포인트에서 포핸드를 놓쳐 1세트를 승리로 마무리할 수 없었다. 그가 3세트 만에 88개의 범실과 함께 경기를 끝냄으로써 그 실수가 오후 경기의 압축판이 되어 버렸다.

프랑스 스포츠 신문 『레키프』의 헤드라인은 이를 시적으로 요약했다. 〈잔잔한 물에서 난파하다.〉

페더러는 그 난파 이후 이상할 정도로 침착해 보였다.

「그가 소리 지르거나 라켓을 부숴 감정을 다 쏟아 냈어야 정
상인데 말이죠.」룬드그렌이 말했다.

엄청난 노력으로 페더러가 조용하고 집중할 수 있게 되었다
는 점을 고려하면 이는 유쾌한 충고였다. 그러나 그는 여전히
균형을 바로잡기 위해 고군분투하고 있었다.

「나는 한동안 코트에서 너무 침착했어요. 나는 불과 얼음이
필요하다는 걸 깨달았어요. 어렸을 때는 올바른 에너지, 올바른
강렬함이 무엇인지 이해하지 못했어요. 〈그게 무슨 뜻이지? 겉
모습 같은 건가? 돌아다니는 건가? 그게 뭐지?〉 하고 생각했죠.
하지만 그것은 하나에만 초점을 맞추고 하나하나 짚어 가는 사
고방식이죠. 어릴 때는 그런 식으로 하면 잠이 오기 시작해요.
그건 전투예요.」페더러가 수년 후 내게 말했다.

페더러는 우리가 인터뷰하는 동안 최선을 다해 그 전투를 묘
사했다.

「어릴 때는〈점심시간에 우리 뭐 할까? 그 후에는 또 뭐 할까?〉
라고 말해요. 마음이 내킬 때도 있지만 그렇지 않을 때도 있거
든요. 문제는 내키지 않을 때 포인트가 폭포수처럼 떨어지기 시
작한다는 겁니다. 15-러브, 30-러브, 40-러브, 러브-15, 러
브-30처럼요. 그러면 〈오, 맙소사, 집중해야 하는데…… 그런
데 너무 늦었구나〉 하는 생각이 들죠.」그가 말했다.

룬드그렌도 그 투쟁을 감지했다.

「로저는 비명 지르고 소리 지르고 화내는 게 잘못이라는 걸
알았어요. 다른 선수들은 멍청하지 않아요. 그들이 어떻게 이길

까요? 테니스를 쳐서 이기지 않아요. 그들은 멘털 게임에서 이 겼어요. 그도 그것을 알았어요. 그래서 너무 부드러워졌는데, 그것 역시 좋지 않았죠. 그러다가 갑자기 방법을 찾은 거예요.」 그가 말했다.

페더러에게는 갑작스러운 것이 아니었다. 그는 이 과정이 2년간 진행되었다고 생각했다. 윔블던 경기를 두고 이러쿵저러 쿵 떠들어 대는 많은 사람이 페더러가 진정으로 챔피언의 멘털 을 지녔는가 공개적으로 궁금해했듯이, 이 과정은 2001년 함부 르크 경기 후에 시작해 2003년에 윔블던에서 정점을 찍었다.

그는 열여섯 개의 메이저 토너먼트를 치렀고, 그중 여섯 번을 1라운드에서 패하면서 여전히 준준결승을 통과하지 못했다.

그 당시에 선두를 차지한 것은 휴잇뿐만이 아니었다. 마라트 사핀과 후안 카를로스 페레로(둘 다 스물세 살이었다)도 그랜 드 슬램 챔피언이었다(페레로는 프랑스 오픈에서 우승했다). 스물한 살의 다비드 날반디안은 윔블던 결승에 올랐다. 2003년 스무 살의 앤디 로딕은 5세트에서 21-19까지 끌어 인내심 시 험장이 된 준준결승에서 유네스 엘에나우이를 꺾고 호주 오픈 4강에 올랐다. 이 경기는 그랜드 슬램 역사상 가장 긴 기록이다. 로딕은 퀸스 클럽에서 잔디 코트 타이틀을 획득하기 위해 윔블 던에 도착하기 직전에 앤드리 애거시도 이겼다.

페더러는 분명히 화려한 샷 메이커였고, 관중을 즐겁게 했으 며, 라커 룸에서 인기 있는 동료였지만 — 독일 할레의 잔디 코 트에서 그의 많은 타이틀 중 첫 번째 타이틀을 막 따냈을지라도

— 입지가 점점 약해진다고 느꼈다.

「사람들은 너무 빨리 이야기를 만들어 내요. 로저가 일찍 그랜드 슬램의 8강을 통과하지 않았을 때 어떤 이야기가 만들어지고 있다는 느낌이 들었어요. 특별히 그가 너무 부드럽고 편안해 보였기 때문이죠. 다른 선수들과 달라 보였거든요.」로딕이 내게 말했다.

근육질에 원기 왕성하고, 땀이 뚝뚝 떨어지며, 신경질적인 에너지가 있고, 갑작스레 강력한 파워를 내뿜는 로딕과 그는 확실히 꽤 대조적이었다.

「모든 사람이 하나의 꼬리표가 붙은 양동이에 던져지는 느낌이었어요. 만약 로저가 똑같은 결과를 얻었지만 그의 키가 178센티미터에 좀 더 거칠게 플레이했다면 부드럽다는 꼬리표가 붙지 않았을 겁니다. 그가 경기를 아주 잘했고, 어떤 방식으로 걷고 어떤 방식으로 행동했기 때문에 〈부드럽다〉라는 꼬리표를 붙이기가 아주 쉬웠어요. 그건 아마 모두가 받아들일 가장 간단한 꼬리표였을 겁니다.」로딕이 말했다.

그것은 한 선수의 관점이고 이해할 수 있는 관점이다. 빠른 분석에 능숙한 스포츠 미디어는 장기적인 관점과 선수들이 자기만의 속도로 편안하게 전진할 수 있는 활주로를 제공하는 일에 관심이 많지 않다. 그러나 어느 정도 근거 없이 꼬리표가 붙는 경우는 거의 없기 때문에, 이 시기에 다음 질문은 정당했다.

〈챔피언에게 필수 불가결한 근성이 페더러에게 있을까?〉

샘프러스는 확실히 그렇게 믿었다. 공식적이지는 않았지만 이미 은퇴한 그는 2003 윔블던 우승자로 페더러를 예측했다. 결국 샘프러스는 페더러가 파리에서 허우적거린 뒤 올 잉글랜드 클럽에서 우승한 것을 이해할 수 있었다. 그는 아주 자주 그랬다. 한 해에 두 차례 우승하는 것이 얼마나 힘든지 증명하듯이, 샘프러스가 프랑스 오픈에서 최고 성적(1996년 준결승)을 거둔 해는 1993년에서 2000년 사이 윔블던에서 우승하지 못한 유일한 해이기도 했다.

그러나 바젤에서 클레이 코트 경기를 배운 뒤 늦게 잔디 코트를 접했음에도, 이 시기에 페더러는 잔디 코트가 신선하게 다가왔고 훨씬 만족스러웠다.

파리에서 조기 퇴장한 그에 대한 언론 보도에 불만을 품은 페더러는 올 잉글랜드 클럽에서 인터뷰를 최소한으로 유지했으며, 바브리네크와 룬드그렌이 있는 윔블던 마을의 임대 주택에서 아주 많은 시간을 보냈다.

「그때도 난 숨어 지냈어요. 언론 인터뷰를 전혀 하지 않는 것은 매우 드문 일이었지만, 나는 윔블던에 도착해서 이렇게 생각했어요. 〈좋아, 난 경기에 집중해야 해. 1회전에서 또 질 순 없어.〉 그런 모든 상황 때문에 압박감이 아주 컸답니다.」 그가 내게 말했다.

그는 이형택, 슈테판 쿠베크와 맞붙은 처음 두 경기를 휩쓸었고, 다음에는 젊은 미국인 마디 피시와 대결해 한 세트를 내준 끝에 승리했다.

하지만 4회전에서 문제가 생겼다. 페더러는 경기 전에 또 다른 주니어 라이벌 펠리시아노 로페스와 몸을 풀다가 생전 처음 경험하는 허리의 경직을 느꼈다. 그는 1세트 1-1에서 트레이너를 불렀지만, 부상 원인이 무엇인지 명확한 해답을 얻을 수 없었다. 나중에 룬드그렌이 페더러의 척추가 정렬을 벗어나면서 신경이 눌렸다고 설명했다.

「나는 두 게임을 더 하면서 상황을 보기로 했어요.」페더러가 말했다.

강력한 샷을 때리거나 정상적으로 움직일 수 없었던 그는 ─ 센터 코트의 지붕이 생기기 전이었기에 ─ 우천으로 경기가 연기되었으면 행복했을 것이다.

「나는 기적이나 먹구름 같은 것이 나를 구해 주기를 바라며 하늘을 올려다보고 있었어요. 나는 전술을 바꿨죠. 그가 실수하기를 기다렸고, 중요한 샷에서 그를 압박하려고 했어요. 부상당한 선수가 경기하기가 쉽지 않다는 것을 알았으니까요.」그가 말했다.

펠리시아노 로페스가 1세트 5-4에서 서브를 넣었지만 득점하지 못했고, 3세트에서 허리 경직이 풀리자 페더러는 0-3으로 지다가 7-6(5), 6-4, 6-4로 승리했다.

「오늘 어떻게 이겼는지 모르겠어요. 내 대진표를 생각하면 정말 화가 나는 상황이었죠.」페더러가 말했다. 그는 프로 선수 생활을 하며 처음으로 은퇴를 고려했다고 인정했다.

그랜드 센터 코트에서 휴잇을 꺾은, 거의 알려지지 않은 이보 카를로비치의 충격적인 1회전 승리와 4회전 5세트에서 마크 필리포시스에게 패한 애거시를 포함해 연이은 뜻밖의 패배로, 이전의 그랜드 슬램 챔피언이 아무도 남지 않았다.

4번 시드의 페더러는 남은 시드 중 가장 높은 시드였지만, 확실한 우승 후보는 아니었다. 로딕은 틀림없는 위협이었다. 그는 준준결승에서 요나스 비에르크만을 매 세트 압도함으로써 실력을 재확인했고, 수요일 우천으로 하루를 벌어 몸 상태가 훨씬 좋아져 셍 스할컨을 가뿐히 제쳤다.

준결승에서 페더러는 로딕과 만났다. 많은 메이저 대회를 뛰면서 처음 만난 두 신세대의 격돌이었다.

로딕은 불타는 경쟁심과 충만한 개성의 소유자였다. 그는 자라면서 형 존의 길을 따라가겠다고 결심한 애늙은이 같은 동생이었다. 존은 대표 주니어 선수, 조지아 대학교에서 미국 대표 선수가 된 후 투어에서 돌파구를 찾지 못했다.

앤디는 어렸을 때 힘이 부족한 베이스라인 선수였지만 자연스럽게 폭발적인 서브와 포핸드, 뻐기는 듯한 걸음걸이를 가진 선수로 성장했다. 프랑스 오픈 1회전에서 패한 뒤 오랜 코치이자 멘토인 플로리다 출신 프랑스인 타리크 베나빌과 헤어지고, 세계 4위에 오른 뒤 책『못생긴 승리Winning Ugly』를 공동으로 집필하고 애거시를 코치해 그의 순위를 끌어올렸던, 전술 귀재인 브래드 길버트를 고용했다.

로딕과 길버트는 로딕의 서브가 위협적이었는데도 고전적인 잔디 코트 테니스를 치지 않기로 했다. 서브앤발리 대신 그는 포핸드로 공격할 수 있는 공에 덤벼들려 했고, 그제야 네트로 돌진했다.

이 전략은 페더러와 맞붙기 전까지 효과가 있었다. 그런데 이 사실이 로딕에게 충격으로 다가오지 않았을 수도 있다. 페더러의 커리어(또는 모든 선수의 커리어)를 통틀어 그가 최고 샷 중 하나를 때린 2002년 바젤의 준준결승을 포함해 로딕은 페더러와 이전 세 경기에서 모두 졌기 때문이다.

「다른 사람들이 테니스를 치려고 하는 동안 그는 비디오 게임을 하는 것 같았어요.」 로딕이 그 순간을 말했다.

로딕은 웃고 있는 페더러에게 장난스럽게 라켓을 던진 다음 네트 쪽으로 걸어가서 다시 받아 왔다. 그러나 이 광경은 심상치 않은 전조였다. 즉, 로딕의 견실한 노력이 페더러의 천재적인 스트로크에 뭉개진 뒤에 그의 재치로 — 전부는 아닐지라도 — 어느 정도 고통을 피하는 모습이었다.

윔블던에서 로딕은 희망을 품을 만한 이유가 있었다. 이는 그의 두 번째 그랜드 슬램 준결승이었고, 페더러에게는 첫 번째 경기였다. 로딕은 또한 애거시를 코치해 페더러를 꺾게 한 길버트의 조언을 들었다.

「시합에 들어가면서 나는 솔직히 50-50 또는 55-45로 로딕이 이길 것 같은 기분이 들었어요. 앤디가 서브를 넣는 모습이 꽤 좋았어요. 그리고 그해 윔블던 준결승에 오른 사람 중 전에 윔블던 준결승에 오른 사람은 로딕 말고 없었거든요.」 길버트가 내게 말했다.

아마도 로딕이 1세트 타이 브레이크 자기 서브에서 세트 포인트를 6-5로 바꾸었다면 결과가 달라졌을 것이다. 하지만 그는 이리저리 백핸드를 때리며 그의 주요 샷 중 하나인 간단한 미드코트 포핸드를 쳐서 네트 꼭대기에 맞혔다.

페더러는 그 범실 이후 다음 2포인트와 세트를 따냈다. 그는 2세트 첫 게임에서 스핀이 너무 많아 바운스 후 사실상 멈춘, 체중이 완전히 실린 백핸드 드롭 발리 샷으로 브레이크 포인트를 가볍게 따냈다.

멋들어진 장면이었다.

「제가 본 테니스 장면 중 최고입니다.」NBC에서 경기를 중계하던 미국의 베테랑 분석가 마리 카리요가 말했다.

길버트는 아쉽다는 듯이 1세트 타이 브레이크의 끝과 2세트의 시작을 〈그 7분〉이라고 표현했다.

「앤디도 분명히 같은 심정일 겁니다. 앤디는 7분 전으로 돌아가고 싶어 할 거예요.」길버트가 말했다.

그러나 길버트는 페더러가 1998년 바젤에서 애거시와 경기하는 모습을 지켜본 이후 그가 매우 발전했다고 인정했다. 「백핸드가 극적으로 좋아졌고 서브도 예전보다 정확했어요. 그는 서브를 넣을 때 훨씬 더 높이 뛰어올랐어요. 샷이 일취월장했더군요.」

페더러는 전형적인 잔디 코트 테니스를 별로 치지 않았다. 그는 많은 경우 두 번째 서브 후 베이스라인에 머물면서 로딕과 그라운드 스트로크를 교환하며 덤벼들 때를 기다리는 것에 만족했다. 가장 기억에 남는 그의 많은 위너는 양팔에서 위풍당당하게 뻗어 나와 똑같은 정밀도로 맞는 패싱샷이었다.

로딕은 2세트 두 번째 게임에서 백핸드 발리 샷을 치려고 돌진하는 등 최선을 다했지만, 페더러가 그것을 매끄럽게 따라가 가볍게 포핸드 위너를 쳤다. 그는 앞선 기술로 로딕의 파워를 막아 내며 원하는 곳에 공을 집어넣을 때 무아지경에 빠져 있다. 그는 앞쪽으로 나아가는 포핸드 하프 발리 위너를 예리한 각도로 때려 2세트와 수준 높은 랠리를 마무리한 뒤, 평소와 다른 미소를 지으며 자신만의 안전지대에 깊숙이 들어가 있었다.

「어이가 없었어요. 다른 누가 그런 샷을 칠 수 있을지 모르겠어요. 마치 그가 속임수 샷을 치려고 하는 것 같았어요. 하지만 그는 성공했고, 나는 그저 〈너무 잘해〉라고 말해야 했죠.」 로딕이 말했다.

로딕은 화가에게 페인트를 전달하는 역할로 밀려났다. 페더러는 위너 61개와 단 12개의 범실로 경기를 마쳤다. 거의 20년이 지난 지금, 로딕은 7-6(6), 6-3, 6-3 패배를 어두운 렌즈로 볼 이유가 없다고 여긴다.

「내가 타이 브레이크에서 실패한 포핸드를 기억하는 이유는 그것이 상황을 바꿀 수도 있었기 때문이에요. 나도 잘 뛰었지만 로저가 더 잘했다고 생각해요. 좋은 건지 나쁜 건지 모르겠지만, 적어도 내 역할을 다했다고 생각하면 잠들기가 더 쉬웠어요. 그의 게임이 잔디 코트에 아주 자연스럽게 잘 어울린다는 것이 매우 분명했고, 사람들이 충분히 이야기하지 않는 사실은 그가 잔디 코트에서 전술을 이리저리 섞을 수 있다는 점입니다.

그는 95퍼센트 비율로 뒤쪽에서 플레이해 윔블던에서 우승한 적이 있어요. 그리고 80퍼센트 비율로 서브앤발리를 성공시켜 우승한 적도 있고요. 그러니까 그는 조건에 따라 적응할 수 있었던 거죠.」 로딕이 말했다.

전술의 다양성은 페더러를 그의 롤 모델과 차별화했다. 그는 베커, 에드베리, 샘프러스처럼 매년 거의 같은 윔블던 경기 계획을 세우지 않았다. 유효한 범위와 컴포트 존*이 넓은 그는 상대 선수, 라켓과 스트링 기술, 윔블던이 2000년대 초반에 바꾼 잔디 코트에 적응했다. 윔블던은 베이스라이너에게 친숙한 더 안정적이고 약간 높은 바운스를 생성하는 단단한 코트 면으로 바뀌었다.

페더러의 많은 윔블던 우승 중 첫 번째는, 그가 자라면서 윔블던에서 본 테니스와 여전히 많이 닮아 있었다. 2003년 결승에서 페더러의 상대는 필리포시스였다. 가슴이 두툼하고 키가 190센티미터나 되는 호주의 필리포시스는 잔디 코트에서 순수한 서브앤발리를 구사했지만, 그해에는 애거시를 상대로 5세트에서 46개의 에이스를 기록하는 등 에이스를 휘두르느라 발리 샷을 하지 않아도 되는 경우가 많았다.

페더러와 마찬가지로 필리포시스는 열아홉 살 나이에 그랜드 슬램 토너먼트에서 뜻밖에도 샘프러스를 이겨 강렬한 첫인

* 심리적으로 안정감을 느끼는 상황. 더 높은 수준의 기술을 사용하면 불안해 자기가 편안함을 느낄 만큼 쉽고 안전한 상황으로 찾아 들어가는 현상을 〈컴퍼트 존 신드롬〉이라고 한다.

상을 남겼다. 그는 1996 호주 오픈 3회전에서 샘프러스를 꺾었다. 그리스인 아버지와 이탈리아인 어머니를 둔 필리포시스는 라켓에서 미사일 같은 공이 날아와 〈스커드〉라는 별명을 얻었지만, 단순히 강력한 공을 치는 선수 이상이었다. 한 손 백핸드를 포함한 그의 라켓 기술은 비범했다. 내가 보기에 그는 그랜드 슬램 타이틀을 거머쥐지 못한 가장 재능 있는 선수 중 한 명이다.

그는 샘프러스를 이긴 날에 호주에서 스타가 되었고, 그 후 몇 년 동안 많은 호주의 밤 생활을 즐겼다. 지속성이 문제였고 부상도 문제였다. 그는 1998 US 오픈 결승에 진출해 같은 호주 국적의 패트릭 래프터에게 패했지만, 1999 윔블던 준준결승에서 샘프러스에 한 세트 앞서고 있을 때 왼쪽 무릎에서 불길하게도 우두둑하는 소리가 들렸다. 그는 그 대회에서 은퇴하고 세 번의 무릎 수술을 받은 뒤 2001년 휠체어에서 2개월 이상을 보냈다. 2003년에는 윔블던에서 일시적이나마 정상으로 돌아왔고, 스물여섯 살에 자신의 커리어와 기회를 더 진지하게 받아들였다.

페더러는 윔블던에서 우승할 수 있는 도구와 재능을 가지고 있었지만, 코트의 많은 구역에서 매우 빨리 상대를 망가뜨릴 수 있는 새로운 차원으로 접어들고 있었다. 결승전은 로딕과의 준결승전과 비슷한 패턴을 따랐다. 페더러는 팽팽했던 1세트 타이 브레이크를 따낸 뒤 필리포시스의 서브를 눈부신 패싱샷으로 잇따라 브레이크하며 2세트 초반에 완전히 주도권을 잡았다.

3세트 타이 브레이크에서는 우승 포인트 5점을 따며 6-1로 앞서 나갔다.

첫 그랜드 슬램 타이틀이 가까워지자 그의 가슴이 뛰기 시작했다. 그는 침착해 보였지만 그것은 허울이었다. 그는 첫 번째 챔피언십 포인트를 따기 전에 눈물을 삼켜야 했고, 수년이 지나서도 자세히 기억할 마음속 대화를 처리해야 했다.

「〈얼마 안 남았어. 나는 윔블던 챔피언이 될 거야〉라고 생각하다가 〈오, 안 돼, 침착해〉라고 생각했어요. 마크, 실수 하나만 해. 공 하나만 놓쳐 줘, 제발……. 놓치란 말이야, 내가 위너를 안 쳐도 되게.」 그가 다큐멘터리 「로저 페더러: 챔피언의 정신」에서 말했다.

페더러는 이 윔블던 대회 2주 동안 아주 많은 위너를 때렸고 결승전에서 브레이크 포인트를 단 한 번도 내주지 않았지만, 필리포시스가 두 개의 매치 포인트를 지킨 뒤 페더러가 네트로 돌진해 세 번째에서 백핸드 리턴을 성공시키면서 소원을 이루었다. 또 다른 위너는 필요 없었다.

페더러는 한 발짝 앞으로 나갔다가 무릎을 꿇고 두 팔을 들어올리며 고개를 돌려, 선수석에 있는 바브리네크, 룬드그렌, 물리 치료사 파벨 코바츠 쪽을 바라보았다.

잠재력과 7-6(5), 6-2, 7-6(3)이라는 성과가 합쳐진 결과였다. 페더러의 물 흐르는 듯한 경기를 처음 접하는 전 세계 관중의 눈에는 그의 플레이가 놀라울 정도로 쉬워 보였을지 모르지만, 그는 진실을 알고 있었다.

「내가 이기고 있을 때는 모든 게 쉬워 보이고, 내가 지고 있을 때는 〈아, 이 사람은 노력하지 않아〉라고 생각하죠. 하지만 난 항상 노력하고, 지난 2주 동안 내 모든 걸 바쳤어요.」페더러가 우리에게 말했다.

페더러를 잘 아는 사람들은 다음에 일어날 일을 의심하지 않았다. 그는 코트사이드에 있는 그의 의자에서 눈물을 흘렸고, 시상식 중에는 더 많이 울었다.

「우리 가족은 모두 눈물이 많아요.」어머니 리넷 페더러가 설명했다.

영국 타블로이드 신문들은 당연히 그 기회를 놓치지 않았다. 『데일리 미러Daily Mirror』의 머리기사에는 〈엉엉 우는 로저〉라고 쓰여 있었다.

1998년에 불참했던 윔블던 챔피언 만찬에 드디어 참석한 페더러는 언론 보도를 검토한 후 〈울고 있는 사진〉이 그렇게 많을 필요는 없었을 거라고 인정했다.

「트로피를 들고 있는 사진이 몇 개 더 있었으면 좋았을 텐데 말이죠.」그가 말했다.

그 후에도 그런 윔블던 사진은 아주 많아졌다. 새로운 세대의 우승자가 탄생하는 데 2년이 걸렸지만, 이제 완성되었다. 샘프러스처럼 페더러는 스물한 살에 처음으로 윔블던 우승을 차지했다. 하나의 부담을 덜었고, 여러 가지 약점이 해결되었으며, 성공 가도를 달릴 준비가 되어 있었다.

10대의 페더러를 상담했던 스위스의 심리학자 크리스티안 마르콜리는 이 장면을 멀리서 지켜보고 있었다. 마르콜리와 피터 카터는 페더러가 첫 그랜드 슬램 타이틀을 따내면 같이 시가를 피우자고 했었다. 슬프고 가슴 아프게도 그는 스위스 바르에 있는 자기 아파트 발코니로 가서 혼자 담배를 피웠다.

「우리는 그만큼 깊은 확신이 있었어요.」 마르콜리는 내게 말하다가 카터 생각에 목이 메었다.

에퀴블랑에서는 2년 동안 페더러의 민박집이었던 크리스티네 가족이 스위스 국영 TV 기자들과 함께 소파에 앉아 방송을 시청했다. 페더러가 트로피를 들어 올리자 크리스티네 가족은 샴페인 잔을 들어 올렸다.

「로저가 눈물을 흘리는 모습을 보니 정말 마음이 뭉클하네요. 그가 우리 집에 살 때는 인생의 기쁨을 간직한 자연스럽고 꾸밈없고 순수한 열네 살 소년이었어요. 지금 이런 일이 일어났지만, 내게는 아무것도 변한 게 없어요. 그는 언제나 우리와 함께 살던 로저일 겁니다.」 코르넬리아 크리스티네가 눈물을 흘리며 말했다.

에퀴블랑에서, 페더러의 행동을 바로잡는 데 열성이었던 엄격한 프랑스 코치 크리스토프 프레스는 2003년 올 잉글랜드 클럽에서 페더러가 경기하는 모습을 눈앞에서 보았다. 「나는 저 웅장한 곳에 앉아 잔디 코트에 있는 그를 내려다보며 속으로 생각했어요. 〈맙소사, 그가 이렇게 대단한 사람이 되다니.〉」 그가 최근에 내게 말했다.

프레스는 잠시 멈추었다가 말을 이었다. 「그리고 지금은 그 후에 그가 얼마나 더 대단해졌는지 생각해요.」

7
호주, 멜버른

2003년 7월 페더러가 윔블던에서 우승한 직후, 피터 스미스는 새 챔피언이 보낸 이메일을 보고 놀랐다.

그는 스미스의 오랜 제자이자 친구였던 피터 카터에 관해 이야기하고 있었다.

「로저가 이렇게 썼더군요. 〈플레이를 잘하거나 좋은 샷을 칠 때마다 하늘에 있는 카츠를 생각해요. 위를 올려다보면 카츠가 내려다보며 나를 자랑스러워할 것 같아요.〉 그는 자신의 우승이 카터 덕분이고, 카터의 죽음을 계기로 최고의 선수가 되기 위해 노력했다는 걸 내게 말하고 싶었던 것 같아요.」

거의 20년이 지난 지금도 스미스는 그 메일을 생각하면 목이 멘다. 그는 2011년 파킨슨병을 진단받고 전과 같은 속도로 일하거나 가르칠 수 없게 됐다.

「오랫동안, 평생 관리하며 지켜봐야 하는 병이지요.」 스미스가 말했다.

그러나 아직도 생생한 카터와의 추억을 음미하는 스미스는 페더러의 성공이 그들의 친구에게 매우 큰 의미가 있었을 것임을 안다.

「로저는 정말로 카츠가 말한 대로 되겠다고 결심했어요. 지구상에서 가장 재능 있거나 유능한 선수뿐 아니라 최고의 선수가 되기로 말이죠.」스미스가 말했다.

아이러니한 점은 다시 태어난 페더러의 성숙함과 사명으로 인해 스미스의 가장 성공적인 제자이자 페더러가 일찍 챔피언이 되는 데 일조한 고국의 선수가 확실히 우위를 뺏겨 버렸다는 것이다.

그러나 싸움닭으로 태어난 레이턴 휴잇은 그의 시대를 순순히 내주려 하지 않았다. 2003년 9월 페더러와 스위스 데이비스 컵 팀이 준결승전을 치르기 위해 멜버른에 도착했을 때, 휴잇은 준비되었을 뿐만 아니라 의욕에 넘쳐 있었다.

휴잇은 2003년 어떤 그랜드 슬램 준결승에도 진출하지 못해 랭킹 1위에서 7위로 밀려났다. 그는 디펜딩 챔피언이었던 윔블던 1회전에서 210센티미터의 장신에 크로아티아 고지대 출신인 무명의 이보 카를로비치에게 패했고, 약간의 엉덩이 문제로 인해 US 오픈 준준결승에서 후안 카를로스 페레로에게 패했다.

그러나 휴잇은 그의 시즌을 구제하기로 결심했다. 데이비스 컵은 그에게 기회이자 열정이었다.

호주에서 데이비스 컵은 오랫동안 단순한 스포츠 대회 이상의 의미를 지녀 왔다. 이 대회는 한때 국가 건설에 한몫을 담당했다. 1950년대와 1960년대에 강박적이고 텃세가 강한 ── 하필 전직 스포츠 기자 출신인 — 해리 호프먼 감독의 지휘 아래 네트로 돌진하는 테니스 인재들이 지속적으로 나오면서 머나먼 땅 호주의 〈할 수 있다〉 정신을 전 세계에 널리 알렸다.

그 당시 데이비스 컵은 그랜드 슬램 토너먼트와 같은 개별 경기 못지않게 명성이 높았으며, 1950년에서 1967년까지 호주 선수들은 결승전에서 미국을 아홉 차례 격파하며 15회나 우승을 차지했다.

그 시절에는 우승하기가 더 쉬웠다. 이전 해 우승 팀은 매 시즌 모든 경기를 건너뛰고 결승으로 직행했지만, 다른 국가들은 시즌 중에 시합해 우승에 도전할 팀을 결정했다.

이전 해 우승 국가는 〈챌린지 라운드〉라고 알려진 결승전을 개최하는 이점도 있었다. 당시 유럽이나 미국에서 호주로 여행하느라 지친 도전 팀 선수들은 프랭크 세지먼, 루 호드, 켄 로즈월, 로드 레이버, 로이 에머슨, 존 뉴컴 같은 위대한 선수들을 상대해야 했다.

이 불공평한 제도는 1981년까지 존속하다가 챌린지 라운드가 폐지되었다. 그리고 16개 팀, 4회전으로 구성된 월드 그룹이 자리를 잡았다.

호주의 우승은 점점 드문 일이 되어 갔지만, 데이비스 컵의 문화 가치는 여전히 깊었다. 페더러는 카터에게서 이야기를 들어 이를 알고 있었다. 카터는 소년 시절 데이비스 컵에서 호주 선수로 뛰는 백일몽을 꿨다. 너무 짧은 기간이었지만, 그는 스위스의 비공식 데이비스 컵 감독으로 만족해야 했다.

카터는 어린 페더러에게 과거의 위대한 호주 선수와 코치들을 소개했다. 호주인들은 대개 놀리는 것을 좋아하고, 특히 자만한 사람의 코를 바로 납작하게 만드는 외향적인 경향이 있었다. 그들은 코트 밖에서는 붙임성이 있지만, 코트에서는 맹렬한 경쟁자였다.

두 가지 특성 사이에서 중심을 잡을 능력을 지닌 페더러는 그 모든 이야기에 공감할 수 있었고, 호주의 테니스 유산에도 감탄했다. 그는 학창 시절 그저 그런 학생이었지만 자신이 선택한 스포츠의 역사에 끌렸고, 점점 자신이 테니스의 역사가 되어 가면서 더 깊은 호기심을 느꼈다.

「나는 질문을 많이 했고, 투어를 다닐 때 주위의 많은 사람으로부터 배웠어요. 말하자면, 그들이 〈이 선수는 1968 윔블던 준결승전에 진출했고, 이 사람은 1954년 복식 경기에서 우승했던 선수야〉라고 말하면, 나는 〈와우! 그 얘기 좀 해주세요!〉라고 말했죠.」 페더러가 2018년 다큐멘터리 영화 「천재의 스트로크」의 인터뷰에서 말했다.

페더러는 아마추어 테니스 시대에서 1968년 오픈 시대로 전환하는 데 일조한 사람들에게 흥미를 느꼈다. 1968년은 프로 선수들이 윔블던과 같은 메이저 대회에 출전하게 된 해였다. 선수 생활을 하면서 수입이 거의 없던 이 선구자들 덕분에 현대 스타들이 거액을 벌게 되었다는 것을 알았다.

「나는 항상, 음, 나이 든 사람들에게 공손하게 대하겠지만, 나이 든 테니스 선수들을 공경해야 한다고 생각했어요. 왜냐하면 내가 오늘날 테니스를 칠 때 가장 큰 영감을 주고 동기를 부여한 사람들이기 때문이죠. 그들이 아주 특별한 일을 했기 때문에 내가 오늘날 덕을 보는 겁니다. 나는 투어에 참여하는 모든 젊은이가 호기심이 아주아주 많아서 테니스에 대해 모든 것을 알고 싶어 했으면 좋겠어요. 그리고 아서 애시의 기록에 대해서도요. 왜 지미 코너스일까? 왜 마르티나 나브라틸로바일까? 왜 가브리엘라 사바티니일까? 그 밖에 누구든 마찬가지예요. 이 사람들의 어떤 점이 그렇게 흥미로운지 알기 위해서 말이죠. 사람에게는 누구나 아주 흥미로운 이야기가 있으니까요. 그들이 꼭 세계 1위일 필요는 없어요.」

이야기꾼으로 정평이 나 있는 페더러는 마음속 대화를 포함해 과거의 대화를 재현하기 일쑤인 데다, 장황하면서 두서가 없었다.

페더러의 소망에도 불구하고 동시대 테니스 선수들은 대부분 과거의 위대한 선수들에 대해 거의 궁금해하지 않았다. 휴잇은 페더러처럼 예외였다. 그가 호주 기자들에게 과민하게 반응하고 에둘러 말했을지는 모르지만, 국가를 대표하겠다는 그의 열정에는 의심의 여지가 없었다.

다섯 살 때 그는 호주의 스타 팻 캐시가 1986년 멜버른의 구용 스타디움에서 열린 데이비스 컵 결승전에서 두 세트를 지다가 결국 5세트 끝에 미카엘 페른포르스를 이겨 스웨덴에 승리하는 장면을 텔레비전으로 보았다.

휴잇은 그 비디오테이프를 간직하고 있어, 그 장면을 실제로 하나하나 떠올릴 수 있었다.

「내가 항상 돌이켜 보는 경기죠. 역사상 가장 대단한 데이비스 컵 경기 중 하나였어요.」 언젠가 그가 내게 말했다.

프로 운동선수가 되는 일은 휴잇 가문에서 막연하고 먼 목표가 아니었다. 휴잇의 아버지 글린과 대릴 삼촌은 호주식 풋볼인 오시 룰스 선수였다. 그의 어머니 셰릴린은 호주의 대표적인 여자 스포츠로 꼽히는 네트볼의 최고 선수 중 한 명이었고 후에 체육 교사가 되었다.

휴잇은 열세 살 때까지 오시 룰스와 테니스를 했는데, 페더러와 비슷한 나이에 한 가지 스포츠에 집중해야 한다고 느꼈다. 크지 않은 체구에 정신력이 강한 휴잇은 현명한 선택을 했다. 열다섯 살에 그는 호주 오픈 최연소 본선 단식 자격을 얻었고, 페더러가 10대 중반에 그랬듯이 조국의 데이비스 컵 팀에 타격 파트너로 합류해 달라는 요청을 받았다. 한때 타격 파트너들이 데이비스 컵 선수들에게 과일을 가져다주는 일을 맡았기 때문에 호주인들은 그들을 〈오렌지 소년〉이라고 불렀다. 휴잇은 1997년 시드니의 화이트시티 스타디움에서 프랑스와 맞붙은 1회전 경기에서 오렌지 소년이었다. 존 뉴컴은 호주의 감독이었고 토니 로시는 코치였다. 주력 선수였던 패트릭 래프터는 스릴 넘치는 또 다른 5세트 경기에서 두 세트 지고 있었지만, 코트 교체 시간에 투지를 강하게 불어넣은 뉴컴에 힘입어 프랑스의 스타 세드릭 피올린을 물리쳤다. 결국 호주는 그 라운드에서 승리했다.

「그때 나는 우러러보며 우상으로 숭배했던 사람들 주위를 서성거리며 멋진 한 주를 보냈어요. 그보다 더 좋은 환경을 바랄 수는 없었을 겁니다. 감독님은 3~4년 안에 내가 코트에 나갈 수 있을 거라고 하더군요.」 휴잇이 말했다.

하지만 그 정도로 오래 걸리지는 않았다.

다음 해 열여섯 살이 된 휴잇은 고향인 애들레이드에서 뜻밖에도 애거시를 꺾고 ATP 토너먼트에서 우승해 테니스계를 충격에 빠뜨렸다.

승리했을 때 스미스에게 가장 먼저 전화를 건 사람은 피터 카터였다. 과거에 그는 스미스에게 전화를 걸어 휴잇이 인상에 남는 유망주일 수 있지만 페더러가 더 낫다고 주장하며 그를 조금 놀린 적이 있었다.

「그때는 카즈가 〈네 제자가 좀 치더라. 그가 앞서간 것 같아〉라고 말했어요.」 스미스가 웃으며 말했다.

휴잇과 페더러는 호주 오픈 주니어 대회에서 함께 복식 경기를 하려던 계획을 취소해야 했다. 애들레이드 대회에서 깜짝 우승을 한 휴잇이 호주 오픈의 와일드카드를 얻어 본선에 진출하게 되었기 때문이다.

페더러가 세계 최고 주니어 선수가 되는 동안 휴잇은 전업 프로 선수가 되었다. 그는 1999년 ATP 랭킹 25위권에 진입했고, 1999년 니스에서 열린 데이비스 컵에서 호주 팀의 기둥으로 프랑스를 맞아 승리로 이끌었다.

전성기의 휴잇은 가차 없이 재빠르게 공을 받아 쳤다. 해를 이어 연속으로 1위에 오르며 윔블던과 US 오픈에서 우승한 그는 고국에서 열리는 데이비스 컵에서 우승한다는 사명을 띠었다. 그러나 호주에서 결승전을 개최하려면 호주 선수들이 떠오르는 페더러와 스위스 팀을 먼저 넘어야 했다.

두 팀 모두 카터를 기리는 일에 열중했다. 호주의 감독인 존 피츠제럴드 역시 카터가 젊은 시절 훈련받고 거주했던 애들레이드 출신이었다. 호주와 스위스 연맹은 피터 카터를 기념하는 트로피를 만들어 호주와 스위스가 데이비스 컵에서 경기할 때마다 우승자에게 수여하기로 합의했다.

두 국가의 팀은 또한 호주 오픈 장소로 가장 잘 알려진 멜버른 파크에서 열린 단식 경기 개막일 전에 카터를 추모하며 1분간 묵념했다.

호주 선수들은 4강전을 위해 임시 잔디 코트를 깔 수도 있었지만, 페더러가 윔블던에서 보여 준 경기력에 비추어 볼 때 그것은 무모해 보였다. 대신 호주인들은 호주 오픈에 사용된 것과 같은 하드 코트 표면을 선택했다. 리바운드 에이스로 알려진 이 제품은 고무 처리되어 상대적으로 바운스가 높았다. 그래서 일부 조건에서는 더 편할 수 있지만 고온에서는 발을 디딜 때 더 끈적거려 약간 위험했다.

9월의 멜버른은 서늘하고 쌀쌀하기까지 했다. 비 때문에 로드 레이버 아레나의 지붕을 닫고 1회전을 치러야 했다. 휴잇은 미셸 크라토슈빌을 연속 세트로 이겼고, 페더러는 이후 윔블던 결승전에서 마크 필리포시스에게 똑같이 되갚았다.

다음 날 스위스의 주장인 페더러와 로세는 마크 우드퍼드가 은퇴하기 전 그와 오랫동안 짝을 이룬 호주의 위대한 복식 선수 토드 우드브리지, 웨인 아서스 조와 맞붙었다.

경기는 팽팽했다. 아서스와 우드브리지가 4-6, 7-6(5), 5-7, 6-4, 6-4로 승리했다. 페더러는 5세트 3-3에서 서브를 잃었고, 이 게임에서 두 번 더블 폴트했다.

일요일에 페더러와 휴잇이 후반의 두 단식 경기 중 첫 경기를 치르기로 한 가운데, 호주가 2-1로 앞서 있었다.

매진된 로드 레이버 아레나의 관중석에는 당시 휴잇의 여자 친구이자 얼마간 명예 호주 시민으로 여겨졌던 벨기에의 인기 테니스 스타 킴 클레이스터르스가 앉아 있었다. 애들레이드의 북부에 사는 피터 카터의 부모 밥과 다이애나도 와 있었다.

호주 팀은 한 번만 더 이기면 준결승에서 승리할 수 있었지만, 페더러가 점차 강한 의지를 보이며 치열하게 임하면서 휴잇이 승리할 가능성은 거의 없어 보였다.

페더러는 이번 경기에서 포커페이스가 아니었다. 성공에 대한 갈망이 뚜렷했고 1세트를 마무리하려다 포핸드를 놓치자 〈젠장〉을 계속 외쳐 댔다. 휴잇도 다음 포인트를 잃은 뒤 똑같이 했다. 10대 시절 취리히에서 벌였던 그들의 불경스러운 결투가 잠시 생각났지만, 이번에는 어느 선수도 집중력을 잃지 않았다.

페더러는 시도 때도 없이 위너를 때리며 1세트에서 7-5, 2세트에서 6-2로 이겼다. 그는 3세트에서 인사이드 아웃 포핸드 위너로 휴잇을 브레이크하며 주먹을 불끈 쥐고 동료들을 향해 포효한 뒤 5-3으로 리드를 잡았다. 그러고 나서 이 매치를 끝내기 위해 서브를 넣었다.

30-30에서 2포인트만 따면 그의 승리였다.

「그때 당신은 로저에게 집을 걸었을 거예요.」 스위스 팬들이 카우벨을 흔들고 호주 팬들이 큰 확신 없이 휴잇을 응원하는 가운데 레이버 아레나의 관중석에 앉아 있던 휴잇의 코치 로저 래시드가 말했다.

그러나 다음 포인트에서 휴잇이 베이스라인 뒤쪽에 착지한 페더러의 첫 서브에 크고 깊은 포핸드 리턴을 쳤다. 공이 코트 밖에 떨어질 거라고 잘못 생각한 페더러는 뒤늦게 반응해 백핸드를 코트 밖으로 날려 아웃되었다. 이는 30-40에서의 브레이크 포인트였고, 휴잇이 또 한 번 코트 뒤쪽으로 리턴을 보내자 페더러가 슬라이스를 쳐서 네트를 맞췄고, 휴잇이 포인트를 따 서브 게임을 마무리했다.

이제 5-4가 되었다. 코트 체인지 시간에 스위스 주장 로세의 절박함이 극에 달했다. 그는 앉아 있는 페더러 앞에 쪼그리고 앉아 페더러의 다리에 손을 얹고 프랑스어로 충고와 격려를 쏟아냈다.

하지만 소용없었다. 페더러가 2점 차로 승리에 가까워진 적이 두 번 더 있었지만 휴잇은 서브를 지켰고, 사실상 내면의 불이 켜진 이 호주 선수는 계속해서 타이 브레이크를 따내 4세트까지 끌었다.

「레이턴이 최고의 선수들을 상대로 난투를 시작하는 것은 중요했어요. 록키 발보아 같은 싸움을 하고 있다는 느낌이 들자 그가 자신만이 아는 다른 머릿속 공간으로 들어갔기 때문이죠. 그는 그런 일이 일어날 거라고 믿기 시작했어요. 〈상황을 뒤집을 거야, 나는 다시 점점 강해지고 있어.〉 마치 뽀빠이가 시금치 캔을 하나 더 먹는 것 같았어요.」 래시드가 말했다.

록키에 비유한 것은 휴잇에게 의미심장했다. 그는 실제로 경기 중에 혼잣말로 〈힘내, 발보아!〉라고 외쳐 댔다.

4세트는 막상막하였다. 휴잇이 페더러의 서브를 브레이크해 반사적으로 친 양손 백핸드 발리 덕분에 7-5로 승리했다. 그러나 5세트에서 페더러의 체력이 — 그리고 감정이 — 저하되고, 휴잇이 오버헤드를 정확하게 스매시해 5-7, 2-6, 7-6(4), 7-5, 6-2로 준결승 승리를 거두며 페더러는 완패했다.

「윔블던이나 US 오픈에서 우승하는 것보다 훨씬 기뻐요.」 휴잇이 말했다.

페더러는 코트에서 침착함을 유지했다. 그러나 사석에서는 다른 문제였다. 많은 요소가 작용하고 있었다. 그는 2001년 영향력을 발휘해 야코프 흘라세크 감독을 밀어내면서 스위스 데이비스 컵 팀의 리더가 되었다. 로세와 그의 친구들과 함께 우승하는 것이 주요 목표였는데, 그것이 좌절된 것이다. 페더러가 강력한 단식 우승 후보인 필리포시스와의 준결승에서 패배할 가능성이 컸을지라도 말이다.

무엇보다 패배가 뼈아팠던 것은 카터에 대한 기억 때문이었다. 카터는 오랫동안 휴잇을 페더러의 기준점으로 삼았다. 휴잇은 그가 노력해서 이길 수 있는 선수, 화력과 장기적인 잠재력이 부족한 선수였다. 경기 후 카터의 부모를 만났을 때 그는 감정에 복받쳤다.

「바젤에서 있었던 장례식에서 그랬듯이 로저에게는 너무나 힘든 순간이었어요. 그렇게 괴로워하는 남자를 보면 무덤덤할 수가 없죠. 보는 사람도 가슴이 찢어져요.」

로세의 요청에 따라 스위스 팀에 합류한 프랑스의 베테랑 감독 조르주 드니오는 페더러가 라켓 스트링 기계가 있는 작은 방으로 도피했다고 말했다.

「남자가 그렇게 우는 건 거의 본 적이 없었어요. 잠시 후 방안으로 들어갔더니, 그가 두 손으로 머리를 감싸고 있더군요.」 드니오가 프랑스의 『테니스 매거진Tennis Magazine』에 말했다.

페더러는 몇 년이 지난 뒤에도 여전히 그 경기를 〈가장 아픈 패배〉 중 하나로 생각하고 있지만, 최상위급 선수들을 이길 수 있다는 것을 몸소 깨닫는 데 도움이 되었다고도 내게 말했다. 그는 거의 — 비연속적이지만 — 3세트 동안 경쟁자인 휴잇보다 우위에 있었다. 그렇다, 그는 임무를 끝낼 냉철함이 부족했지만 새로운 단계로 올라서고 있었다. 그는 그것을 느낄 수 있었다.

놀랍게도 데이비스 컵은 2003년 시즌 나머지 기간에 그를 우울하게 만들지 않았고, 그것은 수년간 페더러의 특징 중 하나가 되었다. 그것은 실망, 때로는 잔인한 실망에서 빠르게 회복하는 능력이었다.

「그는 정말 빠르게 회복해요. 맞아요, 그는 낙담하지만 그날 밤이나 다음 날 아침이 되면 다시 탄력 있게 회복해요. 우승했을 때 감사하는 일과 나쁜 일이 생겨도 계속 앞으로 나아가는 일 사이에서 그보다 더 균형을 잘 찾는 사람을 본 적이 없어요.」 그의 오랜 코치 중 한 명인 폴 아나콘이 내게 말했다.

데이비스 컵 패배 이후 치른 다음 토너먼트에서 페더러는 빈의 실내 경기에서 타이틀을 성공적으로 방어했다. 허리 통증으로 다른 유럽 실내 경기에서는 주춤했지만, 그는 2년간 상하이에서 휴스턴으로 경기 장소를 옮긴 연말 대회 마스터스 컵에서 화려하게 시즌을 마무리했다.

지미 코너스와 존 매켄로의 전성기에 뉴욕의 매디슨 스퀘어 가든에서 열린 최상위 8인 토너먼트는 1989년 이후에는 미국에서 개최되지 않았다. 이 대회를 부활시킨 원동력은 휴스턴의 웨스트사이드 테니스 클럽의 회장 짐 매킹베일이었다. 그는 〈매트리스 맥〉이라는 별명을 가진 활력이 넘치고 때로는 성미가 급한 가구 재벌이었다.

매킹베일은 꿈이 크고, 열심히 일하고, 소비하고, 눈에 띄게 기부하고, 직설적인 말투로 사교에는 젬병인 전형적인 자수성가형 미국인 중 하나였다. 그와 그의 아내 린다는 진지한 테니스 팬이었다. 그들의 클럽은 지도상으로는 윔블던과 롤랑 가로스에서 멀리 떨어져 있었지만, 그들은 북아메리카에서 희귀한 잔디와 붉은 클레이 코트를 포함해 46개의 코트 단지에 네 종류의 그랜드 슬램 코트 표면을 모두 설치하는 등 그 차이를 좁히는 데 최선을 다했다.

매킹베일은 마스터스 컵 개최권을 따는 데 약 700만 달러를 썼다. 테니스계 일각에서는 암암리에 이를 〈매트리스 컵〉이라고 불렀다. 그는 새로운 야외 스타디움과 기타 비용에 총 2000만 달러를 더 썼다.

모든 것이 그가 예상했던 금액을 훨씬 초과했다. 그는 당연하게 약간 초조하면서도 시장을 독점했다고 생각했다. 대회 전날 기자 회견에서 페더러가 〈이 정도 규모의 대회치고는 7,500석 경기장이 작으며 경기장 표면에 경사가 있고 군데군데 고르지 않다고〉 지적하자 그가 화를 냈다.

페더러가 애거시와 맞붙는 조별 리그 1회전에 출전하기 전에 라커 룸에서 매킹베일이 페더러에게 정면으로 맞섰다. 테니스에 기꺼이 통 크게 투자할 의향이 있는 드문 미국 사업가의 자부심과 열정이 사그라들까 두려워 ATP 관계자들이 중재에 나섰다.

페더러는 결국 사과했다. 매킹베일은 사과를 받아들였고, 나중에 그는 페더러가 〈좋은 아이이자 훌륭한 선수〉라고 말했다.

그러나 경기장에 관해 발언한 페더러의 공식 녹취록은 소련식으로 대회 웹 사이트에서 삭제되어 지금까지 찾기 힘들다.

「왜 내가 비판한다고 기사를 썼는지 이해할 수 없어요. 첫인상이 그랬어요. 물론 모든 게 훌륭하다고 말할 수도 있었어요. 하지만 단지 내 느낌이 그랬다는 겁니다. 내 감정을 더 이상 말할 수 없다면 이제 기자 회견에 오지 말아야죠.」 페더러가 후에 말했다.

하지만 그 경험 덕분에 너무 자유롭게 말했을 때 어떤 결과가 나타나는지 일찌감치 깨달았고, 그의 명성이 높아지면서 자기 말이 특히 갈등의 도화선이 될 때 빠르게 해석되고 확대된다는 것을 상기할 수 있었다.

그는 그런 교훈을 잘 배웠다. 저널리즘적 관점에서 그는 확실히 너무 잘 배웠다. 그 후 그는 다중 언어로 1,000건 이상의 기자회견을 했지만 논란이 거의 없었다. 그는 정치적, 문화적으로 마찰을 일으킬 수 있는 주제를 피하고 점수 결산을 공개하지 않는다(적어도 손에 라켓이 없다면 말이다).

그러나 휴스턴에서의 말다툼은 확실히 그의 휴스턴 경기에 해를 끼치지 않았다. 정반대였다. 오히려 그는 방해물을 부줬다.

매킹베일과의 언쟁이 끝난 뒤 그는 코트로 나와 애거시를 처음으로 꺾어야 한다는 압박감을 안고 과감하게 경기를 펼쳐 마지막 세트에서 두 개의 매치 포인트를 지켜 6-7(3), 6-3, 7-6(7)로 승리했다.

그리하여 페더러는 1990년대 테니스의 두 거목인 샘프러스와 애거시를 상대로 승리했다. 두 선수는 스타일과 성격이 아주 달랐지만, 공격적인 사고방식은 비슷했다. 샘프러스는 포 코트에서, 애거시는 백코트에서 공격했다.

「선수 생활을 하면서 그런 선수들을 한 번 이기는 건 좋은 일이죠.」페더러가 후에 말했다.

다음 조별 리그 경기에서 그는 지긋지긋한 적수 한 명을 꺾었다. 완벽한 경기와 함께 양손 백핸드를 가진 단단한 아르헨티나 선수 날반디안은 페더러가 주니어일 때와 2003년 초 US 오픈 준준결승을 포함해 프로 선수가 되고 두 사람이 맞붙은 처음 다섯 번의 경기에서 페더러를 이겼다. 그러나 이번에는 페더러가 초반부터 6-3, 6-0으로 날반디안을 압도했다. 과거에 그들이 싸운 경기에서 사용한 전술을 바꾼 결과였다.

그 후 그는 프랑스 오픈 챔피언 후안 카를로스 페레로를 6-3, 6-1로 물리쳐 조별 리그 경기를 무패로 마무리하고, 앤디 로딕과의 준결승에 진출했다.

매킹베일은 미국 국기를 흔드는 것에서 그치지 않았다. 그는 국기로 장식된 셔츠를 입고, 염치없이 그가 〈우리 아들들〉이라고 부르는 애거시와 로딕을 응원했다.

대회 책임자의 그런 맹목적 애국주의는 다른 여섯 명의 단식 선수, 즉 모든 유럽 선수나 남미 선수를 불편하게 했다. 이 대회는 어쨌든 데이비스 컵이 아니라 마스터스 컵이었다.

「배려가 부족한 거죠.」 날반디안이 말했다.

그러나 그때까지 매킹베일은 원하던 것을 얻고 있었다. 로딕과 애거시가 둘 다 4강에 진출한 가운데, 야간 경기를 보러 온 관중으로 경기장이 꽉 찼다.

하지만 페더러는 그 주말에 다른 계획이 있었고, 윔블던에서 느꼈던 것과 비슷한 흥겨움에 빠져 있었다.

그의 첫 번째 제물은 2003년 처음으로 메이저 대회에서 우승한 로딕이었다. 그는 US 오픈 준결승에서 날반디안의 매치 포인트를 지켜 내고 우승했다. 로딕은 뉴욕에서 진행한 「새터데이 나이트 라이브Saturday Night Live」에서 애거시와 존 매켄로를 흉내 낸 직후 휴스턴에 도착했다.

「내 인생이 이렇게 구경거리가 되네요.」 그가 말했다.

8월에 몬트리올에서 열린 마스터스 시리즈 4강전에서 페더러가 로딕을 맞았을 때 한 번만 더 승리하면 랭킹 1위를 확정할 수 있었다. 페더러는 경기를 끝내기 위한 마지막 서브 게임을 시작했으나, 평정심을 잃었는지 로딕에게 처음으로 패했다. 6-4, 3-6, 7-6(3)으로 말이다.

「기억하건대 내게 그런 게 필요하다고 생각했던 것 같아요. 힘든 경기에서 그를 이기는 거요. 사람들은 그럴 때 이번 주, 다음 주, 또 그다음 주만 생각해요. 이 사람의 역사적 중요성은 생각하지 않죠. 내게는 그와 대결한다는 사실보다 내가 훌륭하게 경기하고 기량을 충분히 발휘하는지가 더 중요했어요. 바젤이나 그전에 그에게 졌을 때는 그가 더 나은 선수이고 한 수 위여서 2년은 더 앞섰다고 느꼈어요. 그래서 윔블던 경기와 캐나다에서 치른 그 시합이 우리 둘 다 세계 최고 또는 적어도 그렇게 거론되는 선수가 되기 위해 경쟁하는 첫 번째 경기라고 여겼죠.」 로딕이 내게 말했다.

로딕은 뉴욕에서 우승해 1위에 오르고 나서 휴스턴에서 열린 조별 리그 단계에서 페더러보다 먼저 연말 랭킹 1위를 확보했다.

그러나 페더러는 준결승전에서 세트를 내리 따내며 7-6(2),

6-2로 그를 꺾었고, 5선 3선승제 결승전에서 애거시를 6-3, 6-0, 6-4로 제압했다. 테니스 최고 리터너 중 한 명인 애거시는 페더러의 서브에서 단 한 번의 브레이크 포인트도 얻지 못했다.

애거시는 슈테피 그라프와의 사이에서 낳은 딸 재즈 엘의 탄생을 축하하느라 US 오픈 이후 경기에 출전하지 않았다. 매킹베일에 대한 충절이 없었다면, 그는 휴스턴에서 뛰지 않았을지도 모른다. 애거시는 매킹베일의 자선 활동, 기업가 정신, 미국 테니스를 지원한 일에 감사했다. 최근에 애거시의 출전이 드물었던 점을 고려하면 결승전까지 간 것은 매우 양호한 성과였다. 애거시의 코치인 대런 케이힐은 확실히 만족했지만, 라커 룸에 갔을 때 고개를 숙이고 앉아 있는 애거시를 보고 깜짝 놀랐다.

「그가 아무 말도 하지 않았어요. 그런 모습은 처음이었어요. 보통은 경기에 져도 심각하게 받아들이지 않고 2~3분이면 회복했는데, 그때는 20~30분 동안 머리를 숙이고 있었어요.」 케이힐이 말했다.

케이힐은 마침내 그에게 다가가서 등에 부드럽게 손을 얹고, 이번 휴스턴 결승전에서 보여 준 그의 기량이 매우 자랑스러우며 그저 페더러라는 막 뜨고 있는 선수를 만나게 된 것뿐이라고 위로했다.

「털고 일어납시다.」 케이힐이 말했다.

애거시가 고개를 들더니 말했다. 「이봐요, 테니스가 영원히 바뀌었어요. 전과 전혀 다를 겁니다. 이 선수가 테니스 게임을 완전히 새로운 수준으로 끌어올릴 거예요. 이런 수준은 전에 본

적이 없어요.」

케이힐은 깜짝 놀랐다. 「어떤 일이든, 앤드리는 보통 자신감에 차 있어요. 이런 위대한 챔피언들은 항상 〈이봐, 내가 전력을 다해 최고의 테니스를 치면 이런 선수들을 이길 수 있어〉라고 생각해요. 내가 봐온 테니스의 전설이 〈이런, 이 사람이 이렇게 치면 내가 이기지 못해〉라고 혼잣말한 건 그때가 처음이었던 것 같아요.」

그 당시 서른세 살이었던 애거시는 자기가 무슨 말을 하는지 정확히 알고 있었다. 그는 다시는 페더러를 이기지 못했고, 휴스턴에서 페더러의 완승은 테니스 역사상 가장 탁월한 시즌들을 예고했다.

그러나 12월에 놀라운 소식이 먼저 찾아왔다. 대약진을 보여 준 시즌이 끝나고 랭킹 1위에 바짝 다가선 페더러가 룬드그렌과 결별하겠다고 발표한 것이다.

청천벽력이 따로 없었다. 스위스 언론이 페더러와 룬드그렌의 특별한 관계를 다룬 기사를 발표한 직후였다. 그 기사에서 룬드그렌은 12월의 비수기 프로그램과 그들의 높은 목표를 이야기했다. 아버지 로버트 페더러도 〈카터는 로저와 24시간 함께해요〉라며 거들었다.

그러나 카터 대신 룬드그렌과 함께 투어를 떠나겠다는 결정을 내렸듯이, 페더러는 우승 팀을 바꾸기 위해 또 한 번 위험한 선택을 했다.

커리어 내내 그는 이런 패턴을 보였다. 이브 알레그로나 마르코 키우디넬리 같은 소년 시절 친구들에게서 느끼는 유쾌함과 충절에도 불구하고, 내면에서 변화가 필요하다고 외치는 목소리가 들려올 때 유대감을 깨지 못할 만큼 페더러는 지나치게 감상적이지 않았다.

그는 갑작스럽게 결정한 것이 아니라 2003년 시즌이 시작된 이래 계속 생각해 왔고, 최근 몇 달 동안 더 자주 생각했다고 말했다.

「오랫동안 생각했어요. 내가 역대 최고 성적일 때 헤어지는 거라서 결정하기가 더 어려웠어요. 하지만 나는 이것이 다음 단계로 나아가기 위한 옳은 결정이라고 확신합니다.」『노이에 취르처 차이퉁 Neue Zürcher Zeitung』이 결별 소식을 속보로 내보낸 뒤 급히 마련한 제네바 기자 회견에서 페더러가 말했다.

페더러는 그들이 타성에 빠진 걸 느꼈다고 말했다. 「시즌이 끝날 무렵 우리 둘 다 예전 같지 않다고 느꼈어요. 지난주에 그에게 내 결정을 알렸어요. 그는 실망했지만 내 뜻을 이해했죠. 우리는 항상 1년 계약을 맺었고, 계약 기간이 끝나 가는 시기였거든요.」

룬드그렌과 페더러를 아는 사람 중에 바브리네크가 결별에 결정적 역할을 했다고 주장하는 이들도 있었지만, 페더러는 항상 그 소문을 부인했다.

「이런 결정을 할 때 팀 내부에서 논의를 하는 것은 분명해요. 하지만 결정은 나 혼자 내립니다. 만족해야 할 사람은 다른 누구도 아니고 나니까요.」

룬드그렌은 페더러가 관계를 끝낸 방식을 여전히 아쉬워하는 것 같지만, 일방적인 결정이 어떤 면에서는 안도감을 주었다고 말했다. 그의 여자 친구와 어린 두 자녀가 스웨덴에 살고 있었고, 그들은 그곳에 집을 짓는 중이었다. 페더러와의 계약에 따라, 그는 1년에 40주간 일해야 했고, 그중 많은 부분이 여행이었다. 그는 자신도 모르는 사이 탈진 상태에 가까웠다고 말했다. 그는 과거에 성공을 거둔 투어 선수였지만 곧 코치로 직업을 바꾸었다.

「내 생활이 거의 없다고 느꼈지만, 그렇다고 로저에게 반감을 품지는 않았어요. 로저가 전화해서 그만하자고 했을 때 내가 할 일을 다했다고 느꼈어요. 물론 그의 말을 듣고 마음이 허전했죠. 우리는 오랫동안 함께 일하고 많은 시간을 함께 보냈는데, 어느 날 갑자기 끝내자는 말을 들었으니까요. 그러나 나는 내가 아는 바를 모두 말했고, 이제 그가 다른 목소리를 들을 때가 되었다고 느꼈어요. 정말로 그렇게 느꼈어요. 우리가 헤어졌을 때는 그가 결정을 내려 줘서 내가 만족했다고 봐야죠.」 룬드그렌이 말했다.

룬드그렌은 투어 여행 없이 몇 달 쉰 뒤 페더러의 라이벌 중한 명을 코치하기로 동의했다. 전에 1위에 올랐고 평정심 문제를 가진 또 한 명의 경이로운 재능을 소유한 마라트 사핀이었다.

페더러는 비엘/비엔에서 피트니스 트레이너 피에르 파가니니와 함께 2004년 시즌을 준비했고, 그 후 바브리네크, 물리 치료사 파벨 코바츠, 2003 윔블던 축하연에 참석했던 전 스위스 테니스 챔피언이자 페더러의 절친한 친구 레토 슈타우블리와 함께 호주를 여행했다.

페더러는 이 시기에 공식 코치가 없었다. 자신이 선택한 코치의 요구대로 급여를 맞춰 줄 수 있는 뛰어난 젊은 선수에게는 매우 드문 일이었다. 그러나 페더러는 서둘러 룬드그렌의 후임자를 찾지 않았고, 열한 살 위인 슈타우블리가 스위스 은행에서 일하면서 휴가 기간을 이용해 비공식적으로 조언을 제공하고 타격 파트너 역할을 하는 데 동의했다. 그는 연습 코트를 예약하고 페더러가 앞으로 상대할 선수들을 조사하는 일도 했다.

슈타우블리는 명목상 코치는 아니었지만 2004년에 일반적으로 코치가 하는 일을 많이 수행했다. 페더러에게 스트로크나 테크닉에 대한 기술적인 조언은 하지 않았지만 말이다.

페더러의 계획은 호주 오픈이 시작될 때까지 강력한 경쟁을 피하는 것이었다. 2003년에 그는 단식 경기를 90번 이상 뛰었기 때문에 파가니니와 자신의 직관으로 오픈까지 경기를 천천히 늘려 가는 편이 낫다는 것을 알았다.

그는 홍콩과 멜버른의 구용 잔디 테니스 클럽에서 하드 코트 시범 경기를 했으며, 비공식 경기에서 애거시에게 패했다. 그러나 더는 위대한 업적이 부족한 위대한 인재가 아니었던 페더러는 느긋해 보였다. 호주 오픈이 시작되자 준비된 그는 한 세트에서 4게임 이상 내주지 않고 처음 세 라운드를 휩쓸었다.

이로써 페더러는 4개월 전 코트 안팎에서 무너진 그 경기장에서 휴잇과 다시 만나 4회전 경기를 치렀다. 첫 세트를 이기며 초반에 리드를 잡은 쪽은 휴잇이었다. 페더러는 그라운드 스트로크를 깊게 꽂고 평소처럼 서브를 정밀하게 넣으려고 고군분투했다. 그러나 휴잇이 2세트에서 2-3과 40-15로 앞선 상황에서 휴잇은 더블 폴트를 했고, 다음 첫 서브에서 풋 폴트*를 범해 에이스가 무효되었다. 라인 심판의 선언에 당황한 휴잇은 실점했고 결국 서브권을 빼앗겼다.

추세가 중요한 테니스에서는 매우 사소한 것이 시합을 좌우할 수 있다. 페더러는 가속 페달에 올려놓은 발을 떼지 않았다. 한쪽으로 기운 3세트 중반에 로드 레이버 아레나 근처에서 불꽃놀이가 시작되어 시합이 중단되었는데도 다음 9게임 중 8게임을 이겼다.

이날은 호주의 건국 기념일이었지만, 페더러가 압도적으로 앞선 뒤 경기가 다시 팽팽해지면서 호주 테니스를 기념하는 분위기는 아니었다. 그러다가 4세트 2-2에서 페더러가 휴잇의 서브를 브레이크했다. 페더러는 코너로 돌진해 전력으로 로브를 때린 다음 휴잇의 오버헤드 방향을 완벽하게 읽고 포핸드 위너를 찔러 넣었다.

그때 래시드는 선수석에서 입을 못 다물고 있었는데, 그만 그런 것이 아니었다. 그러나 휴잇은 9월에 자신이 승리를 위해 마지막 서브 게임을 했을 때처럼, 페더러가 승리를 위해 마지막 서브 게임을 했을 때 또 한 번 기회를 얻었다.

게임 초반에 더블 폴트를 범한 뒤 페더러는 듀스에서 늘 하던

---

* 서브를 넣을 때 발이 베이스라인을 밟거나 그 안에 들어가는 경우에 범하는 반칙.

백핸드 슬라이스를 실수해 호주인에게 브레이크 포인트를 내줬다.

「확실히 데이비스 컵 때의 기억이 떠올랐어요. 그가 이겼고 관중이 열광했죠. 누가 이럴 줄 알겠어요?」페더러가 말했다.

페더러가 예리한 각도로 첫 서브를 넣자 휴잇은 코트 경계선에서 멀리 떨어졌다. 호주인은 공이 넓게 착지할 것을 이미 알고 있었다는 듯이 리턴을 치며 소리를 질렀다. 그러나 브레이크 포인트를 따내지 못했고, 휴잇은 다음 포인트에서 몸을 내던져 하드 코트 위에서 골키퍼처럼 굴렀다. 하지만 휴잇이 데이비스 컵에서 했던 방식으로 페더러가 경기를 끝내는 것을 막을 수는 없었다.

「설욕해서 너무너무 기뻐요. 머릿속에서 많은 것이 소용돌이쳤지만, 그때의 악몽을 다시 경험하고 싶은 마음은 추호도 없었어요.」4-6, 6-3, 6-0, 6-4로 승리한 후 페더러가 말했다.

이 결과는 한때 페더러의 성적을 보유했던 선수들이 그의 새로운 성적에 보조를 맞출 능력을 빠르게 잃고 있다는 또 하나의 큰 암시였다. 날반디안은 8강전에서 4세트 만에 무너졌다. 페레로는 4강전에서 연달아 세트를 내줘 페더러가 이번 대회 이후 처음으로 랭킹 1위로 올라서는 게 확실해졌다.

「큰 대회들에서 우승하면 세계 랭킹 1위는 자연스럽게 따라오죠.」코앞의 큰 대회에 가장 관심이 많았던 페더러가 말했다.

호주 오픈 타이틀의 마지막 방해물은 페더러의 또래 선수 중 첫 번째로 그랜드 슬램 챔피언이 된 사핀이었다. 페더러보다

17개월 먼저 태어난 그는 2000 US 오픈 결승에서 샘프러스를 꺾고 결승에 진출했다. 이는 그 후 1년도 지나지 않아 페더러가 윔블던에서 샘프러스를 꺾은 것보다 더 놀라운 성과였다.

페더러는 어느 쪽으로든 승리자가 바뀔 수 있는 5세트에서 샘프러스를 제압했다. 당시 스무 살이던 사핀은 샘프러스를 6-4, 6-3, 6-3으로 격파했는데, 샘프러스는 사핀의 맹렬한 공격과 역공에 보조를 맞추려고 고군분투하며, 한물간 챔피언처럼 보였다.

몇 주 후 사핀은 1위에 올랐다. 2000년에 ATP 투어가 〈더 레이스〉라는 새로운 방식을 실험하던 중이어서 샘프러스전 승리가 제대로 인정되지 않았는데도 말이다. 더 레이스는 1973년부터 시행된 1년(52주) 동안의 랭킹 포인트가 누적되는 전통적인 시스템보다 시즌별 포인트 경쟁을 강조했다.

이 마케팅 실험은 오래가지 못했고, 사핀은 곧 1위에 올랐다. 결국 나달과 조코비치가 그 자리를 대부분 차지했지만, 그는 여러 면에서 가장 도움이 되는 페더러의 비교 대상이다.

사핀은 한 손이 아닌 두 손으로 백핸드를 쳤지만, 세계적 수준의 운동 능력, 볼을 때리는 경이로운 재능, 효과적인 발리, 쉽고 탄력 있는 힘, 스핀의 숙달 등 그의 스위스 동료와 같은 요소를 많이 지니고 있었다.

페더러는 흐름이 더 부드럽고 확실히 한 걸음 더 빨랐지만, 193센티미터로 키가 더 큰 사핀은 컨디션만 좋으면 여전히 사슴처럼 달릴 수 있었다. 호남형으로 잘생긴 그는 부인할 수 없는 허세와 성적 매력을 지니고 있었다. 그는 기쁜 마음으로 숲으로 향하는 벌목꾼처럼 걸었고, 그의 직업 만족도는 심하게 요동쳤지만, 에이스를 때리거나 어떤 장비를 부술 준비를 하면서 어깨를 둥실거리고 금목걸이를 흔들며 코트를 돌아다니는 그에게서는 눈을 뗄 수가 없었다.

페더러는 딸이 사귀었으면 하는 남자였을지 모르지만, 사핀은 아마 딸이 사귀고 싶어 하는 남자였을 것이다.

사핀은 자연스러움, 타고난 재치, 틀에 박힌 답변을 하지 못하는 성격으로, 거의 틀림없이 코트 밖에서 더 카리스마가 있었다. 그 역시 러시아어, 스페인어, 그리고 불완전하지만 다채로운 영어까지 구사했다. 그는 풍부한 표정, 금방 끓어오르는 성미, 예상치 못한 위치에서 위너 그리고 오류를 만들어 내는 경향이 있어, 코트에서는 다른 카리스마를 내뿜었다.

이 표현은 한때 페더러에게도 해당했을 것이다. 물론 두 사람은 프로 토너먼트에서 노력 부족으로 벌금을 부과받았다는 애매한 명예를 공유한다. 그러나 스위스인은 그의 테니스 악령을 억압하고 물리치는 법을 배웠지만, 사핀은 오랫동안 균형을 제대로 잡지 못했다.

「나는 너무 빨리 지루함을 느껴요. 또 너무 빨리 화가 나요.」 그가 언젠가 고백한 적이 있다.

많은 라켓이 그 대가를 치렀고, 페더러와 달리 사핀은 프로 경력 내내 심각한 부상으로 어려움을 겪었다. 상금을 위해 얼마간 통증을 무릅쓰며 뛰었기 때문이다.

그가 10대 때 파가니니 같은 피트니스 전문가를 만났거나, 마르콜리 같은 스포츠 심리학자와 가치 있는 시간을 보냈거나, 테니스 챔피언을 유지하는 데 필요한 모든 것을 알고 지원한 바브 리네크 같은 인생의 동반자를 찾았다면 어땠을지 궁금하지 않을 수 없다.

사핀은 진정으로 최고의 인재였다. 확신하건대 그와 페더러, 나달이 나중에 삼자 경쟁 구도에서 2000년대를 거칠게 질주하며 대단한 인기를 누렸을 수도 있다.

하지만 그렇게 되지 않았다. 페더러는 놀랍게도 거의 자기 능력을 극대화하고 기회를 최적화했지만, 사핀이 그러지 않았다는 것은 부인할 수 없다.

그런 이유로 사핀이 덜 흥미롭지는 않았다. 덜 성공했을 뿐이다. 그는 데이비스 컵 팀 동료인 예브게니 카펠니코프보다 3년 앞서 세계 테니스 명예의 전당에 헌액된 최초의 러시아인이지만 말이다.

「순위가 올라갈수록 머리가 무거워졌어요. 가끔은 놀랄 만한 번득임이 있어서 정말 기분이 좋았지만, 대부분은 압박감이 아주아주 심했어요. 나는 항상 압박감을 느꼈고 결국 진이 빠졌죠.」 2021년 코로나바이러스 팬데믹 당시 그가 모스크바에서 줌을 통해 내게 말했다.

사핀은 1980년 모스크바에서 태어났다. 그의 부모는 타타르족으로 이슬람교도이며 수 세기 전 중앙아시아를 통치했던 투르크 민족의 후예다. 또 둘 다 테니스 선수였다. 그의 어머니 라우자 이슬라노바는 한때 소련 여자 랭킹 2위였고, 아마 다른 시대였다면 프로 투어 선수로 활동했을 것이다. 대신 그녀는 모스크바의 주요 스포츠 클럽 중 하나인 스파르타크 테니스 클럽에서 테니스 코치가 되었다. 사핀의 아버지 미샤는 스파르타크의 매니저였다. 그리하여 사핀은 축구 스타가 되고 싶었지만 자연스럽게 테니스 스타가 되었고, 미래의 스타이자 청소년 시절 그의 어머니가 코치했던 아나스타샤 미스키나, 안나 쿠르니코바와 같은 코트에서 성장했다.

그녀는 자기 자녀들도 코치했다. 마라트와 그의 여동생 디나라 역시 세계 1위에 올랐다. 이는 남매가 단식 1위에 오른 유일한 기록이다. 분명히 이슬라노바는 무엇을 해야 할지 알고 있었고, 사랑스럽고 재능 있는 아들이 열두 살일 때 그녀와 마라트는 날씨가 더 좋은 야외 훈련 환경을 찾아 모국을 떠나야 한다는 데 뜻을 모았다.

그는 플로리다로 가서 닉 볼리티에리가 운영하는 아카데미를 방문했다. 볼리티에리는 사핀과 나이가 약간 더 많은 마르셀로 리오스 중 누구를 장학생으로 선택할지 결정하기 어려웠다고 회상한다. 그는 사핀보다 훨씬 매력이 떨어지지만 역시 1위에 오른 칠레 국적의 리오스를 선택했다. 「그런 선택은 절대 하고 싶지 않아요.」 볼리티에리가 내게 말했다.

거절당한 사핀은 모스크바로 돌아와, 곧 야심 찬 러시아 테니스 선수들의 또 다른 최고 목적지인 스페인으로 떠났다. 열세 살이 된 그는 부모님과 여동생을 1년에 2주씩 두 번만 보았다.

어머니와 여동생이 결국 발렌시아에 와서 그와 함께 살았지만, 다시는 러시아 집에서 그들과 함께 살지 않았다. 그는 〈우리를 죽이지 않는 것은 우리를 강하게 만든다〉고 유쾌하게 말하지만, 이른 나이에 가족과 떨어져 산 탓에 정서적 성숙과 안정감에 영향을 받았다고 인정했다.

「어린 나이에 혼자 있으면 인생에서 많은 일이 일어나는데, 그것을 표현하고 풀 데가 없어요. 그런 것들을 마음에 두고 어찌할 바를 몰라요. 결국에는 짊어지고 가게 되죠.」 사핀이 내게 말했다.

스페인 발렌시아에서 라파엘 멘수아 감독과 함께 4년을 보낸 뒤 그는 1998 프랑스 오픈에서 앤드리 애거시와 디펜딩 챔피언 구스타부 키르텐을 꺾고 테니스계에 이름을 알렸다.

컨디션 상태와 기량에서 사핀은 거의 무적이었지만, 왼쪽 손목 인대가 찢어져 2003년 시즌을 망치고 랭킹 86위로 떨어졌다. 그 뒤 2004 호주 오픈에서는 최상의 커디션이 아니었다.

시드 배정은 못 받았지만 그는 멜버른에 건강한 상태로 도착해, 로딕을 상대한 5세트 준준결승과 애거시를 상대한 5세트 준결승전을 연달아 치른 것을 포함해, 마라톤 경기를 내리 뛰며 열심히 싸웠다.

멜버른에서 누구와도 5세트까지 가지 않았던 페더러와는 상당히 대조적이었다. 사핀의 누적된 피로는 확실히 걱정거리였지만, 결승전을 앞두고 페더러는 이틀 동안 휴식을 취했다.

「그를 다시 보게 되어 기뻐요. 우리는 모두 행복하지만, 동시에 두려워요.」 페더러가 말했다.

페더러와 사핀은 오랫동안 사이가 좋았다. 2000년 2월 코펜하겐에서 열린 ATP 경기 때 둘은 함께 시내로 나갔다. 사핀은 스무 살이었고 페더러는 열여덟 살이었다. 사핀은 아무도 그들을 알아보지 못하거나 단식 준결승을 앞둔 선수로 생각하지 않아 나이트클럽 입구에서 거부당했다고 말했다.

「지금 생각하면 정말로 웃긴 일이죠.」 사핀이 말했다.

그들은 2001년 크슈타트에서 복식 타이틀을 함께 획득하기도 했다.

「그는 매우 민감한 사람이에요. 아주 명민하고 감정적이라고 말하고 싶어요.」 사핀이 페더러를 두고 말했다.

그러나 그들은 이제 그랜드 슬램 타이틀을 놓고 경기할 참이었다. 결승전 초반부터 공방이 치열했고, 어느 선수도 지고 싶지 않았으며, 둘 다 상대의 빠른 공을 받아 치려고 코너로 돌진했다. 그들은 강타와 서비스 브레이크를 주고받다가 페더러가 1세트 타이 브레이크에서 승리했다. 유력한 우승 후보인 페더러는 동요했지만 찬찬히 긴장감을 없앴다. 네트에서 따거나 잃는 포인트가 계속 눈길을 끌었다. 페더러의 포핸드가 지배적인 스트로크였고, 지친 사핀이 3세트 초반 어느 시점에 관중에게 〈난 괜찮아요!〉라고 소리쳤지만 그것은 허세에 지나지 않았다. 페더러는 7-6(3), 6-4, 6-2로 승리를 거두고 잠시 망설이다가 무릎을 꿇고 두 팔을 하늘로 들어 올렸다.

그의 두 번째 메이저 타이틀 기사에는 〈엉엉 우는 로저〉라는 헤드라인이 없었다. 이번에는 그가 평정심을 잘 유지했다. 한편으로 페더러가 우승이라는 성과를 기대한 것도 그 때문이었다. 하지만 페더러는 확실히 그때 가슴이 아팠다. 그는 피터 카터를 생각했고, 그가 카터의 뿌리에 가장 가까운 토너먼트에서 승리하는 것이 무엇을 의미하는지 생각했다. 카터는 페더러가 〈유례없는 세계 최고의 선수〉가 될 것이라 확신했고, 수년 전 피터 스미스의 아들 브렛에게 페더러를 소개할 때도 그렇게 말했었다.

아직 그 정도는 아니지만, 페더러는 1위에 올랐다. 2년 연속 메이저 타이틀을 거머쥠으로써 여덟 개의 그랜드 슬램 토너먼트의 우승을 여덟 명의 선수가 계속 나눠 가져갔던 상황을 그가 종결시켰다. 페더러가 떠오르면서 도토리 키 재기가 끝난 것이다.

「내 목표는 최대한 오랫동안 1위에 머무르는 것입니다.」 그가 말했다.

그는 2004년 내내 열한 개의 단식 결승에 진출해 모두 우승을 차지함으로써 정상을 굳게 지켰다. 그는 세 종류의 기본 코트 면에서 모두 우승했다. 하드 코트에서 7회, 클레이 코트에서 2회, 잔디 코트에서 2회 우승했다. 그는 호주, 아시아, 북미, 유럽, 이렇게 네 개 대륙에서 우승하며, 74승 6패를 기록했다.

마이애미 오픈 3회전에서, 유망하지만 당시 거의 알려지지 않았던 라파엘 나달이라는 스페인 10대 선수에게 놀랍게도 6-3, 6-3으로 패한 것을 시작으로 실망스러운 일들도 있었다.

4월 데이비스 컵 준준결승에서 페더러가 니콜라 에스쿼데와 아르노 클레망을 맞아 단식 2승을 올렸음에도 스위스는 프랑스에 패했다. 페더러는 프랑스 오픈 3년 연속 챔피언이자 아직 엉덩이 문제를 해결 중인 구스타부 키르텡에게 패해, 롤랑 가로스에서 다시 주춤했다. 무엇보다 페더러의 관점에서는 이브 알레그로와 함께 복식 2회전에서 패해 또 한 번 올림픽을 노메달로 마쳤고, 뜻밖에도 단식 3회전에서 파워를 지닌 젊은 체코 선수 토마시 베르디흐에게 패했다.

그러나 그 시즌은 실망보다 즐거운 일이 훨씬 많았다. 호주 오픈, 윔블던, US 오픈에서 가장 기쁨이 컸다. 윔블던에서 페더러는 1회전에서 알렉스 보그다노비치에게, 2회전에서 알레한드로 팔라에게, 준준결승에서 휴잇에게 6-0 스코어를 안겨 주었으며, 결국 휴잇을 6-1, 6-7(1), 6-0, 6-4로 꺾으며 대회를 휩쓸었다. 비 때문에 이틀간 이어진 준결승전에서 연달아 세트를 따내 프랑스 국적의 세바스티앵 그로장을 꺾은 페더러는 윔블던 결승전에서 앤디 로딕과 다시 격돌했다.

로딕은 또 한 번 찬란한 잔디 코트 시즌을 보내고 있었다. 패할 때까지 면도하지 않기로 결심한 그는 퀸스 클럽에서 타이틀을 방어하고 윔블던에서 단 한 세트만 내준 뒤 정말로 지저분한 모습으로 결승전에 당도했다.

로딕과 그의 코치 브래드 길버트는 페더러가 마법의 테니스 지팡이를 흔들 시간과 공간을 주지 않기로 작정했다. 로딕의 야수 같은 파워를 최대한 효과적으로 사용해 종종 처음부터 포인트를 빼앗자는 아이디어였다. 그리고 경기 대부분에서 그 계획은 효과가 있었다.

코트사이드에 앉은 사람들은 페더러의 놀라움과 로딕의 결의를 느낄 수 있었다. 로딕은 경기장에 막 풀린 황소처럼 게임을 시작했다.

「로저를 상대할 때는 치열해야 한다고 생각해요. 의심의 여지가 없어요. 그의 장기를 펼치는, 그러니까 그가 눈부신 장면을 보여 줄 랠리가 안 나오기를 바랐어요.」 로딕이 설명했다.

로딕은 3회전에서 서브를 브레이크해 빠르게 주도권을 잡고 나서 — 우천으로 경기가 잠시 중단된 후에도 — 계속 주도하며 1세트를 따냈다.

「놀랐어요. 모두가 그의 파워를 알고 있었지만요.」 페더러는 인정했다.

2세트에서 페더러는 4-0으로 앞서며 응수했다. 앤디 로딕은 4-4로 따라잡았으나 페더러가 포핸드 위너로 서브를 세 번 브레이크해 2세트를 졌다.

로딕은 무너지지 않았다. 그는 3세트에서 4-2로 앞섰으나 비가 더 많이 오는 바람에 다시 코트를 빠져나가야 했다. 그리고 페더러는 클럽 하우스에서 슈타우블리, 바브리네크와 상의한 끝에 새롭고 더 공격적인 전술로 돌아왔다. 그는 서브앤발리를 더 자주 하기 시작했다. 즉, 슬라이스를 넣고 들어가면서 네트를 공격했다.

그것은 옳은 행동이었고, 그는 타이 브레이크에서 브레이크에 성공해 3세트를 따냈다.

「다른 사람이라면 대부분〈젠장, 로딕이 오늘 나를 좀 물 먹이

네〉라고 생각했을 겁니다. 하지만 그는 계속 버티다가 뒤집어 버렸어요. 그때가 그의 테니스 지능을 깨닫는 순간인 거죠.」로딕이 말했다.

페더러는 4세트 2-3 서브 게임에서 6개의 브레이크 포인트를 지켜 내야 했지만, 4-6, 7-5, 7-6(3), 6-4로 이겨 두 번째 윔블던 타이틀을 거머쥐면서 이것이 마지막 세트가 되었다.

「내가 그에게 부엌의 싱크대를 던졌더니 그가 욕실로 가서 욕조를 받은 거죠.」로딕이 코트에서 기억에 남을 법한 말을 했다.

최근에 나는 간간이 비가 내렸던 그 오후에 정말로 페더러에게 모든 것을 던졌다고 생각하는지, 아니면 그저 재치 있는 말장난이었는지 로딕에게 물었다.

그가 말했다. 「둘 다죠. 하지만 내가 할 수 있는 일은 그것밖에 없어요. 내가 그보다 유리한 점이 뭐가 있을까요? 맹공격해서 뚫고 나갈 수 있다는 거죠. 약삭빠르게 그에게 칩*을 때리는 전술로 바꾸지는 않아요. 그러면 끔찍하게 끝날 테니까요. 그래서 전략을 바꿀 수도 있었지만, 내가 플레이한 방식은 내가 플레이해야 하는 방식이었어요. 로저를 상대할 때는 아주 위험한 게임 계획을 오래, 매우 잘 실행해야 했어요.」

로딕에게 매우 잘 치고도 그에게 진 적이 있는지 물었다.

순발력과 위트가 있는 인물답지 않게 그는 한참 생각에 잠기더니 부드럽게 대답했다. 「두어 번 그런 일이 있었어요. 모두 로저에게 불리한 상황이었어요.」

* 백스핀으로 상대 샷을 막는 기술.

그는 재미있다기보다 아쉬운 듯 웃었다. 「그렇게 잘 칠 때는 누구한테도 져본 적이 없었는데 말이죠.」

페더러 특유의 잔인하고 아름다운 테니스 때문에 많은 실망을 겪은 로딕은 2004 윔블던 결승전이 페더러가 이길 운명이었던 경기가 아니라 자신이 놓친 기회였다고 느낀다.

길버트도 같은 생각이다. 「패배를 정말 힘들게 받아들이는 코치로서 그 경기는 내 생애 최고 경기 3~4위에 넣겠어요. 내 말은, 그에게 기회가 있었어요. 앤디는 그 경기에서 공을 잘 치고 있었고, 보통 그는 페더러의 서브에 고전했지만 그의 서브를 네 번이나 브레이크했어요. 수준 높고 격렬한 경기였지만, 나는 그 시합이 앤디의 승리를 위해 있다고 느꼈죠. 하지만 페더러가 이겼을 때, 그가 곧바로 다른 수준으로 격상했다고 정말로 생각해요. 그가 그랜드 슬램 대회에서 연속 챔피언이 된 것은 그때가 처음이었고, 그 후 승승장구하면서 위대한 선수가 되어 갔죠. 그때까지만 해도 난 차이가 거의 없다고 느꼈거든요.」

그렇다면 그 후 몇 달, 몇 년 동안 무엇에서 큰 차이가 있었을까?

테니스 게임의 최고 전술가 중 한 명인 길버트는 페더러의 서브가 훨씬 더 정확하고 읽기 어려워지면서 발전하고 있다는 사실을 알아차렸다. 그는 페더러가 리턴하는 위치가 그의 일부 경쟁자들처럼 코트 뒤쪽이 아니라 베이스라인에 가깝더라도 그의 리턴이 더욱 일관적이라는 걸 깨달았다.

「그는 그 위치에서도 많은 리턴을 성공시켰어요, 앤드리처럼요. 페더러는 리턴을 억지로 욱여넣지 않았어요. 백핸드로 가볍게 찔러 넣어 성공시켰죠.」그가 애거시를 두고 말했다.

깊은 리턴을 구사하는 플레이는 네트 러셔*가 위너를 위해 그런 리턴을 떨어뜨렸을 서브앤발리의 시대에는 효과가 없었을 테지만, 이 시기에는 페더러를 포함해 서브앤발리를 하는 선수가 적었다. 그렇기 때문에 이는 트렌드를 읽고 적응하느냐의 문제였다.

그러나 페더러가 정말로 출중했던 이 시기에, 길버트의 의견으로는 대부분 포핸드로 리턴에 달려드는 그의 능력이 자신의 서비스 게임에서 치명적일 수 있었다. 빨랐기 때문에 그는 코트 구석구석에서 다른 선수들이 하기 힘든 그 포핸드를 사용할 수 있었다.

「2005년과 2006년에 서브로 정확한 위치에 찔러 넣는 능력에서 그는 내가 본 선수 중 가장 위대했어요. 그리고 다음 공에서 어디서든 상대를 망가뜨릴 수 있었어요. 내가 볼 때 그 능력이 극적으로 향상되었어요. 1~2포인트를 쉽게 얻을 수 있는 능력이죠. 그 때문에 그는 완전히 다른 성층권으로 들어갔고, 무엇보다 그것이 로딕에게 큰 문제를 안겼어요.」길버트가 말했다.

페더러는 내게 미드코트 포핸드가 어떤 의미에서는 현대판 서브앤발리라고 설명했다. 「예전에는 네트에 있는 것이 중요했지만, 오늘날은 서브 후 미드코트 공을 받았을 때 그것을 이용

* 네트에 공격적으로 다가가는 선수. 주로 네트 플레이어보다 더 맹목적으로 네트로 들어가는 선수를 일컫는다.

하는 것이 좋을 거예요. 그렇지 않으면 대가를 치를 겁니다.」

나는 로딕에게 이 시기와 그 후 페더러를 상대할 때 어떤 느낌이었는지, 다른 위대한 선수들과 경기하는 것과 어떻게 다른지 설명해 달라고 부탁했다.

로딕은 포핸드를 먼저 언급하지 않았다. 그는 페더러의 백핸드 칩을 이야기했다.

「공이 내게 왔을 때 거의 뒤로 회전하는 것처럼 느껴졌어요. 그래서 실제로 아주 잘 맞추지 않는 한, 공이 와서 죽었어요.* 그건 다른 칩이었죠. 앞에서 바로 맞출 수가 없었어요. 뭔가 해야 했어요. 팀 헨먼은 칩을 찌르듯이 꽂았는데, 강하게 걸린 슬라이스였어요. 피트도 마찬가지였죠. 단단한 슬라이스가 날아왔어요. 로저의 공은 천천히 그리고 이상하게 들어와서 추적하기가 힘들었어요.」로딕이 설명했다.

다음에 로딕은 커리어 후반기임에도 페더러의 게임에서 여전히 가장 인정받지 못하는 그의 서브를 언급했다.

「시속 약 196킬로미터처럼 보이지 않았지만 그 속도로 쳤어요. 공이 라켓에서 튀어 나가지 않았죠. 부드럽고 빨리 라켓에 맞는 느낌이었어요. 이 설명이 말이 되는지 모르겠지만요.」

그가 물리학적으로 공이 그렇게 날아가는 원리를 조금이라도 이해했을까?

「나는 과학자가 아니에요. 나는 문제를 해결하느라 너무 바빴

* 백핸드 슬라이스를 강하게 걸어서 썰었다는 관용구. 이렇게 공을 치면 백스핀이 많이 걸려 공이 뜨지 않고 땅으로 가라앉아서 〈죽었다〉고 표현한다.

어요.」로딕이 대답했다.

애거시는 페더러를 중요한 포인트에서도 공을 코너와 라인으로 꽂아 넣는 무서운 능력을 지닌 가장 위대한 〈타깃 서버〉 중한 명이라고 부른다.

많은 선수가 페더러의 톱 스핀 포핸드가 베이스라인에 가까워질 때 공이 늦게 떨어진다고 이야기한다. 젊은 시절의 〈클리프행어〉는 아니지만 같은 맥락에서 말이다. 로딕이 놀란 것은 페더러가 극단적인 조처가 없는 것처럼 보이면서도 극단적인, 지연된 임팩트의 톱 스핀을 얻을 수 있었다는 점이다.

로딕이 나달을 두고 이야기했다. 「다른 선수들은 뒷발에 무게가 실려요. 라파엘은 피니시할 때 라켓이 귀 뒤에 있어요. 보통은 그런 결과를 얻기 위해 뚜렷한 동작이 필요하지만, 로저는 그런 극단적인 동작을 하지 않고도 공이 그런 식으로 반응하는 것이 가능해요.」

로딕이 감탄하면서도 분개한 것은 리턴할 때 페더러의 신체 통제력이었다. 「나는 140을 던지려면 엄청 힘이 드는 반면 그는 15센티미터 정도의 짧은 스윙 후 다시 중립 상태로 돌아갈 수 있었어요.」로딕이 말했다.

이 경우 역시 페더러의 처리 속도가 남다르다는 것을 말해 준다.

「내가 140으로 서브를 넣었는데 그가 서두르지 않는다면, 뭔가를 말해 주는 겁니다. 손을 완전히 통제하지 않고서는 그렇게 할 수 없어요. 내가 140으로 서브를 넣는다면 상대방은 대부분

다급히 몸을 많이 움직일 겁니다. 몸이 좀 이상하게 움직일 거예요. 그는 불편할지언정 몸을 완전히 통제할 수 있었죠. 그래서 나는 무엇보다 그 점이 가장 짜증스러웠어요.」로딕이 말했다.

로딕이 볼 때 그런 극단적인 신체 통제는 페더러가 투어 선수로서 장수하는 큰 이유였다.

「다른 선수들이 그가 하지 않는 동작을 하면서 낭비하는 에너지를 생각해 보세요. 페더러처럼 하면 에너지 효율과 스트레스가 많이 절약되겠죠. 마치 라켓이 그의 손에서 늘어난 것 같았어요. 그를 상대할 때는 꼭 그런 느낌이었어요.」

환골탈태하여 감정을 자제할 줄 알게 된 페더러는 또한 로딕 같은 상대에게 힌트를 거의 주지 않았다. 그는 읽기가 쉽지 않았고 확실히 노골적이지 않았다.

「음, 그는 싫어할 행동을 하지 않아요. 짜증 나는 행동 같은 거요. 이를테면 레이턴과 내가 맞붙으면 〈저자를 박살 내자!〉와 같은 분위기가 되어요. 예민한 반응을 보이게 되죠. 아마도 대개 특정한 사람을 상대할 때 그럴 텐데, 나는 확실히 대부분 사람에게 예민한 반응을 보여요. 내가 피트와 앤드리를 상대할 때 어려움을 겪은 이유는 그들이 내 영웅이었기 때문이에요. 로저는 상대를 곁눈질하거나, 시합 전에 상대를 노려보거나, 눈치 없이 주먹 세리머니도 하지 않을 겁니다. 그는 상대에게 아무런 행동도 하지 않아요. 내 커리어에 걸림돌이 될 만한 사람에게서 보기 힘든 모습이죠. 그런 태도가 아마 그에게 큰 도움이 되었을 거예요. 달려들 이유만 찾는 남자들로 득실거렸던 10년 동안, 그는 우리를 끌고 시궁창으로 들어가지 않았어요. 길거리 싸움이 될 수 없었죠.」로딕이 껄껄 웃으며 말했다.

궁극적으로 이런 태도는 페더러 같은 사람에게 안성맞춤이었다. 그는 갈등보다 합의를 훨씬 선호하며, 스위스인답게 평탄한 지형에서 스키를 타고 내려오듯 일정이 순조롭게 진행되는 것을 좋아한다. 그는 확실히 이미지를 의식하는데, 이는 그가 행동을 바꾼 하나의 동기였다. 이제 그가 감정을 다스리는 법을 배웠으니 잡음도, 요란한 비난도 없을 터였다. 그 노력의 결과는 자명했고 종종 엄청났다.

그것은 파괴적일 수도 있었다. 2004 US 오픈 결승에서 휴잇은 1시간 51분 만에 6-0, 7-6(3), 6-0으로 페더러에게 굴욕적으로 참패하면서 그 효과를 제대로 경험했다.

그러한 스코어 라인은 한때 경쟁자들을 제압했으며, 부활해 16경기 연승 행진 끝에 결승에 오른 휴잇과 같은 타고난 파이터에 대한 믿음을 무너뜨렸다. 휴잇은 토너먼트에서 한 세트도 내주지 않았지만, 페더러는 첫 포인트에서 포핸드 위너와 첫 서브에서 에이스를 때려 18분 만에 첫 세트를 술술 풀어 나갔다. 바람의 방향을 너무 잘 아는 것 같았던 휴잇은 브레이크 포인트에서 두 번이나 더블 폴트를 범함으로써, 그의 명분을 돕지 못했다.

그는 2세트에서 반격에 나섰다. 페더러는 실책을 범하기 시작했고 5-4에서 서브에 실패했다. 그러나 스위스인은 타이 브레이크에서 탁월했고, 3세트에서는 청소년 시절에 자주 상상했던 완벽한 테니스 경기를 희롱하듯 보여 주었다.

백코트, 포 코트, 서브, 리턴, 공격, 수비까지, 영역에 상관없이 그는 모든 것을 통제했다. 완패한 테니스 경기를 보는 일은 불안한 어린이 피아노 연주회를 볼 때처럼 고통스러울 수 있다. 직사각형의 커다란 야외 코트에는 한 수 아래인 상대가 숨을 곳이 없고 대신 뛰어 줄 누군가도 없지만, 적어도 페더러는 휴잇을 멋지게 참패시켰다.

「너무 잘하는데, 친구.」한때 윔블던 복식 파트너였으며 이제 그랜드 슬램 3회 우승자이자 세계적인 스타가 된 페더러를 향해 네트 반대편으로 건너가면서 휴잇이 말했다.

「평생 그렇게 잘 치는 사람은 본 적이 없는 것 같아요.」휴잇이 나중에 말했다.

기록 판에 적힌 숫자들이 모두 영묘한 것은 아니었다. 페더러의 첫 서브 성공률은 겨우 56퍼센트였다. 그의 위너 대 범실은 40-26으로 훌륭했지만 전대미문은 아니었다. 그럼에도 첫 세트와 마지막 세트가 남긴 인상은 특별했다. 1884년 리처드 시어스 이후 US 오픈 결승전에서 두 세트를 러브 게임*으로 이긴 사람은 없었다.

바리톤 목소리를 지닌 미국 테니스 협회장 앨런 슈워츠는 시상식에서 마이크를 잡고 관중에게 말했다. 「무아지경이 무엇인지 궁금해하는 사람들에게 말하자면, 여러분은 오늘 그것을 보았습니다.」그리고는 페더러 쪽으로 고개를 돌렸다. 「로저, 자네는 테니스 게임이 쉽다는 걸 보여 주는 살아 있는 증거야. 이처

* 한쪽 편이 무득점으로 끝난 게임.

럼 부드럽게 경기하는 사람은 처음 봤어.」

새로운 US 오픈 챔피언은 미소를 지었지만, 페더러가 스물세 살 때 이미 자주 들었던 그런 말은 아첨이자 폄하이기도 했다. 그의 경기는 의심할 여지 없이 묘한 매력이 있었다. 그 세련됨 이 너무 유혹적이어서, 그렇게 쉬워 보이기 위해 페더러가 엄청 난 노력을 했을 거라는 점은 종종 간과된다.

비슷하게 움직임이 부드러운 샘프러스 역시 현역 시절 비슷 한 반응에 직면했다.

「쉬워 보인다고 해서 힘들지 않다는 뜻은 아니에요. 로저와 내가 노력하지 않는 것처럼 보일 수도 있고, 그리 몰입하지 않 는 것처럼 보일 수도 있어요. 하지만 우리는 매우 효율적일 뿐 이죠. 움직임과 게임과 스트로크 등에서요. 말하자면, 라켓을 한 번 휘두르고, 포핸드를 한 번 치고, 서브를 한 번 넣고 끝나 요. 다른 선수들은 애쓰고, 애쓰고, 애쓰죠.」 샘프러스가 내게 말했다.

사람들이 그렇게 생각하는 이유를 이해한다고 해도 그런 오 해는 페더러를 괴롭혔다.

「쉬운 테니스를 치는 것이 내 커리어 초기에 큰 문제였다고 생각해요. 사람들이 보고 〈좋아, 아주 재능이 있어〉라고 말했으 니까요. 내가 지면 모든 사람이 〈더 열심히 하지 그래?〉라고 말 했어요. 그리고 내가 이기면 〈오, 세상에, 정말 멋진 경기였어 요!〉라고 말했죠.」 페더러가 다큐멘터리 「천재의 스트로크」의 인터뷰에서 말했다.

페더러는 그런 분석에 〈중간 지대〉가 없다는 것을 감지했다. 그는 자신이 아무리 태연하고 유연하게 보일지라도 자신을 몰아붙이고 있다는 것을 알았다. 고도의 퍼포먼스가 그의 트레이드마크가 되었지만, 커리어 후반에 그는 경기에서 몇 가지 부적절한 행동을 발견해 핵심 문제를 고치고 극복할 방법을 찾았을 때 자주 자부심을 느꼈다.

「그렇게 해서 이겼을 때가 오늘날 내게 가장 만족스러운 승리일 겁니다. 나의 큰 자질이라고 믿는 투지와 근성을 항상 보여 줄 수는 없을 테니까요. 그런 것이 없었다면 커리어 통산 1,000번 이상 이기지 못했겠죠. 하지만 그건 언제나 양날의 검이었어요. 내 커리어 대부분 동안 그것이 꽤 복잡한 문제였던 것 같아요.」 그가 말했다.

물론 많은 테니스 선수가 그러한 〈문제〉와 마주하고 싶어 할 것이다. 페더러는 긍정적인 평가가 부족하지 않았고, 그의 경기가 쉬워 보이는 것은 페이스를 유지하기 위해 눈에 띄게 긴장하는 모든 선수에게 겁나는 일이기도 했다.

셔츠를 움켜쥐고, 모자를 잡아당기고, 뻣뻣하게 움직이는 로딕 같은 선수들이 그랬다. 게임에 파워를 더하기 위해 로저 래시드와 함께 운동하면서 4.5킬로그램 넘게 근육을 늘린 휴잇 같은 선수들이 그랬다.

2004년 초, 휴잇은 페더러와 연이어 경기를 펼쳤는데, 상대 전적이 7승 2패로 우세했다. 그는 휴스턴 마스터스 컵에서 타이틀 방어에 나선 페더러에게 두 차례 더 패하는 등 여섯 차례 연속 패한 끝에 7승 8패로 아쉽게 그해를 마무리했다.

휴잇은 단순히 그를 망가뜨릴 무기가 없었다. 페더러는 처음부터 휴잇의 장기를 역이용할 수 있었다. 단호하게 밀어붙이기로 작정한 페더러는 유리한 위치에서 그렇게 할 수 있었고, 휴잇의 가장 큰 강점 중 하나인 패싱샷에 대처할 라켓 기술과 예측력이 있었다.

페더러는 US 오픈 결승전에서 35점 중 31점을 네트에서 얻었는데, 이는 아마도 진정으로 비현실적이고 전무후무한 1일 기록이었을지도 모른다.

휴잇은 어땠을까? 피터 스미스는 어느 토너먼트에서 휴잇 근처에 앉아 그가 혼잣말하는 걸 들었다.

「어디였는지는 기억나지 않지만, 우리는 벽에 기대어 앉아 있었어요. 그때 그가 중얼거리는 소리가 들렸죠. 〈너무 빠른데〉라고 말하더군요. 그래서 내가 〈누가 너무 빨라요?〉라고 물었더니, 레이턴이 〈로저는 너무 빨라요〉라고 대답했어요. 그 시절에는 전 세계 사람이 테니스 코트에서 가장 빠르게 움직이는 사람이 레이턴이라고 생각했거든요. 그가 나를 올려다보며 〈그가 그렇게 빠르다니요. 아무도 몰랐겠지만, 그는 정말 빨라요〉라고 말했어요.」스미스가 회상했다.

휴스턴의 라커 룸에 앉아 있던 애거시와 벽에 기댄 채 앉아 있던 휴잇 두 사람의 모습은 페더러가 어떤 선수인지 대변하는 증거였다.

2005 시즌이 시작되기 전 샘프러스는 『스포츠 일러스트레이

티드』에 거스를 수 없는 대세가 되어 버린 페더러를 언급했다. 「그와 대적할 사람은 아무도 없어요. 앞으로 4~5년 동안 그가 세계 기록을 다시 쓸 겁니다.」

페더러가 4대 메이저 대회에서 우승했을 무렵, 그가 샘프러스의 14회 우승 기록을 깨느냐에 벌써 관심이 집중되었다. 그가 호주 오픈 타이틀을 지키기 위해 멜버른에 돌아왔을 때는 1969년에 로드 레이버가 4대 토너먼트 타이틀을 모두 차지한 이후 처음으로 그랜드 슬램을 달성하는 남자 선수가 나올 가능성이 진지하게 거론되었다.

그랜드 슬램을 달성할 확률은 항상 낮지만, 페더러에게는 그리 멀어 보이지 않았다. 그는 샘프러스와 달리 클레이 코트에서 계속 우승했다. 그는 모든 코트 면에 대처하는 기술과 우위의 경쟁력을 갖추고 그랜드 슬램이라는 꿈을 꾸었다. 새로운 코치도 영입했다. 와가와가에서 태어난 토니 로시는 홀쭉하고 긴 턱을 가진 내성적인 호주인이었다. 그는 선수 시절 프랑스 오픈에서 우승한 전력도 있었다. 호주 오픈은 당시 페더러가 획득하지 못한 유일한 메이저 타이틀이었다.

로시는 정식 계약이 없는 시간제 컨설턴트로 전임 코치는 아니었지만, 기술과 전술에 대한 전문 지식으로 널리 존경받았으며 세계 랭킹 1위였던 이반 렌들과 패트릭 래프터를 코치했었다.

바브리네크와 그의 부모님을 포함해 유대감으로 똘똘 뭉친 그의 작은 팀에 로시를 영입하기로 한 페더러의 결정은 — 특별했던 2004년 시즌 이후에도 — 그가 변화를 두려워하지 않는다는 신호였다.

2005년을 시작하면서 그는 도하에서 열린 ATP 대회에서 다섯 경기를 휩쓸어 멜버른으로 가는 중에 타이틀을 획득했다. 멜버른에서는 무실 세트로 다섯 명의 상대를 더 격파했다.

한편 당시 서른네 살에 8번 시드를 받은 앤드리 애거시는 상위 성적을 유지하기 위해 또 다른 노력을 기울이며 오프 시즌을 보냈다. 그는 신속성을 늘리고 연약한 엉덩이에 가해지는 압력을 줄이기 위해 6킬로그램 정도 감량했다. 낙천성과 활력을 되찾은 호주 오픈 4회 우승자 애거시는 슈테피 그라프와 어린 두 자녀와 함께 멜버른에 다시 입성했다.

페더러는 8강전에서 그를 6-3, 6-4, 6-4로 완파했다.

「내가 넌지시 말했죠. 그의 다음 상대는 내게 조언을 구하지 않는다고요.」 애거시가 말했다.

페더러의 다음 상대인 사핀은 당시 전문가의 조언을 받을 수 있는 위치에 있었다. 그는 2004년 4월 새로운 코치를 고용했다. 페테르 룬드그렌이었다.

페더러와 막역한 사이가 된 후 룬드그렌은 페더러가 사핀의 게임을 어떻게 생각하는지 잘 알고 있었다. 그는 사핀 같은 선수들을 상대할 때 페더러의 민감한 측면이 일반 대중을 상대할 때와 다른 방식으로 나타날 거라고 생각했다.

「그가 상대 선수로 원하지 않는 선수가 몇 명 있는데, 그의 표정을 보면 그가 압박감을 느끼는 상대를 알 수 있어요.」 룬드그렌이 말했다.

휴스턴에서 열린 월드 투어 파이널스에서 사핀의 코너에서 룬드그렌이 지켜보는 가운데, 페더러와 사핀이 처음으로 경기를 했다. 페더러는 6-3, 7-6(18)으로 세트를 연달아 따내며 준결승에서 이겼지만, 총합 38점 타이 브레이크를 겪어 낸 뒤 여덟 번째 매치 포인트에서 차지한 승리였다.

「거기 앉아 있기가 힘들었어요. 느낌이 묘하더라고요. 하지만 마라트가 세계 최고 선수와 경쟁할 수 있다는 걸 보여 줬다고 생각해요. 그래서 내년에는 몇 가지 개선하려고 노력할 것이고, 로저를 몇 번 이길 수 있으면 좋겠어요.」 룬드그렌이 휴스턴에서 페더러의 상대편 선수를 코치했던 경험을 이야기했다.

그것은 그 시기에 중요한 남자 경기에서 가장 긴 타이 브레이크였다. 훨씬 더 유명한 1980 윔블던 결승전 4세트의 존 매켄로와 비에른 보리의 타이 브레이크는 18-16까지 끌었다.

이 두 번의 마라톤 타이 브레이크에서 주목할 만한 것은 압박감 속에서 경기의 질이 중요했다는 점이다. 즉, 실수보다는 위너가 더 중요했다.

「우리는 서로를 한계까지 몰아붙였어요.」 페더러가 말했다.

18-18에서 사핀이 이 세트에서 처음으로 범한 더블 폴트가 매우 중요했다.

「내가 아마도 오버했을 거예요. 페더러가 반대편에 있다는 것을 알았기 때문에 특별한 걸 해야 했거든요.」 사핀이 말했다.

페더러는 분명히 사핀의 마음을 동요시키는 근원이었지만,

멜버른에서 다시 맞붙기 전에 룬드그렌은 페더러 역시 사핀을 의식하고 있다는 것을 확실히 알려 주고 싶었다.

그들이 시합에 대해 의논하려고 앉았을 때, 룬드그렌은 사핀에게 그가 무엇을 기대하는지 물었다.

「몇 게임은 이기고 싶어요.」 사핀이 말했다.

룬드그렌은 다시 그에게 물었고, 똑같은 대답을 듣자 목소리를 높였다.

「내가 한 가지 말해 줄게. 내가 로저를 코치해 봐서 하는 말인데, 그가 존경하는 몇 안 되는 사람 중 한 명이 바로 자네야.」 룬드그렌이 말했다.

그러고 나서 룬드그렌은 나가 버렸다.

「그 말밖에 하지 않았어요. 기술이나 전술 같은 건 말하지 않았죠. 마라트는 몇 초 동안 나를 보았지만 아무 말도 하지 않았고, 나는 그가 내 말을 제대로 이해했다는 걸 알았죠.」 룬드그렌이 내게 말했다.

그다음에 시대를 통틀어 위대한 테니스 경기 중 하나가 펼쳐졌다. 파워와 영감, 활기가 넘쳐 났고 두 사람 모두 긴장해서 소리를 질러 댔다. 황금 시간대에서 밤늦게까지 이어진 이 엄청난 난투는 끝이 나지 않았다.

사핀은 그의 기준에서 감정을 억제했다. 「내가 정신을 놓으면 끝장이라는 걸 알았어요.」

페더러가 땀 흘리는 모습을 웬만해선 보기 힘들다. 경기가 길어지고 모종의 드라마가 탄생하면서 그가 약간 흐트러진 모습을 보이기 시작했다. 그의 긴 머리카락이 헝클어지고 약간 뻗쳐 있었으며, 흠뻑 젖은 파란 셔츠의 앞 지퍼가 때때로 비뚤어졌다.

그때 페더러와 사핀은 휴스턴의 타이 브레이크에서처럼 어디에서 멈출까 고민하는 것 같았고, 자정이 훨씬 지나도록 로드 레이버 아레나를 떠나지 않은 우리에게 그 경기는 〈꼭 봐야 할 명승부〉 중 하나로 떠오르고 있었다.

「나는 테니스 경기를 많이 봤어요. 그 경기는 내가 본 테니스 경기 중 10위, 5위 안에 들어요.」룬드그렌이 말했다.

모든 세트가 접전이었다. 많은 포인트가 짧고 폭발적이었지만 백미는 힘과 힘의 대결이었다. 페더러의 완전한 양손 포핸드와 사핀의 완전한 양손 백핸드가 대결했고, 네트에 깃털처럼 닿는 페더러의 공과 완벽히 체중을 실은 사핀의 패싱샷이 대결했다.

실감하려면 눈앞에서 직접 보는 것이 가장 좋겠지만, 많은 세월이 흐른 뒤에 다시 봐도 기대를 저버리지 않는다. 봉우리가 많고 계곡은 거의 없는 경기였다. 사핀이 온몸을 바쳐 노력했지만 먼저 매치 포인트를 얻은 사람은 페더러였다.

4세트 타이 브레이크 6-5에서 페더러 서브 차례에 페더러의 매치 포인트가 되었다. 페더러는 두 번째 서브에서 서브앤발리로 기습 공격을 시도했다. 사핀은 크로스 코트*로 백핸드 리턴을 날렸다. 페더러는 이 백핸드 발리를 치려고 달려들었고, 다시 높이 돌진해 다음 패싱샷을 받아넘겼는데, 거의 불가능한 포

* 공격자나 수비자가 코트의 한쪽에서 상대편 코트의 대각선 방향으로 치는 샷.

지선에서 그야말로 절묘하게 친 백핸드 드롭 샷이었다. 공은 네트 앞에서 짧게 죽었지만 사핀은 끝까지 쫓아가서 대담하게 페더러의 머리 위로 로브를 날렸다.

페더러는 물러서더니 아주 짧은 시간에 색다른 행동을 했다. 그는 어려운 샷을 쉽게 보이도록 하는 대신 직구 샷을 더 복잡하게 만들었다. 그는 공을 지나치지 않고 다리 사이로 치려고 했다. 이 〈트위너〉가 네트에 걸리자 페더러가 고개를 뒤로 젖히고 달 쪽을 향해 울부짖었다.

「돌 같은 손을 가진 사람은 천 년 안에 그 샷을 성공시키지 못하겠지만, 로저는 아마 해낼 겁니다. 내가 네트 위에 정신을 집중한 채 눈을 감았는데 그의 공이 못 넘어오더군요.」사핀이 내게 말했다.

스물다섯 번째 생일에 새로운 삶을 얻은 사핀은 그것을 충분히 이용했다. 다음 두 포인트를 따내 5세트까지 끌고 갔으니 말이다. 세 시간이 넘도록 동점이 엎치락뒤치락했고, 사람들은 거의 자리를 뜨지 않았다.

「그가 다리 사이로 친 샷을 놓친 뒤 내 머릿속에서 문득 깨달음이 왔어요. 나는 〈이게 기회야, 이게 기회라고!〉라고 생각했죠. 그때부터 내가 이길 거라는 걸 알았어요. 난생처음으로 나를 믿었던 것 같아요.」사핀이 회상하며 담배를 돌렸다.

페더러는 지친 기색이었다. 그는 이미 왼발 아래쪽에 물집이 잡힌 채로 뛰고 있었다. 4세트가 끝난 뒤 신경이 충돌한 오른쪽 집게손가락을 치료받았다.

두 전사 모두 긴장한 나머지 5세트에서 공을 잘못 치게 되었다. 모두가 여전히 기다린 가치가 있었다. 사핀이 5-3에서 서브를 넣었을 때 페더러가 첫 두 매치 포인트를 지켜 냈다. 30분이 더 지나 그들은 결론에 도달했다.

사핀의 선수석에서 지켜보던 룬드그렌은 사핀의 에이전트인 제러드 토바니언에게 경기 해설을 하고 있었다. 「그는 로저가 언제 어떤 샷을 칠지, 언제 위험을 무릅쓸지 알고 있었어요. 그가 브레이크 포인트를 언제 만나는지, 서브를 어디에 넣을지 알고 있었어요.」 토바니언이 말했다.

페더러는 4-5, 30-40에서 혼전 끝에 발리로 또 한 번 매치 포인트를 지켜 냈다. 사핀은 페더러가 움직이면서 포핸드를 잘못 쳐 6-6에서 브레이크 포인트를 지켰다.

그 후 페더러는 6-7에서 두 개의 매치 포인트를 더 지켰고, 7-8에서 매치 포인트를 하나 더 지켰다.

다른 시공간에 있던 사핀은 침착함을 유지하지 못했을 테지만, 그의 일곱 번째 매치 포인트에서 기회를 잡았고 먼 위치에서 백핸드 라인을 쳤다. 놀란 페더러가 오른쪽으로 달려들다 넘어졌지만, 그래도 공을 치고 난 후 라켓을 놓쳐 버렸다.

네 시간 넘게 흐른 뒤, 이 엄청난 준결승전은 정말로 누군가의 우승을 기다리고 있었다. 사핀이 포핸드를 공중에 때리자 페더러가 무릎을 꿇고 지켜보는 가운데 공이 두 번 튀겼다.

사핀은 주먹을 불끈 쥐거나, 셔츠를 찢거나, 방금 삼나무를 쓰러뜨린 벌목꾼처럼 포효하지 않았다. 대신 그는 〈잘했어!〉라고 말하는 듯 양팔을 흔들고 나서 네트에 몸을 기대고 페더러가 일어나기를 기다린 뒤 소지품을 챙기고 악수했다.

「정말이지 너무 힘들었어요, 이 경기는. 속으로 〈끝나라, 끝나라, 끝나라〉만 외쳤죠.」사핀이 말했다.

점수는 5-7, 6-4, 5-7, 7-6(6), 9-7이었지만 다른 것들을 기억해 두는 것이 더 낫다. 경기장을 가득 메운 관중의 거친 숨소리, 페더러가 4세트 후반에 던진 라켓, 사핀이 구겨 버린 새 시대의 우상인 페더러의 체면, 패배 직후 페더러가 고개를 숙인 채 레이버 아레나 복도를 맨발로 절뚝거리며 걸어가는 광경 같은 것들 말이다.

약해졌다 해도 그의 상승세를 멈추는 데는 엄청난 노력이 필요했다. 한편 사핀은 호주 오픈에서 두 번 우승하고 은퇴한 짐 쿠리어와 경기 후 인터뷰를 하고 있었다. 늦은 시간임에도 경기장은 여전히 꽉 차 있었고, 공식적으로 사핀의 생일은 아니었지만 관중이 세레나데를 불러 주었다.

사핀은 결승에서 휴잇을 이기고 두 번째 메이저 대회 우승을 차지했다. 그것은 앞으로 다가올 대승의 전조가 아닌 그의 마지막 우승이었다.

「나는 내적 갈등에 휩싸였어요. 영혼이 송두리째 뒤흔들릴 정도로요. 내 삶과 커리어가 너무나 혼란스러웠어요.」사핀이 내게 말했다.

계속된 부상도 도움이 되지 않았다. 그는 스물아홉 살에 은퇴했다.

하지만 2005 호주 오픈은 확실히 페더러의 앞날을 암시했다. 그는 틀림없이 세계 최고 테니스 선수였지만, 다른 사람들에게 도 영감을 불어넣기 시작했다. 따뜻한 호주의 여름밤에 그와 사핀이 혈투를 벌일 때, 그의 경쟁자와 미래의 경쟁자들은 멀리서 그들을 예의 주시했다.

8
스페인, 마요르카의 팔마

그것은 역사상 가장 이상한 테니스 경기 중 하나였다. 매진을 기록한 팔마 아레나에서 7,000명의 관중이 로저 페더러와 라파엘 나달의 경기를 지켜보았다.

「1만 5000석이었어도 그만큼 빨리 매진되었을 겁니다.」알베르토 투스 경기 감독이 말했다.

2007년 5월 2일 팬들이 도착했을 때, 임시 실내 코트는 두 개의 방수포로 덮여 있었다. 축제가 시작되자 방수포들이 천천히 걷히며 기발한 고안물이 모습을 드러냈다. 네트의 한쪽은 붉은 클레이였고 다른 쪽은 잔디가 새로 깔려 있었다.

이 발명품은 아르헨티나 광고 임원 파블로 델 캄포의 얼토당토않은 아이디어에서 나왔다. 나달은 클레이 코트와 프랑스 오픈에서 72연승을 기록했고, 페더러는 잔디 코트에서 48연승, 윔블던에서 4회 연속 우승을 달리고 있었다. 두 선수가 각자에게 가장 유리한 두 코트에서 대결해 보자는 것이 이 경기의 취지였다.

그것은 고정 관념을 깬 생각이었다. 나는 그렇게 표현하겠다. 〈표면의 대결〉이라고 불리는 이 경기로, 무엇보다 이 시기에 어느 코트에서든 페더러와 나달이 경기하는 모습을 보는 데 관심이 매우 컸다는 것을 알 수 있다.

그들의 경쟁이 테니스보다 더 중요해졌고, 그 당시 내가 놀란 것은 페더러와 나달이 실제로 출전료가 확실하지 않은 시범 경기를 위해 봄 시즌을 중단하고 부상의 위험을 무릅썼다는 점이다(각각 40만 유로를 받았다고 밝혀졌다).

그러나 지중해의 스페인의 섬 마요르카는 나달의 고향이었다. 젊은 두 스타는 똑같이 나이키의 후원을 받고 있었고, 에이전시 역시 같은 IMG였다. 2005년부터 페더러에게 이 아이디어를 제안한 델 캄포는 마침내 그를 설득하는 데 성공했다.

이상한 일이든 아니든, 경기는 치러질 터였다.

「약간 미친 짓이어서 사람들은 〈왜 하필 그때야? 타이밍이 좋지 않잖아〉라고 말할 수 있어요. 하지만 우리는 기분 전환과 재미로 테니스 치는 것도 즐겨요. 경기장에서 항상 미친 듯이 심각할 필요는 없잖아요.」 도착하기 전에 페더러가 말했다.

이는 논쟁거리가 아니다.

테니스 시범 경기는 대개 웃으며 칠 수 있는 게임으로 묘기 같은 샷과 정감 어린 농담이 가득하지만, 이번 경기는 평소와 같은 시범 경기가 아님이 곧 분명해졌다. 페더러와 나달은 분명히 서로를 가볍게 여기기 힘들었고, 패싱샷을 받아 치려고 달려들었으며, 성적이 합산되는 공식 경기에서 사용했던 많은 패턴을 그대로 보였다.

발상만 장난스러웠을 뿐, 코트를 바꿀 때마다 코트 면에 맞는 신발로 바꿔 신었다. 우툴두툴한 밑창이 달린 잔디 코트 신발은 클레이 코트에 맞지 않아 페더러는 클레이 코트 신발로 바꿔 신은 뒤에도 슬라이딩하는 것을 잊어버렸다고 털어놨다.

잔디가 조금이나마 있었던 것이 페더러와 나달에게 행운이었다. 벌레가 우글거리고 자연광이 부족한 탓에 처음 깐 실내 잔디에서는 경기를 할 수 없었다. 그래서 경기 전날 주최 측이 지역 골프장에서 퍼팅 그린 잔디 블록을 급히 긁어모아 수레로 날라야 했다.

예상했겠지만, 페더러가 포핸드를 거의 헛친 3세트 타이 브레이크 매치 포인트에서의 바운스를 포함해 바운스가 제대로 나오지 않으면서, 나달이 7-5, 4-6, 7-6(12-10)으로 승리를 거두었다.

지금 그 영상을 다시 봐도 하이브리드 코트는 여전히 이상해 보인다. 한 경기가 아니라 분할 화면을 보는 것처럼 두 색감이 대조를 이룬다. 다음 해 같은 장소에서 다시 대결할 계획이 있었지만, 재실험은 감감무소식이다.

〈표면의 대결Battle of Surfaces〉이라는 명칭은 1973년 휴스턴 애스트로돔에서 윔블던 여자 챔피언 빌리 진 킹이 자칭 남성 우월주의자인 보비 리그스를 이겨 시대정신을 반영한 〈성의 대결 Battle of Sexes〉에 경의를 표한 것이었다. 절대적 관점에서 성의 대결은 분명히 더 이상한 사건이었다. 쉰다섯 살의 리그스는 여자 모델들이 끄는 인력거를 타고 코트에 들어갔고, 스물아홉 살의 킹은 마치 클레오파트라처럼 맨가슴의 남자 짐꾼들이 이고 가는 꽃가마를 타고 코트에 들어갔다.

그러나 적어도 킹과 리그스는 네트 양쪽이 같은 코트에서 뛰었다.

「그 경기가 이상했다는 걸 인정합니다. 사실 우리 둘 다 꽤 힘들었지만, 솔직히 재미있었어요. 그리고 평생 기억에 남을 거예요. 다시는 그러지 않을 겁니다.」 나달이 2020년에 그 이야기를 하며 입술을 떨었다.

그들은 함께 많은 추억을 쌓았다.

포핸드를 휘갈기며 괴이한 신음을 내지르는 신동 나달은 처음부터 마요르카에서 삼촌 토니 나달에게 코치를 받았다.

바젤에서 열린 ATP 경기의 볼 보이였던 페더러처럼 나달은 최상위 선수들을 일찍 대면했다. 1998년부터 2002년까지 마요르카에서 클레이 코트 ATP 경기가 열렸다. 이 대회 우승자로 미래의 그랜드 슬램 챔피언인 후안 카를로스 페레로, 마라트 사핀, 가스톤 가우디오가 있다.

나달과 그의 가족은 이 대회에 참석했다. 열네 살이던 2000년에 주니어로서 뛰어난 성적을 거둔 나달은 바르셀로나의 팔라우 산트 조르디에서 열린 데이비스 컵 결승전 개막식에서 스페인 국기를 드는 영광을 누렸다. 검은 머리를 짧게 자른 그는 스페인 국가가 울려 퍼질 때 실내 클레이 코트에서 스페인 스타 알렉스 코레트하, 알베르트 코스타, 페레로 옆에 수줍은 듯 서 있었다. 그들 중 나달이 가장 성공한 스페인 테니스 스타가 될 줄 누가 알았을까.

그 시기 스페인은 1900년에 출범한 데이비스 컵에서 우승하지 못한 가장 강력한 테니스 국가였다. 매진된 1만 4500명의 관중이 보는 가운데 스페인의 페레로가 결정적인 4세트에서 레이턴 휴잇을 물리쳐 한 세기 동안의 기다림을 끝내면서 감동적이고 시끌벅적한 3일간의 데이비스 컵을 마무리했다.

당시 스페인 왕 후안 카를로스는 맨 앞줄에서 지켜보았다. 나달 역시 이 모든 장면을 마음에 새겼다. 그리고 17개월 후 그는 마요르카 오픈에 와일드카드를 받은 후 첫 투어급 경기에서 우승했다. 그는 예상을 뒤엎고 100위권의 파라과이 선수 라몬 델가도를 꺾었다.

당시 고작 열다섯 살이던 나달이 고향을 방문한 연상의 선수를 상대로 승리한 것은 그때가 처음이 아니었다. 1년 전에도 호주 스타 팻 캐시가 산타 폰사 컨트리클럽에서 독일 스타 보리스 베커와 시범 경기를 하기 위해 마요르카에 온 적이 있었다. 나이 든 베커가 경기 직전 부상으로 기권했을 때 캐시는 그래도 쇼가 계속되어야 한다고 느꼈다. 그래서 유료 고객이 볼 만한 테니스 경기를 위해 섬에서 가장 유망한 젊은이와 경기하는 데 동의했다. 당시 서른여섯 살이던 캐시는 당연히 나달에 대해 들어 본 적이 없었고, 어떤 열네 살짜리 아이를 마주하게 될지 혹은 더 정확하게 말해 경험하게 될지 상상조차 할 수 없었다.

〈나달은 이 경기가 큰 기회라고 생각했는지 펄펄 날아다녔고 관중은 젊은 활기에 즉시 반응했다. 레이턴 휴잇이 코트에서 흥분한다고 생각한다면 나달을 보았어야 한다. 주먹을 아래위로 흔들고, 포즈를 취하고, 축하의 함성을 내질렀다.《흐아앗》소리를 백 번은 들었을 것이다.〉 캐시는 『런던 타임스』에 이렇게 썼다.

캐시가 첫 세트를 이겼지만, 나달이 2세트를 가져간 뒤 결정적인 매치 타이 브레이크를 따내 승리를 차지했다.

「그때 그는 네트에 있었는데, 코트에 뛰어들어 불가능해 보이는 발리를 때린 다음 펄쩍 뛰어올라 또다시 주먹을 휘두르며 자축했어요. 마음 한편에서 나는 그가 무례하다고 생각했지만, 어린애한테 패했다는 분노가 가라앉자 내가 테니스의 최고상을 탈 수 있는 재능 있는 선수를 방금 만났다는 것을 깨달았죠. 다음 날 나는 후원사 몇 군데에 전화를 걸어 이 소년에게 투자하라고 말했어요. 장담하건대 지금 그들은 그때 망설인 걸 후회하고 있을 겁니다.」 캐시가 기억했다.

일부 후원사들은 전화를 걸 필요가 없었다. 나이키는 나달이 열두 살 때 이미 계약했다.

「우리에게 가장 좋은 나이는 열한 살, 열두 살, 열세 살이었어요. 우리는 마리야 샤라포바가 열한 살 때 계약했는데, 그녀는 영어로 여섯 단어를 말할 수 있었어요. 그녀가 내게 건넨 첫마디가 〈나는 나이키 양말을 좋아하지 않아요〉였답니다.」 과거에 나이키의 테니스 부문 책임자였던 마이크 나카지마가 말했다.

라파엘은 영어를 더 잘하지는 않았지만 더 정중했다.

내가 스포츠 기자로서 처음 취재한 나달은 사실 라파엘이 아니었다. 그의 삼촌 미겔 앙헬은 1994 미국 월드컵에서 스페인 축구 국가 대표 팀의 강인한 중앙 수비수였다.

라파엘은 그때 여덟 살이었고, 삼촌 못지않게 축구를 사랑했으며, 아버지 세바스티안처럼 — 레알 마드리드 팬이지만 — 그의 클럽에서 열리는 FC 바르셀로나의 경기를 가끔 보러 갔다. 프로 선수가 되고 싶다는 라파엘의 열망이 어디서 비롯되었는지 어렵지 않게 알 수 있다. 당당한 체격의 미겔 앙헬을 보면 라파엘의 탄탄한 체격이 이해된다. 미겔 앙헬은 서른여덟 살에 은퇴했는데, 이는 틀림없이 그의 조카가 어떠한 고통도 견뎌 낼 엄청난 근기의 소유자임을 알리는 단서였다.

나달 가문은 대대로 마요르카에서 살았다. 그들이 살던 마나코르라는 지역은 — 나달의 유년 시절에는 — 인구가 4만 명도 안 되는 아늑하고 매력적인 내륙 마을이었다. 나달은 부모님, 조부모님, 대가족과 함께 18세기 교회가 내려다보이는 마을의 중심 광장에 있는 5층짜리 아파트에서 살며, 마나코르의 테니스 클럽과 붉은 클레이 코트를 쉽게 드나들 수 있었다. 마나코르에서 몇 킬로미터 떨어진 어촌이자 휴양지인 포르토 크리스토의 해변에는 수많은 사업 지분을 소유한 부유한 나달 가족의 또 다른 자산이 있었다.

그가 성장한 목가적인 환경은 챔피언이 반드시 역경 속에서 탄생하는 건 아니라는 또 하나의 증거였다. 라파엘은 마나코르와 포르토 크리스토, 축구와 테니스를 오가며 자랐다. 또 다른 삼촌 토니는 라파엘이 세 살일 때 처음으로 테니스를 알려 주었다.

축구는 나달이 열두 살이 될 때까지 영향을 미쳤다. 그는 종종 헤딩슛으로 계속 골을 넣을 수 있는 빠른 좌익수였지만, 그 때 같은 연령군에서 스페인과 유럽의 주니어 테니스 챔피언이기도 했다. 그의 아버지 세바스티안은 선택할 때가 왔다고 느꼈다.

같은 나이에 페더러가 그랬듯이, 나달의 선택은 테니스 선수로 성공할 분명한 잠재력, 자신이 낸 성과를 완전히 누릴 수 있는 개인 스포츠에 대한 선호 — 그리고 페더러와 가장 놀랍도록 유사한 — 테니스 때문에 축구 연습을 놓친 후 그를 벤치에 앉힌 새로운 축구 코치가 근거를 제공했다.

「그 코치가 아니었다면 축구 선수가 됐을지도 몰라요.」 나달이 말했다.

위대한 경쟁은 그러한 전환점에 달려 있다.

페더러처럼 나달도 10대 중반부터 주중에 가족과 떨어져 살기 시작했다. 마나코르에는 훌륭한 훈련 파트너가 없었기 때문에 그는 서쪽으로 약 55킬로미터 떨어진, 섬에서 가장 큰 도시인 팔마의 지역 훈련 센터에서 자주 훈련해야 했다. 통학 시간을 줄이기 위해 나달은 아버지와 토니 삼촌이 다녔던 기숙 학교에 다니기 시작했지만, 향수병에 걸려 결국 마나코르로 돌아왔다.

페더러와 마찬가지로 나달은 학교를 별로 좋아하지 않았다.

내가 학교에서 무슨 과목을 가장 좋아했냐고 묻자, 그는 잠시 생각하더니 〈스포츠〉라고 대답했다.

그가 남다르게 유망하다는 걸 잘 아는 스페인 본토의 테니스 관계자들은 나달의 부모를 설득해 그를 발레아레스해 건너편에 있는 스페인의 스포츠 허브라 할 수 있는 바르셀로나로 보내려고 했다.

마요르카가 배출한 최고의 선수 카를로스 모야도 그런 선택을 했다. 그는 키가 크고, 과묵하며, 기묘하게 잘생겼다(실제로 그는 마요르카 테니스 스타 중 투어에서 민소매 셔츠를 처음으로 입은 선수다).

긴 머리를 늘어뜨리고 포핸드를 발사하는 모야는 1998 프랑스 월드컵 전날 오픈에서 우승해 펠레에게서 트로피를 받았다. 모야는 이듬해 잠시 1위에 올라 나달에게 위대한 테니스 선수가 되는 일이 몽상이 아님을 가까이서 상기시켜 주었다. 두 사람은 나달이 열두 살 때 처음으로 함께 테니스를 쳤고, 나달이 열네 살 때 정기적으로 함께 훈련하기 시작했다. 모야의 관대함에서 비롯된 훈련은 나달에게 큰 힘이 되었다. 재능 있는 어린 10대 중 현역 그랜드 슬램 챔피언과 함께 정기적으로 연습할 수 있는 아이가 얼마나 될까?

나달 가족은 스페인 연맹의 재정적 지원을 받지 않고 자비로라도 나달이 마요르카에서 테니스 실력을 쌓는 것이 그의 행복에 이롭다고 확신했다.

「그의 아버지는 라파엘이 집에 있는 게 최선의 결정이라고 생각했어요. 가족들이 곁에서 그를 지지해 줄 테니까요. 어렸을 때 집을 떠나면 테니스는 잘될 수 있지만 사람이 항상 잘되는 것은 아니죠. 우리가 라파엘과 같은 수준의 선수들을 기숙하며 훈련시킬 때 가끔 문제가 있었어요. 열심히 노력해서 그럭저럭 꾸려 나갔지만요.」 토니가 내게 말했다.

그들은 팔마에 기반을 둔 국가 코치 조프레 포르타의 조언을 이미 얻은 바 있었다. 토니는 많은 걸 바꿨다. 라파엘이 아홉 살 때 양손 포핸드를 한 손 포핸드로 바꾼 이유는 남자 테니스에서 포핸드와 백핸드 모두 양손으로 치는 선수들이 드물다는 것을 그와 포르타가 알고 있었기 때문이다. 모니카 셀레스는 여자 경기에서 1위에 올랐지만, 남자 선수는 아무도 없었다.

같은 시기에 라파엘은 먹고, 글 쓰고, 농구하고, 골프 칠 때는 오른손을 쓰더라도 포핸드는 왼손으로 치기 시작했다. 라파엘은 축구 경기를 할 때 왼발이 더 강했다. 모든 테니스 선수가 알듯이, 왼손잡이는 참신함과 반대 효과, 애드 코트*에서 슬라이스된 서브를 넣어 상대방을 코트 옆으로 보내고 공격할 기회를 쉽게 얻는 등 많은 경우 유리하다.

토니는 조카가 양손으로 그라운드 스트로크를 쳤을 때 왼쪽의 힘이 강하고 성공률이 높다는 것을 알아차렸다.

「왼쪽이 좀 더 자연스러워 보였어요. 그쪽이 포핸드가 되어야 했어요.」 토니가 내게 말했다.

* 어드밴티지 코트의 약어로, 왼쪽 서비스 코트를 뜻한다. 어드밴티지 뒤에 서브를 넣는 코트다. 오른쪽 서비스 코트는 듀스 코트라고 한다.

결국 최종 선택은 라파엘이 했고, 그러한 전환점 역시 위대한 경쟁을 낳는다. 오른손잡이 나달도 재능, 성격, 순간에 집중하는 심성으로 보건대, 분명히 잠재적 챔피언이었을 것이다. 그러나 가장 믿을 만한 무기인 인사이드 아웃 포핸드와 짧은 크로스코트 백핸드 칩을 훨씬 더 효과적으로 사용할 수 있었던 페더러에게 엄청난 전술적 난제를 제시하지는 않았을 것이다.

이 결정의 단점은 나달이 왼쪽 어깨에 통증을 얻었다는 것이다. 그는 엄청난 라켓 헤드 스피드로 공을 휘두른 후 머리 위로 폴로스루*하는 자신의 트레이드마크인 포핸드 스타일을 개발해 불편함을 완화했다.

포르타와 다른 코치들은 이 시그니처 포핸드를 〈나달라다〉라고 불렀는데, 이 용어는 안타깝게도 유명해지지 못했다.

내가 2003 윔블던에서 나달 가족을 처음 만난 것은 열일곱 살 라파엘의 그랜드 슬램 대회 데뷔 무대였다. 그때까지 나는 그가 경기하는 모습을 화면으로조차 보지 못했다. 당시는 스트리밍, 유튜브, 트위터, 인스타그램이 나오기 전이어서 많은 게임이 널리 중계되지 않았다. 일반 대중이 재능 있는 라이징 스타를 상세히 조사하기 시작한 것은 그리 오래되지 않았다. 내가 더 유심히 살펴봤다면 그를 더 잘 평가했을지도 모른다. 2002년 나달이 델가도를 이긴 후 『인터내셔널 헤럴드 트리뷴』에 쓴 첫 번째 기사에서 나는 나달이 젊은 프랑스 유망주 리샤르 가스케

---

* 타구나 던진 공의 효과를 더욱 올리기 위해 공을 치거나 던진 후 스트로크나 팔의 동작을 계속 진행하는 일.

처럼 훌륭한 한 손 백핸드를 가지고 있다고 했다(기자는 끊임없이 겸손해야 한다).

그러나 올 잉글랜드 클럽의 바깥 코트에 앉아 그가 한 수 아래의 영국 와일드카드 리 차일즈와 벌인 2회전 경기에서 눈에 띄게 기뻐하며 잔디 위를 뛰어다니는 모습을 보니 그래도 위안이 되었다. 나달의 잠재력을 언급하는 스페인 언론의 보도는 분명 과장이 아니었다.

멀리서 볼 때 그는 성숙한 남성 같았다. 그가 아주 어리다는 것을 깨달은 것은 가까이에서 봤을 때였다. 그의 각진 이목구비는 아직 윤곽이 완성되지 않은 듯했고, 뺨에는 젖살이 올라 있었으며, 면도는 확실히 선택 사항이었다.

그때 가장 눈에 띄었던 것은 지금과 다르지 않다. 경쟁에 끈질기게 집중하고 긍정적으로 접근하는 태도 말이다. 실망감이 그의 얼굴에 스쳐 갔을 수도 있고 그것이 그의 생각까지 침입했을 수도 있지만, 그는 거기서 순식간에 빠져나와 당면한 도전과 핵심에 집중했다.

페더러는 몇 년 동안 자신의 마음과 무엇보다 기대감을 통제하는 훈련을 했다. 나달은 처음부터 이쪽에 재능이 있는 듯했다. 스포츠 심리학자도 없었고 라켓을 부수지도 않았다.

「한 번도 그런 적이 없어요. 내가 라켓을 던졌다면 삼촌이 나를 코트에서 내쫓았을 겁니다.」나달이 말했다.

나달은 순간을 그냥 받아들이지 않았다. 그는 순간을 꼭 끌어안고 뒷발질로 그것을 땅에서 들어 올렸고, 2004년 3월 마이애미 토너먼트 3회전 야간 경기에서 페더러와 맞붙었을 때 그런 태도를 유지했다.

그 경기가 그들의 첫 만남으로 알려져 있지만, 사실은 두 번째 만남이었다. 그 전주에 나달과 토미 로브레도가 인디언 웰스 준준결승전에서 페더러와 친구 이브 알레그로를 5-7, 6-4, 6-3으로 꺾었다.

그러나 페더러는 다루기 어렵고 혼자서 코트를 커버하는 나달을 아직 완전히 경험하지 못한 터였다.

나달이 겁먹을 거라고 생각한 사람은 모두 그해 함부르크에서 모야를 상대한 첫 투어 경기의 점수를 생각했어야 한다. 그가 7-5, 6-4로 승리했다.

소중하고 호의적인 그의 소년 시절 롤 모델들조차 나달의 기세와 재능 앞에서는 안전하지 않았다. 그러나 오늘날의 인식과 달리 페더러는 나달의 오랜 우상이 아니었다. 다섯 살이나 차이가 났지만, 남자 테니스 정상급의 재능 있는 선수 가운데 페더러가 떠오른 것은 최근이었다. 나달이 자랄 때 페더러는 천하무적 선수가 아니었다. 이 경기는 페더러가 윔블던에서 샘프러스를 상대하거나 나오미 오사카가 US 오픈에서 세리나 윌리엄스를 상대하는 것과 전혀 달랐다.

페더러는 처음으로 1위를 차지했지만 그 자리를 굳게 지켰다. 그는 호주 오픈, 두바이, 인디언 웰스에서 막 우승했고 마이애미에서 62세트 중 55세트를 이겼다. 그는 코트에 나가지 못할 정도는 아니었지만 몸 상태가 좋지 않았고, 전날 밤 니콜라이 다비덴코를 상대로 힘든 3세트를 치러 냈다.

「오늘 현실적으로 나달이 페더러를 이길 가능성이 있을까요?」 텔레비전 중계를 하던 존경할 만한 영국 해설자이자 전 선수인 존 배럿이 물었다.

나달이 1세트 1-2에서 서브를 준비하는 동안 배럿의 방송 파트너인 더그 애들러가 부정적인 어조로 말했다. 「갑자기 뜬 열일곱 살짜리에게는 정말로 지고 싶지 않을 텐데요.」

배럿이 수긍하며 말했다. 「페더러의 컨디션이 호조라면 내 생각엔…….」

나달이 공을 공중에 토스하자 그가 말을 멈췄다. 그 뒤 페더러에게 이 도전의 진정한 깊이를 보여 준 첫 포인트가 나왔다. 그는 나달의 백핸드 코너가 되어야 할 곳에 슬라이스를 깊이 깎았다. 나달은 그곳으로 잽싸게 달려가 포핸드를 때렸다. 페더러는 당연히 위너가 될 수 있다고 예상하는 다른 코너에 백핸드를 날렸다. 나달은 번개같이 백코트를 가로질러 달려가서 또 한 번 전력으로 포핸드를 때려 랠리를 살린 뒤 패싱샷으로 위장한 강타를 몰아쳐 득점했다.

그것은 그 후 몇 년 동안 있을 깜짝 놀랄 만한 페더러와 나달의 많은 랠리의 미리보기였다. 배럿은 현명하게도 나달이 뜻밖에 거둔 승리가 매우 비현실적이라는 생각을 멈추는 데 주저하지 않았다.

그래도 어떤 면에서는 이미 우리가 알고 있는 그 나달이었다. 그는 코트 체인지 시간에 물병을 정확한 위치에 배열하는 데 집착했고, 그때도 반바지 뒤를 살짝 잡아당겼다. 하지만 서브 전에 어깨, 코, 귀를 강박적으로 만지는 행동 같은 몇 가지 틱은 아직 나타나기 전이었다.

그의 포인트 사이 템포는 계획된 것이었지만, 그렇다고 너무 신중한 것은 아니었다. 대체로 그는 그 속도를 유지했고, 페더러가 스핀을 많이 건 그의 공, 파워, 에너지에 적응하느라 고투할 때도 훌륭하게 유지했다.

페더러는 늘 했던 포핸드를 잘못 치고 발리에 실패하는 등 실력을 발휘하지 못했지만, 그것은 나달로 인한 압박감 때문이기도 했다.

페더러는 다른 선수들이라면 끝냈을 샷으로도 나달을 끝내지 못했다. 나달의 속도와 실점하기 쉬운 위치에서도 치밀하게 반응할 수 있는 나달의 능력 덕분이었다. 게다가 나달의 패싱샷은 한 수 위여서, 페더러가 초반에 네트로 여섯 번 달려갔지만 1포인트도 따지 못했다.

나달도 이 경기가 주는 압박감에서 완전히 자유롭지는 못했다. 그의 첫 번째 브레이크 포인트에서 리턴이 불안정했다. 그러나 그는 재빨리 적응했고, 이는 압박감 속에서 생각이 명료하다는 징후였다. 경기가 계속되면서 그는 종종 백코트 뒤에서 경기를 좌지우지했다. 페더러가 베이스라인에 더 가까이 다가가 강타를 날릴 때도 말이다. 나달은 첫 서브 성공률 81퍼센트를 기록했고, 단 한 번의 브레이크 포인트도 만나지 않았다. 페더러의 백핸드를 망친 후에 — 앞으로 다가올 경기의 장면을 미리

보는 것처럼 — 마지막 포인트에서 승리를 위해 가차 없이 서브를 넣고 네트를 공격했을 때도 말이다.

최종 점수는 6-3, 6-3으로 단 69분 만에 나달이 승리했다.

「마요르카 출신의 놀랍도록 재능 있는 이 왼손잡이 선수의 미래가 궁금합니다.」 배럿이 말했다.

마이애미에서 돌풍을 일으키며 페더러를 격파하는 그의 모습은 분명 이미 챔피언이었다. 단지 언제 공식화되느냐의 문제였다.

2004년에는 그 일이 일어나지 않았다. 그는 왼발의 스트레스 골절로 클레이 코트 시즌의 핵심과 윔블던을 놓쳤다. 프랑스 오픈 우승자는 — 마치 복권처럼 느껴지는 — 가스톤 가우디오였다. 그랜드 슬램 대회에서 딱 한 번 우승하고 사라진 아르헨티나의 가우디오는 감동적인 여정이었던 결승전에서 같은 국적의 친애하는 동료 기예르모 코리아를 상대로 두 개의 매치 포인트를 지켜냈다. 이는 두 남자의 커리어를 뒤엎을 것처럼 보였다.

그해 말 스페인 세비야에서 열린 2004 데이비스 컵 결승에서 나달이 앤디 로딕을 맞았을 때, 잠재력과 압박감 속에서 평정심을 유지하는 나달의 능력에 대한 내 의심은 영원히 사라졌다.

결승전은 당시 2만 7200명의 관중을 모아 공식적인 테니스 경기로서는 역대 최다였다. 12월 초의 야외 경기장은 가끔 입김이 보일 정도로 추웠다.

나달은 복식만 뛰기로 되어 있었지만 그의 감독들은 바보가 아니었다. 선수들을 파악한 그들은 국가의 이익을 위해 내분을 감수하기로 했고, 나달은 첫날 단식 경기 중 하나에 슬럼프를 겪고 있던 페레로의 대체 선수로 지명되었다.

정규 투어 결과를 해칠 정도로 데이비스 컵을 좋아했던 테니스 애국자 로딕은 의욕이 넘쳤다. 그러나 나달이 6-7(6), 6-2, 7-6(6), 6-2로 압승했다.

당시 세비야에 살고 있던 나는 관중석에서 — 스웨터를 입고 스카프를 두른 채 — 이렇게 썼다. 〈테니스계에는 연습할 때는 처음부터 대단해 보이는 젊은이들로 가득 차 있지만, 위대한 선수가 되려면 큰 기회를 잡을 수 있어야 한다. 삶을 활기차게 받아들인다는 스페인 사람의 명성에도 불구하고 최고 선수들은 일반적으로 세르지 브루게라, 알렉스 코레트하, 알베르트 코스타, 모야, 페레로처럼 과묵한 인물이었다. 하지만 나달은 감정을 솔직히 드러냈다. 주먹을 휘두르고 가위 차기를 하고 포효하며 들뜬 기쁨을 표현했다. 요컨대 그는 관중을 참여하게 했다 (지미 코너스나 레이턴 휴잇 스타일이다). 긴 시즌 동안 기력을 다 소모하지 않거나 동료들에게 사랑받는 방식은 아니지만, 분명 스페인 사람들에게는 사랑받는 방식이었다. 오늘의 독주가 끝날 즈음 사람들은 그의 마력에 완전히 사로잡혔다.〉

그는 아직 랭킹 51위였지만 그것은 지속될 수 없었고 지속되지 않았다. 그는 열아홉 살에 데뷔한 프랑스 오픈을 비롯해 2005년에 열한 개의 타이틀을 획득했다. 7월에는 랭킹 2위까지 상승했다.

페더러는 지난해 4월 마이애미 5세트 결승전에서 첫 두 세트를 지고 3세트에서 1-4로 뒤진 상황에서 회복해 간신히 그를 제지했다.

이 전투의 격렬함은 페더러가 몇 달 전 호주 오픈에서 사핀과 그랬듯이, 그가 잠시 냉정을 잃을 정도였다.

페더러는 3세트에서 반격한 뒤 4-4에서 브레이크 포인트를 따는 데 실패했고, 나달이 서브를 지켜 내자 페더러가 라켓을 코트에 내팽개쳤다.

「나는 계속해서 기회를 놓쳤고 정말로 끝없이 오르막길을 오르는 느낌이었어요. 난 할 만큼 했어요. 그래서 라켓을 힘껏 던졌어요. 어쩌면 그 경기가 내게 도움이 됐을지도 몰라요. 어쩌면 내가 깨어난 건지도 모르죠.」 페더러가 말했다.

나달은 영리하게도 이 드문 시범 경기를 칭찬으로 받아들였고, 그 후 몇 년 동안 미세하게 바뀌는 페더러의 분위기에 자주 적절히 대응했다.

「물론 페더러가 라켓을 던지는 모습은 놀라웠어요. 하지만 승리에 가까워졌다는 생각이 들었죠.」 그가 말했다.

나달은 점점 더 승리에 가까워지고 있었다. 그는 3세트 타이브레이크에서 5-3으로 앞서 2포인트를 남겨 두고 있었다. 그러나 적시에 분발한 페더러는 다음 4포인트를 쓸어 담아 3세트를 따낸 뒤 근성을 발휘해 2-6, 6-7(4), 7-6(5), 6-3, 6-1로 승리했다.

「내게 중요한 경기였어요. 그가 언젠가 아주 훌륭한 선수가 될 줄 알았으니까요.」

오래 기다릴 필요가 없었다. 두 달 뒤 파리 클레이 코트에서 페더러는 그랜드 슬램 경기에서 처음 만난 나달의 열아홉 번째 생일에 만회할 방법을 찾지 못하고 4세트 끝에 패했다. 이틀 후 나달은 결승에서 마리아노 푸에르타를 물리치고 10대에 그랜드 슬램 남자 단식 챔피언이 된 비에른 보리, 마츠 빌란데르, 보리스 베커, 마이클 창, 피트 샘프러스와 같은 선수들의 반열에 올랐다.

타이틀을 거머쥔 나달은 승리한 후 처음으로 울었다.

「그는 전설이 될 겁니다.」푸에르타가 말했다.

메이저 대회에서 우승할 만큼 뛰어난 선수들은 모두 주목할 만하고 모두 눈길을 끌 만한 가치가 있다. 테니스 라켓을 집어 드는 수백만 명을 생각해 보라. 피라미드 꼭대기에 도달할 확률은 터무니없이 낮다. 그러나 천재들에게는 좋든 나쁘든 특별한 매력이 있다. 정상적인 단계를 건너뛰며 사다리를 오르는 능력과 남들보다 매우 유리한 출발로 흥미를 더하는 그들의 성공은 운명이라는 느낌이 든다.

스페인에서는 1960년대 마누엘 산타나가 4대 메이저 대회에서 타이틀을 획득한 이래 많은 테니스 스타를 배출했다. 그러나 나달은 스페인 최초의 슈퍼스타였다. 그는 의욕 넘치는 카리스마와 겸양과 가족 같은 전통적 가치를 매혹적으로 조합한 진정한 천재다. 잘생긴 외모는 확실히 해가 되지 않았다. 테니스는 스페인에서 사설 클럽과 계급 의식을 부추기며 여전히 엘리트

주의적 함의를 지니지만, 나달의 성공으로 테니스는 주류가 되었다.

스페인에서만 관심을 끈 게 아니다. 그의 프랑스 오픈 우승과 축하연에 관해 쓴 내 기사가 『뉴욕 타임스』 1면에 실렸다.

이 시기에 영어는 나달에게 도전이었지만, 나는 세비야에서 몇 년 산 덕분에 놀랍도록 유창하지는 않더라도 스페인어를 어느 정도 할 수 있었다.

그가 에펠 탑이 보이는 트로카데로 광장의 레스토랑 〈카페 드롬〉에서 기념비적인 승리를 축하하는 연회를 열었을 때, 우리는 자정이 될 때까지 인터뷰했다. 놀랍게도 조용한 축하연이었다. 우리가 그 후 알게 되었듯이, 나달은 큰 승리를 긴 안목에서 보았고 심지어 과소평가하려고 했다.

새 챔피언은 가족과 친구들에 둘러싸여 있었다. 그가 토너먼트 내내 입었던 카프리 스타일의 흰색 바지와 형광 녹색 민소매 셔츠와 상당히 대조적으로, 그는 어두운 양복과 보수적인 넥타이를 매고 있었다.

「이런 것들이 나를 변화시키지 않았으면, 예전 모습 그대로 변하지 않았으면 좋겠어요. 내가 그럴 수 있기를 바라고, 그럴 수 있다고 믿어요.」 그가 말했다.

미겔 앙헬의 조카라는 사실은 확실히 도움이 되었다. 나달 가족은 수십 년 동안 유명인에 열광하는 사람들을 다루면서 다른 가족들에 비해 사생활과 공적 영역을 구분하는 능력이 탁월했다.

내가 페더러와 함께 나달에 관해 이야기한 것은 2005 프랑스 오픈 직전이었다. 그가 크리용 호텔 펜트하우스 스위트룸에서 『뉴욕 타임스』 및 『인터내셔널 헤럴드 트리뷴』과 인터뷰했을 때였다. 콩코르드 광장과 국회 의사당이 훤히 내려다보이는 그의 호텔방은 장엄한 요새 같았다.

2년째 랭킹 1위를 지키는 페더러에게 인생은 이미 아주 만족스러웠고 바브리네크도 마찬가지였다. 이 시기에 페더러는 IMG와도 헤어졌으며 전임 에이전트가 없었다. 그의 부모가 많은 업무를 관리하며 돕고 있었고, 만성적인 발 문제로 테니스 커리어를 중단한 바브리네크는 개인 비서이자 미디어 연락원이자 여자 친구였다.

그녀의 역할은 경계가 모호했다. 우리가 이야기할 때 그녀는 예정된 잡지 촬영을 위해 디자이너 옷을 입어 보고 있었다. 바브리네크는 이따금 캐주얼 시크 패션을 입고 페더러에게 의견을 물어보며 우리의 대화를 방해했다. 그는 그녀에게 모든 관심을 집중하면서 〈좋아, 별로, 나쁘지 않아〉라고 대답하고는 〈당신이 방금……〉이라며 정중하게 인터뷰를 재개했다.

「나달이요, 나달 이야기를 하고 있었어요.」

「매우 인상적이지 않나요? 그는 이미 나보다 훌륭한데 다섯 살이 어려요. 5년 후 모습을 상상해 봐요. 이런 사람이나 선수들이 있다는 건 테니스에 좋은 일이지만, 내가 열여덟 살이나 열아홉 살 때는 그러지 못했어요.」페더러가 말했다.

「음, 그래서 확실히 당신은 안주할 수 없겠군요.」내가 대답했다.

「그가 왼손을 쓰는 것도 좋다고 생각해요. 위대한 왼손잡이 선수가 이제 많지 않아요.」페더러가 말했다.

그는 위대한 왼손잡이 선수였던 토마스 무스터, 고란 이바니세비치, 페트르 코르다, 마르셀로 리오스가 은퇴했다고 이야기했다. 그는 왼손잡이였던 자신의 코치 토니 로시 감독도 언급할 뻔했다.

「그런 선수들이 부족해요. 그가 있어서 좋다고 생각해요. 코트의 범위, 즉 플레이 방식도 바꾸니까요. 스핀이 반대 방향으로 오기 때문에 재미도 있을 겁니다. 그러면 게임 계획을 완전히 다르게 짜야 하죠.」페더러가 말했다.

페더러는 — 매우 인상적이게도 — 나달을 오랫동안 킹 타이드나 열대성 폭풍 같은 자연 현상처럼 말하는 경향이 있었기 때문에, 그의 그런 반응은 여러 면에서 흥미로웠다.

하지만 그날 바브리네크가 농부풍 블라우스를 입고 또 우리를 방해할 때 내가 놀란 것은 페더러가 이미 테니스 경기의 수호자가 된 듯한 기분에 빠져 있었다는 것이다. 떠오르는 이 젊은이는 모든 선수를 이길 준비가 되어 있었다. 페더러는 스타일의 다양성을 제공하는 나달이 이 스포츠에도 유익하다고 생각했다. 아마도 그것은 그가 자신과 자신의 생계에 직접적으로 미칠 나달의 영향을 생각하는 방법이었을 것이다. 하지만 확신하건대 그것은 진정한 호기심 때문이기도 했다. 페더러는 자신의 경기 영상을 다시 여러 번 보는 것은 물론 다른 테니스 경기도 많이 본다.

「내 말은 우리가 마라트나 레이턴, 앤디, 코리아가 왼손으로 치는 걸 보지 못했다는 겁니다. 그들이 오른손으로 치는 것만 봤잖아요.」 그가 말했다.

나는 왼손잡이를 선택했던 나달 가족이 그 자리에 없어서 아쉽다고 생각했다. 분명 그들이 이야기를 재미있게 듣고, 재확인해 줬을 테니까 말이다.

페더러는 또한 자신과 다른 모든 사람이 어떤 상황에 부닥쳤는지 확실히 아는 것 같았다.

「꽤 오래전부터 그가 성공할 줄 알았어요. 시간문제일 뿐이었어요. 지난해 스페인 팀이 데이비스 컵 결승에 그를 내보냈을 때 〈행운을 빈다, 앤디!〉라고 생각했죠.」 그가 나달에 대해 말했다.

그러나 2005년 나머지 기간에 나달은 페더러의 영역을 침범하지 못했다. 그들은 그해에 다시 맞붙지 않았다. 프랑스 오픈 이후 나달은 페더러가 모두 불참한 대회에서 다섯 차례 더 우승했으나 윔블던과 US 오픈에서는 초반에 패했다.

페더러는 올 잉글랜드 클럽에서 로딕을 세트 연속으로, 뉴욕에서 애거시를 4세트 끝에 이겨 두 메이저 대회에서 모두 우승했다.

1974년 켄 로즈월 이후 그랜드 슬램 남자 단식 최고령 결승 진출자인 애거시는 서른다섯 살 나이에 탁월한 경쟁을 펼친 끝에 패했다. 그러나 인터뷰 룸에서 그는 페더러의 경기력을 균형 있게 바라보는 능력이 뛰어났다.

결승전 전에 애거시는 이렇게 말했다. 「이 문제는 정말 간단해요. 대부분 사람은 약점이 있고, 대부분 사람은 멋진 샷을 단 한 번 쳐요. 페더러는 약점이 없고 멋진 샷을 몇 번 치죠. 그게 문제예요.」

결승전이 끝난 뒤에 애거시는 이렇게 말했다. 「피트는 훌륭했어요. 정말로 의심할 여지가 없죠. 하지만 피트와 싸울 때는 여지가 있었어요. 어떻게 해야 할지 알 수 있었어요. 어떻게든 할 수 있었죠. 로저는 그럴 여지가 없어요. 그는 내가 상대했던 최고의 선수예요.」

이 시점에 그의 성적은 아찔했다. 페더러는 당시 그랜드 슬램 단식 결승에서 6-0으로 승리해 23개 대회 결승전에서 연속으로 우승했다. 그때까지 오픈 시대의 남자 기록은 비에른 보리와 존 매켄로가 공동으로 보유한 12연승이었다. 페더러의 승리는 하드 코트에서 열여섯 개, 잔디 코트에서 네 개, 클레이 코트에서 세 개 등 주요 코트 면을 모두 망라했다.

우리는 US 오픈 결승전 다음 날 타임스 스퀘어의 스포츠 바에서 우승자 언론 투어의 일부로 만났다. 새벽 3시에 잠자리에 들었다는 그는 평소보다 차분한 느낌이었다. 아주 두툼한 의자에 앉아 다리를 뻗은 그는 의기양양하기보다 만족스러워 보였다. 코트 안팎에서 그는 고양이 같은 느낌을 주기 때문에 나는

『뉴욕 타임스』에 그가 〈털이 깔끔하게 손질되어 기분이 좋은 고양이〉를 연상시킨다고 썼다.

나는 그의 23연승을 언급했다.

「정말 자부심을 느껴요. 지금까지 내가 일관성으로는 별로 유명하지 않았기 때문에 그런 생각을 바꿀 수 있어 정말로 기분 좋아요. 정말 중요한 시기에 내가 항상 이 게임의 정상에 있고 경기할 때마다 우승할 방법을 찾을 수 있다는 걸 보여 주었으니까요. 물론 연승 행진이 아주 빨리 끝날 수도 있다는 걸 알아요.」그가 말했다.

샘프러스가 은퇴를 공식화한 지 2년이 지난 그 당시, 더는 굳건해 보이지 않는 그의 그랜드 슬램 단식 타이틀 14회 기록을 페더러가 깨는 데 얼마나 걸릴지는 이미 초미의 관심사였다.

「나는 슬램 대회만 중요하다고 보지 않아요. 그렇게 생각한다는 건 내가 최고의 선수들과 경쟁하거나 수천 명 앞에서 뛰는 다른 토너먼트가 내게 중요하지 않다는 의미니까요. 내가 획득한 서른두 개 타이틀 중 여섯 개만 그랜드 슬램이고 대다수가 다른 대회입니다.」페더러가 말했다.

충분히 주장할 가치가 있는 말이었다. 미디어 환경이 워낙 혼잡해 가장 화려한 성적만 돋보인다. 그랜드 슬램 성적은 이런 시기에 가장 눈부시게 빛을 발하지만 역사적으로 신뢰할 만한 자료는 아니었다. 보리와 같은 최고 선수는 호주 오픈에 단 한 번 참가했고, 타고난 지구력으로 20년 동안이나 활동했던 지미 코너스는 두 번 참가했다.

시대를 비교하는 것은 까다롭고 때로는 무의미하다. 애거시조차 프로 선수가 된 후 첫 8년 동안 호주 오픈에 불참했고, 그후에도 부상 때문에 두 번 더 놓쳤다. 하지만 아마도 그 덕분에 애거시가 서른 살을 훌쩍 넘기고도 쌩쌩했을 것이다.

「앤드리가 서른다섯 살에도 계속 뛰고 싶어 한다는 게 놀랍지 않아요. 통증을 느끼며 뛰지 않는 한, 1년에 몇 번씩 대회를 치르는 게 행복하다면 안 뛸 이유가 있나요?」 페더러가 내게 말했다.

페더러가 암시하는 장기 계획의 단서를 찾던 모든 사람에게 이 말은 거의 특종감이었다. 그는 애거시를 유심히 지켜보고 있었지만, 곧 나달을 훨씬 더 지켜볼 터였다.

*

이 스페인 선수는 실제로 진짜배기였으나, 왼발 문제가 재발해 2005년 말과 2006년 초 투어에 참여하지 못했다. 담당 의사들은 혼란스러워했고, 스페인의 한 전문가는 타고난 작은 발목 뼈 문제라며 치열한 테니스 경기에 출전하지 못할 수도 있다고 말했다. 나달은 망연자실했지만 그의 아버지는 끝까지 희망의 끈을 놓지 않았다. 마침내 오리건에 있는 나이키사를 방문해 맞춤형 깔창과 신발로 뼈의 스트레스를 줄일 방법을 찾을 수 있었다.

그는 정상을 향한 행진을 다시 시작할 수 있었지만 테니스 선수의 수명이 짧다는 사실을 새삼 깨달았다. 그는 이미 한 포인트를 마지막 포인트처럼 플레이하고 있었지만, 이제 그것이 현실로 다가올 수 있다고 느꼈다.

2006 호주 오픈을 놓친 뒤 맹렬히 투어에 복귀한 그는 두바이 결승에서 페더러를 물리쳤다. 그때 두바이는 이미 페더러의 두 번째 고향이자 따뜻한 훈련 기지였다.

그들의 경쟁이 가장 격렬한 해였다. 그들은 총 여섯 차례 맞대결했다. 이는 어느 시즌에서든 서로 만날 수 있는 최대 횟수였다. 나달이 네 경기에서 우승했는데, 그중 세 번이 클레이 코트였다. 2006년 결투에서는 한 경기만 빼고 모두 결승전이었으며, 그중 하나는 길고 긴 마라톤 경기였다. 이탈리아 오픈에서 5시간 5분 끝에 나달이 승리한 5세트 경기는 6-7(0), 7-6(5), 6-4, 2-6, 7-6(5)이라는 긴 점수를 남겼다.

세월이 많이 지났어도 나는 여전히 그 경기가 순수하게 테니스라는 측면에서 두 번째로 가장 훌륭한 경기였다고 생각한다. 그리고 선수석에서 라파엘을 불법적으로 코치했다며 페더러가 토니 나달을 비난하면서 확실히 가장 날 세웠던 경기다.

페더러가 그의 특기인 포핸드로 두 번의 실책을 범하면서 나달은 마지막 세트에서 1-4로 만회했고, 마지막 서비스 게임에서 두 개의 챔피언 포인트를 지켜 냈다. 이런 실수와 타이 브레이크에서 나온 실수들로 나달이 페더러의 머릿속을 얼마나 잘 읽고 있는지 분명해졌다.

다른 선수들을 상대할 때와 다르게 페더러는 나달을 상대할 때 압박감을 느꼈다. 페더러는 여전히 랭킹 1위였고 여전히 세계에서 가장 유명한 대회인 윔블던과 US 오픈의 연속 챔피언이었다. 그러나 나달은 페더러를 재평가하며 그를 예민하게 만들었다.

페더러가 2006년과 2007년 4대 단식 타이틀 중 세 개를 획득하고 237주 연속 1위를 지켰다는 점을 생각하면 이것이 과장으로 보일 수 있다. 그러나 성취도가 높았던 시즌임에도 클레이 코트에서 나달이 그를 계속 이기는 모습과 그 패턴이 반복되면서 페더러의 자신감이 떨어지는 모습을 떨쳐 버리기는 어려웠다.

그가 같은 경기에서 여러 선수에게 졌다면 파급 효과가 덜했을 것이다. 그러나 다섯 살 어린 한 선수에게 계속 패하자 그 영향과 대중의 관심은 더 커졌다.

페더러가 추종자들에게 둘러싸여 편하고 자유로웠던 기간은 많은 사람이 기억하는 것보다 짧았다. 마이애미에서의 패배를 계산하지 않는다면, 2004년 전 시즌과 2005년 한 시즌 대부분 동안이었다. 그러나 빠르게 형성된 — 그리고 페더러에게 불리한 — 나달과의 경쟁 구도는 내가 보기에 그의 지속적인 인기에 일조하는 방식으로 그에게 인간미를 부여한 측면도 있다. 그의 매끄럽고 창의적인 게임은 일반인에게조차 최면을 거는 것 같아 분명히 도움이 되었다. 팬을 대하는 그의 매너와 친절한 태도도 요인이었다. 통증을 이겨 내며 경기하는 엄격한 방식도 마찬가지였는데, 이는 어느 정도 팬들에 대한 존경의 한 형태였다. 그러나 한두 시즌 남짓 동안 페더러는 진정한 테니스 괴물이 될 수 없었다.

나달이 페더러의 우승이 당연한 것이 아님을 상기시켰을 때, 팬들은 큰 경기건 작은 경기건 타이틀을 따내는 페더러에게 싫증을 느끼기가 더 힘들었다.

「나는 로저에 공감하는 식으로 누군가에게 공감하는 대중은 누군가가 취약하다고 느껴야 한다고 생각해요. 무모하고, 젊고, 해적 같은 모습을 한 앤드리와 사적으로 끔찍한 일을 겪은 뒤 다른 면을 보인 앤드리를 보는 대중의 방식을 보세요. 나는 사람들이 누군가에게 공감하고 싶어 한다고 생각해요. 로저가 코트에서 뭔가 해결하지 못할 때 사람들은 아마도 아주 작은 부분에서는 그가 우리와 같다고 생각할 수 있어요. 그리고 그는 우리에게 그 이유를 말하지 않을 겁니다. 그는 불안정하지 않아서 자신을 방어할 필요가 없어요.」 앤디 로딕이 내게 말했다.

마르티나 나브라틸로바는 그의 국적도 도움이 됐다고 생각한다. 「내 말은 그가 스위스 사람이라서 중립적이라는 거예요. 그는 아무도 위협하지 않아요.」

그러나 스위스 국적이 마르티나 힝기스를 누구에게나 사랑받는 인물로 만들기에는 역부족이었다. 단식에서 아홉 번이나 윔블던을 제패한 나브라틸로바는 1980년대에 6연승을 달리는 등 저항할 수 없는 강자였다. 그녀는 한창때 종종 경기의 긴장감을 무너뜨려 대중에게 그리 인기 있는 선수가 아니었다.

「나는 항상 네트에서 상대를 격파했고 더 빠르고 더 강했기 때문에 사람들은 내 상대를 딱하게 여겼어요. 로저의 경우는 아무도 상대편 선수를 가엾게 여기지 않아요. 그들은 그에게 격파당해서 게임을 이길 수 없는 건너편 남자를 걱정하는 대신, 그의 테니스에 감탄하죠.」 나브라틸로바가 말했다.

하지만 나달을 격파하는 것은 페더러가 거의 이룰 수 없는 일이었다. 페더러의 가장 안전한 피난처인 올 잉글랜드 클럽의 잔디도 곧 위험한 구역이 되었다.

우리가 그것을 아는 데 시간이 좀 걸렸을지언정, 나달은 더는 클레이 코트 전문가가 아니었다. 토니는 나달의 젊은 시절 올코트 기술을 향상하는 데 전념하면서, 설사 지는 한이 있더라도 실력이 달리는 선수들을 상대할 때는 네트로 돌진하라고 당부했다.

그의 강력한 포핸드 와인드업과 거침없는 서브는 이상적인 〈빠른 코트〉 도구가 아니었지만, 그는 펀치력, 운동 신경, 정신력을 갖고 있었다. 나달이 많은 청중 앞에서 미숙한 영어를 하는 것을 본 사람이라면, 그는 모험을 두려워하지 않는다는 것을 알 수 있다.

프로 선수였던 토니는 무기가 부족해서 성공하지 못했다. 그는 조카가 더 단단히 무장하길 원했다.

「수비형 선수였던 내가 별로 성공하지 못했기 때문에 라파엘을 공격적인 선수로 키우고 싶었어요. 알고 보니 그런 게임 스타일이 그의 성격에도 맞더라고요.」 토니 나달이 말했다.

나달은 사실 모순덩어리였다. 2011년 나달의 자서전에서 그의 어머니 아나 마리아는 그가 가족에게 나쁜 일이 일어날까 봐 끊임없이 불안해했다고 이야기한다. 그는 어머니에게 팔마로 가는 길에 천천히 운전하고 밤에는 난로의 불을 끄라고 상기시켰으며, 심지어 식당에서 확인 전화를 하기도 했다.

다른 많은 스페인 남자 선수와 달리 나달은 윔블던을 똑똑히 보며 자랐다. 세르지 브루게라, 알베르트 코스타, 모야와 같은 스페인 스타들이 롤랑 가로스 타이틀을 획득했지만, 토니는 그가 어렸을 때부터 윔블던이 중요하다고 강조했다. 열네 살 때, 라파엘은 올 잉글랜드 클럽에서 우승하고 싶다고 공언했다. 어쨌든 1966년에 산타나가 스페인 선수도 우승할 수 있음을 증명했다. 나달이 데뷔하기 전 그보다 다섯 살 많은 왼손잡이 펠리시아노 로페스는 이미 우아하고 공격적인 경기와 깔끔한 칩 백핸드로 윔블던 4라운드에 두 번 진출했다.

「스페인 선수들이 잔디 코트에서 좋은 결과를 얻기 시작했어요. 특히 이 표면에서 플레이하고 경기를 개발하는 데 관심 있는 젊은 선수들이어서 테니스 발전에 좋은 일이라고 생각해요.」 나달이 윔블던에 처음 출전했을 때 말했다.

윔블던이 더 이상 서브가 강하고 네트로 돌진하는 선수에게만 보상하지 않는다는 점은 나달에게 도움이 되었다. 당시 잔디 코트 표면은 바운스가 더 정확하고 약간 더 높았다. 이로 인해 베이스라이너는 리턴을 더 많이 칠 수 있고 패싱샷으로 상대를 더 망가뜨릴 수 있었다. 폴리에스테르 스트링과 현대의 라켓 기술도 베이스라이너의 명분을 돕고, 4대 메이저 대회 등에서 플레이 스타일이 비슷해지는 데 도움이 됐다.

나달과 페더러의 잔디 코트 대결은 샘프러스와 이바니셰비치의 잔디 코트 대결과 거의 닮지 않았다. 나달과 페더러의 윔블던 경기는 나달과 페더러의 호주 오픈 경기와 크게 다르지 않았다. 베이스라인에서 랠리를 많이 주고받았고, 때로는 네트로 급습하기도 했으며, 공이 짧거나 너무 높게 뜨면 먼저 공격했다.

2006년에 나달은 윔블던 결승에 처음 진출해 페더러를 4세트까지 끌고 갔다. 솔직히 그는 그 자리에 서는 것만으로도 행복했다. 설령 페더러가 4연승 달성에 기뻐하며 나달만큼 안도하는 눈치였더라도 말이다.

그러나 2007년에 나달이 결승전에 다시 진출했을 때는 이 스페인 선수의 기대가 바뀌어 있었다.

그해의 윔블던은 독특했다. 곧 시공할 개폐식 지붕 설치를 위해 센터 코트 위 상부 구조가 해체된 상태였다. 테니스의 세계 극장인 센터 코트는 — 한 해 여름 동안에만 — 로즈 볼*과 더 비슷했다. 하늘이 뚫려 있어 밝은 햇빛 아래에서 결승전이 치러졌다.

경기는 5세트 접전까지 갔다. 나달은 세 번째 게임에서 페더러의 서브 게임을 15-40으로 붙들어 뒀고 다섯 번째 게임에서 또다시 그렇게 했다. 페더러는 두 번 모두 나달의 실수로 그의 손아귀에서 벗어날 수 있었는데, 나달이 네 번의 브레이크 포인

* 미국 최고 전통의 대학 미식축구 대회.

트 중 쉬운 리턴을 두 번 실패하고 나서, 초조한 나머지 포핸드 와이드를 또 한 번 실패한 것이다.

페더러는 포핸드 위너로 나달의 서브를 4-2로 브레이크하면서 팽팽했던 랠리를 끝냈다. 승기는 완전히 그에게 넘어왔고, 오버헤드로 가장 힘든 메이저 결승전을 끝낸 페더러는 마치 날아온 물체에 맞은 것처럼 풀밭으로 쓰러지면서 두 손으로 얼굴을 감쌌다.

몸을 던질 때 그는 이미 눈물을 흘리고 있었고, 나달은 정신이 멀쩡했지만 곧 칸막이 샤워실에서 물을 틀어 놓고 5세트에서 주저했던 자신의 플레이를 후회하며 흐느꼈다.

페더러의 그 기록은 윔블던 5연승이라는 남자 기록을 세운 보리와 같았고, 샘프러스는 5연승 문턱에서 페더러에게 저지당했다.

침착한 스웨덴인 보리가 페더러의 승리를 축하하기 위해 귀빈석 맨 앞줄에 앉아 있었다. 그의 금발 머리는 회색으로 변해 있었다. 나달은 헤비 톱 스핀, 양손 백핸드, 킬러 본능으로 보리와 훨씬 더 자주 비교되었다. 그러나 페더러는 보리를 알고 있었고 그에게서 영감을 얻었다.

「그 자리에 아주 잘 어울렸어요. 그가 기다리고 있는 모습을 보고 정말 기분이 좋았죠.」페더러가 말했다.

보리는 감정을 억눌러 탈진에 이르렀지만, 페더러는 감정을 억누른 후 계속해서 열정적으로 경기했다는 점이 흥미로웠다.

페더러의 복장은 확실히 테니스의 역사를 보여 주었다. 그는 하얀 재킷과 복고풍의 긴 흰색 운동복 바지를 입고 시상식에 참석했다(실수로 바지를 거꾸로 입었지만 말이다).

트로피를 손에 들고 코트에서 BBC의 수 바커와 이야기를 나누다가 나달에 관한 질문을 받자, 페더러가 말했다. 「그가 모두 쓸어 가기 전에 지금 내가 얻은 모든 것에 행복해요. 그는 아주 많이 발전하고 있어요.」

그것은 페더러의 열한 번째 그랜드 슬램 타이틀이었고, 2개월 후 US 오픈에서 우승해 총 열두 개의 타이틀을 획득했지만, 페더러는 점점 두 명 중 하나로 여겨지는 것을 받아들이는 중이었다.

「처음에 나는 라이벌을 원하지 않았어요.」 그가 말했다.

*

페더러와 나달은 일부 측면에서 스타일이 크게 달랐다. 이는 1990년대 샘프러스와 애거시처럼 나이키가 신중하게 구축한 것이었다.

페더러는 우아하고, 냉정함을 학습했으며, 힘들이지 않고 파워를 냈다. 나달은 활기차고, 열정을 타고났으며, 이두박근이 불거졌다. 페더러는 부드럽고 고전적이지만, 나달은 투박하고 전위적이었다. 페더러는 전통이었고, 나달은 젊음이었다.

경기 전에 보이는 그들의 태도 역시 극과 극이었다. 2006년 세계 4위에 오른 미국 선수 제임스 블레이크는 같은 해 인디언 웰스 준결승에서 나달을 물리친 뒤 결승에서 페더러에게 패했다.

「라커 룸에서의 행동이 아주 달라 너무 재미있었어요. 둘 다 좋은 사람이지만, 경기 전에 라파엘은 커다란 보스 헤드폰을 끼고 라커 룸을 왔다 갔다 하면서 전력 질주를 하고 손가락을 두드렸어요. 그는 우리에 갇힌 짐승 같았죠. 다음 날 로저와 경기했는데, 우리는 스위스에 있는 그의 집에 관해 이야기했어요. 그리고 그가 얼마 전에 땅을 샀다며 미르카와의 향후 계획을 이야기했어요. 솔직히 아주 조용한 커피숍에 앉아서 이야기를 나누는 것 같았어요.」 블레이크가 내게 말했다.

그렇지만 전투 시간이 되자 두 남자 모두 분위기가 돌변해 결의에 찬 챔피언으로 변신하는 모습이 놀라웠다. 다만 페더러는 좀 더 기다렸다가 변했다. 나달은 라커 룸에서, 페더러는 코트에서.

「로저가 진짜 킬러라는 것을 사람들이 믿지 않는 것 같아요. 경기 전에 그는 긴장을 풀고 이렇게 말하니까요. 〈오, 그래요, 스위스에 와서 스위스 시골을 봐요, 아름다워요.〉 그리고는 나가서 나를 혼쭐냈죠. 그는 여전히 비할 바 없는 투사의 정신, 즉 〈내가 이길 거야〉라는 마음가짐을 가지고 있어요. 하지만 그는 사람들이 연상하는 록키 발보아 같은 방식으로 행동하지는 않아요.」 블레이크가 말했다.

전투 전 루틴을 행하고 경기장 터널에서 캥거루 점프를 하는 나달은 동료들에게 전사 이미지를 투영하는데, 그것은 위협적이었다. 페더러는 007 요원에 가까웠고 모든 면에서 그만큼 치명적이었지만, 땀 흘리는 모습을 보이지 않고 칵테일파티 시간에 딱 맞춰 나타난 본드처럼 그 위협을 상쇄할 수 있었다.

그러나 그들은 크고 작은 면에서 공통점도 있었다.

그들은 예민하고 공감력이 뛰어났으며 가정 교육 덕분에 매너가 중요하다고 믿었다. 악수할 때 힘을 주고, 눈을 마주치며, 노력과 호의를 알아볼 줄 알았다. 페더러의 좌우명은 〈중요한 사람이 되는 것은 좋지만, 좋은 사람이 되는 것은 더 중요하다〉였다. 나달과 그의 가족은 〈당신이 특별한 이유는 당신 때문이 아니라, 당신이 하는 일 때문이다〉에 동의했다.

둘 다 프로 선수가 될 수도 있었던 축구광이었고, 행복하게도 둘 다 열여섯 살에 정규 교육을 마쳤지만, 테니스의 영광을 추구하기 위해 더 넓은 세계에 호기심을 가졌다. 둘 다 부모와 사이가 좋았으며, 어린 시절에는 직업에 대한 포부가 부족했던 전직 테니스 프로 선수에게 크게 의존했다. 심지어 피트니스 트레이너를 선택하는 취향도 비슷했다. 페더러의 트레이너 피에르 파가니니와 나달의 트레이너 호안 포르카데스는 투어를 다니는 대신, 보이지 않는 곳에서 자유롭게 일하는 것을 선호하는 사상가였다.

파가니니와 마요르카 출신의 시간제 교사인 포르카데스는 전통적인 훈련이 그들의 고객에게 이상적이지 않다는 것을 깨달았다. 그래서 달리기 훈련과 근력 운동을 피하는 대신, 타악기처럼 멈췄다 시작하는 테니스의 리듬과 직접적으로 관련 있는 동작에 집중했다.

「로저는 20년 동안 달리기를 한 적이 없는 것 같아요.」이브 알레그로가 페더러의 커리어 후반에 말했다.

페더러와 나달은 근본적인 차원에서 자만심을 누그러뜨리고 그들이 시달리거나 괴로움을 겪지 않고 살 수 있도록 해준 평등 주의적 가치를 지닌 문화에서 자랐다. 페더러는 스위스에서, 나달은 마요르카의 씨족 집단에서 말이다.

그들 사이의 언어 장벽은 꽤 오랫동안 실재했지만, 나달의 영어 실력이 서서히 향상되면서(페더러의 스페인어 실력은 절대 향상되지 않았다) 그들은 암실에서 사진을 현상하듯 생각보다 더 공통점이 많다는 것을 점점 깨달았다.

「우리는 서로에게 존경심을 갖고 있다는 걸 알아요. 나는 그의 눈에서, 그는 내 눈에서 그것을 봐요. 우리는 서로에 대해 어떻게 느끼는지 알아요.」페더러가 10여 년 전에 내게 말했다.

두 사람의 표현에 따르면, 그것은 친밀한 우정이 아니라 특별한 우정이었다.

「우정은 강력한 단어죠. 로저와는 서로 존중하고 신뢰하면서 아주 좋은 관계를 유지하고 있는 것 같아요. 우리는 상대방에게 비밀을 털어놓는데, 그게 가장 중요해요. 평생 친구인 마요르카 출신의 친구와 비교할 수는 없지만, 로저와 나 둘 다 우리가 함께 경험한 모든 것에 감사한다고 생각해요.」나달이 최근 인터뷰에서 내게 말했다.

페더러는 나달이 코트 밖에서 자신감이 상승하는 것을 보았다. 이것은 코트에서는 결코 문제가 되지 않았다.

「우리는 만나고, 함께 수다를 떨고, 테니스가 올바른 방향으로 나아가야 한다고 결의하는 것을 좋아해요. 라파엘이 더 어렸을 때가 기억나요. 그는 수줍음이 많았는데, 나를 우러러보며 이렇게 말했어요. 〈로저가 무엇을 원하든 저는 좋아요.〉그리고 나서 그는 훨씬 더 강한 성격으로 성장했고, 우리는 여전히 즐겁게 시간을 보냈어요.」페더러가 말했다.

둘 다 구식 성향이었다. 그래서 그 둘은 대면 관계와 전통은 보존할 가치가 있고 그들의 스포츠에 너무 많은 변화를 강요해서는 안 된다고 생각한다.

「결국 우리 사이는 정말 그런 것 같아요. 저와 페더러는 많은 대화를 나눴는데, 우리는 스포츠를 이해하는 방식과 스포츠 선수의 삶에 대해 많은 면에서 매우 비슷한 의견을 가지고 있어요.」나달이 내게 말했다.

둘 다 코치의 요청에 따라 이제 어느 정도는 분석 자료를 사용하고 있지만, 자유로운 마음과 압박감 속에서 본능이 지배하도록 두는 것을 선호한다.

「예를 들어, 로저는 테니스 통계를 별로 좋아하지 않아요. 그는 나처럼 스포츠의 역사를 좋아하고 중시하며 챔피언들의 이야기를 존중하죠. 우리는 결국 많은 것을 공유한다고 생각해요. 세월이 흐르면서 서로를 더 이해하게 된 것 같아요.」나달이 말했다.

두 사람은 그들의 경쟁이 경영에 매우 유익했다는 점도 서로 공감했다.

2008년의 일들이 아니었다면, 둘은 그런 사이가 되지 않았을 것이다. 그들은 다른 해에도 여러 번 기억에 남을 만한 결전을 펼쳤지만, 2008년은 집단의식 안에서 그들을 영원히 결속시켰다.

그것은 클레이에서의 실망, 그리고 잔디에서의 화려함이라는 두 단계를 거쳤다.

그들이 3년 연속 맞붙은 롤랑 가로스에서 열린 프랑스 오픈 결승전에서 실망이 찾아왔다. 경기 전 와글거리는 소리는 오히려 고함에 가까웠다. 아직도 나는 눈을 감고 미국의 억만장자 소프트웨어 거물 래리 엘리슨이 결승전 몇 분 전에 자리 잡는 모습을 떠올릴 수 있다. 열렬한 아마추어 테니스 선수인 엘리슨은 세계에서 가장 부유한 남성 중 한 명으로, 하와이섬을 구입하거나(그는 라나이섬을 구입했다) 점점 주변으로 밀려나는 미국 요트 대회 우승컵을 손에 넣기 위해 수억 달러를 날릴 수 있었다. 그러나 파리에서의 그 일요일 오후, 엘리슨은 페더러와 나달이 펼치는 가장 최근 그리고 아마도 가장 위대한 결전을 볼 수 있는 그 자리 말고는 지구 어디에도 있고 싶지 않다는 표정이었다.

경기가 불과 1시간 48분 만에 끝난 이유는 나달이 매우 정확한 속도로 서비스 게임을 했기 때문이다.

6-1, 6-3, 6-0이라는 최종 점수는 1984년 존 매켄로가 윔블던 결승에서 지미 코너스에게 단 4게임만 허용한 이후 그랜드

슬램 남자 단식 결승에서 가장 한쪽으로 기운 결과였다.

나달이 첫 게임에서 페더러의 서브를 브레이크했다. 그는 곧 25포인트 중 22포인트를 연속으로 땄다.

페더러도 페더러인지라, 판을 다시 짜려고 했다. 그는 코트 뒤쪽에 머물면서 분발했지만, 나달은 너무 빠르고 너무 기회주의적이며 너무 가차 없이 정확해서 경기에서 단 일곱 개의 범실만 저질렀다. 페더러는 네트를 공격하려 했지만 패싱샷이 핑 지나가면서 손해만 키웠다.

패색은 뚜렷해졌고, 결국 페더러는 나달보다 아주 조금 더 당황하는 것 같았다. 페더러의 마지막 포핸드 어프로치가 길게 날아가자, 롤랑 가로스 우승에 벅찬 나달은 두 팔을 들어 올리고, 미소를 짓고, 악수하려고 네트로 느릿느릿 걸어가는 것 외에는 아무것도 하지 않았다.

「나는 세리머니를 준비하지 않아요. 그때 느끼는 대로 하죠. 지난 몇 년 동안 나는 4세트 끝에 우승했는데, 이번에는 긴장이 최고조에 달한 순간이 없었어요. 그리고 로저와의 관계를 생각할 때 그게 옳은 방법인 것 같았죠.」나달이 말했다.

그것은 나달다운 솔직하고 합리적인 대답이었다. 그러나 그는 페더러의 완패에 다른 사람들만큼이나 놀랐다.

불과 몇 주 전 함부르크의 클레이 코트에서 경기할 때는 나달이 페더러의 복귀전을 3세트 접전 끝에 이겼다. 그러나 함부르크에서는 바운스가 낮고 날씨가 대체로 습해서 공이 무거웠다. 파리에서 나달은 페더러에게 없는 클레이 코트 모드로 바꿔, 보리 이후 프랑스 오픈에서 한 세트도 내주지 않고 우승한 첫 번째 선수가 되었다.

결승전에서 맨 앞줄에 앉았던 보리는 페더러와 나달의 경쟁을 1년 전 자신이 윔블던에서 느낀 것과 매우 다른 시각에서 보았다. 아마도 나달과 페더러의 경쟁이라고 부르는 것이 더 정확했을 것이다. 나달은 당시 프랑스 오픈과 윔블던에서 상대 전적 11승 6패로 우위였고, 클레이에서 열 경기 중 아홉 경기를 이겼다.

「그가 확실히 발전했다고 생각해요. 수비와 공격 모두에서 훨씬 좋아졌어요. 상대의 게임이 정말로 안 풀릴 때 처음부터 그가 원하는 것을 정확히 할 수 있다면 음, 때때로 이런 점수가 나오죠. 물론 상대에게는 힘든 일이지만요.」페더러가 말했다.

너무 힘들었기 때문에 그들이 클레이 코트를 떠날 때 2008년 남은 기간에 페더러에게 이 경기가 어떤 영향을 미칠지 궁금하지 않을 수 없었다.

「나는 라파엘을 1세트 만에 6-0으로 이긴 적이 있고, 전에 결승전에서 그를 이긴 적이 있고, 이전 경기들에서 꽤 편안하게 이긴 적이 있어요. 그래서 클레이 코트에서 그를 상대할 때 날을 세우지 않았어요.」페더러가 말했다.

여러 가지 이유로 한동안 힘든 시간이 이어졌다. 3월에 나는 페더러가 단핵증에서 회복 중이라는 속보를 냈다. 당시 소셜 미디어가 유행하기 전이었기에, 나와 『뉴욕 타임스』를 통해 자신의 소식을 알리는 것이 최근의 분투를 균형 있는 시각으로 보게 하는 최고의 방법이라고 페더러가 판단했기 때문이다.

그는 2008년에 참가했던 단 두 개의 토너먼트에서 모두 패했다. 노바크 조코비치는 호주 오픈 준결승에서 세트를 연달아 이기며 그를 제패했다. 그때 겨우 스무 살이던 조코비치는 결국 이 대회에서 그의 첫 번째 그랜드 슬램 타이틀을 따냈다.

「내가 괴물이 되어 모든 대회에서 항상 이겨야 한다는 걸 알아요. 그래도 준결승전까지 왔으니 꽤 괜찮잖아요.」페더러는 패배 후 기자 회견에서 당황하며 말했다.

페더러는 5주간 경기를 쉰 뒤 두바이 1회전에서 또 다른 스무살 앤디 머리에게 패했다.

휴식 기간에 그는 6주 만에 세 번째로 병에 걸린 뒤 스위스와 두바이에서 검사를 받았다. 2017년 12월과 동일하게, 의사들은 그가 단핵증에 걸렸다고 말했다. 단핵증은 독감과 비슷한 증상과 잘 낫지 않으면서 심신을 쇠약하게 하는 피로를 유발할 수 있다. 의사들은 종종 비장이 파열될 위험 때문에 환자에게 격렬한 신체 활동을 피하라고 권고한다.

재능 있는 크로아티아 선수 마리오 안치치는 단핵증 때문에 두 달 이상 병상에 누워 있는 바람에 2007년 시즌 첫 6개월을 놓칠 수밖에 없었다. 그는 결국 그 병 때문에 선수 생활을 마감했다. 페더러의 또 다른 라이벌 로빈 쇠델링은 2010년대에 그 병 때문에 은퇴했다.

「스위스 고향의 클럽에 2년 동안 쉰 축구 선수가 있었어요. 2년 쉬었다는 사람, 6개월 쉬었다는 사람들 이야기가 들리면 내가 〈세상에나〉라고 했었죠.」 전화로 페더러가 내게 말했다.

페더러는 두바이 대회 직전에 훈련을 재개하기 위해 의료 허가서를 받았다고 말했다.

「마침내 청신호가 켜졌고, 다시 훈련에 백 퍼센트 전념할 수 있었어요. 쉬면서 어중간하게 있는 게 재미있지 않았으니까요. 나는 쉬는 걸 그다지 즐기지 않았어요. 그러나 다시 말하지만, 이번엔 흥미로웠죠. 그런 순간도 겪어야 하잖아요. 그걸 압니다. 선수 생활을 하려면, 오랜 기간 1위를 지키며 활동하려면 부상과 질병을 겪어야 해요.」 페더러가 말했다.

그는 머리와 조코비치의 승리가 폄훼될까 봐 공개적으로 자신의 병을 언급하지 않았고, 말하기가 겸연쩍었다고 말했다.

그러나 그는 인디언 웰스에서 경기를 재개하기 전에 상황을 공개할 필요가 있다고 느꼈다. 호사가와 동료 선수들이 그의 경기 수준에 의문을 제기한다면 적어도 그들이 전후 사정을 알아야 했다.

그의 견해로는 그의 치세가 끝나려면 멀었다.

「이런 식으로 평가하는 건 공평하지 않아요. 내 경우, 젊은 선수들이 치고 올라오는 건 시간문제였어요. 이제 그들이 등장했을 뿐이죠. 나는 여전히 세계 1위예요. 나는 그들이 잘하고 있다고 생각해요. 지금의 평가는 시기상조이고 지난 몇 년간 성과를 쌓은 내게 약간 무례에 가까워요. 〈그 남자는 두 경기에서 졌어. 두 경기를 뛰어 두 경기 모두 이기지 못했으니, 그는 이제 끝났어〉라고 말하는 건 공평하지 않다고 생각해요.」 그가 말했다.

*

선수 생활을 시작할 때부터 페더러는 유독 분위기를 잘 파악했다. 그의 안테나는 미드코트에서 하프 발리*를 넘기는 속도와 거의 같은 속도로 갤러리의 부정적인 반응을 포착했고, 그는 종종 불편한 질문이 나오기 전에 비켜 가려고 했다.

그러나 2008년은 스핀 컨트롤이 전례 없이 어려웠다. 페더러는 포르투갈의 에스토릴에서 시작된 클레이 코트 시즌 동안 존경받는 스페인 감독 호세 이게라스를 영입해 도움을 구했다. 캘리포니아주 팜스프링스의 목장에 살았던 전 스페인 스타 이게라스는 마이클 창과 짐 쿠리어가 프랑스 오픈에서 우승하는 데 일조했다. 프랑스 오픈은 아직 페더러가 타이틀을 획득하지 못한 유일한 메이저 대회였다.

「로저는 몸 상태가 좋지 않았어요. 내 생각에, 단핵증이 완전히 나으려면 약 18개월이 걸리기 때문이었어요. 에스토릴에서 그를 만났는데, 내가 가방을 잃어버려 완전 빈손이었어요. 저녁 식사 후 그가 〈호세, 제 방으로 와주세요〉라고 했죠. 그의 방으로 가서 함께 새벽 1시까지 경기들을 봤어요. 내가 정말 인상 깊었던 건 그가 모든 것에 매우 관심이 많다는 점입니다. 그는 온갖 걸 물어봤는데, 그는 후배들을 비롯해 모든 선수를 알고 있었어요. 솔직히 말해 나는 그게 꽤 신선했어요.」이게라스가 내게 말했다.

* 공이 바운드되는 동시에 치는 기술.

이게라스는 회의적인 페더러에게 페이스 조절을 위해 클레이 코트에서 이제 포핸드 드롭 샷을 사용하라고 설득했다. 뭐든 빨리 배우는 페더러는 에스토릴에서 이겼다. 그러나 이게라스의 모든 클레이 코트 기술도 롤랑 가로스 결승전에서 맹격당하는 페더러를 도울 수 없었다.

「라파엘의 경기력은 정점에 있었고, 로저에게 클레이 코트 경기는 정신적으로도 항상 힘들었어요. 뒤처지기 시작하면 그는 잘 치지 못했어요.」이게라스가 말했다.

페더러와 몇 주만 일하기로 했던 이게라스는 가족을 만나기 위해 스페인으로 향할 계획이었으나, 결승전 직후 페더러의 에이전트인 토니 갓식으로부터 페더러가 다음 주 독일 할레에서 열리는 잔디 코트 경기에 동행하기를 바란다는 메시지를 받았다.

「나는 이미 비행기를 예약했지만 〈이런, 그가 졌으니 거절할 수 없겠군〉이라고 생각했어요. 그래서 우리는 취리히에 며칠 있다가 할레로 이동해서 연습장에 나갔어요. 그는 마치 프랑스 오픈에서 5회 연속 우승한 사람 같았어요. 공을 치고 경기하는 기쁨에 넘쳤거든요. 솔직히 말해, 그것이 나를 기분 좋게 만들었죠. 그 점은 그가 누군가에게 배웠거나 타고났거나 둘 중 하나예요. 패배를 떨쳐 버리고 마음에 담아 두지 않는 능력이 꽤 인상적이었어요. 내 생각에 그는 커리어 내내 그랬던 것 같아요.」이게라스가 말했다.

페더러는 할레에서 무실 세트로 승리해 다시 활기를 찾았다.

그러나 윔블던이 다가왔을 때 페더러가 2008년에 획득한 타이틀은 에스토릴과 할레뿐이었다. 둘 다 낮은 단계의 경기였다. 나달은 할레의 코트보다 더 좋은 퀸스 클럽의 잔디 코트에서 로딕과 조코비치를 꺾고 우승한 후 점점 더 강해졌다.

「나달은 레킹 볼*이었어요.」 브래드 길버트가 말했다.

윔블던이 시작되자 페더러는 분위기를 알아채고 플레이 수준을 끌어올려, 한 세트도 내주지 않고 결승까지 순항했다. 나달은 단 한 세트만 패했다.

두 사람은 결승에서 다시 만났다.

「분명히 모든 사람이 꿈꾸던 결승전이었어요.」 페더러가 말했다.

꿈같은 요소들이 실제로 있었다.

그 경기는 가장 분위기 있고 역사적인 테니스 코트에서 펼치는 가장 매력적인 테니스 시합이었다. 페더러는 윔블던 6연승을 달성함으로써 보리의 현대 남자 기록을 깰 참이었다. 나달은 첫 윔블던 승리로 보리 이후 처음으로 프랑스 오픈과 윔블던에서 모두 우승한 최초의 남자가 되기 위해 애쓰고 있었다.

「대중은 지난해의 아슬아슬한 결승전과 나달이 파리에서 로저를 제압한 후 윔블던 우승을 그의 운명처럼 느끼는 것 같아요. 하지만 나는 로저가 파리 이후 게임을 강화한 방식이 아주 마음에 들어요. 내가 보기에는 이번 윔블던에서 그의 컨디션이 2008년 중 최고 같아요. 그리고 나는 여기서 그의 결승전 출전

* 크레인에 매달린 철거 건물을 부수는 쇳덩이.

318

을 모두 봤기 때문에 지금 몸 상태가 달리지 않는다고 생각해요. 그의 서브는 아주 좋아요. 그는 라인에 더 가깝게 치며 에이스를 많이 만들면서 서브를 서비스 박스*에 절묘하게 넣고 있어요. 그리고 솔직히 내가 또 아주 좋아하는 것은 그의 스텝이 빠르고 움직일 때 발이 가볍다는 겁니다. 그는 게임에서 예민함을 되찾았어요.」 대런 케이힐이 결승전에 앞서 내게 말했다.

또 한 번의 무실 세트 완승은 불가능해 보였지만, 나달은 페더러와의 윔블던 3회 연속 결승전을 준비하면서 각오를 새롭게 다졌다. 그렇다, 그는 결승전 직전에 골칫거리인 왼쪽 발바닥에 진통 주사를 맞아야 했지만, 유감스럽게도 그것이 그리 드문 일은 아니었다. 그는 이번에 자신이 유력한 우승 후보라고 느끼지 않았지만, 여느 때와 달리 약자처럼 느끼지도 않았다.

그의 관점에서 그 경기는 둘 중 누구든 이길 수 있었다. 아마도 그런 경기가 될 거라는 나달의 확신은 경기를 그렇게 만든 많은 요소 중 하나였을 것이다.

페더러는 2세트 1-4에서 반격해 첫 두 세트를 이겼다. 페더러가 이 복귀전에서 더 많은 기회를 잡고 더 자주 네트를 공격하기 시작했지만, 나달 역시 3세트에서 주도권을 거의 잡았다. 3-3에서 페더러는 자기 서브에서 0-40으로 뒤진 뒤 탈출했다. 페더러가 5-4로 앞선 가운데 비가 내려 한 시간 넘게 경기가 중단되었다.

이게라스의 부재로 정식 코치 없이 뛰던 페더러는 코트를 떠

* 서비스를 넣어야 하는 직사각형 공간.

나자마자 바브리네크에게서 격려의 말을 들었다. 2008년 결승전을 주제로 『천재의 스트로크*Strokes of Genius*』라는 책을 쓴 존 베르트하임에 따르면, 바브리네크는 5연승 챔피언은 나달이 아닌 페더러임을 남자 친구에게 상기시켰다. 그러나 페더러는 그런 기억이 없다고 말했다.

「그녀가 그렇게 말하지 않았어요. 솔직히 말해, 그러지 않았을 것 같아요.」그가 『선데이 타임스*The Sunday Times*』와의 인터뷰에서 말했다.

한 시간도 채 지나지 않아 활기를 되찾고 잔디로 돌아온 페더러는 타이 브레이크를 따내며 4세트까지 끌었다. 결승전은 본격적으로 후반에 접어들었고, 페더러가 우세했음에도 나달은 그에 밀리지 않고 잘 대처했다.

물론 그 현장에 있었다면 가장 좋았을 것이다. 윔블던은 우리 모두의 목록에 있어야 한다. 생각보다 더 붐비고 덜 배타적이지만, 결국 이름값을 한다. 또 소리와 공간이 어우러져 웅웅거리며 집단 성향을 발산하는 센터 코트의 색채와 음향만으로도 가볼 가치가 있다.

테니스 경기는 직접 보는 것이 낫다. 나달과 페더러의 포핸드에 스핀이 얼마나 세게 걸리는지, 베이스라인에서 드롭 샷을 얼마나 빨리 잡으러 가는지, 그리고 무엇보다 두 선수가 상대를 무너뜨리려고 할 때 샷의 소리가 얼마나 크고 요란한지 알 수 있다.

텔레비전은 그런 것을 모두 전달할 수 있는 방법을 아직 찾지 못했다. 10년이 훨씬 지난 지금 우리 중 누구도 2008년에 열린 결승전에 갈 수 없지만, 이제 이 경기의 마지막 두 시간 어느 시점으로 돌아가 〈플레이〉를 클릭하면 극적인 상황을 느낄 수는 있다. 그 드라마는 전사들의 강렬한 집중, 군중의 격렬하고 즉각적인 반응 속에 있다.

테니스 거장들의 명승부답게 당시 분위기는 시시각각 바뀌었다. 4세트 타이 브레이크에서 5-2로 앞선 뒤 나달 캠프는 활기를 띠었다. 다가올 나달의 서브에서 나달이 2포인트를 획득하면 우승이었다.

나달은 윔블던에서 페더러를 끝내는 법을 배웠을까? 그렇지 않은 것 같았다. 그의 모호한 두 번째 서브가 네트 코드*에 부딪히면서 더블 폴트가 되었다. 그 후 그는 코트에 공을 짧게 떨어뜨려 페더러의 공격을 허용했고, 페더러보다 약한 상대들에게는 수천 번 성공했던 백핸드 패싱을 실패했다.

그는 단 1점 차인 5-4로 앞서고 있었으나 페더러가 그의 서브에서 2점을 얻은 뒤에는 이것도 물거품이 되었다. 나달은 세트 포인트와 긴 랠리에서 살아남은 뒤 7-6에서 그의 첫 챔피언십 포인트를 얻었다. 페더러는 주저하지 않고 나달이 포핸드로 길게 리턴한 첫 서브를 넓게 휘갈겼다. 7-7에서 나달이 달려가며 포핸드 패싱을 때렸다. 서로 공을 주고받다가 페더러가 다운더 라인으로 백핸드 패싱샷 위너를 성공시켜 두 번째 우승 포인트를 지켜 내지 않았다면, 그것은 이 경기의 최고 샷이었을지도

* 네트 상단의 와이어 로프.

모른다.

압박감 속에서 점수가 엎치락뒤치락하며 정밀한 플레이를 보여 준 뒤 8-8이 되었고, 페더러가 다음 2포인트를 획득하자 다행히 5세트로 넘어갈 수 있었다.

그 경기에 관해 글을 쓰는 일은 그때보다 지금이 더 즐겁다. 우천으로 경기가 지연되는 바람에 우리는 이미 유럽 신문의 마감을 늦추고 있었다. 5세트의 달콤쌉쓸한 현실로 상황은 더 나빠졌다.

남은 경기 시간 동안 내 눈은 테니스 경기와 노트북 화면 사이를 미친 듯이 왔다 갔다 했다. 그때 나는 〈그냥 테니스 경기만 즐기면 얼마나 좋을까〉 하고 생각했다.

이처럼 시간에 쫓기는 경우, 우리는 주요 기사를 바꿀 수 있는 〈스위치 리드〉를 준비한다. 즉, 두 명의 챔피언을 위한 두 가지 버전의 이야기를 준비한다. 하나에서는 페더러가 희미해지는 빛 속에서 그의 치세를 연장했다고 썼고, 다른 하나에서는 나달이 희미해지는 빛 속에서 페더러의 치세를 끝냈다고 썼다. 어떤 기사를 버려야 하는지 알아내는 데는 한 시간이 넘게 걸렸다.

2-2에서 페더러가 듀스에서 서브를 넣어야 할 때 우천으로 경기가 지연되었다. 약 30분 뒤 경기가 재개되었을 때 페더러는 에이스를 연달아 세게 때려 서비스 게임을 이겼다.

그는 이길 준비가 된 것처럼 보였고, 나중에 3-4, 30-40에서 나달의 서브에서 브레이크 포인트를 얻었다. 나달은 포핸드를 때린 다음 짧은 디펜시브 로브*로 오버헤드 위너를 때려 브레이크 포인트를 지켜 냈다.

그 역시 이길 준비가 되어 있는 것처럼 보였다.

「로저! 라파! 로저! 라파!」 센터 코트 관중은 편이 갈려 응원했다.

페더러는 4-5, 30-30에서 서브를 넣을 때 승리까지 2포인트 남겨 둔 상황이었지만, 나달은 다시 과감하게 플레이해 이 게임을 이겼다.

득점 게시판의 숫자들이 영원히 거기에 있는 것 같았다. 5-5, 6-5, 6-6, 7-6, 7-7.

멀리서 지켜보는 사람들은 건 날이 정말로 매우 어두워지고 있다는 것을 알지 못했다. 카메라는 사용 가능한 빛을 증폭시켰다. 1만 5000명 가운데 순간을 계속 기록하려는 사람들의 자동 플래시가 관중석에서 터지면서 경기 조건이 점점 나빠지고 있었다.

누가 그들을 비난할 수 있을까? 경기의 클라이맥스는 어둠 때문에 잘 안 보일지라도 기다릴 만한 가치가 있었다. 다음 게임에서 어느 순간 바브리네크가 남자 친구가 줄타기하는 모습을 보는 데 진이 빠져 좌석에 등을 기대고 눈을 감은 가운데, 페더러가 브레이크 포인트 세 개를 지켜 냈다. 그러나 포핸드 어프로치 샷을 조금 나가게 치는 바람에 페더러는 네 번째 브레이크 포인트를 지키지 못했다.

* 수비하기 좋은 자리로 돌아오는 시간을 벌기 위해 치는 높고 깊은 로브.

「건너편에서 뛰는 상대가 거의 보이지 않았어요.」페더러가 말했다.

나달은 8-7에서 챔피언십을 위해 새로운 공으로 서브를 넣어야 했다. 어두워지고 있었고(오후 9시가 넘은 시간이었다), 그가 윔블던의 주택에서 월요일에 결승전이 재개되기를 기다리며 뒤척이는 밤을 보내고 싶지 않다면 이 게임을 이겨야 했다.

이 테니스 대장정의 결론이 끊겼다면 유감스러웠을 것이다. 페더러도 나달이 결승선을 통과하는 일을 도울 생각이 없었지만, 이 상황을 이해했다. 그해는 윔블던에서 이런 압박감을 느끼는 마지막 해였다. 개폐식 지붕의 상부 구조가 그 당시 센터코트 위에 자리 잡고 있었다. 2009년에는 그 지붕과 그에 딸린 조명이 작동할 터였다. 날씨와 상관없이 결승전은 반드시 하루 안에 끝날 것이다.

하지만 아직 2008년이었고, 그해는 여러 면에서 나달의 해였다. 페더러는 이 경기 최고이자 가장 확실한 백핸드 리턴 중 하나로 40-30에서 세 번째 챔피언 포인트를 지켜 냈지만, 나달은 무표정한 태도를 유지했고 페더러가 감당할 수 없는 첫 서브로 다음 포인트를 따냈다.

네 번째 챔피언십 포인트였다. 목덜미에 머리칼이 엉겨 붙은 나달은 지루한 플레이를 이어 갔고, 첫 서브를 한 번 더 넣은 뒤 짧게 떨어진 다음 샷에 평범하고 조심스러운 백핸드를 쳤다.

페더러는 앞으로 나아가 윔블던 5연속 우승에 일등 공신이었던 포핸드를 치며 달려들었다.

이것이 네트에 걸렸고, 나달은 한때 잔디였던 흙 위에 등을 대고 미끄러지면서 바닥에 납작 몸을 낮췄다.

새로운 윔블던 챔피언이 탄생했고, 남자 테니스에 새로운 역동성이 생겨났다. 스코어는 6-4, 6-4, 6-7(5), 6-7(8), 9-7이었다.

페더러는 그런 시합의 패배자답게 우울하고, 풀이 죽고, 상처받은 모습이었다.

「아마도 내게 가장 힘들었던 패배일 겁니다, 단연코! 그때만큼 힘든 적은 없었어요.」나중에 그가 눈시울을 붉히며 말했다.

선수석에 올라가 가족과 팀을 포옹하는 나달은 적당히 충족감을 느끼는 것으로 보였다. 그것은 1987 윔블던에서 우승한 팻 캐시가 선수석에 올라간 일을 생각나게 했지만, 나달이 해설실 지붕을 가로질러 귀빈석으로 걸어가 스페인 황태자 펠리페와 레티지아 공주에게 인사한 것은 그가 만든 2008년의 또 다른 반전이었다.

「그의 커리어 중 최고의 승리였어요. 정신적으로 그가 그렇게 강했던 적이 없어요. 프랑스 오픈에서도요.」토니 나달이 말했다.

그러나 페더러는 2008 프랑스 오픈 결승전에서의 패배가 나달이 페더러의 윔블던 왕관을 차지할 자신감과 힘을 갖게 한 요인 중 하나라고 믿는다. 페더러는 흐린 시야와 경기를 강행한 결정에도 불만을 표시했다.

「내일 또 오라는 건 팬들에게, 우리에게, 모든 사람에게, 언론에 잔인했을 테죠. 하지만 세계에서 가장 큰 대회에서 아마도

약간의 불빛 때문에 지는 건 나에게 분명히 힘든 일이죠.」 그가
말했다.

나달 역시 모든 면에서 어두웠지만, 마지막에 서브 득점으로
타이틀을 따냈다.

「내가 클레이 코트에만 강한 선수가 아니라는 건 이미 증명했
다고 생각해요. 하지만 이 승리는 내게 아주 특별해요. 네 개의
그랜드 슬램 중에서 가장 전통 있는 대회가 윔블던이잖아요. 제
일 중요한 토너먼트죠.」 나달이 말했다.

*

역대 최고 시합이었을까? 그걸 진정 우리가 결정해야 할까?
1980 윔블던 결승전에서 5세트 접전 끝에 매켄로를 이긴 보리
의 승리를 잊어서는 안 된다. 그 경기 역시 왼손잡이와 오른손
잡이의 대결이었고, 베이스라인 플레이보다 네트 플레이가 훨
씬 더 많은 가운데 성격과 스타일의 대조가 더 컸기 때문에 내 세
대와 그 후 세대들에게 언제나 윔블던의 정수를 보여 준다.

매켄로는 나달과 페더러의 결전을 〈내가 본 최고의 경기〉라
고 불렀다. 그러나 매켄로는 확실히 1980년의 그 결승전을 치
르느라 너무 바쁜 나머지 그것의 상대적 가치를 생각하지 못했
다. 매켄로는 페더러보다 네 개 많은 일곱 개의 챔피언십 포인
트를 지켜 냈다. 이 중 다섯 개는 타이 브레이크에서 18-16으
로 승리해 5세트까지 갔다. 5세트의 많은 서비스 게임이 한쪽으

로 기울었지만, 보리의 자신만만한 백핸드 패싱샷 위너로 경기가 끝난 반면, 페더러와 나달의 결전은 불안 섞인 실수로 끝났다.

지구력과 엄청난 정신력 면에서는, 2012 호주 오픈에서 여섯 시간 가까운 접전 끝에 나달을 꺾은 조코비치의 승리도 사랑받을 만하다. 정이 가고 마음에 오래 남는 경기로는, 일반 대중이 센터 코트를 경험했던 2001년 피플스 먼데이* 윔블던 결승전에서 고란 이바니셰비치가 패트릭 래프터를 꺾은 5세트 승리에 끌린다. 하지만 인정하건대, 이건 머리가 아니라 가슴에서 하는 말이다.

분명한 점은 가장 위대한 시합은 홀로 치러질 수 없다는 것이다. 살을 붙인 줄거리와 놀라운 뒷이야기가 있어야 하며, 물론 라켓을 손에 든 인간이 할 수 있는 일에 대한 개념을 확장하는 긴장감 넘치는, 이마를 탁 치게 하는 볼거리가 필요하다.

그런 경기를 꼽아 보라. 굳이 말하라고 하면 나는 보리와 매켄로의 대결을 꼽겠지만, 이런 말은 모두 주변 잡담에 불과하다. 1980 윔블던 결승전이나 2008 윔블던 결승전과 같은 경기는 다음에 무슨 일이 일어나는가도 중요하다.

보리와 매켄로가 그 결투로부터 40년이 지나도 웃음과 반가운 표정을 주고받는 모습을 보면, 그들 사이에 싹튼 유대감을 엿볼 수 있다. 그들의 경쟁은 1980년에 시작되었지만 오래 지

* 우천으로 월요일로 연기된 이 결승전 입장권을 선착순 1만 명에게 무료로 제공해 붙은 별명.

속되지 않았다. 매켄로가 다음 해 윔블던과 US 오픈 결승전에서 보리의 수수께끼를 푼 이듬해 보리가 은퇴했기 때문이다. 그들이 경기를 한 기간은 다 합쳐야 네 시즌에 불과했다.

페더러와 나달의 경기는 사람들의 마음에 잊히지 않는 명승부였다. 2008년의 그 혈전은 경쟁의 끝이 아니라 시작에 훨씬 가깝다. 그러나 공감 능력이 뛰어난 나달과 페더러는 날이 어둡도록 끝나지 않던 그 시합이 다른 사람들에게, 그리고 둘 모두에게 얼마나 큰 감동을 주었는지 감지할 수 있었다. 2016년 겨울 페더러가 〈표면의 대결〉만큼 초현실적인 행사를 위해 마요르카로 또 한 번 여행을 떠났듯이, 그 경기는 그들에게 먼 미래에 다시 만날 기회를 줬다고 생각한다.

페더러와 나달은 모두 부상에서 회복 중이었고, 나달은 상당한 노력과 투자 끝에 마요르카에 정식으로 테니스 아카데미를 열었다. 그는 페더러의 스타 파워가 필요했다. 그래서 페더러는 스위스에서 비행기를 타고 가서 그와 함께 하루를 보냈다.

그들은 깊은 유대감을 느끼며 무대 위에 나란히 앉아 있었다. 올 잉글랜드 클럽에서 그날 저녁 자랑스럽게 금 트로피를 든 나달과 은접시를 든 페더러의 시무룩한 얼굴에 플래시가 터질 때처럼 말이다.

9
프랑스, 파리

위대한 로저 페더러가 롤랑 가로스 클레이를 만드는 데 사용되는 붉은 벽돌처럼 뭉개진 2008 프랑스 오픈 결승전이 끝나고 한 시간도 지나지 않은 시점이었다.

그는 여전히 이 대회에서 언젠가 우승할 수 있다고 믿었을까?

「네.」완패한 페더러는 침울한 분위기의 기자 회견에서 대답했다.

「확신해요?」같은 기자가 미심쩍다는 듯 말했다.

「내가 아니라고 말하면 만족하겠어요? 그렇다면 답은 〈아니요〉입니다. 당신이 답을 골라요. 내가 그렇다고 하잖아요.」페더러는 전에 없이 짜증을 내며 대답했다.

그를 의심하는 데는 확실히 근거가 있었다. 페더러는 라파엘 나달을 맞아 3세트 중에서 네 게임만 이겼다. 그는 활과 화살을 들고 레이저 유도 미사일을 물리치려는 사람 같았다. 그는 3년 연속 나달과 프랑스 오픈 결승전을 치렀지만 매년 경쟁력이 떨어지고 있었다.

하지만 페더러의 눈을 통해 미래를 볼 수도 있었다. 그 시기에 의심할 여지 없이 그는 나달을 제외한 모든 사람을 수시로 물리칠 수 있는 세계에서 두 번째로 뛰어난 클레이 코트 선수였다.

빠르게 부상 중인 노바크 조코비치는 이미 그랜드 슬램 챔피언이지만 클레이 코트에서는 아직 그의 기술이 정상에 오르지 못했다. 슈타니슬라스 바브린카는 이제 막 10위권에 진입했으며, 클레이 코트의 달인 후안 카를로스 페레로와 기예르모 코리아는 시들해졌다. 구스타부 키르텡은 은퇴를 선언했다.

페더러의 관점에서, 그랜드 슬램 단식 타이틀 컬렉션을 완성하는 길을 막고 있는 사람은 단 한 명이었다. 페더러가 선수 생활 초기에 레이턴 휴잇과 신경질이라는 난제를 풀었던 것처럼, 롤랑 가로스라는 난제를 풀 수 있다고 믿지 못할 이유가 있을까?

「내 말은, 그는 이기기 힘들지만 이기지 못할 상대는 아니라는 거예요. 그것은 큰 차이죠.」페더러가 나달을 두고 말했다.

클레이는 페더러가 테니스를 시작한 코트였다. 그는 바젤에서 테니스 게임을 배웠다. 따뜻한 계절에는 야외에서 테니스를 친 다음, 올드 보이스와 같은 클럽의 열이 나는 풍선 돔 아래에서 실내 게임을 했다.

「스위스에서는 겨울에도 클럽을 계속 운영하기 위해 풍선 돔을 설치한 실내 클레이 코트가 아주 흔해요. 나는 카펫 또는 그 비슷한 표면에서도 쳤지만 주니어 시절 내내 대부분 클레이 코트였어요.」페더러가 말했다.

스위스에서는 북미식 하드 코트가 드물다. 클레이가 일반적인데, 이 코트는 모든 연령대에 이점이 있다. 공이 땅에 닿을 때 마찰이 추가되어 게임이 느려지므로 포인트 설계와 드롭 샷을 포함한 모든 범위의 샷 개발이 촉진된다. 더 빠르고 덜 거친 코트에서는 포인트 설계 없이 서브 한 번 포핸드 한 번으로 포인트를 딸 수 있다. 따라서 클레이에서는 보통 인내심이 더 필요하다. 몇 년 동안 나는 클레이 코트 테니스 경기 보는 것을 선호했다. 동작과 전술 그리고 순전히 미학적 관점에서 로마 또는 파리의 늦은 오후에 붉은 클레이 위로 그림자가 지는 광경 때문이었다.

패트릭 매켄로 전 미국 테니스 협회 선수의 개발 책임자는 2010년대 미국 남자 테니스가 최상위 선수 기근에 시달린 이유 중 한 가지는 클레이 코트에서 성장하는 유럽 선수들이 발달적 이점을 지닌 까닭이라고 믿었다. 그는 너무 많은 젊은 미국 선수가 공을 치는 데 능숙하지만, 정작 게임하는 데는 능숙하지 않다고 주장했다. 원초적인 파워를 무디게 하고, 포인트 설계에 유리하며, 다른 장점들이 있는 클레이는 아마도 최고의 교실이었을 것이다.

페더러가 20년 이상 투어에서 성공할 수 있었던 많은 이유 중 하나가 젊은 시절에 대부분의 경기를 하드 코트에서 치르지 않아 몸이 혹사당하지 않았기 때문일 것이다. 클레이는 일반적으로 관절에 더 편하지만, 페더러의 자존심에 항상 편한 건 아니었다.

1998년 첫 투어급 경기인 크슈타트의 클레이 코트에서 그는 루카스 아르놀드 케르에게 패한 후 클레이 코트에서 계속 패했다.

「처음 열한 개 경기에서 졌는데, 힘들더라고요. 아슬아슬하게 진 경기도 많았지만, 열한 개는 열한 개죠. 그냥 넘길 일이 아니었어요.」 수년 후 페더러는 정확한 점수까지 아직 기억에 선명하다고 내게 말했다.

초기의 클레이 코트 패배 중 하나는 페더러의 그랜드 슬램 데뷔전인 1999 프랑스 오픈이었다. 그는 1997 US 오픈과 1998 US 오픈에서 우승했던 카리스마 넘치고 네트로 돌진하는 호주인 패트릭 래프터를 맞았다. 래프터는 타고난 빠른 코트 선수였지만, 호주의 위대한 로드 레이버와 로이 에머슨처럼 햇볕이 잘 드는 퀸즐랜드에서 컸기 때문에, 클레이에서 슬라이딩하며 공격하는 방법을 알았다.

「클레이 코트는 엄청 미끄러워 슬라이딩을 많이 해야 돼요. 퀸즐랜드에 있는 클레이와 아주 비슷하죠.」 래프터가 말했다.

래프터는 1997 프랑스 오픈 준결승에 올랐고, 롤랑 가로스에 도착하기 불과 며칠 전 클레이 코트인 이탈리아 오픈 결승에 진출했다. 래프터를 만난 적이 없는 열일곱 살의 페더러는 보통 유망한 젊은 프랑스 선수들을 위해 남겨 두는 본선 와일드카드를 운 좋게 얻었다. 당시 IMG 소속이었던 페더러의 에이전트 레지 브뤼네는 프랑스 선수 출신이었고, 페더러는 프랑스 오픈 주니어 토너먼트에서 단식과 복식 1회전에서 패했지만 주니어 세계 랭킹 1위로 1998년을 마무리했다.

래프터는 스타였고 3번 시드였기 때문에, 두 번째로 큰 쉬잔 랑글랑 코트에서 경기가 진행되었다.

이 코트는 훌륭한 시야와 베이스라인 바로 뒤에 언론인 좌석이 멋지게 갖춰진 우아하고 현대적인 경기장이었다. 테니스 경기의 큰 그림을 이해할 수 있고 공을 따라 목을 비틀지 않아도 되는 최고의 장소였다. 나는 관중석에 있는 수천 명 중 한 명이었고, 아마도 래프터가 아닌 페더러를 보러 온 몇 안 되는 사람 중 한 명이었을 것이다. 테니스 기자라면 항상 다음에 탄생할 스타를 내다봐야 하는데, 내가 잘 아는 두 명의 에이전트가 페더러를 후보자로 언급했다. 가장 흥미로웠던 점은 그 에이전트들은 페더러와 함께 일하지 않았기에 그를 홍보할 이유가 없다는 것이었다. 하지만 그들은 그가 특별함을 알았다.

상당한 포인트를 빨리 따고 주목받아, 지루하고 힘든 과정인 국내 서킷 또는 예선 라운드를 건너뛰거나 단축할 수 있는 와일드카드는 젊은 선수가 부상하는 주요 요인일 수 있다. 이는 잠재적인 후원사에 중요하다. 호주, 영국, 프랑스, 미국 선수들은 메이저 대회를 일찍 접할 수 있어 이점이 가장 크다. 페더러는 스위스 출신임에도 불구하고 초창기에 와일드카드를 수없이 받았다. 그는 주니어 타이틀을 획득한 후 2009 윔블던 와일드카드 한 개를 포함해 투어급에서 열 개 이상을 받았다. 파리에서 그는 그 기회를 이용해 순위를 끌어올리고 싶었다. 그 당시 높은 순위 선수를 물리친 외국인은 우승으로 받는 정규 포인트에 더해 보너스 포인트를 받았다.

「슬램에서 래프터를 이겼다면 더블 보너스 포인트가 됐을 거예요. 그래서 45점이 아니라 90점을 받았을 겁니다. 분명히 나는 결코 그를 이길 수 없었지만, 그래도 꿈을 꾸기 시작하고 〈만약 이긴다면? 그게 순위에 어떤 영향을 미칠까?〉와 같은 생각을 하게 되죠. 시합 전에 머릿속에서 그런 생각들이 스쳐 지나가요.」페더러가 말했다.

그 시기에는 페더러의 우아함이 사람들의 눈길을 끌지 못했다. 아직 그가 『보그*Vogue*』 편집장 애나 윈터와 친분을 쌓기 전이었다. 그는 헐렁한 테니스복을 입고 야구 모자를 썼는데, 모자를 뒤로 쓸 때가 많았다. 그는 성급하게 해결하려는 듯 포인트와 포인트 사이에 돌진했다. 다음 위너를 때리는 데 과하게 열중했다. 그 당시 그의 게임에는 여전히 느슨함, 즉 마음과 몸을 어떻게 정리해야 할지 모호해 보이는 어떤 패턴들이 있었다. 그러나 그의 샷 메이킹은 부인할 수 없을 정도로 화려했고, 그의 서비스 동작은 유려했으며, 그의 파워는 열일곱 살치고 인상적이었다. 그가 활기차고 멋지게 첫 세트를 따냈을 때 나는 알맞은 때와 장소에 있다는 사실에 기분이 꽤 좋았다. 기자가 영원히 추구하는 것이 그것이니까 말이다. 그러나 불행하게도 첫 세트는 페더러가 시도한 충격적인 이변의 끝이었다. 그는 그 후 다섯 게임밖에 이기지 못했고 5-7, 6-3, 6-0, 6-2로 래프터에게 완패했다.

「나는 항상 최고의 선수들을 상대하는 빅 매치 선수였다고 생각하지만, 래프터의 킥 서브와 나의 한 손 백핸드를 두고 보면 내게 힘든 경기가 될 것임을 알고 있었어요. 1세트가 끝나고 그는 내 플레이를 파악했어요. 그리고 날 요리조리 자세히 분석했어요. 나는 그런 랠리에서 빠져나오는 데 필요한 도구들이 아직 없었지만, 팻은 베테랑이었죠. 그는 어떻게 할지 알았어요.」 페더러가 말했다.

그렇지만 래프터는 감명받았다. 본래 래프터가 친절해서만은 아니었다.

「그는 재능이 출중해요. 그는 뭐든 할 수 있어요. 서브도 좋고 발리도 할 수 있어요. 리턴을 세게 때려요. 그럴 때 위험하죠. 포핸드도 좋고 백핸드도 좋아요. 그는 아주 젊어요. 지금부터 열심히 노력해야 합니다. 그가 열심히 노력하고 정말로 전념한다면 훌륭한 선수가 될 것 같아요.」 래프터가 말했다.

래프터의 초기 분석은 수년 동안 놀랍도록 잘 맞았지만, 롤랑 가로스는 그에게 도전적인 환경으로 남았다. 그는 2000년에 4회전, 2001년에 준준결승에 진출했다. 그러나 2002년에는 1회전에서 모로코의 히샴 아라지에게 패했다. 그리고 이미 상위 5위권에 진입했던 2003년에는 1회전에서 뜻밖에도 페루의 루이스 오르나에게 패했다.

페더러는 아라지와 오르나 모두에게 연속 세트로 패했다. 제1경기장인 필리프 샤트리에 코트가 너무 커서 적응하기 힘들었다고 설명했다. 선수들이 코트 밖으로 이동할 수 있는 공간이 다른 코트보다 넓었기 때문이다.

「코트 크기 때문에 정말 고생했어요. 익숙하지 않다 보니 때때로 시야가 불안정했어요.」페더러가 내게 말했다.

무엇보다 그는 압박감에 짓눌리는 것 같았다. 2004년에 그는 3회전에서 키르텐에게 6-4, 6-4, 6-4로 졌다. 키르텐이 프랑스 오픈 타이틀을 3회 획득하고 클레이 코트에 익숙하다는 사실에 초점을 맞추면, 이 결과를 오해할 수 있다. 만성 고관절 통증으로 쇠약해진 키르텐에게 2004년은 전성기가 훌쩍 지난 시기여서, 그는 겨우 28번 시드를 받았다.

페더러는 랭킹 1위였고, 윔블던과 호주 오픈 타이틀을 보유하고 있었다. 「그를 이겼어야 하는데 그렇게 못 했어요.」페더러가 말했다.

페더러는 2005년 초 파리에 일찍 도착해 센터 코트에서 최대한 많은 시간 연습해 클레이 코트에 정말로 편안해지기로 했다. 대회가 시작되기 직전 그를 인터뷰했을 때, 내가 다른 세 개의 메이저 대회에서 우승했지만 파리에서는 한 번도 우승하지 못한 위대한 공격형 선수들을 모두 거론하자 그는 자신감에 넘쳐 반박을 쏟아 냈다. 그런 선수들 명단에는 보리스 베커, 스테판 에드베리, 피트 샘프러스가 포함되었다. 당시 페더러는 그 클럽에 속해 있었다.

「서브앤발리를 해서 프랑스 오픈에서 우승하는 건 정말로 어려워요.」페더러가 말했다.

「그래서 피트는 종종 코트 뒤쪽에 있으려고 했죠.」내가 말했다.

「맞아요. 하지만 그는 네트에 많이 다가갈 수밖에 없어요. 왜냐하면 그의 강력한 서브와 플랫성 구질의 스트로크가 네트 대시*에 적합하기 때문이죠. 게다가 그는 그 작은 라켓으로 쳤어요.」 페더러가 말했다.

페더러는 샘프러스가 절대 버리지 않았던(지금 그는 후회한다) 약 548제곱센티미터 헤드의 윌슨 프로 스태프를 말하고 있었다. 페더러는 2001년에 같은 라켓으로 샘프러스를 이겼지만, 2002년에 실수의 여지를 줄이기 위해 약간 더 큰 버전으로 바꿨다.

「피트가 다른 라켓을 사용했더라면 프랑스 오픈에서 우승했을 거라는 뜻은 아니지만, 도움이 됐을 겁니다. 내 라켓은 90인데, 내가 뒤쪽에 훨씬 더 많이 있는 것 같아요. 나를 특히 매켄로와 비교해서는 안 돼요. 에드베리, 베커, 샘프러스는 모두 훨씬 더 자주 네트로 갔어요. 그들은 대개 네트에 가려고 노력해야 했는데, 안 그러면 질 테니까요. 그들을 베이스라인에 계속 묶어 둘 수 있는 선수라면 더 잘하는 사람이겠죠. 한데 나는 베이스라인에 있을 때 더 잘하는 것 같아요.」 페더러가 말했다.

페더러를 인터뷰할 때 항상 좋았던 점은 오만하게 보일지언정 솔직하게 대답하려고 노력한다는 것이다. 그는 위험이 존재한다는 걸 알고 있지만, 말할 때 〈자연스러운〉 상태를 선호한다. 그래야 대화 과정을 더 단순하게 유지하고 모순과 설명을 피할

* 짧은 거리를 빠르게 달려가는 동작.

수 있기 때문이다.

그는 롤랑 가로스에서 자신의 롤 모델보다 더 좋은 샷을 칠수 있다고 진심으로 확신했고, 비교해 보면 이는 일리가 있었다. 매켄로는 의심할 여지 없이 네트 플레이가 절정이었고 톱스핀을 거의 사용하지 않았다. 에드베리의 포핸드는 긴 랠리에서 골칫거리였다. 베커의 움직임은 — 보리스가 잔디 위로 다이빙하지 않는 한 — 어떤 코트 면에서도 페더러의 수준이 아니었다. 샘프러스는 클레이에서 자기 수준에 미치지 못했고, 게다가 그가 앓았던 선천성 혈액 질환인 지중해 빈혈이 흔히 길고 힘든 클레이 코트 경기에서 그의 체력에 영향을 미칠 수 있었다.

「윔블던은 내 마음속에서 항상 첫 번째일 겁니다. 그건 분명해요. 내가 그곳에서 느꼈던 감정과 내 우상들 때문이죠. 그들이 모두 윔블던에서 우승했지만, 내가 프랑스 오픈에서 우승할수 있다면 그것이 역사적으로 내 위치에 어떤 영향을 미치는지 알고 있어요. 그런 이유로 프랑스 오픈은 그것을 준비하는 방법 면에서 내게 항상 매우 특별한 장소가 되리라 생각해요. 앞으로 많아야 일곱 번에서 열 번, 아마도 열다섯 번의 기회가 있을 테니까요.」 페더러가 말했다.

「열다섯 번이요?」 내가 더듬거리며 말했다.

페더러는 당시 스물세 살이었다. 앞으로 프랑스 오픈을 열다섯 번 더 참가한다는 건 굉장히 오래 뛴다는 이야기였다.

페더러가 웃으며 그해 말 서른다섯의 나이로 US 오픈 결승에 오른 애거시를 언급했다. 「이봐요, 앤드리를 봐요. 그 정도까지는 해야죠. 나는 도전을 좋아해요. 클레이에서는 특히 힘든 상대가 많은데, 그런 이유로 클레이 코트에서 훨씬 더 열심히 해야 한다고 생각해요. 내가 모든 표면에 능해, 클레이 코트에서 뛰기 위해 최고의 준비를 하거나 클레이 코트에서 충분한 시간 연습하거나 토너먼트를 충분히 경험하지 못한다면 아주 애석한 일이겠죠.」

돌이켜 보면 페더러는 나달이 롤랑 가로스를 기습하기 전 마지막 해였던 2004년에 큰 기회를 놓쳤다. 2005년 나달의 등장으로 상황이 바뀌자 모든 사람의 계획이 무산됐다. 나달이 붉은 클레이에 나타난 것은 마이클 펠프스가 수영장에 나타난 것과 같았다.

「2004년 이후 내 플레이가 훨씬 더 좋아졌어요. 나는 준결승과 결승에 올랐지만, 당시 문제는 라파엘이 물 만난 고기였다는 겁니다. 라파엘은 라파엘인지라 아주 힘들었어요.」페더러가 커리어 후반에 내게 말했다.

페더러는 나달을 바볼랏 라켓을 든 마요르카 출신 인간이기보다 마법의 망치를 든 노르웨이 신처럼 묘사했다. 하지만 누가 그를 비난할 수 있을까. 나달의 프랑스 오픈 기록에는 인간의 약점이 없었다. 2009년까지 그는 4연승을 거두었고, 데이비스 컵과 마스터스 시리즈 결승전을 포함해 5전 3선승제 클레이 코트 경기에서 45승 0패의 기록을 세웠다.

「그것이 가능하다고 생각하기는 어렵죠. 작년에 데이비스 컵 클레이 코트에서 그에게 한 세트를 이겼어요. 난 클레이 코트 마법사가 아니니까요. 대부분 사람이 그때 그가 피곤해졌거나 믿을 수 없는 하루를 보냈을 테니 하루 쉬었을 거라고 생각할 겁니다. 하지만 그는 멈추지 않고 전진했던 것 같아요.」나달의 클레이 코트 제물 중 한 명인 미국 선수 샘 퀘리가 말했다.

2009년에는 나달을 걱정할 이유가 있었다. 그중 두 가지는 내부자만 알고 있었다.

당시 대중은 프랑스 오픈이 시작되기 일주일 전 페더러가 클레이 코트인 마드리드 결승전에서 그를 물리쳤다는 것만 알고 있었다. 그러나 해발 640미터라는 마드리드의 조건과 무엇보다 나달이 페더러와 맞붙기 전날 밤 조코비치와의 준결승전에서 네 시간 이상 고군분투한 것 때문에 그 패배는 이해할 만했다.

공개되지 않은 사실은 나달이 무릎에 건염이 있고 그의 부모인 세바스티안과 아나 마리아가 별거에 들어간 것이었다.

세바스티안은 2월에 나달이 호주 오픈에서 페더러를 꺾고 첫 우승을 차지하고 돌아오는 비행기 안에서 아들에게 이 사실을 알렸다.

나달은 젊은 시절 가장 만족스러운 시기에 아버지가 전한 소식에 깜짝 놀랐다. 나달은 2011년 자서전『라파Rafa』에서 남은 여행 기간 아버지와 말을 하지 않으면서 충격을 흡수했다고 밝혔다. 그는 스페인의『엘 파이스El País』에서 일했던 영국 태생의 저널리스트 존 칼린의 도움을 받아 이를 감동적으로 묘사했다.

부모님은 내 인생의 기둥이었지만 그 기둥이 무너졌다. 내가 인생에서 그토록 소중하게 여겼던 연속성은 반으로 줄었고, 내가 의존하는 감정의 질서에 충격의 한 방이 가해졌다. 아이들이 다 큰 다른 가족(나는 스물두 살이었고 여동생은 열여덟 살이었다)이라면 부모가 이별을 선택했을지 모른다. 그러나 우리 가족처럼 가깝고 화목한 가정에서는 불가능한 일이었다. 그간 우리 가족의 갈등이 드러난 적이 없었고, 우리가 본 것은 화합과 유쾌함이 전부였다. 결혼한 지 30년 가까이 지난 부모님이 위기를 겪고 있다는 소식을 받아들이는 건 가슴 아픈 일이었다. 가족은 항상 내 삶의 신성하고 비할 데 없는 핵심이었고, 내 안정감의 중심이었으며, 멋진 내 어린 시절 추억이 살아 있는 앨범이었다. 갑자기 그리고 아무런 예고도 없이 행복한 가족의 초상화가 깨졌다. 끔찍한 시간을 보내고 있는 아버지, 어머니, 여동생을 생각하면 고통스러웠다. 하지만 삼촌과 이모들, 조부모님, 조카들까지 모든 사람이 영향을 받았다. 우리의 온 세상이 불안정했고, 가족들끼리 처음으로 어색하고 서먹해졌다. 처음에는 아무도 어떻게 반응해야 할지 몰랐다. 집으로 돌아가는 일은 언제나 기쁨이었지만 이제 불편하고 이상해졌다.

나달은 여전히 부모님과 함께 살았는데, 마요르카에서는 그 나이에 드문 일이 아니었다. 그러나 이듬해 부모의 결별이 알려진 뒤 인터뷰에서 설명했듯이, 집을 자주 비우는 것은 탈출이 아니었다.

「집을 떠나 있다 보니 어떤 상황인지 알지 못해 멀리서 고통 받는 때가 많았어요. 부모님이 하는 말이 사실인지 아닌지 알 수 없잖아요. 상황이 좋든 나쁘든 말이죠.」그가 말했다.

나달은 우울했지만, 그가 올바르게 지적했듯이 부모의 결별이 2월에 롤랑 가로스가 시작할 때까지 네 개 대회를 더 우승하는 것을 방해하지는 못했다.

실질적인 측면에서 더 큰 문제는 그의 몸, 무엇보다 무릎이었다. 3월 마이애미 오픈 준준결승에서 그는 아르헨티나의 뛰어난 신인 선수 후안 마르틴 델 포트로에게 3세트 타이 브레이크에서 패했다.

그러나 백 퍼센트로 경기하기가 거의 불가능한, 격렬하고 반복적인 스포츠에서 나달은 대부분의 선수보다 더 심각한 통증을 겪으며 경기를 해왔다. 상대에게 적극적으로 들이대는 스타일과 비정통적인 포핸드 기술과 함께, 초기의 상당한 부상이 하나의 이유였다. 이 스포츠를 유심히 지켜본 많은 테니스 팬은 그가 20대를 지나면 투어에서 성공할 수 없을 거라고 확신했다.

「그는 너무 일찍부터 우승하기 시작해 보리처럼 스물여섯 살에 은퇴할 수도 있어요.」프랑스의 대표 선수 중 한 명인 세바스티앵 그로장이 말했다.

우리 모두 틀렸다. 나달의 경쟁심은 왼팔 — 또는 오른팔이던가 — 보다 훨씬 강했다. 그래서 2009년 마드리드 결승전 이후 그는 잠시 쉬었고, 롤랑 가로스에서 타이틀 방어를 시도하기로 했다.

나달의 클레이 코트 33연승 행진을 저지한 후 탄력이 붙은 페더러는 마드리드에 도착했지만, 시즌 초반에 얻은 흉터가 몸에 남아 있었다.

가장 큰 피해는 최근 몇 년간 그에게 많은 기쁨과 고통을 안겨 준 멜버른에서 발생했다. 페더러는 허리 통증에도 불구하고 2009 호주 오픈 결승에 진출해 나달보다 하루 더 쉬는 이점을 누렸다. 호주 오픈은 남자 단식 준결승 두 경기를 다른 날로 배정하는 유일한 그랜드 슬램 토너먼트다. 페더러는 목요일 밤 앤디 로딕을 상대로 세트를 연달아 이겼다. 나달은 금요일 늦은 밤에 동료 스페인 선수 페르난도 베르다스코를 상대로 승리를 거두었는데, 엄청난 노력이 요구된 경기였다.

5시간 14분 만에 끝난 이 경기는 대회 사상 최장 기록이었지만, 올코트 플레이와 움직이면서 치는 위너, 클러치 서비스*로 가득 찬 수준 높은 시합이기도 했다. 엉뚱하게 더블 폴트로 끝났더라도 말이다. 나달과 베르다스코는 새벽 1시가 넘도록 꼼짝하지 않았던 관중으로부터 기립 박수를 받을 자격이 충분했다.

나달에게는 서 있는 일이 그리 쉽지 않았고, 2008 윔블던 결승전 이후 처음으로 페더러와 맞붙기 위해 48시간도 안 되는 동안 회복해야 했다. 얼음 목욕과 얼음 마사지, 단백질 보충제를 사용했다. 나달과 그의 팀은 그들이 할 수 있는 일을 했고, 토니 나달은 〈그래, 할 수 있어!〉를 주문처럼 외치는 미국 대통령 버

* 중요할 때 서브로 포인트를 따는 것을 일컫는다.

락 오바마의 말을 인용하며 그의 라커 룸 연설을 했다.

나달은 코트를 교체할 때마다 이 주문을 되뇌어, 나달이 신선하지는 않더라도 뛰어난 테니스 선수임을 페더러가 깨달을 만큼 그의 사기를 끌어내렸다고 내게 말했다. 그는 그들의 탁월한 윔블던 결승전 직후가 아니었다면 찬사를 더 받았을 이 경기에서 5세트 끝에 페더러를 또 이겼다.

7-5, 3-6, 7-6(3), 3-6, 6-2로 거둔 승리를 위해, 나달은 첫 세트에서 점수를 만회하고 3세트에서 여섯 개의 브레이크 포인트를 모두 물리쳐야 했다. 그러나 5세트는 박진감이 부족했다. 나달이 페더러를 일찍 브레이크해 우위를 점한 뒤 그것을 공고히 유지했기 때문이다.

「5세트까지 끌지 말아야 했어요. 1세트와 3세트를 따내야 했죠. 나머지는 다 아는 이야기이고요.」 페더러가 말했다.

이 패배로 그는 샘프러스의 그랜드 슬램 남자 단식 열네 개 타이틀 기록과 동률을 이루지 못했다. 하지만 기록을 놓친 것은 나달과의 또 다른 중요한 경기에서 지는 것보다 덜 심각한 문제였다.

피터 카터와 토니 로시에게 전해 들었던, 호주의 모든 가치를 상징하는 챔피언 로드 레이버에게서 준우승 트로피를 받자 페더러는 목이 메었다. 연설을 시작하고 관중에게 감사를 표한 직후 그는 본격적으로 울기 시작했다.

「맙소사, 너무 힘드네요.」

군중이 소리 지르며 응원했지만, 그는 더 이상 말을 잇지 못하고 마이크에서 물러났다.

그의 견해로는 페더러의 발언이 잘못 해석되었다. 힘든 건 연설이지 결승전 패배가 아니었다. 하지만 그가 제정신이 아니라는 것에는 의심의 여지가 없었다.

나달은 당시 이 시리즈에서 13승 6패, 그랜드 슬램 결승전에서 5승 2패로 앞서고 있었다(롤랑 가로스를 제외하면 2승 2패였다). 〈표면의 대결〉이라는 개념은 더 이상 작동하지 않았다. 이 경기에서 나달은 페더러를 압도했다.

더 보수적인 시대와 장소였다면, 멜버른에서 경기한 후 무너진 페더러의 모습이 좀 더 거슬렸을 것이다. 시상식에 참석했던 호주 테니스계의 거장 중 누구도 패배로 인해 그 정도로 평정심을 잃을 거라고 상상하기 어렵다.

레이버, 켄 로즈월, 존 뉴컴의 전성기에는 그런 감정 표현이 〈남자답지 않다고〉 여겨졌을 것이다. 그러나 승리하건 패하건 눈물을 자주 흘렸던 페더러는 남자 챔피언의 감정 범위를 넓혔다. 2006년 같은 코트에서 — 깜짝 결승 진출자인 — 마르코스 바그다티스를 꺾고 레이버에게서 우승 트로피를 받았을 때 그는 다른 이유로 울었다.

「안도의 눈물이었어요.」 그가 말했다.

그러나 감정을 너무 잘 드러내는 페더러는 나달이 승리한 순간에도 자신에게 관심이 집중되자 당황했다.

「호주에서 사람들이 나를 동정하는 것을 바라지 않았어요. 윔블던에서도 사람들이 나를 동정하는 걸 원치 않았어요. 그래선

안 되죠. 테니스와 행복한 순간을 축하해야 하고 승리자가 기뻐해야 해요. 물론 실망할 수도 있지만, 그것이 방금 일어난 일을 송두리째 짓밟아서는 안 돼요.」 나중에 그가 내게 말했다.

나달은 그 상황을 놀라운 품위와 민감성으로 대처했다. 페더러가 연설을 계속할 수 없는 상황에서 나달은 예정보다 일찍 나와 트로피를 받았지만, 트로피를 받은 뒤 페더러의 목에 왼팔을 두르고 머리를 페더러의 머리 가까이 대며 위로했다.

페더러는 나달의 재촉에 마이크를 잡았다. 「다시 해볼게요. 단정적으로 말하고 싶지 않아요. 이 사람은 우승할 자격이 있어요. 당신의 경기는 대단했어요. 당신은 우승할 자격이 있죠. 멋진 결승전을 치렀으니 이번 시즌이 잘되길 바라요.」

이어 페더러는 〈전설들〉에게 참석해 줘서 고맙다고 말하며 다시 평정심을 잃기 시작했지만, 재빨리 마무리 짓고 경쟁자에게 무대를 맡겼다.

「여러분, 안녕하세요.」 나달이 인사하고 나서 페더러에게 얼굴을 돌렸다. 「아, 우선, 오늘 일은 미안해요, 로저.」

관중이 웃었다.

나달이 말을 이었다. 「당신이 지금 어떤 기분인지 잘 알아요. 하지만 당신이 위대한 챔피언이라는 것을 기억해요. 당신은 역사상 최고 선수 중 한 명이에요. 당신은 샘프러스가 세운 열네 개 타이틀을 확실히 넘을 겁니다.」

나는 1970년대 초부터 테니스 경기를 계속 봐왔지만 정말로 다른 곳에서는 심리적으로 이처럼 역동적인 관계를 본 기억이 없다. 페더러가 2008 US 오픈에서 5연승을 거두었음에도 나달이 이 라이벌 구도와 이 스포츠에서 확실히 주도권을 잡았다. 그러나 적어도 공을 치지 않을 때 그는 라이벌을 언제나 잘 받들었다.

솔직히 그의 태도는 정직하지 못한 것 같았다. 이상하고 새로운 형태의 안이한 생각 같았다. 다음 날 멜버른 호텔에서 몇 명이 나달을 만났을 때 우리는 이 문제를 물고 늘어졌다.

「지금 로저는 쉰여섯 개의 타이틀을 가지고 있고 나는 서른두 개를 가지고 있어요. 그는 그랜드 슬램 13회, 나는 6회, 그는 마스터스 시리즈 14회, 나는 12회 우승입니다. 마스터스가 유일하게 비슷해요. 왈가왈부할 일이 아니에요, 왈가왈부할 일이 아니라고요.」그가 반복해서 말했다.

내가 이해가 좀 더딜 수 있지만, 그날 처음으로 나달이 과정에 집착하고 있다는 것을 명약관화하게 깨달았다. 그는 사냥감을 죽인다는 만족감보다 사냥의 스릴에 훨씬 더 관심이 있었다. 아주 많은 챔피언이 압박감, 기대, 당면한 도전에서 벗어날 방법을 찾고 있다.

나달은 달랐다. 페더러를 뛰어넘는 기쁨을 누리는 것은 의미가 없었다. 각 포인트를 플레이하는 데 의미가 있었다.

「나는 경쟁을 좋아해요. 테니스뿐만이 아니라 인생의 모든 측면에서 경쟁을 좋아해요. 경쟁할 때 그 자리에 있다는 것과 승리를 위해 싸우는 것을 좋아합니다.」나달이 말했다.

그는 잠시 말을 멈추고 왼쪽 눈썹을 치켜올렸다.

「아마도 나는 이기는 것보다 이기기 위해 싸우는 걸 더 좋아하는 것 같아요.」 그가 말했다.

나달은 아직 묘비를 생각하기에 너무 어리지만, 만약 그가 아마존에서 묘비를 주문한다면 그런 문장이 새겨질 것이다.

페더러의 묘비명은 잘 모르겠다. 그의 주된 사상은 알기가 더 어렵다. 나달과 보리를 포함해 대부분 위대한 테니스 선수들처럼, 그는 어렸을 때 지는 것을 싫어해 모노폴리 보드 같은 것을 발로 찼다. 그러나 그가 그 위업뿐 아니라 그 경험을 즐기지 않았다면 40년 동안 투어에서 뛸 수 없었을 것이다.

「솔직히 말해, 나는 사실 그렇게 깐깐한 사람이 아니에요.」 외부자가 보기에는 이미 깐깐한 일을 꽤 많이 한 뒤 그가 내게 말한 적이 있다.

페더러는 자신이 화합의 상징이 될 때 가장 큰 성취감을 느끼는 것 같다. 그는 관심의 중심에 있으면서 용감하게 그 관심을 비켜 갈 수 있다. 그는 사랑받는 것에 꽤 능숙하지만 적응력도 뛰어나다. 적응력은 자신감과 감성 지능의 표시다. 그는 결국 자신이 테니스계의 일인자가 아니라는 사실에 적응했지만, 나는 항상 그가 제왕이었던 시절을 그리워한다고 느꼈다.

「로저 페더러는 아름다워요. 아름답게 움직이죠. 라파는 인내심이 강해요. 라파는 이렇게 말한 적이 있어요. 〈내가 로저와 시합할 때 그것이 진짜 전투와 전쟁이 된다면, 그보다 그런 환경을 더 편하게 느끼는 내가 이길 것 같아요.〉 이 말에 무언가 있다고 생각해요. 로저의 경기는 믿을 수 없을 정도로 아름답고,

믿을 수 없을 정도로 쉬워 보이고, 그가 믿을 수 없을 정도로 쉽게 치는 것처럼 보여요. 그가 스스로 그렇게 말했어요. 그는 라이벌과 걱정이 없었던 시절을 그리워해요. 그는 2000년대 중반 클레이를 제외한 모든 코트에서 알력이 없던 세상을 그리워하죠. 그 후로는 알력이 많았으니까요.」 짐 쿠리어가 내게 말했다.

그러나 나달은 알력을 즐긴다. 쿠리어는 그가 〈계속 의심한다〉고 말하기를 좋아하는데, 목표가 눈에 보이지만 아직 손이 닿지 않고 콧잔등에서 땀이 뚝뚝 떨어질 때 그는 최고의 성취감을 느끼는 것 같다.

「라파와 점점 친해지면서 그의 실체를 알게 되는 것 같아요. 그는 매사에 겸손해요. 그래서 그가 자제력과 의욕을 잃지 않는 겁니다. 그는 매일 그것을 증명해야 하고, 결국 그가 한 어떤 일도 오늘 중요하지 않다고 생각해요. 그는 로저처럼 자신 있다고 말하거나, 때로는 로저처럼 믿을 수 없을 정도로 거만한 투로 말하지 않아요. 로저는 그저 있는 그대로 말하는 사람이고요.」 쿠리어가 말했다.

스페인의 신문 『엘 파이스』의 오랜 스포츠 편집자 산티아고 세구롤라는 나달을 〈요컨대 사실은 지중해섬 출신의 칼뱅주의자〉라고 불렀다. 그의 말은 정곡을 찌른다. 청교도인 비유를 너무 확대하지 않도록 주의해야 하지만 말이다. 나달은 100만 달러짜리 시계를 착용하고, 최근에 약 600만 달러에 24미터짜리 요트를 구입했다.

나달이나 페더러가 묵는 호텔에서 그들을 인터뷰할 때면 내가 그 호텔의 비용을 감당할 수 없다는 사실을 새삼 깨닫는다. 그들은 때때로 99퍼센트의 사람이 어떻게 살고 있는지 잊어버리기도 한다. 페더러는 어느 중산층 사람에게 롤렉스 시계를 꼭 사라고 추천한 적이 있다. 그러나 과시적인 요소들 가운데 두 사람의 순수한 특성도 존재한다. 챔피언에게 성공을 쉽게 허락하지 않는다는 사실을 증명하는 것이다. 모든 경기는 실수할 새로운 기회다. 첫 라운드에서 남자가 열망하는 명성과 호텔의 수송 차량과는 이별할 수 있지만, 누구도 대신 뛸 수 없다. 그것을 인식하면 정신이 예민해지고, 발걸음이 빨라지며, 권태와 실존적 두려움을 면하게 된다. 매일매일 스트링 베드에 맞는 공의 느낌을 진정으로 즐긴다면 말이다.

페더러와 나달은 진정으로 그것을 즐기는 것처럼 보이고, 서로가 지닌 탁월함의 도움으로 인내함으로써 그것을 증명했다.

페더러는 나달이 백핸드, 즉 양손 드라이브와 한 손 슬라이스를 모두 향상하고, 서브를 강화하며, 랠리 중에 베이스라인에 더 가까이 다가가 포인트를 더 빨리 딸 방법을 찾도록 자극했다. 나달은 페더러가 네트 게임을 한 단계 끌어올리고, 더 강하게 백핸드를 때리며, 새로운 코치까지 찾게 했다.

에퀴블랑 시절부터 친구였고 지금은 스위스 데이비스 컵 감독인 제베린 뤼티는 페더러 팀의 터줏대감이 되었지만, 이게라스는 2008년 말 미국으로 돌아가 전미 테니스 협회에서 일했다. 페더러는 휴잇과 애거시의 우승을 돕고 비디오를 분석해 상대의 패턴을 분류함으로써 테니스 기술을 발전시킨 영리하고 똑 부러진 호주인 대런 케이힐을 영입하는 데 오랫동안 관심 있었다.

「로저가 위대한 선수인 만큼 다른 눈을 갖는 것은 언제나 좋아요.」이게라스가 내게 말했다.

「사람들이 가끔 내게 〈로저에게 해줄 말이 있어요? 그는 이미 모든 걸 알고 있잖아요〉라고 말해요. 하지만 지난 몇 년간 내가 깨달은 게 있는데, 공을 칠 때 자세를 낮추는 것과 같은 사소한 것일지라도 그가 다시 듣고 싶어 한다는 겁니다. 그가 말하길, 가끔은 나도 뭔가 잊어버리거나 깨닫지 못한다고 합니다.」뤼티가 내게 말했다.

호주의 데이비스 컵 감독직을 사임한 케이힐은 2009년 페더러에게 손을 내밀었고, 페더러의 허리 통증이 완화되자 두 사람은 3월 두바이에서 만나 12일간 테스트하기로 했다. 많은 사람처럼 나는 둘이 아주 잘 어울릴 거라고 예상했기 때문에, 3월 중순 페더러가 케이힐과 일하지 않을 것이라는 소식을 토니 갓식에게서 전화로 전해 듣고 매우 놀랐다.

내가 보기에 그들의 파트너십은 운명 같았다. 특히 케이힐과 피터 카터가 매우 친했기 때문이다. 심지어 페더러의 어머니 리넷조차 수년 전 애거시가 부상으로 퇴장할 때마다 케이힐과 그 일을 논의했다.

「그의 삶, 그가 훈련하는 방식, 그의 프로 의식을 엿보았어요. 그의 모든 것은 코치의 꿈입니다. 의심의 여지가 없어요.」케이힐이 두바이에서 느꼈던 바를 내게 이야기했다.

그러나 페더러는 테스트 기간이 끝나 갈 무렵 결정할 준비가 되어 있지 않았고, 케이힐은 연줄이 있던 ESPN과 아디다스 선수 개발 프로그램 관련 일을 유지하고 싶어 했다. 그는 또한 그의 마음 밑바닥에 자리 잡은 불안을 깨닫고 놀랐다.

「매일매일 로저를 보기만 해도 피터가 떠올라요. 그래서 함께 있는 것만으로도 좋은 추억이 되살아나지만 힘든 기억도 생각나죠. 어떻게 설명해야 할지 모르겠지만, 내가 옳은 일을 하는 건지, 피터가 나한테 화를 낼지, 이것이 옳은 일인지, 그리고 내가 로저에게 적합한 사람인지 등 이런저런 생각을 하게 되더라고요. 로저가 피터의 제자였기 때문에 나하고는 안성맞춤으로 어울린다는 느낌이 없었어요. 내게 그는 언제나 피터의 제자였으니까요. 이런 이유로 같이 일하면 안 된다고 말한 건 아니지만, 내가 진심으로 어떤 기분이었는지 설명하는 겁니다.」케이힐이 말했다.

결과적으로 페더러는 유명한 코치 없이 롤랑 가로스에 도착했지만, 이 시기에 뤼티는 확실히 공헌을 더 인정받을 자격이 있었다. 내 눈에 뤼티는 언제나 졸린 눈에 머리도 정돈되지 않아, 오후에 낮잠을 자다가 막 일어난 사람처럼 보였다. 그는 투어급 선수로 성공하지도 못했다. 그러나 경험이 가장 많은 테니스 감독 중 한 명인 귄터 브레스니크는 그의 외모가 오해를 불러일으킨다고 주장했다.

「뤼티는 투어에서 가장 과소평가된 코치입니다. 그는 매우 겸손하고, 감정을 잘 드러내지 않으며, 앞에 나서는 걸 싫어하지만, 늘 거기 있어요. 그는 어려운 시기에 정말 잘했어요. 엄밀히 말하면, 그는 최고의 코치는 아니에요. 그는 선수를 개발하고 스트로크를 가르치는 사람이 아니라, 옆에 있으면서 선수에게 무엇이 필요하고 언제 밀어붙이고 언제 혼자 남겨 둘지 알아서, 적절한 조언의 순간을 찾는 사람이죠. 그는 분명 세계 최고의 코치 중 한 명입니다.」 브레스니크가 내게 말했다.

브레스니크는 뤼티와 독일어로 대화하는 사람으로서 통찰력이 있으며, 뤼티가 주로 스위스 독일어를 사용하는 페더러와 의사소통하는 방식을 이해할 수 있다.

2009년 봄은 코트 안팎에서 다사다난했다. 코트에서, 페더러는 지난 3월 마이애미 오픈 준결승에서 조코비치에게 패하면서 격분한 나머지 라켓을 또 하나 부숴 버렸다. 코트 밖에서, 페더러와 바브리네크는 4월 11일 바젤에서 결혼했는데, 바브리네크는 임신 중이었고 신혼여행을 연말까지 미뤘다.

클레이 코트 시즌이 다가왔고, 페더러는 프랑스 오픈에서 불안하게 출발했다. 아르헨티나의 호세 아카수소를 상대로 2회전에서 큰 위기를 모면한 뒤 7-6(8), 5-7, 7-6(2), 6-2로 승리했다. 페더러는 타이 브레이크에서 3-6으로 뒤진 상황에서 만회해 첫 세트에서 세트 포인트 네 개를 지켜 내야 했다. 그는 서브 브레이크를 두 번이나 당했고 3세트에서 또 다른 세트 포인트를 지켜 내야 했다.

페더러는 토요일 3회전에서 프랑스의 폴앙리 마티외를 물리치기 위해 4세트가 더 필요했지만, 페더러에게 쉬는 날이었던 다음 날 로빈 쇠델링이 이전에 아무도 하지 않았던 일을 해내자 롤랑 가로스에 충격파가 울려 퍼졌다. 그가 클레이 5전 3선승제에서 나달을 물리친 것이다.

쇠델링은 루팡 같은 눈빛과 중세 대장장이 머리 모양을 한, 타격이 막강한 스웨덴인이었다. 그는 확실히 위협이었다. 그는 23번 시드를 받았고 이전 라운드에서 한 포인트도 투쟁 없이 내주지 않은 또 다른 스페인 스타 다비드 페레르를 물리쳤다.

그러나 쇠델링이 나달을 이긴 것은 나달의 위상과 프랑스 오픈 31연승에 비추어 볼 때 여전히 테니스 역사상 가장 놀라운 역전극 중 하나였다. 5월 초 쇠델링과 나달이 로마에서 치른 경기 때문에 더욱더 충격적이었다.

그때는 나달이 6-1, 6-0으로 이겼다.

그러나 이번에는 마요르카인이 그라운드 스트로크와 리턴을 일관된 깊이로 꽂아 넣지 못해 쇠델링이 코트 안에서 포핸드와 양손 백핸드를 강하고 자신 있게 시도할 여지를 주었다. 나달의 톱 스핀이 그를 뒤쪽으로 물러나게 하는 대신, 키가 193센티미터인 쇠델링은 자신 있게 코트로 걸어 들어가 거리낌 없이 라켓을 휘둘러 나달이 정리할 시간을 빼앗았다. 과거에 세계 랭킹 2위에 오른 망누스 노르만에게 코치를 잘 받은 이 스웨덴인은 35포인트 중 네트에서 27포인트를 얻었다. 이는 나달의 수비 기술에 비추어 볼 때 놀라운 승률이었다. 하지만 그날 나달의 기술은 — 그의 측근들만이 이해할 수 있는 이유로 — 평소처럼 예리하지 않았다.

「그의 게임 때문에 놀란 게 아니에요. 내 게임에 더 놀랐어요.」

나달이 말했다.

프랑스 관중은 확실히 인정머리가 없었다. 정권 교체를 열망하며 그들은 쇠델링을 향해 함성을 지르고 그가 6-2, 6-7(2), 6-4, 7-6(2) 승리로 경기를 끝낼 때까지 계속 〈로빈〉을 외쳤다.

나달과 그의 삼촌 토니는 관중의 반응에 상처받았다.

「전체 관중이 나를 싫어한다고 느꼈어요. 이해하기 힘들었어요. 파리는 내가 많이 사랑하는 곳이고, 나는 프랑스 사람들을 좋아하니까요. 아마도 세계 그 어느 도시보다 파리를 사랑할 겁니다.」 몇 년이 지난 뒤에도 상처가 아물지 않은 나달이 내게 말했다.

그러나 롤랑 가로스 관중은 오랫동안 약자를 포용해 왔고, 모든 선수는 나달에 저항하는 약자였다.

「나는 〈생각하지 마!〉라고 생각하려고 애썼어요.」 쇠델링이 말했다.

그 주문이 쓰인 티셔츠가 있다. 페더러는 곧 같은 철학을 받아들이려고 했다. 그는 더 이상 파리 클레이 코트에서 나달이라는 난제를 풀 필요가 없었다. 쇠델링이 그를 대신해 그 일을 했고, 조코비치가 3회전에서 필리프 콜슈라이버에게 패해 이미 탈락한 상황에서, 명백한 사실을 부정할 수 없었다.

이는 페더러가 프랑스 오픈에서 우승할 기회였다.

여전히 그의 최고 지지자인 나달은 파리가 아닌 마요르카에서 생일을 축하하기 위해 집으로 가기 전에 그를 지지한다는 점을 분명히 했다.

「그가 그랜드 슬램을 달성하면 좋겠어요. 페더러는 호주 오픈 결승에서 세 번, 준결승에서 한 번 패하는 불운을 겪었어요. 하지만 우승할 자격이 있는 사람이 있다면 그건 정말로 그라고 생각해요.」나달이 말했다.

그러나 우승할 자격이 있는 것과 우승하는 것은 다른 문제다. 호주 오픈 결승에 다섯 번 오른 앤디 머리는 우승할 자격이 있었지만 끝내 우승하지 못했다. 이는 페더러에게 새로운 종류의 압박이었다. 그는 강력한 우승 후보가 되는 일에는 익숙했지만 느닷없이 강력한 우승 후보가 되는 일에는 익숙하지 않았다.

「오늘 밤 로저의 잠은 다를 겁니다, 확실히요.」프랑스의 노장 파브리스 산토로가 말했다.

그는 깨어 있을 때도 달랐다.

「팀원들이 긴장한다는 게 느껴졌어요. 갑자기 만물이 〈세상에, 이번이 네 기회일 수 있어〉라고 말하는 것 같았죠.」페더러가 내게 말했다.

쇠델링이 대이변을 일으킨 다음 날, 페더러는 2000년 페더러의 올림픽 데뷔를 망친 위험한 독일인 토미 하스를 상대로 코트에 섰다. 이번에는 하스가 나달의 부재라는 페더러의 기회를 망치려는 것 같았다.

페더러는 처음 여섯 번의 서비스 게임을 무실점으로 휩쓸며 좋은 출발을 보였지만, 첫 세트 타이 브레이크를 놓친 후 이 실책으로 신경이 더 날카로워지며 흐트러지기 시작했다.

2세트도 하스가 이겼다. 3세트에서 페더러는 3-4로 서브를 넣으면서 평소처럼 포핸드 두 개를 연달아 놓쳐 30-40으로 브레이크 포인트를 내줬다.

관중은 차분해 보였다. 그가 다음 포인트에서 서브를 넣기 전에 들린 박수 소리는 우레와 거리가 멀었다. 페더러는 첫 서브를 T 존으로 꽂으려 했으나 실패했고, 두 번째는 하스의 백핸드 쪽으로 킥 서브를 때렸다. 독일인은 크로스 코트 리턴을 쳤고, 그 코너에 기우듬하게 있던 페더러는 압박감 속에서 수천 번이나 해왔던 것을 했다. 그는 백핸드로 오는 공을 돌아서 복식 라인 쪽에서 포핸드로 때렸다.

산들바람이 부는 화창한 오후에 그 시그니처 샷은 믿을 수 없을 정도로 미덥지 않았지만, 페더러는 펄쩍 뛰며 날카로운 각도로 인사이드 아웃 위너를 날렸다.

페더러는 브레이크 포인트를 지켜, 결국 토너먼트를 지켜 냈다.

「야수의 심장을 가졌군요.」유로스포츠 해설자인 프루 맥밀런이 말했다.

「솔직히, 그 샷을 해내고 〈봐, 어때!〉라고 말했어요.」페더러가 나중에 설명했다.

그의 내면에서 어떤 변화가 일어났다. 페더러는 운명적인 포핸드 이후 별다른 감정을 보이지 않았지만, 서브 승으로 이어진 다음 2포인트를 따낼 때마다 의기양양하게 소리를 질렀다. 4-4가 되었고, 경기에 몰입한 관중은 페더러의 위너들과 하스의 더블 폴트와 다음 게임에서 서브권을 내주게 한 ― 심하게 망친 ― 포핸드 발리에 함성을 질러 댔다.

페더러는 하스에게 단 두 개의 게임만 내주고 6-7(4), 5-7, 6-4, 6-0, 6-2 승리로 경기를 마무리하면서 훨씬 더 행복한 곳으로 가고 있었다.

그와 하스는 몇 년 뒤 아주 친한 친구가 되었는데, 이 대목에서 하스의 아량이 얼마나 넓은지 알 수 있다. 이 시합은 두 사람 모두에게 잊지 못할 경기였다.

페더러는 또 다른 위험한 선수 가엘 몽피스를 준준결승에서 꺾었지만, 유연성 좋은 이 프랑스인만큼 많은 관중의 지지를 받았다. 투숙하는 호텔이 아무리 좋아도 페더러는 호텔에 진을 친 적이 없다(이번에는 5성급 파크 하얏트 파리벤돔이었다). 그는 도시를 즐기기를 더 좋아했으며, 미르카와 함께 파리를 돌아다니면서 긍정적인 피드백을 많이 받고 있었다.

「내가 거리를 걷거나 대중교통을 이용하거나 저녁을 먹으러 나가면, 모두 〈올해는 당신의 해예요. 우승해야 해요!〉라고 말해요. 그들은 스쿠터나 차에서 비명을 질러요. 빨간 신호일 때 차에서 나와 사인을 해달라거나 사진을 찍어 달라고 하기도 하죠.」 페더러가 말했다.

그러나 코트에서 빨간 신호가 다시 반짝인 것은 진동을 일으킬 만큼 강력한 플랫 포핸드를 지닌 아르헨티나의 떠오르는 신예 후안 마르틴 델 포트로와의 준결승에서였다. 198센티미터 키에 스무 살인 델 포트로가 클레이 코트에서 위너들을 세게 때리고 경기를 주도하자 그의 민소매 셔츠는 확실히 이 스위스인에게 가슴 아픈 나달과의 경기를 상기시켰다.

페더러는 두 세트 뒤지다가 한 세트로 좁힌 뒤 반격에 성공해 5세트까지 끌었다. 그와 델 포트로는 초반에 브레이크를 주고받다가, 3-3에서 델 포트로가 테이프에 걸리는 더블 폴트로 서브를 뺏긴 뒤 페더러가 다시 앞섰다. 페더러는 5-3에서 그의 첫 매치 포인트를 따내지 못했지만, 확실한 포핸드 위너로 두 번째 매치 포인트를 따냈다.

「내가 반드시 더 나은 선수였다고는 생각하지 않아요. 경험이 많아서 이긴 거죠. 나는 슬램 준결승 경험이 아주 많지만, 그는 한 번도 없었어요.」페더러가 말했다.

페더러는 델 포트로가 악수하러 오기를 기다리면서 네트에 몸을 무겁게 기대고 잠시 고개를 숙였다. 델 포트로를 따라잡느라 스트레스가 많았지만, 임신 7개월인 바브리네크가 감당할 수 있다면 그도 감당할 수 있었다.

「난 잘 지내고 있어요.」남편이 힘든 역전승을 이룬 다음 미르카와의 심층 인터뷰가 되어 버린 대화에서 그녀가 내게 쾌활하게 말했다.

페더러와 커리어 그랜드 슬램 사이에 놓인 것은 쇠델링뿐이었다. 그는 높은 시드를 받은 두 명의 선수를 또 물리침으로써 나달을 상대로 한 그의 굉장한 경기력이 결코 요행이 아님을 증명했다. 준준결승에서 그는 연속 세트를 따내며 10위 니콜라이 다비덴코를 압도했다. 준결승에서는 12위 페르난도 곤살레스를 5세트 끝에 물리쳤다.

「힘들었지만, 생각만큼 힘들지는 않았어요. 나는 지금 가장 큰 도전을 해서 파리 클레이 코트에서 나달을 이긴 겁니다. 나는 대회가 끝나지 않았다고 느꼈어요. 여전히 토너먼트에 참가하는 중이었기 때문에 멋진 경기를 했음에도 더 많은 걸 원했어요. 지금도 그렇게 느껴요.」쇠델링이 말했다.

평년이었다면 쇠델링 같은 이변이 롤랑 가로스의 주요 화두였겠지만, 이번에는 그렇지 않았다. 모든 관심의 초점은 샘프러스의 그랜드 슬램 기록을 쫓는 동시에 〈그 프랑스인〉을 이겨 샘프러스가 결코 하지 못한 일을 해내려는 페더러였다.

페더러는 역대 최고 선수로 평가되었지만, 역대 최고 논쟁에서 이의 없는 챔피언은 있을 수 없다는 건 분명했다.

「너무 많이 바뀌어 정말로 〈시대〉를 비교할 수 없어요.」브래드 길버트가 말했다.

현대 테니스 경기는 중세 유럽 왕실에서 처음으로 쳤던 〈진짜 테니스〉로 알려진 테니스의 실내 버전으로 거슬러 올라가지 않더라도 오랜 역사를 지닌다. 윔블던은 1877년에 시작되었고, 이 대회 초기 챔피언은 이른바 챌린지 라운드라는 한 번의 경기만 승리하면 타이틀을 지킬 수 있었다.

1968년까지는 아마추어 선수만 그랜드 슬램 토너먼트와 데이비스 컵에 참가할 자격이 있었다. 1920년대 최고의 남자 선수였던 미국의 빌 틸든은 1925년 외국인 선수에게 출전 자격이 주어지기 전까지 프랑스 선수권 대회의 출전 자격조차 없었다. 그는 종종 윔블던에 불참했으며 호주 선수권 대회에는 참가한 적이 없었다. 호주 선수권 대회에 참가하려면 윔블던에 갈 때보다 증기선을 훨씬 더 오래 타야 했기 때문이다.

틸든의 그랜드 슬램 단식 타이틀 열 개와 샘프러스의 타이틀 열네 개를 비교하는 것은 분명히 공평하지 않다. 제2차 세계 대전 이후 최고의 아마추어 남자 선수들은 선수 생활 초기에 프로로 전향해, 종종 미국의 스타 잭 크레이머가 주관하는 활기 넘치는 투어에 참가했다. 크레이머, 판초 곤살레스, 루 호드, 로즈월, 레이버 같은 선수들은 수년간 그랜드 슬램 플레이를 놓쳤으며, 메이저 대회 참가 횟수를 모두 합산하는 일이 거의 없었다. 레이버가 1962년 한 해에 네 개의 메이저 대회 모두에서 우승함으로써 진정한 그랜드 슬램 달성을 확실히 축하받았지만, 그것이 잣대는 아니었다.

테니스 대회가 프로 선수에게 오픈된 지 1년이 지난 1969년에 레이버는 두 번째 그랜드 슬램을 달성했으며, 열한 개의 메이저 대회 우승으로 마무리했다.

「우리는 성적에 관해 이야기하지 않았어요.」 레이버가 내게 말했다.

만약 레이버가 1963년부터 1967년까지 출전 자격이 있었다면 얼마나 더 많이 우승했을지 확실히 궁금할 것이다. 하지만 호드, 로즈월, 곤살레스 같은 세계 최고 선수들이 모두 자격이 있었다면, 1962년까지 메이저 대회 경쟁이 더 치열했을 거라는 점도 고려해야 한다.

남자 테니스계의 역대 최고 논쟁은 알다시피 결론이 날 수 없고, 오픈 시대로 제한하더라도 답을 내리지 못한다. 비에른 보리, 지미 코너스, 존 매켄로 등 1970~1980년대 스타들이 호주 오픈을 건너뛰는 경우가 많았는데, 이는 당시 메이저 대회 중 가장 거리가 멀고 권위가 떨어지는 대회였기 때문이다. 코너스, 보리, 그리고 그들 세대는 그랜드 슬램이 이 스포츠의 결정적인 성과라고 생각하지 않았다. 그들이 지금 알고 있는 것을 알았다면 호주로 몇 번 더 여행을 갔을지도 모른다.

「이제 그랜드 슬램이 장악했어요. 나는 호주 오픈을 두 번 뛰었어요. 전성기에 프랑스 오픈을 6~7년 불참해, 기본적으로 US 오픈과 윔블던 두 개의 토너먼트로 내 이름과 명성을 날렸지요. 나는 20년 동안 그랜드 슬램 대회를 50회 정도 치렀어요. 요즘 선수들은 1년에 네 번 참가하죠. 잘 들어 봐요, 지금은 그렇다는 게 중요해요. 모든 스포츠가 그런 식이죠.」 코너스가 팟캐스트 「매치 포인트 캐나다」에서 말했다.

그러나 적어도 페더러의 총 타이틀 개수와 샘프러스의 총 타이틀 개수를 비교하는 것은 공정했다. 그들은 모두 그랜드 슬램 출전과 계약에 성공 관련 보너스 조항을 추가한, 선수와 후원사 모두 모든 메이저 대회에 참가할 가치가 있다고 생각한 기간에 경쟁했다.

페더러는 결국 65회 연속 그랜드 슬램 경기에 출전했다. 그리고 샘프러스가 프랑스 오픈에서 우승할 가능성은 선수 생활 후반기에는 본질적으로 제로였지만, 그는 여전히 그의 마지막 시즌인 2002년까지 매년 모습을 드러냈다.

페더러와의 우정에도 불구하고 샘프러스는 2009년 결승전 관중석에 없었지만, 샘프러스의 오랜 숙적인 애거시는 프랑스 주최 측의 초청으로 라스베이거스에 있는 그의 집에서 먼 길을 여행했다.

그 역시 오랜 기다림 끝에 예상치 못한 상대 — 1999년 안드레이 메드베데프 — 를 맞아 프랑스 오픈에서 단 한 번 우승했다. 메드베데프는 어깨가 네모나고 사색적인 우크라이나인으로, 거의 애거시만큼 인터뷰에 능했다. 당시 그는 세계 랭킹 100위였다. 애거시는 두 세트 차이로 지다가 역전승했다.

페더러는 그렇게 극적인 것이 필요하지 않았다. 그는 이전 아홉 경기에서 모두 쇠델링을 이겼고, 마드리드의 클레이 코트에서도 이겼기 때문에 자신감이 있었다. 그는 관중의 전폭적인 지지도 받았다. 쇠델링 바로 뒤에서 코트를 걸을 때 그는 기립 박수를 받았다.

하지만 여전히 묘한 반전이 있었다. 페더러가 한 세트 앞서고 1-2 쇠델링의 서브 게임에서 한 침입자가 스탠드 아래쪽에 있는 계단을 뛰어내리고 장벽을 뛰어넘어 페더러의 코트 쪽으로 달려왔다. 그는 현수막을 휘두르며 페더러에게 다가가서 그의 머리에 모자를 씌우려 했다.

「그가 내게 가까이 올 때 확실히 불편했어요.」 페더러가 말했다.

다행히 상습적 훌리건인 그 침입자는 신체적 해를 끼칠 생각은 없었지만, 경비원이 그를 붙잡아 클레이 코트에서 데리고 나가는 데 너무 오랜 시간이 걸렸다.

쇠델링은 서브를 이어 갔고, 페더러는 결승전에서 처음으로 흔들리는 모습을 보였다.

「확실히 리듬이 좀 깨지더라고요. 한 게임 뒤 1~2분 정도 앉아서 방금 일어난 일에 대해 생각했던 것 같아요. 〈아까 그게 실제였던가?〉 하고요.」 페더러가 말했다.

그러나 이날은 테니스 경기를 하기에는 그다지 좋은 날이 아니었을지언정, 페더러가 영원히 프랑스 오픈의 유령을 내쫓은 날이었다. 회오리바람이 불었고 마지막 두 세트 대부분 동안 이슬비에서 호우에 가까운 비가 끊임없이 내렸다.

토너먼트 감독 길버트 이서른은 결승전을 중단할 것을 고려했다. 그러나 늦은 오후 일기 예보는 가망이 없었고 월요일 일기 예보는 폭우였다. 이서른은 가능한 한 빨리 경기를 끝내야 한다는 걸 알고 있었다. 페더러는 제 할 일을 했다. 2세트에서 화려한 타이 브레이크를 플레이하고, 네 개의 서브 모두에서 에이스를 때린 다음, 3세트의 첫 게임에서 쇠델링의 서브를 브레이크했다.

2003 윔블던에서 필리포시스를 상대로 그랬던 것처럼, 페더러는 5-4에서 경기의 승패가 달린 서브를 넣을 때가 되자 가슴은 쿵쾅거렸다. 페더러는 압박감에 무너질 기미를 보였고 30-40에서 브레이크 포인트를 지켜 내야 했다. 그가 네트에 드물게 진출해 다음 포인트를 얻은 다음, 매치 포인트에서 예비 동작을 시작하자 팬들이 소리를 질렀고, 그가 넣은 첫 서브를 받아 친

쇠델링의 공이 네트에 걸렸다. 페더러는 두 손으로 얼굴을 감싸며 축축한 진흙 위에 무릎을 꿇고 앞으로 몸을 내던졌다.

그의 그랜드 슬램 컬렉션이 스물일곱 살에 완성되었다.

「이건 가장 큰 승리이자 가장 큰 압박감을 덜어 준 승리가 될 겁니다. 이제 남은 커리어 동안 느긋하게 경기를 할 수 있고 프랑스 오픈에서 우승하지 못했다는 말을 듣지 않겠죠.」 6-1, 7-6(1), 6-4로 승리한 뒤 그가 말했다.

적어도 마지막 문장은 사실이었다. 페더러가 모든 도전에 직면해 느긋함을 유지할 그의 남은 커리어는 너무나 길었다. 그러나 그는 확실히 파리의 이슬비 속에서 꿈을 이뤘고, 당시 네 개의 메이저 대회에서 모두 우승한 여섯 번째 남자가 되었다. 나머지 다섯 명은 돈 버지, 프레드 페리, 로이 에머슨, 레이버, 그리고 페더러에게 마땅히 우승컵을 시상한 애거시였다.

「어떤 운명이 작용하는 것 같았어요. 흔히 잘하는 것보다 운이 좋은 게 낫다고들 말하지만, 나라면 운이 좋은 것보다는 로저가 되고 싶어요. 그는 이 결승전의 자격을 얻었고 이 타이틀을 획득했죠. 그가 이 시합에서 우승하지 않았다면 좀 유감스러웠을 겁니다. 그는 5년 동안 클레이 코트에서 두 번째로 뛰어난 선수였어요. 마요르카에서 온 한 아이만 아니었으면 여러 번 우승했을 거예요.」 애거시가 선수 휴게실에서 우리에게 말했다.

페더러는 확실히 자신의 할 일을 했고, 나달을 이겼다면 분명히 더 상징적이었을 테지만 그는 기회를 얻었고 그것을 잡았다.

「내 말은, 프랑스 오픈에서 라파를 이기면 좋겠지만 내 커리어에 꼭 필요하다고 느끼지는 않아요. 어떤 사람들은 그것이 어떤 형태를 취해야 한다고 생각할지도 모르지만, 다시 말하건대 나는 US 오픈 결승전에서 라파와 싸워 본 적이 없어요. 공교롭게도 그렇게 되더라고요. 대진표를 우리가 만들 수는 없잖아요. 우리는 코트 반대편에 있는 사람을 이겨야 해요. 오해하지 말아요. 라파를 이기면 굉장하겠지만, 그게 더 특별할지는 정말 모르겠어요.」페더러가 나중에 내게 말했다.

프랑스 오픈 우승은 2003 윔블던, 2017년 뜻하지 않게 찾아온 호주 오픈과 함께 그의 톱 3 경기에 속한다.

「롤랑 가로스, 나는 그것을 점점 사랑하게 됐어요. 나는 뭐라고 말해야 할까……. 그걸 받아들여야 했어요. 〈프랑스 오픈, 바로 이거야!〉 그러지는 않았죠. 그런 건 언제나 윔블던이었어요. 베커, 에드베리, 샘프러스가 함께 윔블던 트로피를 들고 있는 모습을 본 기억이 나는데, 세 사람 모두 프랑스 오픈에서는 그런 행동을 하지 않았어요.」페더러가 손가락을 튕기며 말했다.

래프터를 상대로 데뷔한 지 10년이 지나도록 롤랑 가로스를 오래 기다렸기에 그 의미가 더욱 깊었다.

「나는 2004년도까지 다른 슬램에서 모두 우승했어요. 프랑스 오픈은 너무 오래 기다려서 특별했던 것 같아요. 팬들도 그렇게 느꼈다고 생각해요. 나도 그렇게 느꼈어요. 그 때문에 내가 파리를 남자로서 성장하고 사람으로서 성장하는 곳으로 보는 거죠. 프랑스 오픈은 정말 내게 도전이었고, 나는 2009년도에 우승하기 위해 열심히 노력해야 했어요. 우승은 내게 엄청난 정신적 승리였어요. 토미 하스와 델포와의 경기가 믿을 수 없을 정도로 박빙이었으니까요. 몽피스도 강인했고 쇠델링과도 빗속에서 싸웠어요. 라파가 나가떨어진 것이 많은 면에서 자극이 되었어요. 언제 또 그런 일이 다시 일어날까요? 그래서 프랑스 오픈은 내가 마주해야 했던 도전이라고 생각해요. 만감이 교차하죠.」

승리 후 거의 1년 만에 우리는 파리에서 다시 만났다. 그는 늦가을에 실내 훈련을 위해 롤랑 가로스로 돌아왔다. 나뭇잎은 떨어지고 평소에 꽉 들어찼던 통로는 샤트리에 경기장처럼 텅 비어 있었다.

「천천히 이 계절을 즐겨 봐요. 멋지지 않나요? 관중석 아무 데나 앉아 볼래요? 아래를 내려다보면서 감상해 보세요.」 그가 말했다.

그는 과거의 기억이 슬라이드 쇼처럼 한 장면씩 스쳐 지나간다고 말했다. 「믿지 못하며 무릎을 꿇은 내 모습이 떠올라요. 라켓이 바로 내 옆에 떨어졌어요. 오렌지색 진흙이 너무 활기 넘치고 선명했어요. 트로피를 들어 올려 키스했죠. 〈스위스 찬가〉를 부르면서 눈물을 흘렸어요. 그런 순간들이 지금 가장 많이 떠오르네요.」

그러나 1년 후 그가 설명한 대로 그가 목이 멘 순간은 시상식과 아드레날린이 솟구친 후였다.

그의 아버지 로버트는 병에 걸려 결승전에 참석할 수 없었다. 페더러는 어머니와 미르카가 문을 열고 기다리는 호텔방으로 갔다.

「아버지가 많이 편찮으셔서 여기까지 담요를 덮고 침대에 누워 계셨어요. 내가 〈아버지, 좀 어떠세요?〉라고 묻자 그가 〈많이 아프네〉라고 대답했죠. 나는 그에게 트로피를 보여 주며 말했어요. 〈보세요! 우리가 해냈어요!〉 가슴이 벅찼답니다.」 페더러가 말했다.

아버지 로버트가 변덕스러운 아들에게 바젤의 클레이 코트에서 집까지 혼자 찾아오라고 말한 이후 부자는 먼 길을 걸어왔다.

폴 아나콘이 로버트 페더러 이야기를 했다. 「우리는 때로 가볍게 테니스를 치며 이야기했어요. 로비는 가끔 〈폴, 무시무시한 백핸드를 쳐. 거기선 칩 샷을 치지 말아야지〉라고 말했어요. 그는 로저에게도 그렇게 말했죠. 그들은 웃으면서 서로 팔꿈치를 부딪쳤고, 로저는 아버지에게 헤드록을 걸었어요. 너무 애정 어리고 귀여웠어요.」

저녁 늦게 페더러는 트로피를 손에 들고 자신이 소유한 파리의 호텔방으로 돌아왔다. 보통 프랑스 오픈 주최자들은 트로피를 경기장 밖으로 내보내지 않는다. 챔피언들은 더 작게 만든 복제품만 받는다. 그러나 페더러는 그들을 구워삶아 특별히 하룻밤 가지고 나갈 수 있도록 허락받았다.

「그들이 〈트로피가 하나밖에 없으니 잃어버리거나 도난당하지 않도록 주의해 주세요〉라고 말했죠.」 페더러가 말했다.

그렇게 많은 시간과 나달에게 그렇게 많이 패배한 뒤 그는 더는 모험을 하지 않을 터였다. 그는 트로피를 침대 옆 탁자 위에 놓았다.

「우승컵을 옆에 두고 잤어요.」 그가 웃으며 말했다.

다음 날 아침 눈을 떴을 때 그것은 여전히 거기 있었다. 꿈이 아니었다.

10
미국, 로스앤젤레스

만족감에 긴장이 풀린 페더러는 특히 위험하다고 정평이 났기에, 피트 샘프러스와 아내 브리젯은 서둘러 로스앤젤레스에서 비행기를 탔고 2009 윔블던 결승전 당일 아침에 런던에 도착했다.

당시 샘프러스와 페더러는 둘 다 그랜드 슬램 남자 단식 타이틀 14회로 기록이 같았다. 그러나 페더러가 마침내 성공한 프랑스 오픈 우승의 파도를 즐겁게 서핑하면서 윔블던 타이틀을 놓고 앤디 로딕과 한판승을 앞둔 가운데, 샘프러스는 그들의 14회 기록이 깨질 것 같다고 생각했다.

샘프러스는 금요일 올 잉글랜드 클럽으로부터 초대를 받고 토요일 비행기에 올라탔다.

「이 스포츠를 위해서 하는 일 중 하나라고 생각했어요. 그것은 기록에 대한 존경심, 로저에 대한 존경심이었죠. 모든 것이 내가 비행기에 올라탔고 그것이 옳은 일이라고 느껴졌다는 사실로 합쳐진 것 같았어요.」샘프러스가 내게 말했다.

샘프러스는 2회전에서 잘 알려지지 않은 조지 바스틀을 상대로 5세트 끝에 탈락한 2002년 이후 윔블던에 돌아오지 않았다. 그 가슴 아픈 패배는 〈묘지〉라고 알려진 오래된 제2코트에서 일어났다. 그 별명은 시드 선수들의 운명에 종종 영향을 미치기 때문에 붙여진 것이었다.

고전 중이던 샘프러스는 코트 체인지 시간에 아내가 보낸 응원 편지를 읽었다. 이 7회 챔피언은 패배 이후 매우 우울한 분위기에서 윔블던 커리어를 끝내지 않을 작정이라고 주장했지만, 결국 매우 우울한 분위기에서 끝냈다.

페더러의 데이비스 컵 팀 동료인 바스틀은 랭킹 145위 스위스 선수인데, 행운의 패자로서 토너먼트에 진출했다. 예선전에서 패했지만 뒤늦게 기권한 선수가 생겨 본선 진출권을 얻은 것이다.

「정말이지 제2코트에서 윔블던을 끝내고 싶지 않았어요.」 윔블던의 변두리 코트에 배정받은 것이 여전히 불만이었지만, 무엇보다 자신의 퍼포먼스에 실망한 샘프러스가 몇 년 후에 말했다.

2009년에 제2코트는 철거 후 교체될 예정이었다. 이는 때로는 매력과 전통을 희생하는 일처럼 느껴질 수 있는 윔블던의 장기적인 현대화 프로젝트의 일부였다.

샘프러스가 지배했던 시절 이후 다른 대규모 교체 공사는 이미 완료되어, 반투명 패널을 장착한 1,000톤의 새로운 센터 코트 지붕보다 더 중요하거나 상징적인 것은 없었다. 개폐식 지붕은 닫혀 있지 않아도 귀빈석 위에 그림자를 드리웠다.

의심할 여지 없이 이 지붕은 가장 분위기 있는 테니스 코트의 분위기를 바꾸어 놓았지만, 한 세기가 넘도록 우천 연기를 겪었던 윔블던은 이제 신뢰할 수 있는 매우 비싼 대안을 마련했다. 이는 대회 첫 주에 비를 전혀 맞지 않을 거라는 뜻이었다.

테니스 신들에게는 유머 감각이 있다.

「윔블던에서 누군가가 비를 기다리는 건 이번이 처음입니다.」 올 잉글랜드 클럽의 최고 책임자 이언 리치가 말했다.

샘프러스와 페더러는 샘프러스가 은퇴한 후 친구가 되었다. 그들은 2007년 11월 아시아에서 세 차례 시범 경기를 치렀고 2008년 3월 뉴욕 매디슨 스퀘어 가든에 약 2만 명의 팬을 끌어들였다.

그들은 아시아를 함께 여행하면서 친해졌다.

「피트는 내 영웅 중 한 사람이었어요. 팔팔할 때 그런 경험을 하고 싶었어요. 은퇴해서 그러고 싶지는 않았죠. 커리어 초기에 하는 것은 크게 다르다고 생각해요.」 페더러가 내게 말했다.

그것은 수익성이 높은 투어였지만, 페더러는 젊은 시절 존경했던 선수들과 의미 있는 관계를 쌓는 일에도 관심이 있었다. 그는 나중에 스테판 에드베리를 코치로 영입했다.

샘프러스는 여행에 동의하기 전 주저했다. 그는 여행하지 않고 로스앤젤레스에서 매일매일 아내와 어린 두 아들인 크리스티안과 라이언과 함께 지내는 것에 만족했다. 그는 테니스보다 골프를 훨씬 더 많이 치고 있었고, 페더러와의 투어를 재미있고 치열하게 만들려면 정기적인 훈련을 재개해야 한다는 것을 알고 있었다.

「나는 로저를 그리 잘 알지 못했지만, 그 후 우리는 아시아 전역을 여행하며 함께 비행기를 타고, 같이 저녁을 먹고, 서로를 알게 되고, 꽤 좋은 경기를 했어요. 로저는 좀 장난꾸러기예요. 그는 아주 엉뚱한 면이 있고, 나는 은퇴해서 훨씬 더 느긋하고 태평했죠.」샘프러스가 내게 말했다.

페더러는 바브리네크와 함께, 샘프러스는 그의 매니저이자 친형인 거스와 함께 투어했다. 투어하는 동안 샘프러스는 일과 사생활을 분리하기 위해 애썼으며, 자신의 전성기에 존 매켄로 같은 테니스 선배와 그런 시범 경기 서킷을 할 수 있었을지 의심스럽다고 말했다.

「나라면 안 했을 것 같은데, 로저는 마음을 열고 기꺼이 하려고 했어요. 우리는 많은 시간을 함께 보냈어요. 두 남자가 서로를 알아 갈 때처럼 테니스와 스포츠 이야기로 수다를 떨었죠. 그 후 우리는 인터넷과 문자로 계속 연락했어요.」샘프러스가 말했다.

그들은 성격이 다르다. 샘프러스는 하나의 언어를 사용하고 내향적인 사람이다. 페더러는 다국어를 사용하고 외향적이다.

샘프러스는 일대일 관계에 훨씬 더 개방적이고 활발하며, 두 챔피언은 그들이 한 손 백핸드, 러닝 포핸드, 읽을 수 없는 서브, 윔블던에 잘 맞는 성향보다 공통점이 더 많다는 것을 발견했다. 둘 다 의지가 강한 이민자 어머니의 아들이었고, 둘 다 비극적인 방식으로 친한 친구이자 신뢰하는 코치를 잃었다.

피터 카터는 남아프리카 공화국에서 서른일곱 살 나이로 사망했다. 샘프러스를 세계 1위와 6회 메이저 단식 타이틀로 이끈 팀 걸릭슨은 1996년 마흔네 살 나이에 수술이 불가능한 뇌암으로 사망했다. 나는 팀과 그의 일란성 쌍둥이 동생 톰을 알고 있었다. 위스콘신에서 태어나고 자라 다른 사람들을 존중으로 대한 그들은 테니스계에서 가장 걸출한 두 사람이었다. 1994년 유럽에서 샘프러스와 함께 여행하다가 팀이 호텔방에서 의식을 잃고 쓰러진 뒤 그와 이야기를 나눈 일이 기억난다. 팀은 얼굴에 상처와 타박상을 입었지만, 처음에 오진을 받은 탓에 질환의 심각성을 알지 못하고 상황을 가볍게 여겼다.

1995 호주 오픈에서 샘프러스는 걸릭슨이 다시 쓰러져 치료를 위해 집으로 돌아간 뒤 짐 쿠리어와 준준결승을 치르는 동안 눈물을 흘렸다. 걸릭슨은 다시는 샘프러스와 투어를 다닐 수 없었고, 멀리서 최대한 오래 그를 코치했다.

샘프러스와 페더러는 둘 다 어린 나이에 슬픔을 이겨 내며 투어를 이어 가야 했고, 둘 다 멘토를 기억하며 영감을 얻었다. 두 사람은 결국 각각 호세 이게라스와 폴 아나콘 코치와 일했으며 직원과 친구들의 판단에 귀를 열었다.

페더러와 함께 여행하고 토론하면서 샘프러스는 무엇보다 그가 새로운 경험에 열려 있고 샘프러스의 의지를 점점 무너뜨린(그는 서른한 살에 마지막 투어 경기를 했다) 테니스 서킷의 일부 측면에 열의를 보이는 모습에 충격을 받았다.

「로저는 여행을 좋아해요. 그는 새로운 도시, 새로운 사람들을 좋아하죠. 그저 성격이 다른 겁니다. 나 같은 사람보다 훨씬 긴장을 덜해요. 나는 여행할 때 항상 일과 스트레스의 연속이었어요. 나는 1위와 메이저 우승이 무겁게 느껴졌고, 그래서 어떤 면에서는 분명히 더 힘들었어요.」샘프러스가 말했다.

샘프러스는 메이저 대회가 끝날 무렵이 가장 행복했다고 기억한다. 단순히 또 하나의 명성 있는 타이틀이 멀지 않았기 때문이 아니라, 라커 룸이 거의 비어 있었기 때문이다.

조용한 라커 룸에서 그는 평온과 보람을 찾았다.

「윔블던 마지막 며칠이 최고의 날이었던 이유는 주변에 아무도 없었기 때문이에요. 난 〈이건 내가 노력해서 얻은 거야. 서른 명 앞에서 옷을 갈아입지 않아도 되는 일 말이야〉라고 생각했어요.」샘프러스가 말했다.

사람들과 소통하는 일은 샘프러스의 연료 탱크를 고갈시켰다. 우렁찬 목소리와 농담, 잡담, 코트로 걸어갈 때가 되면 태도를 확 바꾸는 능력이 있는 페더러에게는 이것이 문제가 되지 않았다.

「로저는 빗장을 풀고 사람들을 들어오게 했어요. 반면 나는 라커 룸에 들어가면 내 라커로 가서 떨어져 있어요. 로저는 라커 룸에 들어와서 모두에게 인사하면서 붙임성 있게 굴어요. 기본적으로 더 친절한 거죠.」샘프러스가 말했다.

샘프러스는 라이벌들, 특히 짐 쿠리어와 같은 친구들과 좋은 관계를 맺으려고 애썼다. 페더러는 동료들과 강한 유대 관계를 형성하고, ATP 투어 선수 평의회에서 여러 임기 동안 일했으며, 결국 경쟁자들과 훨씬 더 많은 시간을 보냈다. 그리고 그들 중 일부에게 패할 수도 있는 팀 테니스 경기인 레이버 컵을 만들었다.

「내가 보면서 자란 매켄로, 렌들, 코너스 세대는 서로를 정말로 싫어했어요. 우리 세대는 서로 싫어하지는 않았지만 나와 앤드리, 짐, 마이클, 베커는 거리감이 꽤 있었어요. 나는 두 세계를 분리할 수가 없었죠. 짐과 나는 좋은 친구였어요. 우리는 함께 저녁을 먹으러 가고, 함께 복식 경기를 하고, 함께 여행하면서 선을 넘었어요. 그리고 내가 일찍 짐과 경기하기 시작하자 마음이 불편했어요. 엄청 극단적이지는 않지만 내 동생과 경기하는 것처럼요. 경기 전날 밤이나 경기 중에 머릿속에 〈그는 좋은 사람이야〉와 같은 생각이 들어올지도 모른다는 게 싫었죠.」 샘프러스가 말했다.

어느 시점에 결국 궤양을 얻은 샘프러스에게 투어는 제2의 고향이 아니라 조심스럽게 항해해야 하는 바위로 가득 찬 항구처럼 느껴졌다.

「내 커리어를 돌이켜 보면, 내가 다소 냉담하고 많은 상대자와 거리를 두었던 건 그런 이유였어요. 가까워지고 싶지 않았으니까요. 나는 그들을 코트 밖에서 너무 잘 알고 싶지 않았어요. 흑백 관계를 유지하고 싶었죠. 그것이 내 성격에 더 맞았어요. 나는 로저가 라파와 좋은 관계를 맺고 그들이 항상 대화를 나눈다는 걸 알아요. 나라면 한창 전투 중일 때 상대방 선수에 대한 생각이 머리에 들어오면 경기를 제대로 하지 못할 겁니다.」 샘 프러스가 말했다.

2009년까지 페더러의 능력에도 불구하고 나달이 페더러의 머리에 캠프를 치지 않았다고 주장하기는 어려웠다. 그러나 그 야영자는 이번 윔블던에서 보이지 않았다. 나달은 프랑스 오픈 타이틀 방어도 포기하게 만든 무릎 건염 때문에 타이틀을 방어할 수 없었다.

나달의 불참은 페더러에게 휴식이었고 또 다른 시작이었지만, 전 세계적으로 이 스포츠의 위상을 드높여 대히트한 2008 윔블던 결승전과 같은 시합을 다시 보고자 하는 사람들에게는 실망이었다.

롤랑 가로스에서 우승한 뒤 스위스 집에서 휴식을 취하며 축하했던 페더러는 2008년 나달에게 참패한 후 잔디 코트 경기를 한 번도 치르지 않고 올 잉글랜드 클럽에 도착했다.

분명히 그 패배는 그의 정신을 꺾지 못했다. 랭킹 1위를 뺏기거나 1월 호주 오픈에서 나달에게 패한 뒤에 한 눈물 어린 연설도 그것을 꺾지 못했다.

페더러는 멋지게 경기했지만, 자아에 가해진 강력한 타격을 흡수하고 다시 일어설 수 있는 회복력 또한 있었다.

2008 윔블던 패배 이후 다음 그랜드 슬램 대회에서 무슨 일이 일어났는지 생각해 보라. 그는 팬들의 반응에서 힘과 위안을 얻어 US 오픈 5연패를 달성했다.

그들은 〈로저, 윔블던에서 져서 유감이지만 정말로 멋진 경기였네!)라고 말했다.

2008년 결승전이 적어도 잠시 라파와 로저 캠프 사이의 울타리를 일부 허물어뜨렸다는 사실을 페더러는 서서히 깨달았다. 그 시합은 많은 사람에게 감동을 줬다. 아마도 시합 결과보다 더 깊은 감동을 주었을 것이다. 두 선수의 스타일, 스포츠맨십, 극적인 마무리에서 뚜렷한 차이가 있었다.

페더러는 다큐멘터리 영화 「천재의 스트로크」 인터뷰에서 말했다. 「나중에야 그 경기의 중요성을 깨달았어요. 그 당시 나는 라커 룸에서 울고 경기장을 떠날 때도 울었죠. 밀레니엄 빌딩을 걸어 나갈 때가 아직도 생생히 기억나요. 나는 이렇게 말했어요. 〈이런, 오늘은 내 인생 최악의 날이야. 이 경기가 얼마나 좋았는지 말하고 싶겠지. 상관없어. 내가 졌다고. 차라리 세트를 연달아 졌더라면, 그랬다면 감정의 롤러코스터를 타는 것보다 훨씬 간단했을 텐데.〉」

그러나 2008 US 오픈이 다가왔을 때 그는 숲과 나무들을 볼 수 있었다. 낙담은 조용한 만족감으로 바뀌었다. 역사상 가장 위대한 경기 중 하나를 이겼다면 의심할 여지 없이 좋았을 것이다. 하지만 적어도 그의 경기 역시 승자였다.

프랑스 오픈 우승은 페더러가 마력을 회복했음을 더욱 확인시켜 주었다. 아나콘은 이를 2002년 샘프러스의 US 오픈 우승과 비교했다. 그는 윔블던에서 바스틀에게 뜻밖의 패배 후 두 달이 조금 지나지 않아 우승했다.

「피트의 일이 기억나요. 여러 달 동안 사람들이 〈뭐가 문제야? 천천히 가. 넌 결혼했잖아. 넌 이것도 했고, 저것도 했잖아〉라고 말했어요. 나는 피트가 아직 끝나지 않았다는 걸 알고 있었어요. 나는 위대한 선수는 도전에 나서는 경향이 있다고 생각하는데, 로저가 지금까지 그래 왔죠.」아나콘이 내게 말했다.

쇠델링이 나달을 이긴 것은 로저에게 행운이었지만, 그래도 하스와 델 포트로와의 경기가 5세트까지 갔기에 내면의 목소리와 논쟁에서 이길 방법을 찾아야 했다.

윔블던에서는 집에 온 듯 마음이 편했고, 롤랑 가로스 이후 커리어에 관한 가장 큰 질문들이 마침내 설득력 있게 풀렸음을 알고 챔피언의 행복으로 충만해 있었다.

나달이 불참한 가운데 그는 센터 코트에서 1회전을 치렀다. 센터 코트 배정은 보통 방어하는 남자 챔피언에게 주어지는 명예였다. 페더러는 새 잔디 위에서 대만의 루옌순을 빠르게 제압해 연달아 세트를 따냈다. 페더러가 무리 없이 결승전까지 갈 분위기가 만들어졌다.

결승으로 가는 행진에는 롤랑 가로스에서 페더러와 대접전을 벌인 하스와의 준결승 승리도 포함되었다. 파리에서의 전환점은 3세트 후반에 브레이크 포인트를 지켜 낸 페더러의 인사이드 아웃 포핸드였다.

「과거의 일이고 끝난 일이죠. 하지만 그의 친구로서, 프랑스 오픈에서 우승하는 것이 그에게 얼마나 큰 의미인지 알기 때문에 그가 그 샷을 성공시켜 기뻐요.」하스가 말했다.

하스는 윔블던에서 페더러를 상대로 단 한 번의 브레이크 포인트도 지켜 내지 못했다는 사실이 아쉬웠지만, 이 스위스인에게 윔블던은 그런 토너먼트였고 그는 평소만큼 서브를 잘 넣었다. 시즌 초에 겪은 허리 문제는 그에게 영향을 미쳤다. 적어도 당시에는 말이다.

「통증이 있었어요, 확실히. 항상 같아요. 오른쪽 다리로 점프하고 왼쪽 다리로 착지하잖아요. 척추에 좋지 않는 건 분명한데, 10년 이상 그래 왔으니 좋지 않겠죠.」페더러가 내게 말했다.

페더러에게 중요한 순간이 온 것은 롤랑 가로스 바로 직전인 5월 로마에서였다. 그는 뤼티와 그의 팀에게 클레이 코트 연습 시간에 자신의 한계를 밀어붙일 필요가 있다는 점을 분명히 했다.

「완전히 극단적이었어요. 내가 그들에게 말했죠. 〈당신들이 코트에서 나를 쫓아다녀야 하고 복식 코트 밖에서 공을 넣어도 상관없어요. 나는 모든 공을 쫓아야 해요. 슬라이딩하고, 등을 펴고, 몸을 낮추고, 내가 어떻게 치든 공이 다시 오고 또 내가 공을 칠 수 있어야 해요. 그렇지 않으면 내 척추가 정말로 버티고 있는지 마음속 깊이 알 수 없어요.〉 때때로 겁이 났기 때문이에요.」페더러가 말했다.

페더러는 서브를 넣을 때도 그런 의심에 시달린 적이 있었다.

「올해 호주에서 나달과 펼친 5세트에서 서브가 나를 실망시킨 겁니다. 척추가 버티지 못할까 봐 두려웠던 거죠. 그건 잠재의식이었어요. 나는 의지와 상관없이 겁이 났어요. 내 척추가 감당할 수 있다는 걸 알고 일련의 많은 서브를 진지하고 구체적으로 연습할 필요가 있었어요. 그 후로 모든 것이 합쳐졌어요.」 그가 설명했다.

그러나 자신감과 파워 게임의 바로미터이기도 한 서브를 가진 친숙한 상대와의 경기가 아직 윔블던에 남아 있었다. 로딕은 새로운 코치 래리 스테판키의 요청에 따라 7킬로그램을 감량한 뒤 움직임이 더 많아졌다. 자신감 넘치는 미국인 스테판키는 주요 선수들에게 빠르게 영향을 미치는 것으로 유명했다.

「래리가 첫날 들어오더니 내 몸집이 너무 커서 테니스를 칠 수 없다고 말했어요. 그와 함께 나를 더 나은 테니스 선수로 만들려면 불쾌할 여지가 없었어요.」 로딕이 내게 말했다.

페더러와 로딕은 모두 4월에 결혼한 신혼부부였다. 페더러는 바브리네크를, 로딕은 모델이자 배우인 브루클린 데커를 신부로 맞았다.

그들은 둘 다 윔블던에서 우승할 수 있는 양호한 건강과 마음가짐을 가지고 있었고, 로딕은 준준결승에서 레이턴 휴잇을, 준결승에서 앤디 머리를 물리치며 더 힘든 대진표를 뚫고 나아갔다.

세 번째 윔블던 결승전을 맞은 로딕에게는 작년의 2라운드 패배 이후의 감동적인 복귀였다. 비유를 잘하는 재능을 타고난 로딕은 2008 윔블던에서의 경험을 새로운 방법으로 묘사했다.

「롤링 스톤스 콘서트를 맨 앞줄에서 보다가 갑자기 7~8째 줄로 갔는데 키가 큰 남자가 손을 흔들며 소리를 지르면 잘 보이지 않잖아요. 다른 쇼들만큼 재미있지 않겠죠.」

그래서 그는 그해 몇 번째 줄에 있었을까?

「점점 가까워지고 있어요. 믹 재거가 뭘 입고 있는지 보여요.」
로딕이 말했다.

박장대소가 터져 나왔다. 그러나 이번 결승전은 로딕에게 상
당히 의미 있고 개인적으로도 매우 중요했다. 그는 한때 순위
경쟁에서 페더러보다 먼저 1위에 오른 적이 있었다. 그러나 이
후 온갖 노력을 쏟았음에도 완전히 광채를 잃었다.

「인생에서 그만큼 쓰라린 적이 없었어요. 실망스러웠고 슬펐
어요. 내 최악의 날은 많은 사람의 꿈이에요. 나는 늘 균형감 같
은 걸 유지하고 있어서 그나마 조금 도움이 됐다고 생각해요.」
로딕이 결승전을 뛰기 전에 말했다.

스테판키의 지원을 받으면서 그는 스물여섯 살에 자신감을
되찾으며, 강력한 무기를 사용하는 데 더 현명한 접근법을 채택
했다.

「난 그의 가능성이 좋아요. 특히 그가 침착하고 느긋하고 자
신의 스타일을 믿는다면요. 그것은 그가 항상 힘으로 밀어붙일
필요가 없다는 의미죠.」스테판키가 내게 말했다.

그러나 결승전 이전의 현실을 완전히 벗어날 수는 없었다. 페
더러는 로딕과의 상대 전적이 통산 18승 2패였고 그랜드 슬램
대회에서는 7승 0패였다.

페더러가 다시 상승세를 타고 있었기 때문에, 로딕이 그 기세
를 막으려면 무엇이 필요한지 분명해 보였다.

「아마 그의 인생 시합이었을 겁니다.」US 데이비스 컵 감독

인 패트릭 매켄로가 말했다.

로딕은 늘 명랑하지만 경솔하고 신랄하기도 하다. 그는 눈치가 빨라 바보들을 빨리 알아차리지만, 바보로 잘못 볼 수도 있다. 페더러의 동작이 시라면 로딕의 게임은 거친 산문이다. 그는 갑작스러운 움직임, 큰 상처, 그리고 셔츠, 반바지, 모자에서 떨어지는 엄청난 땀을 떠올리게 했다.

「아무튼 그가 왜 그리 땀을 흘리는지 모르겠어요.」 땀 흘리는 모습을 거의 보이지 않는 페더러가 말했다.

하지만 나는 로딕을 경탄하게 되었다고 고백해야 할 것이다. 그의 생각과 감정을 재치 있게 표현하는 능력 때문이기도 했지만(로딕의 말에는 막힘이 없다), 무엇보다 그가 테니스 시대를 잘못 태어났다는 의심이 점점 커지고 있음에도 계속 노력할 수 있는 능력 때문이다.

자신에게 충실한 로딕은 결승전에서 전력을 다했고, 향상된 양손 백핸드와 적시 공격으로 페더러를 놀라게 하며 첫 세트를 7-5로 이겼다.

2세트에서도 우승할 준비가 되어 있던 로딕은 치열하게 서브를 넣고 경쟁해 타이 브레이크에서 6-2로 앞섰다. 그는 단 1포인트만 따면 결승전에서 우위를 점할 수 있었다.

「그의 서브에서 그가 2세트 앞서 있어 상황이 안 좋아 보였어요.」 페더러가 내게 말했다.

하지만 페더러는 세트 포인트 네 개를 모두 지켜 냈다. 기억에 남은 건 6-5 로딕의 서비스 게임에서 따낸 마지막 포인트였다. 그가 두 번째 서브를 넣었다. 페더러는 백핸드 리턴을 낮게 크로스 코트로 날렸다. 몇 년 동안 로딕과 다른 상대들을 해치운 샷이었다. 하지만 이제 전술이 더 명확해지고 발이 빨라진 로딕은 안으로 들어가서 페더러의 포핸드 코너로 포핸드를 세게 친 후 네트로 급히 돌진했다.

페더러는 포핸드 패싱샷을 로브로 쳤다. 로딕은 너무 높아서 내버려 두려고 했지만 결국 받아 치기로 했다. 그러나 그의 높은 백핸드 발리는 제대로 맞지 않아 코트를 훨씬 벗어나서 착지했다. 6-6이 되었고 페더러가 2포인트를 딴 뒤 세트 스코어 1-1이 되었다.

「내가 판단을 잘못했어요. 돌풍이 조금 불었는데, 바람이 다시 불어오는 것 같았어요. 사람들이 확신이 없을 때는 그냥 공을 치라고 말해, 한심하게도 나는 확신이 없다는 듯 공을 쳤죠. 하지만 나는 누구보다 그 말을 믿지 않았어요.」2020년에 로딕이 잘못 친 발리에 대해 내게 말했다.

그가 그렇게 말한 것은 몇 년 후 체육관에서 자전거를 타다가 우연히 그 타이 브레이크 영상을 다시 봤기 때문이다. 그에게 매우 중요했던 세트 포인트는 6-2에서의 첫 번째 세트 포인트였다.

로딕이 달리며 세게 때린 포핸드가 페더러의 발 근처 베이스라인에 떨어졌다. 페더러는 무심코 백핸드 위너를 크로스 코트로 가볍게 넘기며 강력한 이 샷을 하프 발리로 받아 쳤다. 압박감 속에서 평온을 느끼는 사람만이 칠 수 있을 법한 편안한 스트로크였다.

「나로서는 세트 포인트를 지키려고 고안한 그의 샷이 아니라 발리를 실수한 내가 주목받아 놀라웠어요. 그 발리는 높고 멀리 갔고, 실제로 그가 코트 뒤쪽에 있었죠. 사람들이 내 발리만 이야기했기 때문에 경기를 다시 볼 때까지 페더러의 그 샷을 잊고 있었어요. 그가 그걸 성공시키다니, 믿기지 않아요.」로딕이 말했다.

페더러는 5-1로 앞서다가 6-5로 추격당하면서도 3세트 타이 브레이크에서 이겼다. 그러나 세트 포인트에서 그는 강력한 첫 서브를 성공시킨 뒤 짧은 리턴에 포핸드로 덤벼들어 세트 스코어 2-1로 앞섰다.

로딕은 4세트를 이겼고, 2년 연속 남자 결승전은 연장전까지 가는 5세트 혈전으로 치달았다.

이번에는 비가 내리지 않아 햇빛이 충분했고, 페더러와 로딕은 그것을 이용했다. 그들은 계속해서 서브를 지켜 냈다. 기대와 논리를 뛰어넘어서 말이다.

이 경기의 세 번째 게임이 끝난 뒤 로열석에 도착해 코트에 있는 페더러의 환영을 받은 샘프러스는 로스앤젤레스에서 출발하는 야간 비행기에서 잠을 자지 못했다.

「모든 게 몽롱했어요. 그곳에 다시 간다고 생각하니 아드레날린이 솟구치고 많은 감정이 일었어요. 머릿속에서 많은 생각이 스쳤죠. 그 코트에 다시 가서 우리의 기록을 깨는 그의 모습 같은 것들요. 약 다섯 시간 동안 격렬하고 섬뜩하고 초현실적인 느낌이었어요.」 샘프러스가 말했다.

시차증을 겪지 않은 사람들도 에이스와 서비스 위너가 쌓이면서 5세트의 게임이 몽롱해졌다.

페더러는 어느 시점에 임신 8개월인 아내 미르카를 쳐다보며 불현듯 걱정을 느꼈다. 「조금 걱정됐어요. 나는 속으로 〈울랄라, 많은 랠리가 꽤 짧더라도 매우 길고 힘든 게임이군〉이라고 생각했어요.」

하지만 그 볼거리를 단축할 방법은 없는 것 같았다. 8-8 그의 서브에서 15-40으로 뒤져 있던 페더러는 첫 번째 브레이크 포인트는 잘 꽂아 넣은 서브로, 두 번째는 포핸드 스윙 발리*로 지켜 냈다.

로딕은 알 수도 없었고 알고 싶지도 않았을 테지만, 이 샷들은 결승전의 마지막 브레이크 포인트가 되었다. 그는 두 번째 서브를 넣을 위태로운 상황이었기 때문에 버텨서 이 매치를 연장해야 했다.

1년 뒤 윔블던에서 미국의 또 다른 〈빅 서버〉 존 이스너와 프랑스의 니콜라 마위가 3일간 끌었던 1회전 경기에서 이스너가 70-68로 승리하면서 스포츠계에 충격을 안겼다.

그러나 2009년에 로딕과 페더러는 새로운 기록을 깼다. 그들의 5세트는 그랜드 슬램 단식 결승 중에서 단연코 가장 길었고, 경기하는 내내 페더러는 2008년 그 결승전 이후 자신이 운이 좋다고 되뇌었다.

* 발리로 드롭 샷을 구사하는 기술.

14-15에서 로딕이 서브를 넣으면서 그것이 시작되었다. 그는 37회 연속으로 서브를 지켜 냈지만 조금 피곤해 보였다. 풋워크와 타이밍은 덜 정확했고 그라운드 스트로크가 빗나가기 시작했다. 페더러는 그를 듀스로 두 번 몰아붙였고, 마침내 브레이크 포인트이자 우승 포인트를 따냈다.

로딕은 첫 서브에 실패하고 두 번째 서브를 성공시켰으나, 이 랠리의 다섯 번째 스트로크에서 포핸드를 잘못 치며 4시간 18분에 걸친 마라톤 결승전을 끝냈다.

페더러는 땅에 쓰러지는 대신 점프로 축하했다. 그가 잘 알고 좋아하는 상대에 대한 일종의 존중이었다. 그는 로딕이 이토록 힘들게 패배하고 나서 악수를 기다리게 하고 싶지 않았다.

「스포츠나 테니스는 가끔 잔인해요. 우리는 그걸 알고 있죠. 나 역시 그랜드 슬램 결승에서 5세트를 뛰고 결국 패한 적이 몇 번 있어요. 괴로웠죠.」페더러가 말했다.

페더러는 지난 12개월 동안 5세트 끝에 나달에게 패한 두 번의 결승전이 아니라, 오래된 테니스 역사를 이야기하듯 말했다. 하지만 그는 빠르고 충분하게 회복했고, 마치 라파엘 전파* 시대로 돌아간 듯 나달과 함께 메이저 대회를 연이어 하나씩 제패하며 새로운 시대를 열었다.

그는 이제 로이 에머슨의 12회 기록을 성공적으로 추격하며 그랜드 슬램 기록을 널리 알린 샘프러스를 뛰어넘었다.

「안타까워요, 피트. 제가 저지하려고 했건만.」로딕이 시상식

* 엄격한 기존 미술학계에 저항한 19세기 미술 사조.

에서 말했다.

이 결승은 실제로 로딕의 인생 경기였을지도 모른다. 그는 매우 정확하고 확신 있게 경기하고 서브를 넣었지만, 아직은 충분하지 않았다.

「앤디가 안됐어요. 그에게는 기회였는데 말이죠. 그는 열심히 했지만 실패했어요. 그러나 결국 위대한 선수인 로저는 조금 더 많은 걸 가지고 있었어요.」샘프러스가 말했다.

샘프러스의 어법은 그리 매끄럽지 않았다. 긴 오후였다. 하지만 칭찬은 분명했다. 실력 차이는 풀잎처럼 얇았지만, 페더러의 신체 움직임이 훨씬 더 당당했다.

샘프러스는 12년간 메이저 대회에 쉰두 번 출전해 열네 번 우승했다. 페더러는 마흔한 번 출전해 열다섯 번 우승하는 데 6년밖에 걸리지 않았다.

결승에서 페더러는 로딕의 서브 에이스 스물일곱 개보다 많은 쉰 개의 서브 에이스를 기록해 커리어 최고 기록을 썼고, 놀랍도록 평온한 상태를 유지했다.

잔디 위에서 그는 눈물조차 흘리지 않았다.

「그때는 눈물이 안 나오더군요. 나중에 미르카와 우리 팀을 다시 봤을 때 조금 울컥했던 것 같아요. 하지만 그날은 코트에서 눈물이 나오지 않았어요. 〈내가 해냈어!〉라고 느끼는 순간 중 하나였던 것 같아요. 활력이 넘치는 최고의 순간이었죠. 그 장면을 영상으로 다시 보았을 때 나는 이렇게 말했어요. 〈오, 세상에, 우승이 믿기지 않는 소년처럼 뛰어오르네.〉」페더러가 말했다.

몇 년 지난 후에도 페더러는 나와 함께 그 장면을 회상하면서 가슴을 쓸어내리는 듯했다. 「이 경기는 마지막 장면을 더는 보고 싶지 않은 경기 중 하나예요. 정말이지 동전 던지기를 하는 느낌이었어요.」

그러나 로딕은 윔블던의 동전 던지기에서도 페더러를 이길 수 없었고, 대중은 그의 고통에 공감했다. 하루 내내 페더러를 응원했던 많은 사람조차 말이다.

페더러가 센터 코트에서 트로피를 들고 트랙을 돌며 축하받을 때 낙담한 채 의자에 앉아 있던 로딕은 몇 명의 목소리가 우레와 같은 구호로 바뀌는 것을 들었다. 「로딕! 로딕! 로딕!」

「놀라운 느낌이었어요. 아마도 내 선수 생활에서 가장 멋진 순간 중 하나일 겁니다.」 로딕이 내게 말했다.

사람들의 격려는 거기서 멈추지 않았다. 결승전이 끝나고 며칠 후 그가 아내와 함께 뉴욕시를 돌아다닐 때, 바리스타에서 공사장 인부에 이르기까지 너도나도 위로의 말을 건넸다.

「말 그대로, 걷다가 반 블록도 지나지 않았을 때마다 누군가 다가와서 그 경기에 관해 이야기했어요. 그런 일은 처음이었고, 그 사람들은 테니스 팬도 아니었죠. 어찌 됐든 경기를 보거나 이야기를 들은 사람들이었고, 그래서 기분이 아주 좋더군요. 내가 숭배하고 존경하는 많은 사람에게서 메모와 메시지를 받았어요. 선수 생활을 하면서 그런 반응은 처음이었어요.」

로딕에게 2009 윔블던 전과 후는 달랐다. 동전 던지기 같았던 결승전은 그를 명백하게 동정의 대상으로 만들었다.

「돌이켜 보건대, 그 경기에서 패하지 않았다면 사람들이 생각하는 것만큼 나와 테니스의 관계가 좋지 않았을 거예요. 나는 그날이 테니스 선수로서 양극화된 반응을 일으킨 마지막 날이라고 생각해요. 그때 내가 이겼더라면 방향이 달라졌을지 몰라요.」로딕이 말했다.

로딕은 〈스타벅스 모먼트〉를 이야기했다.

「11년 후 스타벅스에 갔는데 사람들이 그 경기를 기억하더라고요. US 오픈과 다른 모든 대회 우승보다도 이 경기가 영원히 더 기억될 거예요. 나는 역사적으로 중대한 게임에서 로저와 피트의 볼모이기도 했어요. 그리고 모든 일이 그날 내가 그 두 사람 사이에 끼어 있다는 의식을 더 고조시켰다고 생각해요. 피트요? 피트는 틀림없이 왕이 왕좌에 오르는 모습을 보러 왔고, 난 밤비를 쏘는 사람이 되려고 했죠.」

그날 로딕은 그때를 그리워할 뿐 응어리가 없었지만, 응어리가 있었던 적도 있다. 몇 달 후 페더러는 US 오픈 결승에서 후안 마르틴 델 포트로를 맞아 또다시 5세트까지 갔는데, 더블 폴트를 두 번 한 뒤 서브를 빼앗기고 결국 패했다.

「그 경기를 보면서 〈젠장, 로저〉라고 말할 뻔했어요. 후안 마르틴을 좋아하거든요. 후안 마르틴이 이겨서 정말 좋았지만, 로저가 실제로 약간 망쳐서 화가 났죠. 〈망친다〉라는 표현은 어감이 세지만 신경이 거슬렸어요. 그가 5세트를 그냥 내주듯이 해서 내 커리어 어느 때보다 화가 났던 것 같아요.」로딕이 웃으며 말했다.

로딕은 그 후 3년 만에 선수 생활을 접었다. 2012년 은퇴 전 그랜드 슬램 대회에서 다시는 준준결승을 통과하지 못했다.

미국의 위대한 세대인 샘프러스, 애거시, 쿠리어, 창의 뒤를 이은 그는 어려운 시절을 겪었지만, 최선을 다했다.

그들은 총 스물일곱 개의 메이저 단식 타이틀을 획득했다. 그는 단 한 개의 타이틀을 땄고, 2003년 그의 타이틀 이후 타이틀을 획득한 미국 선수는 한 명도 없었다. 로딕의 커리어는 해가 지날수록 더 돋보인다. 그것이 미국 남자 테니스가 심하게 몰락했음을 알려 줄지언정 말이다.

「나는 항상 앤디를 믿어요. 내가 자기 곁을 떠나지 않아서 그가 고맙다고 한 적도 있어요. 사람들이 레이턴을 깎아내릴 때도 난 그에게 충실했어요. 그 때문에 우리 세대는 서로를 존경한다고 생각해요. 우리는 같은 시기에 활동해 서로의 실력을 알고, 정상에 머무르는 일이 얼마나 어려운지도 아니까요. 우리가 서로를 옹호해서 좋다고 생각해요. 보기보다 쉽지 않은 일이죠. 테니스는 매번 상대를 탈락시켜야 하는 운동이잖아요. 축구와 달라요. 일요일에 떠날 수 있잖아요. 1-1로 끝나 아무도 진 사람이 없으니까 밤에 잘 수 있어요. 하지만 우리는 승리 아니면 패배죠. 숨을 곳이 없어요. 게다가 1년에 11개월이나 일하느라 아주 고달파요.」페더러가 로딕의 커리어 후반에 내게 말했다.

그러나 그 고달픔은 분명히 그들 각자에게 같은 영향을 미치지 않았다. 로딕은 서른 살에 은퇴했지만, 페더러는 2020년대까지 뛰었다.

페더러는 올 잉글랜드 클럽에서 평생을 보냈지만, 로딕은 2005년 클럽에 돌아와 BBC에서 해설을 하면서 새로운 일에 적응해야 했다.

그 전에도 그는 상실감에 힘겨웠던지 가끔 잠에서 깨어 〈배를 얻어맞은 듯한〉 통증을 느꼈지만, 은퇴 후 처음으로 클럽에 돌아와서 느끼는 회한은 차원이 달랐다.

「그때까지 그 통증이 뭔지 몰랐어요. 그건 〈오, 슬프도다!〉와 같은 감정이 아니었죠. 나는 윔블던 챔피언으로 그 문을 통과하고 우승자 친목 회원으로 코트를 돌아다니고 싶었어요.」 그가 말했다.

전통과 의전을 중시하는 윔블던은 특히 과거와의 연관성에 초점을 맞춘다. 우승자 친목 회원이든 아니든, 로딕은 3회 결승 진출자로서 윔블던 역사의 일부다. 그는 윔블던에서 결코 운명을 바꿀 수 없었던 이반 렌들, 켄 로즈월, 패트릭 래프터와 같은 명예의 전당 헌액자들과 같은 그룹이다.

샘프러스와 페더러는 올 잉글랜드 클럽에서 열린 오픈 시대에 가장 성공한 두 남자 선수로서, 더 높은 범주에 속했다. 설사 그들이 매우 다른 경기 스타일로 테니스계를 지배했더라도, 그것은 그들을 끈끈하게 잇는 또 하나의 요소다.

몇 년 동안 샘프러스는 그러한 차이에 호기심과 함께 약간 어리둥절했고, 페더러의 감독이 된 아나콘은 2011년 3월 인디언 웰스 대회 직전 로스앤젤레스에서 저녁 모임을 주선했다.

NBA 광팬인 샘프러스와 페더러는 로스앤젤레스 레이커스 경기에 참석해 코비 브라이언트를 만났다. 그는 테니스 광팬이자 2020년 헬리콥터 추락 사고로 비극적인 죽음을 맞이하기 전에 마리야 샤라포바, 노바크 조코비치 같은 선수들의 비공식 고문이었다.

　　샘프러스, 페더러, 아나콘과 그들의 아내들은 나중에 베벌리힐스의 식당에서 함께 저녁을 먹었다. 샘프러스는 아나콘에게 투어에서 플레이가 어땠는지 열심히 물어보았고, 2001 윔블던 4라운드에서 페더러가 전통적인 서브앤발리 게임으로 그를 이기고 나서 주로 베이스라인에서 어떻게 윔블던 타이틀을 획득했는지 자세히 알고 싶어 했다.

　　「그 시기에 로저는 이미 백만 개의 메이저 타이틀을 가지고 있었지만 아직 어린아이여서 여전히 피트를 존경하고 여전히 전설들을 우러러봤어요. 피트는 많은 사람과 스스럼없이 지내지는 않지만, 친밀한 만남에서는 터놓고 말을 잘해요. 우리는 모두 자리에 앉았고, 나는 말 그대로 귀를 기울였어요. 피트가 〈친구, 테니스가 어떻게 되어 가고 있어요?〉라고 말했어요. 로저가 〈무슨 뜻이에요?〉라고 묻자, 피트가 〈더 이상 윔블던에 아무도 들어오지 않아요. 무슨 일이죠? 어떻게 되어 가고 있죠?〉라고 말했죠. 로저는 잠시 생각한 후 기본적으로 한 시대가 가고 다음 시대가 왔다고 설명했어요. 이야기가 몇 시간 동안 이어졌어요. 그때 내가 기자였다면 그의 이야기를 몰래 녹음했을 겁니다.」아나콘이 말했다.

페더러는 거의 모든 사람이 잔디 코트에서 서브앤발리를 할 때 뒤에서 치는 건 잘못된 선택이었다고 설명했다. 그러려면 패싱샷을 너무 많이 쳐야 하기 때문이다. 그러나 장비와 게임 스타일이 바뀌면서 페더러는 하드 코트에서나 심지어 나달이라는 이름을 갖지 않은 선수들을 상대한 클레이 코트에서처럼 베이스라인 플레이가 유리하다는 것을 깨달았다.

새 잔디 코트는 서브앤발리에 적합하지 않았다. 그것은 서브를 넣고 최대한 빨리 포핸드를 세게 때린 후에 필요하면 발리를 하는 데 적합했다. 이는 형태만 다를 뿐 여전히 공격형 테니스였다.

하지만 페더러의 결론에 동의하지 않는 사람들이 있다.

「로저가 서브앤발리를 포기한 건 모두가 그것을 포기했다고 믿었기 때문이에요. 그러나 승률을 보면 서브앤발리는 항상 긍정적이에요. 선수들이 윔블던에서 서브앤발리를 하는 시간이 30퍼센트든 6퍼센트든 승률은 여전히 65~70퍼센트 범위입니다. 분명히 로저는 여덟 개의 타이틀을 획득하고 잘해 냈지만, 윔블던에서 서브앤발리를 포기하는 것은 통계상 좋지 않아요.」 조코비치, 케빈 앤더슨 등과 함께 일해 온 테니스 분석가 크레이그 오샤니시가 말했다.

테니스는 올바른 독과 그 독에 대한 해독제를 끊임없이 찾는 일이다. 이는 종종 순환적인 과정이다. 즉, 많은 미래의 챔피언이 매우 젊고 커다란 압박감 속에서 이 기술을 연마한다면 서브앤발리가 윔블던에서 과거의 영광을 되찾을 것이다.

하지만 그때까지 페더러의 성적은 샘프러스의 성적처럼 긴 설명이 필요 없다. 매우 다른 원칙을 가진 그들은 최고의 잔디 코트 선수들이었다. 그들은 각자 서로의 기술과 헌신을 존중한다.

2009년 결승전이 끝난 다음 날, 오랜 시간 비행기를 타고 로스앤젤레스로 돌아온 샘프러스는 정신없이 다녀온 여행이 즐거웠다. 기록 없이 집에 왔더라도 말이다.

「상상조차 못 했어요. 누군가가 14승을 하는 데 7년밖에 걸리지 않을 거라고는 말이죠.」 그가 말했다.

그 후 몇 년 동안 샘프러스에게 더 놀라운 일들이 기다리고 있었다.

11
스위스, 포이지스베르크

「스위스에 오신 걸 환영합니다!」 로저 페더러가 취리히 호수가 마치 자기 것인 양 팔을 벌리며 자부심에 찬 목소리로 말했다.

페더러는 다시 테니스라는 산의 정상에 올랐고, 2009년 8월 7일 내가 방문했을 때는 세계의 정상에도 오른 것 같았다.

그가 예상보다 대회를 일찍 끝내고 돌아왔기 때문에, 내가 인터뷰하려고 서둘러 프랑스로 온 것이었다. 그의 제안에 따라 우리는 그의 아파트 근처에서 만나 〈킬러 뷰〉라고 이름 붙은, 취리히 호수가 내려다보이는 〈파노라마 리조트 앤 스파〉의 넓은 테라스에서 브런치를 먹었다.

그가 호수와 부촌인 올레라우를 가리키며 말했다. 「우리 집이 저 아래예요.. 조용하고 경치가 좋아요. 여기서 차로 5분 거리인데, 소도 키울 수 있죠. 마음에 들어요.」

밝고 투명한 햇빛, 산들바람이 어우러진 아름다운 늦은 아침이었다. 메이저 대회에서 매치 포인트를 따낼 때 말고는 지금까지 그토록 기분 좋은 페더러의 모습을 본 기억이 없다.

이 인터뷰는 여느 때와 달리 그의 테니스가 핵심이 아니었다. 우리는 그가 아버지가 되었다는 사실에 관해 이야기를 나누었다. 미르카는 7월 23일 취리히에서 예정보다 2주 빨리 일란성 딸 쌍둥이 카를레네와 밀라를 출산했다.

「거울 없이 자기 모습을 보는 것은 틀림없이 놀라운 일이에요. 그 애들이 우리에게 엄청나게 장난을 치겠죠.」 페더러가 딸들을 두고 말했다.

시간을 잘 맞추는 스위스인답게 페더러는 기록적인 열다섯 번째 그랜드 슬램 단식 우승을 차지한 윔블던과 곧 단식 6연승을 차지할 US 오픈 사이 짧은 기간에 부모가 되었다.

「꼭 그 기간에 낳으려고 계획한 건 아니었어요. 운 좋게도 그 시기에 맞춰 출산한 거죠. 겁이 났어요. 아시다시피, 임신 25주 후에는 아기가 언제 나올지 모르잖아요. 프랑스 오픈이 시작될 때 그랜드 슬램 두 개를 치러야 한다고 생각하고 있었어요.」 페더러가 말했다.

윔블던에서 미르카가 진통을 겪으면 어떻게 할지 추가로 논의하기도 했다.

「미르카는 〈음, 가서 경기하고 돌아와. 시합하다가 도망쳐 나올 수는 없잖아. 그건 안 될 말이지〉라고 말했어요.」 페더러가 설명했다.

하지만 로저도 미르카도 한 라운드도 놓치지 않았다. 아슬아슬했지만 말이다. 페더러는 7월 5일 윔블던에서 우승했고, 일주

일이 조금 지나 미르카는 의사들의 요청에 따라 취리히 최고 병원 중 하나인 프리바트클리닉 베타니엔에 입원했다. 예정일을 훨씬 앞둔 시점이었다. 페더러는 쌍둥이가 제왕 절개로 태어나기 전 9일 동안 같은 방에서 잠을 자고 출산 후 열흘을 더 같이 잤다.

「파리, 윔블던, 병원에서 3회 연속 그랜드 슬램 우승을 한 기분이었어요.」로저가 말했다.

그들은 1월 초 카타르 도하 대회에서 미르카의 임신을 알게 되었다.

「나는 좋은 의미로 꽤 충격을 받았어요. 현기증이 났고 미르카에게 농담을 했어요. 〈조심해! 그거 들지 말고 누워 있어야지!〉 그녀는 〈그러지 마! 임신이 뭐 대단한 것처럼 말하지 말란 말이야!〉라고 말했죠.」그가 말했다.

2주 후 호주 오픈이 열린 멜버른에서 첫 검진 때 쌍둥이라는 사실을 알게 되었다. 로저는 다시 어지러움을 느꼈다.

「나는 〈오, 세상에, 이보다 더 좋을 수는 없네!〉라고 생각했어요.」그가 말했다.

그는 다음 날 출전한 준준결승전에서 젊고 위험한 후안 마르틴 델 포트로를 6-3, 6-0, 6-0으로 물리쳤다.

「쌍둥이가 내게 날개를 달아 준 거였어요, 그렇죠? 〈좋아, 미르카가 검사받으러 가든 뭘 하든 내게 영향을 주지 않을 것 같아〉라는 생각이 들더군요. 출발이 좋았어요. 그래서 자신감이 생겼죠.」페더러가 말했다.

결승전에서 나달에게 패한 후, 페더러 부부는 3월까지 기다렸다가 미르카의 임신을 발표했다. 그들의 주치의는 쌍둥이라는 건 아직 말하지 않는 것이 상책이라고 했다. 로저는 나중에 그의 외할머니도 쌍둥이였는데, 나머지 한 명이 출산 중에 사망했다는 사실을 알게 되었다. 조심하는 것이 최선이었다.

「무슨 일이 생길지 아무도 모르잖아요. 그런데 그 후 7개월이 지나도록, 쌍둥이인지 아닌지 묻는 사람이 아무도 없었어요. 그래서 나는 〈좋아, 마지막까지 입 다물고 있자〉라고 생각했죠.」 로저가 말했다.

기자 회견에서 〈아기〉에 관해 이야기하지 않으려고 했지만, 너무 깊이 빠져들어 우리 인터뷰에서도 가끔 〈아기〉를 언급했다.

「정말로 나 자신과 싸워야 했어요. 내가 〈우리가 아기를 가져서 정말로 흥분돼요〉라고 말하고 나서, 〈이게 이미 알려 주고 있는 건가〉라고 생각한 적이 몇 번 있었죠.」 페더러가 말했다.

페더러는 내가 세 딸의 아버지라는 것을 알고 우리 가족에 관해 물었다.

「나는 여자들에 둘러싸여 있고, 당신도 마찬가지죠.」 내가 말했다.

그가 물었다. 「어때요? 좋아요?」

「음, 민감해져야 하죠. 꼭 그럴 필요가 있는지는 모르겠지만.」

페더러가 크게 웃으며 말했다. 「맞아요!」

경기와 투어에 대한 페더러의 사랑이 평균을 훨씬 뛰어넘는다는 것은 오래전부터 분명했지만, 테니스 챔피언이 되어도 평균을 뛰어넘는다는 것을 그때 처음 깨달았다.

앤드리 애거시를 포함해 처음 아버지가 된 선수들은 아이들이 태어난 직후 코트로 돌아왔다. 그러나 페더러는 온 가족을 당장 데리고 나가 집 밖에서 머물기를 유독 열망하는 것 같았다. 미르카와 쌍둥이는 화요일에야 병원에서 퇴원했다. 금요일에 밀라와 카를레네는 이미 스위스 여권을 가지고 있었고, 몇 시간 후 첫 비행기를 타게 되었다.

「모든 게 안전하고 적절할 때만 그렇게 할 생각이었어요. 미르카는 어제 검사를 받았어요. 아기들은 열흘 동안 병원에 있었는데, 모든 것이 완벽해요. 그래서 우리는 할 수 있어요. 대가족이 단체 여행을 하며 페더러 가족 응원단이 되는 거죠. 우리는 또 여행을 떠납니다. 우리가 무슨 일을 해낼지 정말 설레요.」로 저가 말했다.

파리 여자와 결혼한 미국인으로 전 세계를 다니며 스포츠를 취재해 온 나는 아주 어린 아이들과 장거리 여행을 자주 했다. 딸들과 함께 있다는 건 소중했지만, 내 마음에 처음 떠오른 단어는 〈설렘〉이 아니었다. 장비를 싣고, 수면 장애에 대처하고, 밤 비행기에서 아기들을 보고 두려움을 느끼는 주변 일반석 승객들의 눈치를 봐야 한다는 것이었다.

그러나 페더러 가족은 여행할 때 일반석을 이용하지 않을 것이다. 부부 둘만 여행할 때는 상용 비행기로 대서양을 건넜지만, 첫 가족 나들이를 위해 전용기를 선택해 몬트리올로 향했다. 그들은 보모를 대동했다.

「보모가 큰 도움이 되긴 하지만 미르카도 손을 놓지 않아요. 미르카는 밤에 깨는 걸 마다하지 않고 언제든 아기들을 먹이고 기저귀 가는 일도 불평 없이 해요. 미르카는 그걸 하지 못하면 직무 유기라고 생각하는 것 같아요.」페더러가 말했다.

원래 계획은 일주일 후 신시내티의 몬트리올 투어로 돌아가는 것이었지만, 미르카는 의학적 문제가 없다면 시간표를 앞당길 수 있다고 분명히 밝혔다. 그들은 출발 하루 전인 목요일에 몬트리올로 가기로 했다. 그래서 나는 그들이 떠나기 전에 서둘러 스위스에 도착해야 했다.

「매일같이 미르카가 〈우리 가는 거야?〉라고 물었어요. 그녀는 준비가 되어 있었어요.」페더러가 말했다.

페더러가 가정적인 남자가 된 후 10년이 넘도록 어떻게 큰 성공을 거두었는지 궁금해하는 사람이 있다면, 이 짧은 단락에서 많은 것을 알 수 있다.

「그녀는 바위예요.」페더러가 말했다. 이 단어는 그가 아내를 묘사할 때 자주 쓰는 말이다.

「그녀는 정신력이 아주 강한데, 아마 테니스를 해서 그런 것도 있을 겁니다. 출산 후부터 지금까지 모든 일을 처리하는 방식도 마찬가지죠. 그것이 내가 미르카에게 원하는 거고요. 그녀는 정말 멋진 사람이니까요. 그녀는 얼마나 훌륭한 엄마가 될지, 지금 얼마나 훌륭한 엄마인지 내게 증명해 보여 주고 있어요.」

페더러가 영어를 사용할 때는 표현과 시제가 그의 테니스처럼 유려하지 않다. 그런데 그의 말을 그대로 베껴서는 그의 따뜻함과 긍정적인 에너지가 대개 전달되지 않는다. 그의 보디랭 귀지는 개방적이어서 그는 팔짱을 끼지 않는다. 그의 눈은 깊지 만 곧 웃음을 터뜨릴 것만 같다. 그의 말투는 재미난 음모를 꾸 밀 것 같다. 그래서 그가 약간 횡설수설한다면 그것은 — 놀랍 게도 우승을 수없이 따내고 호화로운 생활을 하지만 — 상대를 즐겁게 해주려는 열망에서 나온 것이다. 그 즐거운 순간을 포착 하는 데 필요한 내용을 모두 상대에게 알려 주기 위해서다. 아 무리 상대가 스스로 포착하기를 원한다 해도 말이다.

한결같은 나달의 탁월함과 조코비치의 부상과 추락, 부활 등 앞으로 몇 년 동안 코트에는 그에게 많은 걸림돌이 있을 것이 다. 그러나 미르카는 막후에서 탁월함을 방해하지 않았다. 그녀 는 페더러의 선수 생활을 진심으로 지지하고 옮겨 다니는 삶을 열정적으로 받아들였으며, 회사 중역에 맞먹는 능력과 감각을 보여 주었다.

「로저의 커리어 50퍼센트는 미르카 덕분이라고 생각해요. 미 르카가 믿을 수 없을 정도로 많은 것을 관리하니까요. 당신이 최상위 운동선수인데 배우와 결혼했다고 쳐요. 그러면 그녀는 당신이 연습하거나 이런 대회에 나가는 일이 멋지다고 하겠지 만, 우리가 대신 이런저런 일들을 처리해야 할지도 몰라요. 어 쩌면 그것이 당신의 커리어가 더 빨리 멈추는 이유가 될 거예요.」 그들이 사귀기 전부터 알고 지낸 로세가 말했다.

〈트로피 아내〉가 아닌 미르카는 남편이 트로피를 계속 따려 면 무엇이 필요한지 확실히 알았다. 이민자 보석상의 딸인 그녀

역시 테니스 명수가 제공하는 이점을 즐겼다. 최고급 주택과 소유물, 5성급 여행, 테니스 광팬인『보그』편집자이자 비공식 조언자가 된 애나 윈터를 비롯한 유명인들과의 친분 등 말이다.

「애나가 미르카와 로저 모두에게 큰 영향을 미쳤다고 생각해요.」 마리야 샤라포바를 오랫동안 대변해 온 IMG 부사장 맥스 아이젠버드가 말했다.

「한번은 내가 미르카에게 신혼여행 계획을 도와 달라고 부탁했답니다. 실수였죠. 그녀는 최고의 신혼여행지들을 추천했어요. 안내인, 호텔, 야외 활동, 여행 순서든 뭐든 전부 훌륭했어요. 청구서를 받고 깨달은 것은 내가 무려 20회 그랜드 슬램 우승자의 신혼여행을 다녀왔다는 겁니다. 내 최고 커리어 랭킹은 63위였거든요.」 전 ATP 투어 선수이자 이사인 저스틴 기멀스토브가 말했다.

미르카는 다른 테니스 전설들을 내조하는 파트너들과 달리, 프로 경기를 아주 세세히 이해했다. 그녀는 한때 100위권이었던 올림픽 선수이자 페더레이션 컵의 일원이었다. 고질적인 발 문제로 선수 생활을 중단하지 않았다면, 그녀는 틀림없이 더 높이 치솟았을 것이다.

지금은 상상하기 어렵지만, 2000년 올림픽 이후 열아홉 살의 페더러가 스물두 살의 미르카와 사귀기 시작하자 친구들이 말리려고 했다. 친구들은 그 시기에 페더러보다 더 성숙하고 세련된 미르카와의 관계가 빠르게 진지해질 수 있다는 걸 감지할 수 있었다.

「다들 〈로저, 안 돼, 안 돼. 넌 너무 어려. 조금만 더 자유를 즐겨〉라고 했지만, 그는 우리의 충고를 듣지 않았어요. 분명히 그는 옳은 선택을 한 거죠.」 스번 흐루네벌트가 내게 말했다.

미르카는 페더러가 어엿한 테니스 스타가 되기 전, 윔블던에서 처음 우승하기 훨씬 전에 페더러의 여자 친구였다. 페더러는 그 점을 높이 평가했고 신뢰했다.

「내가 타이틀을 갖기 전에 그녀를 사귀었고, 우리는 온갖 일을 함께 겪었고, 이제 우리에게 가족이 생겼어요. 정말로 믿기지 않아요.」 페더러가 내게 말했다.

그는 그녀가 높은 수준에서 게임을 이해한다는 점도 좋아했다.

「그런 이유로 테니스 선수와 사귀기 시작한 건 절대 아니에요. 하지만 내 상황에서는 그게 정말 도움이 된다고 생각해요. 그녀는 어떤 면에서 어떻게 해야 할지 알고 있으니까요. 그녀는 여전히 매우 훌륭하지만 내 수준이 아닌 수준에서 그것을 이해했어요. 그리고 테니스에 이미 엄청난 시간을 투자했고요. 그래서 내가 〈이봐, 난 연습하러 가야 해〉라고 말하면, 그녀는 가장 먼저 〈알아, 연습이 필요한 거 알아, 그런데 넌 내게 필요한 연습의 20퍼센트만 하면 되잖아〉라고 말하곤 했죠.」 페더러가 내게 말했다.

페더러의 친구이자 복식 파트너였던 이브 알레그로는 로저 부부와 두루 친하게 지낸다. 그는 두 사람이 사귀기 시작한 후 로저가 빠르게 변해 가는 것을 알아챘다.

「그 나이에는 여자가 조금 더 성숙하잖아요. 그런데 미르카는 세 살 연상이었어요. 로저는 패션이 좀 달라졌고 더 성숙해지기 시작했어요. 나는 미르카가 테니스를 이해했다고 생각해요. 그 때 그녀는 선수였으니까요. 그의 안정을 위해 완벽한 상황이었죠. 그녀는 확실히 그의 커리어에서 핵심적 역할을 하고, 피터 카터가 죽었을 때도 큰 버팀목이 되었어요.」 알레그로가 내게 말했다.

빌 라이언은 미르카와 사귀기 시작할 때 페더러의 에이전트였다.「그들이 사귈 때 분명히 그녀가 상전이었어요. 그가 그녀에게 반했다는 걸 알 수 있었죠.」라이언이 말했다.

토니 로시, 호세 이게라스, 폴 아나콘과 같은 베테랑 감독들이 팀에 합류한 뒤에도 미르카는 수년간 페더러의 테니스 전문 고문단의 일원으로 남았다.

「내 기억으로는 미르카가 〈폴, 폴, 왜 로저에게 이런저런 연습을 시키지 않는 거죠?〉라고 말한 적이 한 번도 없어요. 전혀 그러지 않았죠. 그러나 중대한 사안일수록 그녀가 한두 가지 질문을 할 가능성이 컸어요.」아나콘이 말했다.

아나콘은 페더러가 조코비치와 싸운 2011 프랑스 오픈 준결승을 회상했다. 페더러의 가장 훌륭한 경기 중 하나인 이 시합에서, 그는 조코비치의 단식 43연승 행진을 저지했다.

「준결승전 전날 밤에 모였을 때 미르카가 〈자, 여러분, 어떻게 생각해요?〉라고 말한 것이 기억나요. 그러고 나서 우리는 전술 얘기만 했어요.」아나콘이 말했다.

2010년에 취리히에 왔을 때 아나콘은 로저, 미르카와 함께 저녁 식사를 했다. 그는 전 고용주 팀 헨먼과 페더러의 에이전트 토니 갓식을 통해 이미 미르카를 알고 있었다.

「미르카는 정말 직설적이었어요. 그녀는 질문을 하면서 〈이 지점에서 로저에게 전략적으로 문제가 있었는데, 이 문제에 대한 당신의 철학은 무엇이죠?〉라고 말했어요. 그것은 정말 정보 수집이었어요. 나는 스트레스를 느껴 본 적이 없고 로저도 마찬가지였어요. 그 말 때문에 압박받는다는 느낌은 전혀 없었고, 그것이 경계를 벗어났다고도 느끼지 않았고요. 내가 그들 주위에 있을수록 나는 그들의 관계와 역할을 존중하고 높이 평가하게 되었어요. 로저는 그녀를 조건 없이 사랑하니까요. 그리고 그녀는 강하고, 똑똑하고, 테니스를 알고, 인생을 알고 있죠. 그녀는 또한 사랑하는 사람들, 남편과 가족, 그리고 그 그룹에서 일하는 사람들을 끊임없이 보호해요.」아나콘이 말했다.

페더러 부부를 아는 다른 사람들은 미르카가 로저를 대신해 악역을 맡을 수 있고, 그녀의 솔직한 접근과 맞서는 능력이 그가 선호하는 역할을 유지할 수 있게 해준다고 말한다.

「로저는 갈등 없이 사람들과 둥글둥글 지내는 걸 좋아하지만, 그녀는 강하고 세게 나갈 수 있어요. 그녀는 로저와 그의 테니스, 그의 일정에 많은 영향을 끼쳐요. 나라면 너무 힘들 것 같아요. 결혼 생활에도 좋지 않을 겁니다.」이 커플과의 관계를 훼손하지 않기 위해 익명을 요청한 한 전직 선수가 말했다.

그러나 로저와 미르카는 일과 부부 관계를 접목하는 일에 익숙했다.

2002년 1월, 그들은 스위스 대표 선수로 호프만 컵에 함께 출전했다. 둘 다 긴 머리를 뒤로 묶고 하얀 나이키 머리띠를 하고 있었다. 코트에서 호주의 위대한 선수였던 프레드 스톨과 인터뷰할 때, 그들은 연신 얼굴을 붉히고 킥킥 웃어 댔다. 스톨이 은연중에 그들의 관계를 암시했기 때문이다(그는 미르카의 전체 이름을 발음하느라 애먹었다).

지금 그 순간을 지켜보는 것이 더욱 가슴 아픈 이유는 그때 미르카의 선수 생활이 거의 끝나 가고 있었기 때문이다.

「호프만 컵에서 미르카가 아란차 산체스 비카리오와 경기하기 전에 울었던 기억이 나요. 내가 〈왜 우는데?〉라고 물었죠. 그녀는 〈너는 몰라. 발이 너무 아파. 간신히 뛸 수 있는데 나가서 시합해야 해〉라고 말했어요. 그래서 내가 〈그럼 시합하지 마〉라고 했더니, 그녀가 〈당연히 시합할 거야. 그런데 너무 아파〉라고 말했어요. 나는 그 정도로 아픈 적이 없었어요. 그보다 조금 덜 아플 때 코트로 나간 적은 있지만요. 내가 보기에 미르카는 그런 점에서 완전히 다른 것 같아요. 얼마 지나지 않아 그녀는 은퇴했죠.」 페더러가 내게 말했다.

그녀는 호주 오픈과 인디언 웰스, 마이애미 오픈의 예선 첫 라운드에서 패했다. 그러나 통증이 계속되어 몇 개월 쉬고 난 후 발뒤꿈치 수술을 결정했다. 2002년 가을에 그녀가 회복하는 동안 로저는 그녀에게 호텔 예약을 도와줄 수 있는지 물었다. 날이 갈수록 그녀는 로저와 당시 그의 코치였던 페테르 룬드그렌의 여행 계획 일을 점점 더 많이 맡게 되었다.

의사들은 결국 미르카에게 수술이 실수였다고 말했다. 그녀는 더 이상 투어급에서 뛸 수 없었는데, 겨우 스물네 살이었다.

「돌아오려고 무척 노력했고 정말 너무 돌아오고 싶었지만, 더 이상 할 수 있는 일이 없었어요.」은퇴 후에도 여전히 발 통증을 겪고 있던 2005년 봄에 파리에서 미르카가 말했다.

그즈음 그녀는 로저와 함께 여행하면서 그의 후원사와 언론사 일정을 관리했다. 이 시기에 로저는 IMG와 결별하고 부모와 미르카, 스위스인 법률 고문에 의존해 급증하는 업무를 관리하고 있었다.

「어떤 면에서는 그녀의 커리어가 나와 함께 지속되었다고 생각해요. 그녀가 은퇴하면서 내 커리어가 막 시작된 것은 그녀에게 좋은 일이었죠. 할 일이 태산이었으니, 그녀는 〈발이 너무 아파, 발뒤꿈치가 아파서 죽을 지경이라서 다시는 뛸 수 없을 거야〉라고 생각할 겨를조차 없었을 겁니다. 발은 아직도 상태가 좋지 않아요. 그래서 3년 내리 재활 치료를 하기보다 그녀가 옳은 결정을 내린 것 같아요.」페더러가 2016년에 내게 말했다.

2003년에 그가 윔블던 우승이라는 쾌거를 이루자, 미르카는 쇄도하는 인터뷰와 출연 요청에 응대하느라 정신을 못 차릴 지경이었다.

「난리였죠. 모든 사람이 우리에게 너무 많은 걸 원했어요. 당황스러웠지만 흥미롭기도 했어요.」로저가 내게 말했다.

그는 미르카의 목소리를 흉내 냈다. 「〈오, 내 전화기가 멈추지 않아! 다들 미쳤어. 어떻게 해야 할지 모르겠어.〉」

그는 자신의 목소리로 되돌아갔다. 「그래서 내가 〈그냥 꺼버려. 난 너와 시간을 보내고 싶어어어어〉라고 말했어요.」그가 애원하듯 마지막 모음을 길게 늘이며 말했다.

그는 다시 미르카의 목소리를 흉내 내며 덧붙였다. 「그랬더니 그녀가 〈그럴 수는 없어〉라고 말했어요.」

페더러는 이런 대화를 영어로 하지만, 그와 미르카는 스위스 독일어로 의사소통한다. 둘 다 다국어를 구사하지만 말이다(미르카는 영어와 슬로바키아어도 구사한다). 언어가 무엇이든 간에 일과 삶의 균형은 초기 몇 년 동안 실제로 갈등 요소였다.

「처음에는 가끔 의견 차이가 있었어요. 그러면 우리는 〈자, 싸우지 말자〉라고 말했어요. 적어도 어떤 문제로 싸우고 나서 그것을 잊어버리면 서로 껴안을 수 있죠. 지금은 문제없지만, 첫 번째 윔블던 타이틀을 따고 나서 그녀가 너무 지쳐서 약간 짜증을 내던 시기가 있었어요. 나도 그랬고요. 우리는 지금도 일이 넘쳐요. 때때로 이른 아침에 미르카가 이메일을 확인하거나 전화를 한 번 더 해야 하기도 하죠. 나는 〈음〉이라고 하지만, 그건 문제 될 게 없어요.」2005년에 페더러가 내게 말했다.

페더러가 놀랍게도 룬드그렌과 결별한 2003년 12월 이후 미르카의 영향력과 역할은 점점 커졌다.

「미르카는 페더러를 대신해 마무리 짓는 사람이에요. 솔직히 나는 그들이 룬드그렌과 헤어진 것이 그의 결정이라기보다 그녀의 결정이었다고 생각해요. 사실 그녀는 그다지 친절하지 않고 오히려 차가운 편이죠. 하지만 페더러에게 많은 도움을 줬어요. 그녀가 매사를 돌본 덕분에 로저가 테니스에만 집중할 수 있었으니까요. 그녀가 온갖 뒤치다꺼리를 했고, 그런 일이 점점 늘어났죠.」 젊은 시절 함께 일했던 프랑스 물리 치료사이자 정골 요법사인 폴 도로셴코가 말했다.

테니스에 관해서는 로저보다 미르카에 대한 의견이 더 분분하지만, 아마도 그것은 그녀가 가족이라는 안식처를 매우 부지런히 지키고, 의도적으로 외부 세계와 의사소통을 거의 하지 않기 때문일 것이다. 그녀가 얼마나 자주 눈썹을 치켜올리고, 주먹을 불끈 쥐면서 응원하고, 수년간 선수석에서 1루 코치보다 더 많은 껌을 씹으며 격앙된 숨을 내쉬는지 계산하지 않는다면 말이다.

「나는 그녀를 정말 좋아하고 매우 존경해요.」 페더러의 오랜 라이벌인 앤디 로딕이 말했다.

마리야 샤라포바는 열일곱 살 때 윔블던에서 깜짝 우승했을 때 우승자 만찬에서 막 남자 2연패를 달성한 로저와 미르카와 같은 테이블에서 식사했다고 내게 말했다.

「무도회에서 그의 옆에 있는 트로피를 가지러 일어났을 때, 미르카가 내 드레스가 비뚤어졌다고 말해 준 기억이 나요. 나는 〈이런, 내 드레스가 삐뚤어진 채 로저 페더러 옆에 서고 싶지 않아!〉라고 생각했죠. 그래서 〈정말 고마워, 미르카〉라고 말했어요. 난 아무것도 몰랐거든요.」 샤라포바가 내게 말했다.

한때 페더러의 멘토였던 스위스 스타 마르크 로세는 초기 몇 년 동안 미르카가 거의 생색내지 않는 언론 문지기 노릇을 했다고 지적했다.

「초기에 미르카는 비난을 많이 받았어요. 로저를 만나려면 분위기상 그녀를 거쳐야 했기 때문에 불만이 많았거든요. 하지만 누군가를 비난하기 전에 그 사람의 처지를 생각해야 해요. 그녀는 홍보 책임자이자 온갖 일을 맡아서 했고, 로저가 가장 정상적인 상황에서 테니스에만 집중할 수 있도록 최선을 다했어요. 그녀는 자기 남자를 보호했고, 그건 당연한 일이죠. 처음에는 불만이 많았지만, 솔직히 나는 그녀에 대해 나쁘게 말할 게 없어요. 그녀는 그에게 최선이라고 생각되는 일을 했어요. 로저가 그걸 받아들이고 만족한다면 우리가 비난할 일이 아니죠.」로세가 말했다.

흐루네벌트는 미르카가 페더러의 비전을 분명히 보았다고 믿는다. 「그녀는 무엇을 해야 할지 알았어요. 카터와 관련된 결정을 내릴 때, 즉 그와 관계를 끝낼 때도 물론 그녀가 그 결정에 역할을 했죠. 코칭에 관한 결정을 내리는 일이 로저에게는 쉽지 않아요. 그는 누군가를 놓아주기가 힘들거든요.」

페더러는 그 결별에 관해 미르카와 상의했지만 결국은 그의 결정이었다고 오랫동안 주장해 왔다. 룬드그렌은 그것이 고통스러웠을지언정 적시에 이루어진 결정이었다고 내게 말했다.

2004년 대부분 동안 페더러는 공식 코치가 없었으며, 2005년 말에야 IMG에 다시 합류했다. 페더러의 단골 특파원이 된 론 유는 2004년에 처음으로 페더러와 긴 대화를 나누기 위해 함부르크 호텔에 갔을 때 미르카가 합석했다고 기억한다. 결국에는 갓식이 홍보 업무를 인수해, 미르카는 언론에 대부분 거절의 의사를 전하는 임무에서 벗어났다. 하지만 그녀는 여전히 페더러의 커리어에 깊이 관여했다.

「분명히 아이가 생기기 전, 특히 코치나 경영진이 없을 때 우리는 매일 아침, 점심, 저녁을 거의 둘이 먹었어요. 그래서 우리가 온갖 일에 관해 이야기할 시간이 너무 많았죠. 우리 인생에서 아주 흥미로운 시간이었어요. 요즘 우리는 한 테이블에 6~8명이 앉아 있어요. 항상 북적이고, 많은 것이 변했어요. 그래서 오붓한 시간을 얼마나 갖고 싶은지, 정말 구체적이고 정확하게 말할 필요가 있어요.」 밀라와 카를레네가 태어난 지 얼마 안 되었을 때 페더러가 내게 말했다.

페더러는 자신의 테니스 경기가 미르카와의 〈오붓한 시간〉에 여전히 화제라는 것을 인정했다.

「그녀도 그걸 좋아한다는 걸 알아요. 나는 그녀와 테니스에 대해 이야기하는 걸 좋아해요. 그녀는 연습하고 경기하는 내 모습을 누구보다 많이 보았고, 대화하면서 때때로 그녀의 조언을 구하기도 하니까요.」 그가 씩 웃으며 말했다.

물론 이런 모든 내용에 대한 미르카의 관점을 들으면 가장 좋겠지만, 그녀와 로저는 2000년대 중반 사생활 보호를 위해 인터뷰를 중단하기로 했다.

2009년 4월 11일 바젤에서 치른 그들의 소규모 결혼식은 스위스 데이비스 컵 팀의 일부 선수들조차 모를 정도로 극비리에 진행되었다. 페더러와 인터뷰하면서 그가 진심으로 짜증을 낸 적이 딱 한 번 있다. 2012년에 내가 스위스 알프스의 렌체르하이데 근처에 있는 그의 집을 언급했을 때다.

「내가 어디에 사는지 쓰지 말아 주세요. 난 싫어요.」그가 쏘아붙였다.

그 위치는 나중에 널리 알려졌지만, 우호적인 평판을 받을 만한 세계적인 명사 페더러는 경계선을 분명히 그으려는 욕구가 커졌다. 다시 말해, 한때 그의 홍보 담당관이었던 미르카가 더이상 언론에 말하지 않겠다는 뜻이었다. 만약 두 사람에 관한 질문이 있다면 페더러가 처리할 것이었다.

그로 인해 확실히 큰 그림을 이해하기 어려워졌다. 테니스 선수의 배우자는 일반적으로 미르카만큼 화제의 중심에 서지 않는다. 로저를 만나기 전에 두바이 왕족과의 로맨스에 대한 보도를 포함해, 그녀에 관해 설명하고 폭로될 일이 많을 것이다. 그러나 남편의 커리어에 대한 그녀의 생각을 듣는 것이 더 매혹적일 것이다. 그녀는 그를 코트에서 최고 선수로 만들고 그의 브랜드를 구축하는 데 결정적 역할을 했기 때문이다.

「나는 그의 코치가 아니에요. 그에게 조언하는 것으로 충분해요. 로저는 테니스에 관해 이야기하는 걸 좋아해요. 나는 테니스 경기와 전술을 알고요. 그는 영리해서 잘 걸러서 듣죠. 그는 최고의 정보만 마음에 담아요. 어쩌면 내가 테니스 선수 출신이라서 우리의 유대감이 더 강한지도 몰라요. 그랜드 슬램 결승전 전날 밤에는 절대 그와 쇼핑을 가지 않을 테니까요.」2005년 프랑스 스포츠 잡지『레키프』와의 인터뷰에서 그녀가 말했다.

그 여정이 항상 순탄하지는 않았다. 부부가 공동으로 투자한 로저 페더러 향수는 실패했지만, 이후 나이키와 유니클로가 수정하며 훨씬 더 성공한 〈RF〉 모노그램 버전이 남았다.

「RF 모자는 우리가 판매한 모자 중 1위였고, 나이키는 모자를 많이 만들지만 테니스는 나이키에 아주 작은 사업입니다. 미르카는 로저의 행동보다 로저가 입는 옷에 대한 발언권이 더 커요. 로저가 좋아하는 것과 싫어하는 것, 로저에게 어울리는 색과 어울리지 않는 색에 대한 발언권이 훨씬 크다고 말할 수 있죠. 그런데 말이죠, 배우자가 필요한 데는 이유가 있어요. 때때로 로저는 〈당신들이 하는 일이 마음에 들지 않아요〉라고 목소리를 내지 못했을지도 몰라요. 그런 의미에서 미르카가 그 일을 떠맡은 것 같아요.」 나이키에서 30년간 일한 마이크 나카지마가 말했다.

그녀는 두 번째 일란성 쌍둥이를 낳는 일을 포함해 수년 동안 더 많은 일을 했다(놀랍게도 페더러의 여동생인 다이애나도 쌍둥이를 낳았다). 미르카와 로저의 아들인 레오와 레니는 2014년 5월 6일 태어나, 로저가 이탈리아 오픈과 프랑스 오픈에 출전할 시간이 충분했다. 모든 과정이 때때로 힘겨웠지만, 미르카의 목표는 길을 집으로 바꾸고 가끔 캠핑용 밴을 예약하는 것이었다.

의심할 여지 없이 돈이 있으면 고생이 다소 줄어든다. 그들은 전용기를 자주 탔고 보모들을 교대하게 했다.

「보모들의 과로를 방지하고 좋은 분위기를 유지하기 위해 몇 명을 고용했지요.」페더러가 말했다.

카를레네와 밀라가 정규 교육을 받을 시기가 되자, 페더러는 가족과 함께 여행할 공인 교사를 고용해 유치원과 초등학교 교육을 했다. 두 아이는 호텔방이나 다른 공간을 교실 삼아 공부했다.

「가족이 모두 똘똘 뭉칠 수 있게 하는 것이 옳은 것 같아요. 처음에는 그것이 아이들에게 최선인지 확신이 서지 않았지만, 그래서 우리가 함께 지낼 수 있다고 말해야겠네요. 아이들은 즐겁게 공부하고, 나는 가족과 함께 있는 것을 좋아하고, 미르카도 마찬가지예요. 그녀는 나와 함께 있는 것을 좋아하고, 우리는 거의 매일 봐요. 지금은 그것이 서로 떨어져 살면서 아이들이 일반 학교에 다니는 것보다 더 중요하다고 생각해요. 하지만 상황은 아주 빨리 변할 수 있죠.」2015년에 페더러가 말했다.

그는 무릎 수술과 코로나바이러스 전염병으로 인해 2016년과 2020년에 장기간 여행을 쉬었다. 2017년과 2018년 클레이 코트 시즌에도 불참했다.

「아이들은 모든 것에 익숙해지지만 딸들이 〈언제 또 떠나요?〉라고 묻더군요. 왜냐하면 애들이 집 떠나는 걸 좋아했거든요. 그래서 〈호주에 언제 다시 가요?〉 혹은 〈뉴욕에 언제 다시 가요?〉라고 물었어요. 그러면 나는 〈좀 더 있어야 해〉라고 말했죠.」2016년 페더러가 6개월간 쉴 때 내게 말했다.

그러나 페더러 가족은 계속해서 함께 세계 여행을 했다. 이 시기에 다닌 대부분의 여행지에는 페더러 부부와 아이들의 친구가 있었다.

「20년 동안 투어 생활을 하면서 많은 사람을 알게 되었어요. 어느 도시를 가든 아는 사람들이 있고, 그들을 만날 수 있어서 행복해요. 그래서 여행하는 우리 삶이 일종의 집처럼 느껴져요.」페더러가 내게 말했다.

아나콘은 페더러를 코치했던 시절에 여행 중인 페더러 가족이 적어도 3~4명의 커플이나 친구 없이 시간을 보낸 경우를 기억하기 힘들다고 말한다.

「그들은 저녁을 먹고, 며칠을 함께 보내고, 어울리고, 수다를 떨고, 산책하고, 커플들이 함께하는 일들을 했어요. 그런 활동들은 로저가 테니스 실력을 계속 높은 수준으로 유지하는 연료였죠.」아나콘이 말했다.

좀 더 호젓한 환경을 좋아하는 샘프러스를 코치했던 아나콘은 페더러가 온갖 사교 활동으로 인해 에너지가 고갈될까 봐 우려했다. 그는 갓식, 뤼티, 결국 페더러에게 걱정하는 마음을 전했다.

「로저는 〈연료가 소실될 정도로 나이 먹는 단계는 아직 아닌 것 같다〉고 말했어요. 로저가 그 때문에 시합에서 지는 걸 한 번도 본 적이 없고, 앉아서 〈아, 친구들이 찾아와서요〉 따위의 말을 한 적도 없죠. 그는 자신의 과정, 감정적 과정, 연습을 놀라울 정도로 효율적으로 해요. 그가 하는 모든 일은 그에게 재충전 효과를 주는 것 같아요. 사람들과 어울리는 일을 비롯해 다른 모든 일이 연료 탱크를 고갈시키기보다 그를 재생시키는 것 같아요.」 아나콘이 말했다.

그의 딸들은 연습 시간에 그에게 몇 가지 조언까지 해주었다.

「한번은 애들이 내가 라인에서 공을 쳐야 한다고 말하더군요. 아이들은 그게 좋다고 생각해요. 그래서 내가 〈좋아, 노력해 볼게〉라고 말했어요.」 2016 호주 오픈에서 페더러가 설명했다.

그들은 또한 그에게 한 방향을 슬쩍 보고 나서 다른 방향으로 공을 치라고 제안했다.

「내가 〈좋아, 그것도 노력해 볼게. 너희가 생각하는 것처럼 쉽지는 않겠지만, 노력은 해볼게〉라고 말했죠.」

페더러는 자주 여행이 아이들에게 힘든 일이 아니라고 강조한다.

그가 자신과 미르카를 두고 말했다. 「우리가 힘들죠. 우리는 아이들에게 최대한 편한 환경을 제공하려고 애쓰기 때문에 실제로 아이들에게는 쉽습니다.」

가족을 데리고 여행한 남자 스타는 그가 처음이 아니었다. 레이턴 휴잇과 그의 아내 벡은 2005년생 딸 미아와 2008년생 아들 크루즈와 함께 여행했다. 2010년에 딸 아바가 태어나자 그들은 다섯 식구가 되었다. 2016년 단식에서 은퇴한 휴잇은 페더러, 나달과도 공을 쳤던 크루즈와도 쇼 코트에서 자주 공을 쳤다. 페더러는 분명 휴잇을 거울삼아 가족이 함께 여행할 수 있겠다고 생각한 것 같다.

「아이들은 나와 함께한 추억을 평생 간직하겠죠. 아마도 애들이 뭔가 얻을 수 있다는 생각 때문에 내가 조금 더 오래 코트에서 즐겁게 뛸 수 있었던 것 같아요.」휴잇이 말했다.

하지만 휴잇이 마지막으로 탁월했던 시즌은 2005년이었다. 한편 페더러는 대가족과 웅대한 테니스 야망 사이에서 균형을 잘 잡으며 대승을 거듭했다.

「난 그렇게 할 수 없었어요. 나는 가족의 의무 같은 게 없는 스트레스 볼이었어요. 나는 테니스를 쳐야 했고, 이제는 가족을 돌보고 사업을 해야 하죠. 나는 그것들을 한데 엮을 수 없었어요.」로딕이 내게 말했다.

2017년 로딕이 페더러에게 가족과 함께 여행하는 일이 어떤지 묻자, 페더러는 웨스턴 앤 서던 오픈 출전으로 신시내티에서 1년을 보낼 때 온 가족이 같은 방을 써서 특히 재미있었다고 대답했다.

로딕은 깜짝 놀랐다.

「내가 〈무슨 소리야? 온 가족이 같은 방을 쓰다니? 모두 연결된 방이었어?〉라고 묻자, 로저는 〈아니, 큰 방 하나에서 함께 살았지〉라고 말했어요. 그래서 내가 〈정신이 나가지 않고는 누구도 그럴 수 없어. 네 명의 아이와 아내와 같은 방을 쓰면서 마스터스 시리즈 대회에서 우승하는 건 말이 안 돼〉라고 말했죠.」

그러나 페더러는 구분을 아주 잘한다. 아이들을 파리의 박물관이나 멜버른의 공원에 데려갈 때 테니스를 마음에서 지워 버리면, 코트에서 뛸 시간이 왔을 때 완전히 집중하는 데 도움이 된다.

「야간 경기 전에 다른 사람들은 모두 자기 방에서 모든 기계를 연결한 채 휴식을 취하려 애쓰고 완벽하게 먹고 있는지 확인하는데, 로저는 아이들과 함께 센트럴 파크에 있어요. 그런 느긋한 접근법이 그의 테니스에 정말로 도움이 된다고 생각해요. 다른 사람들은 온종일 테니스만 생각하니까 마음을 크게 다쳐요. 그래서 그 순간이 오면 버둥거리죠.」 탁월한 테니스 에이전트인 존 터바이어스가 말했다.

가족에게 돌아가면 패배 후에 더 빨리 털어 버리는 데도 도움이 된다. 이것은 그와 미르카가 아이를 갖기 전에도 이미 그의 강점 중 하나였다.

「로저는 의지할 곳이 있으니 행복한 사람이죠. 나는 가족들이 그와 함께 모든 곳을 여행한다는 사실이 너무 좋아요. 온 가족이 아주 끈끈하죠. 나는 그것을 정말 존경하고 로저가 정말 좋은 사람이라고 생각해요. 그는 친절한 사람인데, 치열하기 이를 데 없는 스포츠 세계에서는 드문 일이죠. 그렇게 부드러운 성격은 찾기 힘들어요.」 크리스 에버트가 내게 말했다.

아나콘은 2011 윔블던에서 페더러가 그랜드 슬램 단식 준준결승에서 생애 처음으로 2세트 리드를 날려 버리고 조윌프리드 총가에게 패한 것을 기억한다. 그것은 적어도 표면적으로 엄청나게 충격적인 순간이었다.

「나는 〈나중에 뭐라고 말하지? 어떻게 할 말을 생각해 내지?〉 하는 생각을 하고 있었어요. 그가 기자 회견을 끝내고 우리는 차에 올라타 윔블던에서 30초 거리인 그의 집으로 돌아왔죠. 우리가 문 안으로 걸어 들어갈 때 그는 말 그대로 가방을 내려놓고 손과 무릎을 마루에 딛더니 30초 만에 밀라와 카를레네 쌍둥이와 웃고 낄낄거리며 뒹굴더라고요.」아나콘이 내게 말했다.

페더러가 일어나자, 아나콘은 산책하자고 제안했다. 그리고 페더러에게 어떤 식으로 생각했기에 힘든 패배를 떨쳐 버리고 그렇게 빨리 아이들과 태평한 시간을 보낼 수 있는지 물었다.

아나콘에 따르면, 페더러가 이렇게 대답했다. 「〈이봐요, 나는 타이틀을 많이 따기도 했고 많이 지기도 했어요. 나는 그런 것들이 균형을 이룬다고 생각해요. 내가 우승해서는 안 되는 타이틀을 획득한 적도 몇 번 있고, 중요한 순간에 패한 적도 몇 번 있어요.〉」

이 점을 강조하듯 페더러는 이듬해 윔블던에서 다시 우승했다. 2010 호주 오픈 이후 첫 메이저 단식 우승이었다.

프랑스 선수 피에르위그 에르베르는 가족과 함께 여행하면 코트 안팎에서 〈가벼움〉을 느낄 수 있다고 말한 적이 있다. 페더러는 동의하겠지만, 어떤 의미에서 그와 미르카는 그들의 오랜 여행 방식에 아이들을 포함했을 뿐이다.

페더러는 실제로 어렸을 때 비행기 타는 걸 두려워했다. 「나는 비행기에서 많이 아팠어요.」 그가 말했다. 그러나 그는 곧 그것을 극복했고, 프로 생활 초기에 그와 미르카는 대부분의 다른 선수들과 그들의 코치들이 함께 머무는 공식 호텔을 이용하지 않기로 했다.

「나는 코트에서 그들을 충분히 봐요. 거기에서 벗어나 사생활을 더 누리고 싶을 뿐입니다. 우리는 도시를 잘 구경할 수 있도록 중심가 호텔에 머무르려고 노력하죠. 호텔방과 코트에만 있지 않아요.」페더러가 2005년에 내게 말했다.

그해 파리에서 그는 처음으로 루브르 박물관을 방문해 흥분했고, 세계의 많은 주요 도시에서도 마찬가지로 돌아다녔다.

「스포츠에서 벗어나 다른 것을 하기 위해 몇 년 동안 작은 활동을 하기 시작했어요. 테니스에 가장 중점을 두지만, 인생에는 다른 것들, 여자 친구 혹은 가족과의 사생활도 있어요. 내가 행복해야만 테니스를 잘 칠 수 있으니까요.」그가 말했다.

그 당시에도 페더러의 최우선 과제는 육체적으로나 정신적으로 신선함을 유지하는 것이었다. 즉, 일정과 훈련의 양뿐 아니라 세인의 관심과 환경에 쏟는 노력도 현명하게 조절하는 것이었다. 그는 외향적이지만, 라커 룸이나 선수 식당을 지나갈 때 잡담하고 주먹 인사를 하는 페더러의 모습을 보고 피트 샘프러스가 느끼는 것만큼 사교적이지는 않다.

페더러는 에너지를 아낀다. 어쩌면 열정을 아낀다고 말하는 것이 더 정확할 것이다. 그래서 불가피하게 공공장소에 있을 때 기분 좋게 그들과 인사를 나눌 수 있는 것이다.

우리 중 많은 사람이 여기서 교훈을 얻는다. 페더러와 나는 그의 커리어 후반기에 이 주제를 가지고 다시 이야기했다.

「어떤 일을 매우 심각하게 받아들일수록 나는 매우 느긋해져요. 그래서 아주 빨리 놓아 버릴 수 있죠. 나는 이것이 많은 선수의 비밀이라고 진심으로 믿고 있어요. 젊은 선수들은 경기장을 떠날 때 이렇게 말할 수 있어야 해요. 〈좋아, 모두 남겨 두고 갈 거야. 여전히 내가 프로 테니스 선수임을 알지만, 나는 느긋해. 그게 무엇이든 내 방식대로 긴장을 풀 거야.〉」2019년에 그가 말했다.

페더러는 잠시 말을 멈추고 왼쪽 주먹을 꽉 쥐어 내게 보여 주었다.

「계속 이렇게 하고 있으면, 진이 빠지는 겁니다.」그가 주먹을 보며 말했다.

「그럼 당신은 한 번도 진 빠진 적이 없나요?」내가 물었다.

그는 30초 정도 생각하더니 대답했다. 「소진되고 있다고 느낄 때는 일을 최대한 세밀하게 분류하려고 해요. 연습이나 경기, 가족 같은 것들이요. 말할 필요도 없지만, 그러면 언론의 조명도, 사인 요청도, 대중의 시선도 덜 받게 돼요. 빨리 마음을 가다듬고 주된 목적인 경기를 위해 에너지를 집중하려고 멀리 떨어진 곳에서 연습합니다. 3개월 동안 그렇게 한 적이 있어요. 투어 측에 매일 언론 앞에 서는 게 피곤하니 조금 도와달라고 요청했어요. 그때 소진된다는 느낌을 가장 많이 받았지만, 짧은 기간이었어요. 인디언 웰스에서 시작해 마이애미를 거쳐 클레이 코트 시즌까지 이어졌어요.」

그는 그해가 2012년인지 2013년인지 확실하게 기억하지 못했지만, 2013년에는 마이애미에서 경기를 하지 않았기 때문에 2012년일 가능성이 크다.

「밀라와 카를레네도 관련이 있는 것 같아요. 아이들과 있으면 시간이 어떻게 가는지 몰라요. 2010년과 2011년을 돌이켜 보면 테니스와 관련 없는 일들만 기억나요. 코트에서 경기했던 건 기억나지 않아요. 왜냐하면 나는 아버지가 되었고, 그래서 너무 행복했거든요. 하지만 내게 〈2010년 프랑스에서 어떻게 경기했어요?〉라고 물어본다면 대답하지 못해요. 〈2011년 멜버른에서 어땠어요?〉라고 물어도 마찬가지예요. 2012년부터 기억나기 시작해요. 윔블던에서 우승했기 때문이죠. 하지만 그 시기에 나는 아이들을 돌보며 실제로 마르카와 함께 육아 요령을 터득하느라 피곤하기도 했어요.」

내가 2011년 11월 파리 실내 토너먼트를 취재할 당시, 페더러가 조윌프리드 총가와의 결승전 전에 잠을 많이 자지 못했다고 말했던 기억이 난다.

쌍둥이 딸 중 한 명이 새벽 4시에 그와 미르카를 깨웠다.

「미르카가 〈자, 우리 침대로 데려가자〉라고 말하더군요. 나는 군말 없이 아이를 침대로 데려갔어요. 새벽 4시에 말다툼하긴 그렇잖아요.」페더러가 말했다.

페더러는 총가를 꺾고 우승을 차지했다. 어린 자녀들을 데리고 다니는 여행이 확실히 그의 잠에 영향을 미쳤지만, 그는 많이 자지 않아도 목표를 달성하고 경쟁할 수 있는 사람이었다.

「캘리포니아에 있을 때 전화를 받았어요. 내가 〈지금 두바이는 새벽 2시 45분 아니에요?〉라고 물었더니 그가 〈맞아요〉라고 했어요. 그래서 내가 〈그래, 지금 뭐 하고 있어요?〉라고 물었더니 그가 〈아무것도 안 해요. 그냥 이메일을 검토하고 있었어요〉라고 했어요. 그래서 나는 실제로 늦은 밤이 그의 치료 시간이라고 생각해요. 나쁜 뜻으로 하는 얘기는 아니지만, 폴의 선수나 미르카의 남편, 밀라와 카를레네의 아빠, 우상 로저 페더러가 되지 않아도 되니까요.」아나콘이 말했다.

아나콘은 페더러를 코치하는 동안 처음에는 그의 수면 패턴을 걱정했다고 말했다.

「나는 이해가 안 돼서 그와 일을 시작한 초반에 걱정을 많이 했어요. 제베린과 그것에 관해 이야기를 많이 했고, 토니나 미르카와도 얘기했죠. 그가 잠을 자지 않았다는 말은 아니에요. 내가 아주 많은 일에서 융통성을 가진 사람을 그때까지 보지 못했을 뿐이에요. 윔블던에서 그는 항상 집이 바뀌죠. 미신을 안 믿고, 반드시 같은 장소에서 연습하거나 좋아하는 한 가지 음식만 먹지도 않아요. 이것도 같은 맥락이죠. 그러나 그가 잠을 아주 적게 자고도 활기차고 낙관적일 수 있다는 사실이 항상 놀라웠어요.」그가 말했다.

프랑스에는 〈유익함과 즐거움을 결합한다〉는 표현이 있는데, 이는 페더러에게 잘 들어맞는다. 일과 즐거움을 동시에 얻는다는 뜻이지만, 실제로는 일상까지 아우르는 더 포괄적인 의미를 가지고 있다. 즉, 식기세척기를 비우거나 장작을 쌓을 생각이라면 참신하고 재미있는 방법을 찾으라는 것이다.

이것은 페더러가 선수 생활을 오래 할 수 있는 핵심 요소였다. 훈련에만 치중하면 삶의 기쁨이 사라질 수 있다. 끊임없이 과도하게 집중하면 자기 학대가 될 수 있다. 그의 직관적인 피트니스 트레이너 파가니니는 확실히 이것을 알았지만, 고통스러운 경험을 통해 배운 미르카도 마찬가지였다.

「내가 처음 1위에 올랐을 때, 피에르와 함께 과유불급이라는 기치를 세웠답니다. 우리는 몸을 보살펴야 해요. 미르카의 몸이 먼저 망가진 건 어쩌면 과한 훈련 때문일 수도 있어요. 그래서 그녀가 내게 조언과 노하우를 줄 수 있었다고 생각해요. 미르카는 아직도 평상시나 운동할 때 몸이 성치 않아요. 나는 그렇지 않거든요. 내가 훨씬 더 오래 뛰었는데도 그렇다는 게 믿기지 않죠. 추측하건대, 내가 운이 좋아 나를 둘러싸고 있는 사람들 덕분에 영리하게 운동한 것 같아요. 이건 그녀가 옆에 있어서 확실히 큰 도움이 되었다는 얘기죠.」 2011년에 페더러가 내게 말했다.

미르카는 전체적인 조망에서 세세한 부분까지 모든 면에서 그를 도왔다.

「이를테면 예닐곱 시간 훈련하지 말고, 훈련 시간을 줄여 치료받지 않게 하라고 했어요. 미르카는 항상 열성을 다한 후에 짠 하고 결과를 내놓았어요. 또는 물집을 어떻게 관리해야 하는지 설명해 줬어요. 바보 같은 소리처럼 들릴지 모르지만 이런 것이 모두 말이 돼요. 그녀는 그런 것들을 힘들게 배웠기 때문에 나를 아주 조심해서 다뤄요.」 그가 말했다.

페더러의 운은 최근 몇 년 사이 바뀌었다. 등이 오랫동안 걱정거리였으나 그를 진정으로 배신한 것은 무릎이다. 그는 멜버른에서 아이들의 목욕물을 받다가 접질려 무릎을 다치는 바람에 2016년에 첫 수술을 받았다. 2020년에 무릎 수술을 두 번 더 받았지만, 마흔이 가까운 나이에 팬데믹으로 5개월 동안 투어가 중단되어 테니스가 어려운 시기를 맞고 있었다.

페더러는 오랫동안 타이밍을 아주 잘 맞추었지만, 그라운드 스트로크에서만 그런 것이 아니었다. 그가 거의 모든 경기를 출전하지 못한 시즌이 있다면 바로 2020년이었다.

우리 중 많은 사람이 그랬듯이, 코로나바이러스 덕분에 그는 가족과 한곳에서 보낼 시간을 얻었다. 그와 미르카가 휴가용 별장으로 지었지만 결국 올레라우의 호숫가 집 대신 그들의 주거지가 된 발벨라의 산장에서 페더러 가족은 많은 시간을 보냈다.

「아이들과 우리 부부가 모든 혼잡과 소란에서 동떨어진 매우 평온한 장소를 찾은 것이 꽤 행운이라고 생각해요.」 팬데믹이 시작되기 전인 2019년에 그가 내게 말했다.

미르카와 아이들은 자주 스키를 탄다. 레오와 레니는 카를레네와 밀라보다 테니스에 더 관심이 많고 상당히 유망해 보이지만, 부모의 과도한 압력 없이 자란 로저는 계획을 세우는 데 매우 조심스러워한다.

그는 경험을 통해 투어 선수가 되기는 매우 어려우며, 역사상 가장 성공적인 선수 중 한 명이 되기는 훨씬 더 어렵다는 것을 안다. 모두에게 사랑받는 아이 또는 쌍둥이가 위대한 선수가 된다고 예견할 수는 없다. 하지만 그의 부모님처럼 그는 기대감을 갖고 있다.

「내가 아이들에게 원하는 건 스포츠를 즐기는 거예요. 그래서 나는 스포츠가 얼마나 재미있고, 얼마나 재미있어야 하며, 무엇을 배울 수 있는지 설명하려고 노력하죠. 하지만 우리 부모님이 그랬듯이 정말로 이렇게 생각해요. 〈좋아, 난 지금 시간을 투자했어. 아이들을 테니스 연습이나 축구 연습, 스키 레슨 등에 데려다주었는데, 아이들이 돌아와서 형편없었다고 말하면 나는 약간 좌절감을 느껴. 내가 시간을 들여 아이들을 데려다주고 지켜보니 아이들이 최선을 다하지 않고 있네.〉 이런 일 때문에 우리 부모님은 많이 지치셨어요. 그래서 이렇게 말씀하셨죠. 〈이제 널 데려다주지 않을 거야. 그나저나 레슨비도 꽤 많이 들었어. 그러니 그냥 집에서 책이나 읽든지 돈 들이지 말고 벽에다 공을 치는 게 좋겠어. 코치들이 시간 낭비를 하지 않도록 말이야.〉 이것이 부모님의 메시지였죠. 미르카와 나도 그런 점에서 비슷한 것 같아요. 우리가 바라는 건 그저 열심히 노력하는 겁니다.」 그가 말했다.

이상적인 것은 부모가 모범을 보이는 것이다. 행동을 유도하려면 대개 말보다 몸소 보여 주는 것이 더 효과적이다. 어린 시절 지나치게 흥분하는 운동선수였던 페더러는 자신이 본보기가 될 거라고 기대하지 않는다.

그러나 그는 쌍둥이에게 노력이 무엇을 의미하는지 보여 줄 만한 일을 했으며, 여기에는 끈기가 포함된다. 그는 아이들 모두가 윔블던의 센터 코트나 US 오픈의 연습 코트에서 땀 흘리는 아버지의 모습을 기억할 수 있게 했다.

그것은 미르카가 오랫동안 공언해 온 꿈이었다. 아마도 한편으로는 그것이 남편에게 동기 부여가 될 수 있다고 생각했기 때문일 것이다.

위대한 운동선수의 전성기는 덧없이 짧다. 그러나 20년이 넘는 기간 동안 페더러는 코치, 트레이너, 치료사, 친구, 에이전트의 도움을 충분히 받아, 위대함을 더 신뢰할 수 있고 영속적으로 보이게 했다. 무엇보다 그의 아내가 보기에는 분명 그런 듯하다.

「지금은 아내가 내가 그녀를 위해 뛰는 걸 원하지 않아요. 이젠 그녀 소관이 아닌 것 같아요. 처음에는 그녀가 내 경기를 자기 일이라고 생각하는 게 큰 도움이 되었다고 생각해요. 그 후 투어에서 우리끼리 모든 일에 대처하려고 애쓰면서 아주 즐거웠죠. 그리고 아이들이 생겨 너무 신선하고 놀랍고 고무적이고 행복했어요.」 페더러가 말했다.

2009년 8월, 취리히 호수가 반짝이고 햇볕이 내리쬐던 그날 아침에 그가 보인 낙천적인 태도를 이해할 수 있을 것 같다. 대가족이 단체 여행을 하며 페더러 가족 응원단이 되는 것, 그들은 그것을 성공리에 해냈다. 페더러는 그 자신이 미르카가 상상했던 것보다 더 오래 아이들을 데리고 다니면서 테니스를 했다.

12
미국, 뉴욕

「내 생애 최고의 샷이었어요.」로저 페더러가 2009 US 오픈
에서 말했다.

그 후로 그는 그 대가를 치르고 있다고 말할 만하다.

그 샷은 노바크 조코비치를 상대한 준결승이 거의 끝날 무렵
에 나왔다. 페더러가 두 세트 앞선 5-6, 0-30이었고 조코비치
의 서비스 게임 중이었다. 조코비치가 앞쪽으로 움직이면서 드
롭 샷을 날리자 페더러가 쫓아갔다. 조코비치가 로브 발리*로
맞서자 페더러가 반대 방향으로 몸을 돌려 베이스라인을 향해
질주했다. 위험하게 공이 두 번 튀기는 상황에서 페더러가 네트
를 뒤로한 채 다리 사이로 공을 때려 크로스 코트로 보내자, 그
것이 망연자실한 조코비치를 지나쳐 위너가 되었다.

0-40이 되었고, 페더러가 다음 포인트에서 포핸드 리턴 위너
를 때려 US 오픈 40연승을 마무리했지만, 누구나 그 〈트위너〉
만 이야기하고 싶어 했다.

* 발리 위치에서 공중으로 높게 치는 타구법.

테니스에서는 강력한 서브에 드롭 샷 리턴을 치거나 깊은 로브에 백핸드 오버헤드를 치는 일 등 더 어려운 일들이 있다(또는 클레이 코트에서 나달을 이기는 일도 있다).

그러나 2009년에 더 드물었던 트위너는 그야말로 멋들어진 장면을 선사한다. 이는 덩크 슛을 위한 노 룩 패스의 테니스 버전이다. 손목을 휙 넘기는 이 기술은 엄청난 수비 상황을 공격으로 바꾼다. 트위너는 종종 실패하고 종종 잘못된 샷 선택이지만, 호주에서 사핀과 경기할 때 시도했던 트위너와 달리 페더러는 이 트위너를 완벽하게 성공시켰다.

「속도와 정확성으로 칠 수 있었지만 매우, 매우 드물게 일어나는 일이죠.」페더러가 말했다.

절묘하게 타이밍을 맞춘 이 위너는 — 프랑스 오픈과 윔블던 우승과 쌍둥이 탄생 이후에 — 페더러의 깊이 있고 만족스러운 정신 상태를 반영하는 것처럼 보였다. 그것은 특히 2007년 조코비치와의 결승전을 포함해 3년 연속 US 오픈을 제패한 뉴욕에서의 탁월한 능력을 최근에 증명한 것이기도 했다.

「페더러가 더 여유롭게 경기한다는 느낌이 들어요. 이제 그는 아버지가 되었고, 결혼했고, 모든 기록을 깨뜨렸으니까요. 그는 코트에 서면, 최선을 다해 경기해서 꼭 이기고 싶어 해요. 그래서 훨씬 더 위험한 상대죠. 그가 친 그 샷 말입니다. 당신이 군중의 반응을 보았는데, 내가 뭘 더 설명할 수 있겠어요?」조코비치가 말했다.

페더러의 현기증 나는 최고 정점에서 US 오픈 연승이 당혹스러운 패배의 연속으로 바뀌려 하고 있다는 것을 누가 짐작할 수 있었을까? 혹은 그 후 10여 년 동안 그가 뉴욕에서 조코비치를 다시는 이기지 못할 것이고, 하드 코트에서 열린 어떤 5세트 경기에서도 조코비치를 이기지 못할 거라고 누가 짐작할 수 있었을까?

페더러의 위대한 커리어의 우여곡절 중에서 이것은 가장 놀라운 것 중 하나다. 그 일요일 밤에 타닥거리는 키보드 소리와 마감 스트레스로 가득 찬 US 오픈 프레스 룸에서 『뉴욕 타임스』 기사를 쓰면서, 나는 확실히 그런 일을 내다보지 못했다.

후안 마르틴 델 포트로가 이날 준결승에서 6-2, 6-2, 6-2로 나달에게 압승해 내게 약간의 휴식을 주었지만, 나달은 찢어진 복근으로 경기했고 그해 내내 부상에 시달리고 있었다. 페더러는 부드러운 기질과 맹렬한 플랫성 구질의 그라운드 스트로크를 가진 스무 살 선수 델 포트로와의 이전 경기에서 모두 승리했다. 그에게는 아르헨티나의 고향 이름을 딴 〈탄딜의 탑〉이라는 별명이 붙었다. 델 포트로가 프랑스 오픈 클레이 코트에서 페더러를 5세트까지 끌고 간 것은 사실이지만, 페더러는 그해 초 호주 오픈에서 델 포트로를 압도했다. 뉴욕의 빠르고 낮게 튀는 코트 표면은 페더러가 깔리는 슬라이스로 델 포트로에게 더 많은 고통을 주기에 완벽한 장소처럼 보였다.

나는 〈델 포트로가 일요일에 무척 잘 뛰었지만 페더러는 가장 강력한 우승 후보다〉라고 썼다.

대회 초반에 내린 비가 일정에 영향을 주었고, 결승전은 월요일 이른 저녁에 시작되었다. 결승전은 포핸드 위너들로 가득 찬 5세트 난타전으로 변했고, 떠들썩한 관중의 함성이 때로 선수들의 서비스 동작을 방해했다.

페더러는 주도권을 잡을 기회가 있었지만 놀랍게도 주춤했다. 2세트를 서브 득점으로 이기지 못했고 4세트 타이 브레이크 첫 포인트에서 더블 폴트를 범하며 최고 실력을 발휘하지 못했다. 그는 심지어 델 포트로가 라인 콜에 늦게 챌린지*했던 3세트 후반에 미국의 체어 심판 제이크 가너에게 무뚝뚝하게 굴며 냉정을 유지하지 못했다.

테니스 전통주의자인 페더러는 2006년에 호크 아이** 도입에 반대했다. 그는 3년이 지난 당시에도 그 제도에 초조해했고, 모노그램된 그의 운동화를 질질 끌고 다니듯 그 시스템을 사용하는 것 같았다. 아마도 코트 시력이 뛰어난 그가 빈번히 부정확하게 챌린지한 것도 그런 이유 때문일 것이다.

「참 나! 난 2초만 늦어도 챌린지 신청을 못 하게 했어요. 상대는 열이면 열 모두 신청을 받아 줬어요. 어떻게 그런 일이 일어나도록 놔둘 수 있죠? 규칙이라는 게 있잖아요.」 페더러가 자기 자리에 앉으며 말했다.

페더러는 늦게 한 그 챌린지들에서 포인트를 딸 기회가 있었지만, 가너는 그를 진정시키려고 했다.

「그 손 치워요, 알았어요? 나한테 조용히 하라는 말 하지 말라

* 선수가 주심에게 문제가 되는 일을 묻는 행위.
** 비디오 판독 시스템.

고요, 알았어요? 내가 말하고 싶을 때는 말해요. 그가 뭐라고 했든 상관없어요. 그가 너무 오래 기다린다고 말하는 거예요.」페더러가 쏘아붙였다.

사람들이 잘 아는 우아한 페더러가 아니었다. 화를 잘 내던 예전 페더러의 모습이었고, 이는 시즌 초 마이애미에서 조코비치와 경기하며 라켓을 부술 때처럼 위험을 감지했다는 신호였다.

손목과 무릎 부상으로 인해 슬프게도 커리어가 손상된 델 포트로는 이 기회를 놓치지 않았다. 그는 서브를 넣을 때 높이 뜬 페더러의 톱 스핀 공을 라이징*으로 오픈코트**에 받아 치고 3-6, 7-6 (5), 4-6, 7-6 (4), 6-2로 뜻밖의 승리를 거뒀다. 페더러가 항상 관중의 압도적인 지지를 받는다고 생각하는 사람들은 이 결승전에 참석하지 않았다. 경기장은 큰 집이 나누어진 것처럼 보였고, 델 포트로는 첫 그랜드 슬램 결승전이라는 중대한 순간에 그랜드 슬램에 스물한 번째 출전한 페더러보다 훨씬 더 멋져 보였다.

페더러가 가너와 대화를 주고받는 모습을 다시 보면서, 나는 그의 오랜 피트니스 트레이너 폴 도로셴코의 말이 생각났다.

「오늘 우리가 코트에서 보는 페더러는 우리가 테니스에 주고 싶은 가치, 즉 신사와 그런 것들을 상징하는 나이키 마케팅의 산물입니다. 하지만 마음속 깊은 곳에서 페더러는 결코 신사가

* 공이 한 번 바운스되고 튀어 오르는 공을 치는 기술.
** 반대쪽 코트의 상대 선수가 없는 곳.

아니었어요. 그가 나달에게 미소 지으며 손을 내밀었을 때 나는 전혀 이해가 안 되었죠.」그가 내게 말했다.

소수 의견이지만 도발적인 견해다. 우리는 결국 행동의 합인가, 아니면 생각의 합인가? 억압되었는가, 아니면 표현되었는가?

2009 US 오픈 결승전은 페더러가 방심한 순간처럼 느껴졌다. 하지만 수년 동안 코트 안팎에서 페더러의 행동이 아주 모범적이었기 때문에, 그것은 주목할 가치가 있었다. 그 자제력은 그의 어린 시절 영웅인 샘프러스와 스테판 에드베리와 같은 것이었지만, 선배 챔피언인 지미 코너스, 존 매켄로, 심지어 — 철학자가 되기 전 — 커리어 초기의 애거시를 생각하면 여전히 놀라웠다. 애거시는 입이 걸고 진실하겠다는 약속이 흔들리는가 하면, 심판이 있는 방향으로 침을 뱉은 적도 있다.

하지만 모든 그랜드 슬램 대회 중에서 US 오픈은 확실히 신경을 건드릴 수 있는 대회다. US 오픈은 네 개 대회 중 마지막이라서 시차 적응과 자리다툼으로 가득 찬 긴 시즌이 거의 끝나갈 때 치러진다. 선수들은 팬들과 마찬가지로 맨해튼과 퀸스의 교통 체증을 뚫어야만 현장에 도착할 수 있다. 이 대회는 칵테일, 테니스 광신자, 그을린 피부, 심야의 외침으로 가득 찬 여름 행사의 종착지다. 경기장은 넓어졌지만 대중의 밀고 당기기로 여전히 압박감을 느낄 수 있다.

좀 더 평화로운 곳에서 자란 페더러는 이러한 소음 속에서 오랫동안 성공을 누렸다. 그는 맨해튼을 사랑하는 법을 배웠고,

도시의 다양한 느낌을 맛보기 위해 매년 호텔을 자주 옮겼다.

2006 US 오픈 전 금요일, 나는 미드타운반도에 있는 스위트룸에서 그를 인터뷰했다. 방은 미르카의 영향력을 완전무결하게 반영하고 있었다. 스트링을 새로 갈아 끼운 라켓 열한 개가 벽난로 위에 일렬로 정렬되어 있었다. 라켓 손잡이는 모두 같은 각도로 벽돌에 기대어 있었다.

「미르카가 도와줬어요. 난 깔끔한 게 좋아요. 예전에는 너무 어수선했어요. 정리하기 싫었던 때가 있었죠.」페더러가 말했다.

「무질서한 세상에서 질서를 잡는 건 좋은 일일 수 있죠.」내가 넌지시 말했다.

「맞아요. 더구나 여기서 3주 정도는 있어야 하니까요.」페더러가 말했다.

그가 호텔에 죽치고 있었다는 얘기는 아니다.

「처음에는 다들 번거롭다고 해요. 그들은 대회 장소까지 너무 멀다는 둥, 부지가 너무 크다는 둥, 뉴욕이 어떻고 교통 체증이 어떻다는 둥 이야기해요. 하지만 나는 이런 대회들을 다른 관점에서 보기 시작했어요. 코트 밖에 다른 무엇이 있을까? 경기장 주변이 어떤지는 알지만, 경기장 주변에서만 토너먼트를 평가할 수는 없어요. 도시가 무엇을 할 수 있는지도 봐야 하는데, 이곳은 놀라운 도시예요. 여기는 절대로 지루하지 않고, 항상 할 일이 있고, 최고 식당들이 있고, 훌륭한 상품들이 있어요. 아주 떠들썩하죠. 내가 텔레비전을 보고 경기장에 가고 남자들과 어울리는 시대는 지났어요. 지금은 방문한 도시를 더 많이 보고 싶고, 그 나라의 역사를 더 많이 알고 싶어요. 예전에는 아주아주 달랐어요. 잘하고 싶고, 미래의 스타라는 소리를 듣고 싶고, 그 평가를 실현하고 싶고, 그래서 압박감을 느끼고…… 그러다 보면 온종일 테니스만 생각하게 돼요. 하지만 분명히 바뀌었어요. 지난 3년 동안, 특히 내가 1등이 된 이후 테니스를 보는 사람들의 관점이 달라졌죠. 내게는 그게 도움이 되었어요. 나는 더 균형 잡힌 사람이 되었어요. 압박감이 크더라도 더는 압박감 속에 있지 않아요. 그래서 경기하는 것이 훨씬 더 즐거워요.」페더러가 말했다.

그는 차례로 레이턴 휴잇, 앤드리 애거시, 앤디 로딕, 노바크 조코비치, 앤디 머리를 물리칠 때 5세트까지 밀리지 않고도 분명 5회 연속 US 오픈 결승전이 즐겁다고 느꼈다.

그러나 나달이 그의 윔블던 6연패를 저지한 것처럼, 2009년에 델 포트로가 그의 6연패를 저지했다.

「다섯 번도 훌륭하죠. 6연승의 꿈도 있었지만, 다 가질 순 없잖아요.」페더러가 뉴욕에서 말했다.

페더러가 진심인 듯한 표정으로 말을 이었다. 「말할 수 없이 멋진 여름을 보냈기 때문에 이번 경기를 쉽게 극복할 것 같아요.」

그러나 그것은 의심할 여지 없이 그가 놓친 기회였다. 페더러가 최고 기량을 발휘했더라면 그 기회를 낭비하지 않았을 것이다. 하지만 확실히 그는 빠른 코트에 잘 맞았기 때문에 플러싱 메도스*에서는 항상 다음 해에 기회가 있었다. 2010년에 실제

* US 오픈이 열리는 빌리 진 킹 국립 테니스 센터가 있는 뉴욕 퀸스의 큰 공원.

로 페더러는 또다시 눈에 띄는 상황을 맞았다. 조코비치와의 준결승에서 5세트 중반에 4-5, 15-40, 세르비아인의 서브에서 두 개의 매치 포인트가 있었던 것이다.

조코비치는 첫 번째 서브를 성공시키지 못했지만, 그래도 2포인트를 모두 땄다. 그는 두려움 없이 포핸드 스윙 발리 위너를 때려 30-40이 되었고, 역시 대담한 포핸드 위너로 듀스를 만들었다.

페더러는 확실히 두 번째 매치 포인트에서 더 대담할 수도 있었지만 조코비치는 허세를 부려 그를 막아 냈고, 그다음 게임에서 서브를 지켜 내고 페더러를 브레이크했다.

승리를 위한 마지막 서브권을 얻은 조코비치는 페더러가 감당할 수 없는 또 다른 강력한 포핸드로 브레이크 포인트를 지켜 냈다. 다시 듀스가 되었고, 2포인트 후에 페더러가 아닌 조코비치가 결승에 올랐다.

「항상 기억할 경기 중 하나였어요. 솔직히 말해, 매치 포인트에서 나는 눈을 감고 최대한 빨리 포핸드를 쳤어요. 들어가면 들어가는 거고 아웃되면 US 오픈에서 페더러에게 또 지는 거였죠.」페더러의 에이전트인 토니 갓식과 결혼했음에도 갈등 속의 테니스계에서 인터뷰한 통찰력 있는 CBS 분석가 메리 조 페르난데스에게 조코비치가 말했다.

1년 후 같은 코트에서 같은 준결승이 열린 2011년으로 건너뛰어 보자. 그때 3위인 조코비치는 주요 선수가 되어 있었다. 그는 모든 코트 면에서 타이틀을 거머쥐었고, 7월에 첫 윔블던 우승을 한 이후 처음으로 랭킹 1위에 올랐다.

페더러는 프랑스 오픈 준결승에서 조코비치를 꺾어 그의 43연승 행진을 저지하는 방해꾼 역할을 했었다. 그해 페더러는 뉴욕에서 조코비치를 또 애먹였다.

그것은 고달프고 지치는 시합이었다. 페더러가 처음 두 세트를 이겼다. 조코비치가 반격에 나서 다음 2세트를 따냈지만 5세트에서 페더러가 리드를 잡았고, 5-3에서 결승 진출권을 얻기 위한 마지막 서브권을 얻었다.

40-15에서 페더러는 또다시 두 개의 매치 포인트를 얻었다. 2만 3000명의 페더러 팬이 양면이 가파른 그릇 모양의 아서 애시 스타디움 안에서 소리 지르며 응원했다. 미미한 경쟁자라면 무너졌을 테지만, 2010년처럼 조코비치는 무너지지 않았다. 그는 과시하듯 걸어가다가 고개를 끄덕이고는 돌아올 자세를 취하면서 입술을 오므렸다. 일각에서는 이를 페더러의 우월성을 인정하는 체념으로 해석하기도 했지만, 내 눈에는 그렇게 보이지 않았다.

페더러는 넓은 슬라이스로 서브를 넣었다. 조코비치는 오른쪽으로 돌진해 복식 라인 바로 뒤에서 견고하고 맹렬한 포핸드를 시도해, 페더러가 거의 움직이지 못할 정도로 활기차게 크로스 코트 위너를 때렸다.

조코비치가 그 순간을 최대한 이용해 수건 쪽으로 천천히 걸어가며 관중에게 양팔을 들어 올리자 환호성과 야유가 함께 쏟아졌다. 그것은 앞으로 10년 동안 테니스 경기에서 그의 모든 행동에 대한 팬들의 반응을 미리 보는 셈이었다. 그러고 나서 그는 미소를 지으며 자리를 잡고 두 번째 매치 포인트에서 리턴했다. 마치 그가 〈무슨 일이 있어도 내 영혼을 이기지 못할 거야〉라고 말하는 것 같았다.

굳은 표정의 페더러는 백핸드로 받아 친 조코비치에게 좋은 서브를 넣었다. 리턴은 많이 깊지 않았지만 꽤 깊은 곳에 착지했다. 페더러는 공을 쫓아가서 인사이드 아웃 포핸드를 쳤지만, 그의 가장 기본 샷은 네트 코드를 스치며 넘어가지 못했다.

2년 연속 조코비치는 두 개의 매치 포인트를 지켜 냈는데, 이번에는 페더러의 서브에서였다. 눈에 띄게 허둥지둥하던 페더러는 곧 더블 폴트로 서브를 잃었다.

이어진 마지막 세 게임에서는 우리가 누군가의 사적인 슬픔에 개입하는 것처럼 느껴졌다.

이 경기는 페더러에게는 잔인했지만, 조코비치에게는 재확인의 순간이었다. 조코비치는 있는 힘껏 악수하고 선수 박스에 있는 그의 팀에게 원초적인 비명을 지르며 자축했다. 그러나 곧 기묘하게 익숙한 장소로 돌아왔다. 그는 큰 경기를 끝내고 메리 조 페르난데스와 함께 마이크 앞에 섰다.

「아주 비슷한 상황이네요. 나는 포핸드를 최대한 세게 쳤는데, 알다시피 모 아니면 도잖아요. 아웃되면 지는 거였죠. 안으로 들어오면 승산이 있고요. 오늘은 운이 좋았어요.」 조코비치가 말했다.

하지만 그날은 아주 똑같지 않았다. 이번에 조코비치는 관중이 그와 함께 춤을 추게 한 뒤 페르난데스의 요청에 따라 코트에서 춤을 추었다.

이 모든 광경은 페더러의 경기 후 열리는 기자 회견보다 훨씬 더 축제 분위기를 풍겼다. 페더러는 대개 커리어가 우위일 때 기자 회견을 했지만, 이번에는 달랐다.

「나는 최고의 서브를 넣지 못했어요. 하지만 그건 그가 리턴하는 방식일 뿐입니다. 그는 더는 승리를 믿지 않았고, 그런 사람에게 지는 것은 매우 실망스러운 일이죠. 왜냐하면 그가 이미 마음에서 승리와 멀어진 것 같았으니까요. 그런데 그가 단지 행운의 주사를 맞았기 때문에 끝난 거죠.」 그가 첫 번째 매치 포인트를 두고 말했다.

그는 그 포핸드 위너가 행운의 작용이었는지 자신감 때문이었는지 질문을 받았다.

페더러는 손으로 얼굴을 문지르며 대답했다. 「자신감요? 농담해요? 제발……. 어떤 선수들은 커서도 그런 식으로 경기를 하기도 하죠. 주니어 시합에서 졌던 기억이 나요. 3세트에서 5-2로 뒤지고 있던 그들이 샷을 날리기 시작했어요. 어떤 이유가 있는데, 지고 있을 때 그렇게 플레이하면서 그들이 자랐기 때문이에요. 나는 그런 식으로 플레이하지 않았거든요. 나는 열심히 일하면 결과를 얻는다고 믿어요. 어렸을 때 내가 항상 최선을 다하지는 않았으니까요. 그래서 나로서는 매치 포인트에서 어떻게 그런 샷을 칠 수 있는지 이해하기가 매우 어려워요. 하지만 어쩌면 그가 20년 동안 그렇게 해와서, 그에게는 아주 평범한 일이었을지도 몰라요. 그에게 물어봐야 해요.」

2011 US 오픈은 페더러가 또 한 번 방심한 순간처럼 느껴졌다. 그의 의견에 동의하는 사람들이 있을지라도 말이다.

「노바크는 일부러 지고 있었어요. 포기한 거죠. 그리고 그가 화났을 때 위너의 덕을 보았어요. 그것은 올바른 경기 방법이 아니라 로저의 기분이 상했죠. 그것이 오기가 아니었다고 말하는 게 아니에요. 노바크는 그 샷을 칠 권리가 있어요. 그렇게 하면 안 된다는 규칙은 없죠. 그게 옳은 방법이라면 노바크는 매번 그렇게 했을 겁니다. 노바크는 수학을 잘하거든요. 그는 〈확률 테니스〉를 쳐요. 그런데 그 샷은 정반대였어요. 로저도 그걸 알고 노바크도 알죠. 그래서 로저가 짜증이 난 겁니다.」짐 쿠리어가 말했다.

조코비치가 남자 테니스에서 지배적인 영향력이 없었다면, 페더러의 씁쓸한 언짢음이 다르게 나타났을지도 모른다. 이 시점에 조코비치의 2011년 기록은 63승 2패였고, 그가 결승전에서 4세트 끝에 나달을 꺾고 그해 세 번째 메이저 대회 우승을 차지하기 직전이었다.

조코비치의 깊은 자신감이 압박감 속에서 그러한 능력을 발휘하는 데 아무런 역할을 하지 않았다고 주장하는 것은 조코비치의 자기 비하적 인터뷰보다 훨씬 덜 자비로워 보였다.

평소 패배를 냉정하게 받아들이는 페더러가 승복하기 싫은 패배자처럼 말했고, 조코비치가 두 번째 매치 포인트에서 힘차게 휘두를 필요가 없었다는 점을 강조할 가치가 있다. 페더러가 포핸드에 실패한 뒤 조코비치는 불가능에 도전할 또 한 번의 기회를 얻었다.

그러나 페더러의 그 실수는 기억 속에 남은 샷이 아니었고, 조코비치가 이어 머리의 도움으로 페더러와 나달의 2인 독주 체제가 와해되기 시작하고 자신이 오픈 시대의 가장 성공적인 선수라고 공언했기에 큰 이목을 끌지 못했다. 쿠리어는 그 샷을 단순히 〈그 리턴〉이라고 부른다.

「네 시간 동안 경기를 한 뒤 5세트에서 매치 포인트에 몰려 있을 때 포핸드 위너를 때린다면, 그런 상황에서 그 샷을 친 것에 스스로 좀 놀랄 겁니다. 자신이 그런 샷을 칠 거라고 절대 예상하지 않으니까요. 결국엔 모두 멘털의 문제인 것 같아요. 압박감을 잘 견딜 수 있고, 나서서 주어진 기회를 잡을 수 있는 건 모두 멘털의 문제예요.」 조코비치가 말했다.

내 관점에서 조코비치는 이 테니스 황금시대에 전리품을 비축한 남자 중에서 가장 매혹적이다. 뻣뻣한 머리칼을 가진 그는 관대함과 호전성이 절묘하게 조화를 이룬다. 그는 매치 포인트를 따낸 뒤 테니스 셔츠를 두 조각으로 찢을 때처럼 내면의 젠 스타일 정원을 갈퀴로 열심히 청소할 것 같다.

그런 이중성과 복잡성으로 인해 그는 기자에게 풀기 어려운 수수께끼일 수 있다. 하지만 사람들이 그것이 기정사실이라고 생각했다 하더라도 온라인과 다른 곳에 있는 지지자들이 서구 언론에서 그들의 남자가 오해받고 있음을 번개처럼 빠르게 상기시킨다. 그는 자신의 게임뿐만 아니라 자신을 쉼 없이 바꾸려고 하는 움직이는 표적이기도 하다.

　반박할 수 없는 사실은 그가 페더러나 나달보다 더 충격적인 어린 시절을 보냈다는 점이다. 조코비치는 편안한 중산층 가정이나 안정된 유럽 국가 출신이 아니다. 그는 유고슬라비아가 폭력적으로 분열된 가운데 세르비아에서 자랐다. 세르비아인들이 종종 〈78일의 수치〉라고 부르는 1999년 3월에서 6월 사이 나토 비행기들이 베오그라드를 공격했을 때, 열한 살즈음이던 그는 연습 기간 사이 폭탄 대피소로 피신했다.

　「〈당신을 죽이지 않는 것은 당신을 강하게 한다.〉 이 말은 세르비아 사람들의 좌우명 같은 거죠. 우리는 그 일을 모두 기억하고, 절대 잊지 않을 겁니다. 매우 강렬하고 마음에 매우 깊이 각인된 경험이니까요. 충격적인 경험이었고, 그래서 분명히 그것에 대해 나쁜 기억이 있어요. 우리는 2개월 반 동안 매일 공습경보를 최소 세 번은 들었죠. 도시에서 항상 엄청난 소음이 들렸어요. 항상 그랬어요. 그래서 나는 지금도 큰 소리가 나면 정신적으로 조금 충격을 받아요.」 조코비치가 언젠가 내게 말했다.

　군중의 함성이 — 세계적인 전염병으로 관중석이 비어 있지 않는 한 — 끊이지 않는 직업을 선택한 그로서는 매우 힘들 것이다. 페더러와 나달처럼 조코비치는 다른 스포츠에 쉽게 끌릴 수 있었다. 그의 아버지 스르잔과 삼촌 고란은 이전 유고슬라비아의 경쟁적인 스키 선수였다. 조코비치는 세 살 때 세르비아 산악 휴양지 코파오니크에서 스키를 타기 시작했다. 그의 가족은 코파오니크의 쇼핑 단지 1층에 피자 전문점과 미술관을 포함한 작은 계절적 사업을 몇 개 운영했다.

「물론 우리가 스키 선수였기 때문에 노바크가 스키 선수가 될 줄 알았어요.」고란 조코비치가 말했다.

바젤에 피터 카터가 없었다면 페더러는 축구를 선택했을지도 모른다. 마나코르에 토니 삼촌이 없었다면 나달 역시 그랬을지 모른다.

조코비치의 테니스 뮤즈는 카리스마 넘치고 지적인 50대 여성이었다. 옐레나 겐치치는 유고슬라비아 국가 대표 핸드볼 선수 출신으로, 옅은 푸른색 눈동자와 학생들(그리고 스포츠 기자들)을 닭살 돋게 하는 비단결같이 고운 목소리의 소유자였다. 겐치치는 이미 젊은 시절 두 명의 미래 그랜드 슬램 챔피언 모니카 셀레스와 고란 이바니셰비치를 코치했다. 하지만 1993년 여름에 여섯 살 조코비치가 가족이 운영하는 식당 옆에 있던 세 개의 하드 코트로 걸어 들어갈 때는 이 사실을 전혀 알지 못했다. 그것은 많은 사람의 삶을 변화시키는 우연의 일치 중 하나였다.

겐치치는 거기서 테니스 클리닉을 운영 중이었다.

「그날은 코파오니크에서의 첫해 첫날이었답니다. 그가 테니스 코트 밖에 서서 오전 내내 보고 있더라고요. 그래서 내가 이렇게 말했죠 〈꼬마야, 이게 마음에 드니? 이게 뭔지 알아?〉」2010년 11월 내가 『뉴욕 타임스』와 『인터내셔널 헤럴드 트리뷴』 기사를 위해 세르비아를 방문했을 때 겐치치가 내게 말했다.

겐치치가 조코비치를 초대하자, 그는 오후에 깔끔하게 정리된 장비 가방을 들고 돌아왔다. 그는 이미 테니스를 치기 시작했고 위성 TV에서 많은 프로 토너먼트를 시청했지만, 진정한 의미에서 그의 테니스 여행이 시작된 곳은 이곳이었다. 적절한 장소에서 적절한 시기에 적절한 멘토와 함께 말이다.

「라켓 하나, 수건 하나, 물병 하나, 바나나 하나, 여분의 마른 티셔츠 하나, 손목 밴드 하나, 모자 하나를 챙겨 왔더군요. 내가 〈좋아, 누가 가방을 챙겨 줬니? 엄마?〉라고 물었더니 그가 크게 화를 냈어요. 그는 〈아니요, 테니스를 치는 건 저예요〉라고 말했죠.」 겐치치가 말했다.

처음부터 그녀를 놀라게 한 것은 그의 감수성과 주의 깊은 경청 능력이었다.

그녀가 회상했다. 「아주 착하고 지적인 아이였죠. 내가 〈내 말 이해했니?〉라고 물으면, 그가 〈네, 하지만 한 번 더 말씀해 주시겠어요?〉라고 대답했어요. 그는 확실하게 알고 싶어 했어요.」

사흘째 되는 날, 겐치치는 조코비치의 부모인 스르잔과 디야나를 찾아가서 그들의 아이가 황금 같은 아이라고 말했다.

「모니카 셀레스가 여덟 살 때도 똑같은 말을 했어요. 모니카와 서너 번 만난 뒤 모니카의 아버지 카롤리에게 그녀가 세계 최고가 될 거라고 말했죠.」 그녀가 말했다.

친자식이 없었던 겐치치는 조코비치와 함께 코파오니크와 세르비아의 수도 베오그라드에서 6년간 집중적으로 훈련했으며 그 후에도 계속 고문 역할을 했다.

「그녀가 모든 걸 가르쳐 줬어요. 예닐곱 살에서 열두 살 사이가 테니스 커리어에서 가장 중요한 시기라고 생각해요. 테니스 치는 법을 배우고, 좋은 기술을 익히고, 훌륭한 코치가 필요한 시기죠.」조코비치가 내게 말했다.

최정상급 수준의 프로 테니스계에는 여성 코치가 너무 적다. 이는 바뀌어야 할 것이다. 발달기에 여성 코치의 지도를 받고 남자 1위가 된 선수가 조코비치만이 아니라는 점에 주목해야 한다. 지미 코너스, 마라트 사핀, 앤디 머리는 모두 어머니에게서 일찍 그리고 잘 지도받았다.

겐치치는 조코비치 경기의 모든 측면을 연구한 끝에, 그가 그의 우상인 피트 샘프러스가 사용하는 한 손 드라이브보다 양손 백핸드가 그의 재능에 더 적합하다고 결론 내렸다.

겐치치는 바운스된 라이징 볼을 빨리 받아 치는 기술에 테니스의 미래가 있다고 확신했고, 조코비치는 2,000미터 가까운 고도로 인해 공이 빠른 코파오니크에서 경기할 때 매우 빠르게 반응하고 움직여야 했다.

셀레스는 이미 여자 경기를 바꿔 놓았고, 처음으로 베이스라인에 바짝 붙어서 강력하고 종종 예리한 각도의 양손 그라운드 스트로크로 양쪽 윙을 공격할 수 있는 선수가 되었다.

애거시는 남자 투어에서 비슷하게 가차 없는 스타일을 구사했고, 겐치치는 조코비치도 후퇴하지 않고 자신의 경기 흐름을 조절하고 만드는 법을 배워야 한다고 주장했다. 그녀는 조코비치가 경이로운 리턴을 구사하는 수비 마법사로서 투어에서 명성을 떨치는 와중에도 네트 플레이를 강조했다.

「초창기에 그는 발리를 아주 잘했어요.」그녀가 말했다.

그녀는 또한 스트레칭의 중요성을 강조했다. 상대가 코너로 날린 샷을 쫓아갈 때 조코비치의 다리가 거의 일자가 되는 모습을 지켜본 사람이라면 누구나 알 수 있듯이, 이 조언은 분명 영향을 끼쳤다.

「노바크는 그다지 강한 소년이 아니었어요. 그가 지금 어떻게 그토록 부드럽고 유연한지 알아요? 내가 그와 너무 열심히 훈련하기를 원하지 않았기 때문이에요.」겐치치가 내게 말했다.

겐치치가 자신의 라켓을 보여 주었다. 그립에 손잡이 끝부분인 버트 캡이 없는 낡아 빠진 프린스였다.

「이것이 그가 들어야 할 가장 무거운 물건이죠. 우리는 코트에서 그의 다리와 민첩함, 체력 보강만을 위해 훈련했어요. 웨이트 룸에서 훈련하지 않았죠. 우리는 테니스를 위해 스트레칭을 했고, 유연하고 민첩하고 다리를 빨리 움직이기 위해 특별한 동작을 했어요. 지금 그는 아주 훌륭해요. 정말로요.」그녀가 말했다.

더 넓은 범위의 관중에게 조코비치의 경기를 정의한다면, 그것은 움직일 때의 유연성이다. 그 외 다른 기본기는 모두 아주 탄탄하고 알차서 과소평가된다.

「노바크는 지루할 정도로 대단해요.」짐 쿠리어, 케빈 앤더슨 등과 함께 일한 베테랑 미국인 코치 브래드 스틴이 말했다.

조코비치처럼 늘 몸을 비트는 남자 선수는 없을 것이다.

「노바크 전에도 슬라이딩을 하는 선수는 조금 있었지만, 그처럼 슬라이딩에서 회복해 공격 샷을 칠 수 있는 선수는 본 적이 없어요.」 2001 윔블던 우승자이자, 후에 마리안 바이다와 함께 조코비치의 공동 코치가 된 이바니셰비치가 말했다.

조코비치의 유연성은 타고난 재능이지만 평생의 습관에서 비롯된 것이기도 하다. 토너먼트에서 경기 사이에 그를 보면, 항상 몸을 어떤 극단적인 자세로 비틀거나 문틀에 손가락을 걸고 있다.

『런던 타임스』 인터뷰에서 조코비치의 아내 옐레나가 테니스 투어 밖 그들의 실제 삶이 어떠냐는 질문을 받은 적이 있다.

「대답하기 쉬운 질문이네요. 삶이 곧 스트레칭이죠. 나는 항상 그가 바닥에서 다리를 찢고 있는 모습을 봐요. 어디서든요.」 옐레나가 말했다.

그 말에 조코비치가 배꼽을 잡았고, 2013년 일흔여섯 살에 세상을 떠난 겐치치도 분명히 그 대답을 좋아했을 것이다.

「그녀는 나를 가르치고 확신을 심어 주었어요. 내가 유연성을 유지하면 코트에서 잘 움직이고 경기가 끝난 후에도 잘 회복할 수 있을 뿐만 아니라 선수 생활을 오래 지속할 수 있을 거라고 했죠.」 조코비치가 윔블던에서 언젠가 내게 말했다.

한때 조코비치를 코치했던 전 미국 스타 토드 마틴은 그가 물리 치료사 밀리얀 아마노비치를 포함해 지원 팀과 매일 훈련하는 것을 보았다.

「노바크는 아침에 일어나서 오렌지주스를 마시기 전에 밀리얀의 어깨 위에 다리를 올려놓는데 마치 포옹을 하는 것 같아요. 그는 오금을 스트레칭하기 전에는 아무것도 하지 않아요. 정말이지 그는 그 동작을 아주 능숙하게 해요.」마틴이 내게 말했다.

코치는 겐치치의 직업일 뿐 생계 수단이 아니었다. 그녀는 기자로서 유고슬라비아와 이후 세르비아의 전국 TV 방송의 예술 프로그램 편집자로 일했다. 그녀는 조코비치에게 차이콥스키의 「1812년 서곡」을 포함한 러시아 시와 클래식 음악 같은 수준 높은 문화를 소개했다.

「그가 그것을 굉장하다고 생각하는 것 같았어요. 나는 그에게 〈노바크, 네가 시합할 때 이것이 매우 중요해. 시합하다가 갑자기 기분이 좋지 않을 때 이 음악을 기억해. 너의 위와 몸에 아드레날린이 얼마나 많이 있는지 기억해. 이 음악이 네가 점점 더 강하게 플레이하도록 해줄 거야.」겐치치가 말했다.

조코비치 가족 중에는 테니스 선수가 없었지만, 그들은 세르비아의 도시 노비사드 출신이자 헝가리 혈통인 셀레스를 확실히 알고 있었다. 셀레스는 가족과 함께 미국으로 이주한 이후 이미 그랜드 슬램 단식 우승을 여덟 번 차지하고 랭킹 1위에 올랐다.

셀레스도 수백만 달러를 벌어들였기에 유고슬라비아가 위기에 처하자 그 아이의 재능은 시간과 돈을 투자할 만한 가치가 있어 보였다.

문제는 자금을 마련하는 것이었다.

「나는 스르잔과 그의 아내에게 울지 말고 생각하라고 말해야 했어요.」 겐치치가 내게 말했다.

그들은 친구들에게 돈을 빌렸고, 알량한 자산을 가족 프로젝트에 쏟아부었다. 다행히 겐치치는 레슨비를 받지 않았다. 파르티잔 베오그라드의 테니스 클럽 회장인 그녀는 프린스 라켓을 포함한 장비도 조코비치에게 무료로 제공하게 했다. 그러나 그는 국제적 경쟁에서 실력을 발전시켜야 했고, 자금은 몹시 부족했다.

「스르잔은 미친 듯이 밀어붙였어요. 때로는 사람들이 그를 좋아하지 않을 때도 있지만, 그는 황소 같은 에너지를 가지고 있어요. 시기가 좋지 않았어요. 제재가 있었고 전쟁이 시작되었죠. 세르비아, 유고슬라비아에는 쉬운 시기가 아니었지만, 우리는 가진 돈을 모두 노바크에게 투자했어요. 그는 가족을 우선해 필요한 모든 것, 즉 새로운 라켓, 좋은 음식, 그리고 모든 것을 가져야 했어요. 물론 그가 테니스를 치지 않았다면 우리가 아주 편히 살 수 있었겠지만, 우리에게는 비전이 있었어요.」 고란 조코비치가 형을 두고 말했다.

고란이 덧붙였다. 「우리는 나쁜 파동을 원하지 않았어요. 좋은 에너지만 원했죠. 물론 사람들이 가끔 〈이 가족은 미쳤군. 자기들이 뭐라도 되는 줄 아나? 어떻게 노바크가 대단한 사람이 된다는 거야?〉라고 말하기도 했어요.」

2019에 몬테카를로에서 옐레나와 두 어린 자녀와 함께 호사스럽게 살고 있는 조코비치를 만났을 때, 그를 만든 소년 시절 순간 중 하나를 이야기했다.

그의 아버지는 조코비치의 두 남동생을 포함한 가족을 베오그라드의 임대 아파트에 소집한 뒤 부엌 식탁 위에 10마르크 지폐를 쾅 내려놓았다.

조코비치는 이야기하면서 손을 탁자 위에 쾅 부딪혔다.

「10마르크는 10달러와 같았는데, 아버지는 〈이게 우리가 가진 전부야〉라고 말했어요. 그리고 아버지는 그 어느 때보다 우리가 함께 뭉쳐 이 상황을 헤쳐 나가고 길을 찾아야 한다고 했죠. 그때가 나의 성장, 나의 삶, 우리의 삶에서 매우 강력하고 매우 영향력 있는 순간이었어요.」 조코비치가 말했다.

조코비치가 열두 살 때, 겐치치는 충분히 경쟁하고 발전하기 위해 세르비아를 떠나야 한다는 걸 깨달았다. 그녀는 1973 프랑스 오픈 결승에 진출한 크로아티아 출신 선수이자 크로아티아 연맹과의 분쟁으로 그해 남자 선수들의 윔블던 보이콧을 유발했던 전 유고슬라비아 스타 니콜라 〈니키〉 필리치에게 연락했다.

필리치는 독일 뮌헨 근처에서 테니스 아카데미를 운영하고 있었다. 14세 이하 선수는 받지 않는다는 아카데미의 규정이 있었지만, 겐치치는 조코비치를 받아들이도록 설득했다.

조코비치는 삼촌 고란과 함께 뮌헨으로 갔다. 세르비아의 규제로 그들은 국경을 넘어 현재 북마케도니아 수도인 스코페의 공항에 차를 두고 비행기를 이용해 독일로 가야 했다. 그의 삼촌은 독일어를 하지 못하는 조코비치를 3개월 동안 남겨 두고 세르비아로 돌아왔다.

페더러가 집을 떠나 있던 열네 살 때는 적어도 주말엔 바젤행 기차를 탈 수 있었다.

「모든 것이 정신, 정신의 힘에 영향을 미쳐요. 열두 살 반이었을 때 나는 이미 석 달 동안 혼자 있었기 때문에 책임을 져야 했어요. 나는 혼자서 용감하게 열심히 노력해야 했고, 그렇게 했어요. 독립하는 법을 배웠죠.」조코비치가 내게 말했다.

필리치의 아카데미에 근거를 두고 몇 년을 보낸 조코비치는 미래에 여자 1위에 오른 아나 이바노비치와 엘레나 얀코비치를 포함해, 조국을 떠나 돌파구를 찾아야 했던 경이로운 많은 세르비아 선수 중 한 명이었다.

「노바크는 정말 일찍 성숙했어요. 노바크는 자기가 원하는 게 뭔지 알고 있어요. 그것을 얻는 법도 알고 있었어요. 그것은 좋은 일이죠. 하지만 최고의 남자 선수 모두, 즉 라파, 로저도 그걸 알고 있었어요. 엄청나게 고군분투하다가 길을 잃거나 빨리 배우거나 둘 중 하나인데, 그들은 빨리 배웠어요.」이탈리아 출신 리카르도 피아티 감독 밑에서 조코비치와 함께 훈련했던 크로아티아 스타 이반 류비치치가 말했다.

그러나 조코비치는 그의 라이벌이 된 스타들이 지닌 안전망이 부족했다. 페더러나 나달에 비해 그는 가족이 모두 희생한 뒤에야 성공했고, 겐치치는 조코비치가 열일곱 살쯤 5위 안에 진입할 거라고 예측했지만 시간이 좀 더 걸렸다.

「우리는 2년을 놓쳤어요. 내가 원하는 것을 이룰 자금이 없었기 때문이죠.」그녀가 내게 말했다.

그는 2005 호주 오픈에서 예선을 통과해 로드 레이버 아레나의 1회전에서 마라트 사핀을 상대로 열일곱 살 나이에 그랜드 슬램 데뷔를 했다.

사핀이 6-0, 6-2, 6-1로 승리했고, 결국 대회 우승을 차지했다.

「나는 세계 랭킹 4위였고, 노바크는 방금 예선전을 통과했는데 뭘 기대할까요? 나는 경기를 잘했어요. 나는 토너먼트에서 승리하기 위해 싸웠지만 그는 무슨 일이 일어났는지 보기 위해 싸웠어요. 그런데 그가 어떻게 되었는지 봐요. 그러니 그가 내게 저녁 두 끼를 사야 해요!」 사핀이 내게 말했다.

완고한 성격임에도 조코비치는 빠르게 배우는 사람이고 페더러는 다국어를 구사한다고 평가받을 자격이 있지만, 조코비치는 더 높은 수준의 다국어를 구사한다. 그는 4개 국어 — 세르비아어, 독일어, 이탈리아어, 영어 — 와 다른 언어 — 프랑스어, 스페인어, 심지어 러시아어 — 를 능숙하게 구사한다.

그는 프로 테니스도 빨리 배웠다. 2005년 말에 그는 100위권에 진입했다. 2006년 말에는 20위권이었고, 2007년 말에는 그가 우승한 캐나다 몬트리올에서 열린 ATP 마스터스 1000 대회에서 우승한 페더러와 나달에 이어 3위에 올랐다.

2008 호주 오픈 준결승에서는 세트 연속으로 페더러를 이기고 우승을 차지해 스무 살에 그랜드 슬램 챔피언이 되었다.

「왕이 죽었어요. 왕이여, 만세!」 조코비치의 어머니가 선언했다.

밝혀졌듯이, 그것은 시기상조였다. 그 시기에 단핵증으로 쇠약했던 페더러는 2009년에 다시 정상에 올랐다. 그리고 나달은 2010년에 소생했다.

조코비치는 2011 윔블던 결승에서 나달을 꺾고 우승할 때까지 1위에 오르지 못했다.

「4년 동안 로저, 라파, 라파, 로저였어요. 이제는 노바크, 노바크, 노바크, 노바크죠.」디야나가 말했다.

그즈음에 그녀의 말은 일리가 있었다. 그녀의 아들은 2011년 페더러를 상대로 4-1, 나달을 상대로 6-0으로 승리했다(클레이를 포함한 세 개의 다른 표면에서 말이다). 그러나 페더러가 지배하던 시절에 훨씬 과묵한 어머니 리넷 페더러가 아들에 대해 비슷한 생각을 하는 것은 상상하기 어려웠다. 조코비치 일가는 확실히 더 대립적이었다. 이는 종종 이미지 메이킹 게임에서 그들의 아들에게 득이 되지 않았다.

디야나는 남편에 비하면 사실상 유엔 평화 유지군이었다. 스르잔은 페더러에 대해 〈아마도 역사상 최고 테니스 선수일 것이다. 하지만 사람으로서는 정반대다〉라고 말한 적이 있으며, 나중에는 마흔 번째 생일이 다가올 때까지 계속 경기를 뛴다고 그를 조롱했다.

「나달과 페더러가 둘 다 코앞에서 노바크를 지켜본다고 해서, 노바크는 그들이 자신보다 나을 거라는 사실을 받아들이지 않아요. 그는 아이들을 키우고, 다른 일을 하고, 스키를 타고, 뭔가를 해야 해요.」스르잔이 세르비아 아웃렛 스포츠 클럽과의 인터뷰에서 말했다.

스르잔은 2008 몬테카를로 오픈 때 페더러가 조코비치 박스에서 자신과 다른 선수들에게 조용히 하라고 말한 것을 잊거나 용서하지 않았다.

이런 일이 옹졸해 보인다면 그건 그 일이 옹졸하기 때문이므로, 페더러는 같은 방식으로 반응하지 않았다. 그러나 조코비치의 전투력은 부모의 보호에서도 기인한다. 즉, 그들은 아들이 곤경에 처한 조국처럼 더 존중받을 자격이 있다고 맹렬히 믿는다.

정교회 기독교 신자인 조코비치 가족은 노바크가 떠오르는 데는 신의 큰 암시가 있다고 믿는다.

아버지 로버트 페더러는 RF 모자를 자주 썼지만, 2010 US 오픈에서 조코비치가 페더러와 맞붙었을 때 스르잔과 디야나가 그랬듯이 사랑하는 아들의 모습이 새겨진 티셔츠를 관중석에서 입어 본 적이 없다. 그해 말 내가 베오그라드에 있는 스르잔의 사무실을 방문했을 때, 세르비아 정교회 수장인 고(故) 파블레 대주교의 벽에 걸린 종교화 밑에 말 그대로 스포츠 우상처럼 보이는 노바크의 빛나는 얼굴이 그려져 있었다.

「세르비아 국민에게 최악의 순간에 우리가 살인자나 야만인이 아니라 평범한 민족이라는 걸 보여 주기 위해 신이 그를 보냈어요.」 스르잔이 2021년 세르비아에서 인터뷰할 때 노바크를 두고 말했다.

노바크는 세르비아인이라는 이유만으로 소외당하며 오랫동

안 좌절을 겪었다. 그는 초기 인터뷰에서 종종 이를 언급했지만, 2006년에 국적을 세르비아에서 영국으로 바꾸는 것을 검토한 이유는 경제적 측면과 지원을 더 받고 싶은 열망 때문이었다. 결국 그는 국적을 바꾸지 않기로 했다.

「우리 나라에는 프로 선수로 성공하고 발전할 전문적인 환경이 없었어요. 그래서 다른 곳으로 가서 나와 우리 가족이 더 잘 살 수 있는 선택권을 고려한 거죠. 하지만 난 우리가 훌륭한 결정을 내렸다고 생각해요. 국적을 그대로 유지했잖아요. 동포가 있고 종교가 있으면 많은 것이 달라져요. 내 경우, 집에 돌아오면 다른 느낌을 받아요. 소속감을 느끼죠.」그가 뮌헨 등에서 훈련할 필요성을 언급하며 내게 설명했다.

조세 회피를 위해 작은 땅인 모나코에 살지만, 궁지에 몰린 세르비아 국가를 상징하는 그는 세계적으로 가장 인정받는 스위스 사람 페더러보다 훨씬 더 열성적인 대사다.

세르비아는 슬로보단 밀로셰비치 대통령 치하에서 유고슬라비아가 붕괴하는 가운데 국제적인 부랑자가 되었다. 이 나라의 규모와 영향력은 꾸준히 감소했다.

조코비치 가문이 뿌리를 내린 몬테네그로가 독립을 선언하면서 세르비아는 육지로 둘러싸였다. 코소보도 독립했는데, 코소보는 스르잔과 그의 형제들이 태어난 곳이다.

「코소보에서 태어난 몬테네그로 출신 세르비아인은 기질이 특별해요. 조코비치 가족은 아주 강인한 사람들이에요.」겐치치가 내게 말했다.

조코비치에게 큰 영향을 미친 1999년 나토의 코소보 폭격은 인구 대다수가 알바니아계인 코소보의 알바니아인 분리주의자들을 탄압한 세르비아에 대한 반응이었다. 분리된 코소보 지역은 미국과 독일 같은 서구 세력의 지원으로 2008년에 공식적으로 독립을 선언했지만, 세르비아와 다른 여러 국가는 주권 국가로 인정하지 않고 있다.

　　이는 여전히 조코비치에게 매우 민감한 문제이며, 노바크는 코소보의 독립에 반대한다는 견해를 천명했다.

　　「나는 역사책을 읽었고, 배운 기억이 나요. 코소보는 내 조국의 일부이자 내 가족의 일부입니다.」 조코비치는 언젠가 내게 말했다.

　　이러한 공개적 정치 관여는 페더러와 또 다른 점이다. 페더러는 어떤 면에서는 타고난 정치인이다. 그는 모인 사람들의 분위기를 읽고 그들과 교감하며 대회 책임자든 고객 수송용 운전기사든 대화를 나누는 상대가 그에게 가장 중요한 사람처럼 느끼게 하는 능력이 있다.

　　페더러는 자신의 특권을 받아들여 선수 생활 내내 정치 논평을 조심스럽게 피해 왔다. 그는 남녀 투어 합병 가능성에 대한 최근의 지지와 경기 중 코칭에 대한 오랜 반대와 같은 테니스의 내부 문제로 로비 활동을 제한했다.

　　그런 의미에서 그는 선수들이 플랫폼을 이용해 인종 차별주의에서 성차별주의, 기후 변화에 이르기까지 모든 일에 관여하는 것이 빠르게 표준이 되고 있는 2020년대보다 21세기 초에 더 적합한 챔피언이다. 페더러는 화석 연료에 투자하는 그의 후원사 크레디트 스위스를 비난한 운동가들의 비판과 소규모 항의에 직면하게 되었다. 시위대는 소셜 미디어에 해시 태그 〈Roger WakeUpNow〉를 사용했으며, 저명한 기후 운동가 그레타 툰베리가 그들의 포스트 중 하나를 공유했다.

페더러는 2020년 초에 이에 대한 성명을 이렇게 발표했다. 〈4명의 어린 자녀를 둔 아버지이자 보편적인 교육을 열렬히 지지하는 사람으로서, 청소년 기후 운동을 존경하고 감탄하며, 우리가 모두 우리의 행동을 돌아보고 혁신적인 해결책을 제시하도록 촉구한 젊은 기후 운동가들에게 감사합니다. 우리는 그들과 우리 자신에게 귀를 기울일 의무가 있습니다. 개인으로서, 운동선수로서, 기업가로서 내 책임을 상기시켜 줘서 감사하며, 나의 특별한 위치를 이용해 후원사들과 중요한 문제에 관해 대화할 것을 약속합니다.〉

후원사들은 한때 운동선수들을 옹호하는 일을 대개 피했지만, 2020 US 오픈에서 인종 불평등과 경찰의 폭력에 저항한 오사카 나오미가 우승한 후에 그랬듯이, 지금은 종종 그런 행동을 찬양한다.

오랫동안 페더러보다 호불호가 갈리고 솔직히 이야기하는 조코비치는 아마도 시대에 앞선 인물일 것이다.

2019년 조코비치를 인터뷰한 뒤 쓴 글에서 나는 나달을 〈싸우는 사람〉, 페더러를 〈즐거움을 주는 사람〉, 조코비치를 〈검색하는 사람〉으로 분류했다. 조코비치는 더 나은 방법과 신선한 영향을 끊임없이 찾고 있으며, 의심할 여지 없이 이는 엄청난 장벽을 부수고 남자 테니스 최상위권으로 진입하는 데 도움이 되었다.

「페더러와 나달은 내 능력과 테니스 실력을 최대한 발휘하도록 자극했어요.」그가 언젠가 내게 말했다.

페더러가 등장했을 때 애거시와 샘프러스 같은 이전 세대 최고 선수들은 나이가 들거나 쇠퇴하고 있었다. 그러나 조코비치는 페더러와 나달의 전성기에 출현했다. 그는 그들의 라이벌이 되었고 종종 그들보다 나았다. 그 어느 때보다 선수들의 명성과 유산을 명백히 나타내는 그랜드 슬램 경기에서 우위를 포함해서 말이다.

「라파와 경기할 때는 내 라켓이 더 중요하다고 느껴요. 내가 포인트를 빨리 따고 싶다면, 그렇게 할 수 있어요. 하지만 노바크와 싸울 때는 달라요. 그는 너무 세게 플랫으로 코트 깊숙이 꽂아 넣기 때문에, 〈좋아, 전부를 걸 거야〉라고 말할 수 없어요. 그가 쇠고랑을 채우기 때문이에요. 더 힘든 랠리를 할 수밖에 없죠.」페더러가 언젠가 내게 말했다.

조코비치는 확실히 페더러의 오후와 저녁을 여러 번 망쳤다. 2014년, 2015년, 그리고 가장 고통스럽게 2019 윔블던 결승에서 페더러는 두 개의 매치 포인트를 지켜 냈지만(이상하지만 사실이다), 그 후 조코비치가 이겼다.

페더러와 나달의 대결은 테니스 안팎에서 가장 많은 관심을 끌었던 라이벌전이었지만, 조코비치와 나달의 대결은 가장 치열했다. 조코비치와 페더러의 경기는 그 뒤를 바짝 쫓았다.

내 관점에서 조코비치와 페더러의 결투는 다른 빅 3 경쟁에 없는 강점이 있다. 페더러와 나달은 결국 친구가 되었고 ATP의 동맹이 되었다. 페더러와 조코비치는 여전히 같은 상승을 원하는 동료다. 라커 룸에서 고함이나 몸싸움은 한 번도 없었다. 그것은 단순히 네트를 사이에 두고 자세를 취하는 그들의 모습에서 느껴지는 감정일 것이다. 그것은 아마도 생각이 그냥 흘러가도록 하지 않고 포인트가 필요할 때 페더러가 압박감을 느끼게 하는 근원적인 긴장감일 것이다.

페더러가 그를 자주 이긴 어린 시절에도 나달은 확실히 페더러에게 더 공손했다. 조코비치는 다른 선수들의 스타일을 흉내 내며 군중을 기쁘게 했지만, 경쟁자들은 훨씬 덜 즐거웠다. 그는 또한 잦은 부상 타임아웃과 코트 밖 휴식으로 동료들 사이에서 일찍이 명성을 얻었는데, 이는 정당하든 아니든 간에 종종 상대편의 리듬을 깨려는 시도로 인식되었다.

조코비치에게 공정하게 말하자면, 그의 호흡 문제는 진짜였고 그는 비중격만곡증으로 여러 번 수술을 받은 뒤 2011년 글루텐이 없는 식단으로 바꾸었다. 그는 오래전에 지구력 문제를 해결했고, 상대 선수들의 화려한 샷에 가장 자주 박수를 보내는 선수 중 한 명이기도 하다. 그러나 그와 페더러는 ATP 선수 평의회를 통해 코트 밖에서 정기적으로 접촉했는데도 진정으로 친해진 적이 없다.

「로저에게는 라파보다 노바크에게 더 많은 짐이 있는 것 같아요. 솔직히 로저와 그런 얘기를 한 적은 없어요. 그는 노바크가 얼간이라고 말을 한 적이 없지만, 어쩌면 그게 문제일지도 몰라요. 긴장감이 좀 더 커서 로저가 노바크를 상대할 때 실제로 너무 많은 것을 원하는지도 모르죠.」폴 아나콘이 내게 말했다.

페더러가 공격을 선택한다면, 그 경기는 스타일 면에서 훌륭한 대조를 이룬다. 페더러의 저평가된 서브와 조코비치의 비길 데 없는 리턴, 페더러의 발리와 조코비치의 정밀한 패싱샷, 페더러의 포 코트 드롭 샷과 조코비치의 스피드가 그렇다.

조코비치는 나달과 달리 극단적인 톱 스핀이 없는 오른손잡이다. 그는 페더러의 한 손 백핸드에 대항해 공을 계속해서 높게 칠 수 없다. 둘 다 베이스라인에 머무르면 힘의 대결이 된다. 조코비치의 탄력 있는 백핸드와 페더러의 인사이드 아웃 포핸드, 조코비치의 이동성과 페더러의 다양성의 대결이 되는 것이다. 둘 다 굴복하는 것을 좋아하지 않으며, 둘 다 짧은 바운스에서 경이로운 타이밍을 유지할 수 있는데, 이는 두 사람 모두에게 코트가 비좁게 느껴진다는 의미다.

「어떤 표면에서든 백코트에서 로저와 정면으로 맞서 끝까지 싸우는 사람은 노바크밖에 없다고 생각해요. 노바크는 너무 잘 움직여서 로저의 펀치를 받을 수 있고, 노바크가 그런 샷을 되받아 치면 로저는 약간 당황해서 〈그럼, 이제 어떻게 하지?〉라고 말할 수 있죠.」피트 샘프러스가 내게 말했다.

조코비치와 상대할 때는 벽(또는 좀 더 현대적인 것)과 경기하는 것처럼 느낄 수 있다. 조코비치를 코치하기 전에 조코비치의 상대편을 코치했던 이바니셰비치의 이야기를 들어 보자.

「노바크가 최고조일 때 상대는 죽어도 이길 수 없는 비디오 게임을 하는 것 같아요. 모든 공이 돌아와요. 〈터미네이터〉에서 온몸이 흐물흐물한 남자가 계속 죽임을 당하고 다시 돌아오는 것처럼요. 포인트를 딸 수 없으니 선수에게 어떻게 하라고 말해야 할지 몰라요. 그저 뛰면서 기도나 하는 거죠.」

페더러는 뉴욕에서의 그 트위너 이후 조코비치를 상대로 좋은 성과를 냈다. 2011 프랑스 오픈 준결승에서의 승리는 그의 커리어에서 가장 훌륭한 퍼포먼스 중 하나였다. 페더러가 타이 브레이크에서 이긴, 굉장한 속도의 70분짜리 첫 세트로 시작된 클레이 위에서 공격형 베이스라인 테니스는 극도로 예민한 연주회 같았다.

속도가 가장 느린 코트 표면이었지만 경기의 속도감이 상당했다. 『레키프』는 이를 두고 〈핑퐁 테니스〉라고 불렀다. 그해 이 대회는 새로운 바볼랏 공을 사용했고, 경기 내내 공기가 건조해서 속도가 그리 느리지 않았다. 페더러와 조코비치는 계속해서 서로의 시간을 빼앗았고, 계속 시간을 이길 방법을 찾았다. 나는 코트사이드에서 맘껏 보았는데, 그것은 최고의 스포츠였다. 정확하고, 대담하며, 지략이 풍부하고, 곡예 같으며, 강렬했다.

롤랑 가로스의 관중이 그를 재촉하는 가운데 페더러는 백핸드로 스핀을 다양하게 걸었고, 포핸드로 타깃을 거의 놓치지 않았으며, 밤 9시 38분에 4세트 타이 브레이크에서 경기를 끝낸 에이스를 포함해 클러치 서브를 여러 번 넣었다.

「그날 밤이 끝나기만을 바랐어요. 안 그러면 다음 날 위험한 상황이 될 테니까요. 코트에서 나는 기분이 정말 좋았고, 사실 아주 차분했어요.」페더러가 내게 말했다.

그가 그 수준과 분위기를 유지했다면 결승전에서도 나달을 이겼을 것이다. 클레이의 왕 나달은 그해 왕위가 흔들렸다. 그러나 5-2로 이기고 있던 페더러가 첫 세트를 내준 뒤 4세트에서 패하면서 또다시 그의 반란이 실패했다.

「나는 로저가 그해 프랑스 오픈에서 우승해야 한다고 생각했어요. US 오픈 준결승에서 노바크가 매치 포인트를 잡았던 충격을 제외하고, 그 패배는 코치로서 가장 고통스러웠죠. 왜냐하면 내가 결승전 전에 로저에게 확신을 주지 못했다고 느꼈기 때문이에요. 나는 그 시점에 라파가 취약하다고 느꼈거든요.」아나콘이 내게 말했다.

그러나 2012 윔블던 준결승에서 조코비치를 물리친 페더러의 눈부신 승리는 실망으로 이어지지 않았다. 페더러는 앤디 머리를 꺾고 열일곱 번째 그랜드 슬램 단식 우승을 차지했고, 시상식 도중에 머리가 울자 딱하다는 듯 바라보았다.

그러나 그 후 10년 동안 페더러는 메이저 대회에서 조코비치를 이기지 못했다. 그 기간에 페더러가 이룬 여덟 번의 승리는 모두 3전 2선승제 경기였고, 그중 두 번은 ATP 파이널스의 조별 리그 경기였다.

그들은 US 오픈에서 한 번 더 맞붙었다. 페더러에 대한 관중의 사랑이 그 어느 때보다 야단스럽고 분명한 2015년 결승전이었다.

「로저와 경기할 때마다 거의 그래요. 그래서 그냥 그러려니 합니다. 나도 노력해서 언젠가는 과반수의 지지를 얻어야겠죠.」 조코비치가 말했다.

이 말을 한 때는 조코비치가 4세트 끝에 우승한 초여름 윔블던 결승전 이후였다. 이 우승은 뉴욕에서 벌어질 일의 전조였다.

나달은 그해에 시들했다. 조코비치는 확실한 1위, 페더러는 확실한 2위였다. 조코비치는 꾸준한 메이저 대회 우승에 관한 한 새로운 마켓 리더였지만, 그 시점에 페더러의 US 오픈 5승 기록에 비해 타이틀은 한 개뿐이었다.

페더러는 28회 연속 결승전에 진출했고 가능성을 진정으로 믿었다. 조코비치는 결승전 전날 수적으로 우세한 스파르타 전사들이 큰 역경을 무릅쓰고 맹렬히 싸우는 폭력적인 장면이 가득한 영화「300」을 보며 마음을 다잡았다.

이 영화의 스타 제라드 버틀러는 그의 친구였고, 노바크의 박스에서 이 결승전을 관람했다. 조코비치는 스파르타인들보다 더 잘 싸웠지만, 뉴욕에는 빗나간 그의 첫 서브와 범실에 환호하며 페더러가 중립국인 스위스가 아닌 미국 챔피언인 것처럼 〈로저〉를 외치는 관중이 더 많았다.

페더러는 서른네 살 나이에 훌륭했지만, 조코비치는 스물여덟 살에 또 한 번 더 잘했다.

나는 조코비치에게 페더러를 상대할 때와 나달이나 머리와 같은 다른 주요 라이벌을 상대할 때 무엇이 다른지 물어본 적이 있다.

「로저는 예측하기 가장 어려운 선수예요. 그는 재능이 많고 어떤 샷도 칠 수 있죠. 내 생각엔 테니스 선수나 운동선수가 겪는 최악의 일은 다음에 무슨 일이 일어날지 예측하지 못하는 것인 듯해요. 로저가 그런 선수예요. 그의 게임은 다양해요. 그래서 마음과 경기해야 하죠. 〈다음엔 뭐가 올까?〉 하고요.」 조코비치가 말했다.

조코비치는 페더러의 이른바 〈SABR〉*를 언급했다. 로저가 평소와 다르게 서비스 박스에 가까이 다가가 하프 발리 리턴을 때린 일이었다.

「그가 SABR를 할까? 그가 네트에 올까? 그가 뒤로 물러날까? 칩을 던질까? 그것을 칠까? 계속 추측하게 하죠. 그래서 로저와 경기하는 게 아주 힘든 겁니다.」 조코비치가 말했다.

페더러는 전술을 정비했다. 그는 2013년 말 아나콘과 우호적으로 결별한 후 영입한 스테판 에드베리 코치의 조언을 받아들여, 네트를 자주 공격했다. 그러나 조코비치는 테니스 게임에서 충격 흡수의 달인이자 변신의 귀재가 되어 있었다. 그를 상대할 때 1세트에서 통하던 전술이 아마 4세트에서는 통하지 않을 것이다. 그 역시 예측하기가 힘들 수 있었다.

페더러가 5세트까지 갈 마지막 기회는 조코비치가 5-4에서 우승을 위한 마지막 서브 게임을 하면서 그가 세 개의 브레이크 포인트를 얻었을 때였다. 그러나 조코비치는 이 세 포인트를 모

* 〈Sneak Attack by Roger〉의 준말로 〈로저의 기습〉이라는 뜻.

두 지켜 냈고, 결정적으로 그날 밤 맞은 스물세 개의 브레이크 포인트 중 열아홉 개를 지켜 냈다.

「위험의 적정량을 찾아야 해요. 나는 그것을 잘할 때도 있고 잘하지 못할 때도 있었어요.」페더러가 말했다.

조코비치는 6-4, 5-7, 6-4, 6-4로 승리해 그랜드 슬램 우승 횟수를 두 자릿수로 만들었고, 역대 남자 최고 기록을 가진 페더러를 17승에서 저지했다.

이 결과로 조코비치와 페더러의 상대 전적이 21-21로 동점이 되었지만, 그 후에는 조코비치가 수년간 우위였다. 아마도 영원히 그럴 가능성이 크다.

페더러에게는 아쉬움뿐만 아니라 머나먼 이국땅에서 들은 그 대단한 구호와 환호의 기억도 남았다.

「그것이 내가 계속 경기를 하는 이유 중 하나죠. 닭살 돋는 순간들요. 스위스에서 멀리 떨어져 있고 스포츠 전반에서 가장 강력한 나라 중 하나인 이 나라에서 이런 지지를 받으면 큰 위로가 돼요. 이 나라 사람들은 승자를 사랑하거든요.」페더러가 말했다.

조코비치가 동의하지 않는 데는 확실히 근거가 있었다. 다음 날 아침에 승리 후 인터뷰를 위해 나와 만났을 때 그는 자신의 대처 메커니즘을 설명했다.

우리가 밴을 타고 미드타운 거리를 달리는 동안 그가 말했다. 「나는 실제로 마인드 컨트롤을 시도했어요. 그들이 〈로저!〉라고 비명을 지르면, 나는 그들이 〈노바크!〉라고 비명을 지르고 있다고 상상하곤 했죠.」

그것은 꽤 통렬한 고백이었고, 말 그대로 애처로웠다. 그러나 조코비치는 자신이 세르비아에서는 사랑받는 위대한 챔피언이지만 그 이상은 아니라고 체념한 것 같았다.

「다른 사람들처럼 나도 코트에서 많은 감정을 느껴요. 시간이 지나면서 그런 경험을 활용하는 법과 힘든 순간에 압박감을 어떻게 다루고 대처해야 하는지 배웠다고 생각해요. 하지만 또한 내 성격과 내가 그리 평범하지 않고 아마 대부분 남자가 자란 환경과 다른 환경에서 자랐다는 사실이 많은 차이를 만들었다고 생각해요. 그 환경이 나와 내 성격을 형성했고, 그 기억들이 어젯밤 같은 경우에 사용할 힘을 주죠.」 조코비치가 말했다.

조코비치는 목소리가 쉰 듯하고 머리털이 약간 헝클어져 있었다. 그는 결승전 초반에 넘어져 오른쪽 손목과 팔에 찰과상을 입었다. 우리는 밴에서 내려 센트럴 파크를 재빨리 걸으며 화보 촬영을 하러 가고 있었다. 평소에 그는 대회 기간에 친구 고든 우엘링의 뉴저지 저택에 머물렀지만, 그해에는 가족과 함께 맨해튼 호텔에 머물기로 했다.

「친한 친구 한 명이 말하길, 이 도시는 에너지가 너무 많아 일정 시간 머물면 많은 에너지를 준다더군요. 하지만 너무 오래 머물면 에너지를 뺏길 수도 있어요.」 조코비치가 말했다.

나는 그에게 이 도시가 올해 그가 이기는 데 필요한 에너지를 주었는지 물었다.

「에너지를 주었죠. 하지만 오늘부터 빼앗기 시작하는 것 같아요. 이제 슬슬 집으로 돌아가야죠.」그가 말했다.

우리는 목적지에 가까워지고 있었고, 나는 한 가지 질문을 더 할 시간이 있었다. 그래서 그에게 뉴욕에서 그랜드 슬램 관중이 페더러를 지지한 것처럼 그를 지지하게 하려면 무엇이 필요할지 물었다.

조코비치는 잠시 생각하더니, 길게 대답했다. 그는 문장보다는 단락으로 얘기하는 사람이다.

「솔직히 말해, 우선 끈기가 중요해요. 진정한 테니스 팬들은 스포츠에 대한 헌신을 보여 주는 사람을 존경합니다. 결과뿐만 아니라 테니스에 대한 열정을 보여 주고 팬들과 토너먼트, 상대 선수, 스포츠 전반을 존중하는 사람을 존경하는 거예요. 또한 선수가 무엇을 주장하는지도 중요합니다. 〈진정한 삶의 가치를 존중하며 테니스를 치면서 돌려주는 양심을 지닌 사람인가?〉와 같은 것들이 모두 중요하다고 생각해요. 나는 그렇게 자랐고, 사람들이 그걸 알아 주면 좋겠어요. 하지만 지금 상황에서 로저와 경기할 때는 다른 것을 기대할 수 없어요.」

조코비치는 악수하고 작별을 고했다.

「무대로 올라가셔야죠.」나는 뉴욕 센트럴 파크의 울먼 링크가 내려다보이는 바위를 가리키며 말했다.

조코비치는 무대에 올랐고, 뒤에는 미드타운의 스카이라인이, 앞에는 사진 기자들이 있었다. US 오픈 트로피는 곧 그의 손에 다시 쥐어졌고 여전히 페더러의 손을 떠나 있었다.

13
프랑스, 릴

2014 데이비스 컵 결승전을 48시간 앞두고, 실내 클레이 코트에서 공을 힘차게 치는 로저 페더러는 평소와 달리 나이보다 훨씬 더 늙어 보였다.

그는 피에르 모루아 스타디움에 설치된 거친 붉은 표면에서 슬라이딩하지 않았다. 짧고 간헐적인 수요일 연습 시간에 그는 발리를 하려고 몸을 낮게 굽히지도 않고, 확실히 코너로 돌진하지도 않았다.

스위스가 오랫동안 기다려 온 최초의 데이비스 컵 타이틀이 목전에 있었고, 페더러는 금요일 프랑스와의 경기가 시작되기 전 허리 부상에서 회복하기 위해 시간과 싸우고 있었다.

팀 동료들은 그를 믿고 있었다. 그들은 팀 동료 이상이었다. 네 명으로 구성된 스위스 선수단에는 페더러의 소년 시절 친구인 바젤 출신 마르코 키우디넬리와 그의 친구이자 비엘에서 전에 함께 살았던 미하엘 라머가 포함되었다. 감독은 페더러의 오랜 개인 코치이자 측근인 제베린 뤼티였다. 그는 1년 내내 페더러와 함께 여행했고, 그래서 이 시기에 그의 경기를 누구보다 잘 알고 있었다.

페더러가 멘토 역할을 한 스위스의 강력한 스타 슈타니슬라스 바브린카도 있었는데, 그는 스물여덟 살 나이로 시즌 초 호주 오픈에서 첫 그랜드 슬램 타이틀을 거머쥔 세계 최고 선수 중 한 명으로 비교적 늦게 개화했다.

페더러는 그의 일정과 필요를 우선시하고 개인의 명예를 추구하면서 긴 커리어의 대부분을 보냈다. 이 스포츠에서 가장 권위 있는 단체전인 데이비스 컵 우승은 여전히 페더러의 개인적 목표 중 하나였다. 그의 테니스 이력서 마지막 빈칸을 메울 기회였다. 그러나 프랑스에서의 한 주는 무엇보다 집단의 이익, 즉 그들 모두가 오래전에 시작한 임무를 끝내는 것이 중요했다.

「이렇게 멋진 팀은 다시 없을 겁니다.」페더러가 내게 말했다.

그는 그랜드 슬램 토너먼트에서 뛰기 전에, 몬테카를로, 로마, 인디언 웰스 또는 대부분의 다른 유명한 투어 경기에서 뛰기 전에, 데이비스 컵에서 뛰었다.

1999년 4월 뇌샤텔의 빠른 실내 코트에서 열린 이탈리아와의 홈경기에서 데이비스 컵 데뷔전을 치렀을 때, 그는 겨우 열일곱 살이었다. 페더러는 탈색한 금발 머리를 뒤로 젖히고 아이답지 않게 침착하게 경기했지만, 그 시절에 항상 그랬던 건 아니다. 생애 첫 5전 3선승제 경기에서 그는 이탈리아 베테랑 다비데 상귀네티를 6-4, 6-7(3), 6-4, 6-4로 꺾었다.

「난 코트에서 로저가 고전할 거라고 생각했어요. 로저는 당시

5전 3선승제나 데이비스 컵, 많은 관중 앞에서 뛴 경험이 없었는데, 그가 멋지고 여유롭고 훌륭한 경기를 펼쳐서 매우 놀랐어요. 감독으로서 나는 정말로 그에게 몇 마디만 하면 되었죠. 그리고 그가 코트에서 나왔을 때 자신이 느낀 감정을 내게 모조리 털어놓았어요. 3,000~4,000명이 환호하는 소리를 들으니 느낌이 어떻다는 둥 하면서요. 마치 그가 느낀 모든 것을 마음속에 기록하고 나서 내게 재현하는 것 같았어요.」 프랑스에서 나와 함께 페더러의 결승전 연습을 보면서, 전 스위스 감독 클라우디오 메차드리가 회상했다.

스위스는 이탈리아를 물리친 뒤 페더러가 단식 경기 두 개를 모두 져, 4월에 준준결승에서 벨기에에 패했다. 투어에 큰 영향을 미치지는 않았지만, 종종 데이비스 컵에서 영감을 얻은 재능 있는 선수 크리스토프 반 가르스에게 그는 5세트 중 첫 세트를 패했다. 그리고 결정적인 경기에서도 4세트에서 그자비에 말리스에게 패했다.

패배 이후에 감정이 힘들었지만, 페더러는 그때 데이비스 컵의 힘을 체험으로 터득했다. 그는 이 대회로 인해 각 경기에 관심이 더 쏠리고 반 가르스 같은 평범한 선수가 갑자기 중심 무대에 설 수 있다는 걸 알게 되었다.

페더러는 젊었을 때 스위스 팀의 일원으로 매 라운드 경기를 했고, 2001년 당시 감독이었던 야코프 홀라세크를 상대로 공개 반란을 일으킴으로써 자신의 새로운 스타 파워 활용을 부끄러워하지 않는다는 걸 분명히 했다. 그러나 최정상에 견고하게 자리 잡자 페더러는 데이비스 컵 개막전에 불참하며 일정을 관리하기 시작했다.

그가 없으면 스위스 팀은 승리할 수 없었고 발전할 수 없었다.

페더러는 US 오픈이 끝난 뒤 9월에 다시 모습을 자주 보이며 스위스가 데이비스 컵의 하위군으로 밀려나는 것을 막기 위해 노력했다. 스위스가 두 번이나 밀려나기는 했지만, 그의 노력은 대개 효과가 있었다.

그것은 이상하고 불만족스러운 상황이었다. 페더러는 거의 매년 데이비스 컵을 치렀지만, 시기적으로 그에게 가장 중요한 대회는 아니었다.

「참여하지 않기는 힘들었어요. 지난 6년 동안 단 한 번이라도 나 없이 1라운드에서 이겼으면 좋았을 텐데 그런 일은 일어나지 않았고, 그래서 애석했죠. 하지만 그들은 모두 내 가장 친한 친구라서 내가 같이 뛰고 싶은 날이 올 거라고 생각해요. 나로서는 그 결정이 가슴 아프지만, 모든 꿈을 한꺼번에 좇을 수는 없잖아요. 기다려야 할 것도 있어요.」 그가 2010년에 내게 말했다.

그가 온전히 전념했을 때도 패했다. 2012년 스위스 프리부르에서 미국 팀을 맞아 1라운드를 치렀다. 첫날에 마디 피시가 5세트 접전 끝에 예상을 뒤엎고 9-7로 승리하며 바브린카를 꺾었고, 존 이스너가 4세트에서 페더러를 이겼다.

평소 예민한 바브린카를 세심하게 대했던 페더러는 솔직해지고 싶었고, 자신의 패배에 집중하기보다 피시를 상대한 바브린카의 경기력을 비판하는 쪽을 택했다.

「무엇보다 스탠이 첫날 피시를 이겨 기선을 제압하지 못한 게 유감이에요. 정말 박빙이었고, 모든 게 바뀔 수도 있었어요. 그 후 이스너를 상대로 무슨 일이든 일어날 수 있다는 걸 우리가 알았으니까요.」 그가 말했다.

페더러의 관점에서 바브린카는 〈썩 잘 뛰지 못했고〉, 그들이 함께 복식에서 패한 뒤에도 그는 비슷한 논조였다. 「스탠은 나쁘지 않았지만 서브에서 종종 곤경에 빠졌어요.」

이는 페더러의 수완 없는 태도가 나타난 경우였다. 그가 옳았을지 모르지만, 확실히 이상적인 전달자는 아니었다. 시즌 후반에 나와 이야기하면서 그는 자기가 한 말을 후회한다고 분명히 밝혔다.

「일부 기자 회견에서는 생각을 정확히 말할 수 없어요. 통하지도 않고 모든 사람에게 좋지 않으니까요. 안타깝게도 내가 스탠이 최선을 다하지 않았다고 말했더니 〈페더러가 스탠을 비판한다〉고 했어요. 나는 〈그러지 좀 마요. 진심이에요?〉라고 말했죠. 나는 두 경기를 졌고 그도 두 경기를 졌어요. 그의 실수가 아니라 내 실수여야 했죠. 그렇게 배우나 봐요. 〈음, 그가 잘 뛰지 못했어요〉라고 말하는 대신 〈내가 개떡 같이 쳤어요〉라고 말해야 했어요.」

페더러는 자신의 말에 낄낄 웃으며 고개를 저었지만, 미국이 5-0으로 승리할 때 프리부르에서는 스위스 사람의 웃음소리가 별로 들리지 않았다.

「모든 것이 준비됐는데 갑자기 1라운드에서 패배해 상당히 실망스러웠어요. 그때 이 길이 얼마나 힘든지 실감했죠.」라머가 말했다.

페더러는 2013 데이비스 컵에 아예 불참했고, 바브린카, 키우디넬리, 라머가 그 없이 뇌샤텔에서 에콰도르를 꺾어 스위스는 월드 그룹을 유지했다.

「모두가 여전히 트로피를 들어 올리는 꿈을 꾸었기에 〈다시 해보자〉는 분위기였죠. 다들 로저의 상황을 알았어요. 그래서 〈자, 이렇게 해야 해!〉라고 말하지 않았어요. 그에게는 많은 목표가 있었고, 그래서 그런 선택을 하기가 어려웠죠. 다들 그가 경기하고 싶어 한다는 걸 알고 있었지만, 우리는 부담을 주고 싶지 않았어요.」라머가 말했다.

2014년에 ─ 마지막 순간까지 분명히 밝히지 않았더라도 ─ 페더러는 다시 시도할 준비가 되어 있었다. 그는 뛰지 않을 수 있다고 밝힌 후 2월에 스위스의 1라운드 경기를 위해 세르비아에 가기로 결정했다.

그것은 현명한 방식인 것 같았다. 덜 약속하고 더 해주는 것 말이다. 그와 바브린카는 노비사드에 도착했다. 여자 1위였던 모니카 셀레스가 성장했고 스위스가 승리한 곳이었다.

그러나 세르비아의 최고 스타는 그들을 방해하기 위해 그곳에 있지 않았다. 노바크 조코비치가 라운드를 뛰지 않기로 하면서 데이비스 컵이 직면한 도전이 주목받았다. 정상급 선수들이 꾸준히 참가하지 못했고, 너무 많은 훌륭한 기회와 경기를 놓쳤다. 위대하고 장기적인 라이벌 관계로 정의되는 남자 테니스의 황금기에 데이비스 컵에서는 라이벌들이 거의 경기를 하지 않았다. 이것이 이 유서 깊은 대회가 계속해서 매력을 잃게 된 이유 중 하나임이 분명해졌다.

페더러와 나달은 대회 형식을 바꾼 2019년까지 데이비스 컵에서 한 번도 맞붙지 않았다. 페더러와 조코비치는 단 한 번 맞붙었는데, 조코비치가 본격적인 위협이 되기 전인 2006년의 일이었다.

영국의 앤디 머리를 포함해 주요 선수들은 모두 적어도 한 번은 트로피를 손에 쥐었다. 그들은 그러기 위해 서로를 이길 필요가 없었다.

스타들은 모두 자국에서 데이비스 컵의 역사와 테니스에 관한 관심을 키우는 일이 중요하다고 인식했다. 나달과 조코비치는 대회 승리를 개인적 성공을 위한 발판으로 삼았다. 2010년 조코비치가 이끈 세르비아의 우승은 2011년 시즌 그의 향연을 위한 테이블을 마련했다. 그러나 데이비스 컵의 4라운드가 1년 내내 간격을 두고 치러져, 주요 선수들은 매년 전체 일정을 지키면 낭비가 너무 크다고 확신했다.

「특히 1월부터 11월까지 다른 모든 곳에서 우리가 참가하는 테니스 경기의 양을 보면 더욱 그래요. 데이비스 컵 결승전을 뛰면 아마 마스터스 1000 정도 뛰는 거라고 내가 늘 말했잖아요.」 페더러가 내게 말했다.

그들은 변화를 추진했고, ATP 선수 평의회의 오랜 회장인 페더러는 결국 데이비스 컵을 운영하는 국제 테니스 연맹의 프란체스코 리치 비티 회장에게 인내심을 잃었다. 페더러는 언젠가 윔블던에서 열린 회의에서 화가 나 그를 질책했다. 이는 거의 화를 내지 않는 챔피언에게 이례적인 일이었다.

「로저는 데이비스 컵과 관련해 우리 모두 앞에서 그를 호되게 책망했어요. 그들이 경청하지 않는다, 듣는 척만 한다, 변하지 않는다 등등요. 로저가 그에게 빠짐없이 다 이야기했어요. 그야말로 마스터 클래스였어요.」당시 ATP 평의회 일원이었던 저스틴 기멀스토브가 말했다.

범세계주의적인 이탈리아인 리치 비티는 재임 기간에 약간의 사소한 변화를 승인했지만, 국제 테니스 연맹에는 데이비스 컵 수익이 중요했기에 연례 운영을 포기하거나 심지어 결승 진출자들에게 다음 해에 1라운드 부전승을 부여하는 것을 고려하지 않았다.

갈등의 결과는 양가감정이었다. 페더러는 그가 원했던 것보다 더 깊이 그 대회에 신경 썼지만 부담도 느꼈던 것 같다.

2014년 시즌은 그가 마침내 부담을 줄일 기회였다. 위대한 선수 한 명의 힘으로 데이비스 컵에서 우승하는 것은 어려운 일이었다. 보통 그 선수는 3일 동안 각 라운드에서 5세트 단식 경기와 복식 경기에서 모두 승리해야 했다. 하지만 위대한 선수가 두 명이면 가능성이 크게 상승했고, 2014년에 바브린카 역시 위대한 선수라는 건 부인할 수 없었다.

스위스 팀이 프랑스에 도착했을 때 페더러는 세계 랭킹 2위,

바브린카는 4위였다. 그러나 문제는 단순히 페더러가 결승전 전에 치유할 수 있느냐가 아니라, 페더러와 바브린카의 관계를 치유할 수 있느냐 하는 것이었다.

일주일 전 런던에서 두 사람이 격돌한 월드 투어 파이널스 준결승전에서 아쉬운 일이 있었다. 페더러가 네 개의 매치 포인트를 막아 4-6, 7-5, 7-6(6)으로 승리했는데, 경기 후반에 고질적인 허리 문제가 악화해 결국 다음 날 조코비치와의 결승전을 기권했다.

「어떻게 그런 일이 일어났는지 정말 이해할 수가 없어요. 아마 허리나 몸이 피곤했거나 타이 브레이크에서 긴장해서 그랬을 수도 있죠. 정말 운이 없었어요.」 페더러가 내게 말했다.

하지만 또 다른 문제가 있었다. 미르카 페더러가 코트사이드에서 준결승을 관전하며 응원했는데, 3세트 후반 첫 번째와 두 번째 서브 사이에 그녀가 소음을 냈다며 바브린카가 불만을 표시했다. 미르카는 그를 〈울보〉라고 부르며 응수했다.

「그녀가 뭐라고 했는지 들었어요?」 바브린카가 페더러와 체어 심판 세드리크 무리에게 말했다.

바브린카도 무리에게 불평했다.

「그녀는 윔블던에서도 그랬어요. 내가 그녀 쪽 코트에 설 때마다 서브를 넣기 직전에 그녀가 소리를 질렀어요.」 그가 그해 초 페더러의 준준결승 승리를 언급하며 말했다.

페더러의 명성과 무결점 평판을 고려할 때, 이 언쟁은 어느 시기에서든 풍파를 일으켰을 것이다. 하지만 이 일이 일어난 곳은 페더러와 바브린카가 데이비스 컵을 거머쥐기 위해 힘을 합치려는 세계적인 미디어 핫 스폿 런던이었다. 프랑스 체어 심판인 세드리크 무리에는 심지어 의례를 깨고 이 일에 관해 프랑스 언론과 인터뷰했다.

「일이 크게 번졌어요. 그러다가 내가 스탠을 보고 나서 미르카를 보았어요. 나는 그 와중에 무슨 일이 일어났는지도 몰랐어요. 그냥 발끈해서 일어난 일이었고, 아주 빨리 가라앉았어요. 미르카는 나를 응원하러 온 거지 그의 집중력을 흐트러뜨리려고 온 게 아니니까요. 그도 그걸 안다고 생각해요.」 페더러가 나중에 내게 말했다.

페더러와 바브린카는 경기가 끝난 뒤 O2 아레나의 특실에서 오랫동안 이야기를 나눴다. 지난 몇 년간 바브린카에게 조언해 준 뤼티도 대화에 참여했다.

그들은 공통점을 찾는 데 성공했다.

「미르카는 내 상대에게 화를 내는 것을 제일 싫어해요. 그녀는 15년 동안 한 번도 그런 적이 없었고 앞으로도 그러지 않을 겁니다. 더구나 스탠을 상대로는요.」 페더러가 말했다.

그러나 6년 후 바브린카에게 그의 커리어에서 가장 아쉬운 일이 뭐냐고 질문하자, 그는 〈단연코〉 런던에서 페더러에게 패한 것이라고 말했다. 그는 미르카의 야유에 대해서는 아무 말도 하지 않았다.

「세계 최고 선수 여덟 명만 모이는 그랜드 슬램 다음으로 가장 권위 있는 대회인 마스터스 준결승이었어요. 기회를 놓쳐서 정말, 정말 힘들었어요. 그날 밤 나는 거의 잠을 못 잤어요. 패배에 대해 곰곰이 생각하고 가까운 사람들과 이야기를 나누며 마음을 달랬어요. 나를 구해 준 것은 데이비스 컵 결승전을 위해 스위스 팀과 힘을 합쳐야 한다는 사실이었어요.」 그가 스위스 잡지 『릴뤼스트레L'Illustre』와의 인터뷰에서 말했다.

일요일에 그는 뤼티와 스위스 팀에 최근 합류한 데이비드 맥퍼슨과 함께 유로스타 열차를 탔다. 맥퍼슨은 미국 복식 스타 밥과 마이크 브라이언을 오랫동안 코치했다.

뤼티와 맥퍼슨은 우호적이었고, 뤼티는 월드 투어 파이널스 기간에 곧 다가올 데이비스 컵 복식 경기에서 프랑스 팀을 어떻게 상대할지 조언을 구했다. 마이크 브라이언도 참여했다.

「우리는 세비에게 아이디어를 주었고, 마이크가 〈맥을 릴에 데려가면 어때요?〉라고 놀렸어요. 하지만 세비는 〈어, 그게 가능한가요?〉라고 물었고, 나는 〈음, 물론 로저가 그걸 원한다면 내가 어떻게 거절할 수 있겠어?〉라고 했죠.」 맥퍼슨이 내게 말했다.

페더러는 그 계획을 좋아했다. 그와 바브린카는 2008 베이징 올림픽에서 복식 금메달을 함께 수상했으나 지난 네 번의 데이비스 컵 경기에서는 함께 패했다. 뭔가가 부족했다.

페더러는 허리 부상 때문에 나머지 스위스 팀이 떠난 뒤 릴로 갔다. 그러나 도착했을 때 바브린카와 페더러 사이에는 말썽의 기미가 보이지 않았다.

「우리는 모든 것을 말해 주는 미소를 지으며 서로를 바라보았어요. 그 일이 마무리된 거죠.」 바브린카가 말했다.

「방에 긴장감이 없었어요. 팀이 화목한 가족 같은 분위였어
요.」 맥퍼슨이 말했다.

첫 번째 팀 만찬이 끝난 후, 페더러가 복식에 관해 이야기하
자고 자기 방으로 맥퍼슨을 초대하자 그가 수락했다.

「우리 둘만 있었고, 90분 정도 이야기했을 겁니다. 그가 복식
선수로서 얼마나 더 잘할 수 있는지 굉장히 철저하게 탐구하고
있어 놀랐어요. 그는 테니스 게임의 학생이었고, 이 경기는 그
의 커리어에서 몇 번 안 되는 중요한 복식 경기였어요. 그가 온
갖 수단을 연구한다는 걸 알 수 있었죠.」 맥퍼슨이 말했다.

맥퍼슨은 나중에 잠재적인 프랑스 상대 선수들에 대한 메모
와 비디오 클립을 모았고, 페더러와 바브린카가 준준결승전에
서 브라이언 조를 이긴 것을 포함해 베이징에서의 금메달 경기
하이라이트를 정리했다. 페더러와 바브린카가 최근에 고투한
장면도 포함했다.

맥퍼슨은 매일 밤 이 복식조를 만나 20분간 복식에 관해 이야
기했다. 자세하게 조언했지만, 주된 결론은 바브린카가 백핸드
리턴을 슬라이스 대신 드라이브로 쳐야 하고, 페더러와 바브린
카의 서비스 게임에서 네트 플레이어가 훨씬 더 적극적이고 공
격적이어야 한다는 것이었다.

페더러가 경기할 수 없었다면 이 모든 것이 헛수고였을 것이
다. 그에게 진통제를 먹으라고 권하는 사람들도 있었다. 그가
데이비스 컵에서 우승할 기회가 또 언제 올까?

「그 정도로 심각하지 않았어요. 나는 진통제를 먹지 않아도 되기를 기도했고, 결국에는 먹지 않게 되어 많이 안도했죠.」 그가 내게 말했다.

그 시기에 페더러는 수술받은 적도 없고 코르티손 주사를 맞은 적도 없었다.

「쉬면서 몸이 스스로 치유되도록 해야 한다고 믿어요. 그 많은 약과 주사를 맞는 게 너무 겁나요.」 그가 내게 말했다.

그러나 페더러가 코트에 간다는 것이 곧 코트에서 이긴다는 의미는 아니었다. 그 시기에 프랑스 선수들은 페더러와 바브린카에 크게 뒤지지 않았다. 가엘 몽피스, 조윌프리드 총가, 리샤르 가스케는 10위 안에 있었다. 재미있게도 이 네 명 모두 세금 때문에 스위스에 거주하고 있어, 이 경기가 올스위스 데이비스 컵 결승전이라고 농담을 했다.

페더러나 바브린카와 달리 프랑스 선수들은 결승전을 위해 특별히 몇 주 동안 클레이 코트에서 훈련할 수 있었다. 그들은 또한 관중석이 매일 매진되는 등 릴에서 대단한 홈코트 이점을 누렸다.

나는 1980년대부터 데이비스 컵 경기를 관전해 왔다. 스타가 가득한 결승전에서부터 사다리의 가장 아랫단에 이르기까지 모든 경기를 취재했다. ATP 포인트를 한 점이라도 딴 선수가 전혀 없는 아이슬란드, 수단, 마다가스카르와 같은 생소한 국가들이 참여한 보츠와나의 가보로네에서 열린 4조 유로/아프리카 지역 경기까지 말이다.

「나에게 윔블던은 너무 늦었지만, 적어도 내 꿈 하나를 이루었어요.」스물일곱 살의 마다가스카르 출신 아리보니 안드리아나페트라가 1997년 가보로네에서 내게 말했다.

내가 스포츠 기자로서 경험한 최고의 경기 중 일부는 데이비스 컵에서 나왔다. 가장 시끄러웠던 경기도 마찬가지였다.

최고 수준에서는—단식 경기가 하루 여덟 시간 이상 이어져 선수와 관중의 진을 뺀다는 점을 제외하면—예전 형식을 유지한 이 대회 분위기는 월드컵 축구 경기와 비슷했다.

1991년 리옹에서는 프랑스 팀이 피트 샘프러스, 앤드리 애거시와 미국 선수들을 놀라게 하고 카리스마 넘치는 주장 야니크 노아 뒤에서 콩가 라인 춤을 추며 축하했다. 1995년 모스크바에서 샘프러스는 최악의 코트 면(클레이)에서 사실상 홀로 러시아 선수들을 이겨 자신의 커리어에서 가장 훌륭하고 저평가된 업적 중 하나를 만들어 냈다. 2008년에는 아르헨티나의 마르델플라타에서 나달이 부상으로 불참한 가운데, 스페인 팀이 뜻밖에도 다비드 날반디안, 후안 마르틴 델 포트로를 꺾었고, 다른 곳에서는 아르헨티나 선수들을 이겼다.

그리고 2014년 프랑스와 스위스의 경기 첫날 릴 교외에는 2만 7432명의 관중이 모여, 2004년 세비야에서 열린 데이비스 컵에서 나달과 스페인이 우승하는 장면을 매일매일 지켜본 2만 7200명의 기록을 조금 초과해 공식적으로 테니스 관중 신기록을 세웠다.

바브린카는 총가를 6-1, 3-6, 6-3, 6-2로 물리쳐 첫 단식 결투에서 프랑스 팬들이 축하할 기회를 주지 않았다. 그러나 두 번째 단식 경기에서 몽피스가 반격에 나서 페더러를 6-1, 6-4, 6-3으로 압도하며 그의 가장 훌륭하고 집중된 퍼포먼스 중 하나를 선보였다.

토요일의 복식과 일요일의 단식 세 경기를 남겨 두고 1-1이 되었다. 문제는 페더러가 몽피스와의 경기 후 복식 경기를 할 수 있느냐 또는 해야 하느냐 하는 것이었다. 라머와 키우디넬리는 준비된 상태였고 일주일 내내 맥퍼슨과 함께 연구했지만, 둘 다 이런 종류의 압박감 속에서 경기한 경험이 부족했고 모든 프랑스 선수보다 순위가 훨씬 낮았다.

페더러는 몽피스에게 패하고 코트에서 나온 직후 이 질문에 직접 대답했다.

「난 준비됐어요.」 그가 바브린카와 상의한 뒤 뤼티와 맥퍼슨에게 말했다.

「그 말을 듣고 감격했어요. 로저의 자신감이 조금도 흔들리지 않았거든요.」 맥퍼슨이 말했다.

몽피스는 분명히 페더러를 괴롭혔지만, 진상은 그렇지 않았다. 페더러는 세트를 연달아 패한 후에도 안심하고 낙관적이었다. 「경기가 진행되면서 긴장이 풀리기 시작했어요. 강력한 서브를 서른 개는 넣어야 했을 거예요. 슬라이딩도 해야 했고 수비도 해야 했죠. 공격적인 테니스를 치고 정보를 빨리 얻어야 했어요.」 페더러가 말했다.

그와 바브린카는 다음 날 공격적이고 훌륭한 경기를 펼쳐 가

스케와 쥘리앵 베네토를 6-3, 7-5, 6-4로 격파했다. 그것은 베이징 올림픽에서의 퍼포먼스를 생각나게 했고, 런던에서의 모든 잡음에도 불구하고 그들이 실제로 같은 파장 안에 있음을 암시했다.

바브린카가 페더러의 그늘에서 테니스를 치는 것은 분명 도전이었다. 스위스인 페더러가 작은 연못의 큰 물고기였다는 점을 제외하면, 그것은 미국에서 샘프러스, 애거시, 쿠리어의 뒤를 잇는 앤디 로딕의 경우와 비슷했다.

그러나 열여섯 살에 페더러와 처음 연습했던 바브린카는 페더러의 모범과 격려, 초창기 적수들의 스카우트 보고서에서까지 혜택을 받았다는 것을 재빨리 인정한 지 오래다.

프리부르에서 바브린카가 그런 발언을 했음에도 페더러는 자신이 이미 1위였을 때 투어에 온 네 살 연하의 그를 지지해 왔다. 아마도 가장 중요한 것은 페더러가 매우 가치 있는 피트니스 트레이너인 피에르 파가니니의 서비스를 바브린카와 공유하기로 동의했다는 점일 것이다.

「로저는 투어에서 큰형 같았어요.」 바브린카가 『릴뤼스트레』와의 인터뷰에서 말했다.

바브린카는 페더러에게 받은 가장 소중한 조언이 무엇이냐는 질문을 받았다.

「현재에 사는 것이 중요하다는 거였어요. 20년 동안 그는 언론, 팬, 여행, 대회, 훈련 같은 일상적인 요구에 대처해야 했어요. 그의 하루하루 일정은 너무 빡빡하지만 그는 놀라울 정도로 침착하죠. 덜 즐거운 일을 해야 할 때도 누구보다 최선을 다해요. 지난 몇 년 동안 나도 그렇게 되려고 노력했어요.」바브린카가 말했다.

페더러가 자신을 잘 알고 총력을 다할 준비가 되었을 때만 헌신한다는 점은 도움이 된다. 그는 여러 번 데이비스 컵에 거절을 표했다. 그러나 2014년에는 이 대회를 제대로 경험하기 위해 서명했고, 허리가 협조하지 않았지만 그는 ─ 세계 전역에서 자주 그랬듯이 ─ 릴에서 이를 악물었다. 투어 데뷔부터 2020 시즌까지 그는 한 번도 경기를 기권한 적이 없다. 이것이 믿기 힘든 그의 테니스 업적일지도 모른다.

앤디 로딕은 메이저 리그의 철인을 두고 말했다. 「칼 립켄 주니어와는 다르게 봐야 해요. 테니스에서는 거의 불가능한 일이에요. 그랜드 슬램에서 우승하는 것보다 경기를 한 번도 기권하지 않는 것이 더 중요하다고 생각하는 사람은 아무도 없겠지만, 20년 커리어 동안 또다시 그렇게 할 사람은 아무도 없을 겁니다. 그가 경기 중에 다치지 않은 것과는 달라요.」

일요일에 한 번만 이기면 스위스가 우승이었다. 페더러는 슬라이딩, 낮게 구부리기, 확실하게 코너로 돌진하기 등 수요일에 하지 못했던 것을 모두 했고, 가스케를 상대로 아주 멋지게 승리했다.

「그가 주말 내내 어떻게 힘을 모았는지 놀라워요.」프랑스 감독 아르노 클레망이 말했다.

0-40으로 뒤진 상황이었지만 페더러는 서브 승을 거두고

6-4, 6-2, 6-2로 승리했다. 그의 마지막 스트로크는 기막히게 조절된 백핸드 드롭 샷 위너였다. 그 샷이 두 번 바운스하기도 전에 그는 무릎을 꿇고 진흙 위로 고꾸라졌다. 감격한 그의 어깨가 들썩거렸다. 그는 재빨리 일어나 뤼티와 동료들을 맞았고 그들은 함께 포옹을 나누었다.

「월요일이나 화요일에는 3일 동안 세 경기를 치를 거라고 전혀 생각하지 못했어요.」페더러가 말했다.

데이비스 컵은 1900년에 창설되었다. 스위스가 우승국 명단에 오르기까지 한 세기 이상이 걸렸다.

「데이비스 컵 우승은 열일곱 살 때 내 목표였는데, 너무 오래 걸렸네요. 아마 그래서 기쁨이 훨씬 더 컸던 것 같아요. 사람들도 그걸 알았을 것 같고요.」페더러가 내게 말했다.

밤에는 스위스 팀을 위한 파티, 즉 모두를 위한 샴페인과 바브린카를 위한 몇 개비의 축하 담배가 기다리고 있었다. 월요일에는 전용기를 타고 빠르게 귀국한 영웅들을 위한 환영 행사가 스위스에 준비되어 있었다.

그러나 그보다 먼저 페더러는 라커 룸에서 소년 시절 친구인 라머와 키우디넬리에게 마지막 요청을 했다.

마침내 데이비스 컵을 거머쥐고 아드레날린이 점점 사라지면서 그의 허리가 다시 뻣뻣해지고 있었다.

「로저가 〈부탁인데, 내 양말 좀 벗겨 줄래? 정말 죽은 사람처럼 뻣뻣해서 더 이상 몸을 구부릴 수가 없어〉라고 말했어요. 그는 그 주에 엄청난 노력을 쏟아부었어요. 사람들이 이걸 많이 잊어버리죠. 그는 항상 너무 부드럽고 편안해 보이지만 고통과 통증을 내색하지 않는 법을 알고 있어요.」라머가 말했다.

14
두바이

로저 페더러는 마디낫 주메이라 테니스 클럽의 1번 코트에서 공식 경기를 한 적이 없다. 그의 경기 입장권이 팔린 적은 없지만, 그곳은 그가 수년 동안 가장 많은 시간을 보낸 코트 중 하나다. 두바이의 햇빛이 밝아서 코트의 소비 전력이 적다. 그가 투어 중 휴식 기간에 자주 훈련했고, 2016년 11월과 12월에는 더 젊은이다운 열정으로 본격적인 첫 복귀를 준비한 곳이기도 하다.

「나는 여전히 배고파요. 이제 나는 생기를 되찾고 원기를 회복했어요.」페더러가 두바이에서 호주의 퍼스행 비행기를 타기 직전에 내게 말했다.

테니스 클럽에 도착하려면 주메이라 알카사르 호텔의 정문을 통과해 승마를 모티브로 한 분수대와 잔디밭의 금박 입힌 동상을 지나가야 한다. 건축의 관점에서 두바이는 페르시아만의 라스베이거스다(도박과 알코올 섭취는 공식적으로 금지된다).

화분에 심은 야자수와 정면을 신아라비아풍으로 장식한 로비를 지나면 골프 카트와 운전사가 기다리고 있다. 카트에 올라타 다리와 운하를 건너고 공작새들과 밝게 칠해진 낙타 조각상을 지나, 근처의 모든 파라오 건축물에 비해 규모가 적당한 치장 벽토를 바른 클럽 하우스로 간다.

카트에서 내려 클럽의 프런트를 지나 푸른 플렉시페이브 하드 코트가 내려다보이는 긴 나무 벤치에 앉으면 프로 선수 마르코 라도바노비치가 기술이 제각각인 의욕적인 세 명의 학생에게 장난스럽게 그룹 레슨을 하는 모습이 보인다. 2월이었다.

아이들은 자신이 신성한 테니스장에 있다는 걸 모르는 것 같았다.

「여기는 페더러가 사용하는 코트죠. 그는 여기에서 이 코트에서만 훈련해요. 그는 벌써 15년째 오고 있어요.」라도바노비치가 훈련 사이에 설명했다.

노바크 조코비치를 포함한 다른 명사들도 몇 주 전에 두바이의 온화한 겨울 기후에서 야외 연습을 하기 위해 왔다. 그러나 2002년 이 도시에서 열린 ATP 경기에서 처음 뛰었고 2003년에 처음 우승을 차지한 페더러만큼 두바이에서 많은 시간을 보낸 현대 테니스 슈퍼스타는 없다. 그는 나중에 두바이 마리나 주변에 있는, 프랑스어로 〈꿈〉이라는 뜻을 지닌 〈르 레브〉라는 고층 빌딩의 호화로운 펜트하우스를 구매했다. 이 집에는 호주의 조경가 앤드루 페이퍼가 디자인한 정원, 페더러가 설계한 피트니스 센터, 주민이 〈버튼을 누르면〉 페라리, 헬리콥터, 전용 제트기를 예약할 수 있는 관리인 서비스가 있다. 걸프만, 인공 군도

팜 주메이라, 그리고 한때 페더러와 앤드리 애거시가 두바이 대회를 홍보하기 위해 헬리콥터 착륙장에서 스트로크를 주고받고 나서 아주 조심스럽게 300미터 높이의 빌딩 가장자리를 살짝 넘겨 보았던 높이 솟은 돛 모양의 호텔 부르즈 알 아랍이 파노라마처럼 펼쳐져 있다.

곤경의 시기에 베오그라드에서 자란 사교적인 세르비아인 라도바노비치는 페더러의 쌍둥이 딸들에게 테니스를 가르쳤던 기억을 여전히 소중하게 간직하고 있다.

감사의 표시로 페더러는 라도바노비치에게 줄 〈로저 페더러 2016 캘린더〉에 새해 메시지를 적고 서명했다. 이 캘린더는 현재 베오그라드에 전시되어 있다.

「저희 어머니가 그 캘린더를 말도 없이 가져가서 집의 벽에 걸어 놓으셨어요. 우리 모두 아주 자랑스러워요. 내게는 로저가 그곳에서 테니스 치고 내가 그의 아이들을 지도했던 최고의 기억만 있어요. 아이들이 아주 착하고 귀여웠어요. 테니스 코치라면 누구나 꿈꾸는 일이었죠.」라도바노비치가 웃으며 말했다.

하지만 2016년은 페더러에게 꿈같은 해가 아니었다. 그가 말하길, 조코비치와의 호주 오픈 준결승에서 패한 다음 날 멜버른 호텔에서 딸들을 목욕시키다가 왼쪽 무릎이 접질리며 딸깍 소리가 났다.

알고 보니 그것은 반월판이 찢어지는 소리였다. 페더러는 선수 생활 중 처음으로 수술을 받았다. 프로로 전향한 후 열여덟 번째 시즌이며 서른네 살이라는 점을 고려하면 나쁘지 않았다.

그는 조코비치전이 끝난 지 6일 만인 2월 3일에 스위스에서 관절경 수술을 받았다.

페더러의 부상을 막기 위해 그토록 부지런하고 창의적으로 일했던 피트니스 트레이너 피에르 파가니니는 우리가 페더러의 재활에 관해 이야기하자 감정에 치우쳤다.

「로저는 2주 동안 물리 치료사에게서 치료받았고, 체력 훈련을 시작한 처음에는 5미터를 조깅한 후 뒤로 걸어야 했어요. 마치 걷는 법을 다시 배우는 것 같았죠. 세상에서 가장 긍정적인 사람이 되었다가도 〈그가 정말 다시 높은 수준의 테니스를 칠 수 있을까?〉라고 궁금해하는 순간들이 있었어요.」 파가니니가 말했다.

페더러는 두 달도 채 안 되어 마이애미 오픈을 위해 투어에 복귀해 파가니니를 놀라게 했을 뿐 아니라 자신도 놀랐다.

「정말 정말 기뻤어요. 솔직히 말해 수술 후에 여기 다시 올 줄 몰랐어요.」 그가 대회를 앞두고 가진 기자 회견에서 말했다.

페더러가 공개적으로 하는 많은 일이 그렇듯이, 그 과정은 놀라울 정도로 순조로워 보였다. 그러나 이 경우는 겉보기와 달랐다. 페더러는 첫 경기를 앞두고 위장 바이러스로 기권했다가 진지하게 투어에 복귀해 4월 중순 몬테카를로에서 클레이 코트에 섰다. 그는 준준결승에서 프랑스인 조윌프리드 총가에게 패하고 마드리드로 갔지만, 이곳에서 연습 도중에 허리 문제가 다시 악화해 현장에서 하차해야 했다.

그는 이탈리아 오픈 3회전에서 젊은 오스트리아인 도미니크 팀에게 패했다. 팀이 그 후 성공한 것을 고려하면 지금은 이 패배가, 페더러가 어색하지 않게 움직이려고 눈에 띄게 애썼던 로마에서 보았던 것보다 나아 보인다.

시즌이 한창일 때 곤경에 빠졌지만, 전에는 대개 허리와 다른 통증을 관리하면서 그런 어려움을 극복할 방법을 찾았다.

그와 그의 팀은 파리로 가서 여전히 프랑스 오픈 준비에 전념했다. 그들은 호텔에 체크인했고, 페더러와 파가니니는 롤랑 가로스로 향하기 전에 사람이 없는 연회장에 가서 몸을 단련했다.

「나는 이리저리 달리다가 결국 멈추고 피에르에게 〈우리 여기서 뭐 하는 거죠?〉라고 말했어요. 피에르는 〈무슨 일이죠? 무릎 때문인가요?〉라고 말했어요. 그래서 내가 말했죠. 〈내 무릎이 100킬로그램은 나가는 것 같아요. 허리도 백 퍼센트가 아니에요. 내가 왜 여기서 이러고 있죠? 내가 왜 파리에서 경기해요?〉」페더러가 내게 말했다.

그들은 운동을 중단하고 거의 한 시간 동안 이야기를 나누었다. 페더러는 나중에 나머지 팀원들, 즉 물리 치료사 다니엘 트록슬러, 코치 제베린 뤼티, 페더러의 친구이자 12월에 스테판 에드베리를 대신해 팀에 합류한 과거의 라이벌 이반 류비치치에게 의구심을 내비쳤다.

페더러는 롤랑 가로스의 붉은 클레이에서 연습해 보기로 했고, 결국 〈투우장〉으로 알려진 원형 쇼 코트인 1번 코트에 섰다.

「나는 괜찮았어요. 하지만 백 퍼센트에 근접한 적은 없었어요. 우리가 〈있잖아요, 오늘 그만 접고 잔디 코트를 준비합시다〉

라고 말한 게 그때였어요. 나는 노력했어요. 정말 노력했어요.」
페더러가 말했다.

그의 기권으로 그랜드 슬램 대회 단식 연속 출전 기록이 65회
에서 멈췄고, 이 기록은 이후 펠리시아노 로페스에 의해 깨졌
다. 하지만 이 기록은 페더러에게 큰 의미가 없었다. 그에게 가
장 중요한 것은 참가하는 것이 아니라 이길 기회를 얻는 것이
었다.

파리 대회를 놓친 건 여전히 아쉽다. 오늘날에도 페더러는 그
결과를 피할 방법을 찾았어야 했다는 듯 약간 수줍게 말한다.
세계적인 선수가 자신의 계획을 포기하기란 쉽지 않다. 문제는
2016년에 잔디 코트가 피난처를 제공하지 않았다는 것이다.

「수술받고 나서 호주 오픈 이후 시간을 더 가질 수 있었고, 가
져야 했어요.」

그는 3연승과 8회 승리를 거두었던 할레로 가서 준결승에서
독일의 10대 알렉산더 츠베레프에게 뜻밖에 패했다. 페더러는
윔블던에 출전해 4회전에서 세트 연속으로 이긴 뒤 좋은 소식
과 나쁜 소식을 모두 알린 준준결승에서 두 세트를 뒤지다가 반
격에 성공해 마린 칠리치를 물리쳤다. 페더러에게 좋은 소식은
그에게 세 개의 매치 포인트를 물리칠 수 있는 체력과 배짱이
있다는 것이었다. 나쁜 소식은 그가 분명히 취약하다는 것이
었다.

다음 라운드에서 페더러는 새로운 코칭 컨설턴트 존 매켄로
가 포함된 슈퍼스타급 규모의 측근에 둘러싸인, 잔인한 서브를

가진 분석적인 캐나다 선수 밀로시 라오니치와 맞붙으면서 이를 확인했다. 라오니치는 민첩성과 네트 게임을 개선해 상당히 발전해 있었다. 하지만 나와 그 준결승전을 지켜본 많은 사람의 기억에 남은 것은 라오니치가 친 스물세 개의 에이스도, 페더러가 마무리 짓지 못한 여덟 개의 브레이크 포인트도, 라오니치에게 4세트를 내주는 데 한몫한 2회 연속 더블 폴트도 아니다.

우리 중 많은 사람이 기억하고 있는 것은 5세트 초반 1-2에서 페더러의 서비스 게임에서 듀스를 만든 랠리다. 라오니치가 다운 더 라인으로 친 낮은 백핸드 칩이 짧게 떨어졌다. 페더러가 가까이 다가와 포핸드 하프 발리를 크로스 코트로 날렸고, 라오니치는 포핸드를 치려고 공격적으로 앞으로 나아갔다.

그러나 페더러가 랠리를 더 오래 끌려고 옆으로 움직이다가 왼쪽 다리가 무너지는 바람에 세게 넘어졌다. 테니스계의 바리시니코프에게는 매우 이상한 일이지만, 그가 어색하게 넘어져 가슴이 땅에 닿으면서 라켓이 센터 코트를 가로질러 쭉 미끄러졌다.

모든 것이 보이는 윔블던 기자 구역에서 단체로 숨이 막혔던 기억이 난다. 그러나 이는 새로운 장면이었고, 본래 어떤 사건이 무엇을 상징하는지 금방 알아차리는 스포츠 기자들에게는 그것이 더 깊은 의미, 즉 이제 페더러가 몇 살 어린 경쟁자들을 물리칠 만큼 민첩하지 않다는 뜻인 것 같았다.

그는 잠시 잔디에 엎드려 있다가 몸을 일으켜 의자로 걸어가더니 트레이너를 불렀다. 이는 볼품없이 넘어진 것만큼이나 드문 일이었다. 페더러는 투어급 경기 중에 단 한 번도 기권한 적이 없었다. 그는 코트로 돌아와서 서브권을 잃었고, 5세트를 6-3으로 졌다.

이 패배는 일부 책임이 있는 류비치치에게 특히 가슴 아팠다. 그는 2013년부터 2015년까지 라오니치를 코치하며 그를 더 나은 선수로 만드는 데 일조했다. 그러나 류비치치는 그날 오후 많은 사람이 지켜보았듯이 페더러가 그의 정점에서 멀리 있다는 것을 알고 있었다.

나는 『뉴욕 타임스』 칼럼에서 다음과 같이 시대의 종말을 고했다. 〈주목할 만한 챔피언이자 특사인 페더러는 열여덟 번째 그랜드 슬램 단식 우승의 가능성이 점점 낮아 보일지라도, 호사가들의 쑥덕거림에 별로 신경 쓰지 않고 원하는 한 경기를 할 권리를 분명히 얻었다. 테니스도 인생처럼 영고성쇠가 있다. 윔블던 7회 우승자가 쇠하고 새로운 경쟁자들이 나타나 현 상황에 도전한다. 그러나 전성기에 있는 스물아홉 살의 머리가 여전히 간직한 그랜드 슬램의 좌절과 야망에 비춰 보면, 올해 윔블던에서 라오니치의 가장 힘든 과제는 그의 뒤가 아니라 앞에 놓여 있는 듯하다.〉

적어도 나는 이 칼럼의 마지막 부분을 제대로 알았다. 라오니치는 앤디 머리에게 패하기 시작했다. 머리는 최고 시즌을 보내며 몇 주 뒤 리우 올림픽 단식에서 두 번째 금메달을 땄다.

하지만 페더러에게는 올림픽이 없었고, 그가 놓칠 마지막 큰 단식 타이틀에서 새로운 기회도 없었다. 커리어 처음으로 그는 윔블던 이후 시즌을 중단했다. 라오니치와의 경기에서 넘어진 일도 그에게 보낸 신호였다.

「나는 그렇게 균형을 잃은 적이 없었는데, 우스꽝스럽게 넘어졌어요. 근육이 약해서 그런 건지, 아니면 무슨 일이 있었는지 모르겠어요. 아주 이상한 일이었죠. 하지만 문제는 내가 다시 왼쪽 무릎을 꿇었다는 거예요. 나는 브레이크 포인트에 몰려 있었어요. 몸이 온전했다고 해도 그 시합에서 졌을 수 있으니까 그건 변명이 되지 않아요. 하지만 어색하게 넘어진 건 분명해요. 선수 생활을 하면서 내가 몇 번이나 넘어졌을까요? 아주 드물어요. 특히 이런 순간엔 말이죠. 알다시피 그랜드 슬램 준결승이잖아요.」 그가 내게 말했다.

그는 2017년에 집중하기 위해 쉬면서 몸과 무릎을 회복하기로 했다. 그의 커리어에서 가장 긴 6개월간의 휴식이었다. 그것은 결국 간단한 결정이었다. 그는 2020년과 2021년에 1년 이상 쉬었다.

「올해 나는 하나의 대회를 치렀어요. 그때는 최상의 컨디션이었어요. 잔디 코트에서 뛰어 남은 시즌을 망쳤다고 생각하지는 않아요. 단지 무릎과 몸에 휴식이 필요하다고 생각하고, 6개월 쉬면서 몸과 무릎을 치유할 시간을 가질 수 있겠죠. 이제 나는 뒤돌아보며 이렇게 말할 수 있어요. 〈이봐, 지금 일이 잘 풀리지 않지만 내가 할 수 있는 건 다 했어. 후회는 없어.〉」 그가 호주 오픈을 두고 말했다.

그 휴식은 어떤 의미에서 은퇴 예고편이었다.

「난 그 맛을 알았어요. 갑자기 나는 정리가 되었고 이렇게 말할 수 있어요. 〈자, 우리는 이제 4주 내내 같은 집에 있을 거야. 누구랑 저녁 먹으러 가고 싶어, 미르카? 아니면 우리가 누구를 따라갈까?〉」페더러가 내게 말했다.

페더러가 2009 프랑스 오픈에서 커리어 그랜드 슬램을 달성한 후 그때까지 7년 이상 은퇴에 대해 질문을 던지고 있었다고 해도, 진정한 은퇴는 심각한 고려 사항이 아니었다.

그는 때때로 미르카와 함께 사정을 살폈다.

「내가 아내에게 쉬는 시간을 가지면 어떻겠냐고 물으면, 그녀는 〈진심이야? 아직도 우리가 이래야 해? 당신이 결정해. 하지만 그럴 가치가 충분히 있다고 생각해. 당신이 얼마나 잘 뛰고 있는지 봐. 나는 당신이 언제 좋은 경기를 하고 언제 나쁜 경기를 하는지 알 수 있어〉라고 말해요. 그녀는 아주 정직하고 내가 경기하는 한 언제나 위대한 일을 이룰 수 있다고 생각해요. 아내한테 그런 말을 들으면 기분이 좋아요.」페더러가 말했다.

미르카는 또한 만성 발 통증으로 커리어를 중단한 사람으로서 재빨리 그의 부상을 균형 있는 시각으로 바라보았다.

「그녀는 〈당신의 부상은 작은 거라고〉라고 말했어요.」

페더러는 목소리를 흉내 내려고 톤을 높였다. 「〈당신의 작은 무릎 부상은 아무것도 아니야. 다른 남자들을 봐, 그들이 당한 부상을 봐, 아니면 내가 입은 부상을 봐. 아주 안 좋아. 그러니 당신은 괜찮을 거야. 날 믿어. 우리가 유일하게 걱정할 건 당신이 선수 생활을 하면서 1,400번 정도 경기를 뛰었다는 것이야.

그게 우리가 마주할 유일한 문제지만, 이런 무릎 같은 건, 참 나, 별거 아냐.〉 그녀가 그렇게 말했어요.」

페더러는 그녀의 말이 재미있고 위안을 준다는 걸 알았지만, 스위스에서 긴장을 풀면서도 여전히 투어 점수를 보는 등 긴 휴식을 잘 활용했다. 「몇 번이나 멈춰서 라이브 스코어*를 확인하는 나 자신에게 깜짝 놀랐어요.」 그가 웃으며 내게 말했다.

그는 11월에 가족과 두바이로 갔다. 페더러 가족은 전에도 더 따뜻한 기후와 근본적으로 다른 문화로 빠르게 바뀌는 이 여행을 여러 번 했다. 두바이에는 실내 스키장이 있었지만, 샬레와 자갈이 있는 스위스 알파인 마을과 고층 건물과 평평한 사막의 격자무늬 계획도시이자 급속히 발전하는 페르시아만 연안의 대도시 사이에서 느껴지는 이질감은 그야말로 굉장하다. 그러나 한 가지 면에서는 크게 변하지 않았다. 페더러는 여전히 비교적 평화롭고 구속받지 않는 삶을 살 수 있었다.

「나한테는 그게 중요해요. 스위스와 두바이의 공통점 중 하나죠.」 그가 내게 말했다.

2002년과 2003년에 두바이 토너먼트에서 뛰었던 그는 2004년 7월 윔블던에서 두 번째 우승을 차지하고 크슈타트에서 처음으로 우승한 직후, 휴가를 보내기 위해 이 도시로 돌아왔다. 7월의 두바이는 타는 듯이 덥지만, 페더러는 정상에 오른 뒤 뜨거운 해변에서 지친 몸을 달래며 며칠 보내고 싶었다. 그는 너무 지쳐 갑판 의자에서 물로 걸어가는 데도 노력이 필요했

* 실시간 경기 점수를 알려 주는 웹 사이트.

다. 그는 파가니니에게 전화를 걸어 다시 일하러 돌아가지 않을 거라고 농담했다.

그는 시간을 좀 가진 뒤 북미로 날아가 첫 캐나다 오픈과 첫 US 오픈에서 우승했고, 그의 가장 탁월한 퍼포먼스 중 하나에서 레이턴 휴잇을 격파했다.

분명히 두바이는 원기 회복 효과가 있었다. 그는 그해 10월에 돌아와 시간제 코치로 영입한 호주인 토니 로시와 비밀리에 훈련했다. 두바이는 적절한 기후와 편안한 분위기를 지녔지만 위치도 적절했다. 항공편 연결이 풍부하고 편의 시설이 더 많아 유럽과 아시아의 다리 역할을 한다.

많은 운동선수와 연예인이 두바이에 기반을 두기 시작할 때 페더러도 이 풍조에 일조했다. 많은 사람이 소득세 절감에 유혹을 느꼈지만, 페더러는 스위스에 거주하기로 했다. 이는 확실히 고국에서 그의 인기가 시들지 않는 데 한몫했다.

「그는 실제로 매우 부유한 사람이고, 이 나라 사람들은 대개 이 사실에 거부감을 가져 그를 지지하지 않아요. 그가 어쨌든 그걸 깨트렸어요. 내 생각에는 그가 아직 평범하거나 적어도 그렇게 보이기 때문인 것 같아요. 그는 스위스인다움을 유지하는 것 같고, 사람들은 그와 관련된다는 것에 자부심을 느끼죠.」스위스의 대학 강사이자 『초콜릿 너머의 새 물결: 스위스 문화The New Beyond Chocolate: Swiss Culture』의 저자인 마거릿 오어티그데이비슨이 말했다.

재정적인 이유로 두바이로 옮긴 테니스 선수 중 한 명인 젊은 프랑스 스타 뤼카 푸유는 2016년 12월에 마디낫 클럽에서 페더러의 정규 훈련 파트너였다.

페더러는 연습 주간에 종종 젊고 유망한 선수들을 초청했다. 이는 떠오르는 인재들을 계속 접하고 그들의 열정에서 에너지를 얻는 동시에 그들에게 배우고 발전할 소중한 기회를 제공하는 방법이다. 그가 10대였을 때 마르크 로세가 그런 기회를 준 것처럼 말이다.

UCLA에서 NCAA 단식과 복식 우승을 차지한 빠른 미국인 매켄지 맥도널드는 페더러의 초청으로 두바이에 온 선수 중 한 명이었다.

「나는 그를 보며 자랐어요. 그는 여전히 세계 1위이고 그의 곁에서 배우는 건 정말 멋진 일이죠. 그는 알파벳 끝까지 플랜 A, 플랜 B, 플랜 C 등을 가지고 있어요. 한 가지가 제대로 작동하지 않으면 다른 도구가 있는 거죠. 그가 운동선수로서 발달이 매우 좋았다는 걸 알 수 있어요. 그의 손은 하찮은데 다리가 엄청 튼튼해요. 그의 체격은 테니스 게임에 이상적이지만, 그는 테니스를 체스 시합으로 바꿔요. 그래서 내가 덜 1차원적이어야 하고, 내 게임에 더 많은 것을 추가해야 한다는 것을 깨달았어요. 나는 빠른 사람이지만, 그처럼 더 효율적으로 움직이면 더 빨라질 수 있다고 느껴요. 비밀 소스가 있다고는 말하지 않겠지만, 그는 아주 영리하게 일하는 것 같아요. 그는 시간 관리를 알고 있고, 이 단계에서 몇 시간을 어디에 투입해야 하는지 알고 있다고 생각해요.」 맥도널드가 내게 말했다.

맥도널드가 볼 때 오늘날 선수들은 종종 페더러의 전신 통제력과 깔끔한 기술이 부족하다.

「요즘 아이들이 나가서 공 치는 모습을 보면 균형이 잡히지 않은 채 그냥 라켓을 휘두르기만 해요. 한편 페더러는 몸은 휘둘리지만, 그가 제대로 발달했고 올바른 코치들이 그를 올바르게 가르쳤다는 걸 알 수 있어요. 그가 한 일이 모두 성과를 거두었다는 것이 그걸 증명하죠.」그가 말했다.

2017년 시즌이 빠르게 다가오면서, 소셜 미디어를 늦게 시작한 페더러는 페리스코프*에 푸유와 함께 연습하는 동영상을 올려 팬들과 다시 소통하기로 했다. 페더러의 방식을 보여 주는 흔치 않은 37분 4초짜리 영상이었다. 그가 움직이면서 손과 눈의 협응을 훈련하기 위해 테니스공으로 이중 저글링을 하는 등 파가니니와 함께하는 짧고 강력한 고강도 인터벌 훈련을 다양하게 포함했다.

「평소에 하던 훈련이 아니었어요. 언제나 새로운 연습이 있었어요. 직원들은 항상 그를 놀라게 하고 다른 것을 보여 주려고 노력해요. 그들이 그를 계속 북돋우다 보면 휴식 시간이 오고 이반이 도착해요. 교대하는 거죠. 그런 선수를 향상시키려면 그를 놀라게 해야 돼요. 그들의 전략이 아주 좋다고 생각해요.」푸유의 코치인 에마뉘엘 플랑크는『레키프』의 소피 도르강과 인터뷰하며 말했다.

페더러는 카메라 앞에서 마이크를 잡고 농담을 하고 조언을

* 트위터에서 제공하는 iOS 및 안드로이드용 비디오 생중계 스트리밍 앱.

하는가 하면, 긴 휴식 시간에 서비스 리듬을 가장 먼저 신경 써야 한다고 설명하면서 훌륭한 사회자가 되었다. 그는 휴식 시간에 코트 옆에 앉아 파가니니와는 프랑스어로, 뤼티와는 스위스 독일어로, 류비치치와는 영어로, 푸유와는 프랑스어와 영어로 대화하며, 그의 복귀 경기를 선택했고 2002년 이후 출전하지 않은 호주 퍼스에서 열리는 혼성 팀 대회인 호프만 컵에 관해 이야기했다.

「지난번에는 아내 미르카와 경기했어요. 16년 전에는 힝기스와 경기했고, 올해나 내년에는 벨린다 벤치치와 경기할 거예요. 세상에, 시간 참 빠르네요.」그가 푸유에게 말했다.

페리스코프 동영상에서는 현재 진행형인 페더러의 열정이 고스란히 드러났다.

「그는 열두 살 아이 같았어요. 그는 워밍업 중에 스테판 에드베리와 베르나르트 토미크를 흉내 내며 농담을 했어요. 갑자기 소리를 지르기도 하고요. 나는 그게 좋았어요. 우리는 운 좋게도 이 모든 걸 그와 공유할 수 있었어요. 소중한 경험이었죠. 기술적인 면에서 그는 여전히 최고예요. 내게는 그것이 평생 교육과 같아요. 매번 코칭 클리닉이었어요. 바로 앞에 거장이 있는 거죠. 그를 보고 있는데 정말 가슴이 뛰었어요. 나는 150쪽 분량의 메모를 했어요.」플랑크가 그해 겨울 페더러와 보낸 시간을 회상하며 말했다.

플랑크에게도 분명했던 것은 페더러가 오랜 휴식 후 머리와 다리에 생기가 넘칠 뿐만 아니라 더 좋아져 드문 컨디션을 보였다는 점이다.

「그는 기술적으로 백핸드 쪽, 특히 리턴에서 많이 발전했어요. 리턴하는 방식을 바꿨죠. 앞쪽에서 더 많이 하고 더 치밀해졌어요. 공에 더 짧게 접근하면서 더 공격적이었어요. 제구력도 향상했더라고요.」플랑크가 말했다.

「꽤 골치 아픈 일이었죠.」연습 시간에 페더러에게 일방적으로 지는 푸유에게 낙담해선 안 된다고 계속 설명해야 했던 플랑크가 농담했다.

「나는 정말로 로저가 테니스 게임의 굉장한 단계에 있다고 생각했어요.」플랑크가 말했다.

플랑크는 자신이 무슨 말을 하는지 정확히 알고 있었고 페더러의 코치들도 낙관적이었다. 뻔뻔스러운 예측을 하지 않는 침착한 뤼티마저 페더러가 호주 오픈에서 우승할 만큼 충분히 잘하고 있다고 생각한다며 그에게 두 번이나 말했다.

부상으로 지친 데다가 더는 가족과 떨어져 살면 안 되겠다고 깨달은 류비치치는 서른세 살에 테니스 선수 생활을 접었다.

「운동 시간의 80~90퍼센트 동안, 운동을 향상하기 위해서가 아니라 통증을 줄이기 위한 운동을 시도한다는 것을 깨닫게 되면 더는 재미가 없어요. 테니스 경기를 하는 게 모든 일 중에서 가장 쉬운 부분이에요. 준비하고 연습하고, 지금은 확실히 두 아이와 함께 여행해야 하거든요. 나는 혼자 여행하고 싶지 않아요. 그래서 어쩔 수 없다고 느꼈어요. 더 이상 그럴 가치가 없어요.」류비치치가 2012년 4월 은퇴할 때 내게 말했다.

그러나 페더러는 서른다섯 살 나이에 다시 여행하기를 열망했다. 아내, 네 명의 아이, 지원 팀과 함께 지구를 돌아다니면서 말이다.

「우리는 가능한 한 오랫동안 그를 보고 싶어요. 그는 보물이니까, 그가 소진되지 않도록 해야죠.」류비치치가 내게 말했다.

류비치치는 193센티미터의 두드러진 체격에 깔끔하게 면도한 머리와 바리톤 목소리를 가졌다. 유고슬라비아의 폭력적인 해체에 직접적 영향을 받은 많은 사람이 그렇듯이, 그도 상당히 옮겨 다녔다. 현재 보스니아 헤르체고비나의 내륙 도시인 바냐루카에서 태어난 그는 1992년 5월 열세 살 나이에 어머니, 형과 함께 긴장이 고조된 이 도시에서 도망쳐야 했다. 세르비아인들이 바냐루카를 점령하면서 류비치치 같은 크로아티아 민족에 대한 적대감이 증폭되고 있었다.

헝가리와 슬로베니아를 경유하는 우회 경로를 지나 도보로 국경을 넘은 뒤 그들은 새로 독립한 크로아티아에서 난민이 되었다.

이미 유망한 주니어 선수였던 류비치치는 테니스 라켓 두 개를 들고 여행을 떠났지만, 바냐루카에 머물던 그의 아버지 마르코는 몇 달 동안 가족과 연락이 끊겼다. 그들은 결국 크로아티아에서 재회했지만, 이반은 곧 유고슬라비아 출신의 젊은 선수들로 구성된 소그룹의 일원으로 테니스 경력을 쌓기 위해 1993년에 이탈리아로 떠났다. 그때 그는 열네 살이었다. 페더러가 바젤을 떠나 에퀴블랑으로 갔을 때와 같은 나이였다.

「내 프로 테니스 커리어는 공식적으로 1998년부터 시작됐지만, 1993년부터 시작된 느낌이에요. 내가 집을 떠날 때, 부모님이 테니스가 네 일이고 테니스가 네 유일한 가능성이니까, 그것이 네 인생이 될 거라고 분명히 말씀하셨기 때문이에요.」류비치치가 말했다.

어려운 시기였지만, 몇 년 동안 류비치치는 그 말의 뜻을 명확하게 인식했다.

「지금 돌이켜 보면, 난 운이 좋다고 생각해요. 어떤 면에서 선택의 여지가 없었죠. 그것이 아마 내가 성공한 원인일 거예요. 선택의 여지가 없을 때는 쉬워요. 자신이 무엇을 해야 하는지 알고 그것에 백 퍼센트 집중할 수 있으니까요. 만약 여러 선택지 중 하나를 선택한다면 마음 한구석에서 어쩌면 다른 선택을 해야 하지 않았나 하는 생각이 들 겁니다. 1990년대 초에 나는 선택의 여지가 없었어요. 선택지가 많았던 로저와 라파엘 같은 사람들이 한 가지 일에만 집중해서 매우 잘해 냈다는 사실이 놀랍다는 걸 인정해야겠어요.」그가 내게 말했다.

류비치치는 또한 열일곱 살 때 테니스 스트로크와 테니스 정신을 훌륭하게 개발하는 리카르도 피아티 이탈리아 감독과 인연을 맺는 행운을 얻었다. 피아티는 초기에 류비치치를 무보수로 지도했다.

「그는 〈네가 100위 안에 들 때까지 한 푼도 받고 싶지 않아〉라고 말했어요. 세계 최고 코치 중 한 명과 함께 돈 걱정 없이 연습에 집중할 수 있어서 좋았어요.」류비치치가 말했다.

류비치치는 프랑스 오픈 준결승에 오른 2006년에 랭킹 3위까지 상승했다. 그는 또한 크로아티아를 2005 데이비스 컵 우승으로 이끌어 크로아티아의 수도 자그레브에서 10만여 명의 팬과 함께 축하했다. 그는 은퇴할 때까지 피아티와 함께했고, 때로는 프랑스인 리샤르 가스케나 조코비치 같은 다른 선수들과 피아티의 시간을 공유했다. 조코비치가 온 것은 세르비아인과 크로아티아인이 긴밀히 협력하고 있다는 의미에서 정치적 상징성이 있었다.

「테니스에서는 자신을 아는 것이 매우 중요하다고 생각해요. 내가 열일곱 살인가 열여덟 살에 노바크를 만났을 때 바로 그런 생각이 들었어요. 그는 이미 자신이 무엇을 원하는지, 무엇이 필요한지, 필요하지 않은지 또는 무엇을 원하지 않는지 정확히 알고 있었어요. 그는 어릴 때부터 이미 잘 알았어요. 그것이 위대한 챔피언을 만들죠. 내 경우에는 시간이 좀 더 걸렸어요. 나는 스물네 살인가 스물다섯 살 때 어떤 운동을 해야 하는지, 주변에 어떤 사람들이 필요한지 깨달았어요. 그것도 일종의 재능이에요.」류비치치가 말했다.

류비치치는 스위스에서 열린 위성 토너먼트에서 열여섯 살의 페더러를 만났다. 「때로 마음이 그냥 맞을 때가 있잖아요. 우리가 그랬어요. 우정이었죠.」류비치치가 말했다.

그들은 자주 저녁 식사를 하고 자주 연습하는 파트너였다. 훈련 시간에 몇 번 앉아 있는 모습을 본 적이 있으니, 그들이 계속 훈련만 하지는 않았을 것이다.

「우리의 연습을 촬영해서 아이들에게 보여 주면 안 될 것 같아요. 하지만 우린 연습을 즐겼고, 우리에게는 그게 중요했어요.」류비치치가 웃으며 말했다.

편안한 분위기의 연습 세션에서 보이는 페더러의 모습은 중요한 경기에서 코트 주변을 휘젓고 다니는 그의 모습보다 훨씬 더 재미있어 보일 수 있다. 그는 더 활기차고 터무니없는 샷을 시도한다. 그는 머리 위로 바운싱한 공으로 예리한 각도의 슬라이스 백핸드를 때리거나, 베이스라인에서 전력으로 포핸드 하프 발리를 치거나, 예상치 못한 장소와 위치에서 공을 휙 넘기기도 한다. 그가 빨리 움직여 서브 후 바운스된 공을 리턴하는 이런 비범한 SABR는 즉흥적인 연습이었다.

「네트 반대편에 있을 때도 가끔 관중이 된 기분을 느낄 수 있어요.」류비치치가 말했다.

류비치치는 주요 투어에서 페더러와 치른 열여섯 차례 단식 경기 중 단 세 번 이겼다. 그들은 그랜드 슬램 토너먼트에서 만난 적이 없지만, 2006년 마이애미 오픈 결승전을 포함해 그들이 경합한 네 번의 투어 결승전에서 페더러가 모두 승리했다.

페더러를 자주 옹호했던 류비치치는 2010년 한 해 동안 페더러가 메이저 타이틀을 차지하지 못하자, 어느 인터뷰에서 그가 앞으로 더 많은 우승을 차지할 거라고 장담했다.

2012년 페더러가 윔블던에서 다시 우승하자 그의 인터뷰가 성지가 되었지만, 2017년 초까지 페더러는 더는 우승하지 못했다. 그는 세 번의 결승전에서 모두 조코비치에게 패하며 우승에 근접해 여전히 남자 경기의 최정상권에 있었다. 하지만 더는 주인공이 아니었다. 그는 2011년부터 5대 남자 테니스 대회인 세계 투어 파이널스에서 우승하지 못했다. 2013년에서 2016년 사이 네 시즌 동안 조코비치의 열일곱 개와 비교해, 그는 단 세 개의 마스터스 1000 타이틀을 획득했다.

류비치치는 여전히 페더러의 가능성을 믿었다. 그것이 그가 친구와 일하기로 동의한 이유 중 하나였다. 상당히 나이 많은 에드베리와 달리 류비치치는 페더러의 잠재적 적수들과 많이 싸워 봤고, 라오니치를 코치할 때 다른 선수들을 스카우트했다는 장점이 있었다.

페더러가 류비치치를 영입하기로 한 것은 장기적인 인맥을 매우 중시한다는 또 하나의 지표이기도 하다.

뤼티는 열한 살 때 페더러를 만났다. 류비치치는 10대 때부터 페더러를 알았다.

이 크로아티아인은 질문에 자신 있고 길게 답하고 자연스럽게 대화하며 말을 많이 하는 사람으로, 더 내성적인 에드베리와는 성격이 달랐다. 페더러 팀에 합류한 뒤 류비치치가 공개 발언을 중단했다는 점이 더욱 놀라운 것도 그 때문이다. 그것은 그의 새 고용주의 지시가 아니라, 그의 메시지를 내면화해서 페더러에게 혼란을 초래하고 싶지 않다는 그의 욕구였다.

우리 기자들과 달리 그는 이 새로운 방식을 즐기고 있다고 내게 말했다.

「나는 입을 다물고 로저가 말하도록 하는 것을 더 좋아해요.

내가 로저 외에 다른 사람에게 테니스 얘기를 하지 않는 게 이상하다는 건 알지만 그럴 만한 가치가 있어요.」 그가 말했다.

그것은 남자 테니스에서 흥미로운 순간이자 밝혀진바 하나의 변곡점이었다. 그러나 선수들이 멜버른으로 서둘러 떠나면서 그것은 분명히 드러나지 않았다.

조코비치는 그의 첫 프랑스 오픈에서 우승을 차지함으로써 1969년 로드 레이버 이후 4대 메이저 단식 타이틀을 모두 차지한 첫 번째 선수가 되었고, 2016년 시즌 중반까지 최고 자리를 지켰다. 커리어 그랜드 슬램은 같은 해에 4대 메이저 대회를 모두 석권하는 진정한 그랜드 슬램 다음으로 탁월한 성과였다. 그러나 다면적 기술과 엄청난 압박감을 수용할 수 있는 능력을 지닌 조코비치에게는 진정한 그랜드 슬램 역시 머지않아 보였다. 하지만 그는 예상치 못하게 느린 침체기에 들어갔다. 미국인 샘 퀘리가 윔블던 3라운드에서 그를 꺾었다. 슈타니슬라스 바브린카는 US 오픈 결승전에서 반격에 성공해 그를 이겼다. 이로써 바브린카는 그랜드 슬램 타이틀을 목전에 둔 조코비치를 세 번째 물리쳤다.

조코비치는 그해 남은 기간에 또 다른 투어 경기에서 우승하지 못했고, 런던에서 열린 월드 투어 결승전에서 앤디 머리가 그를 꺾고 우승해, 연말 랭킹 1위를 결정짓는 마지막 경기에서 머리에게 1위 자리를 내주고 말았다.

투어 중에 테니스 경기를 많이 보는 페더러는 여전히 멀리서 모든 것을 면밀하게 주시하고 있었다.

「머리에게 특별한 것이 필요한데, 머리는 그것을 해낼 수 있었죠. 그래서 경의를 표하고 싶어요. 그는 연말에 모든 것을 얻었고, 내 느낌에 실내에서는 차이가 근소해 누구에게나 쉽지 않아요. 노바크는 초반 6개월 동안, 앤디는 후반 6개월 동안 올해의 선수였던 것 같아요.」 두바이에서 페더러가 내게 말했다.

나는 페더러에게 조코비치가 놀랍게도 빛을 잃은 이유가 무엇인지 물었다.

「노바크도 사람인지라 원하는 것을 모두 달성한 후 몸이 처지는 건 이해할 수 있을 것 같아요. 아마 자기 자신을 재창조하거나 뭐든 해야 할 겁니다. 하지만 그것이 오랫동안 모든 사람에게 그리 쉽게 오지 않는다는 것을 아는 게 좋아요. 그리고 나는 그것이 실제로 내년을 위한 훌륭한 이야기를 만들어 낸다고 생각해요. 앤디는 대단한 이야기예요. 노바크도 대단한 이야기죠. 라파는 분명 항상 좋은 이야기가 될 겁니다. 내가 복귀하는 것도 좋은 이야기이길 바라요. 연초, 특히 호주의 여름은 굉장한 이야기가 될 것 같아요.」 페더러가 프랑스 오픈 우승을 언급하며 말했다.

나달 역시 2016년 시즌을 갑자기 끝냈다. 그는 시즌 내내 그를 괴롭히고 프랑스 오픈에서 2라운드 후 기권하게 만든 손목 부상을 치료하기 위해 10월에 투어를 접었다.

휴식기 동안 나달은 오랜 친구이자 소년 시절 멘토였던 카를로스 모야를 2017년 시즌 부코치로 영입했다. 나달은 또한 마나코르에 유명한 테니스 학원을 열고, 페더러를 10월 19일 개업식에 초대했다.

「나는 아카데미와 라파의 비전에 많이 놀랐어요. 그가 그의 고향 섬과 고향 마을을 위해 그 일을 했고, 그의 여자 친구, 여동생, 부모님, 에이전트 등 모두가 참여한다는 점이 매우 용감하고 멋지다고 생각해요. 모든 사람이 그 일에 몰두하고 있어서 나는 그를 돕는 것이 옳은 일이라고 느꼈을 뿐이에요. 왜냐하면 내가 〈나라면 무엇을 바랄까?〉라고 자문했기 때문이에요. 그리고 내 대답은 나의 가장 큰 경쟁자가 전화해서 〈내 도움이 필요해? 내가 갈게〉라고 말하는 것이었어요. 그래서 내가 라파에게 그렇게 했죠. 〈내 도움이 필요하면 말해. 하루는 갈 수 있어. 주니어 클리닉이든, 언론이든, 개업식이든 뭐든.〉」 페더러가 말했다.

그 시기에는 둘 다 건강이 좋지 않아 테니스 경기를 할 상황이 전혀 아니었다.

「나는 그에게 자선 경기 같은 것을 할 수 있으면 좋을 거라고 말했지만, 나는 한쪽 다리로 서는 형편이었고 그는 손목 부상이 있었어요. 몇몇 주니어와 미니 테니스를 치기로 했는데, 우리는 〈그게 지금 우리가 할 수 있는 최선이야〉라고 말했죠.」 페더러가 말했다.

그들의 최고 전성기가 지났다고 생각하는 것이 합리적인 것 같았지만, 불과 3개월 후 2017 호주 오픈이 시작될 때 그들은 준비된 상태였다.

호주 오픈은 오픈 시기에 가장 놀라움을 준 메이저 대회 중 하나가 되었다. 조코비치가 2회전에서 랩어라운드 선글라스를 낀 117위였던 우즈베키스탄 선수 데니스 이스토민에게 패해 충격을 던졌다.

놀라운 사건이었지만, 페더러는 혜택을 얻을 형편이 아닌 것 같았다. 그는 대진표의 하위 절반에 속했고, 1년 넘게 어떤 타이틀도 획득하지 못했으며, 17번 시드를 받았다. 2001년에 그랜드 슬램 토너먼트에서 윔블던의 시드가 열여섯 개에서 서른두 개로 늘어난 이후 가장 낮은 시드였다.

그는 처음 두 라운드에서 예선 통과자들, 즉 베테랑 위르겐 멜처와 신예 노아 루빈을 이겼다. 그러나 3회전에서 더 까다로운 테스트를 마주했다. 10번 시드의 천사 같은 얼굴을 한 체코인 토마시 베르디흐는 테니스에서 가장 강력하고 가장 플랫한 공을 치는 선수 중 한 명이었다. 베르디흐에게는 유감스럽게도, 그의 신경은 그의 그라운드 스트로크가 지닌 강인함을 갖지 못했다. 또한 풋워크에 기계적인 특성이 있었지만, 그는 윔블던, US 오픈, 올림픽에서 페더러를 이긴 적이 있었다.

이번에는 페더러가 기습 공격, 날카로운 각도의 스트로크, 하프 발리 드롭 샷 위너로 베르디흐의 균형을 깨면서 90분 만에 6-2, 6-4, 6-4로 그를 제압했다.

「나는 그와 경기를 많이 치렀는데, 이번이 그의 경기 중 최고라고 말하고 싶어요. 내가 서브를 넣든 안 넣든, 거의 모든 샷에서 어쩔 수 없겠더라고요. 경기가 끝난 뒤 그가 결국 우승할 거라고 확신했어요.」 베르디흐가 말했다.

그날 밤은 페더러의 라켓이 마법의 지팡이처럼 보이던 많은 밤 중 하나였다. 그는 마흔 개의 위너와 열일곱 개의 범실을 기록했고, 베르디흐의 두 번째 서브를 마음껏 즐겼으며, 23포인트 중 20포인트를 네트에서 획득했다. 그는 브레이크 포인트를 한 번도 만나지 않았다.

「테니스공은 선수의 나이를 모르기 때문에 분명히 그가 서른다섯 살이라는 것도 전혀 몰랐겠죠. 그래서 아주 좋았어요. 정말로 마법 같은 일이었어요.」그날 밤 멜버른 파크를 떠나면서 호주 오픈에서 두 번이나 우승한 짐 쿠리어가 말했다.

페더러는 쾌활했지만 침착했다.

「내가 위험할 수도 있다는 걸 처음부터 알고 있었어요. 토너먼트 자체는 길고 매우 어려운 과정이라고 느꼈지만, 한 경기로 봐서는 거의 모든 사람을 상대해 볼 수 있다고 토너먼트 전에 생각했죠. 내가 연이어 경기를 뛸 수 있을까? 여전히 회의적이지만 어쨌든 이 결과로 자신감이 생겼어요.」그가 말했다.

그의 대진표는 여전히 신병 훈련소의 고된 코스처럼 보였지만 큰 걸림돌이 곧 제거될 참이었다. 머리는 1번 시드로 참가한 그의 첫 그랜드 슬램 대회 4회전에서 뜻밖에도 예전 스타일로 서브앤발리를 구사한 미샤 츠베레프(알렉산더의 형이다)에게 패했다.

4회전에서 페더러는 5번 시드 니시코리 케이와의 수준 높은 5세트 접전 끝에 승리했다. 니시코리는 플로리다 브레이든턴에 있는 IMG 아카데미의 하드 코트에서 실력을 갈고닦은 반격에

능한 훌륭한 일본 선수다.

페더러가 마지막 세트를 6-3으로 이기면서 끝났을 때 — 그는 보통 토너먼트에서 훨씬 나중에 보여 주는 — 팔을 옆으로 펼치면서 천진난만하게 뛰어오르는 동작으로 반응했다.

조코비치와 머리가 모두 탈락한 가운데 남자 선수 톱 시드 두 명이 모두 그랜드 슬램 대회에서 8강에 오르지 못하게 된 것은 2004년 이후 처음이었다.

「아주 놀라운 일이 두 번 일어났어요. 그건 의심할 여지가 없네요.」 페더러가 말했다.

머리와 조코비치 둘 다 진을 뺐던 2016년 시즌의 대가를 치르고 있는 것 같았다. 그러나 페더러는 욕망으로 가득 차 있었고, 알프스만 한 기대감을 한 몸에 받는다는 느낌 없이 유례없는 기분을 즐기고 있었다.

페더러는 연속 세트로 미샤 즈베레프를 제쳐, 그가 타이틀을 따지 못했던 지난 3년 동안 메이저 타이틀을 세 개 획득한 같은 국적의 친구 바브린카와 준결승전을 치르게 되었다.

페더러와 다른 선수들은 그해에 이 코트에서 경기를 더 빨리 한다고 생각했지만, 목요일 밤의 이 대결은 그 추세를 크게 바꿔 놓은 격돌이었다. 페더러가 처음 두 세트를 따내자 기분이 상한 바브린카가 라켓이 나뭇가지인 양 무릎 위에서 꺾어 부서 뜨렸다.

바브린카는 코트 밖 메디컬 타임아웃을 요청했고, 오른쪽 무릎 아래에 테이프를 감고 기분이 나아져서 돌아온 그는 페더러가 지쳐 보였던 4세트 말 이후 다음 두 세트를 이겼다. 세계 최고 선수들과 경기하는 동안 어느 시점에서 컨디션이 떨어질 거라 예상했다고 페더러가 나중에 말했지만, 이번에는 그가 치료를 위해 코트를 떠날 차례였다. 이는 페더러가 코트에서 부상 타임아웃을 하는 것보다 훨씬 더 드문 조치였다.

그는 전부터 허벅지 안쪽의 내전근에 통증이 있었고, 트록슬러는 7분간의 휴식 시간에 마사지로 치료해 주었다. 코트로 돌아온 페더러는 세 번째 게임에서 브레이크 포인트를 막아 낸 다음, 여섯 번째 게임에서 바브린카가 불안한 경기를 펼치며 서브를 잃었을 때 기회를 잡았다.

페더러는 서브를 굳건히, 매우 굳건히 지켜 7-5, 6-3, 1-6, 4-6, 6-3으로 승리해, 1974 US 오픈 결승에서 켄 로즈월이 서른아홉 살 나이로 지미 코너스에게 패한 이후 그랜드 슬램 단식 결승에 오른 최고령 선수가 되었다.

「생각보다 일이 훨씬 잘 풀렸고, 5세트에서 나도 내심 그렇게 생각했어요. 난 이렇게 혼잣말을 했어요. 〈진정해, 인마. 복귀한 것으로 이미 너무 대단해. 라켓을 휘둘러 무슨 일이 일어나는지 보자.〉」페더러가 말했다.

페더러는 결승전에서 누구와 맞붙을지 아직 알지 못했다. 호주 오픈은 네 개의 그랜드 슬램 대회 중 유일하게 준결승전 두 경기를 다른 날 진행한다. 복귀전을 꽤 많이 치른 나달은 금요일에야 젊은 불가리아 선수 그리고르 디미트로프와 경기했다.

페더러, 뤼티, 류비치치는 호텔에 자리 잡고 경기를 생중계로 보며 분석했다. 해부할 것이 많았다. 나달과 디미트로프는 4시간 56분 동안 경기를 했고, 5세트 끝에 마침내 나달이 6-4로 승리했다.

그것은 고전적인 경기였고, 위대한 토너먼트 중에서도 최고로 꼽히며, 페더러와 나달 모두에게 도움이 되었다.

나달에게 디미트로프를 상대하는 것은 페더러와 상대하는 것과 가장 비슷했다. 탄력 있는 폴로스루의 한 손 백핸드부터 깃털 같은 풋워크와 올코트 본능까지 말이다. 디미트로프는 그가 싫어하게 된 별명인 〈베이비 페더러〉로 불리기도 했다. 그러나 그의 스타일이 비슷하다는 것은 또한 페더러와 그의 코치들이 연구하고 있는 패턴이 이번 결승전과 직결된다는 걸 의미했고, 그것은 디미트로프가 플랫성 공을 치고 백핸드 다운 더 라인을 치는 것이 계속해서 성공했음을 뜻했다. 유의할 점은 그가 대담하게 탁월한데도 여전히 졌다는 것이다.

「그랜드 슬램 결승전에서 로저와 경기하는 것은 특별해요. 난 거짓말을 못 해요. 우리가 아직 코트에 있고 중요한 경기를 위해 싸우고 있다는 사실은 내게도, 우리 둘에게도 흥분되는 일이죠.」나달이 말했다.

이 재대결은 2011 프랑스 오픈 이후 그랜드 슬램 결승에서 처음 만나는 것이었으며, 9번과 17번이라는 낮은 시드로 만난 것도 처음이었다.

하루 더 휴식을 취한 페더러가 유리하다고 생각하기 쉽지만, 나달은 통산 23승 11패, 호주 오픈에서 3승 0패로 우위에 있다는 것을 기억할 필요가 있었다. 나달은 2009년에 멜버른에서도 같은 상황이었지만, 훨씬 더 긴 금요일 준결승에서 페르난도 베르다스코를 물리치고 결승에서 페더러를 이겼다.

「오래전 일이죠. 이번 시합은 전과 완전히 다르다고 생각해요. 이 경기는 특별해요. 우리가 한동안 그런 상황에 있지 않았기 때문에 다른 경기가 될 겁니다.」나달이 말했다.

오랫동안 페더러와 나달이 결승전에서 만나는 건 기정사실로 보였다. 하지만 조코비치와 머리가 결승전에서 대결할 것으로 예상되었기 때문에, 이 경기는 큰 놀라움으로 다가왔다. 페더러와 나달은 대중의 예상뿐만 아니라 그들의 예상도 뛰어넘었다.

「훌륭한 경기는 16강이었다고 말하겠어요. 4회전도 좋았고요.」페더러가 말했다.

하지만 그는 열여덟 번째 그랜드 슬램 단식 타이틀을 눈앞에 두고 있었다. 나달은 역대 가장 거친 상대였지만, 큰 트로피가 걸린 대회에서 네트 너머로 조코비치를 보지 않은 것은 분명히 신선했을 것이다.

타임머신을 탄 것 같은 멜버른에서의 느낌은 페더러와 나달에게만 국한되지 않았다. 서른다섯 살이 된 세리나 윌리엄스는 전날 밤 여자 결승전에서 한 살 위의 언니 비너스 윌리엄스를 물리쳤다. 2009년 이후 그랜드 슬램 결승전에서 치른 첫 결투였다. 비너스와 몇몇 다른 사람을 제외하고는 아무도 몰랐지만, 세리나는 임신 2개월의 몸으로 스물세 번째 메이저 단식 우승을 차지했다.

그것을 능가할 경기는 없었지만, 때로는 용두사미였던 페더러와 나달의 경기는 이번에 확실히 감동을 주지 못했다.

페더러가 세운 경기 계획의 핵심은 매우 간단했다. 경기하는 동안 베이스라인 뒤로 더 깊이 후퇴하지 않고 공격적으로 백핸드를 길게 치는 것이었다. 그것은 익숙한 도전이었고 몇 년 동안 그는 나달을 상대할 때 비슷한 의도로 시작했지만, 나달의 확 비트는 톱 스핀의 압박감이 누적되어 점차 물러났다. 그러나 약 626제곱센티미터 헤드의 라켓으로 바꾼 그는 이제 그 임무에 더 적합한 무기를 가지고 있었다. 그는 1년 이상의 철저한 실험과 미세 조정 끝에 2014년 여름에 확실히 그런 움직임을 보였다. 약 580제곱센티미터에서 약 626제곱센티미터 모델로 바꾸면서 힘이 더 생겼고 라켓의 표면적이 8퍼센트 증가했으며, 〈스윗 스폿〉*이 넓어져 빗맞힐 여지가 줄었다. 그의 라켓은 이제 나달과 조코비치가 사용하는 약 645제곱센티미터 모델과 크기가 비슷했고, 초기에는 페더러가 감을 잃을까 걱정했지만 오랫동안 경기를 쉬면서 그는 이 라켓과 진정으로 하나가 되었다고 느꼈다.

그는 이미 가장 최근인 2015년 경기에서 97 모델로 나달을 물리쳤지만, 바젤의 빠른 실내 하드 코트에서 3전 2선승제로 경기한 것이었다. 그의 취약한 상태와 그의 실력이 주는 매력에 힘입어, 그가 또다시 멜버른에서 관중이 가장 좋아하는 선수가

* 테니스 라켓, 골프채, 야구의 배트 따위에서 공이 가장 효과적으로 쳐지는 부분.

되었더라도 이 결승전은 더 중립적인 바탕에서 치러졌다.

페더러는 백핸드 슬라이스와 블록 리턴 사용을 줄이는 데 전념했다. 그는 나달이 균형을 잃도록 해야 했고, 세계적 수준의 포핸드를 치기 위해 나달이 제대로 준비할 시간을 빼앗아야 했다.

결승전을 몇 시간 앞두고 선수 식당에서 폴 아나콘은 페더러와 뤼티를 우연히 마주쳤다. 이 경기의 텔레비전 중계를 요청하고 있던 아나콘이 자리에 앉으며 말했다. 「자, 친구들, 내가 오늘은 뭘 볼까요?」

페더러가 대답했다. 「당신은 RF가 베이스라인에 서 있는 것을 볼 것이고, 나는 라켓을 휘두를 겁니다.」

아나콘이 이렇게 말했다. 「경기 내내 휘두를 거죠? 3세트 내내, 5세트 내내, 무슨 일이 있더라도?」

페더러가 말했다. 「그럼요. 나는 베이스라인에 머물 거고 방어만 하지는 않을 겁니다. 난 백핸드 쪽에 전념할 거예요.」

페더러가 세트 스코어 2-1로 앞서면서, 그 전략이 두 시간은 잘 작동했다. 그러나 나달이 반격에 나서 4세트를 이겼다. 그때 페더러는 내전근 문제로 또 한 번 부상 타임아웃을 요청했다.

이는 비판을 서슴지 않는 호주의 전 스타 팻 캐시의 비난을 유발했다. 그는 페더러가 경기 흐름을 방해했다는 이유로 〈적법한 부정행위〉를 했다고 비난했다.

그러나 나달은 별로 불안정해 보이지 않았다. 그는 5세트 첫 게임에서 페더러의 서브를 브레이크하며 3-1로 앞서 나갔다.

이 스코어 라인은 페더러에게 절망적이며 익숙해 보였지만,

사실은 나달이 압도적으로 우세한 것이 아니라 리드하고 있었다. 그는 5세트의 첫 번째 서비스 게임에서 세 개의 브레이크 포인트를 지켜 내고 다음 서비스 게임에서 또 하나의 브레이크 포인트를 지켜야 했다. 페더러는 나달이 몸쪽에 붙여 서브를 넣자 여전히 백핸드 위너들을 힘차게 때렸고, 팔을 길게 뻗으며 백핸드 리턴도 때렸다. 무엇보다 페더러의 마음속 대화가 새로웠다.

「나는 자유롭게 경기하라고 나 자신에게 말했어요. 〈너는 공을 치는 거야. 너는 상대를 치지 않아. 자유롭게 생각해. 자유롭게 샷을 날려. 그렇게 해봐. 용감한 자는 보상을 받을 거야.〉 난 라파가 포핸드를 쏟아붓는 걸 보면서 그저 샷을 날리며 가라앉고 싶지 않았어요.」페더러가 말했다.

화려한 라이징 볼 샷 메이킹이 넘쳐 나는 가운데 페더러는 또 다른 게임에서 지지 않았고, 여섯 번째 게임에서 나달의 서브를 브레이크해 3-3으로 만회했으며, 여덟 번째 게임에서 또 한 번 브레이크했다. 그는 게임 첫 포인트에서 이제 페더러의 드라이브에 익숙해진 나달이 늦게 읽은, 사악하게 깎은 백핸드 슬라이스로 그를 놀라게 했다.

나달이 0-40에서 분전해 다시 듀스가 된 뒤 이 결승전을 요약하는 포인트가 나왔다. 대담한 스트로크와 전력을 다한 수비가 어우러진 스물여섯 개 샷을 빠르게 주고받은 베이스라인 랠리 끝에, 위력은 만만치 않지만 깊이가 조금 부족한 나달의 백핸드에 응수해 페더러가 다운 더 라인으로 친 오픈 스탠스* 포

---

* 네트 또는 베이스라인과 평행이 되도록 서 있는 자세.

핸드 슬램 위너로 득점했다.

그것은 최고의 테니스였고, 나달이 다음 포인트에서 서비스 위너를 때려 경기를 이어 갔다는 것은 나달의 회복력을 말해 주었다. 그러나 페더러는 그때 정말로 기세를 타고 있었고, 다음 브레이크 포인트에서 나달은 페더러의 백핸드에 그의 전형적인 후킹 슬라이스 서브를 넓게 넣었다. 페더러는 늘 하듯이 이 서브를 칩으로 받아 쳤다. 이번에는 날카로운 각도의 백핸드를 세게 때려 나달을 다시 놀라게 했다.

5-3에서 — 새 공들로 — 대회 타이틀을 위한 마지막 서브를 넣을 때가 왔고, 페더러는 15-40으로 뒤지고 있었지만 에이스로 첫 브레이크 포인트, 움직이며 때린 포핸드 인사이드 아웃 위너로 두 번째 브레이크 포인트를 지켜 냈다.

그는 첫 번째 챔피언십 포인트를 마무리하지 못했지만 두 번째는 다른 문제였다. 그는 T 존에 멋진 첫 서브를 넣었고, 나달이 받아 치지 못하고 즉시 챌린지한 미드코트 포핸드를 크로스코트로 쳤다.

나달이 두 손을 엉덩이에 얹은 채 대형 스크린을 응시하면서 축하 행사가 지연되었다. 그러나 전자 판정 시스템 확인 결과 곧 그 샷이 실제로 사이드라인에 떨어졌음이 확인되었다.

최종 점수는 6-4, 3-6, 6-1, 3-6, 6-3으로 페더러의 승리였다. 그는 나달과 악수와 포옹을 하기 위해 네트로 걸어가기 전에 머리 위로 팔을 펌프질하며 눈을 감은 채 팀원들 위로 뛰어올랐다.

이 경기는 아마 로드 레이버 아레나에서 치러진 테니스 경기 중 가장 시끄러웠을 것이다(그곳은 록 콘서트 장소이기도 하다). 페더러가 관중에게 경례하고 한쪽 무릎을 꿇자 금세 눈물이 나왔다.

이 시합은 그의 열여덟 번째이자 가장 가능성이 낮은 그랜드 슬램 타이틀로 가는 긴 여정이었으며, 그의 마음속에서 미미하게 비교되는 유일한 승리였던 2009 프랑스 오픈보다 훨씬 더 놀라운 경기였다.

그러나 그는 이제 여덟 살을 더 먹었고, 거의 5년간 메이저 타이틀을 획득하지 못했으며, 6개월간 공식 토너먼트를 치르지 않았다. 파리에서와 다르게 그는 타이틀을 위해 나달을 물리쳐야 했다.

2008 윔블던 결승전과 마찬가지로 이 경기는 둘 다 은퇴하고 오랜 시간이 지난 뒤에도 다시 볼 만한 경기였다. 두 사람은 20대에 올 잉글랜드 클럽에서 서로에게 영감을 주었다. 이제 30대가 된 그들은 멜버른 공원의 불빛 아래서 서로에게 도전했다.

「솔직히 이런 경기에서 나는 그를 상대로 많이 승리했어요. 오늘은 그가 이겼고, 나는 그를 축하해요.」 나달이 말했다.

이 결승전은 양과 질이 모두 충족된 놀라운 지구력의 맞대결이었으며, 페더러의 멜버른 승리는 새로운 역동성을 예고했다.

2017년 페더러의 전술과 솜씨가 사람들을 깜짝 놀라게 했다고 모야가 한참 후에 내게 말했지만, 나달은 결승전 날 밤에 그것을 인정할 준비가 되어 있지 않았다.

「그는 나를 놀라게 하지 않았어요. 그는 공격적인 플레이를 하고 있었고, 나랑 싸우기 때문에 그랬다고 이해해요. 베이스라인에서 랠리를 너무 많이 벌인 것은 현명하지 않았어요. 나는 그가 이겼을 경기라고 생각하지 않아요. 그는 우승을 시도했고, 그건 그에게 옳은 일이었죠.」 나달이 말했다.

나는 몇 주 후 페더러에게 믿기지 않은 이 타이틀이 운명처럼 느껴졌는지 물었다.

「솔직히 프랑스 오픈이 더 운명처럼 느껴졌어요. 나는 이번 타이틀을 따기 위해 노력해야 했어요.」 그가 말했다.

그는 2009년 파리에서의 5세트 승리를 두고 말했다. 「물론 델포, 하스와도 힘든 경기를 한 적이 있어요. 하지만 이번 경기는 그때와 다르다고 생각했어요. 마음에 생기가 넘쳐흐르고, 결국 경기를 간절히 원하고 모든 면에서 느낌이 너무 좋고 잃을 것 없는 컴백의 파도를 타고 있다고 느꼈죠. 이 경기는 그런 느낌이었어요. 정말 뜻밖이었어요. 운명적이라는 느낌은 잃을 것이 없을 때 오지 않아요. 이번 경기는 내가 경험한 그 어떤 경기와도 달랐어요.」

나의 다음 질문은 그가 테니스 경기를 얼마나 더 많이 경험하고 싶은가 하는 것이었다.

페더러는 멜버른 시상식에서 관중에게 흥미로운 말을 했다. 「내년에 여러분을 다시 보기를 바랍니다. 다시 못 보더라도 이번 경기는 정말 멋졌고, 오늘 밤 이곳에서 우승했다는 사실이 더없이 기쁩니다.」그가 말했다.

남자 그랜드 슬램 단식에서 17번 시드로 우승한 마지막 선수는 2002 US 오픈의 피트 샘프러스였다. 샘프러스는 또 다른 토너먼트를 치르지 않고 은퇴했다. 그가 샘프러스처럼 하고 싶은 유혹을 느꼈을까?

「머나먼 땅에서 〈내가 이걸 그만둘 수 있을까?〉라는 생각이 머리를 스쳤던 것 같아요. 호주 경기에서 승리했을 때 우리 팀의 반응과 기뻐서 펄쩍펄쩍 뛰는 모습을 계속 지켜봤어요. 믿을 수가 없었고, 너무 즐거웠어요. 그걸 다시 한번 경험하고 싶어요.」그가 내게 말했다.

그는 복귀를 위해 엄청난 노력을 기울였고, 그와 그의 에이전트 갓식이 만든 레이버 컵 팀 경기에서도 그해 말에 뛸 준비를 하고 있었다. 이는 사소한 일이 아니었다.

「6개월 동안 휴식을 취할 때 한 대회만이 아니라 앞으로 2년 동안 하는 것을 목표로 했어요. 〈오, 지금이 은퇴할 절호의 기회예요〉라고 말하는 사람들을 이해해요. 하지만 그동안 내가 너무 많은 노력을 투입한 것 같고, 이 일을 너무 좋아하고 아직도 힘이 많이 남아 있어요.」페더러가 말했다.

그는 의심할 여지 없이 그것을 증명했다. 그가 노먼 브룩스 챌린지 컵* 복제품을 렌체르하이데산 꼭대기에 있는 오두막에 가져가 가족 퐁뒤 파티를 하고 사진을 찍어 알프스에서 그의 승리를 축하했으니까 말이다.

* 호주 오픈 트로피.

「나는 그 트로피를 노먼이라고 부른답니다. 나는 노먼과 저녁을 먹었고, 노먼과 많은 시간을 보냈어요. 복제품이라는 걸 알지만 그래도 괜찮아요.」그가 말했다.

그는 두바이로 돌아와 2회전에서 러시아의 예선 통과자 예브게니 돈스코이에게 패했다. 그러나 그는 미국에 와서 인디언 웰스와 마이애미에서 타이틀을 쓸어 담았고, 이 두 토너먼트에서 나달을 연속으로 물리쳤다.

나는 유독 예리한 테니스 코치 중 하나인 브래드 길버트에게 페더러의 전성기가 언제라고 생각하는지 물어본 적이 있다.

「결과를 보면 분명히 2004년부터 2006년까지가 그의 전성기임을 알 수 있죠. 하지만 나는 그가 2017년 인디언 웰스와 마이애미에서보다 더 잘하는 걸 본 적이 없어요. 나는 그 두 토너먼트에서 코트사이드에 앉아 있었는데, 그가 라파를 두 번이나 밟아 버리더라고요. 나는 그 시합이 내가 본 가장 수준 높은 경기라고 생각했어요. 그가 백핸드를 너무 잘 쳐서 코미디 같았어요. 마이애미 결승전에서, 확신하건대 라파는 〈와우, 이 사람에게 무슨 일이 생긴 거야?〉라고 생각했을 거예요. 그래서 그 후 라파가 더 잘하게 된 거죠. 로저가 천하무적이 되고 10년 후에 뛴 경기를 두고 이렇게 말하는 게 미친 짓 같지만, 그때 그가 몇몇 선수를 상대로 2004년, 2005년, 2006년보다 더 나은 경기를 했다고 생각해요.」길버트가 말했다.

그러나 조코비치와 머리가 그의 르네상스 시기에 모두 지지부진했다는 점에서 페더러의 타이밍 역시 아주 좋았다.

새해가 시작될 때 그들은 랭킹 1위와 2위였다. 하지만 놀랍게도, 어쩌면 훨씬 더 놀랍게도 그는 2017년에 7개의 타이틀을 차지하기 위해 두 남자를 상대할 필요가 없었다. 그는 2018년, 2019년, 2020년에도 머리와 경기를 하지 않았다.

조코비치의 문제는 부부 불화, 탈진, 오른쪽 팔꿈치 부상 등이 복합적으로 작용해 결국 2018년 2월 수술을 받았다는 것이다. 그리고 머리의 문제는 엉덩이가 심하게 손상되어 윔블던 이후 2017년 시즌을 중단했다는 것이다.

페더러의 잘못이나 문제가 아니지만, 확실히 그의 일을 더 쉽게 만들었다. 메이저 대회에서 우승하려고 전력을 다해 빅 4 중 두세 명을 통과하는 대신, 그는 나달을 통과해야 했다.

윔블던에서는 그마저 필요하지 않았다. 프랑스 오픈에서 열 번째 우승을 차지한 이 스페인 선수는 4회전에서 15-13까지 끈 5세트 접전 끝에 길레스 뮐러에게 패했다. 조코비치는 이후 팔꿈치 때문에 토마시 베르디흐와의 8강전을 기권했다.

페더러는 몸을 보호하고 잔디 코트에서의 승산을 높이기 위해 클레이 코트 시즌을 완전히 건너뛰었다. 그는 올 잉글랜드 클럽에서 한 세트도 내주지 않고 대진표를 휩쓸었으며, 준준결승에서 라오니치를 무난히 이긴 뒤 준결승에서 베르디흐를, 이상하고도 전혀 감동이 없었던 결승전에서 마린 칠리치를 해치우면서 후하게 보상받았다.

2016 윔블던에서 페더러를 이길 뻔했던 칠리치는 왼발에 깊은 물집이 잡힌 채 경기를 시작했고, 2세트에서 0-3으로 뒤지

자 코트 체인지 중에 치료받으면서 의자에 앉아 흐느끼기 시작했다.

그는 통증 때문이 아니라 실망해서 운 것이었다.

「지난 몇 달 동안 경기를 준비하면서 매우 많은 일을 겪었기 때문에 감정적으로 많이 힘들었어요.」 칠리치가 말했다.

공감 능력의 한계를 보여 주며 페더러는 6-3, 6-1, 6-4로 이겨 경기를 마무리함으로써, 샘프러스와 윌리엄 렌쇼와 공유했던 타이기록을 깨고 세계 최초로 윔블던 단식 8회 우승 선수가 되었다.

페더러는 곧 세 살짜리 쌍둥이 아들들과 일곱 살짜리 쌍둥이 딸들이 있는 선수 박스를 올려다보며 자신의 의자에서 눈물을 흘렸다.

그는 나중에 나와 함께 텔레비전 스튜디오를 옮겨 다니며 올 잉글랜드 클럽의 복도를 걸어갈 때, 자신이 그렇게 반응할지 몰랐다고 말했다.

「그 순간이야말로 내가 거기서 홀로 있던 첫 순간이었어요. 감정이 복받쳤어요. 나는 윔블던에서 다시 우승할 수 있었고, 기록을 깼고, 그곳에서 온 가족과 함께 감정을 나누었어요. 나는 딸들뿐만 아니라 아들들도 함께하기를 바랐어요. 그래서 너무 행복했고, 내가 그곳에 있기 위해 얼마나 많은 노력을 쏟아부었는지 깨달았던 것 같아요. 만감이 교차했죠.」 그가 말했다.

그는 열아홉 번째 메이저 타이틀을 가지고 있었고, US 오픈 준준결승에서 허리 통증이 재발해 델 포트로에게 패했지만 즐겨야 할 시즌이었다.

9월 말 프라하에서 열린 제1회 레이버 컵 등 그가 손댄 일은 대부분 잘된 것 같았다. 레이버 컵은 갓식과 페더러가 가장 좋아하는 프로젝트로, 골프의 라이더 컵에서 영감을 얻어 갓식이 연구하고 추진한 유럽 팀과 월드 팀의 남자 테니스 대항전이다.

〈전 세계로 가라〉는 슬로건은 그리 흥미를 끌지 않지만, 선수들은 ─ 유리한 출전료와 상금이 있는 ─ 새로운 대회의 정신을 받아들였다. 3일간 짧고 굵게 치러지는 이 대회는 마지막 날을 의미 있게 마무리하기 위해 경기의 중요성이 매일 가중되도록 잘 고안되었다. 이 대회의 고유한 특징으로 검은색 코트와 무드 조명이 있고 선수 박스가 높게 설치되어, 쉽게 상호 작용하고 사진을 찍어 ─ 2017년답게 ─ SNS에 올려 소셜 미디어 콘텐츠로 이용할 수 있게 했다.

그러나 O2 아레나에서 열린 첫 경기의 매진을 견인한 것은 스타 파워였다. 페더러와 나달이 모두 부활해 프라하에서 같은 팀이 되었다. 나달이 US 오픈에서 우승한 후 랭킹 1위를 되찾고 페더러가 당시 2위인 가운데 그들은 그해 네 개의 그랜드 슬램 타이틀을 나눠 가졌다.

프라하의 올드 타운 광장에서 대진표 추첨이 끝난 후, 나는 그들과 함께 밴을 타고 팀 호텔로 돌아왔다(테니스 기자는 움직이는 차 안에서 인터뷰를 많이 한다). 두 사람 모두 며칠 동안 면도를 하지 않은 상태였다. 나달은 기분이 좋았다. 페더러는 들떠 있었고, 마지막 자금을 막 확보한 스타트업 기업가처럼 열정적이었으며, 나달이 무슨 얘기를 하든 킥킥 웃었다.

자갈 위를 달리는 차 안이었지만, 그들의 시즌처럼 낙관적인 분위기에서 우리는 즐겁게 인터뷰했다. 가장 놀라운 것 중 하나는 유럽 팀 주장인 비에른 보리가 뒷좌석에 앉아 조용히 듣고 있었다는 사실이다. 수십 년 전 보리는 탁월한 라이벌을 형성했던 슈퍼스타였지만, 페더러와 나달의 경쟁 구도는 더 오래갔고 처음으로 팀을 이뤄 복식 경기를 하려는 참이었다(2011년 호주에서 열린 홍수 구호 자선 경기 몇 게임을 포함하지 않는다면 말이다).

「우리가 너무 오래 기다리지 않기를 바라요. 이젠 우리도 너무 나이가 들었으니까요.」페더러가 말했다.

그러나 이 단계에서는 결과보다 상징성이 더 중요해 보였다.

「내 생각에 우리는 평생 라이벌이에요. 그래서 이렇게 함께 뛰는 건 매우 특별한 일이 될 겁니다. 유일무이하다고 생각해요. 기분이 정말 좋을 것 같아요.」나달이 말했다.

우리는 그들이 꾸준히 우수한 성과를 올리는 데 상대방에게 많은 빚을 졌는지, 상대라는 연료가 없었다면 그들이 매우 오랫동안 그러한 성취를 이루지 못했을지에 대해 이야기했다.

「어떤 면에서는 그렇고 어떤 면에서는 아니라고 생각해요. 라파 때문에 내 성과가 줄었을 수도 있지만, 동시에 그가 나를 더 나은 선수로 만든 것 같아요.」페더러가 말했다.

나달도 이에 동의했다. 이는 그가 평소에 투지가 내면에서 나온다고 확고히 말한 것을 고려하면 놀라운 일이었다.

「나는 개인적인 동기가 있지만, 물론 누가 앞에 있으면 개선할 점들이 더 쉽게 보여요.」그가 말했다.

「그들이 우리를 들추고 발가벗기죠.」페더러가 말했다.

「맞아요. 내가 최고여서 더 잘하는 사람을 보지 못한다면 코트에 나가서 더 잘하기 위해 무엇을 해야 하는지 정확히 알기 어려워요. 물론 로저 같은 사람이 오랫동안 내 앞에 있어 내가 코트에 나가서 이해하는 데 도움이 되었고, 다른 관점에서 필요한 연습을 할 수 있었어요.」나달이 말했다.

하지만 토요일의 복식 경기 전에 정할 몇 가지 세부 사항이 있었다.

「보통 어디에서 치시나요?」나달이 묻자 페더러가 질문의 참신함에 기뻐하는 듯했다.

토요일에 페더러는 듀스 코트, 나달은 애드 코트로 결정했고, 나달이 오버헤드를 스매싱하려고 물러나면서 충돌할 뻔했지만 합이 아주 잘 맞았다. 파란색 셔츠, 흰색 반바지에 흰색 반다나를 나란히 맨 두 사람은 평소보다 더 비슷해 보였다. 왼손잡이 나달과 오른손잡이 페더러는 서로 거울에 비춘 모습 같았다. 둘 다 185센티미터 키에 상황 대처에 빠르며 한가한 코트 체인지 시간에 보리와 복식 전술에 관해 길게 이야기하는 것을 좋아했다. 보리는 여전히 말수가 적고 잘 들어 주었다.

그들은 또한 강력한 팀인 샘 쿼리와 잭 속을 물리쳤다. 그리고 시범 경기와 사업의 경계선에 있는 이 하이브리드 대회에서 페더러가 일요일에 닉 키리오스와의 결정적인 경기에서 이겨 유럽 팀이 승리했다.

페더러는 곧바로 승리 행진을 이어 갔다. 그는 아시아로 건너가 상하이 마스터스 결승전에서 나달을 다시 연속 세트로 이겨 우승했다. 다음에는 바젤에서 여덟 번째 우승을 한 후 런던에서 열린 월드 투어 파이널스 준결승에서 놀랍게도 다비드 고팽에게 패했다. 그러나 그는 가족과 함께 몰디브에서 재충전했고, 같은 리조트에서 휴가를 보내던 칠리치와 마주쳤다. 테니스 스타들이 몰디브를 자주 간다고 해도 상당한 우연의 일치였다. 페더러는 2018년을 더 철저히 준비하기 위해 두바이로 돌아와 마디낫 주메이라 클럽에 있는 그의 코트로 갔다.

그는 한 세트도 내주지 않고 호주 오픈 결승에 진출했고, 메이저 대회에서 나달이나 조코비치 — 또는 머리 — 와 다시 맞붙지 않았다. 그러나 이번에는 칠리치가 그랜드 슬램 트로피를 걸고 그를 강하게 밀어붙일 준비가 되어 있었다.

그들은 휴가 기간에 코치, 피트니스 트레이너 또는 에이전트 없이 45분 동안 두 번 타격 연습을 했다. 그들은 만나서 술과 디저트를 먹었는데 페더러는 가족, 칠리치는 약혼자를 동반했다.

이제 그들은 호주 오픈 트로피를 위해 경기할 참이었다.

전형적인 페더러의 모습이었다. 그는 경쟁자들과 친하게 지내면서도 시합 중에는 무자비하게 공을 휘두르며 친근한 매력을 누르고 도전에 전력투구할 수 있었다(인디언 웰스에서 그를 상대했던 제임스 블레이크를 기억하라).

칠리치는 그를 5세트까지 끌고 갔고, 결국 5세트 첫 게임 페더러의 서브에서 두 개의 브레이크 포인트라는 큰 기회를 얻었다. 페더러는 2017년 결승전과 같은 코트에서 나달을 상대로 거의 사용하지 않았던 백핸드 칩을 반복해서 효과적으로 사용함으로써 그의 다재다능함을 상기시키며, 두 포인트를 모두 지켜 낸 다음 칠리치의 서브를 브레이크했다.

페더러는 진정한 외부자에서 확실한 우승 후보가 되기까지 1년 동안 먼 길을 돌아서 왔다. 호주 오픈이 시작되기 전에 우승 후보라는 호칭에 그가 손사래를 쳤지만 말이다.

「서른여섯 살 먹은 선수가 대회 우승 후보가 되어서는 안 된다고 생각해요.」 페더러가 말했다.

그는 그것을 해냈고, 그때 모든 스포츠에서 커리어 후반에 최고의 성과를 낸 선수 중 하나가 되었다. 그는 그랜드 슬램 단식 토너먼트 네 번 중에서 세 번 우승해 — 기억하기 쉽게 — 총 20회 우승 기록을 세웠다.

스위스로 돌아온 그의 전 심리 상담가 크리스티안 마르콜리는 스위스의 시골 퀴티겐에 있는 자기 집 테라스에서 여전히 피터 카터를 생각하며 20번째 시가에 불을 붙였다.

「나는 증거라면 증거로, 시가 꽁초를 모두 보관해 왔어요. 상상할 수 있듯이 항상 특별하고 독특하고 매우 감정적인 시간이었어요. 승리할 때마다 시가를 피우려고 항상 호젓한 곳을 찾았어요.」 마르콜리가 내게 말했다.

페더러만 탁월함을 유지한 건 아니다. 세리나 윌리엄스는 딸 올림피아를 출산하고 서른여섯 살에 복귀해 다음 두 시즌 동안 메이저 대회 결승전에 4회 진출했다. NFL 쿼터백 톰 브래디와 이탈리아 골키퍼 잔루이지 부폰도 40대까지 탁월했던 선수에 속한다.

스포츠 과학과 영양, 훈련, 회복을 더 잘 이해한 것도 성공 요인이었다. 페더러 같은 선수가 높은 자격을 갖춘 개인 팀을 구성하고 가족을 투어에 데려올 수 있는 능력도 한몫했다. 다른 사람들 역시 한계까지 몰아붙이고 있음을 아는 것도 유용했다.

「난 이런 이야기 듣는 걸 좋아해요. 오랫동안 나는 항상 훌륭한 운동선수가 되고 싶었고 그 꿈을 이룰 수 있었지만, 나보다 먼저 그 사람들이 그렇게 했고 지금도 그렇게 하는 걸 보면 분명히 영감과 도움을 받고 동기 부여가 됩니다.」 페더러가 브래디, 부폰, NHL 스타 야로미르 야그르에 대해 말했다.

페더러는 2005 US 오픈 결승에서 서른다섯 살 애거시와 경기했지만, 애거시는 그 나이에 이 메이저 대회에서 우승한 적이 없다. 나머지 세 개 대회에서는 말할 것도 없다.

남자 테니스에서 선례를 찾으려면 로즈월까지 거슬러 올라가야 한다. 로즈월은 아이러니하게도 〈근육〉이라는 별명을 가진 작은 호주인이다. 그는 서른다섯 살에 1970 US 오픈, 서른여섯 살에 1971 호주 오픈, 서른일곱 살에 1972 호주 오픈에서 우승했다. 로즈월은 1974년에도 US 오픈과 윔블던 결승에 진출했으나 두 경기 모두 지미 코너스에게 초반에 패했다.

170센티미터 키에 65킬로그램이었던 그는 페더러와 다른 체격이었고 공이 낮게 유지되는 잔디 코트에서 주로 뛰었기 때문에 성공할 수 있었다. 나무 라켓을 사용하는 그는 작은 톱 스핀으로 포핸드를 치거나 톱 스핀이 전혀 없이 백핸드를 치면서 최고의 컨트롤로 드라이브하거나 슬라이스했다.

「그는 10센트짜리 동전으로 그렇게 치고 나서 그 동전을 찾았어요.」로즈월과 동시대 테니스 선수였던 프레드 스톨이 말했다.

로즈월과 페더러의 공통점은 부드러운 풋워크와 견고한 테크닉이었다.

「그것이 우리가 코트에서 움직이는 방식이라고 생각하고 싶어요. 아주 부드럽고 빠르게요. 우리는 올바른 방식으로 움직였어요. 로저가 우리가 쳤던 나무 라켓으로 쳤더라면 정말로 훌륭했을 겁니다. 그의 기술이 아주 잘 먹혔을 거예요. 요즘 선수들은 대개 그렇지 않아요.」2020년에 멜버른에서 만나 커피를 마시며 그가 내게 말했다.

여든다섯 살인 로즈월은 여전히 65킬로그램을 유지했으며, 힘 있게 악수하고 편하고 가식 없는 태도를 보였다. 이는 확실히 어느 정도 그가 프로 선수로서 지방 순회 서킷을 돌면서 새로운 도시에서 새로운 사람들을 만나며 수십 년을 보냈기 때문이다.

「우리는 매일 밤 지역을 옮겨 다녔어요. 우리가 하키 경기장에서 경기할 때는 경기장 바닥이나 빙판 위에 캔버스 코트를 깔았어요. 발이 차가워지곤 했죠.」그가 말했다.

지속적인 홍보는 필수였다.

「우리는 홍보 전쟁도 해야 했죠. 그때 프로 게임에 후원사나 홍보 마케팅이 없었기 때문에 때와 상대를 가리지 않고 이야기하거나 TV 인터뷰 같은 것을 할 준비가 되어 있었어요.」 그가 말했다.

과거 많은 위대한 호주 선수와 마찬가지로, 그는 경기와 스포츠 역사를 존중하는 페더러의 태도를 높이 평가했다. 그래서 매년 그에게 반쪽짜리 응원 편지를 써서 호주 오픈 기간에 선수 라커 룸에 놔두고 갔다.

「요즘에는 라커 룸에 들어가기 힘들 때도 있어요. 그를 귀찮게 하고 싶지는 않지만, 경기할 때 그가 환상적이라고 생각해요. 나는 코트 안팎에서 그의 태도를 매우 존경해요. 그는 압박감을 다스리고, 모든 것에 싫증을 느끼게 만드는 부담감이 없는 것 같아요.」 로즈월이 말했다.

로즈월은 젊은 시절 프로로 전향해 우호적인 라이벌 로드 레이버와 마찬가지로, 아마추어와 오픈 시대를 연결하는 다리 역할을 했다. 따라서 그는 1968년에 이 스포츠가 정책을 영구히 변경할 때까지 그랜드 슬램 토너먼트와 데이비스 컵에 참가할 자격이 없었다.

로즈월은 1968년에 곧바로 프랑스 오픈에서 우승을 차지했다. 이 대회는 아마추어와 프로 선수 모두에게 첫 그랜드 슬램 토너먼트였다. 그는 여덟 개의 메이저 대회에서 우승했지만, 애석하게도 윔블던에서는 우승하지 못했다. 〈근육〉이 1957년 육체적인 전성기를 맞이한 후 11년 동안 그랜드 슬램 테니스 경기를 놓치지 않았다면, 분명히 더 많은 메이저 대회에서 우승했을 것이다. 페더러처럼 그는 10대 후반과 30대 후반에 뛰어났다. 그러나 페더러조차 로즈월의 첫 그랜드 슬램 단식 우승과 마지막 단식 우승의 19년 간격을 따라잡지 못했다.

로즈월은 선수 생활 중에 심각한 부상을 입지 않았고, 쉰다섯 살에 회전근개 문제가 발생하기 시작했다. 그리고 그는 70대 후반까지 취미로 테니스를 쳤다.

「켄이 한 일은 정말 대단해요. 나는 정말로 그를 존경해요. 그가 한 일은 내가 건강을 유지한다면 앞으로도 몇 년은 더 뛸 수 있다는 희망을 갖게 합니다.」 페더러가 첫 수술 직전인 2016년 호주에서 내게 말했다.

로즈월 같은 놀랄 만한 남자들을 염두에 두고 페더러와 파가니니는 페더러가 처음으로 1위에 오른 직후인 2004년에 롱런을 위한 장기 계획을 세웠다. 그들은 테니스를 덜 치면 더 많은 걸 얻을 수 있다고 확신했다. 페더러가 백코트에서 하프 발리 위너를 휙휙 넘기고 큰 압박감 속에서 라인 위로 서브를 넣을 수 있는 재능이 있었기에 이 전략이 효과 있었지만, 그들은 정확했다.

그는 2004년 스물두 살 때처럼 서른여섯 살에도 여전히 그렇게 했다. 멜버른에서 칠리치를 물리치고 2주가 지난 2018년 2월, 계획된 휴가를 중단하고 스위스에서 네덜란드 로테르담 항구로 가서 실내 토너먼트를 뛰었다.

이번에는 페더러가 경기를 사랑해서가 아니었다. 그는 나달을 추월해 랭킹 1위를 탈환하기 직전이었다. 로테르담에서 준 결승에 진출하면 1위 탈환을 위한 충분한 포인트를 얻을 수 있었기 때문에, 그는 전 윔블던 챔피언이었던 토너먼트 책임자 리카르트 크라이체크에게 와일드카드를 요청해 그 기회를 잡았다.

로테르담 대진표의 참가 선수는 서른두 명이기 때문에 페더러는 세 라운드를 이겨야 했다. 그는 1회전에서 벨기에의 예선 통과자 뤼번 베멀만스, 2회전에서 독일의 베테랑 필리프 콜슈라이버를 이겼고, 3회전에서는 네덜란드의 로빈 하서에게 1세트를 졌지만 중요한 대회인 만큼 결국 승리했다.

그 후 페더러는 결승전에서 디미트로프를 6-2, 6-2로 꺾고 우승해 더욱 인정받았다.

페더러가 복귀할 때는 윔블던에서 한 번 더 우승하면 만족할 거라고 생각했을 것이다. 하지만 그는 그 또는 가까운 모든 사람이 예상했던 것보다 더 많은 것을 해냈다.

「그와 일을 시작했을 때 나는 지금보다 예측을 더 많이 했는데 자주 틀렸어요. 나는 그에게 놀랄 준비가 되어 있어요. 사실 그에게 놀라리라고 예상해, 가능성을 열어 두고 울타리를 치지 않는 것이 최선이라고 생각해요. 물론 나도 그가 얼마나 더 오래 활동할지 가끔 생각하지만, 이 단계에서 최선은 그저 순간을 즐기며 사는 것이라고 생각해요. 그렇게 할 때 강인함과 힘이 생길 수 있어요. 거꾸로 말해, 계속 갈망하지 않으면 문제가 될 수 있어요. 그래서 항상 균형점을 찾아야 합니다.」 뤼티가 내게 말했다.

무릎을 수술한 후였지만, 이 시기에 페더러가 풀어야 할 과제는 육체보다 정신이었다.

「자신을 알아야 하고 자신에게 솔직해져야 해요. 말하자면 로테르담에 갈 때는 뜨거운 열정을 품어야 해요. 이 나이에는 흥분되지 않으면 하지 말아야죠. 아주 간단해요.」 그가 내게 말했다.

그에게는 적당한 열정이 있었다. 토너먼트가 끝난 월요일 아침 그가 ATP 웹사이트를 클릭했을 때, 그는 다시 랭킹 1위에 올라 있었다. ATP가 1973년에 처음으로 순위를 발표한 이래 최고령 1위 선수였다.

15
미국, 캘리포니아의 인디언 웰스

사막으로 이동하는 날, 로저 페더러는 동이 트기 전에 잠에서 깼다. 우리가 만난 장소는 전날 페더러가 2018 BNP 파리바 오픈 결승에서 후안 마르틴 델 포트로에게 패한 인디언 웰스에서 차로 조금 떨어진 서멀의 포장도로였다.

랭킹 1위를 탈환한 페더러는 평소보다 후회를 더 많이 했다. 그는 3세트 5-4에서 타이틀을 위한 마지막 서브 게임을 하며 세 개의 매치 포인트를 잡았음에도 경기를 끝내지 못했다. 흔한 일은 아니었지만, 이것은 그의 정상급 경쟁자들보다 페더러에게 더 자주 일어났던 〈행운의 반전〉 같았다. 그는 매치 포인트를 잡은 후 스무 번 이상 패했고, 나달과 조코비치는 열 번도 지지 않았다.

「이런 말 하기 좀 그렇지만, 페더러가 이미 큰 대회에서 패한 모든 경기를 고려해 나는 가끔 그를 〈부진한 테니스 선수〉라고 불러요. 그랜드 슬램 대회에서 델 포트로, 조코비치, 나달에게 패한 경기를 합치면 서른 개는 될 텐데, 분명히 그가 더 우위일 때 모두 패했어요.」최고의 테니스 코치 중 한 명인 귄터 브레스니크가 말했다.

이유는 불분명했다. 근본적으로 민감해서였을까? 마진이 낮은 공*을 쳐서 실수가 많았을까? 바꾸기 힘든 나쁜 습관 때문이었을까?「그의 스타일이 너무 공격적이어서 그런 것 같아요. 그가 더 젊었을 때는 지금과 다르게 움직여서 더 잘해 낼 수 있었어요. 하지만 이제 나이가 들었으니 위대한 선수들을 상대할 때 더 공격적이어야 하는데, 중요하고 압박감이 클 때 그렇게 하기가 힘들죠. 라파는 긴장해도 모든 샷의 마진이 훨씬 높아서** 실수할 여지가 적고 움직임이 훌륭해요. 노바크는 공이 너무 플랫하지만 매우 정확해요. 공을 치는 방식에서 위험이 크지 않아요. 그에 비해 로저는 위험이 훨씬 더 크죠.」그의 전 코치 폴 아나콘이 말했다.

하지만 페더러는 — 어렵게 얻은 — 관점과 일을 구분할 수 있는 능력 덕분에 그 여파를 잘 대처할 수 있는 듯했다. 잠이 모자란 이른 아침의 서늘한 공기 속에서 하품하며 이야기하면서도 그는 기분이 전혀 언짢지 않았다.

「그런 시합을 치른 후에 다섯 시간은 충분하지 않아요.」그가 말했다.

그는 곧 시카고로 가는 전용기에 나와 함께 탑승했고, 우리는 네 시간 동안 비행기 안에 있었다. 페더러의 하루와 다음번 레

* 플랫하고 낮게 깔리는 공.
** 스핀이 많고 안정성 있는 공.

이버 컵 장소를 심도 있게 볼 기회였다. 내가 그의 성소 중 한 곳의 보도 기자로 초대받았다는 것은 페더러와 내가 좋은 업무 관계를 맺고 있다는 신호였지만, 무엇보다 페더러와 그의 에이전트 토니 갓식이 그들의 창작품이 성공하기를 매우 열망하고 있다는 신호였다.

로드 레이버를 기리기 위한 레이버 컵의 개념은 간단해 보였다. 유럽 최고 선수들과 나머지 지역 최고 선수들이 짧게 3일간 경기하는 방식이어서로, 페더러는 나달과 조코비치와 같은 팀에서 함께 뛸 수 있는 전례 없는 기회를 얻었다,

그러나 실제로는 경기의 첨예한 이해관계 때문에 복잡했다. 생계를 유지할 수 있는 남녀 투어 프로 선수가 200여 명밖에 되지 않는 비교적 작은 규모의 국제 스포츠인 테니스는 지배 조직이 너무 많다. 남자 투어, 여자 투어, 국제 테니스 연맹, 그리고 종종 함께 행동하나 독립체로 남아 있는 4대 그랜드 슬램 대회까지 포함하면 일곱 개가 있다.

합의에 도달하기가 생각보다 어렵고, 그런 분열로 인해 테니스계가 혁신하고 의미 있는 변화를 일으키기가 더 어렵다. 그래서 이 스포츠의 발전이 상당히 방해받는다. 새로운 경기를 열거나 과한 일정을 변경하려고 할 때마다 항상 다른 누군가의 영역을 침범한다.

2017년 프라하에서 레이버 컵을 만들 때 페더러와 갓식은 이를 모두 알고 있었고, 2018년 시카고에서 두 번째 레이버 컵을 위해 노력하면서 더 많은 걸 알았다.

「그것이 테니스의 문제죠. 어떻게 움직이든 건물 전체가 흔들리기 시작해요. 새로운 것은 테니스 선수들에게 익숙한 현재 시스템에 충격파를 던지지만, 그렇다고 해서 그것이 반드시 부정적인 건 아닙니다.」 페더러가 프라하에 가기 전에 내게 말했다.

슈퍼스타 페더러는 선수 생활 초기에 스위스의 데이비스 컵 팀에서 리더 역할을 맡았을 때 처음으로 그런 성향을 보이며 테니스 조직과 정치에 크게 관여했다. 그는 2008년부터 2014년까지 ATP 선수 평의회 회장을 역임했으며, 그랜드 슬램 토너먼트와 정기 투어 경기에서 대규모 상금 인상을 성공적으로 추진했다.

남자 테니스는 한때 운동가들의 온상이었다. 아서 애시, 클리프 드라이스데일, 스탠 스미스와 같은 주요 선수들은 모두 선수로 뛸 때 전국 연맹과 토너먼트 소유주가 지배하는 사회에서 선수의 영향력과 협상력을 높이기 위해 노력했다. 그러나 페더러가 출현하기 전에 지배했던 샘프러스, 애거시, 보리스 베커 등은 지배 구조 문제에 귀중한 에너지를 소비하는 데 관심이 훨씬 적었다.

「아마도 세대가 달라서 그런 것 같은데, 우리 시대에는 어떤 위대한 일류 선수도 이런 일에 시간을 투자하지 않았어요. 나는 정치나 상금이나 다른 연맹에 관여해서 집중력을 잃고 싶지 않았어요. 경기하고 이기는 일도 힘들었으니까요.」 샘프러스가 내게 말했다.

그러나 페더러는 훨씬 더 깊이 관여했고, 나달, 머리, 조코비치는 모두 다양한 정도로 참여했다. 2011년과 2012년에는 랭킹 시스템 변경과 ATP의 차기 최고 경영자 선택을 두고 페더러와 나달의 의견이 엇갈려 드물게 긴장감이 감돌았다. 호주 오픈 때 내가 어느 기자 회견에서 나달에게 최고 선수들이 공개 석상에서 투어를 부정적으로 말하는 걸 페더러가 좋아하지 않는다고 언급하면서 그들의 논쟁이 세상에 알려졌다.

「나는 전적으로 반대해요. 그는 쉽게 얘기해요. 〈난 아무 말도 하지 않아. 모든 것이 긍정적이라면, 나는 신사처럼 보이고 다른 사람들은 투덜이처럼 보이게 하면 돼.〉 이런 식인 거죠.」 나달이 쏘아붙였다.

스타들의 태도가 서로 달라서 좀 더 험악했던 시대에는 그러한 논평이 늘 있었겠지만, 나달이 그런 식으로 페더러를 따라가는 것은 네트에서 아귀다툼하는 것과 비슷했다. 질서와 정중함은 곧 회복되었지만, 나달의 감정 폭발은 가장 우호적인 최대 라이벌들도 마음 밑바닥에서 타이틀뿐만 아니라 영향력도 경쟁하고 있음을 상기시켜 주었다.

조코비치는 결국 빅 3 중 가장 급진적인 인물이 되었다. 그는 공공연히 ATP에 맞섰고 2020년에는 전통적인 남성 투어의 독립적인 목소리를 추구하는 새로운 선수 단체의 출범을 이끌었다.

페더러는 배후에서 로비하고 구슬리면서 변함없이 조직 내에서 일하는 것을 선호했다. 적절하게도 그는 선수 생활을 할 때 ATP 정치에 깊이 관여해 주요 이슈를 모두 알고 있는 두 코치, 폴 아나콘과 이반 류비치치를 영입했다.

그러나 레이버 컵은 긴장감을 조성했다. 확실히 페더러가 황금 테니스 시대에 기꺼이 감당하려 했던 수준을 넘어서는 긴장감이었다.

국제 테니스 연맹은 레이버 컵이 페더러를 비롯한 최고 남자 스타들의 꾸준한 출전을 이끌기 위해 고군분투하던 데이비스 컵 팀 대회를 방해한다고 여겨 형식을 바꾸려 했다. 9월 말에 열리는 레이버 컵의 날짜도 같은 기간에 진행되는 기존 남자 투어 경기와 겹쳐, 관심과 최고 선수들을 끌 기회를 빼앗겼다.

그랜드 슬램 대회 리더들은 의견이 분분했다. 올 잉글랜드 클럽과 프랑스 테니스 연맹은 거리를 유지했지만, 테니스 호주와 미국 테니스 협회는 실제로 레이버 컵에 투자했으며, 호주 오픈 미디어 관계자들은 멜버른에서 프라하까지 가서 대회 준비에 참여했다.

나는 테니스 토너먼트는 넘쳐 나지만 탁월한 토너먼트는 그렇지 않다고 생각한다. 페더러가 관여한 가운데 단순히 지역의 관심이 아닌 국제적 화제를 불러일으킬 좋은 기회인 레이버 컵과 같은 경기를 위한 공간이 있어야 한다. 나는 레이버 컵에 영감을 준 라이더 컵도 많이 취재했다. 내게 라이더 컵은 스포츠에서 가장 일관되게 매력적인 대회 중 하나였다. 경기 플레이 형식으로 인해 첫날 아침 첫 번째 샷이 신경을 곤두서게 하기 때문이다. 라이더 컵은 레이버 컵과 마찬가지로 순위 포인트를 제공하지 않는다는 점에서 시범 경기였지만, 선수들에게는 수

년 동안 큰 비중을 차지했다. 또한 유럽 선수들이 함께 경쟁할 수 있는 여전히 희귀한 수단을 제공했다. 차이점이라면 골프 선수들은 자신의 대륙과 함께 유럽 투어를 대표한다는 것이다. 테니스에는 별도의 유럽 투어가 없지만, 남자 경기에서 유럽이 지배적 세력이라는 것은 의심의 여지가 없었다. 아마도 레이버 컵의 장기적 이익에 지배력이 매우 클 것이다.

프라하에서 열린 제1회 레이버 컵은 접전, 매진 행렬, 힘을 합친 페더러와 나달 등 오락적 가치 면에서 대히트였다. 하지만 이 대회는 창립 비용과 선수들에게 지급하는 막대한 출전료 및 상금 때문에 상당한 돈을 손해 보기도 했다.

페더러에게는 긍정적인 첫인상에 기반해 두 번째 대회가 진행되는 것이 중요했다. 그래서 그가 시카고로 향하는 동안 미르카와 아이들은 따로 마이애미 오픈을 위한 베이스캠프를 마련하기 위해 플로리다로 갔다.

「레이버 컵은 내게 매우 소중하기 때문에, 나는 항상 레이버 컵을 위한 여분의 에너지를 갖추고 있어요. 내 커리어를 위해 더는 그렇게 뛰지 않아요. 내가 그 대회에서는 전력을 다해 뛰지만, 그다음에는 다시 호젓한 시간이 필요하죠.」 페더러가 말했다.

페더러는 개인 비행기를 소유하지 않았지만, 개인 제트기 소유권을 쪼개서 판매하는 회사가 제공한 비행기를 타고 여행하고 있었다. 페더러는 북아메리카와 종종 유럽을 여행할 때 이 서비스를 이용했다.

그것은 그의 복잡한 글로벌 라이프에서 마찰을 줄이기 위한 계획의 일부였다. 자신과 가족의 간편한 이동, 시차증, 코트 밖 생활을 최대한 순조롭게 만들기 위해서 말이다.

「비행기를 다 살 필요는 없어요. 너무나 편하고 너무나 간단해요. 에너지와 관리 측면에서 나 자신에게 투자하는 것뿐이에요. 그렇게 많은 검문소와 항공편, 사람과 사진에 시달리지 않아도 되어 탑승 후 바로 긴장을 풀 수 있어요.」 페더러가 비행기를 향해 손짓하며 내게 말했다.

그는 이 시기에 많은 마찰을 줄일 수단을 가지고 있었다. 그는 10억 달러를 벌어들이는 극소수의 선수가 되어 골프 선수 타이거 우즈와 복서 플로이드 메이웨더의 대열에 합류했다. 페더러의 수입 중 약 1억 3000만 달러만 공식 상금에서 나왔다. 나머지는 후원사, 상품 보증, 출연료, 갓식이 남미에서 준비한 수익성 좋은 시범 경기 같은 특별 경기를 통해 얻었다.

이 분야에서 페더러의 성과는 코트에서의 성과만큼이나 인상적이었고, 그의 사업과 테니스는 불가분의 관계에 있지만 초기에는 코트 밖 수입 창출력 면에서 불리했다.

그는 부유한 나라 출신이지만 미국, 일본, 독일, 프랑스와 같은 주요 시장 출신은 아니었다. 그래서 처음에는 잠재적 후원사들에 그다지 매력적이지 않았다.

「스위스인은 작은 나라를 대표하죠. 돈을 많이 벌고 싶다면 세계 10위로는 충분하지 않아요.」 페더러의 IMG 첫 에이전트인 레지 브뤼네가 말했다.

프랑스 선수 출신인 브뤼네는 랭킹 10위까지 오른 스위스 스타 마르크 로세를 대행했기 때문에 이를 체험으로 알고 있었다.

「전 세계에 진출하려면 세계 1위가 되어야 해요. 랭킹 1위이고 미국인이라면 엄청난 돈을 벌겠지만, 그 단계에서 스위스인이라면 미국인보다 훨씬 더 잘해서 정말 예외적인 1위가 되어야 미국인과 비슷한 돈을 벌 수 있을 겁니다.」 브뤼네가 내게 말했다.

브뤼네는 1995년 주니어 오렌지 볼에서 페더러를 처음 보았다. 페더러는 마이애미 근처 코럴 게이블스에 있는 빌트모어 호텔에서 14세 이하 부문에 참가했다. 미래의 슈퍼스타를 찾기 위해 부단히 물색하는 에이전트는 부족하지 않았다. 그해 브뤼네의 주요 목표는 유망한 벨기에인 올리비에 로쉬였지만, 브뤼네의 친한 친구 크리스토프 프레스가 그에게 페더러도 한번 봐야 한다고 말했다. 프레스는 에퀴블랑에 있는 스위스 국립 훈련 센터에서 페더러의 훈련을 감독한 프랑스 코치였다.

「크리스토프가 흥분하기 쉬워 다루기가 쉽지 않다고 말했지만, 페더러는 꽤 재능이 있었어요. 나는 그를 보러 갔고 5분, 어쩌면 10분 후쯤 제일 가까운 전화박스로 달려갔어요. 그 시절에는 휴대 전화가 없었으니까요. 나는 크리스토프에게 전화를 걸어 로저의 부모님과 바젤에서 만날 약속을 잡을 수 있는지 물었어요. 나는 빨리 움직여야 한다고 판단했어요. 다른 에이전트들이 로저의 능력을 알아보는 데 오래 걸리지 않으리라는 걸 알았으니까요.」 브뤼네가 내게 말했다.

브뤼네는 페더러의 성질 때문에 고민하지 않았고, 특히 열네 살에 다른 백핸드를 칠 수 있는 그의 아이 같지 않은 기술적 숙련도에 깊은 인상을 받았다.

「모두가 좋은 포핸드를 쳤지만 내 눈에 그 백핸드는 정말 군계일학이었어요.」브뤼네가 말했다.

그는 프랑스로 돌아온 뒤 어머니 리넷과 아버지 로버트 페더러를 만나기 위해 바젤로 갔다. 그는 바젤 ATP 경기 인증 부서에서 수년째 일하고 있던 어머니 리넷을 만났다. 페더러 부부는 IMG를 알고 있었고, 국제적 영향력을 가진 〈미국 회사〉라서 안심했다고 브뤼네가 말했다.

「그 단계에서는 에이전트가 선수보다 부모와 훨씬 더 많은 대화를 나눕니다. 로저의 부모님은 특별했어요. 그들은 교육을 잘 받았고, 올바른 질문을 했고, 한번 신뢰하면 끝까지 갔어요. 모든 부모가 그들과 같았더라면 사업이 훨씬 더 잘되었을 겁니다. 에이전트는 힘든 일이에요. 항상 남의 떡이 커 보이거든요.」브뤼네가 말했다.

처음에는 공식적인 합의가 없었지만 페더러 부부는 약속했다. 브뤼네는 1997년에 페더러가 나이키의 테니스 의류와 신발을 착용하는 계약을 체결할 수 있었다. 아디다스도 유리한 조건을 제시하며 관심을 보였다. 브뤼네는 나이키 계약의 기본 가치가 5년간 50만 달러라고 말했다. 주니어에게 약속하기에는 상당한 금액이었다.

「그 나이 선수로는 우리가 성사시킨 가장 큰 계약이었어요.

아주 훌륭한 스위스 주니어 선수의 수준은 아마 2년 동안 연간 2만 달러 정도였을 거예요. 그러나 나이키는 다섯 배 많은 금액으로 5년 계약을 유지했어요. 그건 그들이 로저를 많이 믿었기 때문이에요. 나는 그가 미래의 1위라며 나이키를 설득했지만, 솔직히 말해 나는 나이키에 모든 선수가 미래의 1위라고 떠벌렸어요. 가장 중요한 것은 총액수가 아니라 로저가 상위 50위 또는 20위 안에 빨리 진입했을 때 그의 수입이 테니스 수준을 반영하는 방식으로 그를 보호했다는 점입니다.」 브뤼네가 말했다.

일부 선수들은 자신의 선호도보다 제시하는 금액의 규모에 따라 라켓 회사를 선택해야 한다고 생각하지만, 페더러는 그가 사용하고 좋아하는 라켓의 제조사인 윌슨과 계약을 맺을 수 있었다.

1998년에 그는 주니어 세계 랭킹 1위가 되었다. 프랑스 물리치료사인 폴 도로셴코는 페더러가 오렌지 볼 18세 이하 부문에서 우승한 뒤 그의 스위스 집에서 열린 축하 행사를 기억한다.

「연말이었어요. 로저의 아버지가 나, 피터 카터, 페테르 룬드그렌에게 각각 돈 봉투를 건넸어요. 페더러 부모는 돈이 많은 사람은 아니었어요. 그들은 가난하지 않았지만 그렇다고 부유하지도 않았는데, 우리에게 후하게 1,000스위스 프랑을 주었어요. 약 1,000유로 정도죠.」 도로셴코가 말했다.

무엇보다 도로셴코는 다음에 무슨 일이 있었는지 기억한다.

「차를 몰고 집으로 돌아왔는데, 겨울 폭풍우가 몰아쳐 창문에 온통 안개가 끼어 있었어요. 그래서 차의 창문을 내리고 지폐를 봉투에서 꺼냈더니 엄청난 돌풍이 불어 대부분의 지폐가 창문 밖으로 날아갔어요. 전조등을 켜고 찾아보려 했지만 눈이 너무 많이 와서 힘들었어요. 다음 날 아침에 일어나서 밖으로 나가 보니 지폐들이 나무 위에 있었죠.」

이 이야기에서 무언가를 알아챌 수 있다.

브뤼네와 아버지 로버트 페더러는 종종 로저의 미래를 논의 했다. 로버트는 아들의 재능을 믿었지만, 그는 아마추어 테니스 선수였기 때문에 전문가의 의견을 구했다.

「로버트가 〈로저가 크게 될 것 같아요?〉라고 내게 물었어요. 나는 〈로비, 왜 이래요! 당신 아들은 특별하지만 10위 안에 들지, 20위 안에 들지, 100위 안에 들지는 부상, 동기 부여, 여자 등 변 수가 너무 많아요〉라고 말했어요. 어떤 주니어가 크게 성공할지 에 대해 말하기는 정말 너무 어려워요.」브뤼네가 말했다.

브뤼네의 주요 임무 중 하나는 페더러가 투어 선수로 더 빨리 전향하기 위해 프로 토너먼트 와일드카드를 확보하는 것이었 다. 그는 이 일을 잘해 냈지만, 어렵지 않았던 것은 아니다.

1999년 브뤼네는 마르세유에서 열리는 IMG 소유 실내 경기 에 출전할 수 있는 와일드카드 두 장을 얻었다. 하지만 그는 진 퇴양난이었다. 그때 유망한 젊은 선수 세 명을 대행했기 때문이 다. 페더러와 — 결국 둘 다 10위 안에 진입한 — 프랑스인 아르 노 클레망과 세바스티앵 그로장이었다. 브뤼네는 세 명 중 두 명을 골라야 해서, 결국 페더러와 클레망으로 결정했다. 페더러는 1라운드에서 프랑스 오픈 챔피언 카를로스 모야를 뜻밖에 꺾어 마르세유에서 브뤼네의 면을 살렸지만, 그로장은 브뤼네와의 에이전트 계약을 중단했다.

「그는 내게 화가 났고, 화를 풀지 않았어요. 지금은 농담 삼아 이야기하지만, 로저 때문에 그로장을 잃은 거죠.」 브뤼네가 말했다.

불과 몇 주 후 페더러가 잠시 1위에 올랐던 모야를 상대로 승리한 덕분에 더 큰 시장에서 온 선수들보다 먼저 3월에 IMG 소유 마이애미 오픈의 와일드카드를 확보하는 일이 확실히 더 쉬워졌다.

그러나 와일드카드가 아무리 유용해도 페더러는 곧 불필요해졌다. 그에게 와일드카드가 마지막으로 필요했던 것은 2000년 2월 마르세유 경기였다. 이번에는 그가 결승에 올랐다.

「나는 페더러와 가족들이 돈과 좋은 관계를 맺고 있다고 항상 생각했어요. 그가 마르세유에서 결승전에 올랐을 때가 기억나요. 그가 돌아와서 그의 어머니에게 수표를 주며 말했어요. 〈여기요, 어머니. 이제 시작이에요.〉」 도로셴코가 말했다.

그것은 사실이었지만, 브뤼네와 IMG의 관계는 결국 악화했다. 페더러와 그의 부모는 로세의 오랜 코치이자 당시 스위스 국가 기술 감독인 슈테파네 오베러가 그들 모르게 IMG로부터 페더러의 후원 계약에 대한 커미션을 받고 있다는 사실을 알고 화가 났다. 이는 오베러가 페더러와 IMG를 연결하는 데 배후에서 역할을 했기 때문이다.

많은 코치가 이해 상충을 걱정해 이런 종류의 합의를 피했다. 브뤼네는 발굴자의 수수료에 해당하는 금액을 지급하는 것이 일반적인 관행이지만, 대개는 〈기밀〉로 남는다고 말했다.

브뤼네는 페더러에게 이 사실을 폭로한 사람이 빌 라이언이라고 말했다. 빌 라이언은 IMG와 계약한 보리의 미국인 에이전트였는데, 페더러가 브뤼네와 결별한 후 그를 대행했다.

라이언은 자신이 페더러 부모에게 이 사실을 알렸다고 내게 확인시켜 주었고, 페더러의 일을 관리한 초기에 아무도 그에게 그 협정에 대해 말하지 않은 것에 놀랐다고 했다. 그는 그 사실을 혼자서 발견했다고 말했다.

「나라면 절대 그런 거래를 하지 않을 겁니다. 선수의 돈을 빼앗는 거나 다름없으니까요.」라이언이 말했다.

브뤼네는 오베러가 돈을 받았다고 해서 페더러가 부당한 대우를 받은 것은 결코 아니라고 내게 말했다.

「로저가 커미션 때문에 돈을 더 낸 건 아니었어요. 아마 IMG에서 우리에게 돈을 덜 지급했을 겁니다. 그에게 불리한 것은 아니었어요. 사업을 연결해 준 사람에게 보상하고 싶을 때 맺을 수 있는 상업적인 계약일 뿐이었죠.」브뤼네가 말했다.

라이언은 마찰을 일으키는 사람일 수 있다. 그는 자신이 대행하는 많은 선수의 충성도를 자극했지만, 10대 이후 페더러를 알고 있던 나이키의 전 테니스 책임자 마이크 나카지마를 비롯해 일부 업계 사람에게는 인기가 없었다.

「〈나는 그 남자와 눈도 마주친 적이 없는데 왜 세계 최악의 개

자식이 투어에서 가장 착한 남자를 대행하냐고?〉 이렇게 혼잣말을 했어요.」 나카지마가 말했다.

2002년에 페더러는 나이키와 5년 계약이 만료되었고, 라이언은 금액이 너무 낮다고 생각해 나이키가 제시한 재계약 제안을 받아들이지 않겠다고 말했다.

「그들은 겨우 60만 달러를 제시했어요. 로저의 아버지는 내게 거래를 수락하라고 애원했지만, 나는 〈내가 왜 60만 달러짜리 계약을 수락해요?〉라고 말했죠.」 라이언이 내게 말했다.

라이언은 다른 선수들의 계약을 바탕으로 페더러가 나이키에서 연간 최소 100만 달러는 기본으로 확보해야 한다고 생각했다. 「로저도 같은 생각이었어요. 하지만 로비가 보낸 이메일을 아직도 가지고 있어요. 로비는 〈빌, 로저에게 이 거래를 수락하라고 설득해야 해요. 그는 돈이 필요해요〉라고 했어요.」 라이언이 말했다.

라이언은 꿈쩍도 하지 않았고, 2002년 말 — 논쟁의 여지가 있는 조건으로 — IMG를 떠날 때까지 나이키 계약은 갱신되지 않았다. 그것은 페더러가 2002 프랑스 오픈과 윔블던에서 1회전 패배로 불안한 출발을 했기 때문이다.

「계약 기간이 끝났고, 아디다스도 물망에 있었지만, 당시 로저가 고전하는 바람에 모든 브랜드가 망설였어요. 그건 로저의 경력에서 전환점이었죠. 하지만 미르카는 확실히 자기 역할을 강화하고 책임을 더 많이 떠안았으며, 이 힘든 시기를 헤쳐 나가도록 로저를 이끌었어요.」 두 사람을 잘 아는 한 친구가 말했다.

라이언은 나이키가 주저할 때 다른 회사들이 페더러와 계약할 준비가 되어 있지 않다는 사실에 놀랐다고 내게 말했다. 「내가 전화를 걸지 않은 회사가 없었어요. 일본 회사, 필라, 디아도라, 라코스테, 모두요. 나는 그들에게 계약해 달라고 간청했어요. 〈이봐요, 내가 당신 회사에 최고 선수를 줄 거라고요〉라고 말하면서요.」 그가 말했다.

나카지마는 나이키의 재계약 지연은 페더러의 경기에 대한 의심보다 돈 문제라고 말했다. 나카지마는 2001년 페더러가 샘프러스를 물리쳤을 때 윔블던의 코트사이드에 있었다. 나카지마가 말했다. 「그가 코트에서 미끄러지듯 움직이는 모습에 그저 넋을 잃고 앉아 있었어요.」

하지만 사업은 사업이었다.

「그것은 협상이었어요. 때때로 에이전트들은 더 많은 것을 원합니다. 우리가 나이키 내부에서 말하길, 협상하기 위해 만날 때마다 액수가 오르기 때문에 우리가 적게 만날수록 더 좋다고 해요. 우리는 너무 떨어져 있었죠.」 나카지마가 말했다.

라이언은 페더러에게 2002 US 오픈 기간에 더 이상 그를 대행할 수 없다고 말했지만, IMG의 퇴직 조건 때문에 이유를 설명할 수 없었다. 그는 경쟁 금지 계약을 맺었다.

라이언과 페더러는 좋은 관계를 유지해 왔다. 그들은 페더러가 연주했던 에미넴 노래의 가사를 따서 서로를 〈케니〉라고 불렀다. 페더러와 미르카는 2001 US 오픈 때 라이언의 집에서 그의 가족과 함께 머물렀고, 미르카는 라이언의 아내인 전 스웨덴 선수 카타리나 린드크비스트와 함께 훈련한 적이 있었다.

「정말 끔찍했어요. 로저가 내 방으로 내려와서 입을 벌리며 말했어요. 〈무슨 일이 벌어진 거죠?〉 그래서 내가 〈말할 수 없지만, 당신과는 상관없어요〉라고 말했어요. 그는 슬퍼하고 화가 났죠. 내가 후회하는 것은 내가 그에게 설명하지 못했다는 거예요.」라이언이 내게 페더러와의 결별에 대해 말했다.

막 스물한 살이 된 페더러는 IMG와의 관계를 끊고 미르카와 그의 부모님과 함께 독립적인 경영 팀을 꾸리기로 했다.

「빌이 IMG를 떠나자 우리는 그와 함께 일할 수 없었어요. 이유를 모르겠어요. 우리는 다른 매니저를 찾아볼까 생각했는데, 내가 〈당분간 우리 스스로 일을 처리해야 할 것 같아요〉라고 말했어요.」페더러가 나중에 내게 설명했다.

어머니 리넷 페더러가 스위스 제약 회사를 퇴직하고 아버지 로버트 페더러가 스위스 변호사인 베른하르트 크리스텐의 도움을 받아 출전료 및 새로운 상업 거래를 협상하는 등 그의 부모가 주도적 역할을 했다.

「처음에는 준비가 되어 있지 않았어요. 물론 〈맙소사, 내가 그걸 알았더라면〉 또는 〈이런, 나는 바젤에 돌아와서 일을 정리하려고 회의를 가질 계획이 아니었는데〉와 같은 생각을 하며 사업 일을 결정한 시기가 있었어요. 하지만 나는 그런 상황에 매우 편안함을 느낍니다. 내가 모든 것을 통제하고 있다는 느낌 때문이죠.」로저가 2005년에 내게 말했다.

페더러는 그런 일들이 실수를 저질렀음을 의미한다는 것을 인식했다.

「기분이 좋았던 건 내가 스스로 결정을 내린다는 것이었어요. 나는 결정을 내리는 것을 싫어하기도 했어요. 그리고 그것이 내가 더 나은 선수, 더 나은 사람, 어쩌면 더 성숙한 사람이 되게끔 도와줬다고 생각해요. 누군가 내게 〈로저, 어떻게 생각해요?〉라고 물을 때 내가 〈음, 당신들이 결정해요〉라고 말할 수 없으니까요. 내 의견이 가장 중요하다는 것을 알기 때문에, 내 의견을 말하고 강한 의견을 가져야 해요.」

그 시기에 페더러가 사업에 집중하려면 테니스 코트에서 건강하게 나와야 했다. 그는 또한 비즈니스 측면을 이해하면 잘못된 사람들을 신뢰해서 자기가 번 돈을 잃는 일이 덜 발생할 것이라고 믿었다.

「다들 그런 이야기를 듣고 보면서, 항상 그런 일이 일어나지 않기를 바라지만 거의 보장받지 못해요. 물론 나처럼 정말 자기 손으로 직접 처리하는 경우를 제외하고는요.」 그가 내게 말했다.

그러나 페더러의 소박한 경영 방식은 2011년 마흔일곱 살에 심장 마비로 사망하기 전에 앤디 로딕을 대행했던 에너지 넘치고 생각이 빠른 미국인 켄 마이어슨과 같은 경쟁 에이전트들을 포함한 테니스 업계 사람들에게 우려를 안겼다.

「내 생각엔 로저의 대행 업무가 형편없이 부실해서 수백만 달러가 새고 있었어요.」 마이어슨이 페더러가 이미 1년 넘게 1위를 유지하고, 네 개의 그랜드 슬램 단식 우승을 차지하고 난 2005년 5월에 내게 말했다.

로딕이 그 시기에 한 개의 메이저 타이틀을 획득하고 3위에 올랐지만, 마이어슨은 프랑스 의류 제조업체인 라코스테와 수익성이 높은 장기 계약을 막 체결했다. 언론에서는 라코스테가 로딕에게 매년 약 500만 달러를 지급했으며, 2003년 초에 협상에 깊이 관여한 아버지와 함께 페더러가 마침내 서명한 다년간의 나이키 계약 갱신과 매우 호의적으로 비교했다.

「솔직히 말해, 우리가 페더러보다 훨씬 더 큰 거래를 했지만, 앤디는 분명히 순위가 더 낮아요. 지금 그의 나이키 계약을 협상한 사람은 같은 재능을 가진 선수들을 대행하는 사람들에게 확실히 해를 끼쳤어요. 경험이 부족한 페더러의 아버지가 거래의 가치를 〈X〉라고 생각한다면 전체 시장이 붕괴할 수 있어요. 실제로는 그것보다 열 배의 가치가 있어요.」 마이어슨이 말했다.

마이어슨은 나이키 계약으로 페더러가 받은 돈은 기껏해야 연간 175만~200만 달러라고 추정했다.

「연간 1000만 달러 가치는 있을 겁니다. 지역 경영은 지역 선수가 되고 싶을 때만 좋아요. 그것이 잃어버린 달러로 해석될까요? 그런 것 같아요.」 마이어슨이 말했다.

2004년 열일곱 살 나이로 윔블던에서 우승한 새로운 여자 스타 마리야 샤라포바와 페더러를 비교하는 것도 유익했다. IMG 임원들에 따르면 2005년 말까지 그녀의 코트 밖 후원 계약은 연간 2000만 달러에 육박하고 있었지만, 페더러는 총 1000만 달러도 되지 않았다.

「우리는 거래를 성사 중이었고, 그보다 꽤 앞서 갔어요. 하지만 그때는 지금의 로저 페더러가 아니었어요.」 샤라포바의 오랜 IMG 에이전트 맥스 아이젠버드가 말했다.

2005년 매거진 『포브스*Forbes*』는 그의 연간 수입을 2800만 달러에 이르는 앤드리 애거시와 샤라포바보다 한참 낮은 1300만 달러로 추산해, 세계 최고 50대 선수 명단에서 제외했다.

페더러는 당시 내게 독립을 즐겼으며 자기 시간을 뺏어 갈 수 있는 후원사들에 지나치게 헌신하고 싶지 않다고 설명했다. 그러나 그는 자신의 언론 홍보와 일정을 관리하느라 바쁜 미르카에게 치중된 불균형한 업무 부담을 분명히 주목했다.

2005년 8월 페더러가 북미에 왔을 때 그는 경영 대행사들을 만나기로 했다. IMG의 새로운 회장 겸 최고 경영자는 테드 포스트먼이었다. 억만장자이자 테니스 애호가인 포스트먼의 사모 투자 회사인 포스트먼 리틀이 2004년에 IMG를 인수했다.

포스트먼은 다른 IMG 임원들이 페더러를 복귀시키려고 노력했지만 성공하지 못했다는 것을 알고 있었다. 그는 전 1위 모니카 셀레스를 알고 있어, 그녀에게 회의 주선을 도와줄 수 있는지 물었다. 셀레스는 이에 동의해 미르카에게 연락을 취했고, 회의에도 참석했다. 회의는 잘 진행되었다. 포스트먼과 페더러는 남아프리카 공화국이라는 연결점이 있었다. 포스트먼은 1996년 넬슨 만델라와 함께 보육원을 방문한 후 남아프리카 공화국에서 두 명의 아들을 입양했다. 페더러는 최근 이 나라의 유아 교육 향상을 위한 일을 돕는 재단을 설립했다.

문제는 누가 페더러와 함께 매일 일할 것이냐였다. 당시 30대 중반이었던 토니 갓식은 이미 셀레스와 현재 여성 1위인 린지 대븐포트뿐 아니라 토미 하스를 대행하고 있었다. 그러나 셀레스는 은퇴한 것이나 마찬가지였고, 대븐포트는 곧 가정을 꾸려 선수 생활을 중단할 예정이었다. 경력의 갈림길에 있던 갓식은 IMG에서 테니스 이외의 기회도 모색하고 있었다.

그는 커리어에서 이미 적시, 적소에 있었던 적이 있다. 다트머스에서 축구 선수로 활동한 아이비 리거인 그는 1992년 뉴욕에서 IMG의 지역 방송국 트랜스 월드 인터내셔널에서 여름 인턴으로 일하던 중 뉴저지주 마와에서 열리는 시범 경기에서 셀레스와 함께 일할 누군가가 급히 필요하다는 클리블랜드 사무소의 전화를 받았다.

늦게까지 일하던 갓식은 그 기회를 덥석 잡았다. 「나는 〈뭘 할지 모르겠어요. 어떻게 할지 말해 줘요〉라고 말했죠.」그가 웃으며 회상했다.

그는 첫날 셀레스의 일정을 두고 대회 프로모터와 논쟁을 벌였다. 당시 25만 달러가 넘는 출전료를 받던 셀레스는 결국 원하는 시간대를 얻었고, 열여덟 살의 셀레스는 곧 갓식에게 또 다른 어려운 일을 던져 주었다.

「내일 건스 앤 로지스의 공연이 있어요. 입장권을 구해 주세요.」그녀가 말했다.

갓식은 그 일 역시 해냈고, 자이언트 스타디움의 백스테이지 패스까지 확보했다. 밴드의 리드 싱어인 액슬 로즈가 셀레스의 팬이었기 때문이다.

「모든 것이 초현실적으로 느껴졌어요.」 갓식이 말했다.

셀레스는 그에게 함께 여행하며 일을 봐달라고 부탁했지만, 갓식은 다트머스 대학교를 졸업하기 위해 학교에서 1년을 더 보냈다. 그는 셀레스와 일하며 학업을 병행하다가, 졸업을 하고 1993년 3월에 IMG가 제안한 셀레스의 정규 로드 매니저 일을 수락했다. 그의 기본급은 1년에 2만 달러가 조금 넘었다.

그러나 불과 몇 주 후, 그가 뉴햄프셔주 하노버의 골프 코스에서 돌아와 보니 평소와 달리 자동 응답기에 메시지가 많이 쌓여 있었다. 그날 4월 30일에 세계 랭킹 1위 셀레스가 독일 함부르크에서 코트 체인지 시간에 정신 나간 슈테피 그라프의 팬이 휘두른 23센티미터짜리 칼에 등이 찔렸다는 소식이었다. 셀레스는 수술을 받고 신체적 상처에서 빨리 회복했지만 심리적 상처는 훨씬 더 깊었다. 그녀는 우울증을 앓았고, 1995년 여름이 되어서야 갓식을 에이전트로 고용해 경기에 복귀했다.

「분명 그녀에게는 끔찍한 일이었지만, 솔직히 말해 그녀가 쉬었던 2년의 공백이 내게는 정말 도움이 되었어요. 그 덕분에 나는 이 일을 배워 업무를 제대로 처리할 수 있었고, 적어도 그녀의 복귀로 인한 과한 업무량을 감당할 수 있었어요.」 갓식이 내게 말했다.

갓식은 테니스의 주요 에이전트 중 한 명이 되었다.

「내가 그 메시지에 답하지 않았더라면, 내가 몇 분만 더 자리를 비웠거나 늦게까지 일하지 않았더라면, 그 모든 일이 일어나지 않았을지도 모르죠. 진짜로요.」 그가 말했다.

셀레스는 전 미국 테니스 스타였던 친구 메리 조 페르난데스를 그에게 소개해 두 사람이 데이트를 시작하도록 다리를 놓았다. 갓식과 페르난데스는 2000년에 결혼했고, 셀레스는 미르카, 로저와 함께 갓식의 보증인이 되었다.

「결국 날 로저와 연결해 준 사람이 모니카죠. 이 일을 하면서 그녀에게 너무 많은 빚을 졌고, 나를 정말로 도와준 아내에게도 빚을 졌어요.」 갓식이 내게 말했다.

2005년 말에 갓식을 고용하면서 페더러의 수익은 크게 변화했다. 『포브스』에 따르면 2010년 중반에 그의 연간 수입은 약 4300만 달러로 세 배 이상 증가했다. 여기에는 독일 자동차 메르세데스벤츠와 시계 제조사 롤렉스, 초콜릿 제조사 린트, 은행 크레디트 스위스와 같은 세계적인 스위스 브랜드와의 거래가 포함되었다.

2008년 페더러는 나이키 계약을 갱신하며 10년 동안 1000만 달러 이상 받게 되어 그간의 기록을 갈아 치웠다. 이번에는 그가 시장 가격을 낮춘다는 불평이 없었다.

갓식은 페더러를 미국의 주류에 편입시키려고 했다. 테니스는 주요 팀 스포츠에 비해 북미 지역에서 틈새 스포츠이다. 아마도 미국이 유럽 테니스 선수에게는 가장 힘든 시장일 것이다.

「선수 생활을 시작할 때 모든 사람이 미국 이야기를 하죠. 〈미국에서 경기를 해봤어요? 당신은 미국에서 유명한가요?〉」 페더러가 내게 말했다.

나는 착각하지 않았다. 내가 페더러를 자주 만나는 것은 미국에서 영역을 넓히려는 그의 열망과 깊은 관련이 있었다. 그러나 『뉴욕 타임스』는 더 광대한 전략의 작은 부분에 불과했다. 일부 후원사 계약은 페더러가 미국에서 노출된다는 조건을 명기했다. 페더러는 가장 유명한 미국 셀럽 중 한 명인 타이거 우즈와도 인맥을 쌓았다.

둘 다 IMG가 대행했고 나이키가 후원했으며, 2006년에 갓식의 친구였던 우즈의 에이전트 마크 스타인버그가 우즈와 페더러가 뉴욕에서 열리는 US 오픈 테니스 대회에서 만날 수 있도록 주선했다. 이 시점에 두 사람 모두 여섯 번만 더 우승하면 해당 스포츠의 남자 메이저 우승 신기록의 주인공이 될 수 있었다. 페더러는 메이저 대회 단식에서 8회 우승했지만 피트 샘프러스는 14회 우승했고, 우즈가 메이저 대회에서 12회 우승했지만 잭 니클라우스는 18회 우승했다.

두 사람은 서로를 진심으로 존경하는 것 같았다. 타이거 우즈는 2006년 7월 로열 리버풀에서 우승한 브리티시 오픈 때 자신이 〈페더러의 광팬〉이라고 선언했고, 몇 주 뒤 US 오픈을 앞두고 뉴욕에서 내가 페더러를 인터뷰할 때 그는 우즈에게 영감을 받았다며 오래 이야기했다.

「그의 말에서 나는 힘을 얻어요. 말하자면, 자신이 할 수 있다는 것을 다른 사람이 아닌 자신에게 증명하라는 겁니다. 그래서 내 경우, 라파엘 나달과의 경쟁이 흥미로울 수 있지만, 결국 나는 토너먼트에서 이기는 일에 집중해요. 내게는 그것이 핵심이고 라파엘 나달이 어쩌다 반대편에 있으면 훨씬 더 좋은 거죠. 왜냐하면 그때 내가 주요 경쟁자를 이기거나, 더 나아가 훌륭한 이야기를 만들 수 있으니까요. 하지만 우즈나 나 같은 사람이 더 관심을 두는 건 누구와 경기하거나 경주하느냐가 아니라 최선을 다하고 싶은 겁니다. 아침에 일어나서, 자기 자신과 자신이 한 노력을 생각하며 기분 좋게 잠자리에 들 수 있는 게 중요해요.」페더러가 말했다.

「그래, 요즘에 잠은 잘 자요?」 내가 물었다.

「네, 잘 자요. 고마워요.」 그가 대답했다.

페더러와 갓식은 그의 상업적 잠재력을 최대한 활용하는 데도 관심이 있었다. 보스턴에 본사를 둔 면도기 회사 질레트는 축구 스타 데이비드 베컴을 대신할 글로벌 브랜드 대사를 찾고 있었다. 당시 이미 우즈로 결정되었고, 페더러와 나달을 포함한 작은 그룹의 최종 후보들을 선정했다. 우즈와의 사적인 관계는 확실히 해로울 게 없었다. 페더러가 2006 US 오픈 결승에서 미국의 스타 앤디 로딕과 맞대결할 때 우즈는 플러싱 메도스에 와서 경기 전에 페더러를 만났다. 결승전이 시작될 때 우즈는 아내 엘린 노르데그렌과 함께 페더러의 박스 맨 앞줄 한쪽에 있었고, 다른 한쪽에는 미르카가 앉아 있었다.

「그건 질레트와의 거래를 성사시키기 위한 연기가 아니었어요. 타이거와 로저는 그저 만나고 싶었을 뿐이에요. US 오픈 말고는 그들이 만날 수 있는 시간이 없었어요.」 갓식이 말했다.

명성의 정점에 있는 우즈와 함께 있는 모습을 보이는 것은 페더러에게 확실히 도움이 되었다. 페더러가 우승했을 때, 우즈는 하얀 볼 캡을 뒤로 쓴 채 라커 룸을 방문해 페더러의 샴페인 축하 파티를 도왔다.

「재미있게도 많은 것이 비슷해요. 그는 내가 코트에서 어떤 기분인지 정확히 알고 있었어요. 전에는 느껴 보지 못한 거였어요. 때로 천하무적이 된 기분이 어떤 건지 아는 남자를 본 거니까요.」페더러가 말했다.

로딕은 맨 앞줄에서 방금 만난 스위스인을 위해 환호하는 동료 미국인을 확실히 주목했다.

「좀 놀라운 일이었어요. 나는 그런 일이 있는 줄 몰랐어요. 내가 위쪽을 보았죠. 누군가의 박스에 앉아 있는 건 예사로운 일이 아니거든요. US 오픈에서 그것을 봐서 놀랐어요. 나이키나 IMG 건은 이해하죠. 내가 모르는 사람에게 화낼 권리는 없지만, 아마도 〈불필요〉했다는 표현이 맞을 것 같아요.」로딕이 내게 말했다.

2007년 1월, 페더러는 우즈, 축구 선수 티에리 앙리와 함께 질레트의 대사로 임명되었다.

페더러와 우즈는 계속 연락을 주고받았고 대회 일정이 겹치면 서로의 경기를 관전했다. 그러나 질레트와의 후원 계약은 우즈보다 페더러가 더 오래갔다. 2009년에 우즈가 연달아 외도를 저질러 6년간의 결혼 생활이 파탄 났다는 사실이 폭로되었다. 세계 언론들은 이 스캔들을 앞다퉈 대서특필했고, 우즈는 수많은 보증 계약을 물러야 했다.

그와 페더러는 승리 파티에서 다시 만나지 않았지만, 우즈는 2019 US 오픈 때 나달의 박스에서 그의 우승을 지켜본 뒤 나달과 함께 승리 파티에 참석했다.

알고 보니 나달은 페더러보다 훨씬 더 열렬한 골프 팬이었고, 오른손으로 골프를 쳤지만 훨씬 더 진지한 골퍼였다.

나는 불륜 스캔들이 터지고 몇 달 지난 2010년 5월 페더러를 만나 우즈에 관해 물었다.

「연락하려고 했지만 쉽지 않았어요.」 그가 말했다.

그는 곧 우즈의 전처가 될 엘린이 지난 3월 마이애미에서 딸 셈과 함께 있는 것을 봤다고 말했다.

「그녀를 만나서 반가웠고 근황을 알게 되어 좋았어요. 정말 타이거를 다시 보고 싶어요. 한동안 못 봤어요.」 그가 엘린을 두고 말했다.

페더러는 우즈의 행동보다 보도의 성격을 토론하는 데 관심이 더 많았다.

「사람들은 충격적인 뉴스를 좋아하고 그것을 끝까지 이야기해요. 그러면 이제는 너무나 흔한 리얼리티 TV 쇼가 되죠. 이런 이야기들이 아주 오래 사람들 입방아에 오르고 확대 재생산되는 것이 놀라울 따름이에요.」 그가 말했다.

나는 그에게 우즈의 이야기가 신문을 도배할 뉴스라고 생각하는지 물었다.

「솔직히 말해, 내가 볼 땐 좀 과장되었어요. 나는 모든 것이 완벽한지 확인하는 데 특별히 신경 쓰지 않아요. 나는 이미지를 보호하는 일에 너무 집착해서는 안 된다고 생각해요. 자연스럽게 일어나야 하죠. 그게 내가 해온 방식이에요. 사람들이 좋아하면 좋아하는 거죠. 나는 모든 사람을 만족시키기 위해 내 성격을 바꾸지는 않을 겁니다. 왜냐하면 나는 모든 사람을 만족시킬 수 없고, 그래서도 안 된다는 걸 잘 알고 있으니까요. 세상에는 다양한 성격과 다른 운동선수가 있잖아요. 그래서 나는 언론과 팬들과 자연스럽게 소통하는 것이 내 방법이라고 생각해요. 나는 큰 논란 없이 모든 사람에게 터놓고 정직하게 말할 수 있어 행복해요. 하지만 나는 팬들에게 흥미로운 사람이 되려고 노력하는 것 같아요. 왜냐하면 그들이 온갖 논란 대신 좋은 이야기를 듣기를 바라니까요.」

나는 새삼 그가 어떤 면에서는 이미지를 손상하는 행동을 하지 않는 마지막 슈퍼스타라고 생각했다.

「사람들이 〈로저, 일을 망치지 말아 줘〉라는 분위기예요. 그런 생각 하세요?」 내가 말했다.

로저가 킬킬 웃었다.

「그런 생각을 할 수가 없어요. 때때로 일이 일어난 뒤에 그걸 처리하니까요.」 그가 말했다.

스포츠 에이전트들은 우즈의 이미지 실추로 페더러가 의도치 않게 이득을 봤다고 생각한다.

「로저가 그랜드 슬램을 달성하는 데는 시간이 좀 걸렸죠. 하지만 나는 그보다 더 완벽한 패키지를 본 적이 없어요. 타이거 우즈 논란 등 많은 일이 일어나고 브랜드들이 정말 초조해져서 브랜드 이미지를 걱정하기 시작했을 때, 로저는 안전의 끝판왕이었기 때문에 정말로 급부상했다고 생각해요. 타이거 우즈의 상황은 정말 세상을 뒤흔들었어요. 타이거 우즈는 완전하다고 여겼으니까요. 내 생각에 브랜드들은 그때 정말로 스타를 내세운 브랜딩을 하지 않거나, 한다면 정말로 무결점이어야 한다는 것을 보기 시작한 것 같아요.」샤라포바의 오랜 IMG 에이전트인 맥스 아이젠버드가 말했다.

그 와중에 2010년 말 로스앤젤레스 카운티 고등 법원은 테드 포스트먼에게 소송을 제기했다. 포스트먼이 페더러와 상의한 후 2007 프랑스 오픈 결승전에 대한 베팅을 늘렸다는 이유였다.

인터넷 도박 증가와 부정행위를 상당히 부추기는 테니스 마이너 리그의 보잘것없는 상금 탓에 프로 테니스의 승부 조작이 폭증해 점점 우려가 커지고 있었다. 테니스계는 행동이 느렸지만, 2008년에 조사 및 제재 기관인 〈테니스 진실성 위원회〉를 설립했다. 선수들에게는 오랫동안 테니스 도박이 금지되고 있었지만, 2009년에 이르러서야 테니스 업계에서 일하는 다른 사람, 즉 선수 지원 팀의 직원, 토너먼트 관계자 등이 게임에 베팅하는 것이 공식적으로 금지되었다.

포스트먼이 인정한 그의 2007년 결승전 내기는 새로운 규정 이전에 일어난 일이었다. 그러나 포스트먼이 다양한 스포츠에 수백만 달러의 베팅을 했다고 주장한 이 소송은 페더러가 도박꾼에게 내부 정보를 제공하고 있음을 시사하며 그를 불편한 처지에 놓이게 했다.

그는 2010년 11월 파리 실내 경기에서 나를 비롯해 소수의 기자와 이야기를 나누면서 〈나는 결코 그런 일을 하지 않았다〉고 말했다.

그것은 내가 기억하는 한 페더러가 휘발성이 짙은 주제에 관해 대화를 거절할 처지에 놓인 유일한 순간이었다. 그러나 페더러는 포스트먼이 자신의 경기에 베팅하고 있다는 것을 전혀 몰랐다며 도박 관련성을 부인했다. 그는 자신이 IMG로 돌아오도록 도운 당시 일흔 살의 금융가 포스트먼과 직접 접촉했다고 말했다.

「내가 그에게 연락해서 모든 걸 알고 싶다고 말했죠. 어떻게 된 일이냐고요. 그는 친절하게 자기 처지를 말했고, 이미 언론에 솔직히 밝힌 상태였어요. 그래서 괜찮아요. 그가 내 에이전트는 아니니까요. 토니가 내 사람이지만, 그래도 이 회사는 스포츠 분야에서 많은 일을 하니까, 나로서는 그들에게 무슨 일이 일어나고 있는지 아는 것도 중요해요.」 페더러가 말했다.

비즈니스 분쟁에 기반한 이 소송은 페더러가 다른 IMG 소속 선수인 나달에게 패한 2007 프랑스 오픈 결승전 전날인 6월 9일 포스트먼이 페더러의 우승에 2만 2200달러와 1만 1100달러를 베팅했다고 주장했다. 만약 포스트먼이 페더러의 패배에 돈을 걸었더라면 문제가 더 커졌을 것이다.

처음에 포스트먼은 결승전 전에 페더러에게 전화를 걸었을지 모르지만, 그건 단지 그가 〈내 친구〉였기 때문이라고 『데일리 비스트*The Daily Beast*』에 말했다.

「나는 그의 행운을 빌었을 뿐이에요. 그게 어떻게 내부자 정보죠?」 포스트먼이 말했다.

그러나 자신의 통화 기록을 살펴본 뒤 포스트먼은 결승전 전에 페더러에게 전화하지 않았다고 주장했다. 적어도 자신의 고객에게 도박을 거는 행위는 극히 형편없는 처사였다. IMG는 수십 명의 테니스 선수를 대행했을 뿐만 아니라 토너먼트와 특별 경기들을 주최했다.

페더러는 당연히 IMG의 이사회 구성원들과 마찬가지로 걱정했다.

「선수들이 무엇을 하고 있고, 에이전트들이 무엇을 하고 있으며, 얼마나 많은 베팅과 일들이 진행되고 있는지 계속 살피는 것이 정말 중요하다고 생각해요. 물론 우리는 분명히 그런 일을 최대한 줄여야 해요. 그들의 명예가 땅에 떨어졌어요. 때론 어쩔 수 없는 경우도 있어요. 그게 현실이죠. 나로서는 그쪽에서 그런 소식이 들린 게 정말 말도 안 되는 뉴스였어요. IMG나 테드 포스트먼이 관련된 건 분명 좋은 일이 아니지만, 그는 분명 교훈을 얻었을 겁니다.」페더러가 말했다.

전모가 완전히 드러난 건 아닌 듯했지만, 결국 포스트먼에 대한 제재는 없었다. 그는 약 6개월 후 뇌종양 진단을 받았고 2011년 11월에 사망했다. 그는 소송에서 증언하지 않았고, 결국 고소는 기각되었다.

페더러 회사는 계속 상승 가도를 달렸다. 2013년에 페더러의 연간 수입은 남미 최초 시범 투어와 샴페인 브랜드 모엣 샹동과의 새로운 5년 계약에 힘입어, 약 7150만 달러로 추산되었다. 이로써 그는 2013년『포브스』가 선정한 세계 최고 연봉 선수 목록에서 우즈에 이어 2위에 올라 농구 스타 코비 브라이언트를 앞섰다.

『포브스』리스트는 불완전한 수단이다. 에이전트들은 기껏해야 추정치라고 말할 것이고, 종종 에이전트 혼자 수치를 확인해 숫자를 부풀린다. 에이전트들이 숫자를 과장하려고 하는 이유는 사업상 유리하기 때문이다.

그러나 페더러와 다른 위대한 선수의 차별점은 의심할 여지 없이 그가 코트에서뿐만 아니라 이사회실과 기업 특별실에서도 활약한다는 것이다. 그는 맞춤식 서비스를 제공하는 것에 자부심을 느낀다. 초창기에도 그는 스위스 인도어스에서 후원사 특별실 스물한 개를 모두 방문해 인사를 나눴다. 그는 그 원칙을 고수했다.

「후원사나 CEO와 함께 있는 모습을 보면, 그는 정말 잘해요. 그는 상대의 말을 정말로 귀담아듣고 상대를 위한 시간이 있다고 느끼게 하는 능력이 있어요. 그는 절대로 재촉하지 않아요. 당신이 후원자 중 한 명이 주최하는 100인 행사의 팬이라면, 그는 당신과 이야기하고 당신이 하고 싶은 말을 들을 수 있는 시간이 얼마든지 있다고 느끼게 해요. 나는 그것이 진짜라고 생각하고 그런 운동선수를 본 적이 없는데, 그건 그가 자란 환경과 관련이 있는 것 같아요.」아이젠버드가 말했다.

앤디 로딕은 페더러가 저소득층 청소년을 위한 교육 프로그램 및 활동에 자금을 지원하는 그의 자선 재단 행사를 돕기 위해 2018년 텍사스주 오스틴에 왔다고 내게 말했다.

「내가 공항에 마중 나가서 함께 차를 타고 오는데 그가 〈자, 행사가 어떻게 진행되죠?〉라고 말했어요. 로저가 〈당신들이 무엇을 하는지 아주 구체적으로 말해 줘요. 나는 당신들이 아이들을 돕는다고 말하고 싶지 않아요. 게을러 보이니까요. 그리고 그는 〈오늘 내가 어떻게 하면 가장 큰 가치를 더해 줄 수 있을까요?〉라고 물었어요. 몇 시에 퇴근할 수 있는지, 시간이 얼마나 걸릴지는 묻지 않았죠.」 로딕이 말했다.

그들이 행사장에 도착했을 때 로딕은 자신이 페더러를 안내하며 손님과 기부자들에게 그를 소개할 거라고 예상했다. 하지만 페더러는 직접 앞장섰다.

「그는 내게서 떨어져 나와 말 그대로 처음 보는 두 사람에게 다가가서 자기소개를 하고, 간섭하는 에이전트나 매니저도 없이 혼자 방을 휘어잡았어요. 나는 한 시간 동안 그가 낯선 사람들로 가득 찬 방으로 곧장 들어가 사람들과 어울리는 모습을 지켜보았어요. 우리 이사진 중 한 명이 쌍둥이를 키우는데 둘이 쌍둥이 이야기를 하고 있더라고요. 그는 유사점과 공통분모를 찾을 수 있어요. 나는 그것에 정말 감명받았죠. 어떤 일을 가장 적게 해야 하는 사람이 가장 잘했으니까요. 행사를 마쳤는데 비행기가 지연되자 그는 기부실로 다시 걸어 들어가서 또 이야기를 시작했어요. 그는 새벽 1시 남짓까지 오스틴을 떠나지 않았는데, 그가 짜증 났다 하더라도 아무도 눈치채지 못했을 겁니다.」로딕이 말했다.

나는 로딕에게 그런 접근법이 다른 엘리트 운동선수들과 비교해 얼마나 독특한지 물었다.

「내가 가장 부러워하는 것은 테니스 기술과 타이틀이 아니라 로저가 지닌 행동의 용이성, 즉 쉽게 움직인다는 겁니다. 다른 스포츠에도 로저만큼 뛰어난 사람들이 있지만, 조던이나 타이거가 일상에서 로저처럼 쉽게 움직일 가능성은 없어요.」로딕이 말했다.

나카지마는 어느 해 페더러가 나이키의 연구실에서 신발 테스트를 하기 위해 오리건주 비버턴에 있는 나이키 본사에 왔던 일을 기억한다. 두 사람은 건물 밖으로 걸어 나가 다음 회의실로 가고 있었는데 페더러가 걸음을 멈추고 말했다. 「다시 돌아가야 해요.」

나카지마가 잊은 것이 있느냐고 묻자, 페더러는 신발을 만드는 데 도움을 준 사람들에게 감사 인사를 전하는 것을 잊었다고 말했다.

「그래서 우리는 그가 고맙다는 말을 할 수 있도록 경비를 통과해 아래층 건물로 다시 뛰어 들어갔어요. 요즘 어떤 운동선수가 그럴까요?」나카지마가 말했다.

어느 여름에 페더러가 〈로저 페더러 데이〉를 위해 나이키 본사에 다시 왔을 때, 그를 위해 캠퍼스에 산재한 모든 건물이 일시적으로 다른 이름으로 바뀌었다. 그러나 나카지마는 이날이 단순히 페더러의 업적을 축하하는 날이 아니었다고 말했다. 종종 장난을 치기 좋아하는 페더러는 나이키 직원들에게 몇 가지 장난을 치는 데 동의했다.

그들은 광고 팀을 불러 모아 새로운 광고를 보았다. 페더러는 카트를 끌고 방 안을 돌아다니며 커피와 도넛을 대접해 그들을 놀라게 했다. 회사 체육관에서는 프런트 뒤에 앉아 직원들에게 수건을 나눠 주었다. 회사 구내식당에서는 출납원으로 일한 뒤 바리스타로 교대 근무까지 했다.

「물론 그는 커피를 어떻게 만드는지 몰랐어요. 그래서 결국 식탁을 돌아다니며 〈안녕하세요, 제 이름은 로저 페더러입니다, 만나서 반가워요〉라고 말했어요. 마치 사람들이 그를 모르는 것처럼요. 믿기지 않았죠. 어떤 운동선수와 그런 일을 하고 그 운동선수가 〈좋은 생각이었죠?〉라고 말하게 할 수 있겠어요? 마리야 샤라포바한테 그렇게 하라고 할 수 있을 것 같아요? 말도 안 돼요. 그런데 로저는 얼굴에 미소를 띠며 그렇게 했고, 그러고 나서 그와 테니스를 치고 싶어 하는 사람들과 〈위 테니스〉 닌텐도 게임을 했어요.」 나카지마가 회상했다.

2011년 오리건 대학교는 나이키 공동 창업자 필 나이트의 아들인 매슈 나이트의 이름을 딴 2억 2700만 달러 규모의 농구 경기장을 새로 개장했다. 매슈는 서른네 살 나이에 스쿠버 다이빙 사고로 사망했다. 나카지마는 나이트 부자가 테니스를 좋아하니 그해 3월에 테니스 시범 경기를 열면 경기장 개장에 도움이 될 거라고 생각했다.

「우리가 처음 연락한 사람이 로저였는데, 그는 이미 다른 선약이 일곱 개나 있었어요. 로저가 〈필을 위한 행사인가요?〉라고 묻기에, 내가 〈맞아요〉라고 대답했더니 그가 〈갈게요〉라고 말하더군요.」 나카지마가 말했다.

2013년 말 나는 페더러와 갓식이 IMG를 떠나 〈팀8〉이라는 전문 경영 회사를 설립한다는 속보 기사를 『뉴욕 타임스』에 냈다. 회사 이름은 페더러의 신기한 생년월일 숫자에서 따왔다(그는 1981년 8월 8일에 태어났다). 이 거래를 잘 아는 경영진에 따르면 그들은 IMG에 벌금이나 수수료를 지급하지 않고 〈깨끗하게〉 떠날 수 있었고, 이는 포스트먼이 사망하기 전에 동의한 사항이었다.

정상급 선수들이 독립해 나가는 것은 하나의 추세였다. 타이거 우즈와 스타인버그는 2011년에 IMG를 떠났다. 나달 역시 그의 오랜 에이전트인 카를로스 코스타와 함께 떠났다.

페더러와 갓식의 가족은 깊은 유대를 쌓았다. 페르난데스는 페더러 아이들의 대모이고, 갓식과 페르난데스의 아들 니콜라스는 유망한 테니스 선수로 페더러의 조언을 받았으며 그의 경기를 최고의 좌석에 앉아 관람했다.

미국 투자자인 이언 매키넌과 억만장자 더크 지프의 지원을 받은 팀8은 페더러 이외의 선수들을 대행하는 것이 목표였다. 팀8이 출범하면서 젊은 테니스 스타 후안 마르틴 델 포트로와 그리고르 디미트로프가 계약을 맺었다.

「현역에서 은퇴하고 나서도 로저는 오래 기억될 유산과 사업을 갖게 될 것입니다. 골프의 아널드 파머 같은 사람처럼요. 나는 그 정도면 충분할 것으로 파악했고, 은퇴 후에도 토니가 재정적으로 괜찮을 거라고 생각했어요. 왜 그가 책임을 더 떠맡으려 하는지 잘 모르겠어요. 경쟁심이 꽤 강한 사람이라서 그런 것 같아요.」당시 경쟁 에이전시인 라가르데르 언리미티드 테니스의 회장이었던 존 터바이어스가 말했다.

갓식은 페더러의 기존 비즈니스를 관리하는 것이 아니라 혁신하고 새로운 가치를 창출하고 싶다고 내게 말했다. 그것은 포스트먼의 죽음, 임박한 IMG 매각, 그리고 페더러가 커리어 초기에 혼자 운영했다는 점을 고려하면, 대담하지만 터무니없는 행보가 아니었다.

페더러는 스타 파워와 소통 기법을 이용해 젊은 호주인 닉 키리오스와 그의 가족, 젊은 독일 스타 알렉산더 츠베레프, 미국의 10대 천재 코코 고프와 접촉하는 등 예상보다 선수 영입에 더 관여했다.

츠베레프와 고프는 공식적으로 팀8에 합류했지만, 키리오스는 그러지 않았다. 한 경쟁 에이전트는 이 신생 에이전시의 영입 전략 일부를 〈충격적〉이라 불렀고, 〈로저가 모든 일에 관여하고 싶어 했다〉며 놀라움을 표시했다.

사업이 순탄하지는 않았다. 페더러의 매력에도 불구하고 선수 영입이 힘들었고 고객과 직원이 상당수 줄었다. 디미트로프, 츠베레프, 델 포트로는 결국 떠났다. 팀8은 젊고 재능 있는 미국 선수 토미 폴과도 헤어졌다.

팀8에서 일했던 전직 ATP 임원 앤드리 실바는 2016년에 퇴직해 토너먼트 책임자가 되었다. IMG 설립자 마크 매코맥의 손자 크리스 매코맥은 경쟁 에이전시로 이직했다.

그러나 페더러의 수입은 계속 증가했고, 놀랍게도 나이키와의 재계약이 결렬된 2018년에 그는 일본의 유니클로와 10년간 의류 계약을 체결했다. 보도에 따르면 계약상 페더러에게 지급되는 금액이 연간 3000만 달러지만, 업계의 일부 다른 에이전트들은 보장 금액이 더 낮다고 믿는다.

어느 쪽이든 이 액수는 그의 이미지가 아무리 깨끗한들 나이키가 나이 들어 가는 슈퍼스타에게 지급하려고 했던 금액보다 훨씬 더 많았다.

「내가 떠난 뒤 그런 일이 일어나서 다행입니다. 내 자존심을 결코 유지하지 못했을 테니까요. 안타깝게도 관건은 금액이죠. 하지만 나는 〈농담하는 거야? 로저 페더러를 놔준다고?〉라고 말하고 싶었어요. 이런 일이 생겨 슬펐죠. 내가 볼 때 그는 마이클 조던과 같아요. 그는 이미 다음에 무슨 일이 일어날지 생각하는 사람이에요. 일을 제대로 하면 은퇴 후 커리어가 더 성공적일 수도 있어요. 당신이 기업이라면 페더러의 이름을 붙이고 싶어 하지 않겠어요?」 나이키와 페더러의 결별을 두고 나카지마가 말했다.

존 슬러셔 나이키 글로벌 스포츠 마케팅 부사장은 나이키의 대표적인 협상가였다. 그는 하워드 슬러셔의 아들이다. 하워드는 붉은 머리와 초토화 협상 전술로 〈오렌지 에이전트〉라는 별명을 얻었고 커리어 후반에는 나이키의 공동 창업자 필 나이트의 직속 부하로 일했다.

존 슬러셔는 갓식처럼 다트머스 대학교 출신으로 축구 팀에서 뛰었으며 1990년에 갓식보다 3년 먼저 졸업했다. 그러나 학연은 거래 성사에 도움이 되지 않았다. 슬러셔와 페더러의 대면 회의도, 몇 년 동안 해왔던 모든 호의적인 제스처도 소용없었다. 나이키를 떠나 ATP의 최고 경영자가 된 마시모 칼벨리도 협상에 관여했다.

「우리는 10년 전, 15년 전에 힘든 협상을 했어요. 그래서 익숙해요. 하지만 다 괜찮아요. 우리는 1년, 어쩌면 1년 이상 답을 내기 위해 노력했고, 내 관점에서는 내가 합리적이라고 생각했어요.」 페더러가 『뉴욕 타임스』와의 인터뷰에서 말했다.

테니스는 나이키에 주요 돈벌이 수단이 아니다. 테니스는 세계적 대기업 안의 작은 부서다. 나이키는 연간 거의 500억 달러의 매출을 올린다. 「테니스 사업은 3억 5000만 달러 정도니까, 계산해 보세요.」 나카지마가 말했다.

나카지마에 따르면 선수 후원에 매출의 10퍼센트 이상을 쓰지 않는 것이 불문율이었다. 나이키는 이미 2018년에 아직 은퇴하지 않은 세리나 윌리엄스, 나달, 샤라포바와 같은 스타들에게 집중했다. 또한 계약 중인 선수로 키리오스, 데니스 샤포발로프, 아만다 아니시모바 같은 떠오르는 스타들이 있었다. 나카지마는 페더러의 요구를 맞춰 주려면 회사가 10퍼센트 상한선을 깨야 했을 거라고 말했다.

2008년 페더러가 나이키와 10년 계약을 맺을 때는 필 나이트가 협상에 직접 관여했다. 이번에 페더러는 나이트가 다시 자신을 대신해 개입하기를 희망했지만, 나이트는 2018년까지 명예회장직을 맡다가 여든 살에 경영 일선에서 물러났다. 슬러셔와 마크 파커 전 최고 경영자가 협상을 주도했는데, 그들은 페더러가 좀 더 저렴한 패스트 패션 브랜드로 가기 위해 고성능 스포츠웨어 기업을 정말로 떠날 거라고는 생각하지 못했을지도 모른다. 페더러에게 그것은 엄포라면 엄포였다. 나이키는 어떤 제안과도 겨뤄 볼 권리가 있었지만, 유니클로의 거래는 너무 커서 겨룰 수가 없었다.

「로저가 나이키를 떠나고 싶어 했을 리 없어요. 토니가 유니클로와의 거래가 끝났다고 말했을 때 마시모가 울었다고 들었어요. 나라면 절대로, 절대로 그런 일이 일어나게 두지 않았을 겁니다.」 나카지마가 말했다.

테니스계 일각에서는 마이클 조던의 브랜드와 마찬가지로 나이키가 〈RF〉 브랜드 구축을 장기적으로 보장하는 대가로 제공하는 선금 삭감을 페더러가 수용하지 않았다는 사실에 놀랐다.

「그건 언제나 내 꿈이었어요. 애거시 제품 라인이 있고 조던도 있죠. 나는 그게 너무 멋지다고 생각했어요. 내가 돌아다니며 다른 테니스 선수나 다른 운동선수에게 〈봐요, 내 제품이 생겼어요〉라고 말할 수 있겠죠. 하지만 그건 그리 중요하지 않아요. 내게는 팬이 나와 관련된 물건을 살 수 있다는 사실이 중요해요. 축구처럼요. 셔츠를 사면 뒤에 누군가의 이름이 적혀 있잖아요. RF 로고가 마음에 들어요. 나이키가 기꺼이 그 방향을 선택했다는 것이 정말 자랑스러워요. 왜냐하면 그들에게는 그것이 항상 힘들거든요. 나를 위해 그렇게 하면, 또 다른 50명이 〈나는 어때요?〉라며 문을 두드릴 테니까요.」페더러가 언젠가 내게 말했다.

20년이 지난 후 페더러는 새로운 행보를 시작했다. 나이키로부터 RF 로고 소유권을 되찾는 데 2년 이상이 걸렸을지언정 말이다.

「내가 생각하는 내 가치가 그들의 생각과 다를 수도 있어요. 유니클로와의 장기 계약이 옳았다고 증명되어 기뻐요.」그가 나이키를 두고 말했다.

유니클로 계약에 신발은 포함되지 않았다.

그래서 그는 스위스의 러닝화 회사인 온에 투자했고, 2021년에 처음으로 그가 경기에서 착용한 테니스 신발을 개발하는 데 도움을 주었다.

유니클로 계약은 페더러의 수입을 독보적 수준에 올려놓았다. 2020년 중반『포브스』는 그의 연간 수입을 1억 630만 달러로 추산해, 그가 세계에서 가장 높은 연봉을 받는 운동선수라고 밝혔다. 그중 630만 달러만이 공식 상금이었다.

페더러 또는 테니스 선수가 1위를 차지한 것은 그때가 처음이었다. 그는 축구 스타 크리스티아누 호날두, 레오 메시, 네이마르, NBA 스타 르브론 제임스, 스티븐 커리, 케빈 듀랜트를 앞섰다. 페더러가 서른아홉 살에 걸출한 결과를 낳은 것은 팬데믹으로 인해 프로 스포츠 경기들이 중단되어 2020년 수입이 상당히 감소했기 때문이기도 하다.

페더러는 의심할 여지 없이 호화롭게 살고 있지만, 현재 그를 누구 못지않게 잘 아는 뤼티는 큰 부가 그의 본성을 바꾸었다고 생각하지 않는다. 「솔직히 그는 바젤에서 주택 페인트공으로 살았어도 행복했을 거예요. 돈은 많은 문제를 일으킬 수 있다고 생각해요. 모든 사람이 더 많이 갖고 싶어 하지만, 모든 사람이 그걸 감당할 수 있는 것은 아니죠. 로저는 잘 감당하고 있는 것 같아요.」 뤼티가 내게 말했다.

페더러의 수익성 높은 개인 활동과 진행 중인 고프의 영입 외에 팀8이 여전히 주력하는 것은 레이버 컵이다. 이 대회가 번창한다면 페더러에게 유산이 될 수도 있고, 그가 팀 주장이나 조직책으로서 경기에 계속 참여할 수단이 될 수도 있다.

레이버 컵을 보호하기 위해 그와 갓식은 이 대회를 ATP 투어 공식 부분에 넣으려고 배후에서 끈질기게 밀어붙였다. 그들은 또한 9월 말 날짜를 유지하게 해달라며 개편된 데이비스 컵에 호소하며 치열하게 싸웠다. 그러나 페더러와 갓식은 2020년 팬데믹 기간에 가시 돋친 프랑스 오픈 리더들이 일방적으로 토너먼트를 예정된 레이버 컵 주간으로 옮김으로써 자신들의 영토를 침해하는 것을 막을 수 없었다. 그러나 보스턴의 TD 가든에서 열릴 예정이었던 2020년 레이버 컵은 대중 집회 제한으로 어찌 됐든 연기되었을 가능성이 크다.

2018년 3월 오전 7시 캘리포니아 사막에서 이륙한 뒤 페더러는 비행 초반에 나와 갓식, 그리고 페더러보다 더 졸려 보이는 뤼티와 아침을 먹고 테니스 정치에 대해 이야기했다. 길고 열띤 토론이었다. 페더러는 데이비스 컵의 잠재적 변화에서부터 소셜 미디어가 언론 사업에 미치는 영향에 이르기까지 모든 것을 질문하면서 말하기보다 경청을 더 많이 했다. 페더러와 갓식은 서로 의견이 다를 때 약간 목소리를 높이며 익숙한 편안함으로 농담을 했다. 이때는 예스맨들로 구성된 여행단을 대동한 페더러 같지 않았다.

「그에게는 확실히 그런 기질이 있어요. 당신은 로저의 의견에 동의하지 않을 수 있고, 로저는 그것을 기분 나쁘게 받아들이지 않고 핏대를 올리지 않죠. 그는 기꺼이 앉아서 그 의견에 관해 이야기하고 〈좋아요, 이해해요〉라고 말하지만 한 걸음 물러나 상황을 객관화해서 제대로 평가할 수 있어요.」 폴 아나콘이 언젠가 내게 말했다.

뤼티는 자신과 아나콘이 페더러를 코치하면서 그에게 합의된 한 가지 조언을 하는 것보다 다른 두 가지 견해를 제시하는 것이 더 효과적임을 깨달았다고 말했다.

「다른 선수들은 다양한 의견을 들으면 긴장할지도 몰라요. 하지만 로저는 그런 사람이 아니에요. 다양한 의견을 듣고 스스로 결정하는 걸 좋아하죠. 그는 항상 상대방에게 소신 있고, 자신을 표현하고, 정직해질 수 있는 기회를 줘요. 내게는 그것이 가장 중요해요. 그게 로저의 큰 장점 중 하나이죠. 우리가 모든 일에 항상 동의하는 건 아니지만, 내 생각에는 그게 흥미로운 것 같아요.」뤼티가 내게 말했다.

별도의 객실에서 잠시 낮잠을 잔 페더러는 처음 방문하는 시카고에 관한 퀴즈를 풀며 착륙을 준비했다.

「NFL 팀은?」

「베어스.」그가 대답했다.

「NHL 팀은?」

「블랙호크!」

「야구 팀은?」

「컵스!」

「그리고?」

잠시 침묵이 흐르더니 페더러가 화이트 삭스라고 〈정확히〉 대답했다.

확실히 야구보다 축구를 훨씬 더 많이 본 스위스인치고 나쁘지 않았지만, 페더러는 스포츠 팬이자 어린 시절에는 NBA와 시카고 불스의 열렬한 팬이었다. 열일곱 살 때 그의 방에는 마이클 조던과 샤킬 오닐의 포스터가 붙어 있었다. 수영복을 입은 패멀라 앤더슨의 포스터와 함께 말이다.

페더러가 시카고에 매력을 느낀 건 무엇보다 불스의 홈구장인 유나이티드 센터에서 레이버 컵을 치를 가능성이 있기 때문이었다. 우리는 시카고 미드웨이 국제공항에 착륙한 후 곧바로 그곳으로 향했다. 페더러는 키리오스와 함께 유나이티드 센터를 방문했다. 그는 레이버 컵의 월드 팀 선수로 뛸 것이 확실하지만, 테니스에 대한 양가감정을 고려하면 분명히 NBA 스타가 되는 것을 선호할 호주 선수였다.

놀랍게도 그들의 투어 가이드는 스코티 피펜이었다. 그는 불스 우승 팀에서 조던을 훌륭하게 보완했던 선수다. 피펜이 그들을 불스 라커 룸과 경기장으로 안내할 때 페더러는 소름이 돋았다.

「스코티를 만난 건 특별했어요. 지금 닉은 농구를 많이 알아요. 나도 알긴 하지만 스코티가 경기했을 때가 정말 내가 농구를 알았을 때예요.」페더러가 말했다.

시카고의 딥디시 피자집, 시카고 극장, 밀레니엄 파크, 그리고 로드 레이버 컵, 월드 팀 주장 존 매켄로, 키리오스, 시카고 시장과 함께 기자 회견 장소인 시카고 체육 협회 호텔을 방문한 네 시간이 긴 속구처럼 느껴졌다.

「정신없이 바쁘지 않으면 그건 로저의 삶이 아니죠. 그는 그것밖에 모르니까요.」갓식이 말했다.

나는 페더러와 함께 차 뒷좌석에 앉아 오랜 시간 미드웨이 공항으로 가서 다시 전용기를 타고 마이애미로 돌아왔다. 나는 그에게 지금까지 살면서 혼자 시간을 보낸 적이 있느냐고 물었다.

그는 웃었고 그 질문에 놀란 것 같았다. 「별로 없었죠. 하지만 가끔 미르카와 아이들 없이 여행하니까 호텔방에서 혼자 있을 시간이 있어요.」

그는 서킷에서 너무 많은 시간을 보낸 후에 자연과 더 평화로운 환경과 다시 접할 필요성을 느끼긴 하지만, 특별히 혼자 있을 필요성을 못 느낀다고 고백했다. 그러면서 아직 여행에 싫증이 나지 않았다고 분명히 밝혔다.

「오늘을 생각해 봐요. 우리가 일출과 인디언 웰스의 아름다운 날씨를 뒤로하고 이곳에 도착했을 때 춥고 분위기가 완전히 달랐어요. 그게 여행의 묘미죠. 다양한 곳을 보는 거요. 난 그게 좋아요. 난 아직도 그게 정말 좋아요.」 그가 말했다.

공항의 보안 검색과 항공사 탑승 절차를 건너뛰면 확실히 여행의 매력이 더 쉽게 다가오지만, 페더러는 테니스 게임뿐 아니라, 불가사의하게도 게임에 따라오는 대부분의 일과 또래 선수들은 짜증 내거나 괴롭다고 여길 일까지 사랑하는 최고 테니스 프로의 자질을 갖춘 것 같았다. 레이버 컵은 그에게 세대를 잇는 다리이자, 레이버 시대에 지방을 순회했던 프로 서킷 선수들과 미래 스타의 물결을 잇는 다리였다.

「테니스 바퀴는 계속 돌아간다고 느끼는데, 가끔은 레전드로서 길을 잃는 것 같아요. 은퇴한 레전드들에게 플랫폼이 있다는 건 좋은 일이라고 생각해요. 요즘 같은 시대에 테니스도 그것을 이용할 수 있어요. 레전드들은 들려줄 이야기가 많고, 그것이 내가 레이버 컵의 아이디어를 좋아하는 큰 이유 중 하나입니다. 내게 레이버는 정말 걸출했지만 그의 세대에서 그가 유일하지는 않았어요. 루 호드와 켄 로즈월도 있었죠. 이 사람들은 정말 고생을 많이 했어요. 토니 로시가 그들의 이야기를 많이 들려주었는데, 나는 어떤 면에서 그들의 모든 공헌에 감사하는 것이 좋겠다고 생각했어요. 아무도 그들의 이야기를 알지 못해요. 내막을 조사해 보면 그들은 200일 동안 150개 도시에서 뛰었어요. 서커스 같았죠, 정말.」 그가 말했다.

하지만 페더러는 멘토 역할도 하고 싶어 했다. 젊은 테니스 스타들에게 계속 그들의 위치를 상기시키고 그들이 젊은 시절의 명성과 부의 함정을 피할 수 있도록 돕고 싶어 했다.

「내 신조는 항상 〈관심을 가져라〉, 〈당신의 모든 일에 관심을 가져라〉예요. 그게 재정 문제일 수도 있고, 에이전시일 수도 있고, 에이전트와의 의사소통 문제 혹은 후원사나 세금일 수도 있죠. 그게 무엇이든 다른 사람들이 당신 대신 모든 결정을 내리게 하지 마세요. 결국 문제가 생기면 그건 내 잘못이에요. 그것이 내가 모든 사람에게 줄 수 있는 가장 중요한 조언이에요.」 페더러가 말했다.

나는 페더러가 젊은 선수들에게 그의 신조를 설명할 때 그들의 눈에서 무엇을 보았는지 물었다.

「〈좋은 생각이에요〉라고 생각하는 것 같아요. 그러면 나는 〈음, 좋아, 그럼 뭔가 해봐요〉라고 말하죠.」 그가 말했다.

운전기사는 미드웨이 공항의 포장도로로 곧장 차를 몰고 가서 비행기 옆에 멈췄다. 페더러의 첫 시카고 여행은 이제 막 끝나지만 강한 바람 탓에 진정한 시카고 경험이 하나 더 추가되었다. 그가 차 문을 여는 일이 진정한 투쟁 같았기 때문이다.

그 전투에서 승리한 후 그는 정중하게 작별 인사를 하고 탑승

계단을 올라가다가 또 다른 돌풍과 싸운 뒤 마침내 제트기 안으로 몸을 피했다.

페더러와의 여행은 끝났다. 그다음 날 칼럼을 쓴 후 나는 곧 매우 다른 방식으로 다시 하늘에 떠 있었다. 나는 보스턴으로 향하는 예약 초과된 아메리칸 에어라인 비행기의 일반석 중간 좌석에 앉아 있었다. 내가 쟁반 테이블에서 저녁을 먹고 두 팔걸이를 옆에 앉은 사람들과 공유했을 때, 그것이 모두 대갚음처럼 보였다. 마찰 없는 페더러의 세계에서 오래 머무른 후 갑작스럽게 찾아온 현실 자각 타임이었다.

로건 공항에 도착하자마자 나는 뉴햄프셔 국경 근처의 우리 동네로 가는 버스를 탔지만, 새벽 2시가 넘어 도착했다. 지역 택시를 부르기에는 너무 늦은 시각이었기 때문이다.

나는 결국 여행 가방을 끌고 길을 따라 집까지 5킬로미터를 걸어가며 여행의 화려한 시작과 평범한 마무리 사이의 대조를 깨닫고 어둠 속에서 큰 소리로 웃었다.

불현듯, 이것이 페더러가 거의 경험하지 못한 일종의 고독임을 깨달았다.

16
스위스, 펠스베르크

코트의 이름은 〈로저〉였고, 페더러는 기계로 나무를 자르며 바쁜 하루를 보낸 뒤 작업장 바닥을 청소하는 목공처럼 붉은 클레이 코트를 쓸고 있었다.

그는 슬라이딩, 공의 소리 없는 바운스, 클레이 위로 두툼한 네트를 끌고 와서 다음 선수를 위해 자국을 지우고 준비하는 등의 의식을 그리워할 만큼 자신의 첫 테니스 코트 면에서 멀어졌다.

나달은 종종 자신의 연습 코트를 쓸기도 하는데, 그 거동에는 모종의 겸손함이 묻어난다. 슈퍼스타들이 우리와 똑같이 행동하는 것을 보는 일은 절대로 싫증 나지 않는다.

「로저 페더러도 클레이를 청소해요. 그래서 로저가 여기서 인기 있는 겁니다. 그는 별나지 않아요. 인간미가 있죠.」 테니스 클럽 펠스베르크의 토니 폴테라 회장이 페더러가 일하는 모습을 지켜보며 말했다.

나는 2019년 4월 알프스에 와서 페더러가 훈련하는 모습을 보면서 하루를 보내고 『뉴욕 타임스』 기사를 위해 3년간 휴식을 취한 후 클레이로 돌아온 그의 근황을 인터뷰했을 뿐 아니라, 그와 스위스의 관계에 관해서도 이야기했다.

그는 확실히 다른 국가에서 세금을 덜 — 또는 안 — 낼 수 있었다. 그러나 그는 모든 여행과 선택권, 그의 두바이 아파트와 남아프리카 공화국의 자산, 느긋한 생활 방식을 좋아하는 성향에도 불구하고 스위스에 정착했다.

「이제야 진정한 스위스인이 된 기분이에요. 우리 아이들을 여기서 키우고 싶어요. 우리가 집에 관해 이야기할 때 가장 중요한 것이 그거죠. 미르카는 슬로바키아 출신이고 나는 남아프리카 공화국 출신이지만, 나는 우리가 여기서 가장 행복하다고 생각해요.」그가 말했다.

페더러는 쿠어에 있는 패밀리 피자 가게 라인펠스 레스토랑에서 점심을 먹으며 이야기했다. 쿠어에서 우리는 연습 시간 사이 페더러의 벤츠를 몰고 다니기도 했다. 우리가 들어갔을 때 메인 식당은 거의 만원에 가까웠다. 사람들의 이목이 우리에게 쏠렸지만, 여주인이 우리를 옆방의 테이블로 안내해 다른 손님들이 손짓하거나 소리치지 않았다. 그곳에서 우리는 더 조용하게 대화를 나눌 수 있었다.

페더러는 곤경에 처하지 않았다. 적어도 잠시는 그랬다. 우리가 주문한 지 얼마 되지 않았을 때 한 가족이 우리 테이블로 다가왔다. 사실상 여주인과 함께 살금살금 걸어오더니 스위스 독일어로 단체 셀카를 부탁했다. 대화를 방해받은 페더러가 처음에는 살짝 짜증 난 표정을 보이더니 나무 의자에서 일어나 미소를 짓고 웃으며 응대했다.

그런데도 이들은 비틀 마니아*처럼 행동하지 않았고 비교적 평온한 분위기여서 놀라울 정도였다. 페더러가 국내외에서 단연코 가장 유명한 스위스인이라는 점을 고려하면 말이다.

페더러의 오랜 코치이자 친구인 제베린 뤼티는 이를 너무 잘 알고 있다.

「태국이든 어디든 가면, 설령 휴가를 가서도 사람들이 어디서 왔는지 물어봐서 스위스라고 하면 그들이 〈로저 페더러!〉라고 말해요. 그런 일이 꽤 자주 일어나죠.」 뤼티가 말했다.

요령 없는 사람은 페더러를 실제로 안다고 대답할 수도 있다.

「나는 말하지 않아요. 그들의 반응을 보는 것만으로도 행복해요. 안 그러면 자랑하는 걸로 보이거든요.」 뤼티가 말했다.

그의 말에서 알 수 있듯이, 스위스는 학교에 들어가면서부터 재량권과 평등주의를 강조하는 나라다. 페더러는 공손하고 절제된 그곳의 분위기가 그의 커리어를 연장하는 데 도움이 되었다고 믿는다.

「스위스로 돌아오니 긴장이 풀리는 것 같아요, 정말.」 그가 말했다.

20년 이상 프로 선수로 활동해 온 그는 집단 기억 저장고의 일부이므로, 종종 마주치는 스위스인들에게 모종의 감사를 표해야 한다고 느낀다. 그들의 행동과 매너에 상관없이 말이다.

* 특히 1964년 미국 투어에서 비틀스 팬들이 비틀스에 열광했던 현상.

「사람들은 가끔 나를 거의 정치인 보듯이 봐요. 그들이 TV와 광고와 인터뷰를 통해 나를 많이 봤기 때문에 나는 거의 모든 사람에게 인사하게 돼요.」 그가 웃으며 말했다.

나는 페더러에게 〈당신이 보기에 스위스인의 사고방식은 어떤가?〉라는 질문을 했다.

「음, 알다시피 어떤 면에선 내성적이죠. 하지만 친해지면 스위스인은 아주 개방적이고 기분 좋은 사람들이에요. 아마도 인생 친구가 될 겁니다. 또 우리 나라에는 4개 국어가 있어, 자연스럽게 국제적인 마인드를 장착하죠. 독일, 프랑스, 이탈리아, 오스트리아의 영향을 많이 받아서, 나는 우리가 그야말로 여러 민족이 섞여 있는 〈멜팅 팟〉이라고 느껴요. 그리고 다른 나라로 가기가 쉬워요. 우리가 지금은 여기에 있지만, 두세 시간만 운전하면 완전히 다른 나라인 밀라노에 가 있을 수 있죠.」 그가 말했다.

페더러는 스위스에서 〈평범한 삶〉을 살지는 않지만, 그의 삶은 감당할 만한 것 같다. 매니저나 경호원 없이 우리는 점심을 먹으러 갔다. 사진 요청이 있었지만, 수프에서 파스타, 에스프레소까지(페더러는 육식을 별로 좋아하지 않는다) 식사하는 두 시간 동안 평온했다.

「별자리 같은 것을 크게 믿지는 않지만 난 사자자리예요. 내 생각에 사자자리는 주목받기를 좋아하지만 원할 때만 그러는 것 같아요. 그래서 내 경우 테니스 선수가 적성에 아주 잘 맞아요. 음악, 큰 경기장, 언론, 관심 등 모든 것이 있으니 만족스러위요. 하지만 그런 것들에서 벗어날 필요도 있어요.」그가 말했다.

그것은 내가 좀 더 낮은 단계에서 공감할 수 있는, 특히 의미심장한 발언 같았다. 스포츠 기자는 스트레스와 소동, 관중 속에 뛰어들고 수천 명이 응원하고 야유하고 구호를 외치는 가운데 보도진 자리에서 마감 기사를 써야 한다. 단순히 관찰만 해도 그 모든 에너지와 감정이 심신에 스며들어 결국 고갈된다. 나는 사자자리가 아닌 궁수자리이지만 자주 그랜드 슬램 토너먼트나 올림픽, 월드 시리즈를 끝내고 나면 숲, 농지, 산길, 소리 지르는 팬들 대신 귀뚜라미가 우는 최대한 가장 조용한 삶을 찾고 있다는 걸 깨달았다. 마치 한쪽 끝에서 다른 쪽 끝으로 스윙해서 균형점을 찾는 것처럼 말이다.

페더러가 고개를 끄덕였다.

커피 잔을 들지 않은 한 손으로 곡선을 그리는 제스처를 하며 그가 말했다. 「여기서 내 평형을 찾을 수 있고 평화와 그런 것들을 찾을 수 있다고 느껴요. 정말 운 좋게 아이들을 산에서 키울 생각을 하게 되었어요. 처음에는 그럴 계획이 아니었죠. 어쩌다 보니 5~7년 전 땅을 하나 구해 집을 지어 큰 도시에서 멀리 떨어진 외딴곳으로 올 수 있었어요.」

그들은 렌체르하이데산의 스키 슬로프와 등산로에서 쉽게 갈 수 있고 다보스에서 차로 단 45분, 생모리츠에서 한 시간 거리인 발벨라에 집을 지었다.

여기서 산다는 것은 높은 고도에서 훈련한다는 의미다. 펠스

베르크의 해발 고도는 572미터에 이른다. 이 정도 고도에서는 공기 저항이 약해 테니스공이 더 빠르다. 이곳에 살면 또한 라인강 근처에 있는 펠스베르크 테니스 클럽과 같은 아늑하고 소박한 장소에서 테니스를 쳐야 한다. 라인강의 이 좁은 지역을 주제로 한 교향곡은 아직 없지만, 고개를 들어 올려다보면 4월 말에도 눈 덮인 봉우리들이 있는 장엄한 광경이 펼쳐진다.

이번 주 화요일의 풍경에는 새소리, 소 울음, 차 지나가는 소리, 상쾌하게 맞는 테니스공 소리가 뒤섞여 있었다. 클럽에는 타격 벽과 세 개의 클레이 코트 중 하나에 서둘러 들어가는 누군가가 장식한 것처럼 보이는 시골풍의 나무 클럽 하우스가 있다. 내가 방문했을 때는 페더러와 그의 친구이자 함께 자주 훈련하는 토미 하스의 사진이 벽에 붙어 있었다.

입구에는 부러진 라켓이 걸려 있었다.

「저건 제 것이 아니에요.」청바지와 후드 스웨터를 입은 유쾌하고 외향적인 클럽 대표 폴테라가 말했다. 그는 페더러가 자신의 소박한 시설과 관련된다는 점에 수긍할 만한 자부심이 있다.

「올해만 벌써 그들이 여기에 다섯 번인가 여섯 번쯤 왔어요. 언제 올지 아무도 몰라요. 날씨 등 많은 것에 달려 있죠.」폴테라가 말했다.

입소문도 신경 써야 한다. 한곳에 너무 자주 가면 팬들이 그 클럽으로 몰려들기 시작할 것이다. 스위스 사람들은 신중할지 모르지만, 페더러를 공짜로 볼 기회를 놓치지 않을 것이다.

「우리는 여기저기 옮기는 걸 좋아해요. 우리가 어디서 연습하는지 사람들이 항상 알 필요는 없잖아요.」 그날 아침 쿠어 기차역에서 나를 마중 나온 뤼티가 설명했다.

그들은 연습 파트너도 바꾼다. 쿠어에서 자랐고 현재 비엘/비엔에서 훈련하는 야쿠프 파울과 같은 젊은 스위스 선수를 종종 초대한다.

「언젠가 휴일에 집에 있는데 뤼티가 느닷없이 전화를 걸어 연습할 시간 있느냐고 물었어요. 나는 물론 시간이 있다고 했고, 로저와 조그만 클럽에서 공을 치기로 했어요.」 파울이 내게 말했다.

이번 주 연습 파트너는 페더러처럼 한 손 백핸드이며 젊었을 때 스쿼시를 자주 했던, 문신을 새긴 영국 베테랑 댄 에번스였다. 2019년에 에번스는 코카인 사용으로 1년간 출전을 금지당한 뒤 여전히 순위에 오르기 위해 노력하고 있었다. 보통 그의 다양하고 창의적인 경기는 어느 코트에서나 끝내주게 멋지지만, 페더러와 연습할 때는 그렇지 않다.

이 연습은 — 전형적인 — 힘쓰는 클레이 코트 테니스가 아니라서 매우 즐거웠다.

「1980년대로 돌아가요! 슬라이스 위너를 쳐요!」 페더러가 그의 이름을 딴 코트인 로저플라츠에서 유달리 화려한 랠리를 펼친 후에 소리쳤다.

그는 차로 조금 떨어진 발벨라의 집에서 스트레칭과 준비 운동을 했지만, 오전 10시에 연습이 시작되기 전 마치 자신의 범위를 시험하는 듯 라켓 없이 클레이 위에서 슬라이딩하며 약간의 풋워크를 했다.

「때로 내가 클레이에서 어려워하는 것은 슬라이딩을 위해 슬라이딩하지 않는 거예요. 라파가 그걸 아주 잘하는 것 같아요. 최고의 클레이 코트 선수들은 정말 필요할 때만 슬라이딩해요. 사람들은 자연스럽게 〈아, 슬라이딩은 재미있어〉라고 생각해서, 슬라이딩할 때 제어력이 떨어질 수 있는데도 모든 공에 슬라이딩하기 시작하죠.」 그가 말했다.

긴 점심 식사가 끝나자 그는 다시 스트레칭이나 준비 운동을 하지 않고 재빨리 백 업을 시작했다. 나는 허리와 무릎에 문제가 있는 서른일곱 살 선수에게는 놀라운 일이라고 생각했다.

「그가 좀 더 해야 했어요. 대개는 더 많이 하죠.」 뤼티가 말했다.

보통 그러한 연습에 참여하는 피트니스 트레이너 피에르 파가니니가 오늘은 불참했지만, 페더러와 뤼티 모두 페더러의 마음이 상쾌해서 준비 운동이 고된 일이 되지 않도록 하는 것이 중요하다고 말했다.

「때때로 경기 전에 물리 치료사가 자기 일을 완벽하게 하고 싶어 해요. 그래서 내가 그에게 10분 동안 허리 운동을 하지 않겠다고 말해야 해요. 가끔은 타협해야 할 때도 있어요. 20년 동안 투어를 뛰었던 몸이라서 지금은 달라요. 하지만 로저는 두 번 점프하고 나서 시합을 시작했어요. 생각을 너무 많이 해서 온갖 테이핑을 두르고 너무 과하게 열중할 수도 있죠.」 뤼티가 말했다.

페더러는 이제 코트 밖 준비에 훨씬 더 많은 관심을 기울이고 있다고 말했다. 「몇 년 동안 나는 그 어느 때보다 스트레칭과 마사지를 많이 하면서 몸을 따뜻하게 하고 있어요. 하지만 난 팀에게 이렇게 말했죠. 〈이봐요, 난 그럴 수밖에 없어요. 삶을 살아야 하니까요. 내 아이들을 위해 여기 있어야 하고, 내 아내를 위해 여기 있어야 해요. 난 그걸 즐겨야 해요. 한 시간 동안 연습하고 나서 긴장을 풀려고 서너 시간 동안 다른 일에 시간을 쓸 수는 없어요.〉 그래서 우리는 내게도, 그들에게도 통하는 좋은 계획을 찾았어요.」 그가 말했다.

그것은 로저가 자주 빗대어 말하는 꽉 쥔 주먹과 일맥상통한다. 긴장을 유지한 채 특히 코트에서 멀리 떨어져 너무 오래 훈련하면 결국 몸이 견디지 못하고 탈진할 것이다.

우리는 나달이 30대 후반에 어떻게 될지 보게 될 것이다. 그는 전력투구 접근법으로 우리 대부분이 예상했던 것보다 훨씬 더 오래 성공하고 있다. 하지만 페더러의 성과와 지속력을 반박하기는 어렵다.

프랑스인들은 페더러의 경기를 말할 때 종종 〈를라슈망〉이라는 단어를 사용한다. 이는 〈긴장이 풀린〉으로 번역될 수 있지만, 더 나은 번역은 〈느슨함〉이다. 내가 볼 때 그의 부드러운 움직임, 자연스러운 파워, 움직이는 중이거나 어쩔 수 없는 상황에서도 마법 같은 일을 만들어 내는 능력 등 많은 요소의 비결은 탄력성이다.

「로저의 몸에 근육이 10킬로그램 더 붙어도 그가 공을 더 세게 친다고 보장할 수 없어요. 실제로 공을 더 느리게 칠 수도 있어요. 힘이 아니라 타이밍이 중요하니까요.」 호세 이게라스 전 감독이 말했다.

최고의 테니스 사진작가 중 한 명인 엘라 링은 초기에 페더러의 사진을 찍기를 거부했다. 그가 감정을 너무 엄격히 통제했기 때문이다. 하지만 그녀는 관점을 바꾸었다. 「그가 공을 칠 때 얼굴이 일그러지지 않는다는 것은 많은 것을 말해 줘요. 테니스를 치는 것은 그에게 자연스럽고 힘이 들지 않는 일이에요. 결국 그의 몸과 마음이 그렇다는 거죠. 그것은 독보적이라서, 우리가 다시 그런 모습을 볼 수 있을지 의심스러워요.」 그녀가 내게 말했다.

많은 동료가 이미 은퇴했을 때 그의 〈를라슈망〉은 확실히 그가 롱런하는 데 일조했다. 그가 데뷔한 그랜드 슬램 토너먼트인 1999 프랑스 오픈에서 경기한 남자 단식 선수 128명 중 그는 투어 단식에서 여전히 뛰는 마지막 선수였다.

내가 통계를 제시하자 그가 말했다. 「정말요? 아무도 안 남았다고요?」

그와 같은 나이이거나 그보다 나이 많은 몇몇 선수가 아직 단식 선수로 활동하고 있었다. 왼손잡이 스페인 선수 펠리시아노 로페스는 그의 주니어 시절 잠시 라이벌이었고, 턱수염에 회색 반점들이 있는 이보 카를로비치는 서브가 강력한 대단히 뛰어난 크로아티아 선수였다.

그러나 1999년 파리에서 받은 와일드카드 덕분에 페더러가 먼저 치고 나갔고, 그는 20년이 지난 뒤에도 여전히 앞서고 있었다. 그는 2019년 초에 두바이에서 100번째, 마이애미에서 101번째 우승을 차지했다.

타고난 것일까, 습득한 것일까?

「아마도 내 재능이 조금 도움이 된 부분은 오늘날 내가 가지고 있는 기술을 형성하고 습득한 덕분에 몸이 덜 마모된 점일 겁니다. 하지만 내 일정과 체력, 그리고 어쩌면 내 정신적 측면도 도움을 준 것 같아요. 나는 일을 매우 진지하게 받아들이지만 매우 느긋해서 정말로 빨리 내려놓을 수 있어요. 예를 들어 이 점심은 내게 휴식과 같아요. 내 머릿속에서는 이렇게 말할 수 있어요. 〈이봐, 우린 방금 전력을 다해 연습했고 난 여기서 긴장을 풀면서 쉴 수 있어. 그런 다음 다시 운동하러 가는 거야.〉 그런 식으로 접근하는 것이 정말 중요하다고 생각해요.」 그가 말했다.

페더러는 질서와 자연스러움이 흥미롭게 혼합된 사람이거나, 혼합이 아니라 교류*에 더 가까울지도 모른다. 그것은 마치 모든 계획이 그가 순간에 온전히 머물 수 있게 해주는 듯하며, 그는 자신의 자연스러운 순환을 방해하는 외부 영향에 특히 저항력을 지닌 것 같다.

은퇴 문제는 2009년부터 공중에 떠 있었지만 10년이 지난 지금까지도 그는 그 문제를 구체적으로 생각해 보지 않았다고 주장했다.

「나중을 위해 융통성을 최대한 유지하려고 노력해요. 우리 가

* 시간에 따라 크기와 방향이 주기적으로 바뀌어 흐름. 또는 그런 전류.

족이 어떻게 할지 정말로 알기 위해서죠. 테니스를 얼마나 치고, 사업을 얼마나 하고, 가족에게는 어느 정도 시간을 쏟아야 할까? 물론 아이들과 미르카를 위해 모든 선택지를 열어 두고 싶어요. 내가 피하고 싶은 건 너무 빨리 뭔가에 전념하고 나서 후회하는 거예요. 모르겠어요, 정말 모르겠어요. 나는 은퇴에 대해 생각할수록 이미 은퇴한 것처럼 느껴진다고 항상 말해 왔어요. 은퇴 후를 위해 모든 걸 계획한다고 하면 벌써 절반은 은퇴한 것처럼 느껴져요.」그가 말했다.

「그게 당신의 성과에 영향을 미칠까요?」내가 물었다.

「글쎄요, 내 성과 자체는 아니지만, 어쩌면 잘하고 싶은 나의 전반적인 욕망에 영향을 미칠 수는 있어요. 은퇴할 때 알 수 있겠죠. 그걸로 스트레스를 받는 것 같지는 않아요.」그가 말했다.

그는 몇 년 동안 다른 선수들의 일정에 차질을 주고 있었다.

페더러는 질문과 억측을 흉내 내며 말했다.「〈당신은 세계 1위였고, 4대 슬램을 모두 땄으니 다음은 뭐죠? 끝난 것 아니에요?〉그건 분명히 공통 주제였어요.」

이 시기에 그는 사람들이 자신을 은퇴할 사람으로 생각한다는 걸 감지할 수 있었다. 좋든 나쁘든 그런 태도는 나 같은 기자들의 속성이다.

「기자들은 특종을 잡아야 하잖아요. 나는 그걸 느낄 수 있어요. 마치 그물이 나를 조이고 있는 것처럼요. 모든 사람이 추가 인터뷰를 요청해요.〈그 사람을 인터뷰할 수 있을까요?〉하면서요. 물론 혹시나 해서 그러는 거죠. 하지만 괜찮아요. 원래 그런 거니까요. 다 괜찮아요.」그가 말했다.

페더러의 유산 중 또 다른 부분은 그 덕분에 장래 챔피언들이 나이를 많이 먹어도 같은 질문을 계속 받지 않을 거라는 점이다.

「그러길 바라요.」그가 말했다.

「내 말은, 스탠이 전에 몇 년 더 뛰고 싶다고 했어요. 그가 막 서른네 살이 되었을 때인데, 당시에는 그게 많은 나이였지만 지금은 앞으로 3년, 4년, 5년은 더 뛰어야 할 나이죠.」그가 바브린카를 두고 말했다.

페더러의 목소리가 높아지면서 그가 손을 흔들고 있었다.

「그러니까, 5년이면 서른아홉 살이잖아요! 하지만 쉽지 않죠. 최고의 선수들은 강하니까요.」그가 말했다.

페더러는 〈내가 ― 또는 빅 3 시대에는 우리가 ― 죽은 뒤에 무슨 일이 일어나든 알 바 없어. 내일 일은 내일 일이니까〉라는 표현과는 거리가 멀다. 그는 다음 세대에 관심이 깊다. 그가 그들과 경기를 해야 하기 때문만은 아니다. 그는 후배 가운데 1위에 오르고, 여러 메이저 대회에서 우승하고, 바라건대 그의 스포츠를 후퇴시키지 않고 발전시킬 사람이 누굴지 정말로 궁금해한다.

탁자 위에 놓인 커피 잔이 비면서 점심 식사가 거의 끝나 갈 무렵, 우리 둘은 젊은 선수 중 누가 자질을 갖췄는지 추측하게 되었다.

「아마 츠베레프? 어쩌면 스테파노스 치치파스?」그가 확신보다는 호기심에 찬 목소리로 말했다.

다른 선수들도 몇 명 거론되었다.

「알다시피 이 게임은 항상 슈퍼스타를 배출하니까 걱정하지 않아요. 또한 이 세대가 가면 그들의 잠재력이 실제로 분출될 겁니다. 아마도 그들이 신뢰를 얻으려면 큰 토너먼트에서 우승해야 할 거예요. 나도 그게 필요했어요. 나는 윔블던에서 우승해 〈자, 매주 우승할 수 있어요〉라고 알려 줄 필요가 있었어요. 그리고 아마도 그들 역시 그것을 넘어서야 할 겁니다. 당분간은 이 선수들이 〈나는 세계 1위가 되고 싶어요〉라고 말할 수 없으니까요. 왜냐하면 모든 사람이 〈하! 노바크가 1등이야〉 아니면 〈그래, 라파를 어떻게 넘어설 거야, 친구?〉라고 말할 테니까요.」 그가 말했다.

페더러는 2016년 이후 투어에서 클레이 코트 경기를 치르지 않았다. 그는 성공적인 복귀 기간 동안 에너지와 수술한 무릎을 보존하기 위해 2017년 클레이 시즌을 건너뛰었다. 그는 한 세트도 내주지 않고 윔블던에서 우승했다. 그는 2018년 클레이 시즌도 건너뛰었다. 그에게 매우 효과적이었던 그 루틴을 유지하고 싶었기 때문이다. 무엇보다 4월에 미르카의 마흔 번째 생일을 거창하게 축하해 주고 싶었다.

「나를 위해 많은 일을 해준 아내에게 물건 대신 추억과 경험을 선물해 주고 싶다고 생각했어요. 내 꿈은 항상 그녀가 휴가지나 우리가 여행하는 곳을 알되, 자세한 것은 알지 못하게 하는 거였어요. 그래서 나는 〈역할을 바꿔 보자〉고 생각했죠.」 그가 말했다.

　가족 휴가 후 그들은 어른들로만 구성된 약 40명의 친구와 함께 이비사섬으로 여행하게 되었다. 페더러는 대체로 테니스를 멀리했지만 라파엘 나달이 알렉산더 츠베레프를 3세트 끝에 꺾은 이탈리아 오픈 결승전을 대부분 봤다.

　「나는 해변의 한 클럽에서 텔레비전으로 경기를 보고 있었어요. 미르카가 많은 친구와 연락을 유지하기 위해 노력을 많이 했어요. 그녀는 이비사에 대해 알고 있었어요. 그녀는 우리가 친구들을 초대할 걸 알고 있어 목록을 만들었죠. 그래서 나는 자질구레한 것들은 모두 내가 결정하겠다고 말했어요. 그녀는 매일 일어나는 온갖 놀라운 일을 미리 알지 못했고, 그래서 너무 좋았어요.」그가 말했다.

　2019년에 페더러는 봄에 두 달간 휴식을 취하지 않고 다시 한번 더 빼곡한 시즌을 준비했다. 그는 또한 클레이에서 뛰면 윔블던 잔디 코트에서 승산이 높아질 거라고 믿었다. 2018 윔블던 준준결승에서 그는 매치 포인트를 지킨 후 5세트 끝에 케빈 앤더슨에게 패했다.

　「작년에 잔디 코트에 너무 오래 있었던 것 같아요. 클레이 코트에서 뛰면 공을 전속력으로 치는 데 도움이 된다고 생각해요. 잔디에서 많이 치다 보면 공이 빨라서 스윙을 제대로 못 하고 공을 치게 될 뿐이죠. 클레이같이 느린 코트에서는 풀스윙을 해야 시즌 막바지까지 스윙이 유지돼요. 가장 중요한 건 내가 다시 파리에 가고 싶다는 거예요. 클레이 코트에 다시 서고 싶어요.」그가 말했다.

그는 소망을 이뤘다. 그는 클레이 코트에 돌아온 후 마드리드에서 준준결승에 진출했고, 이어 2015년 이후 처음 출전한 프랑스 오픈에서 준결승에 진출했다. 그가 없는 동안 변한 것이 별로 없었다. 나달을 여전히 이겨야 했는데, 그것을 여섯 번 시도한 롤랑 가로스에서 여섯 번째로 페더러는 실패했다. 선수들 눈앞에 붉은 클레이 먼지가 소용돌이치고 관중 머리에서 파나마모자가 날아가는 등 대회 역사상 가장 바람이 많이 부는 날에 속했던 그날, 그는 연속 세트로 졌다.

파리에 사막 폭풍이 불었다.

「우스꽝스럽게 보이지 않으면서 샷을 치는 것이 행복할 지경에 이르렀죠.」페더러가 말했다.

그러나 스핀이 많고 코트 깊숙이 떨어지는 공을 가진 나달은 상황에 적응을 더 잘했다. 기상천외한 날씨에도 그는 롤랑 가로스에서 물 만난 고기 같았다.

「그는 클레이 코트에서 놀라운 능력을 갖추고 있어요. 나는 그것을 이미 알고 있었어요. 나는 〈싸우는 것처럼 보이지 않지만 싸운다〉라는 말을 믿으려고 애썼어요. 끝까지 시합을 역전시키려고 노력했죠. 하지만 경기가 길어질수록 그는 바람 속에서 기분이 좋아지는 것 같았어요.」페더러가 말했다.

그래도 페더러의 분명한 목표는 윔블던이었다. 그는 할레의 잔디 코트에서 열 번째 우승을 한 뒤 적절한 컨디션과 마음가짐으로 도착했다. 윔블던에서 그는 처음 다섯 경기에서 승리해 나달과 또 한 번 준결승전을 치르게 되었다.

2008년 결승전 이후 올 잉글랜드 클럽에서 벌이는 첫 맞대결이었다. 그 결투가 얼마나 대단한지, 그리고 서른세 살의 나달과 서른일곱 살의 페더러가 10여 년이 지난 뒤에도 메이저 대회가 끝나 갈 무렵 여전히 자주 대결한다는 점이 얼마나 놀라운 일인지 곰곰이 생각할 때였다.

2000년대 후반 함께 테니스계를 지배했던 그들은 모든 코트 면에 뛰어난 위협적인 노바크 조코비치에게 뒤처지지 않기 위해 고군분투하고 있었다. 그들은 앤디 머리의 등장으로 빅 4의 일원이 되었고, 바브린카의 출현으로 훨씬 더 큰 선두 그룹의 일부였다. 그러나 2019년에 머리와 바브린카가 부상으로 쇠퇴하면서 그들은 다시 빅 3로 돌아왔다. 두 사람보다 우승 기록이 우위였던 조코비치는 1위 자리를 회복했고, 그날 먼저 센터 코트에서 로베르토 바우티스타 아굿을 이겨 윔블던 결승전을 이미 확보했다.

페더러와 나달이 윔블던에서 다시 맞붙기를 오랫동안 기다려 온 이 경기는 그들이 보여 준 2008년 명승부에 미치지 못했다. 이 결투는 5세트가 아닌 4세트에서 끝나 2008년과 같은 지속적인 긴장감과 어스름한 일몰의 기억을 선사하지 못했다. 경기는 어두워지기 훨씬 전에 끝났다.

그러나 그들의 마흔 번째 경기는 둘 다 놀라울 정도로 좋은 경기 운영을 보여 주었다. 여전히 꽤 볼만했다. 나달은 종종 주도권을 잡기 위한 시도로 평소보다 베이스라인에 더 바짝 붙어 있었다. 그와 그의 코치 카를로스 모야는 페더러가 2017년에 복귀한 이후 더 빠른 코트 표면에서 경기를 지배했다는 것을 너무 잘 알고 있었다.

「로저의 백핸드가 많이 좋아져 호주에서 깜짝 놀랐어요. 그 후 우리는 뭔가 바꿔야 한다는 것을 알았죠. 확실히 클레이에서는 라파의 리듬을 깨려고 애쓰는 선수들을 상대로 몇 가지 바꾸는 게 더 쉬워요.」 모야가 2017 호주 오픈을 두고 말했다.

잔디는 여전히 더 큰 도전이었다. 페더러는 타이 브레이크의 마지막 5점을 따내며 팽팽했던 첫 세트를 이겼다. 그는 두 번째 세트에서 타이밍을 놓쳐, 서브를 두 번 잃고 프레임으로 샷을 계속 헛치면서 마지막 23포인트 중 20포인트를 잃었다.

그러나 그는 고투 끝에 3세트를 이겼고, 4세트에서는 둘 다 동시에 최고조에 달하는 것 같았다. 두 사람 모두 백핸드를 치려고 이리저리 뛰어다니고 인사이드 아웃 포핸드를 세게 때리면서 에러가 아닌 위너가 풍년을 이뤘다.

「사람들은 그의 멋진 샷을 기대하죠. 그는 늘 그러니까요. 우리가 할 일은 그가 계속해서 멋진 샷을 날리도록 하는 겁니다. 문제는 항상 한계에 가까운 플레이를 하고 브레이크 포인트를 위해 엄청난 위험을 감수해야 할 때죠. 그것이 어렵다는 것을 알기 때문에 〈난 무조건 해본다〉라고 말하기는 어려워요. 균형을 찾아야 하는데, 오늘은 빨리 찾았어요. 내가 좀 차분하고 침착했어요.」 페더러가 나달을 두고 말했다.

오래전부터 나달을 보고 그가 이기고 있는지 지고 있는지, 만족하고 있는지 좌절하고 있는지 알기는 어려웠다. 그러나 나이가 들면서 그는 더욱 속을 드러냈고, 여섯 번째 게임에서 포핸드 리턴을 놓친 뒤 손바닥으로 자기 이마를 때렸다. 그 게임 후반에, 슬라이스 백핸드를 실패한 그는 몸을 앞으로 숙이며 자책했다.

하지만 나달은 나달인지라 그렇게 끝나지는 않았다. 3-5로 뒤진 그는 듀스가 다섯 개나 나온 엄청난 게임에서 두 개의 매치 포인트를 지켰다. 그리고 다음 게임에서는 경기 승리를 위한 페더러의 마지막 서브 게임에서 매치 포인트 두 개를 물리쳤다. 둘 다 위너로 지켜 냈다. 그는 인사이드 아웃 포핸드로 고속의 24 스트로크 랠리를 끝낸 후, 확실한 백핸드 패싱샷으로 부드러운 페더러의 어프로치 샷을 막아 냈다. 그러나 페더러는 다섯 번째 매치 포인트를 따내 열두 번째 윔블던 결승 진출을 이뤄 냈다. 그는 의기양양하게 두 팔은 뻗어 나달 방향으로 다시 뻗은 다음 네트에서 서로 따뜻한 인사를 나누었다.

「그 경기는 대대적인 홍보에 부응했어요.」 페더러가 이 재대결을 두고 말했다.

나는 동의했고, 그날 밤 『뉴욕 타임스』 칼럼에 다음과 같이 썼다. 〈시합은 4세트에서 매혹적이었다. 페더러와 나달이 시간에 도전했기 때문이 아니라, 서로에게 도전했기 때문이다.〉

7-6(3), 1-6, 6-3, 6-4로 페더러가 승리했을 때, 나는 페더러와 친분이 있고 포핸드가 좋은 왼손잡이이며, 경기 전에 페더러의 준비 운동을 도운 은퇴한 핀란드인 야르코 니에미넨과 이

야기를 나누었다.

「테니스 수준이 말도 안 되게 좋았어요. 어떨 때는 말문이 막혔어요. 나는 그들이 매우 빠른 타이밍에 공을 치고, 아주 세게 치고, 라인에 무척 가까워서 믿기지 않았어요. 그들은 나이를 생각하지 않아요. 정말 그래요.」니에미넨이 말했다.

하지만 2008년과 달리 이 결투는 트로피 시상식에서 끝나지 않았다. 조코비치가 페더러를 기다리고 있었고, 이 시기에는 나달이 아닌 조코비치가 페더러의 천적이었다. 페더러는 최근 여덟 경기 중 일곱 경기에서 나달을 이겼지만, 조코비치에게 최근 여섯 경기 중 다섯 경기를 졌다.

「아직 끝나지 않았다는 걸 알아요. 애석하게도, 또는 다행스럽게도 한 명이 더 있어요.」페더러가 이번 대회를 두고 말했다.

유독 솔직하게 표현한 것이었지만, 페더러는 2012 윔블던 결승전 이후 어떤 메이저 대회에서도 조코비치를 이기지 못했다는 걸 너무 잘 알고 있었다.

분명한 것은 페더러가 플레이하면서 특히 위험을 잘 처리하고 있다는 것이었다. 봄에 잔디 코트 전에 클레이 코트에서 경기하겠다고 했던 그의 결정은 옳은 것처럼 보였다.

그러나 조코비치 역시 마스터 스케줄러가 되어 있었고, 당시 정상에 다시 확고히 자리 잡았다. 페더러는 2018년 6월에 통산 310주를 경기했고 랭킹 1위로 마지막 주를 보냈다. 조코비치는 2018년에 슬럼프에서 벗어난 후 테니스의 가장 권위 있는 기록에 다시 공격을 가한 결과 2021년 남자 기록에서 페더러를 앞

질렸다.

그는 어떤 표면에서도 변화무쌍한 상대였고 페더러가 같은 메이저 대회에서 나달과 조코비치를 모두 이긴 적이 없다는 점을 생각하면 더더욱 어려운 상대였다.

「왼손잡이 라파는 나나 다른 사람들에게 조코비치와 매우 다른 문제를 일으켜요. 조코비치는 라인에 머물고, 플랫하게 치며, 다르게 움직이고, 코트를 다르게 커버해요. 그를 상대할 때는 전술적으로 적응해야 하죠. 오늘은 라파의 서브가 전보다 더 빨랐어요. 노바크는 속도 면에서 그 정도 범위에서 서브를 넣어요. 그것이 도움이 많이 되는 이유는 전에는 더 극에서 극으로 적응해야 했기 때문이에요. 하지만 가장 중요한 건 자신감이죠. 나를 포함해 자신감이 없으면, 라파나 노바크를 연속해서 이기는 건 몹시 어려운 일입니다.」페더러가 말했다.

페더러가 나달을 〈라파〉라고 부르고 조코비치는 〈노바크〉와 〈조코비치〉를 번갈아 사용하는 걸 보면, 각 경쟁자에 대한 페더러의 태도를 가늠할 수 있을 것 같다. 〈라파〉는 따뜻하고 친숙하게 느껴지고 〈노바크〉와 〈조코비치〉는 더 차갑고 껄끄러운 관계 같다.

그러나 페더러의 표정은 두 경기 모두 비슷했다. 선(禪)*이 2019 윔블던에서 그의 방식이었고, 결승전에서 더 흥미로운 요소 중 하나는 종종 호전적으로 플레이하는 조코비치가 동일한

* 사전적 의미는 〈마음을 한곳에 모아 고요히 생각하는 일〉이지만, 여기서는 〈차분함〉 정도로 해석하는 것이 적절해 보인다.

방식을 채택하기로 했다는 것이다.

「전에 우리가 얘기했던 전술 중 하나는 그가 매우 침착하고 긍정적일 필요가 있다는 것이었어요. 목표는 관중을 제거하는 것이었죠. 〈관중은 없고 너랑 로저만 코트에 있는 거야.〉」 조코비치의 코치 중 한 명인 고란 이바니셰비치가 말했다.

그것은 센터 코트 관중이 여느 때처럼 윔블던의 고소득층 고객들이 공감할 수 있는 우아한 게임과 매너를 가진 나이 들어가는 — 혹은 나이 먹지 않는 — 약자 페더러에게 매우 호의적이었기 때문이다.

나달을 상대할 때 그랬듯이, 페더러는 에이스와 빠른 홀드*로 시작했다. 조코비치는 0-40에서 서비스 게임을 지키며, 다양한 쇼트와 발리 등 다채로운 스타일로 가득 찬 브레이크 없는 첫 세트의 분위기를 만들었다. 타이 브레이크에서 페더러는 자기 서브에서 5-3으로 앞서 나갔지만, 클로즈 스탠스**로 친 미드코트 포핸드가 크게 빗나가면서 곤경에 처했다. 그는 다음 3점을 잃고 세트도 패했다.

페더러는 네 번의 서비스 게임에서 갑자기 흔들리는 조코비치를 세 번이나 브레이크하고 25분 만에 2세트를 휩쓸며 후유증의 기미를 보이지 않았다. 그러한 일방통행은 이례적이었고, 팽팽한 3세트는 1세트의 반복이었다. 페더러는 5-6, 30-40, 조코비치의 서브에서 세트 포인트를 얻었지만, 좋은 첫 서브에 친

* 자신의 서비스 게임을 지키는 것.
** 네트 방향으로 등을 보이는 자세.

백핸드 리턴이 넓게 빗나갔다.

그들은 타이 브레이크로 들어갔고, 페더러는 더 많은 백핸드를 잘못 쳐 1-5로 뒤진 뒤 4-5로 만회하며, 초반부터 죽을 쒔다. 조코비치는 두 번째 서브를 넣으며 그에게 기회를 줬지만, 페더러는 또 다른 백핸드를 잘못 쳤다. 이번엔 슬라이스였다. 그래서 또 한 번의 기회가 날아갔다. 페더러의 랠리의 질이 계속해서 높았음에도 조코비치가 리드를 잡아 곧 세트 스코어 2-1이 되었다.

4세트에서 세트 스코어가 유지되었지만, 이번에는 페더러가 보상받았다. 그들은 결정적인 5세트를 의연하게 맞이했지만 새로운 규칙에 따라야 했다.

2019년 올 잉글랜드 클럽은 처음으로 디사이딩 세트 스코어 12-12이면 5세트 타이 브레이크를 도입하기로 결정했다. 이는 끝없이 긴 남자 경기가 증가하면서 나온 클럽의 대응책이었다. 그런 경기들에는 빅 서버인 미국인 존 이스너의 일부 경기들과 2009년 결승에서 16-14까지 끈 5세트에서 앤디 로딕을 물리친 페더러의 경기가 포함되었다.

그해에는 필요하다면 확실한 결승선이 있을 것이다. 페더러가 5세트 7-7에서 조코비치를 포핸드 패싱샷으로 브레이크한 뒤 타이 브레이크는 필요 없을 것 같았다. 관중이 조용해졌을 때 페더러가 8-7에서 우승을 위한 마지막 서브권을 얻었다. 그의 아내 미르카는 차마 못 보겠다는 듯, 이마를 깍지 긴 손에 얹은 채 선수 박스 안에서 웅크리고 앉아 있었다.

페더러는 15-15에서 T 존 위로 에이스를 때렸다. 30-15에서 그는 또 다른 에이스를 T 존 위로 슬라이스했다.

40-15였다. 두 개의 매치 포인트를 잡았다. 대부분 선수를 상대할 때는 안심되는 소식이었지만, 과거 US 오픈에서 조코비치를 상대한 준결승전들을 생각하면 페더러는 확실히 덜 안심되었다.

미르카는 늦은 오후 햇살에 눈을 깜박거리며 고개를 들었고, 점수를 보더니 곧장 다시 눈을 가렸다.

페더러는 재빠르게 첫 서브를 다시 T 존으로 넣었다. 조코비치는 방향을 잘못 잡고 있었지만 세 번째 이어지는 에이스 대신 공이 테이프에 부딪혀 떨어졌다.

「노바크는 페더러가 바깥으로 넓게 칠 것으로 추측했어요. 로저는 그냥 가운데로만 넘겨도 시합에서 이기는 거였는데, 그만 네트에다 쳤죠. 그 일이 벌어지자 과거의 일이 다 떠올랐어요.」 페더러의 전 코치 폴 아나콘이 말했다.

페더러는 두 번째 서브에서, 조코비치의 깊은 포핸드 리턴에 평소보다 느린 박자로 포핸드를 너무 넓게 쳐서 실점했다.

40-30이었다. 이번에는 페더러가 첫 서브를 넣었다. 조코비치는 상당히 짧게 착지한 포핸드 리턴을 막아 냈다. 페더러는 크게 고민하지 않기로 하고 크로스 코트로 톱 스핀 포핸드를 때리고 네트 앞으로 돌진했다. 그러나 특별히 힘차거나 위치가 좋은 어프로치 샷은 아니었다. 조코비치가 오른쪽으로 움직였고, 돌진하는 페더러의 손이 닿지 않는 곳에 떨어지는 포핸드 크로

스 코트 패스를 치기 위해 몸을 뻗을 필요도 없었다.

두 개의 챔피언십 포인트가 지켜졌다. 페더러는 그의 무표정한 얼굴에 나타난 것보다 확실히 더 동요하는 바람에 다음 두 포인트를 보수적으로 플레이해서 모두 잃었다. 그는 전자 점수판이 오후 6시 23분에 8-8로 표시되자 실망해서 공을 휙 날렸다.

이 장면은 페더러와 그의 팬들의 뇌리에 남았고, 일부 팬은 그의 첫 번째 챔피언십 포인트에서 하늘을 향해 한 손가락을 가리켰다. 조코비치 팀에게는 짜릿한 일이었지만 아직 할 일이 많았고, 페더러는 인정받되 이득 없이 끝까지 거의 비틀거리며 경기를 마무리했다.

테니스는 항상 얼마간 집중력 싸움이다. 그것은 네트로 나뉜 두 사람의 내적 투쟁이다. 이 경기가 그것을 보여 줬다.

「정말 그래요. 인생의 모든 측면이 결승전에서 매치 포인트에 몰린 상황으로 설명돼요. 내가 이걸 감당할 수 있을까, 없을까? 인생은 단순하지 않고 더 복잡하지만 한 문장으로 요약해서 설명할 수 있어요. 〈현재 순간에 충실하고 자신을 신뢰하고 믿어라.〉」 몇 달 후 몬테카를로에서 만난 조코비치가 내게 말했다.

조코비치는 자신이 어떤 상황에 맞닥뜨렸는지 완전히 확신하지 못했다. 어느 시점에 그는 실제로 체어 심판인 데미안 슈타이너에게 필요하면 12-12에서 타이 브레이크가 발생한다는 것을 확인해야 했다.

가장 인상적인 조코비치의 게임은 그가 11-11에서 서브를 넣을 때였다. 40-0으로 앞선 그는 4포인트를 연속으로 잃으며 페더러에게 브레이크 포인트를 허용했다. 조코비치가 공격해서 그것을 막아 냈고, 페더러의 칩 백핸드 패스는 코트 밖으로 나갔다. 페더러는 곧 또 다른 브레이크 포인트를 잡았고, 포인트를 마무리하려고 달려가는 페더러 뒤에서 조코비치가 덜 교과서적인 포핸드 발리와 불안정한 오버헤드를 때리며 다시 공격했다. 다시 베이스라인으로 걸어가려고 몸을 돌리면서, 그는 고개를 저으며 씁쓸한 미소를 지었다. 그는 그것이 아슬아슬하고 거칠었다는 것을, 위험할 정도로 아슬아슬하고 거칠었다는 것을 알고 있었다.

군중의 반응과 경기의 흐름이 조코비치에게 불리했음에도 그는 회복력 좋고 용감하며 주도적으로 경기했다. 페더러는 여전히 공을 매우 깔끔하게 치고 있었고, 백핸드에 칩과 드라이브를 섞었으며, 5세트 말에도 1세트 말처럼 활기차 보였다.

하지만 최고 기회가 사라졌다. 조코비치는 12-12에서 또 다른 타이 브레이크의 주도권을 쥐며 미르카가 벌린 손가락 사이로 지켜보는 가운데 4-1로 앞서 나갔다. 페더러는 4-3으로 바짝 뒤쫓았지만, 조코비치는 깔끔한 포핸드 위너를 때린 다음 백핸드 위너를 다운 더 라인으로 플랫하게 날려 챔피언답게 2포인트를 따내며 긴 랠리를 끝냈다.

6-3이 되었고, 조코비치는 페더러가 마지막 포인트를 딴 지 44분 만에 첫 매치 포인트를 마주했다.

페더러가 두 번째 서브를 넣자, 조코비치가 크로스 코트로 백핸드 리턴을 했고, 페더러는 왼쪽으로 이동해 마지막 포핸드를 잘못 쳤다. 그 공은 그의 라켓 프레임 꼭대기에서 튕겨 나가, 축하할 준비를 하고 있었지만 그때는 훨씬 차분해진 군중 속으로 날아갔다.

조코비치의 부모, 삼촌, 에이전트, 코치 마리안 바이다는 제자리에서 펄쩍펄쩍 뛰며 서로 끌어안았지만, 눈에 띄게 차분한 긴장감을 유지한 채 세상에 맞서는 미소를 지으며 악수를 하기 위해 네트로 걸어가는 조코비치가 나에겐 냉소적인 인상을 주었다. 그는 잔디 위에 쪼그리고 앉아 ─ 지금은 새로운 전통이 되었지만 여전히 특이한 ─ 승리 후의 윔블던 식사를 위해 잔디 몇 개를 뽑았다.

조코비치가 잔디를 씹자 페더러는 짜증이 났다. 스위스인은 당연히 그의 가장 위대한 승리로 여겨질 우승을 1포인트 앞에 두고 있었다. 이겼다면 그는 현대 윔블던 시대의 최고령 남자 단식 챔피언이 되었을 것이고, 스물한 번째 메이저 단식 타이틀을 기록했을 것이며, 조코비치와 나달과의 격차를 더 벌렸을 것이다.

「엄청난 기회를 놓쳤다고 생각해요.」 나중에 페더러가 목소리를 평소보다 약간 낮추며 말했다.

어디서부터 잘못됐느냐는 질문에 페더러는 이렇게 대답했다. 「하나의 샷인 것 같은데, 어느 샷을 골라야 할지 모르겠어요. 당신이 골라 봐요.」

그것은 테니스 역사상 최고의 결승전 중 하나였다. 2008년 윔블던 결승전과 마찬가지로, 뛰어난 연속성과 탁월함으로 많은 면에서 감탄을 자아냈다.

「이 경기가 더 정직한 이유는 아마도 우천 지연이 없었고, 밤이 오기 전에 끝났기 때문일 겁니다. 하지만 확실히 서사적인 결말이었고, 아주 박빙이었고, 기억할 순간이 많았죠. 그리고 확실히 유사점이 있어요. 하지만 뭐가 닮았는지는 더 깊이 들여다봐야 해요. 두 번 다 내가 패자예요. 그게 유일한 유사점이죠.」페더러가 말했다.

조코비치가 7-6(5), 1-6, 7-6(4), 4-6, 13-12(3)로 승리한 4시간 57분짜리 경기는 1877년에 시작된 이래 가장 긴 윔블던 남자 단식 결승전이기도 했다.

「내가 경기에서 대부분 방어적이었다고 생각해요. 나는 수비를 했고 그가 경기를 주도했어요. 나는 가장 중요한 순간에 싸우고 방법을 찾으려 했고, 그렇게 되었죠.」조코비치가 말했다.

페더러는 총 91개의 위너와 61개의 실책을 기록했다. 조코비치는 54개의 위너와 52개의 실책을 기록했는데, 실책 중 많은 수가 그가 2세트에서 고전했을 때 발생했다. 페더러는 에이스(25-10)를 더 많이 치고 더블 폴트(6-9)는 더 적었다. 그는 브레이크 포인트(7-3)를 더 많이 따내 총 포인트(218-204)가 더 많았다. 그러나 누구보다 페더러가 잘 알듯이 테니스에서는 중요한 포인트를 얻는 것이 중요하다.

두 매치 포인트에서 그가 했던 선택만 중요한 건 아니다. 대체로 페더러가 빛을 발하는 타이 브레이크들이 중요했다.

「로저는 노바크를 괴롭혔지만 세 개의 타이 브레이크에서는 전혀 그렇지 않았어요. 노바크는 사실 로저보다 네트에 더 많이 진출했는데, 그건 엄청난 실수예요. 로저는 서브앤발리를 했어야 하고, 백핸드 슬라이스 리턴 후 네트에 돌진했어야 하고, 조코비치의 두 번째 서브에서 네트로 들어왔어야 하고, 코트 중간으로 접근했어야 했죠. 그는 타이 브레이크들에서 네트에 포진했어야 하는데, 계속 주저하고 뒤로 물러나 랠리가 연장되었어요.」조코비치를 자문했던 분석 전문가 크레이그 오샤니스가 말했다.

테니스 또는 스포츠의 최다 우승자 중 한 명인 페더러가 지금까지 치른 가장 위대한 두 경기, 아마도 그가 뛰었던 가장 위대한 두 경기에서 패자로 기억될 것이라는 점은 잔인하지만 피할 수 없는 일이다. 나달을 이긴 그의 2017 호주 오픈 우승은 눈부셨지만, 윔블던은 여전히 메이저 대회 중 역사적으로 가장 중요하고 세계적으로 명성이 높은 대회이다. 또 그의 스타일과 이미지에 가장 잘 어울리는 잔디 코트다.

그는 테니스로 많은 사람에게 감동을 줬지만 경쟁자들에게도 감동을 주었다.

「나는 서른일곱 살에도 아직 끝나지 않았다는 걸 다른 사람들이 믿도록 해주고 싶어요.」페더러가 센터 코트에서 열린 시상식에서 BBC의 수 바커와 이야기를 나누면서 말했다.

곧 조코비치가 바커와 이야기할 차례였다.

「다른 사람들에게 서른일곱 살에 뛸 수 있다는 믿음을 주고 싶다고 로저가 말했어요. 나도 그중 한 사람입니다.」 당시 서른 두 살이던 조코비치가 말했다.

페더러가 다소 평탄하게 위대한 선수가 되었다는 그럴듯한 관점이 존재한다. 그가 대부분의 그랜드 슬램 타이틀을 쓸어 담던 시기는 나달이 아직 위협적일 만큼 진정한 올코트 플레이어가 아니었고, 조코비치도 아직 초고속 기어를 장착하지 않았던 때라는 것이다. 혹자는 이 두 선수의 기량이 절정일 때 페더러가 우승한 메이저 대회는 2008 US 오픈이 유일하다고 강력하게 주장할 수 있다. 그러나 그런 사람은 페더러라는 측정봉이 있었기 때문에 나달과 조코비치가 그처럼 엄청난 선수가 되었다는 점을 잊고 있다. 페더러는 나달과 조코비치의 신체가 정점을 찍고 그가 30대 중후반일 때도 진정한 경쟁자로 남아 있었다.

샘프러스는 은퇴한 지 10년도 채 되지 않아 자기 기록이 깨지는 놀라움을 감당해야 했지만, 페더러는 너무 오래 뛰어 은퇴하기 전에 자기 기록이 깨지는 것을 감당해야 했다.

그것은 가슴 아픈 일이었다. 그에게 그 주제로 질문한 적이 있다.

「기록을 깨거나 보유하는 걸 좋아하지만, 내게는 기록 보유보다 기록 경신이 정말로 짜릿한 것 같아요. 아무도 그 순간을 빼앗을 수 없기 때문이죠. 어쨌든 모든 기록은 한순간에 깨지기 위해 존재하지만, 아무도 가보지 않은 영역으로 한 걸음 내딛거나 도약하는 첫 순간, 그 순간이 정말로 감격스러워요.」 그가 말했다.

큰 경기에서 패배한 뒤 느끼는 쓴맛은 분명히 더욱 지독하다. 그의 특징인 회복력은 그가 증명할 여력이 거의 남아 있지 않을 때도 여지없이 시험대에 올랐다.

주춤거릴 때 빨리 털어 버리고 앞으로 나아갈 수 있도록 도울 방법을 알고 있는 가족이 있다면 도움이 된다. 센터 코트의 위험을 너무나 분명하게 감지하고 있던 미르카는 완벽하게 알았다. 패배한 다음 날, 페더러 가족은 가족 캠핑 여행을 위해 다시 길을 떠났다.

「처음 며칠 동안은 좀 힘들었어요. 동시에 나는 아이들과 함께 카라반을 타고 있었죠. 내가 놓친 기회들을 생각할 시간이 별로 없었어요. 스위스의 아름다운 시골을 운전하면서 네 아이를 위해 내 삶을 정리하고 있었거든요. 때로는 지나간 일을 떠올리기도 했고요. 예를 들어, 〈오, 그렇게 할 수 있었는데, 그랬어야 하는데〉 하고 말이죠. 다음 날 아내와 와인을 마시며 생각했어요. 〈준결승은 꽤 좋았어. 결승전도 꽤 좋았어.〉 이렇게 단계를 밟아 가는 거죠.」로저가 말했다.

17
남아프리카 공화국

나는 기차를 타고 질서 정연한 거리와 잘 관리된 테니스 코트가 있는 바젤로 갔다. 페더러의 출생부터 시작해 그의 근원을 추적하기 위해서는 더 긴 여정이 필요했다.

2020년 2월에 호주 오픈을 취재한 후 멜버른에서 퍼스로 가는 낮 비행기, 인도양을 가로지르는 요하네스버그행 야간 비행기를 거쳐 국제공항에서 우버 택시를 타고 켐프턴 공원의 공업지대로 갔다. 그 동네처럼 녹슬고 낡아 빠진 세단을 운전하는 사람은 짐바브웨인이었다.

남아프리카 공화국이 없었다면 로저 페더러도 없었을 것이다.

스물세 살의 화학 공학자였던 페더러의 아버지 로버트가 열여덟 살의 비서였던 페더러의 어머니 리넷을 만난 것은 1970년 켐프턴 공원에서였다. 당시 두 사람 모두 스위스 화학 회사 시바가이기에서 일하고 있었다.

「남편은 남아프리카 공화국에 마음을 뺏겼답니다.」 어머니 리넷이 몇 년 후 자랑스럽게 내게 말했다.

그녀도 마찬가지였다. 젊은 부부는 곧 스위스로 이사했지만, 신혼부부로, 나중에는 두 아이와 함께 어머니 리넷의 친정집을 자주 방문했다.

「우리는 수년 동안 대부분의 휴가를 남아공에서 보냈어요. 로저는 생후 3개월 때 처음 갔어요. 그는 정말 아기였고 딸은 두 살이었죠. 나는 아이들과 함께 가는 걸 좋아했어요. 아이들이 학교에 들어가기 전에는 3개월씩 있다가 오곤 했어요. 아주 어린애들이었지만 남아공에 익숙해졌죠.」어머니 리넷이 내게 말했다.

로저의 테니스 커리어가 속도를 내면서 방문 횟수가 현저히 줄어들었지만, 스위스와 남아공의 이중 국적을 가진 그는 여전히 강한 유대감을 느꼈다.

하지만 그는 이제 임무를 띠고 남아공으로 가는 중이었다. 마이크로소프트의 공동 창업자 빌 게이츠와 코미디언 트레버 노아가 복식 경기에 참여하는 5만 5000석 규모의 케이프타운 축구 경기장에서 열리는 라파엘 나달과의 시범 경기를 위해서였다.

입장권은 온라인에서 10분도 안 되어 매진되었다.

「솔직히 말해 가슴이 벅차요. 수년 동안 남아공에서 뛰고 싶었어요. 이렇게 오래 걸리다니 믿을 수가 없어요.」페더러가 경기 전 기자 회견에서 말했다.

바로 전 호주 오픈에서 준결승에 진출한 페더러는 노바크 조코비치에게 완패해 모양새를 구겼다. 그는 경기 전에 기권을 고려할 정도의 다리 부상으로 악전고투했다. 그는 어쨌든 경기를 했고, 4-1로 빠르게 앞서 나갔지만 결국 조코비치가 연달아 세트를 따내며 승리했다.

일주일도 지나지 않아 그는 다른 대륙에서 〈아프리카에서의 경기〉를 위해 코트에 다시 설 준비가 되어 있었다. 이 경기는 유아 교육 기금 모금을 돕는 페더러의 재단에 수익금을 전달하는 시범 경기 시리즈였다.

그는 랭킹 1위에 오른 2004년에 부모님의 도움과 격려에 힘입어 자선 사업을 시작했다. 그의 나이 스물두 살이었다.

「로저가 돈을 잘 벌기 시작했을 때 우리가 이렇게 말했어요. 〈우리는 네 재산의 일부를 덜 혜택받는 사람들에게 돌려주는 것이 좋다고 생각해.〉」 리넷이 내게 말했다.

4남매 중 막내인 리넷은 아파르트헤이트 시대에 남아프리카 공화국에서 자랐다. 그녀의 아버지는 제2차 세계 대전에서 영국을 위해 싸웠고 오랫동안 유럽에 주둔해 있었다. 그녀의 어머니는 간호사였는데, 리넷과 형제들에게 흑인들을 동등하게 여기도록 가르쳤다고 한다. 리넷은 아들과 마찬가지로 대중 앞에서 정치적 견해를 드러내지 않도록 주의하지만, 분명 재단을 끌고 나가는 구심점이었다.

「많은 곳에서 로저의 지원 프로젝트에 관심을 보였어요. 적십자사와 다른 단체들에서 모두 관심을 가졌죠. 하지만 우리는 너무 크지 않은 곳, 변화를 실제로 보고 느낄 수 있는 곳을 찾았어요.」 그녀가 말했다.

로저는 30대에 애거시 재단을 시작한 미국 챔피언 앤드리 애거시에게서 자극을 받았다. 애거시는 종종 더 일찍 시작했으면 좋았을 거라고 말했다.

「그의 말을 인용한 것을 들은 기억이 나요. 나는 확실히 앤드리에게서 영감을 얻었어요. 내가 정말로 잘되기 전에 이 재단을 시작했다고 말할 수 있어요. 이런 일을 하는 것이 내게 정말 의미 있죠.」 페더러가 말했다.

흥미롭게도 10대 중반에 정규 교육을 중단한 그와 애거시는 교육 분야 자선 활동에 끌렸다. 페더러는 본인이 인정했듯이, 청소년 시절에 책을 별로 좋아하지 않았다. 〈기록북〉에 대한 애정은 분명히 점점 커졌지만 말이다.

그러나 페더러 재단은 남아공의 프로젝트에 자금을 대는 일을 시작으로 다른 아프리카 국가들과 스위스로 확대하는 등 훌륭한 일을 했다. 페더러는 2018년 아프리카 여행에서 잠비아의 에드거 룽구 대통령을 만났던 것처럼, 케이프타운에 도착하기 전 나미비아를 방문해 하게 게인고브 대통령을 만났다.

이전에 아프리카에서 치렀던 다섯 번의 경기에서 재단의 일을 위해 약 1000만 달러를 모금했고, 케이프타운 경기에서는 약 350만 달러를 더 모금했다. 갓식에 따르면, 페더러가 아프리카 프로젝트를 위해 수년간 벌어들인 돈이 5000만 달러가 넘었다.

페더러가 은퇴 후 재단에 더 집중하려는 의도는 분명했다.

「지금까지 시간이 많지 않았어요. 앞으로 내 꿈은 테니스만큼 재단으로도 유명해지는 겁니다. 정말로요.」그가 남아공에 도착하기 전 스위스 기자단에게 말했다.

그 꿈을 이루기는 상당히 힘들겠지만, 그것은 페더러가 테니스 팬이자 세계에서 가장 부유한 사람 중 한 명인 빌 게이츠를 찾은 이유 중 하나였다. 마이크로소프트를 경영하던 빌 게이츠는 자산이 500억 달러에 육박하는 세계 최대 개인 재단이 된 빌 앤 멀린다 게이츠 재단을 통해 자선 사업가로 변신했고, 아프리카에서 말라리아 같은 문제에 관한 광범위한 연구를 수행했다.

갓식은 페더러가 2017년 시애틀에서 시범 경기를 준비할 때 게이츠에게 손을 내밀었고, 게이츠가 참여하기로 동의했다. 평범한 가정에서 자란 페더러는 이제 베이스라이너들과 함께 있는 것만큼 억만장자들과 함께 있는 것이 편안했다. 그와 그의 가족은 프랑스인 베르나르 아르노 가족과 함께 휴가를 보냈다. 아르노는 세계 최대 명품 회사인 LVMH 모엣 헤네시 루이비통의 회장 겸 최고 경영자다. 이 회사의 한 부서인 모엣 샹동은 페더러의 후원사 중 하나다. 프랑스 언론인 토마 소토에 따르면 2015년 5월 페더러는 파리에 있는 아르노의 개인 테니스 코트를 깜짝 방문해 아르노와 한 팀이 되어 아르노의 아들 두 명과 복식 경기를 했다.

페더러는 젊은 시절 윔블던에서 뛰었던 스위스 및 브라질 사업가 조르제 파울루 레만과도 친밀하다. 페더러는 때때로 레만의 잔디 코트에서 연습한다.

「빌 게이츠는 내 재단에 놀라운 존재였어요. 그에게서 배우고, 그에게 말하고, 그의 아내와도 친해지는 건 정말 흥미로운 일이에요. 그의 재단을 운영하는 모든 팀은 솔직히 말해 우리의 재단과 규모가 완전히 다르지만, 그와 함께 시간을 보내고 그가 지원하는 모습을 보는 일은 정말 중요했어요.」 페더러가 말했다.

테니스 코트에서는 역할이 뒤바뀌어, 안정적이지만 실력이 부족한 게이츠는 기꺼이 그의 복식 파트너를 따랐다. 페더러는 그들의 복식 팀에 〈게이처러〉라는 별명을 붙였는데, 입에 착 감기는 발음은 아니었다.

「누가 더 좋은 이름을 추천해 주면 고려해 볼게요.」 페더러가 웃으며 말했다.

하지만 적어도 게이츠는 열렬한 테니스 애호가였다. 「데일리 쇼」 진행자로 미국에서 스타가 된 남아프리카 공화국 희극배우 트레버 노아는 여러모로 이 행사에 아주 잘 어울렸다. 그는 페더러와 마찬가지로 어머니는 남아공인이었고, 아버지는 스위스인이었다. 그는 남아공에서도 큰 인기를 끌었다. 노아가 테니스를 칠 줄 모른다는 것이 문제였다.

「그들에게 말하고 싶지 않았어요. 멋진 사람들이 〈나도 낄게요!〉라고 할 만한 일에 초대했다는 걸 알았으니까요. 생초보가 두 달 만에 테니스를 배워야 했어요. 내 평생 가장 미친 짓이었죠.」 노아가 나중에 「엘런 쇼」에 출연해서 설명했다.

아프리카에서 치른 경기에는 놀랄 만한 점이 많았지만, 노아가 방금 배운 게임을 하는 동안 5만 1954명의 관중 앞에서 침착함을 유지했다는 것이 가장 주목할 만할지도 모른다. 그 남자는 분명 무대 공포증이 없다.

어머니 리넷 페더러도 마찬가지다. 그녀는 경기장 안에서 〈로저 페더러의 자랑스러운 어머니〉라고 소개되었고, 관중이 함성을 지르는 가운데 경기 전 동전 던지기를 하기 위해 당당하게 경사로를 걸어 올라갔다. 그녀는 그 순간 환하게 웃었고, 아들은 코트에서 그녀를 맞이하며 끌어안고 머리에 키스했다.

관중석에서 그 광경을 지켜보면서 나는 이틀 전에 잠깐 켐프턴 공원을 방문해 페더러 부모가 한때 일했던 옛 시바 사무실을 둘러본 일을 떠올렸다. 위에 철조망 코일을 설치한 정문 안에는 남아프리카 공화국 국기 옆에 스위스 국기가 바람에 펄럭이고 있었다.

모두의 삶에는 무작위적 요소들이 있다. 예상치 못한 갈림길이 그러하다. 페더러 부모의 우연한 만남은 확실히 대부분 사람보다 더 큰 결과를 낳았다. 젊었을 때 방랑벽이 심했던 아버지 로버트는 미국, 호주, 심지어 외국인 근로자를 모집하던 이스라엘 등 다른 곳에서도 어렵지 않게 직업을 구할 수 있었다. 하지만 그는 남아프리카 공화국으로 가서 장래의 아내와 열정적으로 테니스를 즐겼으며, 바젤에서 아들딸에게 이 게임을 소개했다.

그들의 정력적인 외아들은 역사상 가장 뛰어난 선수 중 한 명으로 성장했다. 그는 독창적이고 종종 압도적인 힘을 내뿜으며, 군중에게 인기가 높으면서도 회복력이 좋은 경쟁자이고, 힘든 결정을 내리고 큰 성공과 잔인한 패배에 적응할 수 있는 실용적인 성향을 지닌 끈질긴 낙천주의자다.

그야말로 대단한 사람이다. 완벽하지는 않지만 여전히 그렇다. 1990년대, 2000년대, 2010년대, 2020년대 투어에서 우승할 수 있었으니까 말이다.

「난 이 운동에 대한 사랑이 식은 적이 없어요. 한 번도요.」페더러가 내게 말했다.

그것이 논리적이기보다 고집스러워 보일 때도 있지만, 나는 그를 믿는다. 그는 테니스 선수라는 직업에 만족했다. 연습 코트에서 경기 코트, 테니스 역사상 가장 많은 관중이 그의 주요 라이벌과 경기하는 모습을 지켜보았던 바람이 거센 남아프리카 공화국 경기장 한복판에 설치된 임시 코트에 이르기까지 말이다.

「시간이 흐르면서 우리는 둘 다 소중하게 여기고 이해하는 라이벌 관계를 위해 코트에 핵심적 대결을 약간 남겨 두었어요. 그런 대결은 스포츠 세계에서 특별한 부분이죠. 그리고 우리 둘다 그 경쟁으로 이득을 봤고, 그것을 소중히 여겨야 한다는 것을 알아요. 나는 우리가 함께 겪은 이 이야기를 소중히 여기는 것이 훌륭하다고 생각해요. 그러기 위해 우리가 해야 할 중요한 일 중 하나가 정말 좋은 관계를 맺는 것임을 둘 다 안다고 생각하고요.」나달이 경기를 앞두고 내게 이야기해 주었다.

페더러는 나달이 없었다면 케이프타운을 생각할 수 없었을 것이다. 그의 마음속에서, 남아공 국민은 그 경기를 볼 자격이 있었다. 두 사람은 여행 날짜를 맞추기가 꽤 어려웠다. 마침내 경기하게 되었을 때, 페더러는 통증에 대한 내성에 의존해야 했다. 기쁜 마음으로 로브를 쫓아다니고 아픈 오른쪽 무릎으로 묘기 샷을 날린 덕분에 그는 그달 말에 수술을 받았다. 수술 사실은 내부자들 외에는 비밀에 부쳤다.

공중 보건 문제에 깊이 관여하고 있는 게이츠는 중국에서 퍼지기 시작한 코로나바이러스가 세계적 격변을 일으킬 가능성을 잘 알고 있었다. 그는 페더러와 나달과 함께 아늑하고 우아하며 경비가 철저한 호텔에서 저녁 식사를 하는 동안 몰려오는 폭풍에 관해 이야기했다. 그들은 넬슨 만델라가 한때 감옥에서 날짜를 세던 로벤섬과 밴트리만이 보이는 〈엘러먼 하우스〉에 머물고 있었다.

「우리는 너무나 운이 좋았어요. 감사한 일이죠. 2주 후였다면, 바이러스 때문에 경기를 못 할 뻔했어요.」 이 시범 경기의 발기인 중 한 명이자 전 남아프리카 공화국 투어 선수인 존라프니드 제이거가 말했다.

그랬다면 케이프타운 스타디움에서의 감격에 찬 순간도, 네트에서의 포옹도, 관중석에서의 자부심과 기쁨도, 눈물이 페더러의 뺨을 타고 흘러내리면서 선수들과 볼 키즈, 댄서들이 한데 모여 음악에 맞춰 깡충깡충 뛰는 축하 의식도 없었을 것이다.

자주 그렇듯이, 그의 타이밍은 탁월했다.

1. 마드리드에서 탄력 있는 한 손 백핸드를 힘껏 치는
페더러의 모습이다.
ⓒElla Ling

2. 1998년에 페더러는 16세의 나이로 윔블던 주니어 단식
우승을 차지했다.
ⓒMike Hewitt/Getty Images

3. 2003년 7월에 올 잉글랜드 클럽에서 새로운 윔블던 챔피언이 그의 부모와 코치 페테르 룬드그렌, 물리 치료사 파벨 코바츠와 함께 포즈를 취하고 있다.
ⓒThomas Coex/AFP via Getty Images

4. 윔블던 결승전 이후 2008년에 페더러와 나달이 어스름한 저녁에 네트에서 만나는 장면이다. 이는 역대 최고 테니스 경기 중 하나다.
ⓒElla Ling

The New York Times

Late Edition

Today, limited sunshine, scattered showers, high 84. Tonight, humid, patchy fog, low 74. Tomorrow, hazy sunshine, very warm, high 90. Weather map appears on Page 38.

VOL. CLVII... No. 54,364   © 2008 The New York Times   NEW YORK, MONDAY, JULY 7, 2008 $1.25

DOCTORS PRESS SENATE TO UNDO MEDICARE CUTS

10.6% REDUCTION IN FEES

Medical Association Ads Take Aim at G.O.P. as Battle Grows

By ROBERT PEAR

WASHINGTON — Congress returns to work this week with Medicare high on the agenda and Senate Republicans under pressure after a barrage of radio and television advertisements blamed them for a 10.6 percent cut in payments to doctors who care for millions of older Americans.

The advertisements, by the American Medical Association, urge Senate Republicans to reverse themselves and help pass legislation to fend off the cut.

How to pay doctors through the federal health insurance program is an issue that lawmakers are forced to confront every year because of what is widely agreed to be an outdated reimbursement formula. But the dispute, which showcases the continued potency of health care issues, has reached a new level of urgency this year. Some doctors are reassessing their participation in the program.

Rafael Nadal celebrating after breaking Roger Federer's streak of five consecutive Wimbledon titles and 65 straight wins on grass in a 4-hour-48-minute match.

In Epic Battle, A Reign Ends At Wimbledon

By CHRISTOPHER CLAREY

WIMBLEDON, England — No one had beaten Roger Federer at Wimbledon since 2002. But in near darkness, one of the greatest tennis matches ever played

Decades Later, Toxic Sludge Torments Bhopal

By SOMINI SENGUPTA

BHOPAL, India — Hundreds of tons of waste still languish inside a tin-roofed warehouse in a corner of the old grounds of the Union Carbide pesticide factory here, nearly a quarter-century after a poison gas leak killed thousands and turned this ancient city into a notorious symbol of industrial disaster.

dues in the neighborhood wells far exceeding permissible levels.

Nor has anyone bothered to address the concerns of those who have drunk that water and tended kitchen gardens on this soil and who now present a wide range of ailments, including cleft palates and mental retardation, among their children as evidence of a second generation of Bhopal victims, though it is impossible to say with any certainty about the mess they left. But the question of who will pay for the cleanup of the 11-acre site has assumed new urgency in a country that today is increasingly keen to attract foreign investment.

It was here that on Dec. 3, 1984, a tank inside the factory released 40 tons of methyl isocyanate gas, killing those who inhaled it while they slept. At the time, it was called the world's worst industri-

QUIETLY, BRAZIL ECLIPSES AN ALLY

A Softer Turn to the Left Than Venezuela's

By SIMON ROMERO and ALEXEI BARRIONUEVO

5. 나달의 승리 세리머니가 『뉴욕 타임스』 1면을 장식했다.
2008 윔블던 남자 결승전은 스포츠를 초월했다.
ⓒChristopher Clarey

6. 2009년에 페더러가 마침내 프랑스 오픈에서 우승하고
눈물을 흘리고 있다. 이전의 라이벌인 애거시가 롤랑
가로스에서 트로피를 수여했다.
ⒸRyan Pierse/Getty Images

7. 페더러의 시그니처 샷인 공중에서 날리는 인사이드 아웃
포핸드를 치는 장면이다.
ⒸFinney/Getty Images

8. 2009년에 마이애미에서 페더러가 조코비치와 경기하던 중
좌절감에 휩싸여 라켓을 부수고 있다. 좌절감을 조절하는 법을
배운 남자가 다시 이런 행동을 보이는 일은 드물다.
ⓒElla Ling

9. 2014년 릴에서 스위스가 처음으로 데이비스 컵 우승을
차지했다. 미하엘 라머, 마르코 키우디넬리, 슈타니슬라스
바브린카, 페더러, 주장 제베린 뤼티의 모습이다.
ⓒJulian Finney/Getty Images

10. 「그가 공을 칠 때 얼굴이 일그러지지 않는다는 것은 많은 것을 말해 줘요. 테니스를 치는 것은 그에게 자연스럽고 힘이 들지 않는 일이에요. 결국 그의 몸과 마음이 그렇다는 거죠.」 엘라 링의 말이다.
ⓒElla Ling

11. 페더러는 수년간 수백 번의 인터뷰를 했다. 2017 호주 오픈에서 짐 쿠리어와 함께 찍힌 장면이다.
ⓒElla Ling

12. 2017 호주 오픈 우승의 순간이자 가장 뜻밖이었던
페더러의 그랜드 슬램 타이틀의 순간이다.
ⓒElla Ling

13. 테니스 선수 중 최고로 유연성을 지닌 조코비치의
모습이다.
ⓒElla Ling

14. 페더러와 나달은 프라하에서 열린 2017 레이버 컵에서
처음으로 한 팀이 되어 복식 경기를 했다. 물론, 그들이 이겼다.
ⓒClive Brunskill/Getty Images for Laver Cup

15. 페더러가 2019년 스위스 펠스베르크에서 자신의 이름을
딴 로저플라츠에서 훈련하는 동안 코치 류비치치는 냉정하게
대처했다.
ⓒChristopher Clarey

16. 클레이 코트에서 페더러가 뤼티와 류비치치 사이에 서
있고 연습 파트너인 댄 에번스가 몸을 풀고 있다.
ⓒChristopher Clarey

17. 눈 덮인 알프스가 보이는 펠스베르크 테니스 클럽에서
페더러의 훈련을 관람하는 회원들이다. 훈련이 끝날 때까지
아무도 박수를 치지 않았다.
ⓒChristopher Clarey

18. 페더러의 가장 고통스러운 패배 중 하나로 꼽히는
2019 윔블던 결승전에서 찍힌 사진이다.
ⓒMatthias Hangst/Getty Images

19. 페더러가 오래 선수 생활을 한 덕분에 그의 아이들은
아버지의 경기를 관람할 수 있다. 피에르 파가니니, 뤼티,
미르카 페더러, 리넷 페더러와 쌍둥이들이 함께 있다.
ⓒElla Ling

20. 페더러와 나달이 2019년에 레이버 컵 정신에 동참했다.
ⓒJulian Finney/Getty Images for Laver Cup

21. 팬데믹으로 전 세계 국경과 경기장이 폐쇄되기 직전인
2020년에 페더러와 코미디언 트레버 노아가 5만 1954명이라는
기록적인 테니스 관중을 끌어모은 케이프타운 시범 경기에서
축하하고 있다.
ⒸAshley Vlotman/Gallo Images/Getty Images

22. 페더러의 트레이드마크는 압박감 속에서 정확하게 치는
것이다.
ⒸElla Ling

감사의 말

「그래, 책을 쓰는 데 얼마나 걸렸어요?」 내가 이 책을 완성하고 나서 가장 많이 들었던 질문이다.

기획과 집필 과정을 이야기한다면 간단히 1년여의 기간이라고 말할 수 있다. 나는 직관적인 문학 에이전트 수전 캐너번과 이야기를 나눴다. 그녀는 2019년 보스턴 북쪽 해안에서 점심을 먹으며 처음 대화할 때부터 이 아이디어를 좋아했다. 그땐 정말 단순해 보였다. 나는 이 프로젝트를 위해 80개 이상의 인터뷰를 진행했고, 페더러 경기들의 점수를 보거나 다시 보았다.

그러나 진짜로 대답하자면, 20여 년 전 페더러가 그랜드 슬램에 데뷔한 1999년 봄 프랑스 오픈의 쉬잔 랑글랑 코트 관중석에서 이 책은 시작되었다.

10대였던 그는 사람들의 관심을 끌었고 지금껏 그것을 포기하지 않았다. 더 화려하고 매혹적인 테니스 챔피언들이 있었지만, 그의 게임처럼 눈을 즐겁게 하는 경기는 없었으며, 이 책을 출간하면서 내가 깨달았듯이, 그처럼 억제할 수 없는 열정으로

이 스포츠의 모든 측면을 포용한 사람은 결코 없었다.

페더러의 커리어를 그렇게 가까이서 취재할 기회를 얻은 것은 내가 적절한 시기에 적절한 장소 — 대개는 유럽 — 에 있었기 때문이다.

배리 로지와 밥 라이트 덕분에 『샌디에이고 유니언San Diego Union』의 — 고인이 된 — 훌륭한 나의 상사들이 저널리즘의 문을 열었고, 나를 파견해 1990 윔블던을 포함한 테니스 토너먼트를 취재하게 했다.

『뉴욕 타임스』의 테니스 특파원이었던 닐 암두르에게 감사하다. 그는 『뉴욕 타임스』의 스포츠 편집자가 되어 프랑스로 이주한 지 얼마 되지 않은 신혼의 프리랜서인 내게 기회를 주었다. 피터 벌린과 마이클 게틀러에게도 감사를 전한다. 그들은 파리에서 『인터내셔널 헤럴드 트리뷴』의 스포츠 특파원으로 나를 고용했다. 내가 꿈꾸던 일이었다. 그리고 나를 자유로운 칼럼니스트로 만든 데이비드 이그네이셔스에게 감사하다. 더 바랄 게 뭐가 있을까?

그 후 나는 올림픽, 월드컵스, 세계 선수권 대회, 아메리카 컵스, 챔피언스 리그, 골프 메이저 대회, 그리고 많은 테니스 대회 등 가장 큰 경기들을 취재하기 위해 늘 전 세계를 돌아다녔다. 톰 졸리, 앨리슨 스메일, 샌디 베일리, 제프 보다, 마티 고틀리프, 제이슨 스텔먼, 딕 스티븐슨, 질 어거스티노, 나일라진 마이어스, 앤디 다스, 오스카 가르시아, 그리고 가장 최근에 이 책을 쓰기 위한 휴가를 얻게 해준 랜디 아치볼드를 포함해 그것을 가능하게 해준 『인터내셔널 헤럴드 트리뷴』과 『뉴욕 타임스』의 모든 편집자에게 감사하다.

내게 이야기해 준 사람들이 없었다면 이 책을 제대로 쓸 수 없었을 것이다. 그동안 시간을 내주고 신뢰를 보내 준 82명 모두에게 감사하며, 페더러와의 대결이 어땠는지 깊이 생각해 준 앤디 로딕, 마라트 사핀, 피트 샘프러스, 라파엘 나달, 노바크 조코비치, 그리고 그를 코치했던 때를 곰곰이 회상해 준 페테르 룬드그렌, 호세 이게라스, 특히 폴 아나콘에게 감사하다.

수년간 나와 『뉴욕 타임스』에 많은 시간을 내준 페더러와 그의 오랜 에이전트 토니 갓식에게 특별한 감사를 표한다. 많은 슈퍼스타에게 그런 기회를 얻기가 너무 힘들게 되었지만, 페더러는 뉴스 미디어의 역할을 이해하고 존중하며 대부분 선수보다 생각과 감정을 더 많이 공유했다.

「그래서 얼마나 걸렸어요?」

「예상보다 오래 걸렸어요.」 트웰브 출판사의 숀 데즈먼드는 이렇게 말할 수도 있었지만 자제했다. 따뜻함과 페더러 같은 공감력을 지닌 작가 숀은 집필을 제대로 끝낼 수 있는 시간과 마음의 평화를 주었다.

그가 이 프로젝트를 믿어 주고 레이철 케임베리와 숀의 나머지 팀원들이 지지해 줘서 감사하다. 마감일과 테니스 시즌으로 내가 자취를 감출 때 인내심을 발휘해 준 가족과 친구들에게 감사하다. 무엇보다 30년간 곁을 지켜 준 나의 버팀목 아내 비르지니에게 무한한 감사를 전한다. 그녀는 절대로 비틀거리지 않왔고, 팬데믹 속에서도 굳건했으며, 내가 너무 벅차다고 느낄 때 내가 항상 책을 쓰고 싶어 했다고 상기시켜 주었다.

자주 그렇듯이 그녀는 옳았다. 또는 쉽게 감동하기 어려운 프랑스인들이 말하듯이, 틀리지 않았다.

옮긴이의 말

테니스에 대한 기억이 아예 없지는 않았다. 1990년대, 그러니까 내가 외국계 대기업의 풋내기 사원일 때 또래의 동료가 2인 1조로 테니스 레슨을 함께 받자고 제안했다. 최근에 알게 된 정보지만 당시에도 요즘처럼 테니스 붐이 일었었다. 하지만 그 동료의 알 수 없는 변덕으로 며칠 배우다가 그만두게 되었다. 나는 아쉬웠지만, 그 이후로 테니스 라켓을 만져 본 적은 없다. 그때 우리를 가르치던 젊은 테니스 강사의 얼굴은 전혀 기억나지 않지만, 생초보인 내가 라켓을 잘 휘둘렀을 때 눈에 띄게 기뻐하던 표정, 아니 그 마음은 가슴에 남아 있다.

열린책들의 브랜드 〈사람의집〉으로부터 로저 페더러 평전의 번역 작업을 제의받고, 나는 앞뒤 생각하지 않고 수락했다. 전기나 평전을 번역하는 것은 오랜 꿈이었고, 새롭고 다양한 분야의 책을 번역하며 비슷한 내용을 반복적으로 작업하는 데서 오는 지루함과 매너리즘을 탈피해야 한다고 늘 생각하고 실천해 오고 있었기 때문이다. 물론 여느 때처럼 원서를 대략 검토한 후 어려운 책이라는 걸 알고 1장을 연습 번역까지 해본 후에 수락했지만 말이다.

하지만 언제나 그렇듯 번역자의 가슴을 설레게 하는 것은 새로운 이야기와 의견, 지식에 대한 호기심과 기대감이다. 나는 로저 페더러뿐만 아니라 테니스 전반에도 급히 관심이 생겼다. 고백하기 부끄럽지만, 이 책을 접하기 전까지만 해도 로저 페더러를 알지 못했다. 내가 기억하는 테니스 선수의 이름이라고는 과거의 전설이었던 애거시, 매켄로, 나브라틸로바, 그리고 더 젊은 샤라포바정도였다. 애거시가 오래전 — 그 유명했던 — 브룩 실즈와 헤어진 건 알고 있었지만, 테니스 여제로 불렸던 슈테피 그라프와 재혼한 건 이번에 자료를 찾다가 알게 되었다. 그만큼 테니스는 너무 일찍 중단한 그 레슨 이후로 철저히 내 관심 밖에 있었다. 하지만 오히려 그런 이유로 로저 페더러에 관한 책은 신선한 기쁨이자 활력소로 다가왔다. 번역 일을 시작한 초창기에 메이저 리거들을 다룬 책을 고생고생하며 작업한 경험을 살려, 꽤 괜찮은 테니스 용어집을 찾아내고 테니스와 관련된 책과 영화, 블로그, 유튜브 등을 모조리 찾아보며 전에 없이 의욕에 찼다. 하지만 현실을 깨닫는 데 오래 걸리지 않았다.

대학교 테니스 선수 출신이자 유난히 고급한 — 그래서 멋있어 보이는 — 영어 혹은 문체를 구사하는 스포츠 기자인 저자의 글을 해독하고 한국어로 잘 표현하는 일은 차치하더라도, 책장을 넘길수록 어렵고 복잡해지는 경기 장면을 상세히 묘사하는 테니스 용어는 가히 외계인의 언어와 같았다. 전문가의 도움이 절실히 필요했다. 메이저 리거들을 다룬 그 책도 감수자의 도움을 구해 어렵게 마쳤었는데, 테니스가 야구보다 어렵지 않을 거라는 내 편견은 어디에서 비롯된 것이었을까? 진실을 말하자면, 개인적으로는 테니스가 야구보다 훨씬 어려웠다.

절박감과 위기감을 느낀 나는 도움을 줄 감수자가 필요하다고 생각했다. 출판사와 논의를 마치고, 테니스 전문가나 강사 등을 수소문했다. 지인에게 적임자를 추천해 줄 수 있는지 물었더니, 놀랍게도 지인의 아들이 최상위권 아마추어 테니스 선수이자 테니스 강사로서 수업을 하고 있었다. 태어날 때부터 봐온 그 아이가 테니스 전문가가 되었다니, 이건 또 무슨 운명의 장난인가. 그 덕분에 한결 안정된 기분으로 지난한 번역 작업을 이어 나갔다. 윔블던을 비롯한 4대 주요 테니스 대회의 동영상을 보고 테니스에 대해 공부하며 감수자에게 좀 더 나은 질문을 할 수 있었고, 성실하고 친절하고 전문적으로 설명해 주는 감수자 덕분에 내 스트레스의 7할은 사라지는 듯했다. 또 책에 등장하는 생동감 있는 인터뷰 내용을 잘 구사하기 위해, 때때로 내가 맡고 있는 번역 강의 수강생에게도 도움을 청했다. 어렸을 때 미국으로 건너가 대학교까지 졸업한 그녀 덕분에 인터뷰 대상자들의 표현을 잘 구사할 수 있었다.

강의 이외에는 거의 사회적 교류조차 하지 못하고 6~7개월을 번역 작업에만 매달렸다. 아마도 그것이 내 ─ 잘못된 ─ 방식이리라. 스트레스가 누적되며 점점 지쳐 가던 중 급기야 이러다가 치명적인 병에 걸리는 게 아닐까 하는 불길한 생각이 스쳤다. 하지만 머리를 흔들며 그 생각을 떨쳐 버렸고 다사다난했던 대장정의 번역을 무사히 끝냈다. 험난한 여정이었지만, 로저 페더러를 비롯해 테니스 분야의 대가들이 가진 생각과 태도, 삶을 엿볼 수 있었던 것은 내 인생에 몇 안 되는 보배 같은 경험이었다. 기쁨으로 시작해 극심한 스트레스를 거쳐 감격으로 마무리하는 과정에서 내 작업 방식의 위태로운 단점을 정말로 확실히 보게 되었다. 그것은 경기와 훈련과 삶에 임하는 페더러의 방식에서 내가 깨달은 귀중한 교훈이다.

「하지만 내 일정과 체력, 그리고 어쩌면 내 정신적 측면도 도움을 준 것 같아요. 나는 일을 매우 진지하게 받아들이지만 매우 느긋해서 정말로 빨리 내려놓을 수 있어요. 예를 들어 이 점심은 내게 휴식과 같아요. 내 머릿속에서는 이렇게 말할 수 있어요. 〈이봐, 우린 방금 전력을 다해 연습했고 난 여기서 긴장을 풀면서 쉴 수 있어. 그런 다음 다시 운동하러 가는 거야.〉 그런 식으로 접근하는 것이 정말 중요하다고 생각해요.」

이 대목을 읽는 순간 깨달았다. 이 책을 번역할 때 오로지 집중하기 위해 사회 활동을 차단한 것이 잘못이었음을, 걱정하고 조급해하느라 긴장과 스트레스를 제때 풀지 않았음을, 그리고 그것이 어려운 일에 임하는 내 방식임을 말이다. 결국에 나는 후유증으로 〈치명적이지 않은〉 증상을 겪었고, 그때 쉬면서 자신을 되돌아보았다.

내 가슴에 꽂힌 키워드는 페더러의 특기인 〈현재 순간에 사는 능력〉이었다. 그리고 기뻤다. 이번 일을 겪으며 이제는 이 비결을 입으로만 떠들지 않고 실천에 옮길 수 있게 되었다고 생각했기 때문이다. 그 후로 몇 개월이 흘렀고, 현재 다른 작업에 임하면서 페더러의 방식에 한 발짝 더 가까워진 느낌이다.

항상 느끼는 것이지만 번역 일이 주는 고통이 클수록 한 뼘 더 자라나는 것 같다. 이 나이에도 〈아픈 만큼 성숙해지고〉라는 노랫말이 진리로 느껴진다는 사실이 신기하고 의아하다. 장담하건대 독자들은 번역자보다 이 책을 훨씬 더 즐겁게 읽을 것이다. 손에 땀을 쥐게 하는 흥분과 재미, 감동과 함께 삶의 교훈도 얻어 가길 바라며 분명히 그럴 것이라고 믿는다.

마지막으로 하늘의 선택을 받은 놀라운 로저 페더러의 전기를 소개한 〈사람의집〉과 감수자 신영호 선수, 수강생 진 님에게 말로 표현하기 어려운 감사를 전한다.

2023년 7월
이문영

지은이 **크리스토퍼 클레리**Christopher Clarey 오늘날 최고의 테니스 전문 저널리스트로서, 30년 동안 『뉴욕 타임스』와 『인터내셔널 헤럴드 트리뷴』에서 100회 이상의 그랜드 슬램 대회를 취재하며 국제 스포츠 분야에 대한 기사와 칼럼을 썼다. 2018년에는 국제 테니스 명예의 전당에서 테니스계에 중요한 영향을 미친 인물에게 수여하는 〈유진 스콧상〉을 받았다. 크리스토퍼 클레리는 로저 페더러가 프로 선수로 데뷔한 이래로 독점적으로 페더러의 인터뷰를 20회 이상 진행해 온 경험을 바탕으로, 페더러의 길고 화려한 선수 생활에서 주목해야 할 사람, 장소, 순간 들에 초점을 맞춘 『로저 페더러』를 출간했다. 이 책은 다수의 언론에서 찬사를 받으며 베스트셀러에 올랐고, 프랑스, 이탈리아, 독일, 스페인, 브라질 등 17개국에서 번역 출간될 예정이다.

옮긴이 **이문영** 이화여자대학교 영문학과를 졸업한 후 한국 IBM에서 근무하다 새로운 도전을 위해 캐나다로 건너가 밴쿠버 커뮤니티 칼리지VCC에서 국제영어교사 자격증TESOL Diploma을 취득했다. 한국외국어대학교 실용영어과 겸임 교수를 역임했다. 현재 다양한 장르의 책을 우리말로 옮기는 전문 번역가로 활동하며 한겨레 교육문화센터에서 번역 강의를 하고 있다. 옮긴 책으로는 『힐링 코드』, 『저탄고지 바이블』, 『그레인 브레인』, 『지방을 태우는 몸』, 『자가 포식』 등이 있다.

감수 **신영호** 서울대학교 체육교육과를 졸업했다. 아마추어 테니스 선수로서 각종 대회에서 수상하였으며, 서울대학교, 이화여자대학교 등에서 테니스를 가르쳤다.

로저 페더러

지은이 크리스토퍼 클레리 **옮긴이** 이문영 **발행인** 홍예빈·홍유진
발행처 사람의집(열린책들) **주소** 경기도 파주시 문발로 253 파주출판도시
대표전화 031-955-4000 **팩스** 031-955-4004
홈페이지 www.openbooks.co.kr **email** webmaster@openbooks.co.kr
Copyright (C) 주식회사 열린책들, 2023, *Printed in Korea*.
ISBN 978-89-329-2344-4 03840 **발행일** 2023년 7월 30일 초판 1쇄

사람의집은 독자 여러분의 투고를 기다리고 있습니다. 좋은 기획안이나 원고가 있다면 사람의집 이메일 home@openbooks.co.kr로 보내 주십시오.